웬디의 꽃집에 오지 마세요

Don't come to Wendy's flower shop

웬디의
꽃집에
오지 마세요

김지서 장편소설

2

D&C
BOOKS

10화

연두는 반드시 초록이 된다

연두는 반드시 초록이 된다

초여름의 훈풍이 웬디의 싱그러운 이마를 포근히 감싸 돌며 지나
갔다. 한껏 걷어붙인 소매 아래로 드러난 새하얀 살갗 위로 초여름
햇살이 옹기종기 모여 앉았다.

작은 모종삽을 들고 앞마당 정리에 여념이 없던 그녀가 한참 만
에야 허리를 펴고 일어섰다. 툭툭툭 몸에 묻은 흙먼지를 건성으로
털어 내고서 앞마당을 둘러싼 울타리를 빙 둘러본다.

하나, 둘, 셋, 넷……. 낮은 울타리를 따라 정성껏 파 놓은 흙바
닥을 가리키며 숫자를 헤아리던 그녀가 이내 집 안으로 들어갔다.

드르륵 미닫이문을 열자 집 안 한가운데 자리한 정원의 모습이
드러났다. 정원 한쪽에는 그녀가 미리 준비해 놓은 화분들이 조르
륵 놓여 있었다. 으레 하던 대로 뻥 뚫린 하늘을 가릴 차양을 치고
꼼꼼하게 문단속을 한 웬디가 화분 안, 폭신폭신한 흙더미 위에 검
지를 갖다 댔다. 같은 동작을 반복하길 여러 번.

잠시 뒤 뽀옥 솟아오른 새싹을 시작으로 가늘고 튼튼한 갈색 수피가 쑥쑥 키를 키웠다. 나무줄기를 따라 크고 넓적한 톱니형 잎들이 무성하게 자라난 틈 사이로 뭉실뭉실 한 뭉텅이로 피어오른 하늘색 수국꽃이 줄기를 흔들며 산뜻한 모습을 드러냈다. 단박에 가득 찬 수국꽃 사이에서 그녀가 만족스럽게 씨익 웃었다.

'으샤' 기운 찬 소리를 내지르며 수국 화분을 앞마당으로 나르는 작업이 시작되었다. 앞마당에 직접 검지를 갖다 대면 일이 쉬웠겠지만 사람들의 눈을 생각하면 있을 수 없는 일이었다.

"누나! 아, 아니지. 누님!"

한참 수국을 나르고 있는 그녀를 방정맞은 목소리 하나가 불러 세웠다. 벤포크가 코끝을 찡긋거리며 웬디네 앞마당으로 쪼르르 달려오는 게 보였다.

"누님, 오랜만이야."

소년이 두 눈에 힘을 주고 장난스럽게 인사해 왔다.

"그 닭살 돋는 호칭은 뭐니?"

"하, 이런 게 어른들의 대화법 아니겠어?"

"듣기에 좋지 않구나."

"응? 별로야?"

"그래."

벤포크가 아쉽다는 듯 뒷머리를 긁적거렸다. 그들 또래 사이에서 유행하는 말투라고 중얼대는 소리가 들렸다.

"검술 연습은 잘하고 있니?"

"물론이지! 봐 봐!"

'으랴랴' 하는 이상한 효과음을 내며 옆구리에 차고 있던 목검을 자랑스레 내보인다. 진검도 아닌 목검을 차고 다니는 폼이 딱 봐도 어린아이 장난 같아 보였지만 소년은 마냥 좋은 모양이었다.

"누나, 지금 속으로 비웃었지? 저것 봐! 지금 눈 움찔하는 거 다 봤어! 휴, 하여간 여자들이란. 겉모습만 보고 사람을 판단하지. 새라, 그 기집애도 키만 멀대 같이 큰 제이클린 녀석이 멋있다고 꺅꺅거리는데, 내가 화장실에서 소변 누는 놈의 모습을 얘기해 줄 수도 없고 말이야. 아우, 남자는 키가 다가 아니라고!"

소년이 길게 자란 앞머리를 잘난 척 쓸어 넘기며 살살 고개를 내저었다. 웬디는 녀석의 얄미운 주둥이에 방귀버섯을 처박아 줘야 할지 잠시 고민했다.

"뭐, 어찌 됐든 중요한 건 그게 아니고. 이런 목검이라도 차고 다니는 게 다 훈련의 일환이란 말이지. 검을 언제나 가까이 해야 한다고 스승님께서 그러셨단 말이야. 이렇게 검을 차고 다니는 자세도 연습하고. 이게 얼마나 중요한 건데."

소년이 제법 어른스러운 표정으로 말했다.

"스승님이라니, 입 발린 소리를 잘도 하는구나."

"입 발린 소리라니! 온 마음을 바쳐 존경하는 우리 스승님께 내가 어떻게 입 발린 소릴 하겠어? 난 거짓이라곤 모르는 견습 기사라고! 그 유명한 라드 슈로더 단장님께서 내 스승님이신데, 내가 왜?"

벤포크가 흥분하며 제 마음 속 우상인 황실 기사에 대한 예찬을 늘어놓기 시작했다. 웬디는 듣는 둥 마는 둥 하면서 부지런히 몸을 움직였다.

"응? 누나, 그러니까 난 주말에는 집에 없으니 좋은 시간 보내라고. 아부지 성화에 이번 주부턴 조피에른에 내려가서 일을 도와야 할 것 같거든."

　이건 또 무슨 헛소리인가. 웬디가 윗입술을 한쪽으로 추켜올리며 소년을 노려봤다. 썩은 두엄 위에 파리 열댓 마리가 잉잉거리며 날아다니는 소리라 해도 이보다는 듣기 좋을 것이었다.

　"벤포크, 그게 무슨 소리니?"

　"내가 그렇게 눈치가 없을까 봐? 흐응."

　녀석이 헤벌쭉 눈웃음을 흘렸다. 해명을 해 보았자 쓸데없는 말씨름만 될 게 뻔했다. 웬디는 파삭 부서진 흙더미 같은 얼굴로 소년에게 수국 한 그루를 떠넘겼다.

　"이건 저쪽 울타리 앞에 가져다 놓고, 저기 문 앞에 놓인 것들도 전부 같은 곳으로 옮겨 놓으렴."

　"엑? 내가 왜?"

　"네 스승님께서 이웃의 어려움을 도와야 한다는 이야기는 해 주지 않으셨니? 이 누님께서 네 도움을 간절히 필요로 한단다."

　"……아우, 진짜. 이번 주에 조피에른 가서도 죽도록 일만 할 텐데."

　소년은 투덜거리면서도 웬디를 도와 열심히 수국을 날랐다. 이전보다 제법 손끝이 야무져진 듯 일하는 손놀림이 만족스러웠다.

　녀석의 모습을 매의 눈으로 살피며 웬디는 울타리 앞에 가 쭈그려 앉았다. 미리 파 놓은 구덩이에 수국 하나를 적당한 높이로 세우고 뿌리가 자리를 잘 잡을 수 있도록 흙을 덮었다. 한참 동안 같은 작업을 반복한 웬디는 그녀 주변을 얼쩡대며 종알거리던 벤포크에게 양철로 된 물뿌리개를 안기며 물을 떠 오라 시켰다.

　잠시 일을 멈춘 그녀가 더러워진 장갑을 벗어 들고 말간 손등으로 이마에 흐른 땀을 닦아 냈다. 울타리를 빽 둘러 심어진 수국을 보니 마당 전체가 화사하고 아늑하게 느껴졌다. 바듯하게 활짝 핀 하늘색 꽃잎이 어여뻐 절로 웃음이 나왔다.

"와! 스승님!"

물뿌리개 가득 물을 받아온 벤포크가 멀찍이서 걸어오는 라드 슈로더의 모습을 발견하고 반갑게 아는 체를 했다. 녀석에게 눈인사를 건넨 황실 기사가 웬디에게 다가왔다. 그녀 역시 가볍게 고개를 숙이며 그에게 인사했다.

"안녕하세요, 슈로더 경. 황궁에서 오시는 길이신가요?"

"그렇소."

가벼운 천으로 만들어진 여름용 기사단복을 입은 그가 산그림자처럼 포근한 잿빛 눈동자를 휘며 조금 웃었다. 적응되지 않는 남자의 웃음에 웬디는 모르는 척 고개를 돌렸다.

"꽃을 심는 중이었소?"

"네, 제법 화사하지요?"

웬디가 하늘색 꽃 뭉치를 흡족하게 바라보며 말했다. 앞마당을 빙 두르고 있는 하늘색 수국을 쓰윽 둘러본 라드의 단정한 눈매가 순간 꿈틀 비틀렸다.

왜 하필.

그가 떠름한 낯으로 고개를 끄덕였다.

"요즘 꽃집에서도 파란 수국을 찾는 손님이 많답니다. 꽃 색이 특이해서 그런지."

물뿌리개를 받아 든 그녀가 함빡 물을 주며 꽃집 매출의 일등 공신인 파란 수국에 대해 이야기했다. 탐스러운 꽃 모양이 퍽 마음에 들었던지 오늘따라 묻지 않은 이야길 계속 늘어놓는다. 황실 기사가 마땅찮은 눈빛으로 여럿의 꽃 뭉치를 쳐다보는 줄도 모르고.

"물을 많이 줘야 해서 조금 번거롭긴 하지만요. 그래도 이렇게 화사한 꽃을 보려면 감수해야 하는 일이겠죠."

대체 어디가 화사하다는 것인지. 음울하기만 한 하늘색 꽃잎을 바라보며 라드 슈로더가 자신의 입매를 쓸었다.

"……제국의 초대 황제이신 니콜라스 베냐한 폐하께서 다함트루크 전투에 나가셨을 때 패배한 일화에 대해 들어본 적이 있소?"

갑작스러운 라드의 질문에 웬디가 고개를 갸웃했다.

"무패 행진을 이어 나가시던 그분께서 단 한 번 패한 것이 다함트루크전이었다오. 그때 폐하께선 게티만 공이 바쳤던 하늘색 빛이 나는 갑옷을 착용하고 계셨지. 게티만 영지의 광산에서 생산되던 광물에 특수 처리를 해 만든 것이었는데, 가볍고 단단하다 칭송받던 갑옷이었음에도 적군의 검을 막아 내진 못했다오. 폐하께선 처음으로 부상을 입으셨고 전투에서도 패하셨지. 그 후부터 하늘색은 전장에서 부정한 색으로 여겨졌소."

"……네?"

웬디의 초록빛 눈동자가 땡그랗게 떠졌다. 그녀의 옆에 바짝 붙어서 라드의 말에 귀를 기울이고 있던 벤포크가 '우와우와' 탄성을 내지르는 소리가 들려왔다.

"그런 일이 있었다니! 스승님, 하늘색이 들어간 건 절대 몸에 지니면 안 되겠어요. 아! 제기랄. 지난주에 산 조끼에 하늘색 줄무늬가 들어갔던 거 같은데."

벤포크가 절망적인 표정으로 호들갑을 떨었다.

"뿐만 아니라오. 블루 행커치프 협정이라고 들어본 일이 있소?

요한레스 공국과 십수 년 전 무역 협정을 벌이던 당시, 몬트라피의 관세 문제를 타결하지 못한 것은 아직도 외교사에 뼈아픈 실책으로 남아 있다오. 그때 우리 쪽 외교 협상단이 하늘색 행커치프를 하고 있었기에 그 후부터 타국과의 자리에서 하늘색은 불길하다 하여 기피 대상이 되었지.”

라드가 벽난로의 그을음처럼 눈살을 찌푸리며 말했다.

“무슨 말씀을 하시는지…….”

영문을 모르겠다는 웬디의 얼굴을 보며 그가 미약한 한숨을 내쉬었다.

“그러니까, 하늘색은 불길하다 이 말이오.”

슈로더가 탱글탱글 제 빛을 뽐내는 하늘색 꽃 뭉치를 슬쩍 건너다봤다. 그 위로 하늘색 머리칼을 가진 남자의 얼굴이 불쑥 떠올랐다 사라졌다. 그가 또다시 눈썹 사이를 좁혔다.

왜 하필 하늘색을.

마음 속 깊은 곳에서 불룩하니 뜨거운 무언가가 고개를 내밀었다.

“이 꽃이 불길하다는 말씀이신가요? 꽃의 색깔을 두고 그렇게까지 생각할 이유가…….”

“아냐, 누나. 내가 견습 기사로서 말하는데 이 꽃, 불길해. 하늘색만큼 불길한 게 없다고!”

벤포크가 맹목적인 신뢰를 담은 눈빛으로 라드 슈로더를 우러러봤다. 급기야 꽃을 모두 뽑아 버리자는 망령된 소리를 지껄이는 소년을 찌릿 한 번 노려봐 준 웬디가 넌지시 라드의 얼굴을 바라봤다.

“…….”

여전히 눈썹이 찌푸려진 채다.

"수국 꽃은 시간이 지나면 그 빛이 변하니까, 뭐 괜찮지 않겠어요? 조개껍데기 가루를 흙에 섞어 놔두면 색깔이 금세 변하기도 하고요. 불길한 일이 생길 기미가 보이면 그렇게 하도록 하죠."

남자의 못마땅한 기색을 느낀 웬디가 황당한 마음을 감추며 마지못해 말했다. 이 남자가 이렇게 근거 없는 속설을 잘 믿었나 혀를 차면서.

"……알겠소. 그럼 하던 일을 마무리하시오. 난 이만 가 보리다."

더 이상의 설득을 포기한 모양인지 라드가 본래의 말끔한 표정으로 되돌아왔다. 작별 인사를 건넨 그가 그녀의 앞마당을 나서 그의 집으로 사라질 때까지 웬디는 얼떨떨한 기분에서 벗어날 수가 없었다.

한편, 집으로 들어온 라드 슈로더는 기사단 제복 재킷을 벗어 침대 위에 올려 두고 얇은 셔츠 차림으로 창가에 섰다.

창문 밖으로 웬디와 벤포크의 모습이 보였다. 그는 셔츠 단추를 풀어 내리며 며칠 전 기사단 연무장에서 다시 봤던 제2기사단의 기사에 대해 생각했다.

딜런 레녹스. 잊히지 않는 이름이었다.

지난날 보았던 웬디의 눈물이 그와 무관하지 않음을 알고 있었다. 그래서 더 가슴이 쓰렸다. 후배 기사를 바라보는 그의 시선에 사감이 섞이지 않을 수 없었다. 사사로운 일에 연연하는 지금의 감정은 부끄러운 일이었으나, 그녀와 연관된 일에서는 제가 고수해 왔던 원칙과 신념이 무너지고 만다.

훈련에 열중하고 있던 딜런은 연무장을 찾은 라드 슈로더를 발견하고 멈칫 몸을 굳혔다. 어린 기사는 이내 그의 존재를 지운 듯 훈련에 집중했다. 그러나 딜런의 눈동자에 스치던 분기를 슈로더는 놓치지 않았다. 놓치려야 놓칠 수가 없었다.

그는 셔츠를 벗어 두고 푹신한 의자에 몸을 파묻었다. 제가 언제부터 이리 감정에 휘둘리는 사람이 되었던가. 블루 행커치프 협정이라니. 웃음밖에 나오지 않았다.

"하아……."

라드 슈로더가 깊은 한숨을 내쉬며 눈을 감았다.

눈을 감아도 그녀의 얼굴이 떠올랐다.

그날 저녁. 라드 슈로더는 뜻밖의 손님을 맞았다. 벤포크의 안내를 받아 그의 방을 노크한 이는 기사단의 부단장인 장 자크 시뮤안이었다.

방 안으로 들어선 장 자크는 단장의 은밀한 사생활을 감상하듯 방 안을 휘둥그레 떠진 눈으로 연신 둘러보았다. 단장을 바라보는 그의 시선이 사내의 음흉한 속내를 낱낱이 캐내겠다는 듯 삐뚜름했다.

"호오……."

능글능글한 탄식을 내뱉던 그가 서늘하게 눈매를 좁힌 라드와 눈이 마주치자 '큼큼' 헛기침을 했다.

"하하, 저택으로 찾아뵈었다가 허탕을 치고 오는 길입니다. 집사가 끝끝내 이곳을 알려 주지 않으려는 걸 급한 일이라 얼러 대 알아낸 것이니 벌하진 마십시오."

"……그래, 무슨 일인가?"

퇴궁한 지 오래되지 않아 다시 본 얼굴이었다. 그의 말대로 급한 일이 아니고서는 찾아올 리 없었다.

"황태자 전하께서 급히 찾으십니다."

"전하께서?"

"네."

잠시 무언가를 생각하던 라드 슈로더가 탁자 위에 놓인 작은 물병을 집어 들고 창문가로 걸어갔다.

"내일 있을 정무회의 때문인가 보군."

창가 위에 있는 화분에 조르륵 물을 주며 그가 말했다. 물 주는 폼이 꽤나 정성스러웠기에 장 자크의 얼굴이 기묘하게 일그러졌다. 문화적 충격을 받은 이방인처럼 입 밖으로 나오는 말이 어눌했다.

"다, 단장님께서 이렇게 섬세하신 분이신 줄 몰랐습니다. ……롯테어 중의 롯테어라 할 수 있는 분께서 화초를 그리 애지중지하는 모습이라니, 어느 누가 상상이나 하겠습니까."

"……그냥 화초가 아니다."

"네……? 그럼 뭐랍니까?"

"물푸레나무라 하더군."

"……아, 네. 물푸레나무요……."

장이 입을 떡 벌리고 느릿느릿하게 그 이름을 반복했다. 웬디가 라드의 옷자락에 피어나게 했던 그 어린 나무는 생생한 푸른 잎을 뽐내며 그의 방 한 귀퉁이에서 잘 자라고 있었다. 원예가로 거듭난 누군가의 보살핌을 받으며.

"숄터스 백작의 동태는?"

옷장 근처로 걸어간 라드가 제복을 다시 갖춰 입으며 물었다. 그의 물음에 장 자크가 정신을 차리려는 듯 자신의 뺨을 툭툭 때리며 입을 열었다.

"……그것이, 오귀스트 앵그르 공작과 요즘 부쩍 만남이 잦아졌습니다. 가벼운 가족 모임이나 귀족들 간의 와인 파티 정도로 위장하고는 있으나 아무래도 수상합니다. 앵그르 공작이 외부 활동이 많은 자도 아니고 말입니다."

"앵그르와 숄터스라……. 바람직한 조합이 아니로군. 그들 모임에 참가한 명단을 봐야겠다. 눈여겨볼 필요가 있을 듯하니 모두에게 경계하라 이르게."

오귀스트 앵그르 공작은 황실의 방계로 뒤에서 베냐한 제국을 움직이는 숨은 권력자였다. 그는 무욕한 인물로 정평이 나 귀족들의 경외를 받고 있지만 라드 슈로더는 그의 감춰진 야심을 늘 경계하였다.

"왓! 웬디 양!"

별안간 장이 옆쪽 창가에 붙어 서서 창밖을 향해 반갑게 손을 흔들었다. 샛노란 머리의 옆집 아가씨가 와락 얼굴을 구기며 거칠게 커튼을 쳤다. 막 씻고 나왔는지 수건을 머리끝에 감고 있는 채였다. 젖은 머리칼이 퍽 청초해 보였다.

"이런, 저 때문에 놀라신 건 아니겠죠?"

장 자크가 민망한 얼굴로 말했다. 그런 그를 괘씸하다는 듯 쳐다본 라드가 대답 없이 홀로 방을 나섰다.

  황실에 도착한 두 사람은 은밀하게 황태자궁으로 향했다.

  황태자는 그의 연주실에 놓인 고풍스러운 단풍나무 의자에 앉아서 바이올린을 마른 천으로 닦아 내고 있었다. 송진 가루를 닦는 그 손놀림이 무척 신중했다. 임무를 마친 장 자크는 황태자에게 꾸벅 인사를 한 후 문 밖으로 나가 대기했다.

  “왔는가.”

  아이작 황태자가 입꼬리를 스윽 말아 올리며 기사단장을 반겼다.

  “그대에게 긴히 할 말이 있어 만남을 청했네.”

  그가 바이올린 현을 스윽 훑어 내리며 말했다.

  “본래는 좀 더 느긋하게 일을 진행하려고 했는데 말이야. 냄새를 맡은 살쾡이들이 기웃대는 것이 여간 신경 쓰이는 게 아니더군. 그래서 자넬 급히 불렀어.”

  라드는 묵묵히 황태자의 다음 말을 기다렸다.

  “내일 정무회의에서 그대가 내 편에 서 줬으면 해.”

  아이작이 라드 슈로더의 얼굴을 뚫어져라 쳐다보며 손에 든 헝겊을 테이블 위에 내려놓았다. 라드가 황태자의 의중을 파악하려는 듯 그의 갈색 눈동자를 잠자코 바라봤다.

  “패리소트와 시뉴엘에 추가로 이능과를 설치할 생각이야. 제솔린을 통과한 이들을 따로 이능과에 응시하게 해서 문관이든 무관이든 능력껏 임명하려 하네.”

  생각지 못한 황태자의 말에 슈로더의 표정이 설핏 굳었다.

  제솔린을 위한 이능과라니. 황태자가 한 말에 함의된 위험이 눈앞을 아득하게 만들었다.

"자네도 알잖아. 제솔린이 유명무실한 제도라는 걸. 소수의 평민들만이 말단 한직에 머물다가 여생을 마치지."

제솔린은 평민들의 유일한 관직 등용문이었다. 황실 문관 시험인 패리소트와 황실 기사 서임 토너먼트인 시뉴엘에 이능과를 설치하여 제솔린을 통과한 이들이 응시하게 만든다는 것은 평민들을 공식적으로 임용하겠다는 소리였다. 작위가 있는 귀족들은 패리소트나 시뉴엘에 통과하지 않아도 정치 참여가 보장되지만 두 시험에 통과하는 것은 귀족들에게도 명예로운 일이었다. 귀족들로서는 자신들의 고유한 영역을 침범하는 일이라 여길 게 뻔했다. 그들의 거센 반발은 불 보듯 뻔했다.

"……전하, 베냐한의 근간이 흔들릴 수 있는 일입니다."

"근간이라니, 너무 앞서 나가지 마. 능력껏이라고 해도 어디 능력껏 임명이 되겠어? 일정 선까지는 나도 타협할 생각이니 걱정 마시게. 다만 그 시도라는 것에 의미가 있는 거 아니겠나."

황태자가 소년처럼 '하하' 웃었다. 그러나 그 꾸민 얼굴 아래 번뜩이는 눈빛을 라드가 모를 리 없었다. 황태자는 변화를 만들 생각이었다. 지난 부르고뉴 숲 사냥대회에서 황제와 황태자가 나누던 대화가 머릿속을 스쳤다. 황태자의 천막 밖에서 우연치 않게 들었던 법안과 그에 대한 황제의 우려 섞인 음성. 오늘 황태자가 자신에게 힘이 되어 달라 말한 이능과 설치 계획이 그들의 대화와 무관하지 않을 것이란 생각이 들었다.

"걱정 말게나. 작위를 가진 귀족들의 정치 참여를 막으려는 게 아니니까. 고위직에 앉으실 분들이야 지금처럼 황제 폐하의 뜻대로 임명될 테고. 난 다만 제슬린의 정해진 상한선을 조금 높이려는 것뿐이야.”

“…….”

“자네에게는 환영할 만한 일 아닌가? 내 오랜 시간 자네와 그 새침한 숙녀분을 지켜본 바에 의하면…… 적어도 자네에게는 유리한 일이 될 거라 생각하네만. 그녀와의 미래를 생각해 본 적이 없나?”

라드 슈로더가 눈매를 좁히며 황태자의 웃는 낯을 봤다. 황태자가 웬디와 자신의 관계에 대해 속내를 감추고 있다는 것을 알았지만 이런 식으로 일이 전개될 줄은 몰랐다.

“저와 그녀를 방패막이로 세울 작정이십니까?”

“아니, 아니네. 이 사람아, 살기를 지우게나. 난 다만 자네를 내 편으로 만들고 싶을 뿐이라네. 이 안건이 통과된다면 평민 여인이 공작 부인이 되는 것도 그리 불가능한 일은 아닐 테니 말이야.”

두 사람의 눈빛이 한동안 허공에서 맞부딪쳤다.

“내일이 지나면 나의 이 웃는 얼굴을 곧이곧대로 믿는 이가 없겠지. 모두가 날 경계하고 내 목을 물어뜯으려 이를 드러내기 시작할 거야. 내겐 그리 유쾌한 일이 아니지. 하지만 나도 더 이상 이 일을 미룰 수가 없어. 폐하께서는 이미 많이 연로하셨거든. 이 일은 나뿐만이 아니라 폐하의 오랜 염원이기도 하네. 어쩔 수 있겠나. 부모의 한을 풀어 드리는 게 자식 된 도리니까 말이야. ……위험할 거라는 거 아네. 그래서 그 위험을 폐하 대신 내가 무릅쓰려는 것뿐이야.”

황태자가 다시 한 번 씨익 웃으며 장난스럽게 바이올린 현을 퉁겼다.

"헤노비 지역의 소요를 기억하는가?"

두 달 전 남쪽 끝 헤노비 지역에서 일어났던 소란에 대해 황태자가 이야기했다. 제2기사단의 뱃지 에노스가 파견되어 소란을 진정시키고 소란의 주모자들을 대거 연행해 온 사건이었다. 베냐한 제국의 주식이 되는 몬트라피의 병충해로 인한 농민들의 봉기쯤으로 치부되었으나 그 소란의 기저에는 평민들의 억압되고 응축된 불만이 도사리고 있었다. 제2기사단이 맡아 그 일을 처리하였으나 슈로더 역시 주시하고 있던 사건이었다.

"그와 같은 사건이 또 언제 일어날지 모르네. 베냐한 제국은 속부터 곪아 있어. 그 곪은 상처가 이제야 터지기 시작하는 것뿐이지."

바이올린을 쥔 황태자의 손등에 굵은 핏줄이 툭 불거져 나왔다.

"썩은 상처는 도려내고 달랠 상처는 달래 줘야 하지 않겠나. 경이 정치판의 시끄러운 싸움을 싫어하는 걸 알고 있네. 하지만 슈로더 경, 그대만 내 손을 들어 준다면 이 안건은 통과될 거야. 이미 내 편에 선 이들이 많아. 내 이 웃는 낯짝으로 이뤄 낸 결과물이지. 바이올린에 미친 황태자에게 이미 반쯤은 경계심이 무너져 있더군."

그가 차가운 낯으로 말했다.

황태자의 평소 얼굴과 판이하게 다른 그 모습에 라드는 낯설음을 느꼈다. 바이올린 연주에 골몰해 검을 장난감처럼 내던지는 모습보다야 바람직했으나, 라드는 훗날 자신의 주군이 될 이의 참모습을 마냥 기쁘게 받아들일 수가 없었다.

집을 나서 꽃집으로 향하는 길. 웬디는 집 앞 골목 귀퉁이에 서 있는 키 작은 물푸레나무에 무심코 시선을 던졌다. '아' 하는 탄성이 무의식중에 나왔다. 생을 다한 것 같던 그 나무가 몰라보게 물이 올라 작은 생명을 잇고 있었다.

연두였을 이파리가 다른 나뭇잎들에 보초를 맞추듯 초록으로 물들어 있는 게 보였다. 몇 잎 되지는 않으나 분명한 초록의 이파리였다. 가까이 다가간 그녀가 싱그러운 이파리 하나를 손끝으로 만지작거려 보았다.

유난히 거센 빗줄기가 쏟아져 내리던 그날, 라드와 처음 이 골목을 지날 때 보았던 환영이 눈앞에 떠올랐다. 펑펑 터지던 그 꽃잎을, 거리를 가득 메우던 그 향기를, 그날의 야릇한 감동이 가슴에 메아리치듯 울렸다.

웬디는 괴이한 감상을 털어 내려는 것처럼 어깨를 으쓱이며 이내 그 자리를 떠났다. 자꾸만 뒤쪽에 머무는 시선 탓에 걸음이 느려진 것은 어쩔 수 없는 일이었다.

그러나 소녀처럼 젖어 든 그 감성은 그리 오래가지 않았다.

"으……."

꽃집에 들어서자마자 그녀는 양미간을 사정없이 일그러트려야 했다. 머물러 있던 공기 안에 퀴퀴한 냄새가 가득했기 때문이다. 웬디는 숨을 꾹 참으며 냄새의 근원지인 반쯤 썩어 버린 꽃묶음을 얼른 내다 버렸다. 주문이 취소됐던 꽃다발을 구석에 놓아 둔 채 잊고 만 탓이었다. 사방의 문을 열고 환기를 시킨 후에야 조금 개운한 마음으로 일을 시작할 수 있었다.

화원에서 거둬들인 꽃을 한 아름씩 다듬어 유리병 안에 꽂아 놓으니 손님이 밀려들었다. 터무니없이 가격을 깎으려는 사람과 몇 번 입씨름을 하고, 쌓인 주문을 소화하다 보니 벌써 오후가 되어 있었다. 웬디는 늦은 점심을 준비하기 위해 가게 문을 잠시 닫고 빵집을 찾았다.

"안녕하세요."

"오늘도 점심이 늦었구먼. 아무리 돈이 좋아도 끼니는 제때 챙겨 먹어야지 않겠나."

빵집의 테스 영감이 푸근하게 웃는 얼굴로 웬디를 반겼다. 그래도 돈이 좋다는 웬디의 장난스러운 말에 노인이 껄껄 웃었다.

"행로에 있는 그 레스토랑 주인 기억하지? 꽃집에도 단골 아니었던가? 그 청년이 내달에 혼인을 한다더구먼. 저 윗동네 아가씨라던데, 아주 신세가 폈지 뭐야. 레스토랑이 그렇게 장사가 잘될 수가 없다더라고. 그러게, 내가 그 청년과 잘해 보라고 했을 때 말 좀 듣지 그랬나."

"축하할 일이군요."

전혀 아쉬운 기미가 없는 담백한 그녀의 말에 테스 영감이 '쯧쯧' 혀를 찼다.

"이거 계산해 주세요."

웬디가 언제나처럼 몬트라피 빵 여러 개를 바구니에 담고 동전을 내밀었다.

"동화 다섯 개는 더 내야 하네. 몬트라피 빵 값이 천정부지로 치솟았다고."

"그렇게나 많이요?"

요 근래 몬트라피 값이 뛰었다는 것을 체감하고 있었지만 이 정도로 단번에 가격이 오른 것은 처음 있는 일이었다. 웬디는 어쩔 수 없이 동전 다섯 개를 더 꺼냈다. 쓰지 않아도 될 돈을 쓴 기분이었다.

빵집을 나온 그녀는 빵을 한 입 크게 베어 먹었다. 앙앙 베어 무는 입 모양이 그대로 찍힌 빵을 보니 푸스스 웃음이 새어 나왔다. 귀족 영애로 살아가던 당시에는 상상하지도 못한 일이었다. 길에서 음식을 먹다니. 웬디는 다시 한 번 탐욕스러우리만치 입을 벌려 빵을 크게 베어 먹었다. 꿀맛이었다.

바로 그때였다.

우물거리는 입놀림을 멈추지 않으며 걷던 그녀가 일순 씹고 삼키는 모든 동작을 멈췄다. 그녀의 시선이 꽃집 앞에 서 있는 한 인영에 가 박혔다.

놀란 마음에 마른 목구멍이 꽉 막혀 왔다. 사레를 억누른 그녀가 잔기침 몇 번을 닫힌 입 사이로 뱉어 냈다. 벌게진 얼굴로 간신히 꿀꺽 빵 조각을 넘긴 웬디는 입가를 슥 문지르며 가게를 향해 걸었다.

"우리 이야긴…… 모두 끝난 게 아니었어?"

웬디가 이해할 수 없다는 듯 말했다. 하늘빛 머리칼의 사내가 힘없는 시선을 늘어뜨리며 잠시간 그녀의 얼굴을 바라봤다. 그의 뺨이 유독 창백했다.

"꽃을 사러 온 것뿐이야."

꽃집 앞을 지나가던 이들이 황실 기사 복장을 한 그를 흘끔거렸다. 웬디는 인내심을 발휘해 입을 다물었다. 그녀는 마지못해 문을 따고 안으로 들어갔다.

"……."

테이블을 붙잡고 선 그녀가 말없이 그를 바라봤다. 충분히 그를 이해시켰다고 생각했다. 수도에 사는 이상 일평생 그의 얼굴을 보지 않을 것이라고 기대한 것은 아니었지만 이런 식의 방문은 생각지도 못했다. 아몬드나무 아래서 그와 나눴던 대화는 다 뭐였단 말인가.

"여기 이걸, 한 다발 포장해 주겠어?"

그가 유리병에 가득 담긴 흰 장미를 가리키며 말했다. 웬디는 답답한 마음을 억누르며 장미 다발을 집어 들었다.

"날 곤란하게 만들 셈이야? 대체…… 왜 이러는 거야?"

"그러려는 게 아냐……. 네게 해가 되는 일을 생각해 본 적 없어."

그가 그녀를 굽어보며 말했다.

"그럼 뭔데? 이러는 이유가 뭐냐고."

물컵에 담긴 얼음처럼 흔들리고 금이 간 표정이었다. 그런 그녀를 바라보던 딜런이 씁쓸하게 고개를 떨궜다.

"네가 보고 싶었어."

"……."

"웬디 왈츠라는 사람에 대해 알고 싶어서, 그래서 왔어."

그의 입에서 나온 이름에 그녀가 미간을 찡그렸다.

"제발! 그런 소리 하지 마. 난 너와 연을 이어 나가고 싶은 생각 따위 없다고!"

웬디가 손에 든 꽃다발을 그의 가슴에 거칠게 안겼다. 하얀색 꽃잎이 여기저기 떨어져 내렸다. 그녀의 거친 행동 앞에서도 딜런은 당황하는 기색이 없었다. 외려 당황한 것은 웬디였다. 잘못 아문 상처와 같은 하얀 꽃잎 하나가 그의 발등 위에 내려앉아 있었다. 그 꽃잎의 자국을 보며 웬디는 찬찬히 말을 골랐다.

"난…… 내 삶에 널 끼워 넣을 수 없어. 알잖아. 모두 말했잖아. 어렵게 지킨 삶이야. 제발…… 돌아가 줘."

"가라면 갈게. ……그렇지만 나로 인해 네 삶이 망가지는 일은 없을 거야. 나도 널 지키고 싶어. 이번만큼은 누구보다도 확실하게, 지켜 내고 싶어."

딜런의 말에 웬디가 빠르게 고개를 내저었다.

"가 줘."

그녀가 꽃집 문을 열며 말했다. 딜런은 그녀에게 내쫓기듯 밖으로 나갔지만 하고 싶었던 말을 모두 한 덕분인지 후련한 표정을 하고 있었다.

그를 좇아 보낸 웬디가 한쪽에 세워져 있던 빗자루를 억세게 휘어잡았다. 지저분해진 바닥을 사나운 기세로 쓸어 내며 그녀는 복잡한 머릿속을 비우기 위해 노력했다.

늦은 밤.

일과를 마치고 집으로 돌아온 웬디는 방 안에 앉아 인상을 구기고 있었다. 책상머리에 억지로 앉은 어린아이처럼 건성으로 식물도감을 넘겨보다가 짜증스럽게 책을 덮었다. 답답한 마음에 창문을 열고 한숨을 크게 내쉬어 보았지만 도무지 나아지지가 않는다.

불빛이 새어 나오지 않는 옆집 창가에 무심코 눈길을 둔 그녀가 음울하게 눈을 깜박였다.

늦네, 오늘은.

주인 없는 방 안을 차지하고 있는 캄캄한 어둠이 무슨 일인지 야속하게 느껴졌다. 그렇게 한참 동안 우울한 생각 속을 헤매던 그녀는 마침내 밝혀진 옆집 창가의 불빛에 고개를 번쩍 들었다.

아니, 마침내라니. 이 무슨 해괴한 생각인가?

웬디는 허둥지둥 반가운 마음을 숨겼다.

창가에 인영이 비쳤다. 건너편에 있는 그녀의 모습을 발견한 듯 그가 곧 창문을 열었다. 제복 단추를 풀던 중이었는지 옷깃이 느슨했다.

"일이 많이 바쁘신 모양이에요. 늦으셨네요."

인사랍시고 내뱉은 말에 웬디는 금방 후회했다. 마치 그를 기다린 것 같은 뉘앙스였기 때문이다.

"······회의가 길어졌소."

"피곤해 보이세요."

"피곤하군. ······온종일 시달린 듯하오."

여간해서 감정을 드러내지 않는 그가 까슬한 얼굴로 한숨을 내쉬었다. 뻐근한 듯 한쪽 손으로 자신의 목덜미를 주무르는 그의 모습을 바라보며 그녀가 물었다.

"좋지 못한 일이 있으셨습니까?"

"안건 하나를 통과시키느라 공이 많이 들었소. 넌덜머리가 날 지경이라오."

자세한 이야기를 묻는 것은 실례인 것 같아 그녀는 더 이상 묻지 않고 입을 다물었다.

"그대도 피곤해 보이는군."

라드의 말에 웬디가 고개를 끄덕였다.

쉽지 않은 하루를 보낸 것은 그녀뿐만이 아니었던 모양이었다. 창틀에 머리를 기대는 그녀를 따라 라드 역시 몸을 기댔다. 달빛이 두 사람의 어깨에 나란히 내려앉았다. 이마에도 콧대에도 입술에도 같은 달빛이 닿았다. 웬디는 조금 위로받은 기분이 되었다.

"두려움이라는 감성을 느껴 본 일이 있소?"

라드가 텅 빈 하늘처럼 쓸쓸한 음성으로 말했다. 웬디는 아무런 대답 없이 그를 바라봤다.

"오랫동안 잊고 있던 감정이었다오."

그가 애써 웃는 낯으로 읊조렸다. 웬디가 의문 섞인 눈빛을 보내며 창틀에 기댄 몸을 일으켰다.

"……한동안 이곳에 오지 못할 것 같소이다."

소란, 분노, 의심, 저항. 온종일 시달렸던 불쾌한 압박감이 그의 눈매를 어둡게 했다.

황궁에서의 일이 어수선하게 머릿속에 떠올랐다. 황태자의 손을 들어 준 이상 위험을 생각하지 않을 수 없으리라. 그를 움직이기 위해 그녀를 이용하려 들 거라는 생각이 쉬이 들었다.

"이 방이 꽤 마음에 들었는데 아쉽게 됐소."

황태자의 안건에 반대표를 던졌던 귀족들의 견제를 예상한다면 가벼이 그녀 곁에 머물 수 없었다. 그를 향하던 오귀스트 앵그르 공작의 한기 어린 눈빛을 보았을 때 결심을 굳혔다. 기우라 해도 할 수 없었다. 아니, 기우가 되게 만들어야 했다. 더 이상 욕심을 부릴 수는 없었다. 그녀에게 그림자 두엇을 붙여 두고 사교계의 소문을 잠재운다면 그들도 이곳까지 손을 뻗치지는 못하리라.

"무슨 일이 있으신 건가요?"

그녀가 조심스럽게 물었다. 라드는 조용히 고개를 가로저었다. 단단한 입매 사이로 애써 거둬들인 흐릿한 아쉬움이 흘렀다.

'모험을 할 수는 없어.'

"다시 돌아왔을 때 그대 앞마당의 꽃빛이 변해 있으면 좋겠군."

'그댈 두고서.'

웬디에게 들리지 않는 말을 삼킨 그가 답답한 듯 셔츠 깃을 잡아당겼다.

"하아암."

커다랗게 하품을 한 번 한 웬디가 눈꼬리 끝에 매달린 눈물방울을 소맷부리로 닦아 냈다. 연두색 소매가 진초록 빛으로 콕콕 물들었다. 오후나절의 한가로움이 웬디의 꽃집 앞을 서성이다가 꽃집 안으로 들어선 지 오래. 그녀는 꿈벅꿈벅 나른하게 감기는 눈을 몇 번 비비다가 테이블에 그대로 엎드렸다.

우려했던 것과 달리 딜런 레녹스를 다시 보는 일은 없었다. 마음을 졸인 채 한두 주를 보냈지만 그 이후로도 그가 올 기미가 없자 그녀는 안심했다. 마음만 먹으면 언제고 찾아올 수 있을 테지만 그라는 존재를 안 보이는 동안 뇌리에서 일단 지워 두자는 방어 심리가 작용한 것인지, 그마저도 종국에는 크게 염려되지 않았다.

덕분에 그녀는 평화로운 나날을 보내고 있었다.

그러나 진정으로 마음이 평화로웠던 것은 아니었다. 문득문득 딜런에게 전해 들었던 과거의 이야기가 떠오르곤 했기 때문이다.

자신을 뒤올드랑 백작에게 팔아넘기려 한 백작 내외, 자신과 딜런의 사이를 갈라놓으려 수작을 벌였던 프란시스, 그들의 악행이 갑작스럽게 떠오르는 일이 종종 있었다. 그럴 때마다 순간적으로 머리에 확 열이 올라 견딜 수 없었기에 웬디는 찬물을 벌컥벌컥 들이켜야 했다.

그녀는 의도적으로 백작가 사람들을 떠올리지 않으려 노력했다. 그들이 밉지 않은 것은 아니었다. 밉고 또 미웠으나, 그들에 대한 원망이 자신의 일상을 망가뜨리는 것을 용납할 수는 없었다. 가치 없는 일에 가치를 두고 싶지 않았기에 그녀는 백작가 일원들이 자신을 두고 벌인 저열한 일들을 잊기 위해 노력했다. 무덤덤해지지 않고서는 견딜 수 없었던 하즐렛가에서의 모진 기억들이 아이러니하게도 그들에 대한 분노를 다스리는 데 도움이 되었다. 그녀의 마음은 그녀가 짐작하고 있는 것보다 훨씬 단단했다.

그랬기에, 그녀의 일상은 평화로웠다.

옆집 소년 벤포크가 밤마다 다시 사랑 노래를 부르기 시작한 것과 몬트라피 빵 값이 오른 것만 뺀다면 거슬리는 일 따위라곤 없었다. 불과 몇 달 전과 견주어 보더라도 너무나도 평화로운 하루하루였다.

그런데도 웬디는 밤마다 쉽사리 잠을 이루지 못했다.

숙면에 도움을 주는 캐모마일 차를 몇 잔이나 마셔 봤지만 소용이 없었다. 양을 천 마리쯤 세어 본 후 몇 번이고 뒤척이다 보면 도저히 참기 힘든 순간이 온다.

그럴 때면 창가에 다가가 희뿌연 새벽빛 사이로 보이는 이웃집 창문을 물끄러미 바라본다. 의미 없는 행동이다. 잠이 오기는커녕 잠이 더욱 달아난다. 마음의 스산함을 억누르지 못하고 잔뜩 웅크린 채 침대에 몸을 파묻는다.

그러기를 몇 날.
꽃집에서 꾸벅꾸벅 조는 일이 거의 일상이 되었다.

이유를 알 수 없는 불면증의 여파에 괴로워하며 웬디는 무거운 눈꺼풀을 간신히 떴다. 꾹꾹 눈두덩을 눌러 준 후 물 한 잔을 들이킨다.

몸이 고단하면 불면증을 이겨 낼 수 있을까. 오늘은 가게 문을 일찍 닫고 레이니 숲과 그 앞의 버투왓 강을 들러 보리라 마음먹는다. 미뤄 뒀던 식물 채집과 실험들을 하나씩 해 나가리라.

빠르게 가게를 정리하고 편안한 작업복으로 갈아입은 웬디는 거친 숲길을 걷기 알맞은 튼튼한 가죽 부츠를 챙겨 신었다. 종이에 싼 몬트라피 빵과 수통을 배낭에 챙겨 넣고 가게를 나왔을 때도 해는 아직 머리 위에 떠 있었다.

한산했던 가게 안과 다르게 거리는 온통 시끌벅적했다. 황제의 탄신일을 하루 앞두고 베냐한 제국 여기저기에 축제 분위기가 가득한 터였다. 오전 내내 평소보다 많은 양의 꽃을 거래처에 납품할 수 있었던 것도 이 덕이다.

매년 그렇듯 내일은 오후부터 손님이 물밀 듯 밀려들 것이다. 축제 분위기 속에서 덩달아 사랑을 고백하는 연인들을 비롯하여 여기저기서 꽃을 찾는 이들이 많은 이날이 꽃집 아가씨인 웬디에게는 대목 중의 대목이었다.

쿠다다당탕!

걸음을 막 옮기려던 그녀는 시끄러운 소음에 무심코 뒤를 돌아봤다. 사람들의 시선이 한곳을 향해 모아져 있었다. 골목 한구석에서 나는 소란인 듯싶었다. 싸움이라도 났나. 고개를 갸웃거린 웬디는 이내 호기심을 지우고 걸음을 재촉했다.

오랜만에 신은 가죽 부츠가 새끼발가락을 쿡쿡 눌러 발가락에 늑진한 피로감이 몰려올 무렵이었다. 신발 선택을 후회하며 이마를 찡그리던 웬디는 자리에 쪼그려 앉아 부츠의 조임을 조금 느슨하게 풀었다. 그런 그녀의 위로 순간 그림자가 졌다.

별생각 없이 고개를 든 웬디는 자신의 앞에 서 있는 낯선 사내를 보고 의아한 얼굴을 했다. 남자가 심각한 표정으로 자신을 내려다보고 있었기 때문이다.

"……?"

"……웬디 양 맞습니까?"

그의 입에서 나온 자신의 이름에 웬디는 순간 경계심을 세웠다. 쪼그린 자세에서 발딱 일어나 무슨 일이냐는 듯 그를 쏘아보자 남자가 말을 이었다.

"웬디 양을 만나 뵙길 바라시는 분이 계십니다. 잠시 저와 동행하시겠습니까?"

점잖은 말투였으나 태도 자체는 고압적이었다.

"······그분이 누구신지 말씀해 주시겠어요?"

웬디가 사내의 행색을 찬찬히 살펴보며 말했다. 평범한 복장이었지만 한눈에 봐도 고급스러운 재질로 된 옷인 것을 알 수 있었다. 허리춤에 달려 있는 검에 잠시 시선을 던진 그녀가 다부진 사내의 체격을 가늠하듯 살폈다. 그의 차림과 귀족적인 태도로 미루어 보아 남자는 귀족 가문이나 황실의 기사일 것이라 추측되었다.

"이곳에서 말하기 곤란합니다. 멀지 않은 곳에서 기다리고 계시니 함께 가 주시면 고맙겠습니다. 부디 무례를 용서해 주십시오."

"절 만나고자 하시는 분이 누구신지 짐작이 가지 않는군요. 선약이 있어 급히 길을 가던 중이었습니다. 아무래도 지금은 곤란할 것 같네요."

"거절은 불허합니다. 함께 가 주시지요."

사내가 인상을 굳히며 말했다. 웬디는 인적이 드문 거리를 잠깐 둘러보며 하는 수 없이 고개를 끄덕였다. 남자가 그제야 표정을 풀었다.

그를 따라 막 걸음을 옮기던 찰나, 그녀는 휙 몸을 돌려 잽싸게 뛰기 시작했다. 순간 당황하는가 싶은 남자가 빠르게 뒤따라와 웬디의 팔을 잡아챘다. 그 즉시 웬디는 반대편 팔에 힘을 잔뜩 주고 그가 자신을 잡아채는 반동에 힘입어 그의 얼굴을 팔꿈치로 가격했다. '퍼억' 하는 소리가 크게도 울렸다.

"으윽!"

"놔!"

가격당한 충격에 그가 움츠린 틈을 타 웬디는 사내에게 잡힌 손을 비틀어 빼내고 다시 힘차게 달렸다. 심장이 쿵쿵쿵쿵 뛰었다.

여인에게 얻어맞을 거라고 생각조차 못한 듯 남자는 이렇다 할 대응을 하지 못했다. 부지불식간에 당한 일이 믿기지 않는지 사내는 황망하게 멀어져 가는 웬디의 뒷모습을 바라봤다.

타다다다닥.

뜀박질 소리가 길거리의 마른 먼지를 일으키며 크게 울렸다.

그에게서 멀어졌다고 생각한 순간, 웬디는 다시금 자신의 한쪽 팔을 잡아채는 사내의 완력에 '허억' 하고 괴상한 소리를 내뱉었다. 그녀가 아무리 날고 긴다 해도 남자의 쫓는 속도를 당할 수는 없었다.

"이거 놔요! 대체 왜 이러는 거예요!"

웬디가 악을 쓰며 그의 손을 뿌리치려 했다. 멀찍이에서 지나가던 행인 하나가 걸음을 멈추고 무슨 일인가 싶어 두 사람을 쳐다보고 있었다.

남자가 곤욕스러운 얼굴로 웬디에게 잔뜩 목소리를 낮춰 말했다. 소곤거리는 그 음성을 들은 웬디가 경악으로 부릅뜬 눈으로 그를 노려봤다.

"내가 당신을 어떻게 믿죠?"

"아가씨에게는 선택의 여지가 없습니다. 절 믿고 안 믿고는 당신의 자유지만, 그것과 관계없이 저는 명을 수행할 겁니다."

웬디가 사납게 남자를 쏘아봤다. 그녀가 남자에게 붙잡히지 않은 손을 다시금 위협적으로 번쩍 들었다. 그가 움찔하며 재빨리 그 손을 잡아 눌렀다. 더 이상 봐주지 않겠다는 듯 손길이 조금 거칠었다. 호신술을 쓸 생각은 우선 접었다. 섣부른 호신술로 당해 낼 만큼 사내는 만만한 자가 아니었다.

"아파요!"

웬디가 소리치자 그가 손에 살짝 힘을 빼면서도 긴장을 늦추지 않고 그녀를 꼭 붙들었다.

"따르시죠."

웬디는 분했지만 퍼렇게 부어오르기 시작한 그의 한쪽 뺨을 바라보며 마음을 가라앉혔다.

잠시 뒤, 웬디는 시가지를 벗어난 골목 어귀에 섰다. 흔히 볼 수 있는 사두마차 한 대가 비스듬히 그 앞에 서 있었다. 마차 앞에 서 있던 세 명의 남자 중 하나가 웬디와 사내를 보자 마차 문을 두드렸다.

웬디는 사내에게 이끌려 마차 앞에 섰다. 마차를 둘러싸고 있던 남자 셋의 얼굴을 외워 두려는 것처럼 재빠르게 살핀 그녀는 그중 한 명의 얼굴이 낯익은 것을 알아챘다.

라자뷰데 박물관에서 라드의 명을 받아 웬디를 바래다주려 했던 기사 조나단이었다. 그의 검은 옷 곳곳에 묻어 있는 흙을 미심쩍은 눈빛으로 쳐다보던 그녀와 눈이 마주치자 조나단이 움찔 고개를 돌렸다.

달칵.

웬디를 데려온 사내가 마차 문을 열었다. 시간이 흐를수록 욱신거림이 심해지는 뺨 때문이었을까. 그녀에게 사감이 남았는지 그가 조금 험하게 웬디의 팔을 내던지듯 놓았다. 대번에 웬디가 쌍심지를 켜고 사내를 노려봤다.

"파이던 경, 자네 얼굴이 왜 그런가?"

마차 안에서 들려온 목소리에 웬디가 얼른 고개를 돌려 사건의 주모자를 쳐다봤다.

"설마…… 여기 이 아가씨의 작품은 아니겠지?"

"송구합니다."

"하하하하, 자네가 송구할 일이 뭐 있나. 그래그래, 웬디. 역시 그대는 날 실망시키는 법이 없군. 그렇게 서 있지 말고 어서 들어오게나."

웬디는 마지못해 마차 안에 들어섰다. 파이던이라고 불린 사내가 마차 문을 닫자 마차 안에 금세 정적이 내려앉았다.

"……전하께 인사 올립니다."

웬디가 무릎을 굽히며 어색하게 인사했다. 바지 차림인지라 우스꽝스러운 인사가 되어 버리고 말았다.

"됐네, 됐어. 거기 자리에 앉게나. 갑작스러운 만남이라 많이 놀랐을 테지? 파이던 경의 얼굴을 저리 만든 걸 보면 뭐 알 만하네. 하하하하."

아이작 황태자가 신이 난 듯 웃었다.

"암행 중이십니까? 전하를 황궁 밖에서 뵐 줄은 상상도 못했습니다."

웬디가 평복 차림을 한 황태자의 모습을 훑어보며 말했다.

"암행이라 불릴 만큼 그럴 듯한 일을 하던 중은 아니었다네. 그보다는…… 납치를 도모하던 중이라는 게 더 어울리지 않을까 싶네만."

황태자의 말이 끝나기가 무섭게 마차가 움직이기 시작했다. 갑작스러운 진동에 웬디가 불안한 듯 마차의 시트를 꼭 쥐었다.

"안심해도 좋아. 난 이 나라의 황태자가 아닌가. 그대에게 설마 파렴치한 짓이라도 하겠는가. 하하하하."

아이작 황태자가 짓궂게 그녀를 흘기며 말했다. 웬디는 더욱 불안해졌다.

"몬트라피 값이 많이도 올랐더군. 자그마치 열네 배. 열네 배가 올랐다니 말이 되는가? 저 웃음 뒤에 도사리고 있는 원망이 나는 보이는 것 같아. 머지않아 저들이 쇠붙이를 들고 황궁으로 달려올지도 모르지."

황태자가 창밖의 사람들의 모습을 멀거니 보며 중얼거렸다.

"이 나라에 비참한 삶을 사는 이들이 얼마나 많은지 아는가? 펠라시스 쪽으로 조금만 올라가도 헐벗은 제국민들이 허다해. 가 본 적이 있나?"

"······없습니다."

"난 몇 번 가 보았어. 냄새 나고 숨이 막히는 곳이지. 두려울 만큼 말이야."

"말씀하신 것들과······ 제가 전하와 강제로 동행하는 게 연관이 있습니까?"

웬디가 싸늘한 음성으로 말했다. 백성들의 삶을 살피러 나온 황태자의 암행 따위 관심에 없었다. 자신의 자유를 겁박하는 이유가 중요할 뿐이었다.

"그래, 연관이 있지. 멀리 내다본다면, 상당히 연관이 있고말고."

그가 자신의 연한 초콜릿 색 곱슬머리를 한 손으로 꾹꾹 말아 쥐며 말했다.

"나는 그들의 삶을 변화시키고 싶어."

"······."

"기회조차 없이 가난만이 대물림되는 그들의 삶을 말이야."

"그게 저와 무슨……."

"몬트라피의 병충해가 북쪽으로 번져 오고 있다네. 몬트라피 소출이 평년작 수준이었는데도 지금 이렇게 값이 뛴 이유가 뭔지 아는가? 올해 몬트라피 농사를 망쳤기 때문일까? 아, 물론 그것도 이유가 되겠지. 하지만 그보다도 더 결정적인 건, 정신 나간 놈들 몇몇이 매점을 서슴지 않고 있기 때문이라네. 황실에서 정한 세금도, 농민을 위한 적정선의 수매가도 그들에겐 다 우스운 일들이지."

"……."

"제국의 법 위에 그자들이 있다네. 물가를 안정시키려는 노력들이 소용없어진 지 오래야. 칼로엔과의 전쟁으로 발타자르를 잃은 일의 대가는 황실에 가혹한 것이었다네. 황실은 힘을 잃었어. 뒤늦게 발타자르를 되찾았을지언정 황권마저 모두 되찾진 못하였거든. 귀족들의 힘이 촘촘한 그물처럼 광범위하게 퍼져 있다네. 몬트라피를 가지고 장난질을 하는 놈들에게 제제를 가해 보았자 꼬리 일부를 잘라 내는 선에서 끝나 버리곤 하지. 그렇게 보지 말게나. 나도 황실의 일원으로서 면구하기 짝이 없으니까."

아이작이 눈매를 찡그리며 설레설레 고개를 흔들었다.

"힘의 균형을 맞추는 일이 얼마나 중요한지 절절히 깨달았지. 그래서 난 저기 저들에게도 베냐한 제국의 힘을 일부 나눠 주려고 한다네."

아이작 황태자가 유리창을 더듬으며 말했다. 그의 시선을 따라 유리창 너머 사람들의 모습을 건너본 웬디는 그가 자신에게 왜 이런 이야기들을 하는지 여전히 이해할 수 없었다.

"전하, 저는 도무지-!"

"웬디, 그대를 납치한 일이 그 일의 첫걸음이라 할 수 있지. 오, 그리 몸 둘 바 없어 할 필요 없네. 내 선택이 그대에게 영광된 일이란 걸 잘 알고 있어. 아하하, 난 그저 그대가 이 시간을 즐겨 준다면 더할 나위 없이 기쁠 거라네!"

악동 같은 얼굴로 크게 웃어젖히는 아이작 황태자를 보며 웬디는 마른 침을 꿀꺽 삼켰다. 말이 통하지 않는 작자였다. 이 상황을 어떻게 극복해야 할지 아연해질 뿐이었다.

마차는 달리고 달려 한참 만에 멈춰 섰다. 마차 문을 두드리는 소리가 들리고 연이어 문이 열렸다.

황태자와 함께 마차에서 내린 웬디는 자신이 황궁 안에 와 있음을 금세 알아챘다. 웅장하게 솟아 있는 상아빛 궁전이 눈앞에 보였다. 십자 모양의 섬세한 기둥 장식과 아치형의 길쭉한 창문이 죽이어져 있는 건물이었다.

"시가지를 돌아오느라 오래 걸렸네. 몸이 다 찌뿌듯하군."

황태자가 웬디에게 손을 내밀며 말했다.

"가지, 내가 안내하겠네."

"이런 차림으로 에스코트를 받기 민망합니다."

웬디의 거절을 못 들은 척하며 황태자는 그녀의 손을 잡았다.

"웬디, 그대는 나와 좀 친밀해질 필요가 있어. 그대를 위한 왈츠를 한 곡 작곡해 줘야 내게 마음을 열겠나. 이거 원, 도무지 어렵군. 슈로더 경이 얼마나 애를 먹을지 훤하네."

웬디는 다물린 입술을 뚫고 나오려는 반박을 가까스로 억누르며 그를 따라 걸음을 옮겼다.

끝없이 늘어선 줄기둥을 따라 한동안 걷자 황궁의 북쪽 별관이 나타났다. 건물 안으로 들어가 안내된 곳은 황금빛 커튼과 하얀 대리석, 채색 타일로 장식된 아름다운 방이었다.

"지금부터 꾸민다면 시간을 얼추 맞출 수 있겠군. 그럼 이따 보세나."

웬디를 방 안까지 안내한 아이작 황태자는 이내 발길을 돌렸다. 웬디는 황당한 마음을 감추지 못하고 더듬더듬 그를 불렀다.

"화, 황태자 전하!"

"아, 거기 자네. 그래, 조나단 렌킨 경. 경은 못다 한 임무를 계속 수행하도록 하게나. 내가 올 때까지 이곳을 철저히 지키도록. 여기이 아리따운 아가씨가 안전하게끔 말이지. ……아, 경의 상관에게 보고하는 건 잠시 미뤄 둬야 할 거야."

그녀의 부름에 빙그르르 몸을 돌린 황태자가 별안간 멀찍이 서 있던 조나단에게 명을 내렸다. 기사는 얼떨떨한 얼굴을 하다 금세 큰 목소리로 명을 받들겠다 말했다.

그날 저녁. 지친 얼굴을 한 웬디는 멍하니 거울 앞에 서 있었다. 어깨가 훤히 드러나는 둥근 네크라인에 종 모양으로 치마가 넓게 퍼지는 진녹색 드레스를 입은 채였다.

모든 것을 포기한 얼굴로 시녀들의 몸치장을 받고 있던 웬디는 치장이 끝나고 그들이 방을 나가자마자 시름 가득한 한숨을 뱉어 냈다. 그 소리에 문 앞을 지키고 서 있던 기사 조나단이 고개를 돌렸다. 웬디와 눈이 마주치자 그가 민망한 듯 얼굴을 붉혔다.

"……경은 제1기사단의 일원이 아니신가요? 왜 황태자 전하의 곁에 계시는 거죠?"

웬디가 그런 그를 물끄러미 바라보다 물었다.

"……저는…… 단장님의 명을 수행하는 중이었습니다."

조나단이 우물쭈물하다 한참만에야 대답을 내놓았다.

"그런 차림으로 어떤 명을 수행 중이셨는지 궁금하군요. 절 납치하라는 명은 아니었을 테고요."

웬디는 흙이 군데군데 묻어 있는 그의 평복 차림을 보며 말했다.

"물론입니다! 단장님께서는 웬디 양의 안전만을 염려하셨습니다. 납치라뇨, 당치 않습니다."

"그럼…… 제 안전에 관련된 명을 수행 중이셨나요?"

"그것이…….""

"……몸싸움이라도 하신 건가요. 흙을 좀 털어 내셔야겠어요."

그녀는 꽃집 앞을 나서며 들었던 우당탕탕 하던 소란을 떠올리며 말했다. 웬디는 협탁 위에 준비되어 있던 손수건을 들고 물주전자가 놓여 있는 탁자를 향해 걸어갔다. 손수건을 물로 적신 웬디가 그에게 그것을 내밀었다.

"경도…… 저와 같이 이곳에 묶인 신세시군요."

손수건을 받지 않고 서 있는 그를 보며 웬디가 안됐다는 듯 눈썹을 찌푸렸다.

"절 감시하시다가…… 아니, 지키시다가 황태자 전하의 심복들과 시비가 붙으신 건가요?"

웬디의 물음에 그가 움찔 고개를 들었다.

"알타린 영애와의 일 때문인가요? 무엇하러 절 지키라는 명을 내리셨는지…….""

"알타린 영애 때문만은 아니지."

그 순간, 벌컥 열린 방문 밖에서 아이작 황태자의 음성이 들렸다. 그가 빙그레 웃으며 방 안으로 들어섰다. 그 뒤로 웬디의 치장을 도맡았던 앳된 얼굴의 시녀 하나와 한쪽 뺨이 시퍼런 파이던이 따라 들어왔다.

"요즘 황궁에 시끄러운 일들이 좀 있었다네. 그 덕에 나나 슈로더 경에게 이를 갈게 된 이들이 몇몇 생겼어. 안타까운 일이지, 적이 생긴다는 건. 뭐, 아무튼 그 고지식한 슈로더 경이 그대의 안전에 대한 방비를 하지 않을 리가 없지 않은가."

"……."

웬디는 지난날 보았던 라드의 모습을 떠올렸다. 정무회의에서의 시달림을 이야기하며 고단해하던 그의 모습을. 그날 이후로 몇 주 동안이나 그를 만나지 못했다. 그때부터였을까? 자신에게 사람을 붙인 것은. 무엇이 그를 불안하게 만들었을까.

"음, 아름답군. 역시 내 생각대로 녹색이 잘 어울려."

아이작 황태자가 드레스를 입은 그녀의 자태를 보며 말했다.

"아니, 그런데. 생각보다 드레스가 크군."

그가 그녀의 가슴 쪽을 바라보며 말했다. 그 무례한 시선에 웬디의 인상이 구겨졌다. 뒤쪽에 서 있던 시녀가 당황한 목소리로 변명하는 소리가 들렸다.

"소, 송구합니다, 전하. 최대한 수선을 하였으나……."

"아니, 됐네. 숙녀분께서 민망하시게 그런 말까지 할 것 없어."

아이작이 손을 내저었다. 웬디가 이를 으드득 갈았다.

"전하께서도 근사하십니다. 그런데 바짓단이 조금 긴 것 같군요."

웬디가 그의 하체를 보며 말했다.

"아하하하! 그런가? 나도 최대한 수선을 해 봐야겠구먼."

아이작이 유쾌하게 웃으며 그녀에게 다시금 손을 내밀었다.

"자, 그럼 가 볼까?"

웬디는 곤란하다는 표정으로 그의 손을 쳐다보며 입을 열었다. 그의 뜻대로 움직여 줄 생각은 없었다.

"전하, 저는……!"

"웬디, 그대에게 내민 이 손은 청이 아니라 명이네."

황태자가 순간 얼굴에 웃음을 지우고 말했다. 가면을 벗은 모습이었다.

웬디는 한동안 아무런 말도 할 수가 없었다. 싸늘한 감정이 가슴속을 채웠다.

황태자를 따라 도달한 표세이나 궁은 화려한 불빛과 소음으로 가득했다. 연회실 문 밖으로 흘러나오는 음악 소리를 들으며 웬디는 초조한 듯 드레스 자락을 쥐었다.

황제의 탄신 연회 전야제는 본 연회에 비해 자유로운 분위기 속에서 치러졌다. 특별한 호명 없이 두 사람은 연회장 안으로 입장했다. 황태자가 들어서자 모두들 무릎을 굽히며 고개를 숙였다. 웬디는 황태자 곁에서 걸음을 옮기며 거북한 숨을 들이켰다.

줄에 이은 연처럼 황태자가 이끄는 대로 걸음을 옮겼지만 그 걸음의 끝에는 그녀가 내내 머릿속에 떠올렸던 한 사람이 서 있었다. 웬디는 입을 앙다물었다. 가슴 깊은 곳에서 벅차오른 무언가가 음성이 되어 터져 나올 것 같았기 때문이다.

"오, 슈로더 경!"

그를 보자 황태자가 반가운 탄성을 내질렀다.

황태자와 웬디의 모습을 본 라드 슈로더는 딱딱하게 굳은 얼굴로 서 있었다. 황태자를 향해 예를 갖추지도 않았다. 지금껏 본 적 없는 무시무시한 표정이었다.

"경의 파트너를 내가 이리 모셔 왔네. 아, 그렇게 기뻐할 거 없다네."

황태자가 소년처럼 씨익 웃으며 말했다. 일부러 짓는 표정이 분명했다.

라드가 웬디에게로 시선을 건넸다가 미약한 한숨과 함께 잠시 고개를 떨궜다. 다시금 황태자를 바라본 그가 무겁게 입을 열었다.

"전하께서 저와 그녀를 방패막이로 세우신다면…… 저 또한 그에 대한 보답을 해 드려야겠지요."

그가 웬디의 손을 잡으며 황태자 곁에 서 있던 그녀를 끌어당겼다. 잡은 손이 정중하고도 굳셌다.

"아니 아니. 경, 왜 이러나. 그런 게 아니란 걸 잘 알잖아. 충성심 없는 말은 그만둬. 나는 그저…… 도처에 가득한 이 자욱한 안개를 조금 걷어 내고 싶었던 것뿐이라네."

"무슨 뜻입니까?"

"두 사람의 관계 말이네. ……그녀를 지키려는 마음은 알지만 둘의 관계에 대한 확신이 필요해. 사람들 사이에 그대들 두 사람의 관계에 대한 인식을 심어 주는 건 무척 중요한 일이라네. 그래야 그대가 언제까지고 내 편에 설 수 있지 않겠는가. 목표가 확실할수록 일은 잘 풀리는 법이지."

황태자가 소리를 낮춰 말했다.

"절 믿지 못 하신단 말씀이십니까?"

힐난하듯 물었지만 라드는 황태자의 말이 믿음에 대한 의심이 아님을 모르지 않았다. 황태자는 라드 슈로더가 변절 따위를 할 이가 아니란 것을 누구보다 잘 알고 있었다. 라드는 편두통이 인 듯 한쪽 눈꼬리를 찡그렸다. 황태자의 수가 뻔히 보였다. 확신이니 뭐니 해도 결국 그와 그녀에게로 시선을 돌리자는 심산이었다.

웬디와의 소문을 잠재우려는 그의 노력을 황태자는 단숨에 무색하게 만들었다. 그녀의 신분이 언제 알려질지 모르는 상황에서 결코 환영할 수 없는 일이었다. 그녀의 신분이 폭로된다면 두 사람의 관계는 단숨에 귀족 사회를 휩쓰는 일대 사건이 되리라. 황태자가 추진하는 법안에 대한 관심은 자연히 수그러들 것이었다. 앵그르 공작파 역시 라드와 웬디의 관계를 주목할 터였다. 물론, 그들은 웬디의 신분을 황태자의 법안과 묶어 더욱 그를 경계할 게 자명했다.

"자네를 믿네. 다만 난 상황이 변하는 게 싫을 뿐이야. 그녀의 안전은 내가 책임질 테니, 걱정 말게나."

"그런 일은 없을 겁니다."

라드가 웬디를 자신 가까이로 더욱 끌어당기며 차갑게 말했다.

"너무 그러지 말게나. 숙녀분께서 놀라시겠네."

황태자가 웬디를 보며 신사인 척 고갯짓을 했다.

"전하께서는 오늘 큰 실수를 하셨습니다. 오래전, 전하께서 검을 내던지셨던 그날보다 절 더 화나게 만드는 실수를 말입니다."

억누른 음성으로 말을 맺은 슈로더는 웬디를 이끌어 발걸음을 돌렸다. 그들이 막 걸음을 떼어 내려는 순간, 분위기에 어울리지 않는 밝은 음성이 들려왔다.

"어머! 이게 누구예요. 슈로더 경 아닌가요?"

환한 미소를 머금고 그들을 향해 걸어온 여인이 라드와 웬디를 번갈아 바라보며 기쁜 듯 웃었다. 진주 빛의 우아한 드레스를 입은 여인은 작은 아기를 품에 안은 채였다. 그녀를 뒤따르던 푸른 머리칼의 남자 역시 휘둥그레진 눈으로 웬디와 라드를 살폈다.

"에드몬즈의 말이 사실이었군요. 희대의 스캔들이 났다는 게!"

"메리언, 당사자 앞에서 실례야."

뒤따른 남자가 '흠흠' 헛기침을 하며 여인을 책했다.

"아, 불쾌했다면 용서하세요. 너무 기쁜 마음에 그만."

여인이 우아한 표정으로 살포시 웃으며 웬디에게 양해를 구했다.

"누이, 누이는 여기 이 동생의 얼굴은 보이지도 않는 거야? 저 두 사람에게만 관심을 두니 서운한걸."

황태자가 툴툴대는 목소리로 말했다.

"전하도 이리 아리따운 아가씨를 데리고 오신다면 관심을 드리죠."

메리언이라 불린 여인이 그녀의 동생에게 눈을 흘기며 핀잔을 줬다. 그 순간 그녀의 품에 안긴 아기가 칭얼거리며 울음을 터뜨렸다. 메리언이 반사적으로 아기를 어르며 난감한 얼굴을 했다.

"이런, 아샤론이 갑자기 많은 사람들을 봐서 놀란 모양이네요. 영애, 절 좀 도와주실 수 있겠어요? 조용한 곳으로 자리를 옮겨야 할 거 같은데요. 여성 휴게실에 사람이 많지 않아야 할 텐데……."

메리언이 웬디를 보며 다정한 투로 말했다. 라드가 대신 거절하려는 듯 입을 열었지만 아이가 더 큰소리로 빽빽 울어 대는 통에 말할 틈을 놓치고 말았다.

메리언이 웬디에게 눈짓을 하며 먼저 걸음을 옮겼다. 웬디는 라드에게 괜찮다는 듯 고개를 끄덕이며 마지못해 그녀를 따라 나섰다. 그녀들이 움직이자 어디선가 나타났는지 모를 기사 서넛이 그 뒤를 따라붙었다. 웬디는 그들의 모습을 힐끗 쳐다본 후 벌건 얼굴로 힘껏 울어 대는 아기의 얼굴에 시선을 고정했다.

다행스럽게도 여성 휴게실에 선객은 없었다. 연회가 시작된 지 얼마 되지 않은 탓이었다. 기사들은 휴게실 안을 휘둘러본 후 밖으로 나가 문 앞에 대기했다.

메리언은 웬디에게 휴게실 한편에 곱게 개켜 있는 담요를 가져다 달라 부탁했다. 아기가 울음을 그치지 않고 계속 버둥거리는 탓에 그녀가 애를 먹었다.

"아직 아이를 달래는 게 서툴러요. 아샤론이 조금 더 순한 아이였다면 좋았겠지만 워낙 고집쟁이라."

메리언이 부끄럽다는 듯 미소 지었다. 웬디는 담요를 아기에게 둘러 주며 그저 한 번 억지로 빙그레 웃음 지었다.

"이렇게 멋대로 도움을 청해 미안해요. ……세 사람의 분위기가 좋아 보이지 않아 일부러 아가씨를 이곳으로 이끌었어요. 슈로더 경이 그런 표정을 짓는 걸 처음 봤거든요. 그대로 두 분을 떠나보낸다면 큰일이 날 것 같아 가슴이 철렁하더군요. 황태자 전하와 슈로더 경이 조금 더 이야기를 나눴으면 했답니다. 에드몬즈가 두 사람 사이를 잘 중재하길 바랄 뿐이에요."

"……."

"아이작은…… 황태자 전하께선 사람 사이의 관계에 서투르신 분이세요. 감추는 데에 능숙해 오히려 그런 부분은 서툴기만 하시죠. 무언가 실수한 게 있다면 넓은 마음으로 이해해 줬음 해요."

아기의 울음이 잦아들었다. 웬디는 나직하게 숨을 몰아쉬며 할 말을 찾았다.

"제가 어찌 그분을 판단하겠습니까."

"……아이작이 아가씨에게 많은 관심을 갖고 있더군요. 전하께서 종종 아가씨에 대해 이야기를 하셨답니다. 꽃집을 하신다고요?"

"……그렇습니다."

눈앞의 공주는 웬디의 신분을 알고 있었다. 황태자가 자신의 신분을 알고 있다는 사실은 놀랍지도 않았다. 그가 파이던을 시켜 자신을 데려온 순간부터 각오했던 일이었다. 황태자와 메리언 사이에 어떤 이야기가 오고 갔을지 알 수 없으나 웬디는 자신이 생각하는 것보다 그녀가 자신을 더 잘 알고 있을지도 모른다는 생각이 들었다.

"아가씨가 어디까지 사정을 알고 있는지는 모르겠지만…… 황태자 전하께서 아가씨에게 관심을 갖는 건 슈로더 경의 도움을 받기 위해서만은 아니에요. 번잡한 정치 얘기를 떠나서도…… 그 아이는 아가씨에게 깊은 호감을 갖고 있답니다. 부르고뉴 숲의 사냥 대회에서 작위를 내걸었던 것도 다 그런 의미였죠. 처음부터 아가씨를 이 일에 끌어들이려는 생각은 아니었을 거예요. 그건 분명해요."

"……."

웬디는 말없이 서서 메리언 공주의 갈색 눈동자를 들여다봤다.

"이 말을 해도 될지 판단을 내리기 힘들었어요. 하지만 좀 전에 세 사람의 표정을 보니 그냥 넘어갈 수가 없더군요."

메리언이 잠시 말을 멈추고 할 말을 거르듯 입술을 몇 번 달싹거렸다.

"……오늘 아침, 아샤론에 대한 협박 편지를 받았어요. 단순한

협박으로 받아들이기 어려운 내용이었죠. ………황태자 전하께서
추진하고 계신 일 때문이에요. 전하께선 평민들이 차별 없이 관직
에 나설 수 있는 법안을 마련하셨답니다. 이미 정무회의에서 통과
된 법안이죠. 폐하의 승인과 공표만이 남은 상황이에요.”

협박 편지라는 말에 웬디가 울음이 잦아든 아기의 얼굴을 쳐다봤다.

“저와 에드몬즈는 이미 각오했던 일이었어요. 전하가 하시려는
일이 위험하단 걸 알고 있었으니까요. 하지만 아샤론이 표적이 될
거라고는…….”

메리언은 말을 잇지 못하고 아이의 뒷머리를 조심스레 매만졌다.

“그 때문에…… 황태자 전하께서 저를 이곳에 데려오신 겁니까?”

웬디가 물었다.

“……그래요. 국법에 따라 폐하께서 그 법안을 승인하시려면 아
직 보름의 시간이 더 필요해요. 그때까지 어떻게든 시선을 분산시
키려고 하신 거죠. 아가씨에겐 정말 면목이 없어요.”

“슈로더 경께서 말하신…… 방패막이라는 의미가 이거로군요.”

웬디가 마른 입술을 손으로 문질렀다. 너무도 터무니없는 이야기
에 화를 낼 의지조차 사그라들었다.

“가장 큰 아군을 잃을지도 모른다는 걸 알면서도 황태자 전하께
선 어떻게든 가족을 지켜 내려고 하셨어요. ……아가씨에겐 이기
적인 소리로밖에 들리지 않겠지만요.”

메리언이 섧게 웃으며 고개를 숙였다.

“……뭐라고 말씀을 드려야 할지 모르겠습니다.”

웬디가 무겁게 말했다. 침묵 외에 내놓을 수 있는 말은 이게 다
였다. 급작스러운 피로감이 몰려왔다.

"아가씨가 위험에 처하게 두진 않을 거예요. 물론 제가 나서기도 전에 슈로더 경이 그런 상황을 용납하지 않겠지만요……."

구차한 위로라는 것을 알았는지 공주 스스로도 면괴한 듯 미약한 음성으로 말을 맺었다.

"……제가 평민이라는 사실을 밝히실 생각이십니까?"

"아뇨, 결코 그런 일은 없을 거예요."

믿기지 않았다. 완벽하게 웬디를 방패막이로 세우려 한다면 그녀의 신분을 밝히는 일 또한 망설일 이유가 없을 것이었다. 그래야 협박 편지를 보낸 이들의 이목을 끌 수 있을 테니까. 오늘 자신을 이곳 전야제에 강제로 데려온 것은 황태자의 그런 계획 중 일부였을 것이다. 다음 계획은 황제의 탄신일에 맞춰 자신의 신분을 폭로하는 것일지도 몰랐다.

"잘못된 일이란 걸 알면서도 저 역시 황태자 전하를 말리지 못했어요. 미안하다는 말을 하기도 염치가 없군요. ……오늘 두 분께 지운 짐의 무게가 어떠한지 잘 알고 있어요."

이제는 잠이 들어 버린 아기를 품에 꼭 끌어안으며 공주가 눈물을 글썽였다. 거짓 눈물은 아니었다. 아기를 안은 그 모습이 어쩐지 필사적으로 보였다. 웬디는 그들 역시 부조리한 상황의 희생양이라는 사실을 알았다. 자신 또한 그들에 의해 희생되는 체스판 위의 말과 같았지만 그들과 자신 중 누가 더 비극적 상황에 놓였는지에 대한 경중을 따지는 어리석음을 범하고 싶진 않았다.

"……말씀하신 짐의 무게라는 게 어느 정도인지 짐작조차 되지 않는군요. 전 그저 작은 꽃집을 운영하는 평범한 여인에 지나지 않아요. 황태자 전하께서 추진하고 계신 법안이 무엇인지 잘 알지도 못할뿐더러 왜 제가 그 일에 휩쓸려야 하는 건지도 잘 이해되지 않습니다."

아기는 말간 얼굴로 새근새근 숨을 내뱉고 있었다. 작은 생명을 품에 안은 여인은 온 힘을 다해 그 생명을 지키려 하고 있었다. 웬디가 시름 섞인 눈으로 그 모습을 바라봤다.

"……하지만 누군가를 지키려 하는 그 마음만은 이해할 수 있을 것도 같군요. 황태자 전하께서도, 공주 전하께서도 그런 마음이셨겠죠. 그 방법에 대해 동의할 수 없다고 하더라도 그 마음만은 이해합니다."

웬디가 쓴웃음을 지었다.

고열을 앓던 자신의 어린 시절. 그 순간 보았던 흐릿한 어머니의 얼굴.

그 얼굴이 공주와 겹쳐 보인 건 무슨 이유였을까. 웬디는 그래서 메리언 공주를 비난할 수 없었다. 하지만 지금 그들을 입술로 비난하지 않는다 하여 그들이 자신을 이용하려 한 사실 자체를 용납한 것은 아니었다.

두 사람은 한참 동안 말없이 앉아 있었다. 잠에 빠져 있던 아샤론이 경기를 일으키듯 몸을 살짝 떨었을 때에서야 메리언 공주가 자리에서 일어섰다.

"오늘 이곳에 걸음 하는 일이 그 어느 때보다 어려웠어요. 아버님의 생신을 축하하는 자리에 얼굴을 비추지 않을 수 없으니 말이에요. 아샤론을 떼어 놓기 불안해 이리 품에 안고 올 수밖에 없었답니다. ……이쯤이면 돌아가 봐도 될 것 같군요. 함께 일어나시겠어요?"

그녀를 따라 여성 휴게실을 나선 웬디는 연회장으로 되돌아가는 복도를 걸으며 생각에 잠겼다. 자신도 모르는 사이 위험한 일에 발을 담그고 말았다. 논리적으로 상황을 판단해 보려 해도 쉽지가 않았다. 부조리한 상황을 논리적으로 판단하려는 것 자체가 말이 안 되는 일일지도 몰랐다.

그저 자신이 할 수 있는 최선의 대처를 찾아야 했다. 하지만 과연 그런 것이 있기나 할까.

문득 라드 슈로더의 얼굴이 떠올랐다. 그의 잿빛 눈동자가, 그 눈빛이 뚜렷하게 머릿속을 맴돌았다. 강물을 흔들며 부는 바람처럼 그 생각은 그녀의 마음을 잘게, 또 느리게 뒤흔들었다.

그라면, 그라면 지금 이 순간 자신에게 무슨 말을 해 줄까.

"아가씨와 슈로더 경이 이루어지길 바라는 마음은 진심이에요. 황태자 전하는 물론이고, 저 역시 그렇답니다. 오늘 아가씨와 이야기를 나눠 보니 더욱 그랬으면 하네요. 마음 깊이…… 바라고 있답니다."

공주가 아샤론의 등을 토닥이며 말했다. 시끌벅적한 연회장의 소음에 아기가 놀란 듯 몸을 뒤틀었다.

"저는 슈로더 경과……."

라드와의 사이를 해명하려고 입을 열었던 웬디는 그 순간 채 말을 잇지 못하고 놀란 듯 숨을 들이켰다.

무심코 던진 시선 사이에 보인 얼굴들 때문이었다.

머릿속을 복잡하게 뒤덮고 있던 좀 전의 상념들이 바스라지듯 흩어져 버렸다. 대신 그 자리에 경악이 들어찼다.

연회장 한쪽, 샴페인이 마련된 탁자 앞에 익숙한 얼굴 여럿이 보였다. 두 번 다시 만나고 싶지 않았던 사람들. 그들의 그림자가 화려한 샹들리에의 불빛을 모조리 살라 버리는 것처럼 그녀를 덮쳐 왔다. 붉고 붉은 머리칼만이 그 어둠 속을 가득 채웠다.

아…….

웬디는 자신도 모르는 사이에 신음과도 같은 탄식을 내뱉었다. 수풀 사이 몸을 숨긴 가시풀에 분별없이 손끝을 찔린 것처럼 통증이 일었다. 빠르게 도는 피의 흐름이 말단을 저릿저릿하게 했다.

하즐렛 백작 부인은 꾸민 듯한 미소를 지으며 누군가에게 프란시스를 인사시키고 있었다. 마지막 보았던 순간보다 조금 마르고, 또 성숙해 보이는 얼굴을 한 프란시스가 수줍게 웃는 모습이 보였다.

"괜찮으세요? 얼굴색이…….'"

새파랗게 질린 웬디의 모습을 보고 메리언이 걱정스러운 듯 물었다.

"잠시, 실례하겠습니다."

웬디는 황망한 인사말을 남기고 걸음을 옮겼다. 그녀가 몸을 돌리던 순간, 프란시스의 고개가 웬디를 향했다. 웬디는 프란시스의 붉은 머리칼이 자신이 서 있던 쪽으로 물결치는 것을 보았다.

가슴이 철렁했다. 설마, 알아보았을까.

연회장을 빠져 나오는 그녀의 발걸음이 초조했다. 다리 사이로 감기는 드레스 자락이 그렇게 거추장스러울 수가 없었다.

연회장 앞의 복도를 빠른 걸음으로 거닐던 그녀는 어둑어둑한 기둥 사이로 급히 몸을 숨겼다. 프란시스가 자신을 뒤따르진 않을까 하는 불안감이 웬디를 몰아붙였다. 괜한 걱정이기를 바랐다.

어둠 속에서 그녀는 조바심이 담긴 숨결을 내뱉었다. 애꿎은 입술을 앞니로 잘근거리던 그때. 또각거리는 구두 굽 소리가 복도를 울렸다. 웬디는 숨을 죽였다. 온몸의 피가 졸아붙는 기분이었다.

얼마 안 있어 프란시스의 모습이 시야에 들어왔다. 검은색 바탕에 빨간 무늬가 수놓아진 화려한 드레스를 입은 그녀가 복도를 연신 두리번거렸다. 검고 붉은 색감이 웬디의 눈가를 어지럽혔다.

웬디는 두 눈을 꾹 감았다. 프란시스에게 자신의 모습을 들킨다면, 그녀를 통해 자신의 모든 것이 탄로 난다면, 그땐 어찌해야 할까.

암담한 자신의 미래가 머릿속을 스쳐 지나갔다.

수도에 남기로 한 것이 옳은 선택이었을까. 벗어날 수 없는 운명에서 홀로 발버둥 친 건 아닐까.

한없이 감정적인, 또 한없이 냉정한 생각들이 머릿속을 오갔다.

"프란시스."

그때였다. 웬디의 상념을 깨는 음성이 귓가를 스쳤다.

웃는 듯 우는 듯 괴상한 표정을 하고 있는 프란시스의 모습이 보였다. 잠시 머뭇대던 그 아이가 걸음을 뗐다. 빠르게 기둥을 지나쳐 간 프란시스가 떨리는 목소리로 그의 이름을 불렀다.

"딜런!"

웬디는 프란시스의 발걸음에서 그녀의 흥분을 읽었다. 기둥에 가려져 보이지 않았음에도 그녀가 어떤 표정을 짓고 있을지 훤히 알 수 있었다.

"오랜만이에요. 수도에 오면 혹시 만날 수 있지 않을까 생각은 했지만……."

프란시스가 말끝을 흐렸다.

"……그래, 오랜만이야."

딜런이 사이를 두고 말했다.

"그동안 잘 지냈어요? 황실 기사가 됐다는 소식은 들었어요. 찾아오고 싶었지만 알다시피…… 바하르 후작가와의 관계 때문에 모든 활동이 조심스러워서…….

프란시스가 띄엄띄엄 어렵게 이야기를 했다. 쉽사리 하고 싶었던 말들을 꺼내 놓지 못하는 것 같았다. 딜런은 말이 없었다.

"오늘 무도회가 제게는…… 데뷔 무도회예요. 이제야 데뷔한다고 다들 비웃을 거란 걸 알고 있지만, 그래도…… 오늘을 무척 기다렸어요. 딜런을 만날 수 있지 않을까 해서…….

"…….

"시간이 된다면 함께해 주지 않겠어요? 딜런이 곁에 있어 준다면 정말…… 힘이 될 것 같은데…….

그녀의 목소리가 가늘게 떨렸다.

"보다시피 지금 근무 중이야. ……데뷔 무도회라면 오래 자리를 비워서 안 되잖아. 어서 들어가 봐.

딜런이 말했다. 단조로운 어조였다.

"당신에게 하고 싶은 말이 많아요. 근무가 끝나면 잠시라도 시간을……!

"우리가.

딜런이 프란시스의 말을 끊으며 말했다.

"한가롭게 안부를 주고받을 사이는 아니잖아.

매섭도록 냉정한 목소리였다. 딜런의 단호한 거절에 한참 동안 아무런 말을 하지 않고 서 있던 프란시스가 어느 순간 발길을 돌려 빠르게 복도를 뛰어갔다. 웬디는 어둠 속에서 숨을 죽인 채 연회장 쪽을 향해 멀어지는 프란시스의 뒷모습을 바라보았다.

좌우로 흔들리는 프란시스의 붉은 머리가 점점 작아질수록 초조히 뛰던 심장이 빠르게 수그러들었다. 그녀의 입술에서 안도의 한숨이 새어 나왔다.

　"웬디."

　그 순간 복도를 울린, 딜런의 낮은 음성을 듣기 전까지.

　웬디는 느려진 심장 박동이 너무 성급했음을 알지 못했다. 그녀는 순간 잘못 들은 게 아닌가 하는 생각을 하였다. 딜런의 발소리가 자신을 향해 점점 가까이 다가옴에도 웬디라고 불러 말했던 그 음성을 믿지 못했다.

　"……!"

　그녀가 몸을 숨긴 좁고 어두운 공간 안으로 딜런이 들어섰을 때에서야, 웬디는 자신이 잘못 들었던 게 아니란 것을 깨달았다. 수그러들었던 심장 박동이 다시금 빨라졌다.

　"웬디."

　숨결이 피부에 닿을 만큼 가까운 거리에서, 그가 그녀의 이름을 불렀다. 웬디는 자신도 모르게 뒷걸음질 쳤다. 등 뒤로 차가운 벽의 단단한 감촉이 느껴졌다. 딜런이 자신에게서 멀어지는 그녀의 팔을 애달픈 손길로 잡았다. 웬디가 그 손을 뿌리치려 하자 그가 다른 손으로 그녀의 어깨를 붙들었다. 멀리서 사람들의 발소리가 들렸다.

　"이……!"

　"쉿, 사람들이 듣겠어."

　그가 그녀의 말을 막으며 말했다.

　"……무슨 짓이야?"

"너야말로…… 대체 무슨 일이야? 왜 이곳에 있는 건데. 프란시스든 누구든 널 알아볼 수 있을 거라는 생각은 안 했어?"

딜런이 그녀를 나무랐다.

"……프란시스 일을 도와준 건 고마워. 하지만 네가 상관할 일이 아니야."

"슈로더 단장님과…… 그분과 함께 온 거야?"

"……."

웬디는 대답 없이 시름에 잠긴 남자의 얼굴을 올려다봤다. 침묵을 긍정으로 읽은 그가 더욱 낮은 목소리로 말을 이었다.

"네가 바라던 삶이 어떤 건지…… 이젠 잘 모르겠어. 단장님과 연관되는 게 무슨 의미인지 모르지 않을 테지?"

딜런의 물음에 웬디가 한숨을 내쉬었다.

"알고 있어. 네가 무얼 걱정하는지……. 하지만 너에게 해명하고 싶지 않아."

그녀의 말에 딜런이 입을 다물고 안타까운 듯 눈매를 찌푸렸다.

"네 상황에 대해서, 네가 원하는 것들에 대해서 이해해 보려고 노력했어. 모든 걸 다 이해한대도…… 네가 그분 곁에 있는 건, 도무지 이해할 수가 없어."

잠시 후, 그가 어두운 목소리로 말했다.

"……널 이해시키고 싶은 생각 같은 건 없어. 네가 날 이해하고 말고는 내게 중요한 게 아냐."

선을 긋듯 단호한 말이 그녀의 입에서 흘러나왔다.

그 말을 들은 딜런의 기세가 돌연 사나워졌다. 그가 상처받은 얼굴로 소리쳤다.

"어째서! 어째서 그게 중요하지 않을 수 있어?"

갑작스러운 그의 분기에 웬디가 당혹스러운 얼굴을 했다.

"내가 아무리 바보 같은 짓거리로 우리의 관계를 망쳤다 해도! 내가 어떤 심정으로 그랬을지…… 어떤 심정으로 지난 2년을 보냈을지! 어떻게 조금도 헤아려보지 않을 수 있어?"

딜런이 예기치 않은 분노로 몸을 떨었다. 그의 원망스러운 눈빛을 마주한 웬디는 말문이 막혔다.

"난…… 네가 날 얼마나 미워했을지, 너의 오해가 얼마나 깊었을지 생각하면서 널 이해하려고 노력했어. 그랬으니까, 나에 대한 믿음이 깨졌을 거라고, 날 용서하지 못하는 거라고…… 네 고통을 이해하려고 노력했어."

"……."

"그런데 넌! 어떻게 단 한 번도, 날 이해하려고 하지 않는 거야? 너만 지난 시간을 고통 속에서 보냈다고 생각해? 나는? 난 괴롭지 않았다고 생각해?"

웬디는 두 눈을 깜박일 수가 없었다. 머릿속의 피가 모조리 빠져나가는 느낌이 들었다.

딜런이 숨을 크게 몇 번 몰아쉬었다. 그는 복받쳐 오르는 감정을 자제하려고 무던히 애를 쓰는 것처럼 보였다. 당황한 웬디의 얼굴을 본 그가 자조하듯 눈을 감았다.

짙게 가라앉은 고요가 숨 막히게 두 사람을 감쌌다.

그가 그녀의 어깨에서 조심스럽게 손을 떼어 냈다. 감정을 추스르는 것처럼 고개를 한 번 숙였다 든 그가 가까스로 말을 뱉었다.

"……다시 연회장으로 되돌아갈 수 없을 테니까, 내가 단장님을 모셔 올게. 여기서 기다려…….”

뒤돌아 어둠 밖으로 사라지는 딜런의 모습을 차마 쳐다보지 못하고 웬디는 그대로 고개를 떨궜다. 복도를 밝힌 기름 램프가 뿜어내는 불빛은 여전히 그녀가 서 있는 어둠 속을 비집고 들어오지 못했다. 한 사람의 그림자가 빠져나간 어둠이 외려 그 크기를 넓히고 있었다.

스르륵 미끄러지며 그녀는 그 자리에 주저앉았다. 온몸의 힘이 빠졌다. 딜런의 얼굴이 속절없이 떠올랐다 흩어지길 반복했다.

그를 이해하려고 노력한 적이 있었던가.

그의 고통이 그녀의 가슴을 찔렀다.

웬디는 시든 꽃처럼 마르고 지친 얼굴로 오늘 하루의 일을 떠올렸다. 그녀의 입에서 나약한 웃음이 새어 나왔다. 고단했다. 어둠 속으로 침몰하는 육신을 붙잡을 수가 없었다. 밤바다를 유영하는 난파선처럼 그대로 어디론가 사라져 버렸으면 좋겠다는 생각마저 들었다.

복도를 울리는 발소리가 뒤섞여 들려왔다. 웬디는 한참을 넋 놓고 있었다. 어느 순간 그중 하나의 소리가 유독 크게 그녀의 귓전을 울렸다. 웬디의 눈빛이 휘어진 가을 나무처럼 볼품없이 흐려졌다.

“…….”

그 순간 그녀가 주저앉은 자리 앞에 누군가 다가와 섰다. 웬디는 흐린 눈으로 고개를 들었다. 남자가 허리를 숙인 채 그녀를 내려다보고 있었다. 그의 입술에서 걱정스러운 음성이 새어 나왔다.

“숨바꼭질이라도 하고 있는 게요.”

라드 슈로더가 그녀에게 손을 내밀었다. 웬디는 잠시 그 손을 바라보다 그 위로 자신의 손을 얹었다. 그가 힘을 줘 그녀를 일으켜 세웠다.

"그만, 갑시다."

고뇌와 갈등이 교차하는 표정으로 그가 말했다. 웬디는 말없이 그를 따랐다. 그들의 움직임에 기름 램프의 빛이 일렁이며 흔들렸다.

발길을 붙드는 진득한 어둠 속을 빠져나오며 웬디는 자신도 모르는 사이 격한 감정이 일어나는 것을 느꼈다. 서글픔인지 죄책감인지 가늠할 수 없는 그것은 어둠 대신 그녀의 마음을 잠식했다. 그 감정을 들키고 싶지 않았던 그녀의 고개가 자꾸만 아래로 떨어졌다.

"무슨 일이 있었던 게요?"

긴 복도를 지나 계단 앞에 다다랐을 때 그는 인내했던 말을 꺼냈다. 웬디는 끝없이 이어진 계단의 수를 세듯 아래를 향해 시선을 두고 두어 번 고개를 내저었다.

"한참 동안 그대가 오지 않기에, 여성 휴게실까지 발걸음하였소. ……그렇게 보내는 게 아니었다고 후회했다오."

"……제가 걱정을 끼쳐 드렸군요."

"레녹스 경을 만났소. 그가 그대의 위치를 알려 주더군."

"……그분께 신세를 졌네요."

웬디가 어두운 얼굴로 말했다. 라드는 그녀에게 더 묻고 싶은 게 많은 것처럼 보였지만 애써 참는 듯 입을 다물었다. 저무는 노을빛처럼 붉어진 그녀의 눈가가 마음에 걸린 듯 그 위로 그의 시선이 오래도록 머물렀다.

11화

황실 무도회에 오지 마세요

황실 무도회에 오지 마세요

　건물 바깥으로 나오자 시원한 밤공기가 피부를 스쳤다. 낡은 소매의 솔기를 매만지듯 그녀가 한쪽 팔을 쓸었다. 오랜 세월을 견딘 참나무 한 그루가 잎 하나를 그녀의 발치로 떨궈 냈다. 웬디는 나뭇잎의 균열을 슬픈 마음으로 넌지시 바라보다 걸음을 옮겼다.

　두 사람은 마차가 대기하고 있는 회랑 너머를 향해 갔다. 멀찍이 떨어져 있는 분수대에서 환하게 조명을 밝혀 두고 와인잔을 기울이던 이들이 왁자지껄하게 떠드는 소리가 들려왔다. 웬디와 라드가 걸어가는 방향에도 드문드문 떨어져 있는 벤치마다 웃으며 대화를 나누는 사람들의 모습이 보였다.

　"……그렇다니까요! 아하하, 소페라닌에서 직접 공수해 온 거라 얼마나 질이 좋은지 몰라요."

　"그렇게 말씀하시니 저도 꼭 한번 보고 싶군요."

　신이 나 대화를 나누던 사람들 앞을 웬디와 라드가 지나쳐 가자,

그들은 약속이나 한 듯 입을 꾹 다물었다. 두 사람이 그들로부터 조금 거리를 벌린 후에야 소곤대는 소리가 이어졌다.

"슈로더 경이시군요."

"곁에 계신 분은 소문의 그 영애가 맞나요?"

남자 하나가 소리를 낮춰 그의 일행에게 물었다. 그들 딴에는 조심스럽게 말소리를 줄여 이야기한 것이었지만 웬디의 귓가에는 그대로 다 들렸다.

"네, 지난번 작위식에서 뵀었던 분이시네요. 어느 가문의 영애인지 아는 이가 아무도 없다더군요. 귀족이 아니라는 이야기도 있던데……."

소곤거림이 이어지자 라드가 뒤를 돌아보며 그들을 향해 무감한 시선을 보냈다. 그들의 대화가 다시금 뚝 멈췄다.

"아하하……. 이만 일어나시겠습니까?"

"네, 그러죠."

쩡하니 굳은 그들이 서둘러 자리를 떠났다. 후다닥 사라지는 사람들의 모습을 다시 한 번 쳐다본 라드가 조용한 음성으로 말했다. 희미해져 가는 새벽 별빛처럼 공허한 숨결이 음성 사이에 섞였다.

"그대를 괜한 일에 끌어들인 것 같아 마음이 무겁소."

"……공주 전하께 대략적인 이야기를 전해 들었습니다. 협박 편지를 받으셨다 하더군요."

"에드몬즈 역시 그리 말을 하더군. 그러나 그것이 이 일에 그대를 끌어들이는 명분이 될 수는 없소."

라드 슈로더가 단호하게 말했다.

"이 일로 인해 제게 위험이 닥칠 것이라 생각하십니까?"

웬디의 물음에 그가 막막한 눈빛으로 웬디를 바라봤다.

"확신할 수 없소. 법안을 반대하는 자들이 나를 움직이기 위해 그리 손을 쓸 수도 있겠지. ……하지만 결코 그렇게 두지는 않을 거라오. 약속하지, 이 일로 그대가 다치는 일은 없을 것이오."

웬디는 고통스러운 마음을 숨기며 고개를 한 번 끄덕였다. 그런 그녀의 기색을 읽은 라드가 씁쓸한 눈빛을 했다.

말들이 투레질을 하는 소리가 들렸다. 몇 걸음 가지 않아 여러 가문의 마차들이 즐비하게 서 있는 공간이 나타났다. 저만치서 슈로더 가문의 마부가 라드를 알아보고 다급하게 달려왔다.

그의 안내를 받으며 마차를 찾아 이동하던 때에 따가닥거리는 말발굽 소리가 들려왔다. 잠시 후, 입구를 통과해 들어오는 마차 한 대가 보였다. 늦은 손님이었다.

"워워."

마차는 두 사람 앞에 멈춰 섰다. 작은 짐승을 발톱으로 움켜쥔 채 날아오르는 독수리의 형상이 마차 문 위에 그려져 있었다. 앵그르 가문의 상징이었다.

딸각.

멈춘 마차 안에서 벼른 듯 날카로운 인상의 사내가 내렸다. 단단한 체구에 검을 차고 있는 것으로 보아 앵그르 가문의 기사인 듯했다. 그 뒤로 고풍스러운 느낌의 회갈색 정장을 차려 입은 중년 남자가 마차에서 내렸다. 희끗희끗한 머리칼에 눈매가 선해 보이는 남자였다.

"슈로더 공을 이곳에서 뵙는군요."

그가 인자한 웃음을 지으며 두 사람에게 다가왔다. 누구에게나 호감을 살 법한 미소였다.

"앵그르 공."

라드가 웬디 앞으로 나서며 그의 이름을 불렀다.

"늦지 않으려 부랴부랴 왔는데 한발 늦었는가 봅니다. 공께서 벌써 떠나시는 모습을 보아하니. 허허, 뭐가 급해 벌써 가십니까, 파티를 좀 더 즐기시지 않고요."

"충분히 즐겼습니다."

라드가 짧게 대답했다. 그를 대하는 태도가 냉담했다.

"뒤에 계신 영애께서는…… 슈로더 공의 파트너이십니까? 인사를 드리고 싶군요."

"몸이 좋지 않아 급히 가려던 참이었습니다. 인사는 다음으로 미뤄 두죠."

라드가 그의 시야에서 웬디를 가리며 말했다.

"……그리 거절하시니 하는 수가 없군요. 그럼, 좋은 밤 보내시길."

인사를 건네는 오귀스트 앵그르 공작의 얼굴 위로 스치듯 비릿한 미소가 떠올랐다. 그 미소에 라드가 눈매를 좁히며 예리한 시선으로 그를 바라봤다.

콰콰콰쾅!

그때였다.

지축을 뒤흔드는 요란한 굉음이 회랑 너머 연회장 쪽에서 크게 울렸다. 푸석한 먼지가 연회장 건물에서 푸스스 솟아오르는 게 보였다. 멀리서 사람들의 비명이 연달아 터져 나왔다. 오싹한 외마디 소리가 천지를 진동했다.

소란이 일자 라드는 본능적으로 웬디를 품에 끌어당겼다. 터져 나오는 비명 소리에 그녀 역시 겁을 집어먹은 듯 하얗게 질린 얼굴을 하고 있었다.

그의 낯빛이 어둡게 가라앉았다.

황태자 전하께서 아직 연회장에 계시다.

라드의 머릿속에 섬뜩한 생각들이 스쳐지나갔다.

연회장 쪽을 향해 시선을 둔 라드가 다시금 웬디를 바라봤다. 무슨 일이 벌어지고 있는지 알 수 없는 지금, 그녀를 소란의 중심으로 데리고 갈 수는 없었다.

"이, 무슨 일인지! 버레이 경, 어서 가서 상황을 살펴보게."

앵그르 공작이 그의 호위기사를 향해 명령했다.

"각하를 이곳에 혼자 계시게 할 수는 없습니다."

기사가 그에게 고개를 숙이며 말했다.

그 둘의 실랑이를 본 라드 슈로더가 심난한 눈빛으로 웬디를 내려다봤다. 그와 두 눈을 마주한 웬디가 무언가를 결심한 듯 입술을 꼬옥 한 번 사리물더니 그에게 말했다.

"가 보세요. 하실 일이 있으시잖아요."

"……."

"어서요."

그녀의 재촉에 슈로더가 앵그르 공작의 얼굴을 힐끗 쳐다봤다. 공작의 얼굴 위로 덧씌워진 심려를 곧이곧대로 믿을 수 없었다.

이곳에 그녀를 두고 갈 수는 없다.

어쩌면 저곳의 소란보다 눈앞의 남자가 더욱 위험할지 몰랐다. 지축을 뒤흔든 좀 전의 폭발과 앵그르 공작이 아주 무관할 것 같지 않다는 예감이 들었다.

"아니, 그럴 수 없소."

말을 마친 그가 그녀의 손을 힘주어 잡았다.

"……!"

라드는 그대로 웬디를 이끌어 뛰기 시작했다. 웬디가 놀란 듯 날
랜 숨을 내뱉었다. 타닥타닥 땅을 박차는 두 사람의 달음박질 소리
가 팽팽하게 긴장된 밤공기를 울렸다. 연회장이 가까워질수록 소
란이 더욱 커졌다. 그만큼 라드의 마음이 다급해졌다. 뺨을 스치는
바람에 미약한 화약 냄새가 느껴졌다.

"하아…… 하아……."

웬디의 숨결이 거칠어졌다. 풍성한 드레스 자락을 추켜올린 채
뛰던 그녀가 주저를 담아 순간순간 라드를 올려다봤다. 그 시선을
느낀 그가 그녀를 향해 눈길을 보냈다.

귀 밑으로 흘러내려 연신 흩날리는 샛노란 머리칼 사이로 창백한
그녀의 피부가 도드라져 보였다. 마주친 풀빛 눈동자에 드리워진
염려를 읽은 남자는 도리어 조금 안심했다. 그 안에 맴도는 감정이
공포나 두려움 같은 것들이었다면 더 이상 발걸음을 옮기기 힘들
었으리라.

라드 슈로더는 찡그려 음영진 웬디의 눈썹께에 붙잡힌 듯 시선을
묻은 후 곧 고개를 돌렸다. "괜찮을 것이오." 하고 그가 불안을 잠
재우려는 듯 말했다. 웬디는 대답 대신 차오르는 숨을 뱉어 냈다.

고함과 비명이 뒤섞여 쩌렁하게 귓가를 울리기 시작하자 맞잡은
그녀의 손에서 축축한 땀이 배어 나왔다. 슈로더는 웬디의 긴장을
짐작하고 그 손을 더욱 굳세게 그러쥐었다.

연회가 벌어졌던 궁 앞에 당도하자 건물 뒤쪽에 뿌옇게 풀썩이며
먼지가 흩날리는 모습이 보였다. 황궁의 호수인 오드트 호를 바라

보고 있는 쪽이었다. 그곳을 향해 한 무리의 기사단이 뛰어가는 모습을 본 슈로더가 그들을 뒤따랐다.

상황은 처참했다. 건물 외벽은 갈기갈기 찢겨 사방에 그 파편이 널려 있었다. 무너진 기둥 잔해 사이에 깔려 신음을 내뱉으며 피를 흘리는 사람들도 몇 보였다. 기사들과 귀족 남성 여럿이 그들을 무너진 잔해 사이에서 끄집어내고 있었다.

하얗게 피어오르는 먼지 속에서 웬디는 목덜미가 써늘해지는 기분이 들었다. 엉킨 매듭처럼 칭칭 감겨 버린 발걸음을 쉽사리 떼어내기 힘들었다.

"이쪽으로!"

기사들이 큰소리로 외치며 부상자들을 한쪽 가에 눕혔다.

그들의 얼굴을 살피는 웬디의 눈꼬리가 파르르 떨렸다. 혹시, 그가 있지 않을까. 섬뜩하게 끼쳐 오는 불안감에 다친 이들의 모습을 빠르게 훑어봤지만 황실 기사의 복장을 한 이는 없었다. 어깨가 부르르 떨릴 정도의 안도감이 밀려왔다.

"단장님!"

그 순간, 라드를 발견한 마른 체격의 기사 하나가 그들을 향해 급히 뛰어왔다. 기사의 검은 머리칼이 온통 먼지로 뒤덮여 희끗희끗해 보였다.

"황태자 전하는 어디 계신가!"

그가 근처로 채 오기도 전에 라드가 외쳐 물었다.

"전하께서는 폭발이 있기 전에 황태자궁으로 돌아가셨습니다. 공주 전하와 그 가족분들 역시 좀 전 기사단의 호위를 받으며 이곳을 떠나셨습니다."

기사의 말에 라드 슈로더가 안도하듯 짧은 숨을 내뱉었다.

"폭발의 주범자를 찾아냈는가? 피해 상황은?"

"아직 수상한 자를 발견하지 못했습니다. 그나마 연회장 안에서 바스당스가 시작되던 참이라 외부에 사람이 거의 없었던 게 천운이었습니다. 현재까지 파악된 부상자는 여섯 명입니다. 그들을 치료할 황실 의원을 부르기 위해 사람을 보내 두었습니다."

"시뮤안 경에게 따로 연통이 온 것은 없는가?"

장 자크 시뮤안 경과 그 휘하 기사들이 황제를 호위하기 위해 배치되었음을 떠올린 슈로더가 물었다.

"없었습니다."

황제는 전야제 막바지에 등장하기로 예정되어 있었다. 좀 전의 폭발이 적어도 황제를 노린 것은 아니란 소리였다.

"제1기사단의 선봉조를 황제 폐하께 보내 시뮤안 경을 도와 폐하를 호위하도록 하게. 알레르트황실 경계의 최고 위험 등급상황이네. 훈련대로 황태자 전하와 공주 전하를 호위할 인원을 배치하고 나머지 인원들은 이곳에 모두 투입하도록. 혹시 모를 사태를 대비하여 연회장의 귀족들을 체시랑트 궁으로 이동시키고, 그들이 더 이상 동요하지 않도록 그곳에도 기사 두 개 조를 배치하게나."

슈로더는 추가적으로 공주와 그 가족들을 황궁의 사브리나 궁으로 은밀히 모시라 명했다. 궁의 많은 건물 중 공주와 별 접점이 없는 곳을 일부러 택하였다. 그녀가 받았다던 협박 편지를 의식하지 않을 수 없었던 것이다.

"네, 말씀하신 대로 인원을 배치하겠습니다."

"당장 호이킨 기사단장님의 행방을 알아내어 이곳으로 모셔 오고, 황실 경비를 배로 늘리게. 지금 이 순간부터 아무도 황궁을 나가선 안 돼."

제2기사단의 단장과 공조하기 위해 그의 행방을 찾길 명한 슈로더는 혹시 모를 범인의 도주를 미연에 방지하기 위해 황궁을 봉쇄하라 말했다. 슈로더의 말에 고개를 끄덕인 기사가 재빠르게 뛰어갔다.

라드 슈로더가 검은 어둠에 잠긴 오드트 호를 향해 고개를 돌렸다. 호수 너머에 뾰족한 첨탑이 나란히 서 있는 황태자궁이 보였다. 그는 물안개 핀 호수 저편을 묵직한 시선으로 바라봤다가 다시 혼란스러운 사고 현장으로 고개를 돌렸다. 신음하는 부상자들의 모습이 시린 안개처럼 그의 눈가를 맴돌았다.

당장 눈앞에 보이는 부상자들 중에 특징 있는 자들은 없었다. 영향력 없는 변방의 귀족과 어린 영식 몇몇, 그리고 시종 하나가 고통을 호소하고 있을 뿐이었다. 특정된 누군가를 노린 폭발이라고 판단하기에는 무리가 있었다.

황태자의 법안과 무관한 일일까?

잠시 생각한 라드 슈로더는 곧 고개를 가로저었다.

아니다, 그리 판단하기에는 시기가 좋지 않았다. 그렇다고 단순한 경고로 보기에는 너무 과격한 처사였다. 무엇하러 이런 요란스러운 짓을 벌이겠는가?

"……!"

그 순간이었다. 머릿속에 뭉근하게 피어오르던 불안이 한순간 쪼개어지듯 라드의 미간을 덮쳤다. 그의 두 눈썹이 사정없이 일그러졌다.

왜 그것을 진작 생각지 못했을까.

"오웬 경!"

라드가 화급한 목소리로 멀리 있는 기사 하나를 부르며 그에게 달려갔다. 어깨 위에 파란색 견장이 있는 제2기사단의 기사였다.

얼떨결에 라드가 달려 나가는 대로 손이 잡힌 채 이끌려 간 웬디가 벅찬 들숨에 먼지를 크게 들이마시고는 콜록콜록 기침을 내뱉었다.

"경! 공주 전하 일가의 호위 인원에 몇이 차출되었는가?"

"……지난밤 황태자 전하의 명으로 뱃지 에노스 경과 제2기사단 스무 명이……."

"황태자 전하께 붙은 호위 인원은? 추가 인원 배치가 있었는가?"

매뉴얼대로라면 황태자에게 제2기사단의 롯테어와 비상 시 선봉에 나설 상위 실력 스무 명의 기사가 배치되었어야 했다.

"방금 제쉬 크레슨 경이 제2기사단의 기사 아홉 명을 차출하기 위해 갔습니다. 그들이 합류하면 기존 인원과 합해 총 스물입니다."

라드의 얼굴이 참혹하게 일그러졌다.

황태자를 지킬 전력이 터무니없이 약해졌다. 만약 적들이 애초부터 황태자를 노린 것이라면……. 이 폭발은 기사단의 주의를 분산시키려는 수작에 지나지 않는다. 공주 전하 일가에게 배달된 협박조의 서신 역시 마찬가지였다.

"경은 지금 기사 열 명을 모아 나를 따르게. 황태자궁으로 갈 것이네."

라드가 느낀 불안을 감지한 듯 오웬 경이 더욱 굳은 얼굴로 뒤돌아갔다.

"웬디, 그대는 체시랑트 궁으로 가도록 하시오. 내 그대 곁에 함께할 기사를 붙여 주겠소. 다른 귀족들과 한데 모여 있는 게 오히려 안전할 것이오."

그가 웬디의 손을 놓으며 말했다. 그 말에 웬디가 난색을 표했다.

"이런 상황에서 기사님들의 짐이 되고 싶지 않아요. ……저기, 저분 곁에서 부상당한 분들을 돌보고 있을 테니 저는 염려 마세요. 이곳에도 일손은 필요하잖아요."

웬디가 부상자를 옮기는 기사의 모습을 보며 말했다.

"아니, 안전한 곳으로-."

"단장님! 준비를 마쳤습니다!"

기사들을 이끌어 되돌아온 오웬 경이 라드에게 외쳐 말했다. 말이 끊긴 라드는 잠시 망설이며 웬디를 바라봤다. 주저를 곱씹는 얼굴이었다. 웬디가 아무 문제없다는 듯이 고개를 끄덕였다.

"……제라드 경!"

라드가 웬디가 가리켰던 기사의 이름을 불렀다. 부상자를 막 내려놓은 기사가 그의 상관을 바라봤다.

"여기 이분께서 부상자들 치료에 도움을 주실 걸세. ……이분께 도움을 청하도록 하게나."

턱없이 불안한 어조로 말을 마친 라드는 기사들을 이끌고 급히 자리를 떠났다. 주저와 망설임을 억지로 떼어 내는 그의 발치에 유난히 더 퍼석이는 먼지가 피어올랐다.

"……."

희뿌연 먼지 사이로 사라지는 라드의 모습을 바라보던 웬디는 정신을 차리려는 것처럼 고개를 흔들었다. 주변을 허둥지둥 뛰어다

니던 시종을 하나 잡아 최대한 깨끗한 천을 가져다 달라 청한 그녀
가 부상자들의 상처를 살폈다.

"의원이십니까?"

제라드 경이 물었다.

"의원은 아니지만 응급 처치 정도는 할 수 있습니다."

부상자들의 상처는 깊지 않았다. 건물 파편에 찢어지고 눌린 상
처와 뼈가 부러진 것처럼 보이는 상처가 눈에 띄었지만 폭발에 직
접적으로 당한 사람은 없는 것 같았다.

검지의 힘을 써야 하지 않을까 잠시 갈등했던 웬디는 목숨이 경
각에 있는 사람들이 없다는 것을 확인하고서 황실의 의원을 기다
리기로 마음먹었다. 바하즈만이나 베젠타 같은 식물을 자라게 한
다면 부상을 빠르게 치료할 수 있을 테지만 굳이 위험을 감수할 필
요는 없었다.

시종이 들고 온 천을 길게 찢어 상처를 지혈하며 웬디는 주변을
살폈다. 아수라장을 방불케 하던 폭발 현장은 조금씩 진정 기미를
보였다. 기사들의 빠른 대처 덕분이었다. 한 부상자의 격렬한 신음
소리를 들으며 웬디는 다시 바쁘게 몸을 움직였다.

"이곳은 위험합니다!"

"잠깐이면 돼요! 부상자 얼굴만 확인한다니까요!"

문득 소란스러운 언쟁이 들려왔다. 익숙한 목소리였다.

부상자의 상처를 닦아 내다 흠칫 놀란 웬디가 고개를 푹 숙인 그
대로 소리가 들리는 쪽을 쳐다봤다. 무너진 잔해 너머에서 황실 기
사와 실랑이를 하던 여인의 붉은 머리칼이 보였다. 프란시스 하즐
렛이었다.

"아니면 딜런 레녹스 경이 어딨는지라도 말해 주세요! 그가 무사하다는 걸 확인해야겠어요!"

프란시스가 무절제한 몸짓으로 딜런의 행방을 물었다. 그녀 앞의 기사가 사무적인 태도로 말했다.

"지금은 비상 상황입니다. 기사의 위치를 함부로 발설할 수 없습니다. 부상자 중에 황실 기사는 없으니 안심하고 돌아가십시오."

웬디는 슬그머니 자리에서 일어섰다. 프란시스를 경계하는 웬디의 얼굴에 긴장의 빛이 역력했다. 프란시스, 그 아이가 금방이라도 기사를 제치고 부상자들이 신음하는 이곳으로 뛰어들 것만 같았다.

마침 건물 모퉁이에서 감색 옷으로 전신을 휘감은 황실 의원 세 명이 급히 오는 모습이 보였다. 제라드 경이 그들을 맞이하러 달려 나가는 틈을 타 웬디는 조심스럽게 무너진 건물 자리를 빠져나왔다.

사고 현장 반대편으로 다급히 몸을 피하자, 건물 바깥을 서성이고 있는 사람들이 여럿 보였다. 그들 중 하나가 웬디를 알아보고 다짜고짜 큰소리로 물었다. 공포에 질린 목소리였다.

"슈로더 단장님의 동행인이시죠? 조금 전의 폭발이 뭐였는지 알고 계시나요? 단장님은 어디 계시죠?"

소문이 와짝 퍼지듯이 그의 물음이 주변 사람들의 시선을 모았다. 웬디는 난처한 기색으로 입을 벙긋거리다가 아는 것이 없다는 말을 간신히 남긴 채 뒤돌아 뛰었다. 뒤쪽에서 그녀를 부르는 다급한 음성이 들렸으나 돌아보지 않았다.

사람들의 눈을 피해 뛰던 웬디는 간신히 인적 없는 길 위에 설 수 있었다. 덩그러니 혼자 남겨지자 두려움이 치솟아 올랐지만 사람들 틈바구니에 있는 것보다는 나았다. 그렇게 애써 위안을 삼자 그나마 안정이 되는 기분이 들었다.

잠시 밍기적거리며 길 위를 거닐던 그녀는 마차가 있는 곳으로 되돌아가는 것이 최선이라는 결론을 내렸다.

그때 저만치서 인기척이 났다. 자그마하니 두런두런 이야기를 나누는 남자들의 음성도 들려왔다. 웬디는 괜히 눈에 띄어 좋을 것이 없다는 생각에 나무 뒤에서 숨을 죽였다.

잠시 뒤 남자 둘이 나타났다. 웬디가 서 있던 근처를 그들이 비껴 걸어가자 두 사람의 목소리가 좀 더 또렷하게 들려왔다. 그녀가 바라보는 각도에선 그들 중 한 명의 뒷모습만이 보였다. 웬디는 그 뒷모습에 시선을 둔 채 그들이 그저 지나쳐 주길 간절히 바랐다.

"소란을 피우지 마십시오. 긴 이야기를 나눌 수 없습니다."

웬디의 시야에 잡힌 남자가 잠시 걸음을 멈췄다 다시 걸으며 말했다.

"내 불안해서 말일세. 앵그르 공께서는 뭐라 하시는가? 우리 가문의 안전은 정말 약속해 주시는 거겠지?"

"물론입니다. 공께선 오늘의 충성을 잊지 않으실 것입니다. 그러니 자중하여 몸을 낮추고 계십시오. 공께 만남을 청하는 것 또한 당분간 삼가 주십시오. 오늘과 같은 행동은 곤란합니다."

"안심이 되지 않아 그랬다네……. 내 자중하도록 하지."

낯설지 않은 이름이 흘러나오자 웬디는 대화에 더욱 귀를 기울였다. 앵그르 공이라면 조금 전 라드와 마주쳤던 인물이 아닌가. 웬디는 마차에서 내리던 젠틀한 인상의 중년 남자를 떠올렸다. 분명 라드가 그를 앵그르 공이라 불렀다.

"……!"

그때 내내 딱딱한 목소리로 상대를 주눅 들게 하던 남자가 주변을 살피려는 것처럼 뒤쪽으로 고개를 돌렸다. 어둠 속에서도 날카롭게 벼른 듯한 그의 진한 인상은 눈에 띄었다. 웬디는 그 남자가 앵그르 공과 함께 있던 기사임을 한눈에 알아볼 수 있었다.

다행스럽게도 남자는 웬디를 발견하지 못하고 가던 걸음을 계속해 멀어져 갔다. 그들의 모습이 사라지고도 한참이 지나고 나서야 웬디는 나무 아래서 나와 편안히 운신하였다. 몹시도 수상한 대화라는 생각이 들었다. 기사와 이야기를 나누던 다른 남자는 누구였을까? 혹 조금 전의 폭발과 연관된 일은 아닐지.

잠깐 사이에 너무나 어마어마한 일을 보고 겪은 탓인지 그녀의 머릿속에서 온갖 추측이 난무했다. 곧 그녀는 고개를 흔들었다. 이러고 있을 때가 아니었다. 이곳에서 더 시간을 지체할 수 없었다.

웬디가 거리를 가늠하듯 주변을 둘러봤다. 멀리 나무 사이로 달빛에 반짝이는 호수의 전경이 보였다. 공포에 잠긴 황궁의 모습과 동떨어진 잔잔한 물결이 느리게 유려한 빛을 내며 흘러가고 있었다. 웬디는 그곳을 향해 조금 가까이 다가갔다.

뾰족한 첨탑이 나란히 있는 건물이 멀지 않은 곳에서 보였다. 폭발 현장에서 보았던 건물이었다. 건물의 위치를 통해 자신이 사고 현장보다 훨씬 위쪽으로 올라왔음을 알아챌 수 있었다. 다시 아래쪽으로 내려가 사람들의 이목을 피해 걷는다면 마차로 되돌아갈 수 있으리라.

푸드덕- 쏴아아아-.

웬디가 막 발걸음을 돌리려던 찰나였다.

호숫가 근처를 노닐던 새 떼들이 일제히 날아올랐다. 새들의 비상으로 잔잔하던 물결이 이지러졌다.

콰아앙! 우르르릉 쾅쾅!

불규칙한 강물의 반짝임을 응시하던 웬디는 귀청을 찢을 듯한 커다란 굉음에 몸을 굳혔다. 소름 끼치는 폭발음이 공기를 죄 들쑤시듯 매섭게 울렸다.

진동은 조금 뒤늦게 찾아왔다. 땅울림이 난 지 수초 후, 건물의 첨탑 하나가 무너져 내렸다. 새카만 어둠 속에서도 무너진 건물이 일으키는 자욱한 먼지가 보였다.

웬디는 숨죽인 채 파괴된 첨탑의 흔적을 바라봤다.

"……안 돼."

그녀는 넋이 나간 사람처럼 읊조렸다. 곧 웬디는 미친 듯이 호수를 따라 뛰기 시작했다. 무엇이 두려운지 스스로도 알지 못했다.

그가, 라드 슈로더가 황태자의 궁으로 향했다.

웬디는 그 궁이 어디에 있는지 알지 못했다. 저 무너진 첨탑이 황태자의 궁이라는 어떤 확신도 없었다. 그러나 불안은 걷잡을 수 없이 커져 포효하는 노도처럼 웬디를 덮쳤다. 라드가 그녀를 떠나기 전 저 첨탑을 오래도록 쳐다보았다는 것을 웬디는 기억하고 있었다. 부디 의미 없는 시선이었기를, 하고 그녀는 바랐다.

건물의 무너진 모습이 점점 크게 상으로 맺히자 생목이 울컥 넘어왔다. 첨탑을 중심으로 일부 건물이 괴기스럽게 무너져 있었다. 연회장에서의 폭발과 매우 흡사했다.

"악!"

갑작스럽게 외마디 비명을 내지른 웬디가 그대로 풀숲에 고꾸라졌다. 굽이 부러진 구두가 저만치 벗겨져 있었다. 고통을 느낄 새도 없이 몸을 일으켜 세운 그녀가 자신의 드레스 자락을 인정사정없이 부욱 찢었다. 찢어 낸 천을 두 조각으로 나눠 양발에 각각 하나씩 가져다 대고 바짝 둘렀다. 떨리는 손 때문에 매듭이 자꾸 뒤엉켜 신경질이 났다.

불현듯 황실 기사가 자신 앞에서 보여 줬던 매듭이 떠올랐다. 매듭 푸는 법을 찬찬히 가르쳐 주던 라드 슈로더의 모습이 이지러진 강물처럼 흐릿하게 떠올랐다 곧 사라졌다. 묶는 방법 또한 알아 둘 걸 그랬다고, 그녀는 생각했다. 뜨거운 무언가가 가슴속에 치밀어 올랐다.

아픈 다리를 절뚝이며 일어선 그녀는 구두를 내팽개쳐 둔 채 다시 뛰기 시작했다. 궁이 가까워 왔다.

"하아…… 하아……."

무너진 첨탑 앞에 선 웬디는 사람의 인기척을 찾아 힘겹게 고개를 돌렸다. 다행인지 불행인지 당장 눈앞에 보이는 인영은 없었다. 부서지고 깨진 건물은 푸르스름한 달빛과 먼지에 뒤섞여 을씨년스러워 보였다.

"누구 없어요?"

두려움을 몰아내려는 듯 그녀가 소리쳤다. 미지의 적과 마주칠 수 있다는 공포가 바람처럼 목덜미를 쓸고 지나쳤지만 죽음을 목전에 두고 있을지도 모를 누군가를 구해야 한다는 뜻 모를 사명감이 웬디의 입술을 움직였다. 그러나 돌아오는 대답은 없었다.

양 끝에 첨탑을 두고 T 자로 뻗어 있는 건물은 무너져 내린 첨탑 하나와 그 주변을 제외하고서는 비교적 온전해 보였다. 웬디는 무너지지 않은 아래쪽 건물을 향해 발걸음을 옮겼다. 불과 몇 미터를 더 뛰어갔을까. 쇠붙이가 서로 부딪치는 쟁쟁한 소음이 들려왔다. 온몸에 소름이 돋아날 정도의 날카로운 이명이었다.

웬디는 숨 가쁜 뜀박질을 멈추고 부릅뜬 눈으로 정면을 응시했다.

활짝 열린 문 안에서 새어 나오는 빛이 바닥에 쓰러져 있는 이들을 비췄다. 근위병사였다. 건물 밖 차디찬 바닥에 쓰러진 이들은 이미 절명한 듯 미동조차 없었다. 온몸의 피가 싸늘하게 얼어붙는 느낌이 들었다.

웬디는 그들의 생사 여부를 확인할 엄두가 나지 않아 잠시 꼼짝 않고 서 있었다. 그중 한 명이 쿨럭이며 경련했을 때에서야 그녀는 몸을 움직였다. 병사 주변으로 검붉게 피가 번진 모습이 보였다.

"움직이지 말아요."

그녀가 숨죽여 말했다. 작은 움직임에도 피가 울컥울컥 쏟아져 나왔다. 가슴부터 아랫배까지 이어진 깊은 검상이었다. 바하즈만이 절실히 필요했으나 식물을 이곳에 자라게 할 경우 그 뒤처리를 어떻게 해야 할지 몰랐다. 그러나 그를 외면했을 때 자신을 덮칠 죄책감을 감당하는 방법 또한 그녀는 알지 못했다.

요정이 준 불가사의한 힘을 사람들 앞에서 들키고 만다면 어떤 후폭풍을 맞이하게 될까. 모두가 라드 슈로더와 같은 반응을 보이지는 않을 터였다. 자신에게 닥쳐올 가장 참혹한 불행이 여럿 머릿속을 스쳐 지나갔지만 웬디는 애써 고개를 흔들며 그 생각을 떨쳤다.

죽음의 문턱에 있는 이를 모른 척할 수 없다고 그녀는 두려운 가운데 결심했다.

떨리는 손길로 흙바닥을 짚은 웬디가 검지에 힘을 줬다. 손을 떼어내자마자 푸른 잎의 바하즈만이 자라나기 시작했다. 순식간에 붉은 열매를 맺은 바하즈만은 빠르게 줄기를 뻗어 낸 반동으로 잎을 부르르 떨었다.

그 모습을 장하다고 칭찬해 줄 사이도 없이, 웬디는 바하즈만의 열매 하나를 따내어 검지와 엄지 사이에 잡고 짓이겼다. 그러고 그것을 남자의 입 속에 억지로 밀어 넣었다.

"살고 싶다면 삼켜요."

웬디가 말했다. 그녀의 목소리를 들은 것인지 그가 간신히 열매를 목구멍으로 넘겼다. 가슴을 비집고 나오는 핏물이 서서히 멎는 게 보였다.

일어나 주변에 쓰러져 있는 다른 이들의 숨을 확인했지만 더 이상 숨이 붙어 있는 사람은 없었다. 죽음을 확인할 때마다 온몸의 솜털이 주뼛주뼛 솟는 기분이 들었다.

웬디는 부들거리는 손목을 꼭 쥐고 바하즈만의 열매를 한 움큼 땄다. 열린 문 안에서는 여전히 날카로운 쇠 부딪치는 소리가 들려오고 있었다.

문 가까이로 다가가 조심스럽게 안쪽을 살피자 멀리 사납게 검을 맞댄 이들이 보였다. 황실 기사들이었다.

그들과 난전을 벌이는 이들의 복장을 본 웬디가 눈매를 좁혔다. 베이지색 상하의 황실 시종복. 적들은 하나같이 시종의 차림을 하고 있었으나, 검을 쓰는 몸놀림은 오랜 시간 수련을 한 무인의 그것이었다.

그들 주변으로 다친 사람들이 여기 저기 쓰러져 있는 모습이 뒤늦게 눈에 들어왔다.

웬디는 자신의 마음이 터무니없이 일렁이며 흔들리는 것을 느꼈다. 황태자의 궁을 향해 떠나가던 라드의 뒷모습이 자꾸 눈앞에 어른거렸다. 그는 기사단의 롯테어다. 무사하리라. 웬디는 스스로에게 발칵 성을 내듯 입매를 꾹 깨물었다.

웬디는 조심스럽게 문 안쪽으로 들어갔다. 미친 짓인 것을 알았지만 멈출 수가 없었다. 온몸을 스멀스멀 기어 다니는 불안감을 떨치는 길은 오로지 이뿐이었다. 구두를 벗은 덕에 발소리가 거의 나지 않아 그나마 다행이었다. 그녀는 상체를 숙인 채 소파 뒤에 몸을 숨겼다.

"오웬 경!"

치열한 다툼 가운데 들려온 목소리에 웬디는 고개를 발딱 들었다.

라드의 목소리였다. 그녀는 벼락을 맞은 듯 몸이 부르르 떨리는 것을 느꼈다. 소리가 나는 쪽으로 시선을 돌리니 혼전 속에 검을 휘두르고 있는 라드의 모습이 보였다. 그가 이곳에 있었다. 그는 황태자를 등 뒤에 세우고 그를 보호하듯 검을 쓰고 있었다. 팔에 부상을 당한 듯 왼팔을 움직이는 모습이 부자연스러워 보였다.

"왼쪽을 지키게!"

적들이 쉴 새 없이 그에게 달려들었다. 라드 슈로더가 정면에 있는 두 명의 적을 차례로 베어 냈을 때, 갈색 머리의 남자 하나가 그의 옆구리를 노리고 검을 찔러 왔다. 웬디가 놀라 숨을 집어삼켰다.

챙!

라드가 순식간에 몸을 틀어 남자의 검을 쳐 내고서 그의 옆구리를 베어 냈다. 촤아아악 하고 핏물이 일자로 바닥에 흩뿌려졌다. 그 순간 남자의 뒤쪽에서 살쾡이처럼 몸을 튕긴 땅딸만 한 키의 사내가 라드의 하체를 노리고 검을 뻗었다. 라드가 그 검을 막는 사이 황태자를 향한 공격이 이루어졌다. 황태자가 손에 쥐고 있던 검을 재빠르게 자신의 가슴께로 들어올렸다.

"윽!"

아이작 황태자가 신음을 내뱉으며 가까스로 상대의 검을 막아 냈다. 그러나 적의 검은 결국 황태자의 어깨에 상처를 남겼다. 핏물이 하얀 셔츠를 붉게 물들였다. 라드가 황태자를 공격했던 이의 배에 삽시간에 검을 꽂아 넣었다.

"괜찮으십니까?"

라드 슈로더가 그를 힐끗 보며 물었다.

"아니, 괜찮지 않네."

황태자가 고통스러운 얼굴로 검을 고쳐 쥐었다. 손에 힘이 들어가지 않는지 검이 부들부들 떨렸다.

"그 정도로 죽지 않으니 걱정 마십시오."

슈로더가 냉정한 투로 말하며 눈앞의 적을 베어 냈다.

"경은 역시 충성심이 없어."

아이작 황태자가 파리한 얼굴로 피식 웃으며 방어 태세를 했다. 말은 그러했지만 라드 슈로더 역시 황태자에게 더 이상 공격이 미치지 못하도록 사력을 다해 몸을 움직이고 있었다.

그러나 적의 수가 아군에 비해 압도적으로 많았다. 웬디가 오기 전, 이미 길고긴 공방전을 벌인 듯 아군이고 적군이고 할 것 없이 지친 기색이 역력해 보였다. 적들이 쓰러지는 만큼 기사들 역시 쓰러졌다.

첨탑이 무너진 소리를 들은 지원군이 곧 몰려올 것이다. 그러나 적들의 술수로 대부분의 기사들이 연회장의 폭발 현장에 모여 있었다. 배를 타고 호수를 가로지른다면 금세 도착할 수 있겠지만 여럿의 기사들을 태울 만큼 큰 배가 있을지 확신할 수 없었다. 호수를 빙 둘러 온다면 그만큼 시간이 걸릴 터였다.

웬디는 연회장과 황태자궁의 거리를 미루어 생각하며 지원군이 아무리 늦어도 머지않아 이곳에 당도할 것이라 짐작하였다. 그것 하나만을 놓고 보면 희망적이라 할 만했지만, 황실 기사의 숫자가 적들에 비해 턱없이 적다는 것이 문제였다.

버틸 수 있을까.

홀 안에서 사투를 벌이고 있는 기사들을 떨리는 눈빛으로 바라보며 웬디가 그들의 수를 헤아렸다. 한눈에 봐도 수가 너무 적었다. 위태로운 심정으로 그들 하나하나를 살펴보던 와중, 돌연 웬디의 눈동자가 부릅떠졌다.

"딜런……."

웬디의 잇새로 나직한 음성이 흘러나왔다.

핏자국이 얼굴이며 옷에 잔뜩 튀어 있었지만 한눈에 그를 알아볼 수 있었다. 딜런 레녹스, 그였다.

웬디와 멀지 않은 곳에 서서 적들과 검을 맞부딪치던 그가 그 순간 휘청 중심을 잃었다. 바닥에 고인 핏물 때문이었다. 무너지는 그의 신형에 누군가 검을 찔러 넣었지만 딜런이 조금 더 빨랐다. 바닥에 등을 붙인 채로 그가 검을 쳐들어 적의 목을 꿰뚫었다. 딜런의 하늘빛 머리칼이 핏물에 젖어 검붉은 빛으로 물들었다.

웬디는 숨을 집어 삼켰다. 그의 죽음을 예감했던 목구멍에서 자신도 모르게 '헉' 하는 소리가 새어 나왔다. 심장이 터질 것처럼 뛰었다.

"……!"

그 순간 딜런의 시선이 웬디를 향했다. 그의 눈이 놀란 듯 크게 뜨였다. 다시금 검을 찔러 오는 적들의 공세에 그는 금세 몸을 일으켰다. 적들을 베어 내면서도 딜런이 자신이 있는 방향을 신경 쓰고 있다는 것을 오롯이 느낄 수 있었다.

"으헉!"

그때 기사 하나가 적의 검에 당해 쓰러지며 웬디가 숨어 있던 소파를 덮쳤다. '우당탕탕' 소리를 내며 그의 몸이 고꾸라졌다. 그의 체중에 소파가 넘어갔다. 덕분에 몸을 숨기고 있던 웬디의 모습이 고스란히 드러났다.

기사의 숨을 끊어 놓은 검은 머리의 남자가 웬디를 발견했다. 웬디는 본능적으로 바닥에 엉덩이를 댄 채 주춤주춤 뒤로 물러섰다. 남자의 눈이 번뜩였다고 생각되던 순간, 그의 검 끝이 무자비하게 그녀를 향했다. 웬디는 섬뜩하게 뻗질러 오는 검의 궤적을 보고 불가항력으로 몸을 굳혔다.

"커헉!"

검은 머리 남자가 일순간 신음을 내뱉으며 눈을 사납게 부라렸다. 그의 입가에서 선혈이 흘러내렸다. 남자는 그대로 바닥에 무너져 내렸다. 웬디가 거칠게 숨을 몰아쉬며 핏발 선 눈으로 정면을 응시했다. 무너진 남자의 신형 너머로 딜런 레녹스의 모습이 보였다. 딜런이 남자의 가슴에 꽂힌 자신의 검을 뽑아들고서 웬디를 일으켜 세웠다.

삐이익-.

그때 라드의 신호를 받은 오웬 경이 길게 휘파람을 불었다. 대형을 바꾸는 신호였다. 아군의 수가 급격히 줄어, 산개해 있던 기사들을 불러들이려는 것이었다. 소리를 들은 남은 기사들이 적들을 떨구며 황태자 주변으로 모여들었다.

"고개를 숙여."

딜런이 웬디에게 말했다. 그대로 그는 웬디를 자신의 등 뒤로 숨긴 채 황태자가 있는 쪽을 향해 움직였다. 웬디를 발견한 적들 다수가 입구를 봉쇄하고 그들을 공격해 왔기에 선택의 여지가 없었다. 널따란 홀의 입구 부근에 있던 두 사람은 기사단이 모여 있는 홀 건너편을 향해 나아갔다.

그들의 진로를 방해하듯 검이 사방에서 찔러 들어왔지만 딜런은 용케 그것들을 막아 냈다. 사방에 핏물이 튀고 피가 낭자한 죽음이 이어졌다. 웬디는 고개를 숙인 채 그의 등 뒤에서 끔찍한 시간을 견뎠다. 웬디를 호위하듯 고집스레 칼들을 피하지 않고 걸음을 옮긴 탓에 딜런의 몸 여기저기에도 상처가 늘어났다.

얼마 지나지 않아 라드 슈로더가 그런 두 사람의 모습을 발견했다. 딜런의 등 뒤에 서 있는 웬디를 본 라드의 얼굴에 처음으로 당혹감이 드러났다. 그의 시선이 웬디를 향해 쏟아 부어졌다. 온몸을 죄는 불안감이 느껴졌다.

그대가, 왜 이곳에. 어찌하여.

필사의 공격을 해 대는 적의 검을 흘리며, 슈로더는 그들 두 사람과 가장 근접한 거리에 있던 기사의 이름을 외쳐 불렀다.

"모리에 경! ……딜런 경을 돕게!"

기사의 시선이 라드를 향하자 라드가 그에게 지시했다.

라드의 명에 따라 적들을 베어 내며 두 사람을 향해 다가온 모리에 경이 웬디 곁에 붙어 섰다. 웬디를 양쪽에서 보호한 두 명의 기사는 적들과 쉴 틈 없이 검을 섞은 후에야 간신히 아군 무리에 합류할 수 있었다.

"웬디!"

라드가 그녀의 이름을 책망하듯 불렀다. 황태자 옆에 자리한 웬디는 기사들에게 둥글게 둘러싸여 난전 한가운데 서게 되었다. 웬디의 얼굴에 암담한 빛이 떠올랐다.

"그대의 연인과 마지막을 함께하기 위해 왔는가?"

황태자가 조금 감동한 듯이 말했다. 웬디의 파리한 낯색이 더욱 건조하게 구겨지자 황태자가 푸스스 바람 빠지는 소리를 내며 말했다.

"걱정 말게나. 이곳에서 죽을 일은 없을 테니. 곧 지원군이 올 거야."

아이작이 한 손으로 제 상처를 꾹 누르며 입구 쪽에 시선을 보냈다. 그러나 바라던 지원군은 그의 호언대로 금방 모습을 드러내지 않았다.

"버티게! 지원군이 올 때까지 전하를 지켜야 하네!

라드 슈로더가 기사들을 독려하기 위해 외쳤다. 그러나 그 역시 불안한 듯 입구 쪽을 힐끔 바라봤다. 시간이 길어질수록 그들에게 불리한 싸움이 될 것이란 것은 자명했다.

그때 어딘가에서 '쒜에에에엑' 하는 거친 바람 소리가 들려왔다. 아니, 피리 소리 같기도 짐승의 울음소리 같기도 했다. 소리가 나자 적들의 얼굴에 결연한 빛이 떠올랐다. 그들은 하나같이 검을 뒤로 빼고 대열을 정비하듯 몸을 물렸다. 잠시 대치 상태가 이어졌다.

"지원군이 오기까지 버틸 시간은 허락되지 않을 것이다."

그들 중 하나가 슈로더를 향해 음산한 목소리로 뇌까렸다.

"……네놈이 우두머리냐?"

슈로더가 눈을 가늘게 뜨고 물었다.

"……황태자궁 도처에 화약이 설치되어 있다. 이 궁 전체가 화약
고나 마찬가지지. 곧 폭발이 있어날 것이다."

"……!"

남자의 말에 기사들이 크게 움찔했다.

"누구도 이곳에서 무사히 빠져나갈 수 없을 것이다. 우리는 죽음
을 각오했다. 황태자궁의 폭발이 일부 먼저 일어난 것을 천운이라
생각해라. 덕분에 몇 분이라도 더 생을 이을 수 있었으니."

첨탑이 무너져 내린 것은 그들의 계획에도 없던 일인 것 같았다.
그 때문에 황태자 제거 계획에 차질이 벌어진 모양이었다. 라드 슈
로더의 개입이 가장 먼저 황태자 제거에 예상치 못했던 걸림돌이
되었을 것이며, 이후 그들의 통제를 벗어난 화약의 폭발이 또 다른
걸림돌로 작용했을 것이었다.

아마도 이러한 변수만 아니었다면 그들은 여유 있게 황태자를 제
거하고 이 궁을 빠져 나갔을지도 몰랐다. 폭발은 모든 일이 마무리
된 이후에나 이루어졌을 것이었다. 그들 스스로를 희생하여 화약
을 터뜨리는 일은 아마도 가장 최후의 수단이었으리라.

두 사람의 섬뜩한 말이 오가던 때.

어느 순간 웬디는 기사들에게 둘러싸인 자리에서 그대로 쪼그려
앉은 채 대리석 바닥을 노려보고 있었다. 자신과 황태자를 에워싼
기사들의 무릎 옆으로 신중하게 손가락을 뻗은 웬디가 대리석 바

닥 위로 검지를 꾹 눌렀다. 웬디의 이마에 긴장이 낳은 땀이 맺혔다. 그녀는 기사들의 무릎 사이로 뺑 돌아가며 몇 번 그 행동을 반복했다.

그런 그녀를 딜런이 의아한 얼굴로 힐끔거렸지만 웬디는 그 시선을 느끼지도 못했다. 다들 필사의 시간을 보내고 있었으나 그 와중에도 웬디의 행동은 단연 시선을 끌었다. 그녀의 팔이 한 기사의 무릎을 스치자 그가 흠칫 놀라 웬디를 쳐다봤다. 황태자와 몇몇 기사들의 의심스러운 시선이 그녀의 뒤통수에 연달아 꽂혔다. 공포에 질려 정신이 나간 겐가? 모두들 그렇게 생각했다.

콰콰콰콰쾅!

그 순간, 멀리서 폭발이 일어나는 소리가 들렸다. 대지가 진동했다. 흔들리는 건물의 진동으로 인해 천장에서 보리알 크기의 파편이 부스스 떨어져 내렸다.

"가운데로 바짝 붙어요!"

위험을 느낀 웬디가 필사적으로 소리쳤다. 그녀의 애타는 시선이 손가락을 찍어 눌렀던 대리석 바닥에 닿았다가 다시 파편이 떨어져 내리는 천장을 향했다.

그러나 기사들이 그녀의 말을 따를 리 만무했다. 활로를 확보하기 위해 문까지의 거리를 재며 적들의 빈틈을 찾는 것만으로도 벅찼다. 하나 적들은 결코 녹록하게 길을 내주지 않을 기세로 그들을 둘러싸고 있었다. 침입자들이 결연하고 확고한 낯으로 기사들에게 검을 겨눴다.

서둘러 몸을 일으킨 웬디가 라드의 팔을 흔들었다. 적들의 움직임을 주시하던 라드 슈로더가 웬디를 돌아봤다. 간절한 웬디의 눈빛이 라드를 향했다. 두 사람의 시선이 짧은 순간 엉켰다.

"……."

그가 들끓어 오르는 염려를 감추며 웬디를 향해 작게 고개를 끄덕였다. 그의 잿빛 눈동자 위로 후회와 안타까움이 자맥질하듯 떠올랐다 사라졌다.

그대에게 죄를 지었소. 위험에 처하지 않겠다 다짐했는데.

라드는 홀로 말 못할 슬픔을 삼켰다. 그가 웬디를 향해 죄의식이 깃든 미소를 보인 후 고개를 돌렸다.

"……모두 가운데로 밀집한다! 바짝 붙어라! 황태자 전하를 몸으로 지킨다."

곧이어 그가 기사들의 상념을 밀어내듯 단호한 목소리로 말했다.

기사들의 얼굴에 순간 절망감이 휘돌았지만 그들은 기사의 본분을 다하듯 마지막까지 상관의 명을 받들어 황태자를 지켰다. 기사들이 둥글게 바짝 붙어 섰다.

쾅!

쾅!

쾅!

폭발이 연속으로 일어났다. 우르르 흔들리는 건물 저 멀리, 사방으로 산개하는 폭발의 기운 속에서 무너져 내리는 벽과 천장이 보였다. 지축이 흔들리고 대기가 요동했다. 발가락 하나도 꼼짝할 수 없는 공포가 모두를 지배했다. 거대한 폭발 앞에서 그들의 손에 쥐여 있는 검은 무용했다. 더 이상 그들이 할 수 있는 것은 아무것도 없었다.

그 순간 라드가 웬디를 꼭 감싸 안고 폭발 현장 반대편으로 그녀를 돌려세웠다. 그녀의 불안을 잠재우듯이 그가 웬디의 머리칼을 쓸었다. 먹먹한 손짓이었다. 라드가 웬디의 귓가에 입술을 댔다. 그가 조용히 속삭였다.

그대를.

사랑한다 말하면.

날 밀어 내겠소?

웬디가 두려운 낯으로 그를 올려다봤다.

"어리석게도 그 말을 지금, 그대에게 하고 싶다오."

가슴 스산한 고백이었다.

웬디는 라드의 검은 머리칼이 자신의 뺨을 간질이는 것을 느끼며 그만 꾹 눈을 감았다. 그의 말이 끝나자마자 귀청이 찢어질 것 같은 폭발음이 지척에서 울렸다. 그럼에도 불구하고 라드 슈로더의 음성만이 그녀의 귓가에 맴돌았다.

내가 어떻게 당신을, 어떻게 당신을…….

맺어지지 않는 쉼표의 행렬이 웬디의 입술 사이로 흘러나왔다. 소리 없이 흔들리는 꽃잎처럼 웬디는 아무런 말없이 그의 가슴에 이마를 기댔다. 묵묵한 떨림이 닿은 자리에서부터 번져 나갔다. 저릿저릿한 감각이었다. 아픔인가 싶었으나, 아니었다. 따뜻한 물의 열기에 피가 돌고 붉어진 손끝처럼 그것은 그저 따뜻한 온기였다. 웬디는 그의 가슴이 넉넉하게 따뜻하단 사실을 깨달았다. 따뜻해 마음이 저렸다. 하나도 과장하지 않고 그랬다.

우르릉-.

그 찰나의 순간에도 건물은 굉음을 내며 끊임없이 무너져 내리고 있었다. 위험은 시시각각 거리를 좁혀 오는 중이었다.

"아!"

바로 그때, 기사단 사이에서 경악이 아로새겨진 탄성이 터져 나왔다. 그들을 에워싼 채 벌어지는 믿을 수 없는 현상에 기사들은 자신들의 목숨이 경각에 달려 있다는 것도 잊은 채로 눈을 홉떴다.

대리석을 뚫고 빠른 속도로 몸피를 키우는 흑갈색 줄기들이 흡사 기사들을 수호하듯이 사방에서 자라나고 있었다. 기사들은 하나같이 경도된 표정으로 식물의 성장을 바라보았다. 그것은 황태자 또한 다르지 않았다.

"아이언우드……."

누군가 나무의 이름을 중얼거렸다. 신진 기사를 양성해 오던 뷔세트 경이었다. 필연적으로 목검을 빈번하게 다루었던 그는 목검에 귀하게 쓰이던 재료인 철목을 한눈에 알아보았다.

아이언우드는 치밀하고 단단한 조직 덕에, 철과 같이 무겁고 강하다 하여 붙여진 이름이었다.

웬디는 그것을 더욱 두껍게 겹겹이 사방으로 둘렀다. 제국을 샅샅이 뒤져도 이처럼 강고한 아이언우드를 보긴 힘들 것이리라. 폭발을 온전히 견딜 수 있을지는 미지수였으나, 이것은 그녀가 할 수 있는 최선의 방어였다.

줄기는 서로 교착하여 더욱 크고 건실한 기둥을 만들어 냈다. 뻗어 나가는 가지들은 기사단이 서 있는 곳을 침범하지 않고 천장을 향해 기지개를 펴듯 그 몸체를 들어올렸다. 온 지축이 진동하는 가운데 나무들이 생명의 빛을 내뿜으며 기사들을 수호하는 것처럼 몸집을 키우는 광경은 실로 아름다웠다.

겹겹이 두터워지는 나무의 기둥뿌리는 기사들을 위협적으로 둘러싸고 있던 침입자들과의 사이에 벽을 만들었다. 기사들을 감싸며 크기를 키우는 나무의 요동에 침입자들은 맥없이 뒤로 물러나야 했다.

광대해진 뿌리가 그들이 서 있는 대리석 바닥을 깨고 일행을 위쪽으로 밀어냈다. 기사들은 흔들리는 바닥 위에서 중심을 잡기 위해 애써야 했다.

뿌리에 단단히 발을 디디고 선 딜런 레녹스가 혼란 중에 웬디의 모습을 살폈다. 켜켜이 쌓인 염려로 가득 찬 시선이었다. 라드 슈로더에게 몸을 기대고 있는 그녀는 적어도 이중 가장 안전해 보였다. 무사한 그녀의 모습에 안도의 한숨이 비어져 나왔지만 그의 눈동자 위에 떠오른 색은 모순되게도 깊은 상실의 빛이었다. 그러나 감상적인 기분을 느낄 새가 없었다. 굉음이 그의 귓전을 연달아 때렸다. 기사들 모두가 반사적으로 고개를 숙였다.

무시무시한 폭발이 그들을 덮쳐 오기 직전, 나무는 기사단의 머리 위로까지 촘촘하게 두꺼운 기둥과 가지를 여러 겹으로 감쌌다. 보자기에 감싸인 것처럼 그들은 온전한 어둠 속에 물들었다. 반구형으로 된 단단한 나무 지붕 아래 기사단은 숨을 죽였다. 라드가 더욱 세차게 웬디를 품에 안았다.

이윽고, 그들을 둘러싼 폭발이 일어났다. '쾅쾅' 사위를 울리는 격한 폭음과 진동이 그들을 덮쳤다. 우지끈거리는 소리가 났다. 극심한 불안과 공포가 소음과 함께 공기 중에 진동했다.

우드드득-.

금방이라도 나무뿌리가 뽑혀 나갈 것 같은 울림이 발끝으로 전해졌다. 흔들리는 무릎을 애써 다잡으며 웬디는 둥글게 어깨를 옹송

그렸다. 라드의 숨결이 목덜미로 느껴졌다.

고오오오-.

강력한 진동과 타격음이 회오리처럼 지나가길 얼마 후, 사위는 곧 잠잠해졌다. 일행은 한 치 앞도 보이지 않는 어둠 속에 파묻힌 채 거친 숨소리만을 내뱉었다.

"……끝난 건가?"

아이작 황태자가 긴장이 역력히 묻어나는 목소리로 중얼거렸다.

"모두 무사한가? 옆 사람의 상태를 확인하라."

라드가 말하자 기사들이 얼마간 웅성이며 서로의 상태를 확인했다.

"로세트 경이 다리를 부상당했습니다."

딜런이 말했다. 그의 옆에 서 있던 로세트 경이 딜런의 부축을 받아 천천히 바닥에 앉았다. 제대로 상처를 살펴봐야겠지만 심각한 상태는 아닌 것 같았다.

모두들 가슴을 쓸어내렸다.

그러나 생존을 기뻐하기에는 일렀다. 라드는 아이언우드 근처로 다가가 그 표면을 매만졌다. 그가 쿵쿵 나무를 두들겼다. 눈앞의 나무 덕분에 살아남았지만 이를 뚫고 나가는 일은 또 다른 문제였다.

기사단은 자신들을 둘러싼 견고한 나무 기둥을 뚫고 밖으로 빠져나가야만 하는 난관에 부딪쳤다. 만에 하나라도 적들이 아직 바깥에 존재하고 있다면 빠져나가는 와중 급습을 받을 염려가 있었지만 계속 이 안에 머물러 있을 순 없었다. 폭발로 인해 건물의 지반 역시 약해졌을 것이었다. 나무의 뿌리가 아무리 깊게 있다 하여도 언제 바닥이 무너져 아래로 꺼질지 몰랐다.

몇몇 기사들이 어둠 속에서 나무기둥을 향해 발길질을 해 보았지만 나무는 꿈쩍을 안 했다. 기둥을 한참 더듬거려 본 후에야, 폭발의 여파로 헤진 부분을 여럿 발견할 수 있었으나 그 역시 건물 파편에 막혀 있어 손 쓸 도리가 없었다.

"사방이 막혔습니다."

오웬 경이 침통한 어조로 말했다. 그의 말이 끝나자 딜런이 포기할 수 없다는 듯이 나무를 거칠게 발길질했다. 그가 몇 번 더 같은 행동을 반복하자 돌 알갱이가 위쪽에서 푸스스 떨어져 내렸다. 미세한 틈새 사이로 먼지처럼 희미한 달빛이 흘러 들어왔다.

아주 미세한 빛이었지만, 덕분에 일행은 흐릿하게나마 내부의 형체를 판별할 수 있었다. 오웬 경이 빛이 새어 들어오는 천장과 라드 슈로더의 얼굴을 번갈아 바라보며 그의 명을 기다렸다. 곧 라드가 기사들에게 위쪽을 통해 탈출로를 확보할 것을 명했다. 기사 여러 명이 서로 목마를 타고 위쪽을 더듬었다.

"으윽!"

"조금 더 밀어 봐!"

상황은 낙관적이지 못했다. 건물 파편이 위쪽으로도 가득 쌓인 듯, 건장한 기사 여러 명의 힘으로도 천장을 뒤덮은 나무기둥은 도무지 움직일 줄을 몰랐다.

달빛이 새어 들어오는 틈에 걸었던 희망은 무참히 깨졌다. 그것은 말 그대로 미세한 틈이었을 뿐, 그곳 역시 겹겹이 둘러싼 나무와 그 위에 쌓인 건물 파편으로 인해 탈출을 생각하기 어려웠다. 기사들이 동요하기 시작했다.

"슈로더 경……!"

웬디가 불현듯 라드를 불렀다.

"절 위로 올려주세요."

그녀가 무언가를 결단한 듯 말했다. 라드는 망설이는 기색으로 웬디를 바라봤다. 이곳에서 다시 식물을 자라게 한다면 모두에게 그녀의 능력을 확인시켜 주는 것이 되리라. 라드가 고개를 가로저었다. 그녀가 그런 그의 염려를 모두 안다는 듯이 라드의 손을 잡았다.

"……서두르는 게 좋을 것 같아요. 위쪽으로도 하중이 실려 있다면, 나무가 언제까지 버텨 줄지 몰라요."

라드 슈로더가 더욱 진중한 눈으로 웬디의 얼굴을 바라봤다. 희미한 빛 때문에 그녀의 얼굴 윤곽밖에 보이지 않았지만 웬디가 어떤 표정을 짓고 있는지 알 수 있을 것 같았다.

그는 마지못해 그녀의 허리를 조심스럽게 잡아 위로 들어올렸다. 나긋한 허리가 두 손바닥 전체에 감겼다. 라드는 이 작은 여인이 가진 힘이 어떤 파장을 몰고 올지 몰라 두려워졌다.

"조금 더 오른쪽으로요!"

천장을 향해 손을 쭉 뻗은 웬디가 빛이 새어 들어오는 곳과 최대한 가까이에 검지를 가져다 댔다. 뜻대로 나무가 자라나 줄지, 중간에 어떤 변수가 발생할지 몰랐지만 당장 할 수 있는 일은 이뿐이었다.

아이언우드. 웬디는 다시 한 번 그 나무를 떠올렸다. 좀 전에 자라게 한 나무들과 한 가지 다른 점이 있다면, 그 모양이 몹시 굽어 있다는 것이었다.

잠시 뒤, 웬디가 손을 댔던 자리에서 투두두둑 소리를 내며 작은 식물이 자라나기 시작했다.

식물은 빠른 속도로 자라 가는 줄기를 미세한 틈 사이로 밀어 넣었다. 아이언우드의 줄기는 가는 틈 사이에서 둥글게 줄기를 말아 점차 몸을 팽창해갔다. 연녹색 줄기가 흑갈색의 수피를 입고 단단해졌다. 동그랗게 굽은 모양의 나무가 주먹 쥔 손을 피는 것처럼 점차 틈을 벌렸다. 식물이 자라남에 따라 위에서 돌 알갱이가 우수수 쏟아져 내리기 시작했다.

뚜두두둑-.

식물의 성장과 함께 요란한 소음이 들려왔다. 우지끈 나무가 부러지고 갈라지는 소리가 뒤섞여 났다. 금방이라도 천장이 무너질 것 같은 위기감이 일었다. 기사들은 절로 긴장할 수밖에 없었다.

그 순간에도 아이언우드는 성장을 멈추지 않았다. 천장 위의 쌓인 돌덩이들이 아이언우드의 성장에 밀려났다. 새싹이 머리를 내밀며 흙더미를 치워 내듯이 돌 더미들이 떠밀려 사라졌으나 안에서는 바깥의 사정을 알지 못했다.

숨소리 하나 쉽사리 내지 못하는 잔인한 시간이 이어졌다. 기사단들은 하나같이 굳은 얼굴로 천장을 향해 고개를 쳐들고 있었다. 무슨 일이 벌어지고 있는 것인지 그들 모두 온전히 이해하지 못했다. 식물이 스스로 자라나다니! 그것도 이토록 단시간에! 그 어떤 상식과 이론을 들고 와도 설명하지 못할 일이었다.

투두두둑-.

천장의 흔들림이 커질수록 돌 부스러기가 더 많이 떨어져 내렸다. 그것들로 인해 눈을 뜨기 어려운 지경이 되어서야 그들은 고개를 늘어뜨렸다.

"……."

끝없이 크기를 키우던 아이언우드의 성장이 어느 순간 뚝 멈췄다. 떨어져 내리던 돌 부스러기 역시 자취를 감췄다. 하나둘 고개를 든 기사들이 천장을 향해 시선을 던졌다.

"하아……!"

그리고 그 순간.

다시금 그들 사이에서 경악 섞인 신음성이 터져 나왔다.

동그랗게 줄기를 말아 몸집을 키운 아이언우드 중심에 뻥 뚫린 공간이 보였다. 성인 남성 하나가 빠져나가기 충분한 크기였다.

달빛이 그 사이로 쏟아져 들어왔다. 창백하게 반짝이는 달빛이 그 아래 서 있던 웬디를 비췄다. 그녀의 머리칼이, 얼굴이, 어깨가 기이할 정도로 희고 빛나 보였다. 희뿌옇게 일어난 흙먼지 사이에서 고고히 서 있는 여인의 모습을 모두가 숨죽인 채 지켜봤다.

힐끔힐끔.

주뼛주뼛.

아이언우드 바깥으로 빠져나온 이후 기사들 사이에서는 낯부끄러운 의태어가 난무했다. 그중 짙은 일자 눈썹에 갈색 머리를 한 기사 하나가 웬디와 눈이 마주치자 화들짝 놀라 눈을 피했다.

웬디가 모른 체 고개를 돌려 버리면 슬그머니 그녀에게 시선이 향하고, 다시 쳐다보면 아닌 척 눈길을 돌리길 여러 번. 살벌하게 피를 뿌리며 검을 휘두르던 기사들이라고 상상할 수조차 없는 모습들이었다. 별 싱거운! 웬디는 자신에게 쏠리는 그들의 시선을 무시한 채 턱을 꼿꼿하게 들고 섰다. 어서 자리를 피하고 싶었지만 아직 아이언우드 내부에 사람이 있었다.

"힘껏 당기게!"

딜런 레녹스와 금발의 기사가 마지막 남은 한 명을 힘껏 끌어당겼다. 지친 표정의 기사가 그들의 팔을 잡고 위로 올라왔다.

"내부에 남은 이가 있나?"

"제가 마지막입니다."

"오웬 경, 총인원을 확인하게."

마지막 남은 한 사람마저 내부를 빠져나오자 라드가 생존자들의 수를 확인했다.

"저를 포함해 열한 명입니다."

오웬 경이 굳은 얼굴로 말했다. 라드는 아이언우드 내부를 마지막으로 들여다보고선 기사들에게 이동할 것을 명했다. 그제야 기사들은 웬디에게서 시선을 돌렸다.

건물 파편이 쌓인 곳을 피해 평평한 땅 위로 이동하면서 웬디는 마음의 준비를 했다. 어떻게 대응하는 것이 가장 현명한 일인지 몇 번을 다시 생각해 보았지만 답은 이미 정해져 있었다. 오래전부터 이런 날을 각오하고 있었던 듯 오히려 담담한 심경이었다.

주변은 쥐 죽은 듯이 고요했다. 침입자의 모습도 지원군의 모습도 찾아 볼 수 없었다. 몇몇 기사들이 혹시 남아 있을지 모를 적의 동태를 살피기 위해 주변을 경계했다. 싸늘한 밤바람이 그들 사이를 휘돌아 지나갔다. 죽음과 상처가 짙게 배인 바람이었다. 바람이 스치자 웬디가 비에 젖은 새처럼 가늘게 어깨를 떨었다.

"그들은 어찌 되었을까요?"

무너진 건물 잔해를 바라보며 그녀가 라드에게 물었다. 침입자를 두고 하는 말이었다.

"피할 수 있는 폭발이 아니었소. 빠져나가기엔 역부족이었을 것이오."

그가 자신의 재킷을 벗어 웬디의 어깨에 걸쳐 주었다. 피가 묻고 먼지가 쌓인 옷이었지만 훤히 드러난 그녀의 어깨가 못내 마음에 걸린 듯했다. 재킷을 벗자 그의 흰 셔츠 곳곳에 붉게 물든 핏자국이 드러났다. 옆구리에서는 아직 피가 배어 나오고 있는지 핏물이 축축했다.

그 모습을 본 웬디의 얼굴색이 단숨에 어두워졌다. 그녀는 한 손에 꼭 쥐고 있던 바하즈만을 떠올리고 얼른 손을 펴 보았다. 짓무르고 뭉개진 열매들이 보였다. 일부는 소란 중 바닥에 떨구었는지 남은 건 몇 되지 않았다. 웬디는 급한 대로 하나를 들어 먼지를 '후후' 불어 내고선 라드에게 말했다.

"입 좀 벌려 봐요."

라드가 의아한 낯으로 그녀를 바라봤다.

"아, 해 보란 말이에요."

웬디가 소리를 낮춰 말했다. 그녀가 하는 말의 의도를 파악하려는 듯 미세하게 눈매를 좁히고 있던 라드가 웬디의 거듭된 재촉에 입을 벌렸다.

곧 그녀가 그의 입안으로 열매 하나를 쏙 넣었다. 웬디는 얼른 씹으라는 듯 잘근잘근 씹는 시늉을 해 보였다.

라드가 묘한 얼굴을 하고선 그대로 그녀를 따라했다. 열매를 삼킨 듯 흔들리는 그의 목울대를 확인한 웬디가 만족한 표정을 지었다.

"맛이 어때요?"

"……달군."

라드가 조금 겸연쩍은 기색으로 말했다. 그것을 맛에 대한 만족으로 착각한 웬디의 얼굴에 희미한 미소가 떠올랐다.

"보통 열매가 아니거든요. 경께서는 지금…… 바하즈만을 드셨어요."

'바하즈만'이라는 단어를 말할 때 그녀가 그의 귓가에 붙어 소곤댔다.

'자그마치 바하즈만이라고요!' 웬디가 조금 의기양양한 표정으로 라드를 바라봤다. 라드는 묵묵히 고개를 끄덕였다. 바하즈만이고 뭐고, 그녀가 입에 넣어 주는 열매를 하나 더 먹었으면 했다.

우지끈!

와르르르르르─.

그 순간, 건물 파편이 쌓여 있던 자리에서 요란한 소리가 났다. 그들이 빠져 나온 아이언우드가 꺾이고 부러져 매몰되는 소리였다. 아이언우드가 솟아 있던 흔적은 눈 깜짝할 사이에 사라지고 푹 꺼져 주저앉은 나무 위로 건물 파편이 쌓였다. 조금 더 시간을 지체했다면 그들의 운명 역시 어찌 되었을지 몰랐다.

일행 모두가 똑같은 생각을 한 듯, 각자의 상처를 돌보고 있던 기사들의 시선이 다시금 웬디에게로 모아졌다.

뚫어져라 바라보는 그들의 시선을 느낀 웬디가 멋쩍은 듯 어깨를 으쓱였다. 얕은 한숨이 그녀의 입술 바깥으로 흘러나왔다. 이제는 그저 부딪히는 것밖에 도리가 없다. 각오했던 일이었지 않은가. 웬디는 스스로를 다잡았다.

이윽고, 마음을 단단히 먹은 것처럼 입술을 꾹 깨문 그녀가 기사들의 얼굴을 마주했다. 웬디는 일부러 조금 더 뜸을 들였다. 긴장된 공기가 무르익을수록 기사들은 더욱 심각한 얼굴로 웬디를 응시했다. 제멋대로 밑단이 찢어진 진녹색 드레스를 입은 채 샛노란 금발 머리를 늘어뜨린 여인이 숲에 깃든 미지의 존재처럼 의미를 알 수 없는 눈동자로 그들 앞에 서 있었다.

"생각하고 계신 모든 게 맞아요."

선언과 같은 말이 그녀의 입술 사이에서 흘러나왔다. 그 당당한 말에 놀란 것은 오히려 기사들이었다. 파리한 안색의 황태자가 묘한 눈길로 웬디를 바라봤다.

"생각하고 있는 게 맞다……. 그대는 이곳에 있는 이들이 무슨 생각을 하고 있다고 여기는가?"

황태자의 물음에 웬디가 그를 향해 시선을 돌렸다.

"……전하께서는 폭발에서 모두를 구한 게 누구라고 생각하시는지요? 전하께서 제가 드리는 질문에 대답을 해 주신다면, 그것이 자연히 답이 될 것입니다."

웬디가 나긋한 음성으로 말했다.

"……그대가 손을 댄 자리에 나무가 자라나는 걸 보았네. 그 나무를 자라게 한 게 그대라면, 모두의 목숨을 구한 이 역시 그대가 되겠지. 내 눈으로 본 모든 것들이 환상이 아니라 한다면 말이네."

황태자가 그녀의 반응을 관찰하듯 시선을 떼지 않으며 말했다. 다친 어깨에 통증이 이는지 약간 찡그린 얼굴을 하고 말이다.

"물론, 조금 전 보셨던 것들은 환상이 아닙니다. 전하의 예상 역시 하나도 틀린 바가 없고요."

웬디가 단언했다.

"전하께선 제게 목숨을 빚지셨습니다. 다른 기사님들 역시 마찬가지시고요."

웬디의 초록색 눈동자가 진지한 빛을 띠고 기사들을 향했다. 기사들은 혼란스러운 표정을 짓고 있었다. 웬디는 일부러 그들의 얼굴 하나하나를 바라봤다. 기사들에게 현실을 주지시키기 위해서였다. 그런 그들 사이에 딜런이 보였다. 그가 염려 가득한 표정으로 그녀를 바라보고 있었다. 웬디는 애써 고개를 돌렸다.

"그래, 그 불가사의한 현상이 그대로부터 비롯된 것이라면, 그 말이 맞아. 나는 그대에게 목숨을 빚진 게 되지."

아이작 황태자가 재미있다는 듯 후후 웃으며 말했다.

"전하께서는 다음 대의 베냐한 제국을 이끌 귀한 분이시죠. 여기 계신 기사님들 역시 제국의 아주 귀한 인재시고요. 누구나 그런 분들의 목숨을 구해 냈다면 보답을 바라겠지만, 전 조금 다른 걸 원합니다. 제가 바라는 것은 단 하나뿐이에요."

웬디가 황태자에게 눈을 맞추며 흔들림 없이 말했다.

"그대가 바라는 게 무언지 말해 보게나."

황태자가 흥미롭다는 듯 눈을 빛냈다.

깊게 숨을 들이마신 웬디가 라드를 힐끔 바라봤다. 라드가 그런 그녀를 향해 고개를 끄덕였다. 웬디가 말을 이었다.

"황명을 내려 주시겠습니까? 오늘 이곳에서 본 저와 관련된 모든 일을 함구하도록 말이에요. 제 힘이 알려지는 걸 원치 않습니다.

전하께서는 베냐한의 명예로, 기사님들께서는 기사의 명예로 제게 맹세를 해 주세요."

웬디의 당돌한 말에 황태자가 잠시 고민하듯 침묵을 지키다가 곧 입을 열었다.

"좋네. 목숨 값치곤 가벼운 일이군. 내 베냐한의 명예를 걸고 약속하지. 그대가 가진 힘에 대해 사람들에게 침묵을 지킬 것일세. 베냐한을 섬기고 황실을 수호하는 황실 기사들에게도 더불어 명하겠네. 그대들은 오늘 본 모든 일들을 함구해야 할 것이야. 웬디 왈츠와 관련된 모든 일에 대해 그대들은 오늘 본 것도 들은 것도 없네. 맹세하겠는가?"

황태자가 기사들을 둘러보며 엄중하게 말했다.

오웬 경을 시작으로 모두가 황태자에게 고개를 숙이며 기사의 명예를 걸고 맹세하겠다 답했다.

웬디는 그들의 진심을 확인하듯이 한 명씩 눈을 맞췄다.

황태자나 기사들의 맹세를 온전하게 신뢰하지는 않았다. 비밀이 언제까지고 지켜지리라는 순진한 생각 역시 하지 않았다. 그러나 이들 중 맹세를 저버리는 이가 있다면 기필코 그 대가를 치르게 하리라. 궁의 폭발 속에서 살아남았던 것을 후회할 만큼 철저하게.

"선의를 선의로 갚아 주시니 감사할 따름입니다."

웬디가 그린 듯한 미소를 지으며 말했다. 그러나 기사들 모두 그녀의 미소를 곧이곧대로 받아들일 만큼의 애송이는 아니었다. 그들은 미소 뒤에 숨은 웬디의 경고를 읽었다.

"웬디, 묻고 싶은 게 하나 있는데 말이야."

별안간 황태자가 그녀에게 바짝 다가와 말했다. 웬디가 말해 보라는 듯 그에게 고개를 기울였다.

"무슨 식물이든 자라게 할 수 있는 건가?"

"······그건 왜 물으시는지요?"

침묵을 약속해 놓고 바로 자신의 호기심을 충족하려 드는 황태자에게 웬디가 불퉁하게 물었다.

"저, 내가 통증이 심해서 말인데, 상처에 효과가 있는 식물을 키워 낼 수 없겠는가?"

황태자가 자신의 어깨를 힐끔거리며 말했다. 웬디는 손에 쥐고 있던 바하즈만을 반사적으로 뒤로 숨겼다. 황태자에게 열매를 보여 줘 봐야 좋을 것이 하나 없다는 판단이 들었다.

"······글쎄요. 대가가 무엇이냐에 따라 제 답이 달라질 것 같군요."

웬디의 말에 황태자의 표정이 대번 꿍해졌다.

"지금 내게 대가를 바라는 겐가?"

"목표가 확실할수록 일은 잘 풀리는 법이지요. 전하께서 하신 말씀이 아닙니까?"

연회장에서 황태자가 했던 말을 그대로 되돌려 주며 웬디가 싱긋 웃었다.

"하, 참. 그대 역시 슈로더 경과 다를 바가 없군. 정말이지, 충성심이 없어."

황태자가 인상을 찌푸리며 버릇처럼 웃었다.

"전하! 무사하십니까?"

그때 저 멀리, 황실 기사단이 몰려오는 모습이 보였다. 선봉에 뱃지 에노스와 호이킨 기사단장이 서 있었다. 그들 역시 한바탕 전투를 치른 듯 멀끔한 모습이 아니었다.

"슈로더 단장! 이게 어찌 된 일이오?"

가까이 다가온 호이킨 단장이 라드를 붙잡고 말했다.

사람들이 점점 더 몰려들었다. 웬디는 무너진 건물 잔해를 무심한 눈빛으로 바라보며 몰려드는 사람들과 멀찍이 떨어져 섰다. 황태자궁 너머의 호숫가에서 피어오른 물안개가 스멀스멀 대지 위로 기어 올라오고 있었다. 무너진 건물이 더욱 처참해 보였다.

제국에 몰아칠 피바람을 예감하며 웬디는 재킷 앞을 단단히 여몄다.

12화

꽃을 무어라 부르든
꽃빛은 변하지 않는다

꽃을 무어라 부르든 꽃빛은 변하지 않는다

"도웨인 경, 거기 흙을 더 가져다주시겠어요?"

화분을 갈고 있던 웬디가 갈색 머리 남자에게 말했다.

그녀의 주문에 그가 후다닥 몸을 움직였다. 눈썹이 일자로 짙은 제1기사단의 파스칼 도웨인이었다.

황태자궁이 무너진 날 이후, 도웨인 경은 웬디의 곁에 붙어 밀착 경호를 시작했다. 라드 슈로더와 황태자의 명 때문이었다.

처음, 웬디는 단호하게 경호에 대한 제안을 거절했지만 꽃집에 고용된 일꾼처럼 변복을 하고서 그녀를 경호하겠다는 다짐과 얼마든지 일꾼처럼 부려먹어도 된다는 꼬임에 허락을 하고 말았다. 지나고 보니 아주 잘한 일이라는 생각이 들었다.

"웬디 양, 이건 어디에 둘까요?"

"아, 저기 문 옆에 놔 주세요."

도웨인 경은 알아서 일을 찾아 하는 성격이었다. 일꾼으로 그만이었다.

"경, 그만 쉬셔도 좋아요. 오전 내내 비료도 날라 주셨는데 그러다 병나시겠어요."

"아닙니다, 제 기쁨인걸요."

파스칼이 씨익 웃으며 말했다. 웬디를 바라볼 때면 그는 눈을 총총 빛냈다. 유독 그녀가 화원에서 작업 중일 때 그 정도는 심해졌다. 황태자궁에서 보았던 웬디의 능력을 다시 볼 수 있지 않을까 하는 기대 심리가 작용한 것이다. 그러나 아직까지 그녀는 그 앞에서 능력을 보인 적이 없었다.

"수사에 진척은 좀 있나요?"

화분에 덮인 흙을 곱게 매만지며 웬디가 물었다.

"……자세한 건 저도 알지 못합니다만, 아직 딱히 이렇다 할 진척은 없는 것 같습니다. 침입자들이 모두 사망했으니 말입니다. 생포한 이들도 모두 자진하는 판국이니 주모자를 찾기 쉽지 않겠죠."

황실에 침입했던 반란 세력들은 철저하게 그 신분과 소속을 숨긴 채 어떤 증거도 남기지 않았다. 수사는 답보 상태였다. 의심 가는 인물들이 있으나 심증뿐, 물적 증거가 전무했다. 사건을 꾸민 이들이 얼마나 철두철미하게 준비해 왔는지 알 수 있는 대목이었다.

침입자들은 황궁 여기저기에서 그들의 임무를 수행했다. 첫 폭발이 있은 후 오드트 호에 띄울 수 있는 크고 작은 배 여러 척을 모두 불살랐으며, 육로로 황태자궁을 향하던 기사단을 급습해 기사들의 발을 묶었다. 첫 폭발이 그들의 통제 밖에 있었음에도 침입자들은 당황하지 않고 일사불란하게 지원 병력이 황태자궁으로 투입되지 못하게 막았다. 비록 아이작 황태자를 암살하려는 계획이 실패하긴 했으나, 변수를 내다보고 그들을 통솔한 누군가가 존재했음은 분명했다.

오귀스트 앵그르 공작과 그 지지 세력들에 대한 뒷조사 역시 계속됐지만 그들은 사건 이후 몸을 사리고 외부 출입마저 자제하는 중이었다. 그들뿐만이 아니었다. 온 나라의 귀족들이 숨을 죽인 채 두문불출하고 있었다. 황태자 시해 미수 사건의 진범으로 지목된다면 당사자의 목숨은 물론 가문의 몰락과 대를 이은 처벌이 기다리고 있기 때문이었다. 자칫 의심 살 만한 행동을 하였다가 사건에 휩쓸리지 않을까 모두 전전긍긍하는 것이리라.

웬디는 황태자궁이 무너지기 전 우연히 들었던 두 남자의 대화를 떠올렸다.

오귀스트의 기사와 정체를 알 수 없는 남자의 대화. 다분히 수상적은 대화 내용이었지만 궁에서 벌어졌던 사건과 그들의 대화가 어떤 관계가 있다는 것을 당장 증명할 방법은 없었다.

웬디는 그날 들은 대화 내용을 라드 슈로더에게 전해야 할지 고민했다. 도움이 될지 확실치 않았던 것도 있었지만 괜히 말을 꺼냈다가 황태자 암살 미수 사건에 더욱 깊이 휘말리게 될까 봐 두렵기도 하였다.

"……오늘도 전하의 부름에는 응하지 않으실 생각이십니까?"

웬디가 분갈이한 화분에 졸졸 물을 주고 있을 때 파스칼이 조심스럽게 물었다.

사건 이후 며칠 동안 황태자는 웬디에게 만남을 청했다. 웬디의 힘에 대한 그의 호기심과 의구심을 어떻게든 해소하고 싶은 모양이었다. 만나 보았자 대답하기 곤란한 질문 세례와 추궁을 받을 것이 분명했다. 라드는 웬디를 대신하여 황태자에게 정중한 거절을 표했다. 그러나 첫 번째 거절 이후로도 황명을 빙자한 황태자의 끈질긴 집착은 계속되었다.

"슈로더 경께서 신경 쓰지 않아도 된다 하셨으니, 저도 마음 쓰고 싶지 않아요."

"하아……. 슈로더 단장님께서 황태자 전하를 뵙고 가신 이후, 전하의 심기가 매우 불편하시다 들었습니다."

"무익한 말씀은 하지 않는 분이시니, 전하께 꼭 필요한 말을 전하셨겠죠. 약이 되는 말은 쓴 법 아니겠어요?"

결국 라드는 연회장에서의 일을 들먹이며 아군을 잃고 싶은 게 아니라면 자중하라는 경고를 황태자에게 건넸다. 황태자 스스로도 지은 죄가 있었던지라 라드 앞에서는 차마 반박을 하지 못한 모양이었다. 그러나 그 경고를 야금야금 씹어 먹었는지 그는 또다시 웬디에게 만남을 청했다.

"경, 고생하셨는데 차라도 한 잔 드시겠어요? 곧 오후 손님들이 몰려들 테니, 그 전에 좀 쉬도록 하죠."

웬디가 자리를 털고 일어서며 말했다. 파스칼이 반색을 하며 분 갈이한 화분을 번쩍 들었다.

"이건, 제가 꽃집 안으로 옮겨 놓겠습니다."

듬직한 그의 뒷모습을 보며 웬디는 파스칼을 경호인으로 둔 것이 훌륭한 선택이었다는 생각을 하였다.

그 시각.

방 안 여기저기 빼곡히 들어찬 화폭과 이젤 사이에서 한 남자가 분주히 몸을 움직이고 있었다. 어질러진 화구를 손질하는 손길이 익숙했다. 딜런 레녹스였다.

밤샘 근무를 마치고 돌아온 그는 잠을 청하는 대신 화실에 틀어박혀 지금껏 정리에 몰두했다. 누워 눈을 감아도 잠이 오지 않을 것을 알고 있었던 탓이다. 자꾸만 차오르는 헛된 생각들에서 벗어나기 위해선 분주하게 몸을 움직이는 수밖에 없었다.

붓을 들고 캔버스 앞에 서 보았자 그림을 그리는 것 또한 요원했기에 이 방에서 할 수 있는 건 그리 많지 않았다. 그녀 없는 화폭을 어찌 상상할 수 있을까. 그녀의 모습을 그려 넣지 않은 화폭은 그저 선과 색의 난잡한 연속일 뿐이었다.

그는 테이블 위에 늘어서 있는 물감과 붓, 나이프, 목탄 따위를 하나하나 살펴보며 제자리에 정리해 넣었다. 그러던 그의 손길이 어느 순간 뚝 멈췄다. 납작한 오동나무 상자 위에 놓인 낡은 붓 하나가 그의 시선을 붙잡았기 때문이다.

"자아, 받아. 축하 선물."

웃으며 꾸러미를 건네던 올리비아의 얼굴이 선연히 떠올랐다. 딜런이 조심스럽게 그 붓을 손에 들었다. 낡고 손때 묻은 물건이었지만 얼마나 아끼고 공들여 사용했는지 한눈에 알 수 있을 만큼 표면이 매끄럽고 정갈했다.

운명이라고 생각했다. 이 붓을 손에 쥔 순간 알 수 있었다. '이건 내 것이구나.' 하고. 그의 검을 손에 쥔 순간 느꼈던 것과 같은, 그런 예감이었다.

그녀의 손을 쥐었을 때도 그리 느꼈다. 영원히 함께할 수 있을 거라 생각했다. 올리비아를 애타게 찾았던 지난 2년간도 그 생각을 버린 적은 없었다. 수소문하길 멈춘 적이 없었다. 그녀를 그리워하는 것을 멈춘 적이 없었다.

다시 만나면, 다시 만난다면 예전으로 돌아갈 수 있을 거라, 함께할 수 있을 거라 생각했다. 운명이라고 생각했기에 희망을 잃지 않을 수 있었다.

그러나 그 모든 게 자신의 착각이었던가. 그녀를 다시 만났지만 예전으로 돌아갈 수는 없었다. 그녀가 내린, 옛 기억에 대한 사망 선고를 그는 무기력하게 듣고 있을 수밖에 없었다. 그럼에도 그는 올리비아를 놓을 수 없었다. 애처로운 노력을 거듭했지만 이젠, 그마저도 쉽지 않다.

황태자궁이 무너지던 날 보았던 올리비아의 모습은 그에게 단념이라는 말을 이야기하고 있었다. 딜런은 소멸하는 파도처럼 온몸이 부서지는 것 같은 착각을 여러 번 느꼈다.

라드 슈로더, 그의 곁에 선 그녀의 모습을 생각하면 그랬다.

두 눈이 쓰라렸다. 지금껏 느끼지 못했던 상실감과 패배감이 그를 무력하게 만들었다. 인정하기 싫었다. 그녀 곁에 더 이상 자신이 설 자리가 없다는 것을.

단념할 수 있을까. 올리비아, 그녀를 자신이 잊을 수 있을까.

그가 멍하니 의자에 주저앉았다. 막막한 가운데도 늘 희망이란 것은 있었다. 그러나 이젠 그마저 보이지 않는다. 그저 막막했다.

"난 지금…… 새로운 삶을 살아가고 있어. 웬디 왈츠라는 새 이름을 얻

었고, 과거와는 비교할 수 없을 만큼 평온한 하루하루를 보내고 있어."

다시 만난 그녀는 예전과 같은 샛노란 머리칼에 짙은 초록 눈동
자를 가지고 있었지만 그 외 모든 게 뒤바뀌어 있었다. 이름도, 말
투도, 자신을 보며 짓던 표정까지도. 폭발 사건이 있던 날 그녀가
보였던 그 능력 또한 그에겐 너무도 낯선 것이었다. 머릿속이 복잡
했다. 정리되지 않은 짐들이 머릿속에 빼곡히 들어찬 것처럼 그는
혼란을 느꼈다.

똑똑-.

그가 손등으로 쓰라린 눈두덩을 꾹 누르고 있을 때, 방문을 두드
리는 기척이 났다. 레녹스가의 집사였다. 그가 딜런에게 손님의 방
문을 알렸다.

레녹스가의 수도 저택에 반갑지 않은 손님이 찾아왔다. 딜런은
눈에 띄게 피로한 낯으로 손님을 맞았다. 마주 보고 앉은 두 사람
사이에 한동안 숨 막히는 정적이 흘렀다.

"……프란시스, 네가 여기까진 무슨 일이야? 내 뜻은 충분히 전
한 것 같은데."

딜런은 굳이 반감을 숨기지 않으며 말했다.

"……확인할 게 있어서 왔어요."

딜런의 박대에 그녀가 치욕을 감추며 어렵게 말을 꺼냈다.

"아무리 생각해도…… 잘못 본 게 아닌 것 같아서. 당신이라면
알고 있지 않을까 했어요."

"……뭘 말이야?"

"지난번 황궁의 연회장에서…… 올리비아와 닮은 사람을 본 것

같아요. 아니, 분명 그녀였어요."

올리비아라는 이름을 머뭇거리며 꺼낸 프란시스가 확신 어린 어
조로 말을 맺었다.

"올리비아를…… 보지 못했나요? 그녀가, 수도에 있나요?"

딜런이 굳은 얼굴로 프란시스를 바라봤다. 그의 눈동자에 혐오의
기색이 떠올랐다.

"그나마 내가 너의 얼굴을 마주하고 앉아있는 건 네가 한때나마
올리비아의 가족이었기 때문이야. 내가 너에게, 나름대로의 예를
갖추고 있단 걸 모르겠어? 그런데…… 네가 어떻게 내 앞에서 올리
비아 이야길 꺼낼 수 있지? 그럴 자격이 너에게 있나?"

"그렇게 말하지 말아요! 난 단지-."

"그녈 찾아서, 또 무슨 짓을 벌이려는 건데? 사교계 데뷔를 늦게
한 책임을 떠넘기려고? 하즐렛가가 당한 모욕을 그녀 탓이라 뒤집
어씌우려고?"

딜런의 입술 밖으로 쏟아져 나오는 신랄한 말에 프란시스의 얼굴
이 하얗게 질렸다.

"……당신에겐 올리비아, 그 애만 피해자로 보이나요? 난 그저
가해자에 불과하고? ……나도! 오랜 시간을 괴로워했어요! 얻을 수
없는 사랑에…… 스스로 추악해지는 내 모습을 보면서, 나도 괴로
웠다고요."

"그럼 더 이상 내게 그런 모습을 보이지 마. 우린 서로에게 해가
될 뿐이야."

"……올리비아가 당신에게 그렇게 말한다면, 그러겠다고 쉽게
대답할 수 있나요?"

딜런이 아무런 대답을 하지 못하고 지친 얼굴로 그녀의 얼굴을 쳐다봤다. 프란시스는 그 침묵에서 올리비아를 향한 그의 여전한 애정을 읽었다. 차라리 그가 자신의 말을 부정했다면 좋았을 것이었다. 칼날처럼 날카로운 공기가 목구멍을 스치는 느낌이었다.

프란시스의 눈가에 투명한 눈물방울이 맺혔다. 그녀가 비틀거리며 자리에서 일어섰다.

"괜한 시간을 뺏었군요. 가 볼게요."

서둘러 걸음을 옮긴 그녀가 감정이 복받친 듯 입술을 파르르 떨었다.

마차에 올라타 레녹스가를 나서며 프란시스는 가까스로 눈물을 참아 냈다.

당신을 원해. 계속 원해 왔어. 보답받지 못한 마음이 내 살을 깎아 먹는 걸 알면서도, 내내 그래 왔어.

그녀는 벅차오르는 감정을 끝끝내 이기지 못하고 억눌린 울음소리를 토했다. 감정에 지배당한 온몸이 난도질당한 듯 아파왔다. 이대로, 이대로는 도저히 견딜 수가 없었다.

잠시 뒤, 마음을 진정시키려는 듯 숨을 크게 들이마신 프란시스가 마차 벽을 몇 번 노크했다. 곧 마차가 멈추고 마부의 목소리가 들려왔다.

"아가씨, 명하실 일이 있으십니까?"

"……엘던 정보소로 가 주세요."

그녀의 명에 마부가 말머리를 돌렸다. 따가닥거리는 말발굽 소리가 프란시스의 가슴을 치듯 크게 울렸다.

사랑한 만큼 추악해지는 마음에 프란시스는 굴복하기로 했다. 애써 아닌 척해 보아도 누구도 알아주지 않을 마음이었기에.

그래, 철저하게 추악해져 주마. 질기고도 아픈 이 마음을 잘라 낼 수 없다면, 생살까지 찢고 갈라 함께 버릴 수밖에. 한정도 없이 흐르는 이 마음을 버릴 수 없다면.

속울음을 삼키며 프란시스가 독하게 입술을 짓씹었다.

그녀가 마음을 조금 진정시켰을 즈음, 미차가 엘던 정보소 앞에 멈췄다. 마차에서 내린 프란시스는 경계하듯 주위를 한 번 둘러보고서 곧 건물 안으로 들어갔다.

엘던 정보소는 베냐한 제국은 물론, 바다 건너 칼로엔 제국에 이르기까지 모든 분야에 걸쳐 막강한 정보력을 보유한 조직이었다. 곳곳에 위치한 지부와 많은 인력을 바탕으로 그들은 오랜 시간 탄탄하게 성장해 왔다.

프란시스는 제도 내 있는 엘던 정보소 본부에서도 가장 영향력 있는 제필린 셰이라스와의 면담을 청했다.

쉽게 만날 수 있는 인물이 아니었지만, 때마침 제국 내 불어닥친 황태자 암살 미수 사건으로 정보소를 드나들던 귀족들이 몸을 사리던 시기였기에 본부 역시 한가한 상황이었다.

그렇게 두 사람의 만남은 성사되었다.

"그래, 하즐렛가의 귀한 아가씨께서 무슨 일로 이곳을 찾으셨습니까?"

"……사람을 찾고 싶어요."

"사람을 찾는 건 저희 엘던이 전문이라 할 수 있죠. 이름과 나이, 인상착의를 알려 주시겠습니까? 자세할수록 좋습니다. 오, 여기이 종이를 드리죠."

그가 서랍에서 종이 한 장을 꺼내 깃펜과 함께 그녀에게 건넸다. 잠시 그 종이를 바라보며 자신이 하고 있는 일에 대해 반추해 본 프란시스가 홀로 피식 웃음을 흘리고서 금세 깃펜을 움직였다. 터럭만큼 남은 망설임은 순식간에 자취를 감췄다.

"하즐렛가의 아가씨십니까? 실종이라도 된 건가요?"

제필린이 그녀가 작성한 종이를 들여다보며 말했다. 프란시스는 그의 질문에 답하지 않고 올리비아로 의심되던 여자에 대해 이야기했다.

"……얼마 전, 황제 폐하의 탄신 축하연에서 그녀의 모습을 본 것 같아요. 그러니 수도를 중심으로 찾아봐 줬음 해요."

"전야제 파티 말입니까?"

"그래요."

황태자의 암살 미수 사건으로 인해 황제의 탄신연은 모두 취소되었다. 연회는 단 한 번 열렸고, 그 연회를 둘러싸고 전대미문의 사건이 발생했기에 연회 참석자 명단은 황실에 의해 더욱 철저하게 관리되고 있었다. 연회에 참가한 모두가 잠재적인 용의자였기 때문이다. 그 명단을 입수하는 것은 쉬운 일이 아니었지만 엘던의 정보력이라면 가능했다.

"알아보도록 하죠. 시기가 시기인지라 금액이 조금 부담되실 것 같군요."

"얼마가 들든 상관없어요."

프란시스가 냉소적으로 말했다. 그런 그녀가 마음에 든 듯 제필린이 활짝 웃었다.

"좋습니다. 그분을 찾으면 바로 연락을 드리도록 하죠."

🌸

파스칼은 웬디가 타 주는 레몬티를 좋아했다. 평소 시고 단 음식을 즐기는 편이 아니었지만, 꽃집 안에서 차 한 잔을 기울이고 있으면 꽃과 향기가 어우러진 그 안에서 마음이 평화로워지는 기분이 들었다. 어느 곳에 눈을 둬도 정적이고 아름다운 풍경이었다. 그는 생전 처음 경험하는 평화에 중독되지 않을까 슬며시 걱정마저 들었다.

"한 잔 더 드릴까요?"

"그래 주시면 감사하겠습니다."

파스칼이 잔을 내려놓자 웬디가 연노랑 찻물을 쪼르르 채워 넣었다. 짙은 일자 눈썹이 부드럽게 풀어지며 휘었다. 자신도 모르게 말랑말랑한 표정을 짓고 있는 파스칼을 힐끔 바라본 웬디가 말했다.

"레몬티를 좋아하시나 봅니다."

"특별히 그런 건 아닌데 말입니다. 웬디 양께서 주신 차 맛이 유독 좋군요."

그의 말을 들은 웬디가 파스칼을 빤히 쳐다봤다.

"저어, 제 얼굴에 뭐라도 묻었습니까?"

"아……. 아닙니다."

파스칼의 말을 들으며 웬디는 어느 무뚝뚝한 황실 기사에 대해 생각했다. 잿빛 눈동자에 표정 변화가 거의 없는 남자. 그도 이 레몬티에 대한 무뚝뚝한 예찬을 늘어놓았었다.

자신의 꽃집에 찾아왔던 그에게 억지로 차를 대접했던 일이 떠올라 웬디는 피식 웃음을 흘렸다. 파스칼이 의아한 듯 자신을 쳐다보는 것이 느껴졌지만 모른 체하며 테이블 위에 놓인 레몬 단지를 들어 올렸다. 단지는 어느덧 바닥을 드러내고 있었다. 톡톡 단지를 두드린 후 기울여 보았다. 남은 레몬청이 겨우 손가락 한 마디 정도나 될까. 오늘 저녁에는 샛노란 레몬이 가득 열린 레몬나무를 키워야겠다는 생각이 들었다.

딸랑-.

그때 경쾌한 방울 소리와 함께 꽃집의 문이 열렸다. 바깥의 더운 햇살이 아롱지며 꽃집 안을 메웠다.

"어서 오십시오."

며칠 만에 익숙해진 손님맞이 인사말을 외치며 파스칼이 자리에서 일어났다.

"아……! 저, 저-."

파스칼이 말을 더듬으며 입을 쩍 벌렸다. 손님의 얼굴을 바라본 그의 얼굴이 순식간에 당혹으로 얼룩졌다.

"오, 도웨인 경. 임무 수행에 최선을 다하는 모습이 보기 좋군그래."

아이직 폰 베냐한이었다. 회색톤의 평복을 입은 그가 저잣거리의 청년처럼 조끼 주머니에 손을 찔러 넣고 있었다.

"웬디, 잘 지냈는가."

황태자가 웬디의 굳은 얼굴을 보며 말했다.

시국이 혼란한 지금, 그가 직접 자신의 꽃집까지 찾아오리라는 생각까지는 하지 못했던 웬디였다. 그녀는 뜻밖의 불청객에 무척 당황한 듯 인사말을 꺼내놓지 못했다. 황태자가 눈웃음을 치며 웬디의 당황한 얼굴을 감상했다. 웬디는 한참만에야 경련하는 얼굴 근육을 다스리는 데 성공하고 그에게 앉기를 권했다. 황태자가 그린 듯한 동작으로 웬디가 가리킨 의자에 앉았다.

"전하께서…… 이곳까지 오실 거라곤 생각조차 못했습니다."

"그대가 날 만나러 와 주지 않으니 이리 친히 왕림하는 것밖에 도리가 없지 않나. 그리 박대 말고 웃으며 맞아 주게나. 여기 이렇게 선물도 가져왔으니!"

아이작이 손짓을 하자 황태자를 따라온 남자가 커다란 포대 자루 여러 개를 내려놓았다.

"꽃집에 꽃을 사 올 수도 없고 말이지, 내 고민을 많이 하였네. 가만 지켜보니, 그대는 겉치레보다는 실리를 중시하는 것 같아서 몬트라피 가루를 가져왔는데, 어찌 마음에 드는가?"

아이작이 어울리지 않게 쑥스러운 얼굴로 웃었다.

"……배려에 감사드립니다. 귀하게 먹겠습니다."

"그래, 기뻐해 주니 내가 고맙군. ……그런데 조용히 이야기를 나눌 데가 없을까? 단둘이 말이지."

황태자가 가게 내부를 휘휘 둘러보며 자그마한 목소리로 말했다.

"……조용한 곳이라면, 가게 안쪽에 화원이 있습니다. 이야기를 나누기 적합한 장소는 아닙니다만."

"오! 그대의 화원이라! 내 꼭 구경해 보고 싶었네. 가지, 앞장서게."

황태자가 반색을 하며 먼저 자리에서 일어섰다. 웬디는 작게 한숨을 내쉬고 어쩔 수 없이 걸음을 옮겼다 황태자의 수행원들과 파스칼을 꽃집 안에 남겨 둔 채, 두 사람은 나란히 화원 안에 섰다. 아이작은 화원의 습하고 후덥지근한 공기가 조금 불편한 듯 입을 둥글게 오므려 숨을 뱉어 냈다.

"이곳의 식물들은 모두 그대의 손길 아래 태어난 것들인가?"

"제 보살핌 아래 자라난 것들이 맞습니다."

"아니 아니, 말 그대로 그대의 '손길' 아래서 태어난 것들이냐는 말일세."

아이작이 두 손을 얼굴 높이로 들고 피아노를 치듯 유려하게 손가락을 놀렸다.

"대부분…… 그렇습니다."

웬디가 비틀어진 입술을 감추지 못하고 대답했다. 그녀의 짙푸른 녹색 눈동자 위로 경계심이 어렸다.

"음, 그러니까 그게 대체 어떤 원리지? 마법인가? 아니면 집안 대대로 내려오는 능력 같은 건가? 내 아무리 곰곰이 생각을 해 보아도 답이 나오지가 않아서 말일세. 내 오죽하면 황실 도서관에 틀어박혀 며칠 동안 먼지 쌓인 책들을 뒤적거리지를 않았겠나. 그런데 어디에도 그와 같은 능력에 대한 이야기는 없더군."

청록빛 잎의 사계성 장미 넝쿨을 엄지와 검지로 매만지며 아이작이 물었다. 황실의 작위 수여식에서 보았던 장미를 키워 낸 것이었다. 그녀는 황태자의 호기심 가득한 얼굴을 뚫어져라 바라보며 조금의 머뭇거림도 없이 입을 열었다.

"전하, 제 힘에 대해 더 이상 묻지 말아 주십시오. 무엇을 하문하신다 해도 대답할 수 있는 것이 없습니다. 전하께서 제 힘에 대해 침묵을 지키기로 하신 일을 기억해 주시고, 부디 제게도 그렇게 해 주세요."

"……그대가 그리 말한다면 내 존중해야겠지. 그러나 말이지, 웬디. 나의 순수한 호기심을 채우는 건 포기한다 하더라도, 그대의 힘을 이렇게 썩히는 게 너무 아깝다는 생각은 지울 수가 없군그래."

"썩히다니요. 지금 이곳의 식물들을 직접 눈으로 보고 계시지 않습니까."

"이 정도로 소소하게 허비할 능력이 아니지 않나! 큰일에 쓴다면 그 어떤 것보다 빛날 능력이거늘. 내 너무 안타까워 그러네."

황태자의 말에 웬디가 미묘한 웃음을 지으며 걸음을 옮겼다. 웬디는 오늘 용기를 내기로 했다. 황태자의 목숨을 구한 순간부터 그녀는 스스로가 일방적인 약자가 아니라고 생각했다.

"전하께서 말씀하시는 큰일이라는 게 무얼 이르는 건지 여쭈어도 될까요?"

"그대에겐 무한한 능력이 있지 않은가. 그 힘이라면 제국의 운명을 바꿀 수도 있을 거라 생각하네."

"제국의 운명을 바꾸는 일에 저는 별로 관심이 없습니다. 사람들에겐 각자의 기준이 있는 법이죠. 전하께서 말씀하신 큰일은 순전히 전하의 기준인 것 같군요. 그걸로 절 설득할 수 있을 거라 생각하셨나요?"

"누구나 납득하는 공통적인 기준도 있는 법이지. 그대 또한 다르지 않을 터."

"그 공통의 기준에 납득하지 못하는 사람도 있는 법이죠. 그게 아무래도 저인 것 같군요."

웬디가 앞치마 주머니에 손을 넣어 검지 길이의 작은 전정가위를 꺼냈다. 화려하게 피어난 장미 한 송이 위로 손을 옮긴 그녀가 줄기를 싹둑 잘라냈다.

"웬디, 그대의 힘을 옳은 일에 쓰고 싶지 않은가? 그대의 힘이 비탄에 빠진 이들에게 희망이 될 수가 있네."

"……전하께서 지난 무도회에서 절 전면에 내세우지 않으셨다면 그 말씀이 더욱 진실하게 들렸을 겁니다."

웬디의 말에 아이작이 멈칫하며 그녀의 얼굴을 들여다봤다.

"전하를 원망하진 않아요. 전하께선 전하의 자리에서 할 수 있는 일을 하신 거겠죠. 하지만 그다지 유쾌한 일이 아니었단 건 부정할 수 없군요."

아이작이 굳은 얼굴로 자신의 뺨을 쓸었다. 무표정한 아이작의 얼굴은 소년 음악가 같지도, 망나니 황태자 같지도 않았다.

"……샤르팡티 지방을 아는가? 거기에 황실의 여름궁이 있어. 바다가 있는 아주 아름다운 곳이지만 조금만 말을 타고 나가면 비참한 궁핍을 숙명으로 알고 살아가는 빈농들의 마을이 나온다네. 그들의 무참한 삶을 본다면…… 누구나 스스로에게 부끄러움을 느낄 거라네. 나 역시 그랬어."

황태자가 꽃이 잘린 장미 줄기를 응시하며 잠시 말을 멈췄다. 나무 수피 같은 그의 갈색 눈동자가 비에 젖은 것처럼 어둡게 가라앉았다.

"아주 어린 날부터 꿈꾸던 일이었다네. 평민들에게도 그들의 삶을 꾸려 나갈 수 있는 충분한 기회를 주고, 그들의 가혹한 운명을 바꿀 수 있는 힘을 주고 싶었어. 지금 추진하고 있는 인재 등용법은 내가 생각해 온 일의 지극히 일부일 뿐이라네. ……그 와중에 그대에게 짐을 지운 것은 사실일세. 그러나 칼날은 결국 나를 향하지 않았는가. 그날, 그대의 희생은 대의를 위한 일이었다고 생각해 줄 수 없겠는가?"

"전하께서는…… 평민들의 비참한 삶을 변화시키기 원하신다 말씀하시면서, 위험을 피하기 위해 평민인 저를 전면에 내세우셨어요. 가볍게는 단순한 스캔들로 끝날 수도 있는 일이었지만, 최악의 상황에서는 제가 적의 표적이 될 수도 있는 일이었죠. 대의를 위한 희생이라니. 그런 게 있을 리 없잖아요? 희생해도 좋은 삶은 어디에도 없어요. 누군가를 위해, 제국을 위해, 시대를 위해 희생해도 좋은 삶은 없답니다. 타의에 인해 강요된 희생이라면 더더욱 그렇죠."

웬디의 말에 그가 아무런 말없이 입을 다물었다. 아이작의 시선이 흔들렸다.

"……전하, 저는 말이에요. 제 능력을 이용해서 저 스스로 높은 자리에 오르겠다거나 무언가를 이루어 내겠다는 욕심 같은 게 없어요. 남을 위해 능력을 헌신하겠다는 남다른 사명감 같은 것도 없고요. 그러니까 결국 전하와 제가 바라는 것엔 합치점이 전혀 없단 말이에요. 전하께서 어떤 말씀을 하셔도…… 바라시는 일은 이루어지지 않을 거예요."

웬디는 최대한 진심을 담아 말을 했다. 잘라 낸 장미 서너 송이를 손에 쥔 채 그녀는 아이작의 얼굴을 올려다봤다. 그의 초콜릿색 곱슬머리가 유리 천장을 통해 들어오는 빛을 받아 거의 금발처럼 보였다.

"……내 편에 서 줄 수 없겠나? 나 역시 그대의 편에 서서 그대를 돕겠네. 그대의 사랑과 그대가 바라던 모든 것들을 이룰 수 있도록 말이야. 그게 어떤 거라 하더라도 내 반드시 이루어 주겠다 약속하지."

"전하, 제가 원하는 건 그저 평범하게 제 생활을 이어 나가는 것뿐이에요. 이미 잘 알고 계시잖아요."

"그대가 슈로더 경의 곁에 당당히 서는 데 내 도움이 필요하지 않겠나? 그대의 사랑을 위해 말일세."

황태자의 말에 웬디가 손에 쥔 장미꽃을 아래로 늘어뜨렸다. 사랑. 입속에 그 단어를 읊조려 보니 여린 풋내가 났다. 가슴이 찌르르 아팠다. 믿을 수 없게도 남자의 얼굴이 떠오른 탓이다.

"제 사랑은…… 아직 작고 희미하지만, 전하의 도움을 받을 만큼 약하진 않아요."

말을 뱉어 놓으니 어딘가 후련하고 또 조금 울렁거렸다. 웬디는 황태자를 등지고 서서 그 단어를 다시금 입안에 읊조렸다.

"……."

웬디의 단호한 말에 아이작은 낙심한 얼굴을 했다. 그녀를 강제할 수 없음을 그도 잘 알고 있었다. 당장의 필요를 채울 수 있을지 모르나 결국 슈로더와 웬디를 영원히 적으로 돌리는 꼴이 될 것이라는 사실을.

"처음에는 그대의 신분에 흥미를 가졌다네. 그러다가 어느 순간 인간적인 호감을 느꼈지. 내 눈엔 다 보였거든. 감정을 억누르고 어떻게든 본심을 감추려는 그 얼굴이, 나와 아주 비슷했으니까. 지금도 그대에겐 비밀이 아주 많아 보여."

아이작이 피식 웃었다. 비밀이 많다는 그의 말에 웬디가 어깨를 으쓱했다.

"······내가 하려는 일에 그대가 분명 큰 도움이 될 걸세. 하지만 법안을 통과시키는 것보다 그대를 설득하는 일이 더욱 요원한 일인 것 같군. 그렇지만 한 가지 오해는 풀고 싶네. 무도회에서 그대를 전면에 내세웠던 것은 법안을 통과시키기 위한 일이라거나 평민보다 황족의 목숨이 귀하다 여겼기 때문이 아니었다네. 당사자에게는 똑같이 이기적인 흰소리로 들리겠지만 난 그저 내 가족을 지키기 위해 그리했을 뿐이야. 똑같은 흰소리라도 오해를 받고 싶진 않군."

"전하의 흰소리를 기억해 두겠습니다. 오해를 풀도록 하죠."

웬디가 도도하게 턱을 들고 말했다. 아이작이 눈매를 찌푸렸다.

"자네, 아무리 그래도 황태자에게 흰소리라니. 해도 해도 너무하는─."

툴툴거리는 그의 음성 사이로 바깥의 소란이 들렸다. 꽃집 안에서 들려오는 소리였다. 두 사람의 시선이 꽃집으로 통하는 문 쪽을 향하기가 무섭게 벌컥 거칠게 문이 열렸다.

"전하!"

굳은 얼굴로 화원 안에 들어선 라드 슈로더가 아이작 황태자를 매서운 눈빛으로 쳐다봤다. 남자의 부리부리한 눈매에서 들썩이는 열기가 느껴졌다. 순전한 분노였다.

"제 말이 아주 가볍게 들리셨나 봅니다. 충분히 무거운, 경고였는데 말입니다."

슈로더가 압도적인 기세로 두 사람 가까이 다가와 섰다.

"경, 이러지 말게나. 난 그저 웬디 양과 이야기를 나누고 싶었을 뿐이야."

아이작 황태자가 곤란한 표정을 했다. 이번만큼은 충성심이 없다

어쨌다 하는 말들을 들먹일 수가 없었다. 그런 말을 했다간 정말 검을 빼 들고 하극상이라도 일으킬 기세였다. 라드가 진득하니 살벌한 눈빛으로 그를 쳐다보며 웬디의 손목을 잡았다.

"다신 이곳에 방문하지 마십시오. 내일 오전에 전하를 알현하러 가도록 하겠습니다. 전하와 저의 이야기는 내일로 미뤄 두도록 하죠."

"아니, 무슨 이야길 하자고 그러나. 내일 오전에 내가 마침 스케줄이 빼곡-."

라드가 황태자의 말을 끝까지 듣지 않고 웬디를 이끌고 걸음을 옮겼다. 갑작스러운 이끌림에 그녀의 손에 들려 있던 장미 송이가 후드득 바닥에 떨어져 내렸다. 화원을 빠져 나가려는 두 사람의 뒷모습을 보며 황태자가 황망 중에 소리쳤다.

"자네! 그렇게 가면 어떻게 하나! 어디 가는 게야!"

라드가 걸음을 멈추고 휙 뒤돌아 황태자를 노려봤다. 웬디는 라드 슈로더의 눈에서 무시무시한 기운이 쏘아져 나가는 것 같다고 느꼈다. 오죽하면 황태자의 수행인들이 열린 문 사이로 들어와 황실 기사단장을 경계했을까.

웬디가 잡힌 손목을 흔들며 염려 섞인 눈빛을 보내자 그가 황태자에게서 시선을 거두었다. 두 사람은 곧 화원을 빠져나갔다.

"오늘 정작 혼쭐이 난 건 난데, 왜 저리 잡아먹을 듯 나를 노려보는 건가. 이거, 정말 억울하군."

황태자가 울상을 하며 중얼거렸다. 연신 억울하다 투덜거리며 화원을 나서던 그가 화원 한쪽에 있는 포도나무를 발견하고 가까이 다가갔다.

"……아까운 능력이야."

그가 실한 포도송이 하나를 따 들었다.

"희생해도 좋은 삶은 없다 하였나……."

아이작이 검붉은 포도 알을 똑똑 따 입안에 넣으며 웬디의 말을 상기했다. 달콤한 포도즙이 입안을 가득 채웠지만 황태자의 얼굴은 그답지 않게 어두웠다.

한편, 황태자를 화원 안에 남겨 두고 그곳을 빠져나온 두 사람은 꽃집 안을 지나쳐 바깥으로 나갔다.

두 사람을 얼떨떨한 얼굴로 바라보던 파스칼이 꽃집은 걱정하지 말라며 멍하니 중얼거렸지만 웬디는 그 소리를 흘려들을 수밖에 없었다.

'딸랑' 하는 소리를 내며 꽃집 문이 조금 거칠게 닫혔다.

분기에 찬 라드는 굳은 얼굴로 걸음을 옮겼다. 라드를 따라 말없이 걷던 웬디는 남자가 잡은 손목이 조금 시큰거릴 때쯤에서야 조심스럽게 입을 열었다.

"경께서는…… 의외로 다혈질적인 면이 있으시군요."

웬디의 말에 라드가 걸음을 멈추고 그녀를 바라봤다.

"내가 말이오?"

"발로스의 고삐를 끌듯 저를 이끄시니 제가 감당할 수가 없잖아요."

그녀가 자신의 손목을 힐끗 바라보며 말했다. 웬디의 손목을 내려다본 라드가 화들짝 놀라 그녀의 손을 놓았다. 잡은 자리가 엷은 분홍빛으로 물들어 있었다.

"미안하오……. 내 미처 헤아리지 못했소."

라드의 사과에 웬디가 미미하게 웃음을 지었다.

"······그것보다, 어딜 가시는 길이신가요?"

그녀의 물음에 라드가 눈에 띄게 당황하는 기색을 보였다. 웬디가 몸을 기울이며 그의 얼굴을 뚫어져라 쳐다봤다.

"목적지도 미처 헤아리지 못하신 건가요?"

"······."

"괜찮다면 좀 걸으시겠어요?"

웬디가 나긋한 목소리로 말했다. 그가 고개를 끄덕였다.

"저쪽 마방에 발로스를 매어 두었소. 그곳까지 갑시다."

둘은 대로에 있는 주점에서 운영하는 마방을 향해 갔다. 경황없이 나오느라 벗어 놓지 못했던 앞치마를 뒤늦게 풀어내며 웬디가 민망한 듯 웃었다.

"황태자 전하께서 절 찾으신 걸 알고 오신 건가요?"

그녀가 앞치마를 포개 팔에 걸쳐 들었다. 접힌 부분을 반듯하게 손으로 쓰는 소소한 행동을 바라보던 라드 슈로더가 자신의 셔츠 주름을 매만지며 대답했다.

"전하께 보고할 일이 있어 체더 궁에 들렀다가 그대를 만나러 출궁하신 것을 알게 되었다오."

"······전하께서 함께 일해 볼 것을 제안하시더군요. 단호하게 거절해 두었지만 쉽게 포기하실는지는 장담할 수 없어요."

"······내가 직접 말씀을 드려 보리다. 너무 걱정하진 마시오."

라드가 생각에 잠긴 얼굴로 말했다. 마방이 가까워 오자 건초 더미와 말똥 냄새가 섞여 났다. 멀리서도 제 주인이 오는 것을 알았는지 발로스가 '히이잉' 소리를 냈다.

"이왕 이렇게 나온 거 발로스와 시간을 보내도 될까요?"

웬디가 발로스에게 시선을 고정한 채 말했다. 녀석을 보자 승마에 대한 욕구가 발동한 게 틀림없었다.

"그럽시다."

말을 이끌고 나오던 라드가 예상했다는 듯 이야기했다. 발로스가 웬디를 알아보고 잔뜩 흥분해 콧김을 뿜어냈지만 라드는 짐승이 해후의 기쁨을 느낄 시간을 허락하지 않은 채 녀석의 고삐를 세게 잡아 돌려 세웠다. 라드의 도움을 받아 말에 오른 웬디는 신이 난 얼굴로 그에게 손을 내밀었다.

"제가 발로스를 몰고 싶은데, 허락해 주시겠어요?"

그녀의 제안에 눈매를 좁힌 라드가 망설이는 투로 말했다.

"……데비타 대로로 가지 않겠다는 약속을 해 준다면."

이전에 그녀와 함께했던 데비타 대로에서의 쇼핑이 떠올랐는지 그가 슬쩍 얼굴을 찡그렸다. 라드에게는 사무치던 기억이었다.

"약속드리죠. 데비타 대로로 가지 않겠어요."

새순이 돋듯 싱그러운 웃음을 흘리며 그녀가 장담했다. 라드는 꺼림칙한 표정으로 그녀에게 고삐를 건넨 후 웬디 뒤쪽에 올라탔다.

'으랴' 하는 외침과 함께 발로스가 질주하기 시작했다. 웬디는 버투왓 강을 향해 발로스를 몰았다. 현란한 햇살이 발로스의 갈색 털 위로 매끈하게 미끄러졌다.

오래지 않아 강바람에 실려 온 싱그러운 물 내음이 코끝을 스쳤다. 웬디는 더욱 들뜬 마음에 속력을 높였다.

버투왓 강 근처에는 푸른색 물망초가 맑고 투명한 빛으로 여기저기 피어 있었다. 초여름의 기운이 요란하지 않게 온 강변에 가득하였다. 저 멀리 보이는 레이니 숲의 진초록 나무색이 강물의 새파란 색과 어울려 한데 어지러이 빛났다. 웬디는 물결이 내뱉는 빛의 산란에 부신 눈을 가늘게 떴다.

"워워!"

거친 숨을 몰아쉬며 말을 세운 그녀가 라드의 안부를 확인하듯 고개를 돌렸다.

"말을 모는 솜씨가 여전히 험악하군. 승마에선 그대를 당할 재간이 없을 듯하오."

라드가 질렸다는 얼굴로 말했다. 칭찬인지 험담인지 애매한 그 말에 그녀가 '하하' 웃으며 라드의 가슴을 뒤통수로 콩 찍었다.

말에서 내려선 두 사람은 강변을 따라 걸었다. 웬디가 물망초 여러 송이를 따 들어 한 손에 오므려 쥐었다. 자취 없이 시들었다 다시 피었을 그 꽃이 그녀의 손에 푸르게 들려 있는 모습을 보며 라드가 말했다.

"그 꽃의 이름은 무엇이오?"

"물망초랍니다. 경계선 요즘 부쩍 식물에 관심이 많아지신 것 같아요."

"……그대가 관심을 두는 대상이니까."

낯부끄러운 말을 아무렇지도 않게 하는 그의 뜻밖의 내공에 웬디가 놀란 얼굴을 했다. 목덜미를 스치던 바람이 맥박이 되어 울렸다.

"……사건 조사에 진선은 좀 있습니까?"

웬디는 놀란 마음을 진정시키기 위해 되는 대로 황궁에서의 사건에 대해 물었다. 그가 그런 그녀를 내내 응시하고 있었다.

"조사에 어려움을 겪고 계시…… 읏!"

그의 시선을 피하며 거추없이 덤벙대다 돌부리에 그만 발끝이 걸렸다. 휘청 몸이 기운 그녀를 라드가 잡아 일으켰다. 작은 비명을 내지르던 그녀가 그의 품에 푹 안겼다.

"……쉽지 않은 일이오."

라드가 그녀의 팔을 잡은 채로 느릿하게 말했다.

쉽지 않다는 그의 말이 사건 조사를 이르는 것인지 다른 무언가를 이르는 것인지 웬디는 알 수가 없었다. 올려다본 그의 얼굴이 가까웠다. 빈틈없이 가득 찬 물그릇을 손에 들고 있는 것처럼 그녀는 옴짝달싹할 수가 없었다. 심장이 불규칙하게 뛰었다.

"……무엇이 말입니까?"

웬디의 물음에 라드가 한동안 그녀의 진초록 눈동자를 들여다봤다.

"그대를 보며 기사 강령을 외는 일. 그게 얼마나 어려운 일인지…… 그댄 모를 거요."

여전히 알 수 없는 말이었다. 웬디가 흔들리는 눈빛으로 그에게 시선을 맞췄다.

"난 오랜 시간 절제하는 법을 익혔다오. 그런데 그대 앞에서는 그걸 모두 잊게 돼."

라드가 어떻게 하면 좋을지 몰라 막막하다는 것처럼 그녀를 바라봤다.

"……입 맞춰도 되겠소?"

거절하지 말아 달라는 것처럼 물끄러미 자신을 보는 라드의 잿빛 눈동자에 웬디는 무어라 대답할지 몰랐다. 공허하던 들녘에 가득 찬 달빛처럼 피할 데 없는 시선이었다.

그녀가 라드의 뺨 위로 손을 올렸다. 구름이 그들 머리 위를 지나쳐 가며 잠시 톤 낮은 그늘을 만들어 놓았다. 라드가 이끌리듯 입술을 옮겨 그녀의 손바닥 위에 입을 맞췄다. 웬디의 손바닥에서 풀잎 향이 났다.

일렁이던 강 물결이 자신을 감싸고 도는 것처럼 웬디는 온몸이 일렁이는 것을 느꼈다. 몸 가득 퍼붓는 이끌림에 웬디가 낮은 키를 발돋움해 들었다. 라드가 고개를 기울여 그녀의 입술에 자신의 입술을 가져다 댔다.

맞닿는 순간, 그녀는 눈을 감았다. 저 멀리 레이니 숲의 암녹색 잔상이 감은 눈 위 배경으로 남았다. 라드의 귓바퀴 뒤로 펼쳐진 배경은 그가 있어 아름다운 풍경이었다.

입맞춤은 길었다.

나직한 서로의 숨소리가 귓가에 얽혀 두 사람을 가슴 저리게 만들었다. 라드는 생에 있어 더없이 소중한 이를 대하듯 그녀에게 입을 맞췄다. 호젓한 바람이 스쳐 지나갔지만 하나도 쓸쓸하지 않았다.

"……."

아쉬운 듯 두어 번 더 짧은 입맞춤을 남긴 그가 입술을 떼어 냈다. 잠시 서로를 바라보던 두 사람은 손을 맞잡고 걷기 시작했다. 강바람에 휘날린 웬디의 머리칼이 라드의 어깨에 여러 번 닿았다. 라드는 그 스침이 좋았다.

살아오면서 해 왔던 무수히 많은 말들이 모두 무익한 일이었다는 듯이. 두 사람은 말이 없었다. 침묵으로 일관된 시간이었지만, 서로의 모든 마음을 세세히 들은 것처럼 더 이상 입 밖으로 꺼낼 말이 없었다. 두 사람 모두 그랬다.

멀찍이 묶어 두었던 발로스가 소외감에 길게 투레질을 할 때까지, 그날 두 사람의 산책은 계속되었다.

다음 날.

황태자궁이 무너진 이후, 아이작의 새로운 거처가 된 체더 궁이 이른 아침부터 소란스러웠다. 궁의 중앙홀에서 검을 맞대고 있는 두 남자의 거친 기세에 궁 안의 사용인들은 이미 멀찍이 물러난 직후였다. 챙챙 검날이 부딪치는 소리가 세차게 울렸다.

"슈로더 경! 찬찬히 하게, 찬찬히!"

"왼쪽이 비었습니다."

라드의 검이 아이작의 오른쪽 옆구리를 인정사정없이 찔러 들어 갔다. 아이작이 간신히 라드의 검을 막았지만 순식간에 뒤바뀐 검의 궤적이 오른쪽 어깨를 노리고 날아들었다. 기겁한 황태자가 뒷 걸음질을 치다가 엉덩방아를 찧었다.

"으윽……. 경! 내가 부상 중인 걸 잊었나? 어깨의 상처가 채 아 물지도 않았는데 비겁하게 상처 난 자릴 노리는 겐가!"

"부상당하신 곳은 왼쪽 어깨가 아닙니까? 상처가 모두 아물었다 는 황궁의의 소견 또한 이미 듣고 왔습니다."

라드가 표정 변화 없는 얼굴로 차디차게 말했다.

"아니, 갑자기 이러는 이유가 뭔가? 어제 일 때문인가? 내 다시 는 찾아가지 않겠다 약조하지 않았나."

아이작의 말에 라드의 잿빛 눈동자가 시린 빛을 뿜었다.

"검에 있어 전하의 성취가 이 정도로 형편없는 줄은 몰랐습니다.

스스로의 몸을 지키실 정도의 실력은 있으셔야 하지 않겠습니까.
전하의 수련을 맡았던 베샤 경을 엄히 문책할 것입니다. 저 또한
전하의 성취를 방관한 죄, 매일 아침 대련으로 달게 받겠습니다."

"그래서 앞으로 매일같이 날 괴롭하겠다, 이 말인가?"

"괴롭히다니요. 전하의 성취를 위한 일입니다. 제 시간을 할애해
도움을 드리려는 것이니 부디 곡해하지 마십시오."

"자네가 그렇게 표정 하나 안 변하고 입에 발린 소리를 하는 능
구렁이일 줄은 몰랐네! ……경, 내 손에 쓸데없는 굳은살이 박이게
둘 수는 없어. 바이올린을 켜는 데 하등 도움이 안 되는 굳은살들
을 말이야. 응? 제발 이러지 말게나."

"전하께서도 검술 수련의 필요성을 절감하시리라 믿습니다. 궁
이 무너지던 날의 일을 기억하십시오. 일어서시죠."

"난 기사가 아니네. 베냐한 제국의 황태자라고!"

"맞습니다. 그러니 더더욱 굳건히 검을 잡으셔야 합니다. 제국민
들이 바라는 황태자 전하의 모습이 지금과 같은 모습은 아닐 테니
까요."

황태자의 갖은 회유와 협박에도 라드는 꿈쩍 않고 그에게 공격할
태세를 취했다. 황태자는 마지못해 억지로 몸을 일으켰다. 말이 통
하지 않는 작자라는 것은 일찍이 알았으나 이런 면에서 자신이 골
탕을 먹을 줄은 몰랐다. 황태자가 낭패감에 얼굴을 일그러뜨리며
한숨을 내쉬었다.

"그래, 내가 뿌린 씨는 내가 거둘 수밖에."

아이작이 될 대로 되라는 심정으로 호기롭게 외치며 라드에게 선
공을 했다.

챙! 챙! 퍽!

그러나 그 호기로움은 검날이 몇 번 맞붙기도 전에 금세 동이 났다.

"으윽!"

황태자가 신음을 내지르며 검을 떨궜다. '챙그랑' 하고 검이 바닥에 나뒹구는 소리가 크게 울렸다. 그가 두 손으로 뒷머리를 감싸 쥐었다.

"이게 무슨 짓인가!"

검 손잡이로 황태자의 뒤통수를 후려갈긴 라드 슈로더가 냉정한 얼굴로 말했다.

"전하께서는 검을 그저 마구잡이로 휘두르고 계십니다. 베어 내고 찌르는 기술은 애초에 배우지도 않은 것처럼 검을 쓰시는군요. 그렇게 정신없이 검을 휘두르니 상대의 공격에 무방비할 수밖에요."

"경! 내가 누군지 잊었는가? 어찌 이리 함부로인가!"

라드에게 얻어맞은 뒤통수가 어지간히 아픈 모양인지 황태자가 노기 띤 목소리로 외쳤다. 그의 눈꼬리에 의도하지 않은 눈물이 찔끔 맺혔다. 이전 날, 라드 슈로더에게 검술 수련을 빙자하여 얻어 맞았던 일이 떠올랐던지라 더욱 억울했다.

"베냐한 제국의 황태자, 아이작 폰 베냐한 전하가 아니십니까? 전하의 뒷머리에 닿은 것이 이 손잡이가 아닌 검날이었다면 어찌 되었을지 상기하십시오. 전하께서는 베냐한 제국민들을 지킬 의무가 있다는 것을 잊으셨습니까? 스스로의 목숨도 지키지 못하시면서 어떻게 그 많은 제국민을 지킨단 말입니까!"

"경!"

"검을 더욱 단단히 그러쥐셔야 합니다. 그리고 제국을 위협하는 세력에 그 검을 드십시오."

황태자가 바닥에 떨궜던 검을 라드가 들어올렸다. 그가 검의 예기를 살피듯 날을 스윽 훑은 후 말했다.

"다만…… 검을 겨눌 대상이 누구인지 신중히 판단하시고 검날을 벼리십시오. 잘못 뻗어나간 무딘 검날은 상대에게도, 스스로에게도 더욱 거친 상처를 남긴다는 것을 명심하셔야 할 겁니다."

"……."

황태자가 말없이 라드 슈로더를 올려다봤다. 눈앞의 황실 기사가 하는 말의 의미를 그가 모를 리 없었다.

"베냐한 제국의 신하로서 저는, 황태자 전하를 지지합니다."

라드가 손에 든 황태자의 검을 반대로 쥐어 검의 손잡이를 황태자에게 건넸다.

"하지만."

검을 받아들기 위해 황태자가 손을 뻗자 라드가 도로 검을 회수했다. 눈 깜짝할 사이에 되돌려진 검 끝이 황태자를 향했다. 아이작이 질겁하여 몸을 뒤로 젖혔다. 멀찍이 서 있던 근위기사들이 놀란 듯 몸을 움찔했다.

"전하께서 드신 검날이 그녀에게 상처를 낸다면…… 저 또한 제 것을 지키기 위해 검을 드는 것을 주저하지 않을 것입니다. 오늘은 전하께서 제 충고를 부디 무겁게 들으셨길 간절히 바랄 뿐입니다. 제 인내심은 여기까집니다."

라드는 거침없이 말했다. 그의 음성에 깃든 의지를 읽은 황태자가 시름 깊은 한숨을 내쉬었다.

"경……. 내 목숨을 위협하는 그 어떤 적들보다 난 슈로더 경, 자네가 더 두려워. 이리 마구잡이로 내게 검을 들이민 이는 그대밖에 없을 거야."

황태자가 앓는 소리를 내며 뒤통수를 매만졌다.

라드가 이내 검을 되돌려 검 손잡이를 다시 한 번 황태자에게 내밀었다. 라드의 눈치를 살피며 조심스럽게 그 검을 받아 쥔 황태자가 항복을 선언하듯 말했다.

"내가 그대를 적으로 돌릴 리가 있겠는가? 그런 짓을 한 만큼 난 어리석지 않아. 내 베냐한의 명예를 걸고 약조하겠네. 그대의 허락 없이 그녀를 회유하려 들지 않을 것이야. 물론 그녀를 방패막이로 내세운다든가 하는 그런 일도 더는 없을 것이네. 약속하지."

황태자의 말에 라드가 그의 진심을 파악하듯 눈매를 좁혔다. 아이작이 진심을 피력하려는 것처럼 두 눈에 힘을 줬다.

"전하의 말을 믿겠습니다."

라드 슈로더가 고개를 작게 끄덕이며 말했다. 황태자가 안도한 듯 검을 검집에 넣었다.

"검을 다시 드십시오. 수련은 끝나지 않았습니다."

"잉? 계속하자고? 내 다시는 그러지 않겠다니까!"

"상대의 검에서 눈을 떼지 마십시오!"

황태자의 항의를 모른 체하며 라드가 검을 깊숙하게 찔러 넣었다. 기겁한 황태자가 얼른 검을 빼들어 막았지만 부딪힌 충격이 꽤 큰 듯 몸을 비틀거렸다.

"으윽!"

손목이 얼얼한지 고통스럽게 얼굴을 찌푸린 아이작 폰 베냐한이 억눌린 신음을 뱉어 냈다. 그리고 그날, 황태자는 넝마가 될 때까지 고통스러운 신음성을 내질러야 했다.

　황태자와의 대련이 끝나갈 무렵, 장 자크 시뮤안이 다급히 체더 궁을 찾았다. 장 자크의 얼굴을 본 황태자가 구세주라도 만난 것처럼 그를 반겼다. 상황 파악이 덜 된 표정으로 황태자에게 예를 갖춘 장이, 다급한 목소리로 라드에게 말했다.

　"급히 보고 드릴 일이 있습니다."

　예사롭지 않은 그의 얼굴을 본 라드가 고개를 끄덕이며 검을 갈무리했다.

　"전하, 오늘은 이쯤 마무리하도록 하겠습니다. 근육이 뭉치지 않도록 잘 풀어 주십시오. 내일 다시 뵙겠습니다."

　오싹한 인사말을 건넨 라드가 장 자크 시뮤안을 따라 중앙홀을 나섰다. 항변 한 번 못하고 다음 대련 스케줄을 잡게 된 아이작이 뒤늦게 라드의 이름을 불렀지만 라드는 끝끝내 그 부름에 응하지 않았다.

　"무슨 일인가?"

　체더 궁 밖으로 나선 라드가 주변에 사람이 없는 것을 확인하고 장에게 물었다.

　"황태자 전하의 피습 사건을 조사하다가…… 우연치 않게 수상한 움직임을 포착했습니다."

　"……오귀스트 앵그르 공인가?"

　"그것이 아니라……. 아직 확신할 수는 없습니다만, 누군가 웬디 양을 찾고 있는 것 같습니다."

　장의 말에 라드의 걸음이 뚝 멈췄다.

"엘던 정보소에서 웬디 양과 비슷한 인상착의의 인물을 찾고 있었습니다. 의뢰자를 밝히길 꺼리고 있습니다만, 여러 정황으로 보았을 때 앵그르 공이 아닌 것은 확실합니다. 그쪽도 거물급 인사가 의뢰한 사건이었다면 이 시점에서 의뢰를 받아들이지 않았을 겁니다."

두 사람의 스캔들로 인해 웬디의 행방을 쫓는 움직임이 있을 것이라는 것을 충분히 예상했었다. 실제로 그녀의 뒤를 캐는 몇몇 움직임이 있었던 것도 사실이다. 그럼에도 지금껏 그녀의 신분이 밝혀지지 않을 수 있었던 것은 그 모든 것들을 라드가 철저하게 단속해 왔기 때문이었다.

앵그르 공작이 직접 나서서 그녀의 신원을 파악하려 한다면 조금 어려운 싸움이 되겠지만, 그에 대한 대비책 역시 마련해 둔 라드였다. 그의 곁에 사람을 심어 두고 거짓과 진실이 교묘하게 뒤섞인 정보를 흘려 둔 것 역시 모두 그 일환이었다.

그런데 앵그르가 아닌, 다른 누군가가 그녀를 찾는다?

"엘던 정보소로 가야겠다."

라드가 다시 걸음을 옮기며 말했다.

"직접 가신단 말입니까? 단장님께서 직접 나서시면 외려 시선을 끌게 되지 않겠습니까?"

"시국이 이러한데, 어느 누가 이상타 생각하겠나. 정보소 전체를 뒤엎더라도, 의뢰인이 누군지 밝혀야 하네."

라드가 침중한 목소리로 말했다.

엘던 정보소에 도착한 두 사람은 그들을 기다리고 있던 제1기사단의 기사와 합류하여 그의 안내에 따라 건물 안으로 들어갔다.

복도를 따라 당도한 방 안에는 엘던 정보소 본부의 책임자이자 정보원인 제필린 셰이라스가 있었다.

그를 한참 추궁하고 있던 기사 하나가 라드 슈로더의 등장에 일어나 경례를 붙였다. 오랜 취조에도 아무런 성과가 없었는지 기사의 얼굴이 시커멓게 죽어 있었다. 반면 제필린 셰이라스는 유유자적했다. 제필린은 라드 슈로더가 안으로 들어서는 순간 이미 그를 알아봤는지 그와 눈이 마주치자 꾸벅 인사를 했다.

"내가 누군지 알아보겠는가?"

라드의 물음에 남자가 당연한 것을 묻는다는 양 입꼬리를 말아 올려 웃었다.

"황실 제1기사단의 단장이시자 슈로더 공작가의 주인이신 라드 슈로더 경이 아니십니까? 베냐한의 기사단장님을 알아뵙지 못한다면 정보원으로의 삶을 헛되이 보낸 게 되겠지요."

"그래, 그렇다면 이곳에 내가 온 이유 역시 알고 있겠군."

슈로더가 그와 마주앉으면서 말했다. 제필린이 곤란하다는 듯이 고개를 흔들더니, 목을 좀 축이겠다며 탁자 위에 놓은 컵을 들어올렸다. 음료를 홀짝이는 그의 태도에는 황실 기사에게 취조를 받고 있다는 것에 대한 두려움 따위는 없었다.

"물론입니다. 하지만 안타깝게도 그 부분에 관해서 제가 들려드릴 이야기가 없군요. 이미 다른 기사님께도 여러 번 말씀 드렸지만 저희 엘던 정보소에서는 의뢰자의 신원 보호를 무엇보다 우선하고 있습니다. 어떤 이유를 대셔도 의뢰인이 누구인지 밝힐 수는 없습니다."

"그거 참 유감이군. 엘던이 이번 사건에 연루된 것에 관하여 어느 정도 참작의 여지가 있다고 여겼는데."

"사건에 연루되다니……. 그게 무슨 말입니까?"

제필린 셰이라스의 여유롭던 얼굴이 잠시 경직되었다.

"황태자궁의 폭발 사건 말이네. 자네들이 찾고 있던 여인과도 관련이 있는 사건이거든. ……엘던에서 그 여인을 찾는 이유에 대해 여러 추측이 되더군. 그 추측이라는 게 모두 황실에 대한 불순한 일들 따위라는 게 문제라면 문제랄까."

슈로더가 의자 등받이에 몸을 기대며 말했다. 적당히 황실을 끌어들여 사건을 부풀려 말했지만, 아주 틀린 말은 아니었다.

황태자궁의 사건 이후 엄중히 관리되어 온 황실 전야제 참가 명단에 엘던 정보소에서 손을 댄 것은 부정할 수 없는 사실이었으며, 이를 의심하지 않는 것이 오히려 직무 유기라 할 만큼 충분히 불미스러운 일이었기 때문이다. 웬디가 황태자궁의 폭발 사건에 깊숙이 관련된 것 또한 분명한 사실이었으니, 라드 슈로더가 진실을 날조한 것은 아니었다.

"잘못 짚으셨습니다. 그런 복잡한 일에 관련된 의뢰가 아니었습니다. 오래된 친구나 잃어버린 지인을 찾는 그런 단순한 의뢰였단 말입니다."

제필린이 말도 안 되는 소리를 들었다는 것처럼 미간 사이에 깊은 주름을 만들어 내며 부정했다. 대수롭지 않은 것처럼 발뺌했지만 가슴 한쪽의 섬뜩한 감각까지 막을 수 있는 것은 아니었다. 제필린이 마른침을 삼키며 머리를 굴렸다. 발을 잘못 디뎠다가는 걷잡을 수 없는 수렁에 빠질 수도 있겠다는 생각이 들었다.

"그런 변명은 누구나 할 수 있는 게 아니겠나. 그와 같이 가벼운 일에 자네 같은 거물이 나섰다는 것 또한 의심쩍고. 다시 한 번 말하지만, 우리 쪽에서는 이 일에 대해 아주 많은 추측을 할 수 있다네. 그리고 그게 단순히 추측으로 끝날 것 같진 않군."

"지금 저를 협박하시는 겁니까? 그런 협박에 넘어갈 제필린 셰이라스가 아닙니다. 엘던이 지금껏 성장할 수 있었던 것은 의뢰인과의 신뢰를 지켰기 때문입니다. 불법적인 일을 한 적이 없으니 협박에 수긍할 이유 또한 없죠."

"신뢰라는 말을 함부로 갖다 붙이는군. 남의 뒷조사를 하는 일에 신뢰를 들먹이다니, 부끄럽지 않은가? 엘던의 성장 배경 뒤에 있는 것이 불법인지 아닌지는 조사를 해 본다면 드러날 일이지. 시뮤안경, 지금 당장 엘던의 모든 일원을 포박하여 압송하고, 증좌를 찾아내게."

라드가 거침없이 자리에서 일어났다. 실질적인 권한 행세를 하려드는 라드 슈로더의 말에 제필린이 숨넘어가는 소리를 내며 그를 따라 일어섰다. 내내 평정을 유지하던 남자의 얼굴에 진득한 습기가 맺혔다.

의뢰인 하나를 지키자고 엘던 전체를 무너뜨릴 수는 없었다. 기사들이 이곳저곳을 들쑤시고 다닌다면 다른 의뢰인들의 비밀 보장 역시 장담하기 어려웠다. 뒤가 구린 일들이 걱정된 것은 물론이었다.

"슈로더 경! 잠시, 잠시만 시간을 주십시오."

그런 그의 말을 흘리며 라드 슈로더는 뒤돌아 방을 나갔다. 이미 모든 기회가 지나갔다는 것을 증명하듯 매몰차게 방을 나서는 슈로더의 뒤에 대고 제필린이 조급히 소리쳤다.

"경! 원하시는 것을 말씀드릴 테니, 잠시 시간을 주십시오!"

바라던 대답이 나오자 슈로더가 걸음을 멈추고 제필린을 바라봤다. 무표정한 슈로더의 얼굴이 먹이를 앞에 둔 맹수처럼 섬뜩해 보여 제필린은 이마의 땀을 훔쳤다.

황궁의 집무실로 되돌아온 라드 슈로더는 내내 생각에 잠긴 얼굴로 종이 하나를 들여다보고 있었다. 웬디로 추정되던 여인의 인상착의가 적힌 종이였다. 제필린 셰이라스가 흡사 다한증에 걸린 사람처럼 땀을 삘삘 흘리며 마지못해 꺼내 준 그 종이는 그의 땀자국으로 귀퉁이 한쪽이 쭈글쭈글했다.

종이에는 차분한 필체로 머리색이며 눈동자 색, 얼굴 생김 같은 것들이 또박또박 기록되어 있었다. 황실 연회에서 웬디가 입고 있던 진한 녹색의 드레스 빛깔까지 아주 명확하게 쓰여 있었다. 이렇듯 종이에 적힌 모든 묘사가 웬디 왈츠를 떠올리게 했지만 그중에 낯선 것이 하나 있었다. 아니, 낯선 듯 낯설지 않아 더욱 시선이 갔다. 바로 '올리비아 하즐렛'이라는 이름이었다.

똑똑!

"들어오시게."

가벼운 노크 소리가 난 후 라드 슈로더의 허락이 떨어지자 장 자크 시뮤안이 집무실 안으로 들어섰다. 그가 라드의 안색을 살피며 손에 쥔 양피지를 펴들어 조심스럽게 보고했다.

"프란시스 하즐렛 영애는 하즐렛가의 무남독녀로 사교계에 데뷔하기 위해 이번 전야제 파티에 참석한 것으로 보입니다. 하즐렛 백작 부인과 함께 아직까지 수도에 머물고 있으며, 사흘 전 세토랑 백작 영애의 티 파티에 참여한 것 말고는 이렇다 할 외부 활동을 하고 있진 않습니다. 하즐렛 백작 또한 지금껏 영지를 떠나 외유를 한 일이 거의 없고, 최근 몇 년간은 거의 영지에 틀어박혀 있다시피 했습니다."

"그 외 특이점은?"

"그것이…… 프란시스 영애가 하즐렛가의 무남독녀라고 현재 알려져 있으나 수년 전에 가문에서 파문당한 손위 자매가 있다고 하더군요."

"그녀가…… 올리비아 하즐렛인가?"

"맞습니다. 공식적인 절차를 밟은 파문은 아닌 것 같습니다. 아직 귀족 명부에 그녀의 이름이 올라 있더군요. 하즐렛가에서 다급하게 파문을 공표한 것 같아 보이는데, 그 당시 올리비아 영애와 뒤올드랑 백작 사이의 혼인이 파기되는 사건이 있었다 합니다. 이에 대한 파장을 막기 위한 조처인 듯합니다."

라드 슈로더가 손아귀에 힘을 꾹 줬다. 가슴 속에서 견딜 수 없는 불안감이 치솟아 올랐다.

혼인, 파기, 뒤올드랑 백작.

장 자크 시뮤안이 내뱉은 말들이 어지럽게 뒤섞여 라드의 머릿속을 헤집었다.

"올리비아……."

그가 종이 위에 말라붙은 잉크 자국을 바라보며 그 이름을 말했다. 머릿속을 정리하기 위해 입 밖으로 낸 이름이었지만 오히려 가슴이 턱 막힌 듯 답답한 기운이 밀려왔다.

올리비아.

지난 작위 수여식에서 제2기사단의 딜런 레녹스가 불렀던 이름이었다. 그의 뇌리에 강하게 남았던 그 이름이 그날 들은 어린 기사의 애타던 외침으로 다시금 상기되었다.

"하즐렛가의 영지인 밴타와 가까운 영지에…… 무엇이 있나?"

라드 슈로더가 물었다. 그의 목소리에 드물게 감정이 섞여 있었기에 장 자크가 멈칫 라드를 쳐다본 후 허둥지둥 손에 쥔 양피지를 훑었다.

"마드랑과 뮐러든 두 곳입니다."

"뮐러든……. 레녹스 후작가의 영지로군."

이미 예상했던 사람처럼 라드가 자리에서 일어서며 말했다.

"시뮤안 경, 자네는 지금 바로 프란시스 하즐렛 영애와 하즐렛 백작 부인에게 사람을 붙이게. 수상한 점이 포착되면 바로 보고할 수 있도록."

"네."

"그리고…… 올리비아 하즐렛 영애에 대해 조금 더 알아보도록 하게나. 다른 이를 통하지 말고, 반드시 자네가 직접 알아봐야 하네. 누구도 그녀에 대해 주목하거나 새롭게 알아서는 안 되네."

종이에 기록된 여인의 인상착의를 떠올린 장 자크가 무겁게 고개를 끄덕이며 그러겠다 대답했다. 그의 얼굴에 안타까움이 스쳤다.

"나가 보게나."

장 자크 시뮤안이 집무실을 나서자 라드가 답답한 듯 셔츠 깃을 잡아당겼다. 뜨겁게 뛰는 심장의 고동이 유난히 크게 울려 그를 괴롭혔다. 아직 모든 것을 확신하기엔 이르다 스스로에게 되뇌어 보지만 희미하던 윤곽이 어느덧 뚜렷하게 눈앞에 잡힐 듯 보이는 것 같았다.

"올리비아 하즐렛……."

어느덧 입에 익은 그 이름을 그가 다시 한 번 중얼거렸다.

그 시각.

황실 기사단의 습격 아닌 습격을 받고 자존심에 금이 간 제필린 셰이라스는 프란시스에게 다급하게 인편을 보냈다. 고객을 위한 마지막 배려였다.

"제 의뢰에 대해…… 황실 기사단에서 나와 조사했단 말인가요?"

"그렇습니다. 황제 폐하 탄신 축하연에서 뵌 분을 찾으셨기에…… 여러모로 무리가 따른 모양입니다. 아시다시피, 요즘 황실 분위기가……."

"지금 누구 탓을 하는 건가요! 고작 이 정도 일도 처리 못하면서 제국 제일의 정보소라 큰소리 친 거예요? 의뢰자의 신분까지 노출하고서?"

프란시스가 크게 성을 내며 소리쳤다. 허옇게 표백된 그녀의 입술이 씰룩거렸다.

"……저희 정보소에서는 사과의 의미로 의뢰비의 다섯 배를 보상해 드리고-."

"집어치워요!"

남자가 건넨 돈 꾸러미를 손으로 쳐 내며 프란시스가 그를 노려봤다.

"……제필린 님께서 당분간 행동을 조심하시는 게 좋을 거라 전하셨습니다. 기사단에서 아가씨를 주목하고 있을 테니 안팎으로 신중히 행동하시는 게 이로우실 겁니다."

남자가 힘겹게 말을 꺼내고 서둘러 자리를 떠났다. 그가 내려놓은 돈 꾸러미가 더러운 죄악의 배설물처럼 바닥에 너부러져 있었다. 프란시스는 한동안 오도카니 서서 돈 꾸러미를 노려봤다.

황실 기사단이라니. 그들의 개입이 자신에게 이떤 식으로 영향을 미칠지 알 수가 없었다. 정보소를 드나든 것이 괜한 의심을 사 가문에 해가 되는 게 아닐까 하는 생각이 들어 그녀를 불안하게 했다. 뒤올드랑 백작과의 혼인 파기로 하즐렛가가 얼마나 고초를 겪었던가.

그러다 문득 하나의 가정이 머릿속을 스쳤다.

딜런 레녹스, 그가 이미 이 일을 알고 있다면……!

프란시스가 창백한 얼굴로 양팔을 감싸 써늘한 팔뚝을 쓸었다. 올리비아를 보지 못했냐 묻는 자신을 그토록 혐오스럽게 바라보던 그였지 않은가.

딜런을 떠올리자 손발이 저릴 정도의 불안이 심중에 맺혔다. 자신이 정보소를 이용해 올리비아를 찾으려 들었다는 사실을 알게 된다면 그가 얼마나 더 혐오스러운 눈빛으로 자신을 바라보게 될지 더럭 겁이 났다.

아찔한 불안감에 휩싸인 프란시스가 다급하게 시녀를 불러들였다.

"외출 준비를 해 줘. 지금 당장."

핏기 없는 낯빛의 그녀를 본 시녀가 놀란 눈을 했지만 프란시스는 아무런 설명 없이 시녀를 다그쳐 준비를 마쳤다.

외출 직전, 프란시스는 제도의 사정에 밝은 기사 한 명을 대동했다. 기사에게는 물론이고 아랫사람 누구에게도 행선지를 밝히지 않았다. 행동을 안팎으로 조심하라는 제필린의 경고를 떠올린 그녀는 저택의 마차를 이용하지 않고, 일꾼들이 드나드는 뒷문을 통해 저택을 나왔다. 시녀들이 주로 이용하는 머릿수건을 머리에 감싸는 치밀함까지 보였다. 마침 백작 부인이 외출 중이었기에 행동의 제약은 없었다.

"아가씨, 지금이라도 마차를 이용하심이 어떠십니까?"

중년의 기사 더글라스가 걱정스러운 목소리로 프란시스에게 재차 사정했지만 그녀는 그의 제안을 못 들은 체하며 부지런히 걸음을 놀렸다. 그녀가 벗어 낸 머릿수건이 기사의 손에 덩그러니 들려 있었다. 기사는 불안한 손짓으로 그 머릿수건을 접어들고서 그녀를 호위하였다. 그렇게 걷고 걸어 한참이 지나서야 두 사람은 목적지에 도달할 수 있었다. 레녹스가였다.

"외출 중이시란 말인가?"

"그렇습니다."

"……언제 돌아오시는지 알 수 있겠는가?"

"귀가 시간을 이르고 가시지 않으셨습니다."

레녹스가의 집사는 딱딱한 얼굴로 프란시스에게 딜런의 부재를 알렸다. 프란시스가 딜런의 귀가 시간을 새차 물었지만 원하는 대답을 들을 수는 없었다. 그렇게 그녀는 저택의 응접실로 안내받지도 못한 채 내쫓기듯 저택을 나와야 했다. 더글라스가 치욕스럽다는 얼굴로 집사에게 몇 마디 항의를 했지만 받아들여질 리 없었다.

이전 날 딜런이 그녀에게 보였던 반감을 떠올린 프란시스는 이런 대접을 예견이라도 한 듯 말없이 저택을 나왔다. 모멸감을 느낀 것은 사실이었으나 차마 드러낼 수 없었기에 애써 내리눌렀다. 그의 저택에서 더 추한 꼴을 보이고 싶지 않아서였다.

레녹스가의 저택을 나오니 달리 갈 곳이 없었다. 프란시스는 담벼락 아래 붙박인 듯 서서 한참을 움직일 줄 몰랐다. 차갑게 내쳐진 마음이 갈 곳을 몰라 그 앞을 헤맸다.

"이만 저택으로 돌아가시지요."

그런 그녀의 마음을 어느 정도 이해한 듯 침묵을 지키던 더글라스가 한참 만에 입을 열어 돌아갈 것을 청했다. 그럼에도 그녀는 묵묵부답으로 서 있던 자리를 지켰다. 흡사 딜런 레녹스를 기다리는 모양새였다. 그녀는 레녹스가와 이어진 길목을 내다보며 혹여 그가 나타나지 않을까 시선을 떼지 않았다. 귀가 시간을 알 수 없으니 그저 하염없이 기다릴 수밖에 없었다.

그를 만나 특별한 무언가를 하려는 목적 따위는 없었다. 그저 그의 얼굴빛만이라도 확인하고 싶은 마음뿐이었다. 자신에게 이전 날과 같이 똑같은 반감을 내보일지라도 되돌릴 수 없는 혐오의 기색만은 마주하지 않았으면 했다. 기다림의 시간이 더해 갈수록 간절함은 늘어만 갔다. 마치 스스로가 만들어 낸 최면에 빠져 들어가 듯 애달픈 마음마저 들었다.

그가 이미 모든 걸 알고 있다면 나는 이제 어찌해야 하나. 프란시스가 불안한 듯 빠르게 두 눈을 깜박였다. 증오심에 휩싸여 올리비아를 찾으려 들긴 했으나 이런 상황을 가정해 본 적은 없었기에 갑절로 애가 탔다.

높다랗게 떠 있던 태양이 서쪽으로 훌쩍 기울었을 때에서야, 프란시스는 힘겹게 비틀거리는 발걸음을 떼어 냈다. 휘청거리는 그녀의 발걸음을 안타까이 바라보던 더글라스가 부축을 하려는 듯 그녀에게 손을 뻗었을 때였다. '끼이익' 하고 저택의 거대한 철문이 열리는 소리가 둔탁하게 들려왔다. 그 순간, 힘없이 늘어져 있던 프란시스의 몸에 바짝 힘이 들어갔다. 그녀의 눈동자 위에 저택을 나서는 딜런의 모습이 비쳤다.

말 위에 오른 딜런과 그를 따르는 종자 하나가 레녹스가의 저택을 나와 떠날 채비를 하는 게 저만치 보였다. 온몸이 발가벗겨진 듯 비참한 기분이 들어 입술이 떨렸다.

거짓을 말해 쫓아낼 만큼 내가 그리 진저리 났던가.

프란시스가 허망한 눈빛으로 그의 뒷모습을 바라봤다. 몸담은 가문의 아가씨가 당한 치욕에 더글라스 역시 분한 기색으로 씨근덕거리는 소리가 났다.

그 순간, 거짓말처럼 딜런 레녹스가 그녀가 서 있던 쪽을 향해 고개를 돌렸다. 두 사람의 눈이 허공에서 마주쳤다. 프란시스를 발견한 딜런의 상체가 불안하게 흔들린 탓에 그의 말이 불만스레 투레질을 했다. 딜런의 당황을 읽을 수 있었다. 잠시 망설이는 듯 서 있던 딜런이 말머리를 돌려 그녀 곁으로 다가왔다. 따가닥거리는 말발굽 소리가 가까워 올수록 그녀의 긴장이 커졌다. 진작 몸을 돌려 이곳을 떠났어야 했다. 그에게 이런 비참한 몰골을 보이고 싶지 않았다.

"프란시스."

말에서 내린 그가 가라앉은 음성으로 그녀의 이름을 불렀다. 프란시스는 마른 입술을 굳게 다물고 아무런 대답을 하지 못했다.

"마차도 없이……."

길 위에 덩그러니 서 있는 그녀를 보며 딜런이 차마 말을 잇지 못하고 말끝을 흐렸다. 그녀가 이곳에서 자신을 기다릴 거라 생각하지 못했기에 당황이 컸다. 미안한 마음 역시 들지 않을 리 없었다. 그것은 프란시스에 대한 미움과는 별개였다.

"마차를 내줄 테니 그걸 타고 가도록 해."

"할 말이 겨우…… 그뿐인가요?"

뒤따라온 종자를 향해 마차를 내오라 지시하던 딜런에게 프란시스가 힘겹게 말을 꺼냈다. 억눌린 음성에 참담한 심정이 고스란히 들어박혀 있었다.

"내가 그렇게 꼴 보기 싫었나요? 일부러 굴욕을 안겨 줄 심산이 아니었다면 어떻게……."

"……그런 게 아냐. 더 이상 너와 얼굴을 마주해 좋을 것이 없다 여겼을 뿐이야."

"어째서죠? 이제 겨우 다시 만났는데……. 마음을 받아 달라는 게 아니잖아요. 그저 만남을 청한 것뿐인데 이렇게 잔인하게 굴다니!"

프란시스가 원망스럽게 딜런을 봤다. 그녀의 가슴이 슬픔으로 들썩였다.

"잔인하다고?"

딜런이 질렸다는 얼굴로 그녀에게 말했다. 한계에 다다른 것처럼 그의 양미간이 바르르 떨렸다. 겨우 여며 놓은 상처를 건드려 놓은 프란시스에게 그는 참아 냈던 말을 뱉어 냈다.

"내가 수십 번도 더 너에게 품었던 생각이야. 어쩌면 그렇게 잔인할 수 있을까. 벼랑 끝에 내몰린 사람에게 어떻게 그토록 잔인하게 굴 수 있었을까."

"무슨……."

예상하지 못했던 딜런 레녹스의 신랄한 말에 프란시스가 외려 당혹스러워했다. 앙다문 입술이 새파랗게 질렸다.

"그날 너에게서 혼인 증서를 받아내기 위해 내가 한 선택은…… 내가 평생을 지고 갈 죄악이 됐어. 그저 만남을 청한 것뿐이라고? 내가 널 어떻게 다시 볼 수 있겠어! 널 볼 때마다 들끓어 오르는 원망과 상실감에 내 한 몸을 가누기도 힘겨운데!"

"……그토록 내가 증오스러운가요? 올리비아와의 이별이 모두 내 탓이라고 생각해요?"

프란시스가 일그러진 얼굴로 울먹이며 말했다.

"그만 좀 해. 넌덜머리가 나! 이런 소모적인 언쟁이 대체 무슨 소용이 있지?"

"당신을 사랑했다고요! 당신의 마음을 고통스럽게 만든 그 사랑이란 감정이 나를 똑같이 고통스럽게 한다고요. 그래서 견딜 수가 없어……. 내 고통이 당신에겐 보이지 않나요?"

그녀가 끝내 눈물을 흘렸다. 딜런이 괴로운 듯 이마를 짚었다.

"네 사랑을 위해 나는 인내하란 소린가? 너의 사랑이 내겐 폭력이 된다는 생각을 해 본 적이 없어? ……어린애 같은 투정은 그만 둬. 괴로우면 괴로운 대로 네 마음을 견디란 말이야. 각자가 감당해야 할 몫이니까."

딜런이 차가운 말을 남기고 말에 올랐다. 우물쭈물하며 서 있던 그의 종자가 뒤따라 자리를 떴다. 남겨진 프란시스는 가쁜 호흡을 감당하지 못하고 멍하니 눈물을 흘렸다. 마음이 갈기갈기 찢기는 것 같았다.

"우욱……."

꽉 쥔 주먹이 하얗게 질려 아연했다. 그의 마음을 얻는 것이 난망한 일이라 여기기는 하였으나 이런 상황을 맞이할 거라 생각해 본 적은 없었다. 실낱같은 희망마저 모두 무너져 밑바닥에 처박힌 느낌이었다.

"이렇게까지……."

이렇게까지 아플 줄은 몰랐다. 프란시스는 가슴 위에 손을 얹어 터져 나오는 울음을 애써 삼켰다. 아픔은 쉬이 가시지 않고 온 감각을 더욱 또렷하게 일깨워 그녀를 괴롭혔다. 고통스러운 마음은 애초 올리비아를 찾으려 했던 목적을 더욱 상기시키는 기폭제가 되었다. 프란시스는 헛웃음을 베어 물며 위태로운 마음의 외침에 귀 기울였다.

올리비아, 이다지도 내게 자괴감을 주었으니 너의 복수는 성공한 게 아니겠니?

프란시스가 입술을 꾹 베어 물었다. 고통은 그녀의 마음에 원망이라는 사생아를 낳았다. 누구에게도 쉽게 꺼내 보일 수 없는 더러운 감정이었다. 그러나 그녀의 사랑마저 사생아가 되게 놔둘 수는 없었다. 그녀가 알고 있는 사생아는 올리비아 하즐렛뿐이었다.

"더글라스 경."

어린 아가씨의 실연의 현장을 목격한 더글라스가 그를 부르는 음성에 면구한 낯으로 답하였다. 그녀는 굳이 비참한 심경을 숨기지 않으며 말했다.

"경께서 꼭 도와주실 일이 있어요."

"뭐든 말씀하십시오."

"수도에는 엘던 외에도 정보력을 자랑하는 곳이 많다 들었어요. 제국의 법망 안에 허가된 곳이 아니어도 좋아요. 경께서 저를……

그곳으로 안내해 줬으면 해요."

"아가씨……."

"제발 그렇게 해 주세요. 그들을 통해 꼭 확인하고 싶은 게 있어요. 그걸 확인해야…… 나도 마음을 정리할 수 있을 테니까……."

프란시스의 가녀린 얼굴에 더글라스는 차마 거절을 하지 못하고 심난한 한숨을 내쉬었다.

❦

며칠이 지났다. 그 며칠 동안 웬디는 멍하니 고개를 기울인 채 혼자서 시간을 보내는 일이 많았다.

파스칼이 의구심 가득한 시선을 드문드문 던졌지만, 그런 그의 시선과 마주칠 때마다 웬디는 더욱 모호한 얼굴빛을 할 뿐 딱히 이렇다 할 반응을 꺼내 놓진 않았다.

여기서 그쳤더라면 파스칼도 그러려니 하고 별 관심을 기울이지 않았을 것이다. 그러나 웃음기 없는 그녀의 얼굴에 익숙해진 파스칼은 의도치 않게 발견하게 되는 그녀의 표정에 흠칫 놀라 눈을 부릅떠야 했다. 홀로 앉아 꽃을 다듬던 웬디가 이유 없이 옅은 미소를 입가에 띠우는 일이 잦아진 까닭이다. 눈매는 여전히 싸늘한데 입가에 멀뚱히 떠오른 웃음기가 영 어색하고 괴기스러워 보였다.

분명 무언가 잘못되고 있었다.

'흐응'거리는 콧노래를 가끔가다 흥얼거리는가 하면, 꽃집에 오는 손님에게 과한 친절을 보이기도 했다. 짧은 시간이었지만, 지난 며칠 동안 그가 알던 웬디와는 너무나 다른 눈앞의 모습에 파스칼은 두려워질 지경이었다.

이 일을 단장님께 보고해야 하나?

그는 짙은 눈썹을 찌푸리며 심각하게 고민했다.

딸랑-.

지금만 해도 그렇다. 내내 이런 일의 반복이다. 꽃집 문이 열릴 때마다 반사적으로 그녀는 화들짝 놀라 방문객의 얼굴을 확인했다. 그때마다 파스칼도 덩달아 흠칫흠칫 놀랐다.

누굴 기다리는 건가 의심이 들 만큼 뚜렷한 반응이었다. 여느 때와는 다른 웬디의 태도에, 순진한 황실 기사는 누가 오기로 했느냐고 무심코 질문을 던졌다가 온종일 웬디의 쌜쭉한 태도를 감당해야 했다.

"손님 외에 이곳을 찾을 분이 또 계신가요."

그녀가 언짢은 태도로 말했다.

"아……. 혹시라도 중요한 손님이 계신가 해서 말입니다."

파스칼이 궁색하게 얼버무렸다. 그런 그의 변명을 못 들은 체하며 웬디는 손님이 주문한 꽃다발을 한 아름 만들어 그에게 안겼다.

손님에게 꽃을 전달하고 대금을 받은 파스칼이 손님을 배웅한 지 얼마 지나지 않아 다시 '딸랑' 하고 방울이 요란한 소리를 냈다. 비어 버린 화병을 옮기던 파스칼이 급히 화병을 내려놓고 약식으로 경례를 붙였다.

"이곳에서 그럴 것 없네."

라드 슈로더가 그런 그를 제지하며 웬디에게 눈인사를 건넸다. 손을 내리며 무심코 웬디의 얼굴을 본 파스칼은 이번에도 어김없이 마른침을 꿀꺽 삼켜야 했다. 그의 굵은 눈썹이 굳은 채 경련했다. 여느 때와 같이 싸늘한 웬디의 눈 아래 미소 짓듯 치켜 올라간 입가가 상당한 부조화를 이루고 있는 모습을 보았기 때문이다. 아닌 척하면서 기뻐하고 있다. 양옆으로 끌어올려진 입꼬리가 자그마치, 수줍어 보이기까지 했다.

"오셨습니까."

웬디가 라드 슈로더에게 앉을 것을 권하며 말했다.

"오랜만이오. 황궁에서의 일이 분주하여 그간 들르지 못했소."

"……요즘 같은 때에 바쁘신 건 당연한 일이죠. 더 나중에야 뵐 수 있을 줄 알았는데 오히려 뜻밖이군요."

파스칼은 또다시 마주한 웬디의 쌜쭉한 태도에 그녀가 지금껏 보인 이상 반응의 원인을 파악해 냈다. 그 반응을 단장님께 보고하지 않은 게 잘한 일인지 못한 일이었는지는 퍼뜩 판단이 서지 않았지만, 이만 자신이 빠져야 하는 때라는 건 명확히 알 수 있었다. 그는 빈 화병을 다시 들어 후덥지근한 화원 안으로 걸음을 옮겼다. 땀이 양 겨드랑이를 흥건히 적실지라도 결코 밖으로 나오지 않으리라.

타악.

파스칼이 화원과 연결된 문을 닫고 모습을 감추자 자연스럽게 대화를 나누던 두 사람 사이에 느닷없이 정적이 찾아왔다. 강가에서의 입맞춤 이후 처음 얼굴을 마주한 탓이었을까. 웬디 역시 이를 의식하였는지 단 한 번의 눈 마주침 없이 부지런히 차를 대접할 준비를 했다. 쪼르르 물을 따라 내는 소리가 어색한 숨소리를 감춰준 것이 그나마 다행이었다.

오래지 않아 꽃향기로 가득했던 꽃집 안에 진한 레몬 향이 섞여나기 시작했다. 두 사람 모두에게 지난날의 추억을 떠올리게 하는 그리운 향이었다.

"새로 닦근 레몬티입니다. 너무 달지는 않으실지 모르겠군요."

웬디가 그의 앞에 찻잔을 내려놓으며 말했다. 새콤달콤한 향을 음미하며 찻물을 삼킨 라드가 빙그레 웃으며 그녀의 말에 화답했다.

"달지 않소."

짧디짧은 말이었지만 충분한 만족감의 표현이었다. 웬디의 집에 머물렀던 그 밤의 일을 떠오르게 하는 향 때문에 실상 맛을 즐길 여유가 없었다는 게 유감이었지만 말이다. 찬장의 유리병이 떨어져 내리는 사고를 겪었던 그 밤. 진득한 레몬청의 감촉과 그녀의 볼을 쓸어내렸던 손끝의 느낌, 말캉했던 입맞춤의 기억이 두서없이 뒤섞여 그의 마음을 어지럽혔다.

"……."

라드가 찻잔 손잡이 위에 검지를 댔다 뗐다를 반복했다. 손잡이 위에 살짝 묻은 레몬청의 차진 느낌 때문이었다. 이렇게 검질긴 그녀에 대한 마음이 평생 자신을 쫓을 것 같은 예감이 들어 그는 쓰게 웃었다.

달그락.

라드는 티스푼을 조심스럽게 젓는 웬디의 모습을 보며 복잡한 생각을 몰아내려 노력했다. 자연스럽게 그녀의 샛노란 머리칼과 초록색 눈동자에 눈이 갔다. 그러자 불현듯 제펄린 셰이라스가 건네 줬던 종이 위의 인상착의가 떠올랐다. 지난 며칠간 그를 괴롭혀 왔던 일이었다. 마음을 묵직하게 죄어 왔던 불안과 의문이 여전히 그를 괴롭히고 있었지만, 지금 이 순간 어찌 해 볼 도리가 없다는 것을 알기에 그는 애써 그 생각을 접었다. 웬디에게까지 그 괴로움을 나눠 주고픈 생각은 결코 없었다.

"식사는 제때에 챙겨 드시나요? 조금 마르신 것 같아요."

정적을 깨고 웬디가 먼저 입을 열었다. 라드의 도드라진 턱 선에 그녀의 시선이 가 있었다. 아닌 듯해도 음성에 안타까움이 맴돌았다.

"걱정할 것 없소. 아침 일과가 늘어 운동량이 많아졌을 뿐이라오."

슈로더가 요즘 매일같이 반복되는 황태자와의 대련을 떠올리며 대수롭지 않게 이야기했다. 단 며칠 새 홀쭉해진 아이작 황태자의 뺨을 본다면 웬디가 어떤 얼굴을 할지 궁금했다.

"너무 무리하진 마세요."

웬디 왈츠의 입에서 나올 거라고 누구도 감히 예상하지 못했을 따뜻한 당부의 말이 천연하게 흘러나왔다. 라드가 그런 그녀를 사뭇 진지한 눈빛으로 바라봤다. 뒤늦게 스스로의 말에 무안함을 느꼈는지 웬디가 그의 시선을 피하며 새침한 낯을 했다. 공연스레 찻잔 표면을 손톱으로 톡톡 두드리는 그녀의 모습을 보며 라드가 조금 웃었다.

"그대야말로…… 너무 무리하지 마시오. 처음 보았을 때보다 많이 마른 것 같아 마음이 쓰인다오."

"무리는요. 요즘 도웨인 경께서 꽃집의 궂은일을 거의 도맡아 주셔서 제 일이 많이 줄었는걸요."

"황태자 전하의 일은 이제 심려할 것 없으니 마음의 짐을 떨치길 바라오. 마음이 편안해야 몸 또한 편한 게 아니겠소."

"……심려하지 않으니 경께서도 제 걱정은 마세요. 황태자 전하께서 다시 방문하신다 해도 두려울 것은 없습니다. 몬트라피 가루를 또 그만큼 가져다주신다면 기쁘게 맞아드릴 수도 있어요."

웬디가 답지 않게 우스갯소리를 하며 씨익 웃었다. 그런 그녀를 따라 미미한 미소를 지었던 라드 슈로더가 돌연 어두운 낯빛으로 입을 열었다.

"오늘 아침 제2기사단의 뱃지 에노스 경을 필두로 하여 기사단 몇몇이 요하몬 지역을 향해 갔다오. 몬트라피로 인하여 그곳 사정이 몹시 좋지 않다는 보고가 있었소. 헤노비 지역의 소요를 반복하지 않기 위한 차원에서 이루어진 파견이지. 몬트라피의 병충해가 계속 번져 나가고 있다오. 그렇지 않아도 불안한 정국에 이 일이 또 다른 혼란을 불러오지 않을까 전하께서도 근심이 많으시오."

"그래도 요 며칠 사이 몬트라피 값이 많이 안정되었던데요."

"황궁에서 비축해 놓았던 몬트라피를 풀어 놓았기 때문이지. 하지만 일시적인 방편에 지나지 않는다오. 몬트라피를 마구잡이로 사들여 가격 폭등을 조장하는 자들이 있으니. 그들 뒤에 있는 귀족들의 숨통을 조일 방법을 강구하고는 있으나 워낙 교묘하게 일을 꾸며 놓아 헛웃음이 날 지경이라오."

"전하께서 추진하셨던 법안의 공표는……."

"이제 엿새가 남았다오. 하루하루가 무척 더디게 흐르는군."

라드 슈로더가 피로도 짙은 한숨을 내쉬었다.

"황태자궁 폭발 사건 역시…… 여전히 답보 상태인가요?"

웬디의 물음에 그가 씁쓰레한 얼굴로 고개를 끄덕였다. 힘이 빠진 라드 슈로더의 모습을 보는 것은 마음 불편한 일이었다. 눈을 내리 깔고 잠시 고민에 잠겨 있던 웬디가 다시 조심스럽게 물었다.

"작은 단서라도…… 도움이 될 수 있을까요?"

"단서라니, 무엇을 말이오?"

웬디는 라드에게 황태자궁이 무너지기 전 들었던 대화에 대해 말했다. 며칠간의 고민 끝에 꺼낸 말이었지만 이야기를 모두 들은 라드 슈로더는 뜻밖에 고개를 가로저었다.

"그날의 일은…… 잊으시오. 앵그르 공을 사건의 배후로 지목하기에는 대화의 내용이 부족할뿐더러, 그날의 대화를 증언하기 위해 그대가 겪어야 할 곤란이 너무 크오. 그 일을 꺼내 보았자 득이 될 것이 없소."

"그 기사와 대화를 나누던 남자의 목소리를 다시 듣는다면……."

"잊으시오. 사건에 관여하려 하지 마시오."

단호한 라드의 태도에 웬디가 놀란 낯을 하자 그가 한숨을 내쉬며 말을 이었다.

"그대가 위험에 처한 모습을 더 이상 보고 싶지 않소."

과장 없는 진심이 음성 하나하나에 알알이 박혀 있었다. 웬디는 보일 듯 말 듯 고개를 작게 끄덕이는 것으로 그의 말에 따르겠단 의사를 내비쳤다. 그녀 자신보다 그녀를 더욱 염려하는 남자의 태도가 스스러워 고개가 아래로 숙여졌다. 가게 유리창을 통해 들어오는 오후의 햇살이 시야에서 조금 사라졌지만 이상하게도 마음만은 환히 밝혀졌다. 방치하고 내버려 두었던 마음의 방에 불이 켜진 것 같은 기분이었다.

"차를 조금 더 주겠소?"

남자의 청에 웬디가 그의 비어 버린 찻잔에 새로운 찻물을 부었다. 차오르는 찻물을 바라보고 있던 라드가 그 순간 무슨 인기척을 느꼈는지 돌연 문가를 향해 고개를 돌렸다.

얼마 지나지 않아 꽃집의 문이 열리고 한 남자가 안으로 들어섰다.

"……!"

남자의 등장에 웬디와 라드 모두 표정이 굳었다. 라드 슈로더의 모습을 발견한 남자의 파란 눈동자에도 어김없이 당혹감이 차올랐다.

"레녹스 경."

라드가 그의 이름을 부르자 웬디가 당황한 얼굴로 엉거주춤 자리에서 일어섰다. 그녀가 앉아 있던 의자가 드르륵 요란스러운 소리를 내며 뒤로 밀렸다. 자신의 방문에 놀란 얼굴을 한 웬디를 잠시 바라본 딜런이 라드에게로 다시 시선을 옮겼다. 그런 그를 라드가 가라앉은 눈빛으로 마주봤다.

"자네가 이곳에는 무슨 일인가?"

라드 슈로더가 물었다. 금세 동요를 지운 딜런이 제1기사단의 단장을 향해 예를 갖춰 인사한 후, 그의 물음에 답했다.

"웬디 왈츠 양에게 용무가 있어 왔습니다."

당당하게 웬디의 이름을 대고 그녀와의 용무를 말하는 후배 기사를 보며 라드는 평정을 가장해야 했다.

작위 수여식에서 딜런이 웬디를 올리비아라고 부르며 어지러운 감정을 드러냈던 일이 메아리처럼 라드의 마음을 떠돌았다.

올리비아 하즐렛이라는 여인에 대한 조사가 마무리되지 않은 지금, 그 무엇도 명확한 것은 없었다. 그저 닮은 여인일 뿐이라면, 그녀를 모두가 올리비아 하즐렛으로 오해하고 있는 것이라면…….

슈로더는 경직된 표정으로 두 사람을 번갈아 봤다. 자신의 가정이 결코 성립될 수 없는 우둔한 바람처럼 느껴졌지만, 쉽사리 인정하는 것도 어려웠다.

웬디의 얼굴 위에 뚜렷하게 떠오른 당혹이 눈에 밟혔다. 황궁에서 딜런 레녹스와 마주치고 울음을 쏟아 냈던 그녀의 모습이 그 위에 겹쳤다. 서로를 바라보는 두 사람의 눈빛은 단순한 타인을 대하는 것이 아니었다. 라드 슈로더는 그 기저에 깔린 짙은 감정의 파편을 느꼈다.

"아직도 그 여인을 찾고 있나? 자네가 이곳까지 온 걸 보니, 내게 듣고 간 답이 만족스럽지 않았던 모양이군."

"……그 일 때문이 아닙니다."

"그럼 이곳에 방문한 연유가 무엇인가?"

"저는 단장님이 아닌 웬디 양에게 용무가 있습니다. 그런 개인적인 일까지 모두 보고해야 합니까? 아니면, 웬디 양과 이야기를 나누기 위해선 단장님의 허락이 필요한 겁니까?"

딜런이 딱딱한 말투로 말했다. 그의 얼굴에 분한 기색이 스쳤다. 황태자궁에서 보았던 라드와 웬디의 모습을 떠올리지 않으려야 않을 수가 없었다. 깊은 상실감이 모질게 휩쓸고 갔던 그의 가슴은 더 이상 담담한 모습으로 가장하는 것을 허락하지 않았다. 상처 났던 자리가 아물 새도 없이 마주한 두 사람의 모습은 그의 상처를 덧나게 하기 충분했다.

"그대의 명예를 걸고 맹세했던 것을 잊었는가? ……자네가 이곳에 온 것이 황태자궁이 무너지던 날의 맹세를 망각한 일이라는 것을 모르겠나?"

"맹세를 잊지 않았습니다. 하나 그날의 맹세는 일부에게만 적용되는 맹세입니까? 단장님께서 이곳에 계신 것은 그날의 맹세와 무관한데 저는 그렇지 않다는 것은 받아들이기 어렵습니다."

두 사람이 한 치의 물러섬도 없이 날을 세웠다. 보다 못한 웬디가 어찌할 바 모르는 음성으로 외쳤다.

"그만두세요!"

그녀의 외침에 딜런 레녹스와 라드 슈로더가 기세를 누그러뜨렸다.

라드가 웬디를 돌아봤다. 흙빛으로 질린 얼굴이 보였다. 딜런 레녹스와의 논쟁이 그녀에게 무자비한 일이었다는 사실을 인정한 라드는 괴이할 만큼 성난 마음을 억지로 억눌렀다.

"레녹스 경과 이야기를 나누겠소? 그대가 원한다면…… 내 자리를 비켜 주리다."

라드의 말에 그녀의 눈가가 바르르 떨렸다. 잠시 딜런에게 시선을 던진 웬디가 무겁게 고개를 끄덕였다.

긍정의 뜻이었지만 라드 슈로더는 쉽사리 자리를 뜨지 못했다. 졸렬하게도 그녀가 고개를 가로저어 주기를 바랐다.

그가 작게 한숨을 내쉬었다. 충동적인 삶을 부단히 경계해 왔건만 매순간이 모두 충동적인 감정으로 이루어진 기분이었다. 그는 애써 마음을 다스리며 자리를 떴다.

'타악' 하고 문이 닫히는 소리가 공허하게 울렸다. 도웨인 경이 사라진 방향을 따라 화원 안으로 들어선 라드는 들어서자마자 피부 위로 돌진하여 달라붙는 후덥지근한 습기에 미간을 모았다.

"단장님?"

안쪽에서 꽃줄기를 잘라 내고 있던 파스칼이 라드 슈로더를 보고 눈을 끔뻑거렸다.

"지시하실 게 있으십니까?"

"……아니네."

그의 의아한 얼굴을 보며 라드가 멋쩍게 답했다. 파스칼의 군청색 셔츠가 검은빛으로 흥건히 얼룩진 모습이 보였다. 라드의 이마 위에도 금세 땀이 맺혔다.

"자네가 고생이 많군."

"고생은요. 제법 재미가 있습니다."

파스칼이 눈썹을 추켜올리며 씨익 웃었다. 검 외의 또 다른 특기를 발견한 것처럼 꽃줄기를 잘라 내는 손짓이 말끔하고 능숙했다.

"그리 생각한다니 다행이군. 내 이 안을 좀 둘러볼 테니 날 신경 쓰지 말고 하던 일을 마무리하게나."

말을 마친 라드가 초록빛이 우거진 키 작은 레몬나무 근처로 걸어갔다. 연노랑 열매가 아직 군데군데 여럿 남아 있었다. 좀 전 그녀와 잔을 기울였던 그 레몬티의 열매를 이 나무에서 거두어들인 게 아닐까 생각하니 조금 남달라 보였다.

웬일인지.

시고 달던 그 맛이 모두 환상인 양, 입 안에 떫은맛만 외롭게 남은 것 같았다.

라드 슈로더는 그 앞에 한동안 서서 그녀의 손길이 닿았을지도 모를 나무 열매를 내려다봤다. 더운 공기가 전신을 짓누르는 듯했지만 마음의 열기만 하진 못했다.

어리석구나.

그가 홀로 자조했다.

그러나 그 어리석음이 사랑하는 여인 앞에서 공연한 분기를 드러
낸 것을 이르는 것인지, 두 사람을 남겨 두고 자리를 피한 행동을
탓하는 것인지는 잘 알 수 없었다. 거역할 수 없는 감정의 파도에
애꿎은 두 손만을 꾹 움켜쥘 뿐이었다. 그는 그렇게 한참 동안 냉
정을 되찾기 위해 애써야 했다.

한편, 라드가 자리를 피한 꽃집 안에는 싸늘한 침묵이 한동안 자
리하고 있었다.

꽃집 안에 단둘이 남은 웬디와 딜런은 서로의 얼굴을 굳은 표정
으로 바라볼 뿐 쉽게 입을 떼지 못했다. 마른침을 삼킨 웬디가 식
어 버린 레몬티를 한 번에 들이켰을 때에서야 경직된 분위기가 깨
졌다.

"프란시스가…… 날 찾아왔어."

딜런이 줄곧 다물고 있던 입을 열고 묵직한 이야기를 꺼냈다. 그
말을 들은 웬디의 얼굴이 단번에 일그러졌다.

달그락!

그녀가 신경질적으로 찻잔을 내려놓았다. 잔이 부딪치는 소리가
크게 났다.

"그래서……? 프란시스와 너의 만남에 대해 내가 더 들을 이야기
가 남은 거니?"

무조건적인 거부 반응이었다. 그녀의 머릿속에 과거 두 사람의
입맞춤 장면이 떠올랐다. 무너진 신뢰가 바다의 썰물처럼 또다시
확연하게 드러났다. 딜런의 해명과 반박에 그의 심정을 어느 정도

이해했다 생각했지만, 불쑥불쑥 치밀어 오르는 그날의 기억을 떨쳐 내는 것은 요원한 일인 것 같았다.

"……프란시스가 황궁에서 널 본 것 같다 말했어. 그 애 성정에 이대로 넘어갈 것 같지 않아. 당분간 공개적인 모임엔 자리하지 않는 게 좋을 거야."

딜런 레녹스가 그녀의 반응을 애써 모른 체하며 간곡한 목소리로 말했다.

"날…… 보았다고?"

황궁에서 프란시스가 자신을 뒤쫓았던 일에 불안을 품고 있었던 웬디였다. 그녀가 앉은 자리에서 일어나 탁자를 짚고 섰다.

"그래, 거의 확신하고 있는 것 같았어."

딜런이 고개를 떨궜다.

"……며칠 전 그 애가 다시 나를 찾아왔을 때 내가 심한 말을 했어. 그게 혹 프란시스를 자극하는 일이 됐을까 봐, 걱정스러워."

"그래, 무슨 말인지…… 알겠어."

웬디가 수심 깊은 얼굴로 중얼거렸다.

"그것 외에도……."

딜런이 말을 길게 끌며 뜸을 들였다.

"너에게…… 고맙다는 말을 하고 싶었어. 황궁에서의 일, 덕분에 목숨을 건졌어."

그의 말에 퍼뜩 고개를 든 웬디가 딜런의 얼굴을 빤히 바라보았다. 곧 그녀의 입가에서 여린 한숨이 새어 나왔다. 그의 정직한 감정 표현에 그녀도 뻣뻣한 태도만을 고수할 수 없었다.

"나야말로 네 덕에 목숨을 건졌는걸. 그날, 구해 줘서…… 고마워."

딜런이 쓴웃음을 지으며 고개를 저었다.

"그날 본 것들에 대해…… 너에게 묻고 싶은 게 많았어. 함구하기로 했으니 맹세를 지켜야겠지만."

황궁에서 본 아이언우드의 비정상적인 성장에 대해 이미 수없이 많은 고민에 고민을 거듭한 딜런이었다. 그날 본 장면은 그에게 가히 충격일 수밖에 없었다. 평생 겪어 보지 못했던 기이한 현상이었으며 죽음으로부터 그 자신을 건져 낸 생명의 약동이기도 했다.

언제부터 그녀가 그런 힘을 지녔던 것인지 과거의 일들을 되짚어 보았으나 특별한 단서를 발견할 수는 없었다. 무엇보다 그 힘이 그녀에게 어떤 의미가 있을지, 그 힘으로 인해 그녀에게 어떤 위험이 닥칠지 그는 혼란스러운 가운데에서도 고민하였다. 그러나 그런 고민이 그녀에게 얼마나 보탬이 될지 그 스스로도 기대하기 어려웠다.

"혹 힘든 일이 있다면…… 내가 어떤 방식으로든 힘이 되어 주고 싶어. 언제든 좋으니까."

딜런이 어렵게 말을 꺼냈다. 웬디의 곁에 있는 것조차 허락되지 않은 지금, 자신이 할 수 있는 일이 많지 않다는 사실이 그를 슬프게 만들 따름이었다.

"말은 고맙지만…… 그런 일은 없을 거야."

그러나 그녀에게선 어김없이 단호한 거절의 말이 들려왔다. 어감에 맴도는 경계의 기운을 느낀 딜런이 다문 입술에 힘을 줬다.

"웬디 왈츠라는 사람을 알고 싶다고 호기롭게 말했는데…… 이곳에 오는 게 왜 이리 어려운지 모르겠어. 너도 힘이 들 테지만, 나도 그래."

"……."

"마음이 어떻든, 내가 감당해야 할 일이겠지."

혼잣말을 하듯 멍하니 중얼거린 그가 고개를 늘어뜨렸다.

"이런 넋두리 따위 아무런 도움이 되지 않는데 괜한 소리를 한 거 같다. ……그만 갈게. 몸조심해."

웬디를 마지막으로 한 번 더 바라본 딜런이 뒤돌아 꽃집을 떠났다. 덜컹거리는 문의 진동에 종소리가 시끄럽게 울렸다. 웬디는 그가 떠난 문가를 한참 바라봤다. 문의 진동이 멈춘 이후로도 오랜 시간 그녀는 그곳을 보고 서 있었다.

"……."

고요한 침묵에 불안감이 들 때쯤에 그녀는 꽃집 안쪽을 향해 걸음을 옮겼다. 감정을 추스르며 화원 안으로 들어서자 지친 얼굴의 두 사람이 보였다.

"웬디 양!"

파스칼이 먼저 반갑게 그녀의 이름을 불렀다. 땀범벅이 된 그의 모습에 웬디가 놀라 눈을 크게 떴다. 죄책감을 느꼈는지 그녀가 송구한 표정을 지었다.

"괜찮으세요? 두 분 다 땀을 많이 흘리셨어요."

웬디가 레몬나무 앞에 서 있는 라드에게 시선을 옮기며 말했다. 그 역시 화원의 열기에 기운이 빠졌는지 셔츠 단추를 여럿 풀어헤친 채로 있었다.

"나가시죠. 시원한 음료를 만들어 드릴게요."

그녀의 말에 파스칼이 반색을 하며 먼저 앞장섰다.

"이야기는 잘 끝냈소?"

웬디의 곁으로 다가온 라드가 셔츠 단추를 채우며 물었다. 웬디가 뒤늦게 시선을 돌리며 망설이는 어조로 답했다.

"네, ……좀 전엔 배려해 주셔서 감사했어요."

"배려라니. 오히려 그대의 마음을 불편하게 만든 듯해 미안한 마음이라오."

"……경께 드릴 말씀이 있어요. 조금 긴 이야기가 될지도 모르겠군요."

웬디의 말에 라드가 단추를 채우던 손을 멈칫했다. 그가 그녀의 눈을 바라봤다. 풀빛 눈동자가 담뿍 진실된 마음을 담고 있었다. 그 눈을 보자 욱씬 가슴이 저렸다. 라드는 동요를 감추며 다시 빠르게 단추를 채웠다.

"저어…… 웬디 양, 그럼 저는 또 화원에 남아야 합니까?"

앞서 걷던 파스칼이 걸음을 멈추고 조심스럽게 그들에게 다가왔다. 어쩐지 겁에 질린 얼굴이었다.

"아니요. 이곳에 더 계셨다간 탈진하고 말 거예요. 오늘은 꽃집 문을 일찍 닫을 생각이니 경께서도 돌아가서 쉬세요."

웬디가 그의 젖은 셔츠를 보며 안타까이 말했다. 그녀의 조기 영업 종료 선언에 겨드랑이의 수난사를 종결하게 된 파스칼이 안도한 듯 고개를 끄덕였다.

잠시 후, 꽃집 문을 닫은 웬디는 파스칼을 배웅한 후 라드와 함께 자신의 집으로 갔다. 아무에게도 방해받지 않고 이야기를 나눌 장소가 필요했기 때문이었다.

"들어오세요."

성큼 집 안으로 들어선 웬디와 달리 라드 슈로더는 쉽게 안쪽으로 걸음을 옮기지 못했다. 슈로더는 그답지 않게 긴장했다. 불안한 심리 상태가 내내 지속되어 입이 바짝바짝 말랐다. 어떤 계책과 분쟁에도 흔들림 없던 황실 기사의 마음이 기수가 들고 있는 깃발처럼 이리저리 흔들렸다.

하아.

남 몰래 한숨을 몰아 쉰 그가 이내 웬디를 따라 집 안으로 들어섰다. 막연한 불안이 경로를 예측할 수 없는 검의 궤적처럼 그를 괴롭히고 있었다.

응접실로 라드를 안내한 웬디는 그에게 앉을 것을 권하고서 분주하게 움직였다. 그녀가 응접실 한쪽에 있는 갈색 미닫이문의 잠금 장치를 풀고선 드르륵 밀어 열자, 집 안으로 청명한 바람이 들어왔다.

"슈로더 경, 이곳을 좀 봐 주시겠어요?"

웬디의 청에 라드가 자리에서 일어나 그녀 곁에 다가섰다. 웬디가 그의 얼굴을 흘깃 본 후 문 밖의 풍경에 시선을 두었다.

"이 장소 때문에…… 이 집에 살게 되었죠. 벌써 두 해 하고도 여러 달 전의 일이네요."

미닫이문 안의 뻥 뚫린 공간에는 작은 정원이 자리하고 있었다. 군데군데 이름 모를 꽃들이 나부죽한 꽃잎을 피워 낸 채로 한들거렸다. 천장을 통해 들어오는 햇살이 미닫이문 안쪽에 서 있던 라드의 빌치까지 떨어져 내렸다.

"저기 저, 자작나무 덕택에 지금 이 공간이 탄생했답니다. 전에 살던 노부부가 혼인과 함께 사랑의 징표로 심어 둔 거라더군요. 나무의 하얀 수피처럼 순수한 사랑을 해 나가자고요. 원래는 집 앞에 심었던 나무였는데 수년 후에 새로 집을 지으면서 차마 베어 낼 수가 없어 집 안에 이런 공간을 마련했대요."

"특별한…… 공간이군."

라드가 말했다. 그녀가 자신에게 무슨 연유로 이곳을 보여 주는지 알 수 없었지만, 그녀의 집을 여러 번 방문하는 동안 한 번도 보지 못했던 공간이었기에 무언가 특별한 이유가 있겠다는 생각이 들었다.

"저야 남 몰래 식물을 키워 내야 했으니까 이 공간이 필요했지만, 그들에게 서로의 마음을 확인하는 공간이었을지도 몰라요."

웬디가 정원 한편에 서 있는 자작나무를 부드러운 눈길로 바라보며 말했다. 음성이 담담한 듯하면서도 조금 떨렸다.

"……집을 사던 당시, 중개인에게 이 이야길 듣고 몸서리쳤던 기억이 나네요. 사랑 이야기라니, 끔찍했거든요."

웬디가 웬일인지 서글프게 웃었다.

"그런데…… 어느 순간부터 제 마음이 바뀌더군요. 이렇게 당신 앞에서 저 나무 이야길 다시 하고 있는 날 봐요."

고개를 한 번 수그렸다 든 그녀가 라드 슈로더의 잿빛 눈동자를 바라봤다. 그 위에 자신의 얼굴이 비쳤다. 까맣게 타 버렸다 남은 재처럼 난경을 극복한 그녀의 마음이 보였다.

"슈로더 경, ……이 말을 하기까지 정말 많은 고민을 했어요. 이런 말을 누군가에게 하게 될 거라는 생각을 해 본 적도 없었고, 이런 감정을…… 예상해 본 적도 없었으니까. 하지만 말해야 했어요. 당신에게…… 말해야 했어요."

"……."

"이전 날, 딜런 레녹스 경이 절 부르던 이름을 기억하나요?"

웬디의 물음에 라드는 아무런 대답을 하지 못했다. 또다시 가슴이 욱신거렸다.

"……올리비아. 그가 절 그 이름으로 불렀죠."

낯설지 않은 이름이 그녀의 입술을 통해 흘러나왔다. 웬디가 자조하듯 고개를 흔들었다.

"……올리비아 하즐렛. 그가 사랑했던 여인의 이름이에요. 하즐렛 백작가의 사생아이자, 제가 버렸던 과거의 이름이죠. 당신이 모르는…… 나의 지난 삶이에요."

드문드문 헛숨을 내쉬며 그녀가 간신히 말을 이었다. 그러고선 두려운 낯빛으로 그를 올려다봤다. 굳은 그의 얼굴이 보였다. 형언할 수 없는 떨림이 그녀의 심장을 지배했다. 그러나 고백을 멈출 수는 없었다.

"딜런 레녹스, 그를 사랑했어요. 하지만 그 사랑을 지킬 수 없었고 전 떠났죠. 모든 것들에서 벗어나기 위해선 새로운 신분이 필요했어요. 그래서 웬디 왈츠라는 이름을 만들어 냈고. 그렇게…… 그 이름으로 지난 시간을 살아왔어요."

쓰라린 마음을 감추며 웬디가 억지로 미소를 지었다. 천장을 통해 불어온 바람이 정원을 둥글게 돌아 나가며 그녀의 옆머리를 흩어 놓았다. 꽃잎이 일제히 흔들렸다.

"지금 전…… 경께 제가 지은 죄를 고백하고 있는 거예요. 신분을 사들이고 위장한, ……제국법에 따라 중형이 선고될 수 있—."

"그대 앞에 있는 이가, 황실 기사이기에 그 말을 꺼낸 것이 아니잖소."

라드가 그녀의 말을 막으며 말했다. 그의 눈매가 슬퍼 보였다.

"그래요. 난……."

웬디가 말을 잇지 못하고 입술을 깨물었다. 벅찬 감정으로부터 쏟아져 나오는 뜨거운 고백이 끊임없이 목구멍 밖으로 치밀어 올랐지만 그 말을 음성으로 만들어 내는 것이 두려웠다. 라드가 그런 그녀에게서 시선을 떼지 않은 채 이어질 말을 기다렸다. 두 사람 누구도 서로의 시선을 회피하지 않았다.

"라드 슈로더……."

"……."

"당신을……."

"……."

"당신을 사랑하게 되어 버린 탓에…… 이 말을 해야 했어요."

고뇌와 슬픔 끝에 맺힌 말이 마침내 언어로 만들어졌다. 모든 것을 내던지고 얻었던 자신의 삶을 걸고 웬디는 그에게 사랑을 고백했다. 이는 죄를 고백하는 일보다 더욱 어려운 것이었다.

"아무리 치열하게 앞날을 고민해 봐도…… 당신과 나의 미래란 건 상상이 되지 않지만……. 그래도 난 이 말을 해야 했어요."

멍청하다고 스스로를 책해도, 이미 되돌릴 수 없는 마음이었다. 그 마음은 어떤 집행관의 판결보다 강력한 것이 되어 그녀의 의지와 상관없이 그녀를 움직였다. 그것이 스스로를 절망스러운 균열 속으로 다시 몰아넣는 것이라 할지라도 말하지 않고서는 견딜 수 없었던 것이리라.

"치열하게 고민했는데도 나와의 미래가 상상되지 않았다면…… 이 시간, 죄를 고백해야 하는 건 도리어 내가 되어야 하지 않겠소? 그대에게 미래를 생각할 수 없게 만든 죄악이야말로 중죄가 아니오."

라드가 말했다. 그의 숨결에 가다듬지 못한 떨림이 묻어나왔다.

"이전의 그대가 어떤 사람이었는지 상관이 없다 말했던 것을 기억하오? 내게는 지금의 그대만이 중요하다 말했던."

"……."

"변한 건 없소. 그대가 올리비아 하즐렛이건 웬디 왈츠이건, 그 이름보다 중요한 건 바로 그대요."

그가 길게 한숨을 내쉬었다. 넘치는 마음을 진정시키려는 듯 숨 끝을 내리누르는 게 느껴졌다.

"과거의 그대를 부정하고 싶은 마음은 없소. 그 모든 시간이 지금의 그대를 이룬 것일 테니."

"경……."

"어떤 방식으로든…… 내가 그댈 지켜 내겠소."

라드가 그녀와의 거리를 좁혀 한 걸음 가까이 다가서며 말했다.

깊은 울림을 가진 말들이 그의 움직임보다 먼저 그녀의 마음에 박혀 웬디의 숨을 가쁘게 만들었다. 웬디는 성큼 다가와 선 남자의 얼굴을 올려다보며 자꾸만 떨려오는 입술을 애써 진정시켰다.

"그러니…… 다시 한 번 그 말을 해 줄 수 있겠소?"

"무슨 말을…… 말인가요?"

벅찬 감정을 억누른 그녀가 물었다. 라드가 애처로운 눈빛으로 그녀를 내려다봤다.

"그대의 고백."

조바심 난 음성이 그의 입술 끝에서 터져 나왔다.

찰나의 기다림 끝에, 그가 먼저 웬디의 팔을 끌어당겨 그녀를 자신의 품에 안았다. 휘감은 두 팔이 어떤 방해도 허락하지 않겠다는 듯이 강고하게 웬디의 등 위에 닿았다. 그녀는 그의 품에 안긴 채 그만 눈시울을 붉혔다.

이상하게도 불안하던 마음이 막막한 길 위에서 길잡이를 만난 것처럼 한순간에 가라앉았다. 고통스러이 떠졌던 눈이 서로의 온기에 풀리고 감겼다.

천장을 통해 불어오던 바람은 한참 전에 멈췄건만 어딘가에서 계속 바람이 불어오는 것만 같은 느낌이 들었다. 온 살갗을 따뜻하게 감싸고 도는 훈풍이었다. 온 감각이 그리 말했다.

"무슨 고백을 이르시는 것인지…… 잘 모르겠습니다."

느긋한 목소리를 가장하고자 그녀는 애썼지만 젖은 음성을 감출 수는 없었다. 라드가 그녀를 안은 팔에 더욱 힘을 주었다. '쿵쿵쿵' 웬디의 심장 박동이 고스란히 느껴졌다. 그녈 향한 절박한 그의 심정처럼 서둘러 뛰는 울림이었다.

그대 또한, 내 마음과 같은가.

웬디의 머리칼 위에 이마를 대며 그가 생각했다. 라드 슈로더는 그와 같은 심장 소리에 만족하며 가까스로 욕심을 추슬렀다.

"그대의 용기에 보답할 기회를…… 내게도 주겠소?"

욕심을 접어 두자, 그녀를 향한 자신의 마음이 한층 선명하게 다가왔다. 비 온 뒤 짙어진 나뭇잎 빛깔처럼 그 짙푸른 마음을 막을 길이 없었다. 해가 다시 떠올라 젖은 물기를 홀연히 사라지게 한다 해도 결코 사라지지 않을 마음이었다.

"수많은 이들과 검을 겨루며 성취를 이루기 위해 애써 왔다오. 한데…… 그댈 향한 내 마음은 애쓰지 않아도 더욱 커져만 가. 하루하루 성취가 남다르니 기뻐해야 할지 두려워해야 할지 알 수가 없다오."

황실 기사는 자신의 마음을 꾸밈없이 이야기했다. 가슴 가득 퍼지는 감정을 에둘러 표현할 길이 없었기에 더욱 먹먹했다. 그 심정이 고스란히 그의 음성에 나타나 그녀의 가슴을 떨리게 했다. 라드의 품에 안겨 있던 웬디가 가눌 길 없는 설렘에 바르작거리며 고개를 들었다.

"슈로더 경의…… 고백인가요?"

그녀가 떨리는 눈빛으로 말했다.

"몇 번이고 말하겠소. 그대가 내 마음을 즐거이 들을 수 있다면. 황태자궁에서 그대에게 했던 말은 죽음을 목전에 두고 부린 객기 같은 것이 아니었다오."

라드 슈로더가 그날의 일을 그리듯 눈매를 좁히며 말했다. 똑같이 그 일을 떠올린 웬디가 괜한 무안함에 고개를 수그리자 라드가 그녀의 뺨 위에 손을 올렸다. "나를 봐 주시오." 하고 그가 간절히 말했다. 그의 손길에 이끌린 그녀가 고개를 들었다.

웬디의 말간 풀빛 눈동자에 눈을 맞추니 심중 깊은 곳에서 뜨거운 무언가가 울컥 치밀어 오르는 듯하였다. 그녀의 입술에 흐르듯 시선이 갔다. 라드가 웬디의 입술을 손가락으로 매만졌다. 스치듯, 그의 손길이 입술 위에 머물렀다.

"그대의 몫까지 내가 대신 말하리다. 차오른 말을 감출 방법을 나는 알지 못해. ……나의 인내 없음을 용서하시오."

그녀 앞에서 무력한 자신의 모습을 숨김없이 밝힌 라드 슈로더가 웬디의 이마에 입을 맞췄다. 저릿하고 뜨거운 감각이 닿은 자리에 퍼졌다.

"사랑하오. ……그댈 사랑해."

기어이 터져 나온 사랑의 고백을 들은 그녀가 그의 손바닥에 뺨을 기댔다. 보드라운 뺨의 감각이 라드의 손길을 타고 그의 심장에 박혔다. 입 맞추지 않고서는 견딜 수 없는 감각이었다. 그렇게 그녀의 붉은 뺨 위에도 그의 입술이 홀린 듯 가 닿았다.

"……."

 이윽고 그는 맨 처음 매만졌던 그녀의 입술 위에 자신의 입술을 겹쳤다. 달콤한 숨결이 새어 나오는 그녀의 입술이 어떤 미약보다 강력하게 그의 연정을 부추겼다. 산 그림자가 강가를 덮어 눈부시게 검푸른 빛을 내뿜듯이 두 사람의 포개어진 그림자가 하나의 빛깔을 내뿜고 있었다.

❧

 히이이이잉!

 대로 한가운데 급작스럽게 선 말 한 마리가 크게 울었다. 거칠게 말고삐를 잡아 세운 딜런 레녹스가 사람들이 오가는 거리 저편을 뚫어져라 바라봤다. 그와 나란히 말을 몰던 퓰런 경이 놀란 듯 레녹스 곁에 다가왔다.

"레녹스 경, 무슨 일인가?"

 선배 기사의 물음에도 딜런은 대답 없이 멀리 한 지점을 살벌한 눈빛으로 노려봤다. 이에 퓰런 역시 딜런의 시선을 따라 복잡한 거리 저편을 바라봤다.

"꼬리가 붙었나?"

"……그런 듯합니다."

사라진 기척을 찾아 그가 고개를 돌리며 말했다.

"세토랑 백작가의 짓인가?"

세토랑 백작 가문에서 운영하는 알마르시 상단과 시장 상인들의 분쟁을 조사하기 위해 상인들이 소란을 피운 현장을 향하고 있던 두 사람이었다. 세토랑 가문의 지나친 몬트라피 매점에 의한 분쟁이었다.

그러나 딜런은 선배 기사의 추측에 쉽게 동의하지 못했다. 며칠 전부터 미미하게 그를 뒤따르던 기척에 신경을 곤두세우고 있었기 때문이었다.

"가세나. 기척을 다시 잡아내긴 아무래도 틀린 것 같으니."

말을 몰아 그들이 주시하던 지점으로 몇 걸음 가까이 가는 듯했던 퓰런 경이 다시 돌아와서는 그에게 재촉하듯 말했다. 그의 말처럼 기척은 이미 한참 전에 사라진 후였다. 그러나 딜런 레녹스는 쉽게 자리를 뜰 수 없었다. 스멀스멀 몰려든 불안감이 그의 손아귀를 냉큼 집어삼키고서 고삐 쥔 두 손을 굳은 듯 꼼짝 못하게 했다.

"레녹스 경, 자네 괜찮은가? 무슨 문제라도 있나?"

의아함이 짙게 배인 선배 기사의 목소리가 들려왔다. 그제야 딜런은 자신이 잔뜩 얼굴을 일그러뜨리고 서슬 퍼런 기세로 있었음을 깨달았다.

"아닙니다."

그는 가슴 한편에 자리잡은 써늘한 불안감을 밀어내며 애써 말머리를 돌렸다.

13화

웬디의 집에 오지 마세요

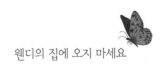

웬디의 집에 오지 마세요

늦은 오후. 하즐렛 가문의 선대가 수도에 세웠던 하즐렛 저택에
는 평화로운 오후나절의 햇살이 붐볐다.

가문의 유일한 후계자인 프란시스 하즐렛은 붉고 탐스러운 머리
칼을 늘어뜨린 채 정원을 산책 중이었다. 간간히 들려오는 새들의
지저귐에 귀를 기울이며 시름을 달래던 그녀는 어느 한 순간 부산
스럽게 커진 새소리에 고개를 들어 주변을 살폈다.

새소리가 잦아들고 다시 잠잠해진 사위에 그녀는 의구심을 떨치
고 다시 걸음을 옮겼다. 그렇게 몇 걸음을 걸었을까, 키가 큰 라임
나무 한쪽에서 바스락거리는 소리가 났다.

"제시……?"

시녀의 이름을 부르며 소리를 따라 고개를 돌린 프란시스가 멈칫
하고 뒷걸음질을 쳤다. 그녀 앞에 낯설지 않은 한 남자가 서 있었다.

"의뢰에 대한 답을 드리러 왔습니다."

뛰어난 미성으로 그가 말했다. 그는 골격이 그대로 드러나 보일 만큼 마른 체구를 가지고 있었지만, 그 골격이 제법 장대하여 다부지면서도 약삭빠른 인상을 풍겼다.

남자의 등장에 긴장한 표정을 지은 프란시스가 재빨리 좌우로 고개를 돌리며 주변을 살피자, 그가 걱정할 것 없다는 듯 말했다.

"근방에 사람은 없습니다. 모두 확인하고 왔으니 안심하십시오."

"……말해 보시게."

그의 장담에 입매를 다부지게 씰룩거린 그녀가 마른침을 삼키며 그의 다음 말을 기다렸다. 그런 그녀의 반응에 남자가 재미있다는 듯 피식 웃음을 흘렸다.

"결론부터 말하자면, 의뢰하셨던 여인의 행색과 비슷한 이를 찾았습니다. 여기에 기사와 여인의 만남이 이루어졌던 장소를 상세히 기록해 두었으니 참고하십시오."

그가 그녀에게 두루마리 하나를 건네며 말했다.

"찾…… 았다고? 지금…… 찾았다고 말했나?"

"그렇습니다."

프란시스가 얼빠진 표정으로 남자를 바라봤다. 자신이 의심하던 바가 실제로 드러날 거라 미처 예상하지 못했던 사람처럼 그녀의 얼굴에 충격이 스쳤다. 도무지 믿겨지지 않는 듯 그녀는 재차 사실을 확인했다.

올리비아, 그 애가 이곳에 있다고? 딜런 레녹스가 있는…… 이곳, 제도에?

"기사의 뒤를 밟던 중간, 여인이 운영하고 있는 가게에 들르는 걸 목격했습니다. 방문 시간 또한 종이에 쓰여 있으니 확인하십시오. 그 외에 기사에게서 특이점을 발견하진 못했습니다."

"가게라니? ……그게 무슨 소리지?"

"그 여인이 운영하고 있는 가게 말입니다. 꽃집을 운영하고 있더군요."

"꽃집……?"

터무니없는 소리를 들은 것처럼 같은 말을 반복하여 발음한 프란시스가 이내 모욕을 당한 듯한 얼굴로 자신의 이마를 짚었다.

꽃집이라니. 올리비아 하즐렛이, 꽃집을 한다고? 그 고고한 척하는 아이가?

"추가적으로 여인의 거주지를 조사해 두었으니 그 부분에 대해서는 계약금 외의 금액을 지급해 주셔야 합니다."

남자가 칼 같은 태도로 말했다.

"딜런…… 딜런 레녹스와 그녀가…… 친밀해 보이던가?"

그의 말은 안중에 없는지 프란시스가 다급하게 자신의 속마음을 드러내 보였다. 분노와 질투가 뒤범벅이 된 그녀의 눈빛을 보며 남자가 비웃듯 입꼬리를 삐뚜름하게 끌어올렸다.

"그것까지 알 수야 없지요. 저는 그 기사가 문제의 꽃집에 들렀고, 그 꽃집을 운영하는 여인이 아가씨께서 말씀하신 여인의 생김과 유사하단 걸 알아냈을 뿐입니다. 추가로 의뢰를 하신다면……두 사람의 친밀도에 대해 알아봐 드릴 수도 있습니다만 기사의 뒤를 밟는 것은 이쯤에서 웬만하면 그만두고 싶군요. 더 했다간 저도 덜미를 잡힐 것 같아서 말이죠."

그가 난색을 표하며 말했다. 하지만 프란시스는 그의 태도에도 아랑곳하지 않고 버럭 성을 내듯 물었다.

"그 여인을! ……그녀를 만나려면 어떻게 해야 하지?"

그녀의 서슬에 남자가 고개를 갸웃거리며 프란시스를 빤히 바라봤다. 곧 그의 입술 밖으로 키들거리는 웃음소리가 났다.

"꽃집의 아가씨를 만나려면, 꽃집에 가시면 될 일이 아닙니까?"

소나기였다. 어둑어둑한 하늘 틈새로 번지는 햇살이 군데군데 자취를 남기며 빗줄기와 함께 대지를 적셨다.

젖은 처마 아래 선 웬디는 떨어지는 빗물을 바라보며 조용히 시간을 보내고 있었다. 이따금씩 들려오는 개구리 울음소리에 그녀의 입가에 미소가 번져 났다. 갑자기 찾아온 빗줄기에 꽃집을 향하려던 발걸음은 늦춰졌지만, 비가 그치길 기다리는 시간이 모처럼 주어진 선물처럼 느껴졌다.

그녀는 가만히 처마 밖으로 손등을 내밀어 보았다. 툭툭툭툭 손등과 마주치는 물방울들이 반갑게 마음을 적셨다.

"차오른 말을 감출 방법을 나는 알지 못해. 나의 인내 없음을 용서하시오."

그 순간.

그의 고백이 아무런 조짐도 없이 떠올랐다. 여전히 가슴이 떨려

왔기에 그녀는 반사적으로 가슴께에 매달린 레이스 장식을 만지작거렸다. 그러는 와중에도 라드 슈로더의 낮은 음색은 빗소리에 섞이어 웬디의 마음을 가득 채웠다.

"사랑하오……. 그댈 사랑해."

참으려 해도 희미한 미소가 빚어지는 걸 막을 수 없었다. 의지를 거스르고 슬며시 올라가는 입꼬리를 애써 손으로 가리며 그녀는 흠흠 헛기침을 했다. 이 무슨 꼴사나운 모습인가! 웬디가 젖은 손등을 툭툭 공중으로 털어 냈다.

"누나, 거기서 뭐 해?"

음성을 따라 고개를 돌리니 옆집 소년 벤포크가 홀딱 젖은 몰골로 그의 집 앞에 서 있는 게 보였다. 소년이 웬디를 보고 멋쩍게 웃었다. 집으로 들어가려던 본래의 계획을 선회한 녀석은 촐랑거리는 뜀박질로 곧장 마당 울타리를 넘어 웬디의 집 앞까지 왔다.

"왜 그렇게 젖었니?"

"사냥 좀 했거든. 개구리 사냥."

벤포크의 손에는 손가락 두 마디 정도 될까 싶은 개구리 한 마리가 들려 있었다.

"누나, 내가 신기한 거 보여 줄까?"

소년이 콧등을 썩 문지르며 말했다.

녀석은 곧바로 주머니를 뒤지더니 속이 빈 보릿대를 꺼내들고 개구리의 하복부, 민감한 곳에 그것을 꽂았다. 그러고서 보릿대에 입을 대고 '후후' 불어 대니 개구리의 배가 금세 **빵빵**하게 부풀어 올랐다.

"우히히. 봐봐, 누나."

"······당장 그만두지 못하겠니? 다 큰 녀석이 아직도 그런 장난이
라니."

녀석의 개구리 학대 현장을 목격한 웬디가 눈꼬리를 세우며 말
했다. 주눅이 든 벤포크가 우물쭈물하다 곧 개구리를 놓아줬다. 개
굴개굴 지친 울음을 몇 번 놓던 개구리는 금세 폴짝 뛰어 풀숲으로
사라졌다.

"······검술 수련은 하고 있는 거니?"

벤포크의 손에 늘 들려 있던 목검이 보이지 않았기에 그녀가 의
아하게 물었다. 웬디의 물음에 소년은 더더욱 풀이 죽었다.

"지난주에 조피에른에 갔다가 아부지한테 뺏겼어······. 그런 것
배워 봤자 기사가 될 수 없다고. 잘돼 봤자 황궁 뒷문만 지키는 쫄
병 신세라면서."

"노력하면 근위병까지도······."

녀석이 알고 있는 사실을 바르게 정정해 주려던 웬디는 곧 말을
아끼며 입을 다물었다. 신분의 한계를 실감하고 있는 소년에게 쓸
데없는 희망을 주는 것 같았기 때문이다.

"아무리 그래도······ 조피에른에서 농사나 지으라는 건 너무하잖
아. 친아부지가 맞는가 몰라! 몬트라피 때문에 조피에른도 난리가
났는데, 농사나 지으라니."

한동안 툴툴거리며 아버지 흉을 보던 녀석이 곧 시무룩한 목소리
로 농부보다는 기사가 되고 싶다 말했다. 목검을 끼고 다니는 벤포
크의 행동을 소년의 치기 정도로 가볍게 여겼던 웬디로서는 낙심

한 기색이 역력한 그 모습에 죄책감을 느끼지 않을 수 없었다.

진작부터 녀석에게 현실을 직시시키고 목검 따위 쥐지 못하게 했어야 했던 걸까?

"쫄병을 해도 괜찮아. 기사만 될 수 있다면……. 근데, 그게 안 된다니까."

작게 한숨을 내쉰 웬디가 집 안으로 들어가 마른 수건을 들고 나왔다. 가지고 나온 수건을 녀석에게 건네주자 벤포크가 별말 없이 그것을 받아 들었다. 쓱싹, 젖은 얼굴을 닦아 내자 우울한 소년의 얼굴이 조금은 나아 보였다. 그러나 아무리 닦아 낸다 해도 실망으로 얼룩진 아이의 마음은 닦아 낼 수 없을 것이었다.

황태자의 법안이 통과된다면, 이 아이도 꿈을 꿀 수 있을까?

씁쓸한 가운데 턱없이 낙관적인 생각이 스쳤지만 웬디는 이번에도 아이에게 건네고픈 모든 속말을 삼켰다. 황태자가 추진하고 있는 법안의 공표가 불과 며칠 남지 않은 시점이었다.

그의 법안이 이곳, 베냐한에 변화를 이끌어 낼 수 있을까? 이 아이에게 제대로 된 충고를 해 줄 수 있는 날이 과연 오기는 할까?

"어, 비 그쳤다!"

하늘을 올려다보던 벤포크가 말했다. 먹구름 틈새로 번져 가던 햇살이 어느덧 사방에 고루 물들어 있었다.

웬디는 소년과 작별 인사를 한 후, 집을 나섰다.

찰박찰박. 코르크를 덧댄 진갈색 가죽신이 조심스럽게 젖은 흙바닥을 디뎠다. 진흙이 신발 가장자리로 묻어났지만 진한 가죽 색깔 덕택에 크게 표가 나지 않았다. 웬디는 흙탕물이 드레스를 더럽히지 않도록 치맛자락을 두 손에 쥐고 길을 걸었다.

오늘은 꽃집 문을 여는 날이 아니었으나 내일 있을 결혼 예식에 납품하기로 한 꽃 장식을 준비하기 위해 그녀는 부득이 꽃집을 향하는 중이었다. 웬디의 꽃 장식이 신부들 사이에서 알음알음 입소문을 타 요즘 연달아 주문이 들어오고 있었던 까닭이었다.

자신의 꽃 장식이 인기 있는 건 썩 기분 좋은 일이었지만, 휴일까지 반납하며 일을 하는 기분이 들어 그리 달갑지만도 않았다. 그럼에도 그녀의 기분이 청명한 저 하늘처럼 맑게 갠 것은 어제의 일과 무관하지 않으리라.

멀리서 보니 꽃집 문이 활짝 열려 있었다.

도웨인 경이 그녀보다 먼저 꽃집에 당도하였는가 보다. 벌써 또 부지런하게 청소를 하고 있을 가능성이 컸다. 웬디는 비 구경에 늦장을 피운 것이 뒤늦게 미안해져 걸음을 빨리 했다. 진흙 묻은 신발이 가게를 더럽히지 않도록 고여 있는 물웅덩이에 양발을 살랑살랑 씻어 내고서야 그녀는 가게 안으로 총총히 들어갔다.

"제가 너무 늦었죠?"

민망한 듯 조금 웃으며 인사를 건넨 그녀는 파스칼의 표정이 평소와 같이 밝지 않다는 걸 금세 알아챘다.

"웬디 양, 손님께서 기다리고 계십니다. 꼭 웬디 양께 꽃을 사고 싶다 하셔서……."

파스칼이 난감한 듯 넌지시 말했다. 웬디의 눈길이 곧 그의 뒤편을 향했다. 파스칼의 어깨 너머로 빼꼼히 고개를 내민 그녀는 곧 기사의 덩치에 가려져 있던 여인의 모습을 발견했다.

"……!"

여인의 인영을 눈에 담은 웬디의 초록빛 눈동자가 크게 뜨였다. 복숭아빛 얼굴이 단숨에 납빛으로 물들었다. 부릅뜬 눈동자 위로 가느다란 핏발이 섰다. 그녀의 꽃집에서 결코 볼 이유가 없는 사람, 봐서는 안 될 사람이 그 자리에 서 있었다.

"……지금 내 눈이 잘못된 게 아니겠지?"

프란시스가 일그러진 얼굴로 뇌까렸다. 무참하게 찌푸려진 눈동자 위로 오랜 시간 켜켜이 쌓였던 사무친 미움이 떠올라 있었다.

웬디는 감출 수 없는 혼란을 그대로 드러낸 채 프란시스의 붉은 눈동자를 마주 봤다. 온갖 감정으로 얼룩진 그녀의 눈동자가 이지러진 횃불처럼 크게 흔들이고 있는 게 보였다. 충격의 강도는 프란시스 하즐렛 역시 적지 않은 듯했다.

프란시스의 그런 모습은 오히려 웬디에게 냉정을 주었다. 상대의 동요는 위기를 극복하는 밑천이 되는 법이었다. 웬디는 프란시스를 조금 가라앉은 눈빛으로 바라봤다. 여인의 티가 확연히 나는 얼굴에 이전보다 조금 더 가늘어진 것 같은 몸집이 자신이 알고 있던 그녀의 모습과 달라 보이기도 하였다.

"네가 어째서! 어째서, 제도에 있는 거야?"

그러나 프란시스의 외침이 터져 나온 순간, 웬디는 그녀가 이전과 조금도 변하지 않았음을 금세 깨달을 수 있었다.

"어째서……!"

프란시스가 재차 새된 목소리로 외쳤다. 웬디는 프란시스의 손목가에 시선을 둔 채로 대답 없이 서 있었다. 프란시스의 꼭 쥔 주먹 사이로 잘게 퍼져 나가는 떨림에 손목의 레이스 장식이 연신 흔들리는 게 눈에 들어왔다.

웬디는 프란시스의 몸을 떨리게 하는 것이 감당할 수 없는 분노라는 것을 잘 알았다. 프란시스, 그 아이 늘 저렇게 다스리지 못한 화에 스스로 굴복당하곤 했으니까.

두 사람의 관계에서 먼저 분노를 터뜨리는 사람은 늘 프란시스 하즐렛, 그녀였다. 그러나 그 분노의 대상이 되었던 웬디 역시 결코 그녀에게 아량을 베풀지 않았다. 분노 뒤엔 신랄한 비난이, 또 악다구니가 뒤따랐다. 언제부터인지 몰라도 늘 그랬다.

"미안하지만…… 잠시 자리를 비켜 주시겠어요?"

웬디는 프란시스에게 대꾸를 해 주는 대신 도웨인 경에게 자리를 피해 줄 것을 청했다. 두 사람에게 말 못할 사연이 있음을 짐작한 파스칼이 어색한 얼굴로 고개를 끄덕였다. 그가 꽃집 문을 닫고 밖으로 나가자 '딸랑' 하고 종소리가 울렸다.

"……여긴 왜 온 거야?"

"너야말로, 무슨 목적으로 여기에 있는 거야? 사라지려면 아예 사라져 버릴 일이지! 이렇게 제도에 알짱거리는 이유가 뭐냐고!"

"내가 어디에 있든 네가 상관할 바가 아니야. 주제 넘는 말하지 마."

"이런 가게 따위를 차려 놓고! 딜런의 동정심이라도 얻어 볼 심산이야? 이렇게 구차한 모습으로 그의 눈을 흐리게 할 셈이냐고!"

프란시스의 도발에 웬디의 냉정이 무너졌다. 낮게 가라앉았던 눈빛이 찌르듯 날카로워졌다. 프란시스는 웬디 앞에서 딜런 레녹스의 이름을 꺼내지 말았어야 했다.

"감히! 내 앞에서 그런 소릴 지껄여?"

벌어진 입술 사이로 격노가 터져 나왔다.

"더러운 짓거리로 그와 나의 사이를 망친 네가, 감히 그 따위 말을 해?"

웬디가 혐오스러운 눈빛으로 프란시스를 바라봤다.

"내가 너와 딜런의 사이를 망쳤다고?"

이보다 더 터무니없는 소리는 들어보지 못했다는 듯이 프란시스가 피식거렸다.

"겨우 그 정도 일로 망쳐질 사이였다면, 그 시점에서 끝난 걸 오히려 다행으로 여겨. 눈앞에서 본 일만 믿고, 정작 그가 하는 말은 믿을 생각조차 하지 않았던 걸로 아는데? 그에게 해명할 기회도 주지 않고 부리나케 잠적해 버린 게 누구였지?"

프란시스의 노골적인 빈정거림이 웬디의 가슴을 발칵 뒤집고 어질러 놓았다. 웬디는 야단스럽게 들썩이는 자신의 어깨를 진정시킬 방법을 알지 못했다.

"네 믿음이 거기까지였는걸. 네 믿음의 깊이가 두 사람의 사이를 망친 걸 두고 내게 책임을 전가하지 마."

"넌 여전하구나. 말도 안 되는 자기 합리화하며, 궤변에 궤변을 더한 그 빌어먹을 억지 결론 역시 변한 게 전혀 없어. 그렇게 하면 네 마음이 좀 편해지니? 그런 방식으로 딜런의 동정심은 좀 얻을 수 있었어? 네가 바라던 그 남자의 사랑을 억지로라도 얻어 낼 수 있었냐고!"

웬디가 격렬하게 외쳤다. 자신의 사랑을 비참하게 무너뜨렸던 상대의 뻔뻔한 작태를 더 이상 보아 줄 수 없다는 듯 눈빛에 독살스러운 기운이 가득했다.

"함부로 말하지 마! 네가 내키는 대로 말할 만큼 가벼운 마음이 아니었으니까. 너보다 내가 먼저! 그를 사랑했어. 훨씬 이전부터 그를 알고 있었다고! ……내게서 그를 가로챈 건 바로 너였단 걸 모르겠어? 아무리 하찮은 배를 통해 났다고 해도, 너 역시 나와 같은 하즐렛의 이름을 가졌잖아! 나의 자매라는 사람이 내 사랑을 잔인하게 박살 냈어. 어떻게 내가 견딜 수 있었겠니? 레녹스가에 혼담을 넣어 달라 아버지께 몇 번이나 청했던 걸 몰랐다 말할 셈이야?"

"……너와 내가 자매였다고? 한 번이라도 네가! 내게 혈육의 정을 보인 적이 있던가? 아니, 동기 대접을 해 준 적이라도 있던가? 결단코! 단 한 번도 없었어. 넌 언제나 날 업신여겼으니까. 너뿐만이 아니었지. 하즐렛가의 모두가 날 멸시했으니! 그런 이들 틈에서 혼담을 넣어 달라 떼를 쓴 너의 시시콜콜한 이야기들을 내가 알 수 있을 리가 있겠어? 아니, 알았다 해도! 변하는 것 따윈 없었을 거야. 나 역시 거짓된 마음으로 그와의 미래를 꿈꿨던 게 아니었으니까!"

"닥쳐! 네가 주제도 모르고 딜런과의 미래를 꿈꾼 것에서부터 모든 불행이 시작된 거란 걸 모르겠어? 내가 지난 시간을 얼마나 끔찍한 고통 속에서 살았는 줄 알기나 해? 네 생모가 죽던 그날, 너 역시 그녀를 따라 죽었어야 했어! 그랬다면 딜런도 나도 이런 괴로움을 당하진 않았을 테지. 네가 증오스러워!"

짐승의 숨을 끊어 놓는 도살장의 끔찍한 난도질처럼 잔인한 말들이 이어졌다.

웬디는 벌겋게 상기된 프란시스의 얼굴을 보며 경직된 자신의 심장을 되살리려 애썼다. 한 번도 들춰진 적 없던 지난날의 상처가 후벼져 비명을 내질렀다.

네가 감히! 그녀의 이야길 입에 올려? 네가 감히!

프란시스 하즐렛의 마음에 저와 같은 상처를 낼 수 있다면 어떤 짓이라도 할 수 있을 것 같은 광기가 휘몰아쳤다. 분개한 그녀의 안면 근육이 멋대로 움직였다.

"기어코 날 찾아내서 이곳까지 온 이유가…… 겨우 딜런 레녹스와의 일을 추궁하기 위함이야? 극적인 상봉의 순간에 하는 말치고는 구차하기 짝이 없구나. 아직도 넌 딜런과 네 사이에 희망이 있다고 생각하니? 너의 그 끔찍한 모습을 봐! 나도 이렇게 지긋지긋한데 그는 얼마나 진저리가 날까! 설마, 여태까지 그에게 사랑을 구걸하고 있는 거야?"

짝!

부들부들 몸을 떨던 프란시스 하즐렛이 웬디의 뺨을 세차게 내리쳤다.

"……하!"

헛웃음을 한 번 지은 웬디가 자신의 입술을 손가락으로 슥 훑으며 혈흔의 흔적을 찾았다. 손가락 끝에 피가 묻어 나오자, 웬디의 눈에 살의가 번들거렸다. 이윽고 자신의 오른쪽에 진열되어 있던 꽃병 하나를 집어 든 웬디가 프란시스를 노려봤다. 그녀의 심상치 않은 기세에 위협을 느낀 프란시스가 흠칫 뒷걸음질을 쳤다.

촤아아악!

꽃병에 꽂혀 있던 주홍빛 작약을 단숨에 뽑아 던진 웬디가 프란시스의 머리 위로 병 안의 물을 모조리 끼얹어 버렸다. 물벼락을 뒤집어 쓴 프란시스는 젖은 속눈썹을 연신 깜박거렸다. 자신이 맞이한 상황이 믿기지 않는 듯 그녀의 얼굴에 충격이 고스란히 나타났다. 여린 턱을 타고 물방울이 쉼 없이 흘러내렸다.

"가만 생각해 보니 말이야. 그날, 후원에서 너와 딜런의 입맞춤 장면을 보던 날 말이지. ……딜런의 뺨을 후려갈겼던 기억은 있는데, 네 뺨을 때린 기억은 없어. 아무래도 내가 그때, 너에게 제대로 본때를 보여 주지 못했던 모양이야."

짜악!

말이 끝나자마자 위로 치켜 올라간 웬디의 오른손이 프란시스의 젖은 뺨을 사정없이 후려쳤다. 그 힘을 이기지 못하고 프란시스가 바닥에 쓰려졌다.

"이제야! 동기로서 제대로 가르침을 준 것 같구나. 더러운 짓거리엔 반드시 그만큼의 응보가 따른다는 걸 너도 이 기회에 깨우치길 바란다. 오! 너무 감격할 거 없어. 그렇다고 내가 널 자매로 인정한 건 아니니까."

하즐렛가의 후원에서 벌어졌던 보복의 행위를 그대로 재연한 웬디가 비꼬듯 말했다.

"네가……! 네가……! 이런 짓을 하고도 살아남을 수 있을 것 같아?"

프란시스가 모멸감에 짓밟힌 얼굴로 악을 써 댔다.

"너에게 내 명에 대한 걱정까지 받고 싶지 않아."

태연한 웬디의 표정에 프란시스가 이를 갈았다. 분한 기색이 역력한 프란시스가 바들바들 떨리는 입꼬리를 말아 올리며 빈정거림이 가득한 말투로 말했다.

"웬디 왈츠라던가? 네 이름 말이야. 대체 얼마를 들여 그 이름을 샀지? 제국의 질서를 어지럽힌 널 내가 고변한다면! 네가 무사할 수 있을 것 같아?"

"고변이라니, 마치 내가 반역이라도 저지른 것처럼 말하는구나. 하지만 네가 꼭 그러고 싶다면 말릴 생각은 없어. 어디 네 멋대로

해 봐. 지금 당장 가서, 하즐렛가의 올리비아 하즐렛이 제국의 질서를 어지럽혔다고 떠들어 보란 말이야! 네 손으로 너희 하즐렛 가문에 먹칠하는 짓을 해 보라고!"

"뭐, 뭐? 지금 그걸 협박이라고 하는 거야?"

"협박이든 충고든 잘 새겨듣는 게 좋을 거야. 어디 한번 해 보렴. 너의 고변이 만든 파란 속에서 너희 가문은 무사할 수 있을지, 한번 시험해 보라고."

쓰러진 자세 그대로 바닥에 양손을 짚은 프란시스가 웬디를 노려봤다. 힘이 잔뜩 들어간 손등 위에 푸른 핏줄이 불거져 나와 있었다.

"이만 가 주겠어? 바닥 청소를 해야 해서 말이야."

웬디의 싸늘한 말에 프란시스의 얼굴이 더욱 형편없이 구겨졌다. 둥글게 부풀어 오른 한쪽 뺨이 가련해 보일 만했으나, 웬디에게서는 조금의 동정심도 얻을 수 없었다.

"왜 그러고 있니? 고변할 곳이 마땅치 않아그래? 요 앞, 세 골목만 지나면 인베스타 건물이 있으니 그리로 가 보든가. 그곳 수사관이 황실 기사단으로 사건을 이관해 줄 거야. 아니면 아예 황실로 곧장 가서 아무 기사나 붙들고 하소연을 해 보는 것도 좋겠지. 오! 네 어머니께 일러바치는 편이 가장 빠른 길일지도 모르겠구나. 네 어머니가 당장 이곳으로 달려와서 내 뺨을 후려갈기든 난장을 피우든 네 대신 무언갈 해 주지 않겠니?"

웬디의 비아냥거림에 프란시스의 숨결이 거칠어졌다. 업신여김 당한 사람처럼 그녀가 악을 쓰며 웬디에게 항의했다.

"어머닐 모욕하지 마! 너에게 모욕을 당할 만한 분이 아니니까!"

"……모욕당해도 좋은 사람이 그럼 따로 있을까? 너와 네 어머니

에게 매번 모욕당해 왔던 나의 지난날을 떠올리자면 쉽게 납득할
수 없는 말이구나. 나 역시, 누군가에게 모욕당해도 좋은 사람은
아니었거든. 예전처럼 네 어머니 뒤에 숨어서 어린애 짓을 해 보라
는데, 그게 왜 네 어머니를 모욕하는 건지도 모르겠고 말이야.”

"넌 두려운 게 아무것도 없나 보구나? 네 말대로 어머니가 이 일
을 아시면…… 어떻게 될지 뻔히 알면서도?"

"글쎄, 과연 이떤 일이 벌어질까? 별로 상상하고 싶진 않은데 말
이야. ……다만 딜런 레녹스. 그가 오늘의 일을 알게 된다면, 그리
고 너희 어머니가 이곳에 다녀갔다는 소식을 듣게 된다면, 어떤 일
이 벌어질진 훤히 알겠구나."

웬디는 자신이 지을 수 있는 가장 비열한 표정을 지으며 말했다.
그녀는 자신의 안위를 위해 딜런 레녹스를 끌어들이는 것을 주저
하지 않았다. 프란시스의 하얗게 질린 얼굴을 보니 협박은 잘 먹혀
들어 간 것 같았다.

두 사람은 한동안 서로를 죽일 듯 노려봤다. 그리고 어느 순간,
프란시스의 눈동자에 낙심의 기운이 맴돌더니 그녀가 먼저 고개를
떨궜다.

"넌 날…… 비참하게 만들어. 예전부터 늘 그랬어. ……그래,
딜런 레녹스, 그라면 내가 이곳으로 널 만나러 왔다는 것만으로
도…… 충분히 날 증오하겠지."

프란시스가 비척비척 몸을 일으키며 말했다.

"……계모와 배다른 동생. 그들 사이에서 고통받는 백작가의 사
생아. ……참으로 동정받기 좋은 구도지. 가엽고 가녀린 소녀를 누
군들 동정하지 않을까? 슬픈 이야기 한 편 정도는 얼마든지 나올

법하잖아."

"……."

"그런 소녀의 배다른 동생에 대해 어느 누가 관심을 기울일 것 같니? ……소녀보다 얼마나 더 나은 점이 있는지 비교하는 눈들은 있을지언정, 비교당하는 삶이…… 얼마나 끔찍한지 알아? 난…… 그 잘난 동정조차 받지 못했어. 네 그 죽을상을 보고선 다들 나와 내 어머닐 악역으로 쉬이 생각하곤 했으니까. 심지어 하녀들까지 말이야! ……넌 모르지? 네가 사교계 데뷔를 하지 않은 일로 내가 얼마나 많은 소문에 시달렸는지."

"하, 정말 기가 막히는구나! 모든 걸 내 탓으로 돌리……!"

"아니! 난 지금! 내 고통에 대해 말하고 있는 거야!"

프란시스가 억눌린 음성으로 웬디의 말을 막았다.

"딜런 레녹스! 그는…… 그는 날 그렇게 보지 않았어. 그래, 적어도 그때는."

"……."

"이젠…… 누구보다 날 증오하겠지만."

그래서 네가 너무 미워. 밉고 증오스러워.

어느덧 붉어진 눈가에 한 방울 눈물이 흘러내렸다. 프란시스는 눈물을 닦아 낼 엄두를 내지 못하고 목구멍 아래로 차오르는 나머지 눈물을 다스리는 데 남은 애를 썼다. 그녀가 애써 몇 번 침을 삼켰다. 목울대에 치밀어 오르는 묵은 감정이 오래된 종기처럼 그녀를 괴롭혔다.

"찬란한 소녀 시절을 보내지 못한 건…… 너뿐만이 아니야."

프란시스는 사무친 미움을 삼키며 웬디를 마지막으로 한 번 빤히 바라봤다. 그러고선 몸을 돌려 곧 가게를 떠났다.

딸랑-.

문에 달린 방울 소리가 을씨년스럽게 꽃집 안을 울렸다.

풀썩.

프란시스의 모습이 사라지자마자 다리에 힘이 풀린 웬디가 그대로 자리에 주저앉았다. 당당하던 그 얼굴이 단숨에 뻣뻣하게 경직되어 볼품없이 변했다. 두려울 것이 없는 양 큰소리를 처 댔지만 두렵지 않을 리 없었다.

곧이어 파스칼이 꽃집 안으로 들어왔다. 바닥에 주저앉아 있는 웬디의 모습을 본 그가 서둘러 그녀 곁에 다가왔다.

"괜찮으십니까?"

"……괜찮아요."

웬디가 가라앉은 목소리로 대답했다.

"다투는 소리를 들었으나…… 쉽게 끼어들 수 없었습니다. 용서하십시오."

큰 소리가 새어 나간 모양이었다. 문 밖에서 이미 모든 이야기를 들은 듯, 그가 웬디와 시선을 맞추지 못하며 말했다. 웬디는 마음을 짓누르는 낭패감에 눈을 한 번 꾹 감았다 떴다.

"마음 쓰지 마세요. 공교롭게도 경계 좋지 않은 모습을 보이고 말았네요. 오늘 있었던 일은 부디 당분간…… 모른 척해 주셨음 해요."

"……그 점은 염려 마십시오. 자세한 사연은 모르나…… 쉽게 입을 놀릴 일이 아닌 듯하군요."

파스칼이 진지한 어투로 이야기했다. 웬디는 그런 그의 얼굴을 멍하니 바라본 이후, 기진맥진한 몸을 일으켰다.

비밀을 공유한 이가 많아지는 것은 그만큼 비밀이 탄로 날 가능성 또한 많아지는 것이기에 그녀로서는 달가운 일이 아니었다. 하지만 파스칼은 황태자궁에서 자신의 힘에 대해 함구하기로 언약했던 기사들 중 하나였고, 지난 며칠간 보아 온 그의 성품 또한 그리 가볍다 판단되지 않았기에, 그녀는 애써 스스로를 다독였다. 지금으로서는 그를 믿는 것 말고는 달리 할 수 있는 일이 없었다. 또다시 그에게 맹세를 강요할 수도 없는 일이었다.

"저는 이곳을 치우도록 할 테니…… 경께서는 화원 안쪽에서 꽃을 좀 꺾어다 주시겠어요? 저기, 테이블 위에 필요한 꽃의 목록이 있을 거예요."

"아닙니다. 이곳을 제가 치우도록 하죠. 저는 아직 꽃 이름도 잘 모르고…… 웬디 양에게도 잠시 쉴 시간이 필요하실 것 같군요."

파스칼이 웬디를 바라보며 머쓱하게 한 번 웃은 후 어질러진 바닥을 향해 고개를 돌렸다. 웬디는 파스칼의 시선을 따라 꽃집 한쪽에 흥건한 물기와 여기저기 널려 있는 작약 꽃송이를 바라봤다. 어수선하게 흩어진 주홍빛 꽃잎이 꼭 그녀의 마음만 같았다.

❧

"겁만 주면 된다…… 이 말이죠?"

미성의 남자가 마른 손등을 긁적이며 말했다. 흥미 없는 의뢰를 대하는 듯 그가 정원의 나무를 장난스럽게 툭툭 쳤다.

"반항할 시엔……?"

"……일을 크게 만들고 싶진 않아. 적당히 그대 선에서 처리해 주도록 하게나."

프란시스가 조금 망설이며 대답했다. 지친 기색이 완연한 그녀의 붉은 눈동자가 불안한 듯 이리저리 배회했다.

"일을 크게 만들지 않는 범위 내에서, 적당히. ……어려운 주문이군요. 알겠습니다. 처리 후 다시 뵙도록 하죠."

남자가 고개를 까닥이며 말했다. 프란시스에게서 아무런 대답이 나오지 않자 그는 곧 정원을 빠져나갔다.

그가 떠나고도 오랜 시간, 프란시스는 넋 나간 사람처럼 혼자 서 있었다. 들끓었던 심장의 열기가 헤어 나올 수 없는 자괴감으로 돌변하여 그녀를 무너뜨리고 있었다. 프란시스는 흉악한 자신의 치부를 가리듯 연약한 얼굴을 두 손으로 가렸다.

그 아일 망가뜨리고 싶었다.

그럴 수만 있다면……! 모든 것을 다 버린 데도 아깝지 않으리라는 망령된 생각마저 들었다. 그러나 대체 무엇 때문에? 무엇을 위해 그리한단 말인가.

뒤늦은 질문이 공허하게 머릿속을 울렸으나, 프란시스는 자신이 왜 그런 질문을 떠올리고 있는지조차도 이제는 알 수가 없었다. 텅 빈 눈동자 안에 감당할 수 없는 괴로움이 가라앉아 있었다.

아주 오랜 시간 키워 온 미움이란 감정은 이제 그 기원을 찾는 것도 여의치 않았다. 딜런 레녹스, 그 남자에 관해 무조건적으로 솟아오르던 애정과 반대급부로 치밀어 오른 올리비아에 대한 미움. 그 감정에 지금껏 매달렸다.

아니, 단지 그뿐이었을까? 프란시스는 자신이 훨씬 더 오래전부터 올리비아를 증오해 왔음을 잘 알고 있었다. 어쩌면 딜런 레녹스는 그녀를 미워하기 위한 과정 중 하나에 불과했던 것이 아닐까. 자신의 굳건했던 애정까지 의심케 하는 의문이 떠오르자 그녀는 조급하게 고개를 뒤흔들었다. 말 못할 두려움이 가슴을 꽉 메우고 그녀의 머릿속을 할퀴었다.

"프란시스."

그 순간, 정원에 인기척이 났다. 익숙한 음성으로 그녀의 이름을 부르며 가까이 다가온 이는 언뜻 인자한 표정으로 웃고 있는 것처럼 보였다.

"멍하니 서서 무얼 하는 게니. 아랫사람들에게 흠 잡힐 행동은 삼가려무나."

"어머니⋯⋯."

부드러운 웃음 뒤에 자리 잡은 차가운 얼굴에 프란시스는 시선을 고정했다.

"⋯⋯뺨이 왜 그러니? 부은 것 같구나."

프란시스의 얼굴을 살펴본 백작 부인이 그녀의 얼굴로 손을 뻗으며 말했다.

"화장이⋯⋯ 잘못된 모양이에요. 얼굴이 부은 듯해서 가린다는 게 그만⋯⋯."

프란시스가 고개를 돌리며 해명했다. 백작 부인은 잠시 미심쩍은 눈빛을 보내다가 곧 딸아이의 허술함을 탓하듯 혀를 쯧쯧 찼다. 백작가의 귀한 영애의 뺨에 누군가 손찌검을 했을 거라곤 상상조차 하지 못하는 듯했다.

"외출은 즐거우셨나요?"

프란시스는 얼른 화제를 전환했다. 그녀의 말에 백작 부인이 흡족한 얼굴로 고개를 끄덕였다.

"모금회장에 한바탕 소란이 일었던 것만 뺀다면 말이다. ……글쎄, 숄터스가의 영애가 또 사달을 만들어 냈지 뭐니. 비숍가의 영애와 크게 다툼이 났단다. 네가 그 자리에 있지 않아 천만다행이지, 참석한 영애들 모두 우르르 둘의 싸움에 휘말렸으니 말이야. 세토랑 백작 부인이 숄터스 영애에 대한 미련을 미약하게나마 갖고 있던 모양인데, 이 일로 그마저 버린 것 같더구나."

경멸을 보이며 낯을 찌푸릴 일을 두고 백작 부인이 유난히 즐거운 기색을 보였다. 그런 어미의 얼굴을 슬쩍 바라본 프란시스가 더욱 어두운 낯빛으로 시선을 돌렸다.

"암, 그렇고말고. 숄터스가의 그 말괄량이보다야 네가 여러모로 훌륭한 상대가 아니겠니? 세토랑 백작 부인도 그 점을 아주 잘 알고 있을 테지. ……이 어미에게 이리 긍정적인 답변을 준 걸 보면 말이야! 무엇보다 데미안이 널 마음에 들어 하는 눈치더구나. 내년에 제다 아카데미를 졸업한다 하니…… 그쯤에 혼인을 하는 게 어떨까 한다."

백작 부인이 가슴 중앙에 매달린 브로치를 엄지로 슥 매만졌다. 하즐렛 백작가에서 친교의 뜻으로 보냈던 사파이어 목걸이에 대한 보답으로 세토랑 백작가에서 선물한 루비 브로치였다.

"이것 좀 보렴. 붉은색이 무척 아름답지 않니? 우리 모녀의 머리색과 눈동자 색을 기억하고 이런 선물을 준비했지 뭐니."

백작 부인이 만족한 듯 웃으며 혼이 빠진 사람처럼 자신을 바라보는 프란시스의 볼을 감쌌다.

"오, 내 아가! 서운해할 것 없다. 네 방에 가 보면 이보다 더 아름다운 목걸이가 있을 테니. 세토랑 백작 부인이 특별히 신경을 쓴 게 느껴지더구나."

"어머니, 전……."

"데미안 세토랑은 전도유망한 젊은이란다. 너와 함께 하즐렛가를 승계받기 딱 좋은 조건이지. 둘째라 세토랑가의 승계권은 없지만 뮈펜샤 지방에 그의 앞으로 된 전답이 상당하다더구나. 제다 아카데미에서도 아주 성적이 좋았다 하고. 훌륭한 젊은이라고 소문이 자자하던걸!"

"……전 그와 혼인하고 싶지 않아요."

프란시스가 백작 부인의 손을 밀어내며 말했다. 그녀의 턱 끝이 가볍게 떨렸다.

"아직도 헛된 생각에서 헤어 나오지 못한 거니? 딜런 레녹스, 그와의 인연은 이미 끝났단 걸 인정할 때도 되지 않았니. 이미 엉킬 대로 엉킨 인연을 무슨 방법으로 풀 수 있단 말이야? 더 이상 낭비할 시간이 없단다."

프란시스의 거부에 백작 부인이 노여워하며 자신의 딸을 나무랐다. 반성하는 기색 없이 프란시스가 묵묵부답으로 일관하자 부인의 언성이 점점 커졌다.

"지난 2년 동안 배운 교훈을 벌써 잊은 거니? 힘없는 자에겐 멸시만이 따를 뿐이야! 오, 생각만 해도 치가 떨리는구나. 작센 바하르 후작이 우리 가문을 공개적으로 비방한 뒤에 이 어미가 사교계에서 어떤 고초를 겪었는지 너도 모르진 않을 테지? 뒤올드랑 백작이 혼인 파기에 대한 보상금으로 뜯어간 그 돈을 생각하면 아직도 이가 갈린다! 우리 가문이 어떤 굴욕을 당했는데! 정신 차리거라! 이제야 겨우 제자리를 찾았는데 또 시간을 낭비할 셈이니?"

"……제 마음을 아시잖아요? 원치 않는 혼인을 할 수는 없어요."

프란시스가 울먹이며 고개를 가로저었다. 가득 고인 원망이 방울로 맺혀 그녀의 볼 위를 미끄러져 내려왔다.

"하즐렛가의 재산과 후계권을 노리는 혈족이 많단 걸 기억하렴. 너의 이런 나약한 모습을 보고 쾌재를 부를 자들은 그들뿐이란다! 세토랑 백작가와 같은 유력 가문을 만나는 게 어디 쉬운 일인지 아느냐! 앵그르 공작이 그들의 뒤를 얼마나 많이 봐주고 있는 줄 알면 너도 놀랄 거다. 오, 프란시스! 어찌 이리 답답하게 군단 말이니!"

프란시스를 다그치던 백작 부인은 딸아이의 절망적인 표정을 보며 어쩔 수 없다는 듯 한숨을 내쉬었다. 그녀는 이내 화를 누그러뜨리며 프란시스를 달래듯 이야기를 시작했다.

"설마, 이 어미가 네게 나쁜 걸 주려 할까? 오직 좋은 것만 네게 주고 싶은 이 어미 마음을 알아주렴. 이보다 좋은 혼처는 찾기 어려워. 어서 혼인을 해서 승계를 받아야 하지 않겠니."

"절 낳은 이유가…… 대체 뭔가요? 어머니 태에서 난 자식이…… 하즐렛가를 승계받는 걸 보고 싶으셨던 거예요? 그 이유 때문에 절 낳으신 거예요? 어머닌…… 제 행복을 바라시는 게 아닌가요?"

마음속에 동여 놓은 원망을 풀어내듯 프란시스가 말했다. 그녀의 말에 백작 부인의 얼굴이 차갑게 굳어졌다.

"쓸데없는 소리 말거라. 네가 바보가 아닌 이상 레녹스가의 영식과 어찌 행복한 미래를 꿈꿀 수 있단 말이니! 현실 감각이 이렇게 없어서야!"

"전 그저! 올리비아 하즐렛을 미워하기 위해! 올리비아의 어머니에게 앙갚음하기 위한 도구로 태어난 건가요!"

울부짖듯 그녀가 말했다. 딸아이의 모진 말에 백작 부인은 화를 누르지 못하고 오른손을 치켜들었다. 뺨을 내리치는 매서운 소리가 하즐렛가의 정원을 울렸다.

"입 조심해라. 네가 이 어미의 심정을 조금이라도 헤아린다면 그런 억지를 감히 입에 올릴 순 없었을 거다."

노여움이 뚝뚝 묻어나는 음성으로 백작 부인이 말했다. 어미에게 처음 당한 손찌검에 넋이 나간 듯 프란시스는 대꾸가 없었다. 백작 부인은 빛바랜 자신의 붉은 머리칼을 정돈하며 간신히 화를 억눌렀다.

"내일…… 세토랑 영식이 이곳을 찾기로 약조하였다. 함께 점심을 들 예정이니 그런 줄 알고 있거라."

통보하듯 말을 남긴 백작 부인이 프란시스를 남겨둔 채 정원을 빠져나갔다. 어미의 발소리가 사라지자 프란시스의 입가에서 미세한 울음소리가 새어 나오기 시작했다. 소리는 점점 더 커져 지나가던 하녀 몇몇이 어쩔 줄 모르고 그 근처를 서성일 지경이 되고 말았다.

프란시스는 홀로 눈물을 흘리며 절망적인 현실을 저주했다.

⁂

젖은 머리를 수건으로 감싸며 방으로 들어선 웬디는 흘깃, 옆집 창가로 시선을 던졌다. 라드 슈로더의 부재를 드러내듯 그의 창가에는 어둠만이 가득했다. 목덜미로 흘러내리는 물기를 닦아 내며 그녀는 피로한 몸을 침대에 뉘였다. 기진맥진한 전신에는 머리를 말릴 힘조차 남아 있지 않은 것 같았다.

"슈로더……."

버석한 혀를 굴려 그의 이름을 불러 본다. 몰약과 허브 가루가 섞여 있는 치약의 쓸쓸한 맛이 혀끝에 감돌았다. 그가 몹시 그리워지는 밤이었다.

프란시스의 방문에 대해 그와 상의를 해야 할까? 있는 그대로를 그에게 모두 말해도 되는 걸까? 진저리 나는 자신의 과거에 대해, 하즐렛가 사람들과 자신의 관계에 대해 모두 밝히는 게 과연 옳은 일인지 알 수가 없었다. 이런 복잡한 사연들을 어느 누가 달가워할까? 구태여 한 말이 그를 괴롭히는 일이 된다면…… 그땐 정말 어찌해야 할까?

웬디는 헛헛한 눈동자를 감추듯 두 눈을 감았다. 자신의 문제를 누군가와 상의해 본 경험이 없었던 그녀로서는 쉽지 않은 결정이었다. 더욱이, 애정을 품은 상대에게 이런 이야기를 꺼내 놓는 것은 무척이나 어려운 일이었다.

프란시스가 아무런 앙갚음 없이 이대로 자신을 모른 체하리라는 것을 기대할 수는 없었다. 다만, 그 아이에게도 인지 능력이라는 게 있다면 자신을 고발하는 짓을 쉽사리 하지는 못할 것이라 조심스럽게 추측할 뿐이었다. 물론, 백작 부인이 언제든 자신의 꽃집에 들이닥칠 수 있으리라는 각오 정도는 하고 있어야만 했다.

"하아……."

깊은 한숨을 내쉰 그녀가 모로 누운 몸을 뒤척였다. 머리를 감싼 수건이 젖어 베갯잇까지 축축하였다. 베개에 닿은 뺨이 불현듯 화끈거렸다. 프란시스가 손을 댄 자리였다. 자신이 이 정도 통증을 느낀다면 그 아인 이보다 더 하면 더 했지 결코 덜하진 않으리라.

"고것 참…… 후련하네."

웬디가 씁쓸하게 읊조렸다. 프란시스에게 당한 모욕감을 떼치는 것은 그리 어려운 일이 아니었다. 그녀에게 뺨 한 대를 내주는 것보다 소중한 자신의 현재를 내주게 될까 봐, 그것이 더욱 두려웠다. 하즐렛가와 아무런 상관없이, 그저 지금 이대로를 살고 싶은 것뿐인데 왜 자신을 놔두지 못하나. 프란시스에 대한 원망이 일었다.

그러나 지금은, 그녀를 원망하고 미워하는 것조차 쉽지 않았다. 너무 지치고 고단했다.

웬디는 그렇게 까무룩 잠이 들었다.

꿈속에서 그녀는 괴로웠던 과거의 기억과 마주했다. 프란시스가 뒤흔들고 간 그녀의 머릿속이 후유증을 앓듯 웬디를 끔찍했던 기억으로 안내했다.

"네 어미의 주검이 저택 앞에 당도했다는구나. 마지막 인사를 하렴."

백작 부인이 몹시도 아량을 베푸는 것처럼 말했다.

어린 시절 올리비아가 열병 중에 만났던 그녀의 어미는 내내 소식조차 없다가 죽기 직전에서야 백작의 영지를 찾아왔다. 올리비아를 만나게 해 달라는 그녀의 청은 백작 부인에 의해 가로막혔다. 과거 올리비아가 열병을 앓았을 때 그녀와의 만남으로 한참을 방황하였다는 게 이유였지만 올리비아가 느끼기엔 그저 사악한 부인의 심보일 뿐이었다.

그녀의 어미는 저택에 발을 들이는 것 역시 끝내 허락되지 않았다. 백작은 대신 그녀에게 의원을 보내 주는 것으로 죄책감을 지웠다. 그러나 이미 너무 늦어 버린 뒤였다. 폐병이라고도, 열병이라고도, 또 심한 종기 때문이라고도 했다. 그중 무엇이 진실인지는 알 수 없었다. 누구도 올리비아에게 어미의 죽음이 무엇에서 비롯된 것인지 제대로 일러 주지 않았다.

명맥만 겨우 이어져 오던 쇠락한 남작 가문의 딸이었던 올리비아의 어미는 그녀의 지난 삶처럼 초라한 죽음을 맞았다. 올리비아에게는 어미의 남은 재산이 전해졌다. 작은 금붙이와 조악한 보석 같은 것들이 가죽 주머니 안에 고이 담겨 있었다. 소중히 간직된 그것은 그녀의 어미가 올리비아를 위해 마지막으로 남긴 것이었다.

올리비아는 어미의 초라한 관 앞에서 잠시 묵념을 한 후 마지막 이별을 고했다. 남은 친척도 연고도 없었던 그녀의 어미는 과거 그녀가 어린 시절 살았던 마을에 가 묻힌다 하였다. 그녀에겐 백작의 영지에 묻히는 것조차 허락되지 않았다.

올리비아는 영지의 종탑으로 갔다. 혼자 있을 곳을 찾기 위해서였다. 동정도 손가락질도 수군거림도 모두 싫었다. 그녀는 종탑 꼭대기에 올라 창가에 엉덩이를 걸치고 앉았다. 영지 멀리까지 한눈에 내려다보였지만 어미의 관을 인 행렬은 어디에도 보이지 않았다. 올리비아의 시선이 한동안 영지 이곳저곳을 배회했다.

"위험하잖아."

불현듯 들려온 불안한 음성에 올리비아가 눈을 돌렸다. 입구와 연결된 계단에 프란시스가 서 있는 게 보였다. 올리비아에게 늘 쌍심지를 켜던 그녀가 어쩐 일인지 겁에 질린 얼굴을 하고 있었다. 그녀의 눈동자에 위태롭게 창가에 앉은 올리비아의 모습이 비쳤다.

"뭐가 위험하단 거야. ……내가 죽기라도 할까 봐?"

"그런 데 앉아 있으니까 위험해 보이잖아!"

프란시스가 어깨를 떨며 말했다. 가지런하던 붉은 머리칼이 산개하며 어깨 아래로 늘어뜨려졌다.

"백작 부인께서 하시는 이야길 들었어. 내 생모와 함께…… 내가 죽지 않은 게 아쉬운 듯 말하시더구나. 너 역시 같은 생각일 테지. 너희 모녀는 늘 똑같으니까."

비웃듯 차가운 말이 내뱉어졌다. 올리비아는 스스로를 경멸했다. 어미의 관 앞에서 소리 내어 그 이름을 한 번 불러 보지 못한 것이 경멸스러웠다. 자신의 처지가 경멸스러웠다.

"……그래! 차라리 그랬으면 좋았을걸! 너 같은 거……! 그냥 죽어 버렸으면 좋았을걸!"

프란시스가 울먹이며 외쳤다. 올리비아는 의아한 듯 그런 그녀를 바라봤다. 프란시스의 어린 얼굴이 상처 받은 것처럼 일그러져 있었다.

"유감이구나. 난 그럴 생각 따위 없으니까."

올리비아의 얼굴에 프란시스의 날카로운 시선이 꽂혔다. 두 사람이 서로를 매섭게 겨누어 봤다. 시리고 아픈 시선이었다.

드르륵-.

새벽녘. 잠결에 들린 미세한 소음에 웬디는 퍼뜩 잠에서 깼다. 무거운 눈꺼풀을 들어올리기가 무섭게 드르륵거리는 소리가 다시

났다. 소리는 아래층에서 새어 나왔다.

미닫이문에서 나는 소린가. 웬디는 잠결에 소리의 근원지를 추측했다. 집 중앙, 정원과 통하는 그 미닫이문 말이다.

"······!"

잠이 단숨에 달아났다. 이 시간에 그 문이 열릴 이유가 없지 않은가! 자신이 잘못 들은 게 아니라면 분명 누군가 이 집 안에 있는 것이다. 기분 나쁘게 전신을 옭아매던 꿈의 잔흔이 모조리 사라졌다. 등골이 오싹했다.

삐끄덕.

신경을 집중하여 귀를 기울이자, 연달아 인기척이 났다. 분간하기 어려울 만큼 작은 소리였으나 웬디는 집 안에 누군가 침입했다는 사실을 똑똑히 알 수 있었다.

두려움이 덜컥 밀려왔다. 지금껏 경험해 보지 못했던 공포였다. 이불을 조심스럽게 걷어 내고 침대에서 몸을 일으킨 그녀는 숨을 죽인 채 카펫 위에 내려섰다. 맨발에 닿는 까슬한 카펫의 감촉이 이토록 소름 끼칠 줄은 몰랐다. 그녀는 무의식중에 옆집 창가 쪽을 향해 시선을 던졌다. 여전히 캄캄한 어둠뿐이었다. 그녀를 도와줄 수 있는 사람은 아무도 없었다.

웬디는 달달 떨리는 손으로 협탁 옆에 세워져 있는 박달나무 몽둥이를 쥐었다. 호신술을 익히던 당시, 행여 모를 사태를 대비해 방 안에 구비해 놓은 것이었다. 이것을 진정으로 사용하게 될 날이 오리라곤 꿈에도 생각하지 못했다. 그러나 도무지 손에 힘이 들어가지 않았다. 들고 있는 것이 용할 정도로 그녀는 손을 떨었다.

인기척은 점점 가까워지고 있었다. 이 집을 지은 전 주인이 노후를 보낸 기간만큼 오래된 집은 복도의 군데군데에서 삐걱거리는 나무 소리가 났다. 집수리를 벼르고 있던 웬디는 소리가 나는 자리를 훤히 알고 있었다. 인기척은 분명 그녀의 방을 향하고 있었다. 입안이 바싹 말랐다.

마침내.

그녀의 방 문고리가 한 방향으로 움직였다. 웬디는 두 눈을 부릅뜬 채 문고리의 움직임을 주시했다. 숨 막히는 공포가 전신을 덮쳐 왔다. 비쭉비쭉 엉망으로 마른 머리칼이 더욱 바짝 서는 느낌이었다.

스윽.

조심스럽게 문이 열렸다. 열린 문 사이로 검은 인영 하나가 보였다. 결단코 바람직한 목적으로 그녀의 집에 방문한 것이 아님을 증명하듯 남자는 복면으로 얼굴을 가리고 있었다. 그 검은 복면 탓에 퍼렇게 인광을 내뿜는 눈동자 한 쌍이 외따로 어둠 속에 동동 떠 있는 것처럼 보였다. 그것은 방광을 저릿저릿하게 쥐어짜는 공포였다.

그가 방 안을 향해 고개를 두리번거렸다. 그리고 어느 순간, 남자의 움직임이 뚝 멎었다. 그의 얼굴이 한 방향에 고정되었다. 웬디의 모습을 발견한 것이었다.

"……!"

두 사람의 눈동자가 마주쳤다. 웬디는 그 짧은 순간, 남자의 눈에 번들거리는 비릿한 살기를 보았다. 비명을 내지를 수조차 없게 만드는 두려움이 그녀의 사지를 얽맸다. 입이 벌어지지도, 소리를 낼 수도 없었다.

"악!"

팽팽한 긴장으로 가득하던 방 안의 침묵을 깬 것은, 예상외로 남자의 비명 소리였다. 그의 오른편 문틀에 자리해 있던 웬디의 애완 식물인 독이빨이 맹독을 품은 뱀처럼 머리를 쏘아 그를 공격한 것이었다.

달려든 녀석이 괴한의 어깨를 꽉 물고 있는 모습이 보였다. 움직이는 모든 대상을 무차별로 왁왁 물어 대는 게 독이빨의 본능이라지만, 효용 가치가 미지수였던 그 본능이 오늘날과 같이 극적인 순간에 빛을 발할 줄이야! 지난 2년간 매일 아침마다 녀석에게 준 애벌레가 하나도 아깝지 않은 순간이었다.

독이빨의 항진에 얼어붙어 있던 그녀는 가까스로 정신을 추스르며 살 궁리를 하기 시작했다.

머리 위에서 달려든 무언가에 어깨를 물리자 기겁을 한 남자는 본능적으로 물린 자리로 손을 뻗었다. 거침없는 손길이 독이빨의 줄기를 잡아챘다. 녀석의 줄기가 끊어질 위기의 순간, 거짓말처럼 그의 손에서 힘이 빠졌다. 남자의 다리가 휘청이며 풀썩 꺾였다.

독이빨이 가진 미량의 독이 그의 몸에 퍼진 모양이었다. 그러나 움직임을 막는 것은 잠시일 뿐이었다. 독이빨이 가진 독 용량으로 괴한의 발을 묶어 두는 것은 수십 초가 고작이었다.

웬디는 자신이 지금 이 순간을 놓치면 더욱 심각한 곤경에 처하게 될 것임을 직감했다. 기회는 지금뿐이었다.

그 즉시, 그녀의 신형이 거의 튕겨 나가듯이 괴한를 향해 돌진했다. 어디서 그런 힘이 났는지 모를 정도로 휘둘러진 박달나무 몽둥이가 괴한의 머리를 갈겼다.

'컥' 하는 단발마적 비명이 괴한의 입에서 튀어나왔다. 쓰러지기 직전, 열기가 생생하게 감도는 눈빛으로 그가 그녀를 노려봤다. 웬디는 두려움에 머릿속이 곤죽이 되는 느낌이었다. 생각이 미치기도 전에 몸이 먼저 움직였다.

그녀의 무릎이 매섭게 치켜 올라가더니 바닥으로 추락하는 남자의 복부를 사정없이 가격했다. 이것은 방어적 폭력이었다. 침입자에 대한 두려움은 쓰러진 상대를 공격해선 안 된다는 도장에서의 가르침을 모조리 잊게 만들었다. 괴한의 입가에서 다시 한 번 고통스러운 비명이 튀어나왔다.

웬디는 그 틈을 타 열린 문 사이를 빠져 나갔다. 남자를 때리며 놓쳐 버린 몽둥이가 성급한 발끝에 치여 데구루루 굴러갔다. 그것을 주워 들 엄두도 내지 못한 채 그녀는 후들거리는 걸음으로 복도를 가로질렀다. 간신히 계단에 이르러서도 다리의 후들거림은 멈추지 않았다. 웬디는 난간에 몸을 의지한 채 이를 악물었다.

"……으윽, 이봐……!"

그녀가 계단을 중간쯤 내려왔을 때 뒤쪽에서 고통에 젖은 괴한의 음성이 들려왔다. 그의 목소리는 이런 짓을 할 사람이라고 믿겨지지 않을 만큼 미성이었다.

"지금 네가…… 나한테 무슨 짓을 했는 줄 알아……?"

괴한이 콜록거리며 가래침을 내뱉었다. 각혈이었다. 관자놀이 위로 흘러내린 피가 복면을 적실 만큼 흥건했다. 벽에 내달린 어두운 램프 조명에 그 모습이 더욱 괴기스러워 보였다.

"히익……!"

피로 칠갑을 한 괴한의 모습에 소스라치게 놀란 웬디가 허둥지둥 계단을 내려섰다.

웬디는 괴한의 목소리를 무시하며 허둥지둥 계단을 내려섰다. 다리 근육에 힘이 들어가지 않아 걸음이 위태로웠다. 연달아 발이 꼬이고 휘청였다.

"아악!"

그 순간, 순식간에 거리를 좁혀 온 괴한이 웬디의 머리채를 휘어잡았다. 무자비한 손길이 그녀를 잡아당겼다. 괴한이 휘두른 대로 그녀는 힘없이 나자빠졌다. 계단 모서리 위로 허리와 엉덩이를 부딪혔다. 이루 말할 수 없는 통증이 휘몰아쳤다.

"겁만 좀 주려고 했는데…… 그건 어렵겠어. 당한 거에 갑절은 갚아 줘야 하는 성미라 말이지. 어쩔까……. 이 예쁜 얼굴을 다시는 들고 다닐 수 없게 만들어 줄까, 아님 사지를 분질러 줄까."

복면의 남자가 그녀 앞에 쪼그려 앉아 험한 말을 쏟아 냈다. 웬디는 허옇게 질린 얼굴로 고통에 신음하면서 가까스로 오른손을 움직였다. 넘어진 충격으로 온몸이 움찔움찔 떨렸다. 손바닥을 뒤집는 작은 동작도 쉽지 않았다. 고통 속에서도 그녀는 당장 그의 접근을 막을 수 있는 식물들을 여럿 머릿속에 떠올렸다.

"아, 그렇지! 수도를 떠나려면 두 발은 멀쩡해야 할 것 아냐. 이거, 큰 실수를 저지를 뻔했는걸."

그가 별안간 굉장한 사실을 깨달은 것처럼 말하며 쿡쿡 웃었다.

"……뭐, 손가락쯤이야 마음껏 부러뜨려도 되겠지."

갑작스럽게 그가 그녀의 오른손을 낚아챘다. 예상치 못했던 전개였다. 그가 웬디의 손가락 마디마디를 장난스럽게 매만졌다. 그의 손길에 따라 살갗이 오그라드는 끔찍한 느낌이 들었다. 그에게서 손을 빼내려 힘을 줘 봤으나 허사였다. 웬디는 그의 손에 붙들린 자신의 검지를 공포에 절은 얼굴로 곁눈질했다.

"자, 그전에 약속 하나를 해 줘야겠어. ……어려울 건 없으니 긴장하지 말고. 아주 간단한 거거든."

"……."

"동이 트는 즉시 제도를 떠난다. 그리고 다시는 돌아오지 않는다. ……어때, 간단한 약속이지?"

머리에서 흐른 핏물이 눈에 들어간 모양인지 그가 한쪽 눈을 실룩거리며 말했다. 웬디는 그런 그의 얼굴을 한참 바라보다 간신히 입을 열었다.

"……내가 왜…… 제도를 떠나야 하지?"

"난 약속을 해 달랬지, 질문을 하라고 한 적은 없는데?"

"윽!"

그가 인정사정없이 그녀의 손을 쥐었다. 손마디가 으스러질 것 같은 고통이 뒤따랐다.

"……자, 다시 한 번 기회를 줄게. 말해 봐, 약속을 지킬 수 있겠어?"

손에서 힘을 푼 그가 그녀에게 인정을 베푸는 것처럼 말했다.

"당신을 이곳에 보낸 사람이…… 내가 제도를 떠나길 원하나?"

누구에게 사주를 받았냐는 어리석은 질문 따위는 하지 않았다. 웬디는 눈앞의 끔찍한 작자를 자신에게 보낸 이의 정체를 쉽게 추측할 수 있었다. 너무나도 명백하게 한 인물이 떠올랐다.

프란시스 하즐렛! 그래, 그녀 외엔 이런 미친 짓거리를 할 위인은 없었다. 혼인 증서로 딜런 레녹스를 협박하는 간교한 수작을 벌였던 그녀가 아니었나!

프란시스를 떠올리자 견딜 수 없는 증오심이 공포에 침식된 정신

사이를 비집고서 퍼져 나갔다.

어째서! 어째서 넌 내게 이리 가혹한 짓을 하느냐! 복수심을 품어야 할 건 정작 내가 아닌가!

손에 닿는 모든 것을 부숴 버리고 싶은 충동이 들었다. 울화가 치밀어 올라 온몸의 피부가 다 따끔거릴 지경이었다.

"그러게, 인간관계에 신경을 좀 쓰지 그랬어."

남자가 그녀의 말에 대답 않고 같잖은 충고를 했다. 웬디는 사나운 기색으로 그를 노려보며 잡힌 손을 다시 한 번 뿌리치려 했다. 남자가 빙글거리며 웬디의 반항을 단숨에 제압했다.

"……이 손 놔. 내가 당신에게 끔찍한 짓을 하게끔 만들지 마."

웬디가 이를 갈며 경고했다. 그가 이 이상 자신을 자극한다면 그의 몸뚱이에 가시풀을 심는 참혹한 짓이라도 해 버릴 수 있을 것 같았다. 잔인한 충동이 거센 파도처럼 일었다.

"……대체 왜……! 왜 이런 짓까지!"

짓밟히는 것에 진력이 났다. 자신이 받은 고통을 똑같이 안겨 주고 싶은 증오심이 들끓었다. 웬디의 오른손이 발작하듯 떨렸다. 검지에 절로 힘이 들어갔다.

그래, 이 힘을 이용한다면! 이 힘이라면! 자신을 괴롭게 만든 모든 이들에게 똑같은 고통을 선사할 수 있으리라. 괴로움에 몸부림치다 스스로 죽기를 바라는 고통을 얼마든지 안길 수 있을 것이었다.

그녀의 숨결이 거칠어질 대로 거칠어졌다. 마음을 찌르는 증오심에서 오직 해방되고 싶었다.

남자의 손에 닿을 듯 붙어 있는 그녀의 검지가 부르르 떨렸다. 자신에게는 생존해야 할 의무가 있다. 이자로부터, 온갖 증오심으로부터.

살기를 호소하는 마음의 방어 기제에 그녀는 흔들렸다. 그러나 차마 그의 손등 위로 검지를 찍어 누르지 못하고 망설이고 말았다.

그리한다 하여…… 정말 이 마음이 편안해질까. 미움의 억압에서 과연, 벗어날 수 있을까. 이 힘을 그런 더러운 짓에 써도 되는 걸까?

거친 상상의 파도를 타던 웬디의 날 선 얼굴이 한순간 허물어졌다. 먹먹해진 머릿속에 찌를 듯이 날카로운 이명이 들려왔다. 복면의 남자가 그녀에게 뭐라 뭐라 이야기를 하는 것 같았으나 들리지 않았다.

더 이상 빠르게 뛸 수 없을 것 같던 심장이 더욱 빠르게 뛰기 시작했다. 눈앞의 남자에게서 느꼈던 공포와는 다른 두려움이 온몸을 잠식했다. 충격에 빠진 낯으로 웬디가 남자의 손에 붙들린 자신의 손을 바라봤다. 자신이 품었던 무자비한 상상에 오한이 일었다. 잔인한 충동의 파도는 곧 거품이 되어 스러졌다.

"이봐, 시간 끌어 봤자 소용이 없다고. 내 말 안 들려? 동이 트기 전에 이곳을 떠나는 게 좋을 거야."

그가 욕설을 섞어 가며 협박의 말을 늘어놓았다. 거친 말들이 충격 속을 헤매는 그녀의 정신을 깨웠다. 웬디는 이를 악물었다. 그에게 검지의 힘을 쓸 수는 없었다.

"……그거 알아? 당신 목소리가 얼마나 소름 끼치는지? 계집애 같은 쇳소리가 나. ……팔에 소름이 돋을 만큼."

웬디가 일부러 그를 자극하는 말을 하며 턱짓으로 그에게 붙잡힌 팔을 가리켰다. 그가 피식 웃으며 그녀의 팔을 쳐다봤다.

그 순간, 웬디가 그에게 붙잡히지 않은 반대쪽 손을 들어 남자의 명치를 담차게 가격했다. 힘없는 일격이었지만 그의 화를 돋울 수는 있었다. 그가 곧장 웬디의 움직임을 막으며 그녀의 왼손을 마저 붙들었다. 웬디는 그의 손에서 왼손을 빼내려는 시도를 멈추지 않으며 남자의 얼굴을 향해 있는 힘껏 침을 뱉었다. 복면 위에 그녀의 침이 눌어붙어 그의 피부까지 닿지 않았지만, 남자의 분노를 부채질하기에는 충분했다.

"……이게!"

그가 웬디에게 분노를 표하며 그녀의 뺨을 내리쳤다. 그 바람에 그녀의 몸이 중심을 잃고 계단 아래로 굴러 떨어졌다. 우당탕탕 큰 소리가 나며 그녀가 끝없이 추락했다.

"어흑……."

전신이 절단 나는 것 같은 고통이 뒤따랐다. 어딘가 하나쯤 부러졌대도 하나 이상할 것이 없었다. 누운 자리 그대로 들어온 시야에 남자가 서서히 계단을 내려오고 있는 모습이 보였다. 웬디는 손끝 하나 까딱할 수 없는 고통 속에서도 이를 악물고 검지를 움직였다.

콰아아앙!

그 순간이었다. 응접실 너머에 있는 그녀의 집 현관문이 거칠게 부서지며 누군가 집 안으로 들어섰다. 복면의 남자가 눈에 띄게 놀란 기색을 보이며 한 계단 위로 뒷걸음질 쳤다. 집 안으로 들어선 인물의 정체를 확인하기 위해 웬디가 고개를 미처 가누기도 전에, 검을 쭉 뽑아내는 소리가 들렸다.

"뭐, 뭐야!"

계단 위의 남자 역시 허겁지겁 품에 감춘 단검을 꺼내 들었다. 집 안으로 들어온 이는 단걸음에 그녀를 지나쳐 계단에 올라섰다.

그제야 웬디는 그가 누구인지 알 수 있었다.

라드 슈로더, 그 남자였다.

복면의 남자와 대치하고 선 그가 웬디의 상태를 확인하듯 스윽 고개를 돌렸다. 웬디는 빠듯하게 애를 써 겨우 상체를 일으켰다. 의연한 모습을 보이고 싶었으나 눈물이 날 것 같았다. 라드가 굳은 낯빛으로 그녀의 얼굴을 봤다.

그 틈을 타 복면의 남자가 계단 위로 도망을 쳤다. 라드 슈로더에게서 느껴지는 기세로 홀로 감당할 수 없는 자임을 직감한 것이었다. 라드는 이를 방관하지 않고 단숨에 계단을 뛰어 올라갔다.

"괜찮으십니까?"

둘의 싸움에 정신을 집중하고 있을 때 누군가 웬디 곁으로 빠르게 다가왔다. 흠칫 놀란 그녀가 경계의 빛을 띠며 그를 올려다봤다. 낯이 익은 자였다. 황태자궁이 무너지던 당시 보았던 기사들 중 하나가 분명했다. 그가 거무죽죽한 얼굴로 웬디의 부상을 살폈다.

"일단, 몸을 피하시죠."

기사가 조심스럽게 웬디를 일으켜 세웠다. 그녀가 절뚝이며 걷지 못하자 거의 웬디를 들어 올리듯 안고서 싸움이 벌어지는 장소와 거리를 벌렸다.

챙!

응접실 뒤편으로 물러난 웬디는 무섭게 들려온 쇠붙이 소리에 다시 계단 위로 시선을 돌렸다. 남자가 기습적으로 던진 단검을 빠르게 쳐 낸 라드가 곧장 그에게로 달려드는 모습이 보였다. 순식간에 거리를 좁힌 그의 검이 궤적을 바꿔 남자의 어깻죽지를 깊게 베어 냈다. 신음을 흘린 남자가 품 안에서 또 다른 단검을 꺼내 들고 라드 슈로더의 얼굴 위로 휘둘렀다. 몸을 틀어 그의 공격을 피한 라드에게 남자는 끈질기게 단검을 내둘렀다. 그의 손끝이 매서웠다. 남자는 의도적으로 라드를 벽으로 몰았다.

와장창!

라드의 목을 노리고 찔러 넣어진 단검이 벽에 매달린 액자에 꽂혔다. 유리가 산산조각이 나며 바닥에 떨어져 내렸다. 남자의 단검을 가볍게 피해 낸 라드가 그의 손등을 붙들어 벽에 처박았다.

"으윽!"

부딪친 고통에 그가 신음을 내지르며 손에 쥔 단검을 바닥에 떨어뜨렸다.

라드는 거기서 멈추지 않고 그의 무릎 안쪽을 걷어 차 남자의 무릎이 꺾이게 만들었다. 은빛으로 번뜩이는 검날이 남자의 울대뼈에 닿았다.

식은 눈빛으로 남자를 내려다보던 그가 바닥에 떨어진 그의 단검을 주워 들었다. 라드의 움직임에 검날이 남자의 목을 파고들었다. 진득한 핏물이 새 나왔다.

"이런 쇠붙이를 지니고…… 이 집에 들어온 이유가 뭐지?"

음산한 목소리로 그가 말했다. 견결한 얼굴에 모진 냉담함이 스쳤다.

"……이런 걸 위함인가?"

애초부터 남자의 대답 따위는 바라지 않은 듯 라드가 손에 든 단검을 남자의 팔뚝에 쑤셔 박았다. 근육이 무자비하게 끊어졌다.

"으아악!"

"다신 검을 휘두르지 못할 거야. ……그리 값비싼 대가는 아니지."

남자의 비명에도 아랑곳 않고 그가 단검의 손잡이를 비틀어 꺾었다. 처절한 비명이 이어졌다.

"이 위에서…… 그녀를 밀어 떨어뜨렸나? 아니면 저 아래서…… 그녀에게 손을 댔나?"

라드의 질문에 그가 몸을 부들부들 떨었다. 잔인한 처벌이 이어질 거라 예감한 것처럼.

"무엇이 되었든…… 이 역시 대가를 치러야겠지."

말을 마친 그가 남자의 등을 발로 차 계단에서 구르게 만들었다. 남자의 몸뚱이가 요란한 소리를 내며 계단을 굴렀다.

"커……헉……!"

뚜벅뚜벅 계단을 걸어 내려온 라드 슈로더가 쓰러져 있는 남자의 목덜미에 검을 들이댔다. 끝장을 보려는 것처럼 그가 검을 높이 치켜들었다.

"단장님!"

웬디의 곁에 있던 기사가 그의 상관을 외쳐 불렀다. 그의 부름에 라드가 깊게 가라앉은 눈을 들었다.

그의 시선이 웬디에게 가 닿았다. 웬디의 처참한 표정을 본 그가 잠시 묵묵하게 서 있었다. 그의 숨결이 느리고 참담했다. 두 사람의 눈빛이 얽히고설켰다.

스르릉- 챙!

라드 슈로더는 천천히 검을 거둬들였다. 검집을 스치는 쇳소리가 유난히 구슬프게 들렸다.

마르틴 비숍이 길게 하품을 하곤 졸음기 가득한 얼굴을 위아래로 비벼 댔다. 다만 몇 분이라도 눈을 붙일 수 있다면, 신입 전담의 연무장 청소라도 기쁜 맘으로 해 줄 수 있을 것 같았다.

"후……."

이게 다 그 빌어먹을 숄터스가 때문이다.

정작 탓하고 싶은 이는 알타린 숄터스 영애였으나, 마르틴은 차마 여인을 상대로 '빌어먹을'이라는 수식을 붙일 수 없어 그 가문을 대신 지칭했다. 그 빌어먹을 숄터스가의 알타린 숄터스 영애가 마르틴의 여동생에게 저지른 짓으로 인해 그의 수면을 반납해야 했으니 원망이 생기지 않으려야 않을 수가 없었던 것이다.

황태자 전하께서 알타린 숄터스 영애에게 명하셨던 죄질 고백 낭송회의 마지막 일정이 있던 어제, 리누스 의료원에서 열린 모금 행사에서 낭송회의 대미를 장식한 알타린 영애는 피폐해질 대로 피폐해진 정신 탓인지 마지막까지 사교계 화제의 주인공이 되었다. 그녀와 함께 입방아의 중심에 선 이가 마르틴의 여동생이 된 것은 통탄할 일이었지만 말이다.

'누구든 걸리기만 해 봐라.' 하는 표정으로 모금회장을 누비고 다니던 알타린이 하필 마르틴의 여동생과 시비가 붙어 둘이 드잡이를 하는 일대의 사건이 발생한 것이다. 알타린 영애의 성격이 보통은 아니지만, 그의 여동생 역시 지고는 못 사는 성미인지라 가벼운 신경전으로 시작한 둘의 싸움은 결국 드레스 자락이 찢기는 참극으로 끝나고 말았다.

이 탓에 마르틴은 온종일 분기탱천한 여동생에게 시달리며 그녀의 하소연을 들어야 했다. 밤샘 근무로 인해 낮 시간 동안 잠을 보충해야 했던 그로서는 지옥 같은 시간이었다.

입을 다물고 있어도 단내가 느껴질 정도의 피곤이 몰아쳤다. 계속된 야간 근무에 안 그래도 누적되어 있던 피로가 갑절로 불어난 느낌이었다. 눈 밑에 짙은 그늘을 드리운 채로 마르틴이 옆집 창가를 올려다봤다. 이미 늦은 새벽. 방 안의 불이 꺼진 지 오래였다. 옆집은 고요하였다.

"도웨인 경이 부러울 줄이야."

그는 잠을 쫓기 위해 일부러 혼잣말을 했다. 지루하기 짝이 없는 밤샘 경호 업무보다야 꽃집에서 꽃을 파는 꽃집 총각 역할이 더욱 나을 거란 생각이 들었다. 시뮤안 부단장님의 말로는 도웨인 경의 얼굴이 요즘 장난 아니게 환하게 폈단다. 단장님의 '그분'과 친분도 쌓고, 여러모로 호시절을 보내는 모양이었다. 경호를 빙자한 꽃집 취업이라며 비웃었던 게 엊그제 같은데, 그를 부러워하는 날이 올 줄이야!

"휴……."

단장님이라도 계시면 졸음이 싹 달아날 텐데, 집 안에 있는 거라곤 벤포크인지 벤나이프인지 건방진 꼬맹이뿐이라 긴장감마저 없다.

라드 슈로더 단장님께서 평민 구역에 집까지 따로 마련해 두고 연애라는 것을 한다는 사실을 알았을 때 느꼈던 충격도 이젠 희미해지고 연속된 밤샘 경호에 지루함만 더해졌다.

"늦으시는군."

주머니 안쪽에서 작은 회중시계를 꺼내 본 그가 또다시 혼잣말을 했다. 황태자궁에 설치되었던 폭약의 출처로 의심되는 곳을 찾았다 하던데, 아마 달이 기울기 전에 귀가하시긴 어려울 것이란 예감이 들었다.

마르틴이 한숨을 쉬며 자리에서 일어났다. 1층 난간뜰과 응접실로 한정된 자신의 행동반경에 조금 변화를 줘야 할 것 같았다. 잠을 쫓기 위해서였다.

일단 세수라도 좀 하고 가볍게 주변을 순찰해야겠다고 생각한 그가 욕실 안으로 들어갔다. 문이 닫히는 소리가 들리고, 남은 것은 여전한 고요였다. 지루한 새벽이 그렇게 흐르고 있었다.

한편, 늦은 새벽까지 용의자들의 취조를 이어 가던 라드 슈로더는 뒤늦게 귀가를 서두르는 중이었다. 헬렌야스 상회의 주인인 조셉 야스와 그의 아내 헬렌 야스를 각각 취조하여 소기의 성과를 이루어 낸 이후였다.

황실에서 철저하게 관리되어 오던 폭약의 제조 성분들이 밀수되었던 정황을 포착한 기사단에서는 헬렌야스 상회를 급습했다. 그리고 그곳에서 화약의 원료가 되는 황과 목탄, 초석 같은 성분을 대량 매입한 기록이 적힌 장부를 찾아내었다. 그때까지 완강히 혐의를 부인하던 조셉과 헬렌도 명백한 증거 앞에서 결국 이를 인정할 수밖에 없었다. 그럼에도 그들 모두 배후에 대해서만은 고집스럽게 자백하지 않고 버티었다.

그러나 조셉에게 아내 헬렌의 죄를 사하는 대가로 화약을 주문한 배후를 자백할 것을 요구하자 그가 눈에 띄게 갈등하는 기색을 보였다. 계속되는 압박과 설득 속에서 그가 결국 생각할 말미를 달라 청했다. 그리고 라드 슈로더는 그 청을 받아들였다.

"워워!"

검은 밤길을 한참 달려 평민 거주 구역에 다다른 라드는 웬디의 집에서 제법 떨어진 여관에 말을 맡겼다.

여관의 마구간지기가 잠이 덜 깬 얼굴로 나와 말을 끌어갔다. 앵그르 공작을 잠재적 위협 대상으로 인식한 이후 라드는 가능한 한 발로스를 이 근방으로 끌어오는 것을 자제했다. 그처럼 커다란 군마는 어디에서나 눈에 띄기 쉽기 때문이었다. 발로스를 불가피하게 데려온다 해도 항상 멀찍이 떨어진 마방에 녀석을 맡겼다.

황실 기사복의 재킷을 굳이 벗어들고 오는 수고 또한 마다하지 않았다. 이전 날, 분별없이 기사복을 입고 이곳에 드나들었기에 완벽히 신분을 가리는 게 어렵다 할지라도 뒤늦은 대처라도 하는 편이 나았다. 다행인 것은 몬트라피 값의 파동과 황태자궁의 폭발 사건으로 인해 수도 어디서든 기사들의 모습을 쉽게 발견할 수 있다는 것이었다. 이 근방 주민들의 기억 속에서 라드 슈로더의 모습이 남아 있다면 그 또한 기사들의 흔한 출몰로 치부되기를 바랄 뿐이었다.

라드는 한참 동안 홀로 고즈넉한 골목길을 누볐다. 새벽의 고요함 속에서도 그의 발소리는 가린 듯 미약하였다. 뒤를 쫓는 자의 기척 따위는 없었다. 라드 슈로더는 안심하며 구불대는 코너를 돌았다. 앵그르 공작 주변에 심어 뒀던 그의 사람들이 비밀리에 공작의 동태를 전해 오고 있었으나, 아직 그녀의 안전을 걱정할 만한 특이점이 발견되진 않았다. 그럼에도 그는 불안을 떨칠 수가 없었다.

그녀 곁에 기사들을 배치해 두었으니, 공작의 이목을 끌지 않기 위해서라도 이곳에 걸음하지 않는 것이 옳은 일일 것이었다. 그런 판단이 있은 후에도 그가 이 피곤한 일을 자처하며 이곳에 오는 이유는 오직 한 가지뿐이었다.

이 이끌림을 어찌할 수 있을까.

보지 않고시는 견딜 수가 없어 별다른 도리가 없었다. 생각할 겨를도 없이 늘 발걸음이 먼저 옮겨 갔다.

실상, 외부의 위협에서 그녀를 지키고자 이곳에 걸음하지 않기로 결심했던 지난날에도 황태자의 접근을 막을 수 없지 않았던가. 자신의 눈으로 그녀의 안전을 확인하는 편이 차라리 나을 것이라는 편리한 결론을 내려 버린 것도, 다 이 마음의 이끌림에서 기인한 것이었다.

그러나 오늘은 단순히 그녀를 향한 마음의 요구를 쫓아 이곳에 온 게 아니었다. 라드 슈로더는 낮에 소쉬에르 경으로부터 받았던 전갈을 떠올렸다.

프란시스 하즐렛의 뒤에 붙여 놓았던 하급 기사인 소쉬에르가 처음으로 그에게 전달한 급보였다. 프란시스 하즐렛이 웬디의 꽃집에 방문하여 한동안 이야기를 나누고 돌아갔다는 내용이었다. 안에서 어떤 이야기가 오갔을지 알 수 없으나 도웨인 경에게 별다른 보고가 없었던 걸로 보아 큰일은 아닐 것이다.

그러나 이 또한 스스로에 대한 위안일 뿐, 라드 슈로더는 황궁에서 있는 내내 마음이 조급하였다. 전갈을 받은 즉시 웬디를 만나러 가고 싶은 마음이 간절하였으나 눈앞에 놓인 사건을 해결해야 하는 기사단장으로서의 막중함이 그것을 가로막았다.

이 새벽, 웬디를 당장 만나기 어려운 줄 알면서도 이리 부리나케 온 것은 다 그런 연유였다.

저만치 그녀의 집이 보였다. 새벽녘 푸르스름한 빛에 휩싸인 그녀의 집을 보는 것만으로도 목구멍에 차오른 탄식이 죄 사라지는 듯했다. 라드는 걸음을 더욱 서두르며 그가 거주하고 있는 집 쪽으로 슬쩍 시선을 던졌다.

마르틴 비숍 경이 있어야 할 1층 난간뜰에 그의 모습이 보이지 않았다. 늘어선 화분의 키 큰 나무 뒤로 가려진 벤치에서 대부분의 시간을 보내던 그였다. 집 안으로 연결된 문이 활짝 열려 있는 것으로 보아 잠시 자리를 비운 모양이었다.

라드 슈로더는 다시금 웬디의 집을 향해 시선을 옮겼다. 발원을 알 수 없는 써느런 감각이 가슴속을 스치고 지나갔다.

우당탕탕탕!

그 순간이었다. 둔탁하고도 기분 나쁜 울림이 그녀의 집 안에서 났다. 나무 바닥 위로 무언가 구르는 듯한 소리였다. 소리는 참혹하고 또 길었다.

라드의 잿빛 눈동자가 한순간 싸늘하게 식었다. 창백한 얼굴 위로 조급함이 몰아닥치기도 전에 그는 웬디의 집을 향해 내달렸다.

철컥철컥!

현관 손잡이를 돌려보았으나 잠긴 채였다. 그는 조금도 망설이지 않고 문짝을 향해 힘껏 발길질을 했다. 우지끈 잠금 장치가 부러지는 소리가 나며 문짝이 떨어져 나갔다.

"단⋯⋯!"

옆집에서 나는 소란을 들은 마르틴이 라드의 집 응접실에서 후다닥 튀어나오며 그의 상관을 불렀다. 라드 슈로더는 그에게 시선조차 두지 않고 곧장 웬디의 집 안으로 들어갔다.

"이, 이게 무슨 일……."

잠이 덜 깬 얼굴의 마르틴이 앞으로 닥쳐올 풍파를 예감하고 푸들푸들 양 볼을 떨었다. 도대체 얼마나 잠이 들었던 건지도 알 수가 없었다. 부디 자신의 피경호인이 무사하길 긴절히 바랄 뿐이었다. 얼굴이 흙빛이 된 그가 라드의 뒤를 이어 웬디의 집을 향해 뛰어갔다.

그가 집 안으로 들어갔을 때 안에서는 이미 정체를 알 수 없는 복면의 남자와 라드 슈로더가 대치 중이었다.

라드는 집 안에 들어서자마자 맞닥뜨린 참상에 지금껏 느껴보지 못했던 거센 분노에 뒤덮여 있었다. 웬디 왈츠, 그녀가…… 바닥에 쓰러져 있었다. 그 모습을 보는 순간 촉발된 마음의 화기는 그의 정신을 지배하고 괴롭혔다. 걷잡을 수 없이 폭발한 감정은 사나운 기세로 눈앞의 남자를 향한 증오가 되어 뻗어 나갔다. 그는 검을 쓰면서도 상대를 고통스럽게 만들 방법에 대해 생각했다.

그녀의 나약한 체구가 눈앞에 어른댔다. 그 작고 여린 여인에게…… 이자가 어떤 무도한 일을 가하였나. 그 고통을 되갚아 주지 못한다면 자신은 살아 숨 쉴 의미가 없다. 이자의 목숨을 가장 고통스러운 방법으로 끊어 놓으리라.

라드 슈로더의 검이 남자의 어깻죽지를 단숨에 베었다. 치명상에 가까운 일격이었다. 발악하듯 바르작거리는 남자의 반격을 손쉽게 받아친 라드가 그를 제압하여 무릎 꿇렸다. 남자를 고통스럽게 할 도구로 라드는 그의 단검을 선택했다.

네가 다루던 이 무기가 너의 근육을 끊고 너의 살을 헤집으리라.

라드는 망설임 없이 남자의 팔뚝에 단검을 손잡이만 남도록 강하게 찔러 넣었다. 남자의 처참한 비명이 울리고 농도 짙은 핏물이 상처를 비집고 터져 나왔다. 그에 그치지 않고 단검을 비틀어 돌리자 남자의 비명이 더욱 커졌다. 응징은 한참이나 계속되었다.

라드는 건조하고도 살벌한 얼굴로 공포에 사로잡혀 고통스럽게 몸을 떠는 그를 모질게 걷어차 계단 아래로 굴려 넘어뜨렸다.

남자의 육신이 고깃덩이처럼 바닥을 구르는 모습을 보는 것은 그에게 아무런 감흥을 주지 못했다. 자신의 복수심과 증오심을 달래기엔 단연코 모자란 처벌이었다. 그는 얼마든지 더 잔인해질 수 있었다.

"단장님!"

남자의 목덜미를 향해 검을 내리치려는 순간, 마르틴 비숍 경이 그를 외쳐 불렀다. 부하의 부름 따위에 거두어질 검이 아니었으나, 라드는 자신을 보는 웬디의 처참한 표정에 그만 모든 행동을 멈췄다.

웬디의 풀빛 눈동자가 이지러진 풀잎처럼 힘없이 흔들리고 있었다. 그녀의 고통이 모자람 없이 전해졌다. 그녀 앞에서 이자의 목을 베어 내 그 고통에 충격을 덧댈 수는 없었다.

검을 검집에 꽂아 넣은 라드 슈로더가 서서히 고개를 돌렸다. 마음에 괴어 오는 뜨겁고 뭉근한 슬픔에 온몸에 눅진한 피로감이 몰려들었다. 웬디의 눈을 똑바로 볼 수가 없었다. 금방이라도 무너질 것 같은 감정이 그의 앞에 움푹 패여 그의 발등을 적시고 있는 기분이었다.

비숍 경이 라드의 곁에 다가와 남자의 두 손을 포박하였다. 그가 한참 남자의 몸수색을 할 때 라드가 가라앉은 목소리로 말했다.

"저자를 인베스타 건물로 데려가게나. 그곳 수사관들의 도움을 받아 제플린황실 지하 감옥으로 이송하도록 하게. 자진하지 못하도록 특별히 신경을 써야 할 거야. ……자네를 믿겠네."

상관의 말에 마르틴 비숍이 경례를 붙였다. 후에 문책이 있겠으나 남은 신뢰마저 저버릴 수는 없었다. 그가 남자를 사납게 끌고 집 밖으로 나가자, 라드가 웬디 곁으로 다가갔다.

마주한 낯 위에 쓰라린 안타까움이 맴돌았다. 자괴감이 창이 되어 그의 심장을 꿰뚫었다. 핏자국으로 얼룩덜룩한 그녀의 얼굴과 퍼런 멍 자국이 올라오고 있는 팔뚝에 번갈아 시선이 갔다. 그녀를 지키지 못했다. 나는 그녀를…… 지키지 못하였다.

"저는…… 괜찮습니다. ……경께서 와 주신 덕에 이렇게 무사할 수 있었어요."

정작 다친 것은 자신이면서도 그녀가 먼저 괜찮다 그를 위로했다. 아릿한 감정이 목구멍으로 치밀어 올랐다.

"괜찮지…… 않다는 걸 알고 있소. 그대가 늘 견뎌 내고 있었다는 걸, 괜찮았던 적은 단 한 번도 없었다는 걸, 줄곧 알고 있었다오."

"……."

"내가 그댈 지키지 못하였소. ……그러니, 괜찮다 말하지 마시오. 화를 내든 눈물을 흘리든 두렵다 말하든 뭐라도 내게 해 주시오. ……내겐 그리해도 돼. 드러낼 수 없던 감정들을, 견딜 수 없는 감정들을 내게 보여도 된단 말이오. 내가 함께 나누겠소."

금방이라도 바스라질 것 같은 상처 입은 얼굴을 하고서 괜찮다 말하는 그녀를 보는 것은 괴로운 일이었다. 라드의 눈매가 고통스럽게 일그러졌다.

"내 앞에서 안간힘을 쓰지 않아도 돼. ……괜찮지 않다고 내게
말해 주시오."

그가 애원하듯 말했다. 웬디의 눈물이 차올라 채 떨어져 내리기
전에 그가 그녀의 어깨를 당겨 안았다. 잔떨림이 그의 가슴에 닿아
커다란 파도가 되었다. 부서져 내리는 포말처럼 슬픔이 온몸을 적
셨다.

"……괜찮지…… 않아요. 괜찮았던 적은…… 단 한 번도 없었어요."

웬디가 그의 품 안에서 눈물을 쏟아 냈다. 뜨거운 입김에 서러움
이 서려 있었다. 오래도록 묵은 설움이었다.

"왜 이제야 왔어요. 무서웠어요, 무서웠다고요. ……내가 왜 이런……
이런 일을 겪어야 하죠? ……왜 내 곁에 있지 않았나요, 왜……."

둑을 무너뜨리고 터진 감정의 강이 범람해 넘쳤다. 오늘의 늦음
을 원망하듯, 모든 생의 순간에 함께하지 않았음을 원망하듯, 혹
그와의 늦은 만남을 원망하듯 그녀가 참았던 눈물을 흘렸다. 흐느
끼는 그녀의 등을 그가 어루만졌다. 사방으로 번져 나간 습기에 눈
앞이 흐릿했다.

"난 그저…… 내 삶을 살아가려고 한 것뿐인데. 그게 왜 죄가 되
나요? ……내게 죄가 있다면…… 하즐렛이라는 성을 가졌던 것뿐인
데, 그걸로 왜 이리 무거운 죗값을 치러야 하나요. 대체…… 왜요."

가슴앓이로 지쳐 버린 그녀의 눈가를 그가 씻어 냈다. 닦아도 닦
아도 흘러내리는 눈물에 그의 가슴이 먹먹하였다. 라드 슈로더는
웬디의 설움을 통해 오늘의 끔찍한 일을 벌인 배후를 추측하였다.
프란시스 하즐렛이 낮 동안 그녀를 방문하고 갔다는 전갈이 스쳤

다. 뼈아픈 후회가 일었다. 그 소식을 들었을 때 자신이 무언가 손을 썼더라면……. 억눌린 가슴에 뜨거운 숯을 들이붓듯 욱신거리는 통증이 퍼졌다.

"너무 늦어…… 미안하오. 너무 늦게 그대 곁에 온 날…… 용서하지 마시오."

오늘의 결과를 만든 게 하즐렛가의 일원이든, 앵그르 공작의 사람이든 그런 것 따위는 중요치 않았다. 그에게 중요한 것은 웬디 왈츠, 그녀가 아파하고 있단 사실이었다. 그녀의 단정한 눈썹이 아프게 휘어 그 눈동자 안에 신음 섞인 눈물이 빚어지고 있단 사실이었다. 누가 되었든 고스란히 그 고통을 갚아 주리라는 삿된 증오심이 솟아올랐다. 지금껏 느낀 적 없는 강력한 증오였다.

"그대에겐 아무런 죄가 없어. 아무런…… 죄가 없어."

그는 그녀가 가여워 품 안 가득 웅크려 안았다. 언제까지고 자신의 품 안에 가둬 지키고 싶다는 생각이 그를 뒤흔들었다.

웬디의 울음은 길었다. 범람한 감정이 가라앉기에는 제법 많은 시간이 필요하였다.

✻

"제가 하겠다니까요."

웬디가 화들짝 놀라 손사래를 쳤다. 그 작은 동작에도 통증이 일어나는지 그녀가 얼굴을 찡그렸다. 라드가 가만히 그런 그녀의 손을 잡아당겼다.

"가만있어 보시오."

그가 그녀의 반응에 아랑곳 않으며 상처 난 자리에 약을 발랐다. 피부 위에 그의 손이 닿아 스쳐 지나갈 때마다 느껴지는 묘한 감각에 웬디는 더 이상의 거부도 하지 못하고 숨을 죽였다. 그녀는 괜히 그의 집 응접실을 둘러보다 결국 크림 빛 벽지에 시선을 고정했다. 그가 너무 바짝 붙어 있어 신경이 쓰였다.

막무가내인 듯 굴지만 우울한 분위기를 막으려 하는 행동임을 잘 알고 있었다. 그녀가 잠시라도 불안한 기색을 보이면 무슨 말이라도 걸어와 다른 생각을 할 여유를 없앴다. 평소 말이 적던 남자의 노력을 그녀는 묵묵히 받았다.

"바하즈만을 먹었으니…… 금방 나을 거래도요."

웬디가 작은 음성으로 말했다.

"다리도 봅시다."

"네?"

그의 말에 그녀가 기겁을 하며 치맛자락을 움켜쥐었다. 이 남자가, 지금 무슨 소릴 한 것인가! 웬디가 빠르게 눈을 깜박였다. 그의 막무가내 행동이 우울한 분위기를 막으려는 것이라 생각한 자신의 판단을 조금 수정해야 할 것 같단 생각이 들었다.

"상처 난 자리를 봐야 약을 바르지 않겠소."

"짓궂으시군요. 어찌 그런 농담을…….."

"농담이 아니오. 의원을 부르고 싶지 않다 한 건 그대였지 않소. 아무리 바하즈만을 먹었다 한들, 상처를 확인도 않고 함부로 내버려 둘 순 없소."

라드가 물러설 수 없다는 듯 표정 하나 변하지 않고 말했다. 부끄러움을 느끼는 건 오직 그녀 혼자인 듯했다.

"무, 무슨 말씀을! 약을 두고 가시면 제가 바를 터이니 거기 놔 주세요."

"내 눈으로 확인해야 마음이 놓일 것 같아 그러오. 그댄…… 내게 아프단 말을 않으니…… 정말 대수롭지 않은 상처인지 직접 확인을 해야 불안을 떨칠 수 있을 것 같소."

"그럼 엄살을 부리란 말씀이세요? 저, 정말 아프지 않대도요."

"엄살이라도 부려 주시오."

그가 불만스럽게 말했다. 라드 슈로더의 뜻밖의 반응에 웬디는 그만 어안이 벙벙하였다.

"마음 같아서는 다른 곳도 내 눈으로 죄 확인해야 마음이 놓이겠으나…… 참으리다. 대신 날이 밝는 대로 꼭 함께 의료원에 가겠다고 약속해 주시오."

"……그렇게 할 테니, 약을 제게 주세요."

그녀가 한발 물러서자, 라드 역시 더 이상의 고집을 부리지 않고 그녀에게 약병을 건넸다. 웬디가 꼼지락거리며 약병을 손에 말아 쥐었다.

"약에서 레몬 향이 나네요……? 이런 게 있는 줄 몰랐어요."

그녀가 약병 위에 붙은 리누스 국립 의료원의 상징인 하얀 유니콘 그림을 어루만지며 말했다. 그녀의 말에 라드가 멈칫 당황하는 기색을 보이더니 황급히 이야기했다.

"이번에 새로 만들어진 약이라 하더군. 그곳 의원인 에드몬즈가 주고 간 것이라오. 왜, 일전에 황실에서 만났던 공주 전하의 부군 말이오. 취향이 별나게도 이런 레몬 향을 좋아하더군."

에드몬즈가 그를 치료할 때 쓴 약의 향이 독하다며 레몬처럼 산뜻한 향이 나는 약을 주문했던 라드였다. 레몬 향이 좋겠다는 그의 말에 정작 질색을 한 것은 에드몬즈였으나 라드는 수준급의 시치미를 떼며 말했다.

"왜요, 전 좋은걸요. ……경과의 추억이 떠오르는 그리운 향이기도 하고."

웬디가 생각에 잠긴 듯 몽롱한 목소리로 느릿하게 말했다. 그녀의 반응에 라드가 웬디의 입술을 지긋하게 응시했다. 찬장에서 쏟아진 레몬청의 향과 그녀의 입술의 느낌이 다시 상기되었다.

라드 슈로더가 기습적으로 그녀에게 입을 맞췄다. 입술은 짧게 닿았다 떨어졌다. 웬디의 눈동자가 동그랗게 뜨였다.

"조건반사라고 아시오?"

라드가 그녀의 연분홍 뺨을 가볍게 매만지며 물었다. 그녀의 대답을 기다리지 않고 그가 이어 말했다.

"그 향 이야길 하지 마시오. ……입 맞추지 않고선 견딜 수 없는 이야기라오."

그가 다시금 그녀에게 입을 맞췄다. 윗입술의 얇은 감촉이 부드럽게 감겨 왔다. 웬디의 풀빛 눈동자가 눈꺼풀에 감겨 사라졌다. 심장이 지치지도 않고 그게 뛰었다. 입술에 닿은 온기가 불안했던 마음을 녹이는 듯했다.

"……이제 가야겠어요."

웬디가 애써 그의 가슴을 밀어내며 말했다. 그녀가 미는 대로 거리를 벌리며 라드는 그녀의 머리칼을 쓸어내렸다. 귓바퀴 뒤로 부드러운 머리칼을 넘겨주며 그가 어림없다는 듯 이야기했다.

"보낼 수 없소. 현관문이 박살 난 걸 보지 않았소. ……다신 그대를 혼자 두지 않으리라 맹세하였소."

"……그렇다고 이곳에 머물 수는 없는걸요."

"내 방을 쓰도록 하시오. 그 옆방이 비어 있으니 내가 그곳을 쓰겠소."

"그럴 순 없어요."

웬디가 난감한 기색으로 사양했으나 라드는 묵묵부답으로 일관했다. 그녀가 그의 팔을 붙들며 고개를 젓자 그가 마지못해 하나의 선택지를 더 내놓았다. 목소리는 부드러웠으나 내용은 그렇지 못했다.

"이곳이 싫다면 솔레앙가에 있는 나의 저택으로 가도 좋소. 내 방을 쓰는 게 싫다면 손님방을 내어 주겠소. 이곳보다야 안전할 테니, 나 역시 적극 찬성이라오."

공작저에 함께 가자는 그의 제안을 수락할 수는 없었다. 웬디의 찡그려진 미간을 보며 그가 그녀의 어깨 위에 손을 올렸다.

"웬디, 나는 다시는…… 그대를 홀로 둘 수 없소. 그댈 위해서도 그렇지만, 이건 나를 위한 일이기도 하다오. 다시 이런 일을 겪는다면 내 심장이 남아나지 못할 것 같아 겁이 난다오. 그댈 잃을까…… 두렵소."

"전……."

"그러니 이번엔 그냥 내 말에 따라 주지 않겠소? ……이곳엔 벤 포크, 그 아이도 있고 나 외에 다른 기사도 드나들 테니 날 경계하는 거라면 염려하지 마시오."

그의 말에 그녀가 엷게 웃었다. 다시는 웃을 수 없을 것만 같던 입가가 쉽게 풀렸다.

"경계하는 게 아니에요. 당신에게…… 기대게 될까 봐, 그게 두려운 것뿐이에요."

"얼마든지, 얼마든지 기대도 좋소."

그의 말에 그녀가 눈을 들어 그를 봤다. 신뢰와 온기가 가득 담긴 눈동자가 그녀 앞에 있었다. 그 언젠가 그녀가 보았던 강가의 은백양나무처럼, 부르고뉴 숲에서 그와 함께 보았던 그 나무처럼.

"더 고집을 부렸다간…… 경이 제게 애원하는 모습을 보게 될 것 같아 두렵군요."

웬디가 어쩔 수 없다는 듯 말했다.

"하마터면, 그럴 뻔했소."

라드가 피식 웃으며 조심스럽게 그녀를 일으켰다.

그는 2층의 그의 방으로 그녀를 안내하였다. 방 안에 그녀를 들여보내고 편히 쉬라 인사했지만 그녀는 어색한 듯 긴장된 표정으로 서 있었다. 막 문을 닫고 밖으로 나가려는 그를 웬디가 불렀다. 자신을 돌아보는 라드 슈로더를 향해 잠시 미적거리며 입술을 달싹이던 웬디가 자그마한 목소리로 이야기했다.

"슈로더 경, 지난번…… 부르고뉴 숲에서 제가 경께 했던 말을 기억하세요? 어린 날, 강가에서 본 은백양나무의 모습에…… 혼자 있는 게 두렵지 않게 됐다고요. 그 강인한 모습에, 그런 맘이 들었다고 말예요."

옛 기억을 끄집어내는 그녀의 고요한 푸른 눈을 보며 그가 대답했다.

"기억하고 있소. ……달빛과 강물 사이에 선 나무의 아름다움에 그런 생각이 들었다 했지."

"맞아요. ……그런데 말이죠, 제가 얼마나 바보 같은 생각을 했는지 이제야 깨달았다고 하면…… 웃으실 건가요?"

웬디가 고개를 살짝 기울이며 웃었다. 그녀의 눈가에 어느덧 물기가 어려 있었다.

"……경, 제가 본 나무는 혼자가 아니었어요. 홀로 아름다웠던 게 아니었어요. 홀로 있어 아름다운 줄 알았던 제가 얼마나 바보 같은지 몰라요. ……달빛과 강물의 흔들림이 아니었다면, 그렇게 빛나지 못했을 텐데."

"……웬디."

"혼자라 좋다고 생각했어요. 다시는 그런 상실감을 맛보고 싶지 않았어요. 내게 없는 것을 갖길 기대하는 초라한 짓을 하고 싶지 않았거든요. 그런데…… 제가 반했던 그 나무의 아름다움도, 실은 그 나무 홀로 만들어 낸 게 아니었네요."

그녀가 문가에 붙박인 듯 서 있는 라드 슈로더의 곁으로 다가왔다. 그리고 그의 손을 잡았다.

"다신 그런 상실감을 맛보고 싶지 않지만…… 이 마음을 숨길 수는 없어요. 혼자이고 싶지 않아요. 당신이 달빛이든, 강물이든, 은백양나무든…… 혹은 제가 그중 무엇이든. 그저 당신 곁에…… 있고 싶어요."

그녀가 그의 가슴에 이마를 대고 고개를 숙였다. 라드 슈로더가 그런 그녀의 어깨를 감싸 안았다. 기댈 곳이 있다는 건 생각보다 더욱 따뜻한 것이었다.

"그대가 원한다면…… 무엇이든 되어 주리다. 그 무엇이라 해도. 그대 곁에 함께할 수만 있다면."

그가 속삭이듯 말했다. 웬디가 달아오른 낯을 들어 그의 속삭임에 귀 기울였다.

"그대와 함께하기 위해 노력할 것이오. 내 생을 다해, 그리할 것이오."

"경……."

선선한 긍정을 넘어 그는 온 진심을 담아 그녀에게 마음을 전했다. 격랑이 치는 해수면을 헤쳐 육지에 닿은 표류자처럼 벅찬 마음이 들었으나 웬디는 말을 아꼈다. 깊은 침묵으로 맞잡은 그의 손이 너무도 따뜻해 더욱 목이 메었다.

식을 줄 모르는 온기로 그가 그녀를 다시 한 번 가볍게 안았다. 안은 팔을 풀어낼 때 멈칫 망설임이 차올랐으나 그는 내색 않고 그녀와 멀어졌다. 모든 것이 애틋하였다.

"조금이라도 더 눈을 붙이시오. 날이 밝으려면 아직 시간이 남았으니."

라드 슈로더가 방문을 닫아 주며 말했다. 곧 문밖에서 그가 멀어지는 소리가 들리고 멀지 않은 곳에서 문이 닫히는 소리가 났다.

낯선 방 안에 선 웬디는 잠시 마음을 가다듬듯 심호흡을 여러 번 했다. 그러고선 방을 가로질러 널따란 창가에 가 섰다. 창문 밖으로 마주 보고 있는 그녀의 방이 보였다.

그녀의 집에서 벌어졌던 일들이 떠오르자 자연히 몸이 움츠러들었다. 두려운 마음이 순간 들었지만, 벽 너머 그가 있다고 생각하니 곧 안심이 됐다.

오늘의 일도 언젠간 잊히리라.

그녀는 주문을 걸 듯 스스로를 다독였다.

그러나 이대로 프란시스의 악행을 덮어 둘 생각 따윈 추호도 없
었다. 외면하고 싶은 마음도, 용서하고 싶은 마음도 없었다. 어떻
게 그녀를 용서할 수 있겠는가. 웬디는 자신이 가장 현명하게 프란
시스의 죄를 응징할 수 있는 방법에 대해 생각했다.

모든 흥분을 가라앉히고 냉정해질 필요가 있었다. 미움과 복수에
앞서, 자신이 프란시스를 오해하고 있는 것은 아닐까 하는 생각을
먼저 해 보는 게 필요했다. 프란시스와 똑같이 자신에게 악감정을
품고 있는 백작 부인의 얼굴이 떠올랐던 까닭이었다. 그러나 웬디
는 곧 그런 바보 같은 생각을 접었다. 그 여자는 이처럼 어설픈 계
책을 강구해 낼 사람이 아니었다.

백작 부인이었더라면…… 쥐도 새도 모르게 자신을 납치해 먼 변
방으로 보내 버릴지언정 이런 협박 따위 하지 않을 것이었다. 혹
직접 찾아와 자신을 반병신으로 만들어 놓으면 놓았지, 이런 얕은
수작을 쓰는 여자는 아니었다.

그런 여자가 프란시스의 어미였다. 프란시스와는 비교할 수 없을
만큼 잔인한 구석이 있는 사람이었다. 자신의 어미와 자신에게 했
던 짓만 생각해 보아도…… 그랬다.

"하……."

넘어야 할 산이 많았다. 프란시스, 그녀는 혼자가 아니었다. 그
녀 뒤엔 백작 부인이, 하즐렛가가 있었다.

그러나 자신 역시 혼자가 아니었다. 결코, 혼자가 아니었다.

침대에 걸터앉은 웬디가 곧 포근한 이불 위로 몸을 뉘였다. 바스락

거리는 이불 소리 아래 라드 슈로더의 체취가 느껴졌다. 웬디는 이불을 꼭 끌어당겨 안았다. 보드랍고 따뜻한 온기가 온몸을 감쌌다.

14화

달리아는
피지 않은 채 쇠락해 버렸다

달리아는 피지 않은 채 쇠락해 버렸다

"햇살이 좋군요. 오랜만에 야외에서 만찬을 즐기는 것 같습니다."

데미안 세토랑이 싱그러운 미소를 지으며 말했다.

"졸업을 앞두고 많이 바쁜 모양이지요?"

하즐렛 백작 부인이 투명한 유리잔에 담긴 물을 한 모금 마신 후 물었다.

"마음만 바빴습니다. 그런다고 상황이 더 나아지는 건 아닌데 말이죠."

"제다 아카데미의 졸업 평가가 까다롭단 건 정평이 나 있는 걸요. 듣기에 지금껏 수석을 놓친 적이 없다면서요? 마지막 학기까지 그리 열심이라니, 세토랑 백작 부인께서 흐뭇해하실 만해요. 게다가 이리 인물까지 훤칠하니! 얼마나 자랑스러우실까."

"과찬이십니다. 좋게 보아 주시니 감사할 따름입니다."

데미안이 백작 부인을 향해 고개를 살짝 숙이며 감사를 표했다.

곧 그의 눈길이 말없이 식사에만 열중하고 있는 프란시스 하즐렛에게로 향했다. 그런 그의 눈길을 의식한 백작 부인이 서둘러 입을 열었다.

"프란시스, 오늘따라 바람에 섞인 꽃 내음이 무척 향기롭구나. 정원에 달리아 꽃망울이 맺힌 걸 며칠 전 보았는데 벌써 몽우리가 벌어진 건지 궁금하구나. 혹시 꽃이 핀 걸 보았니?"

"……글쎄요. 전 보지 못 했는걸요."

그녀는 대화에 참여하고 싶지 않은 기색을 역력히 드러내며 마지못해 대답했다. 백작 부인이 당황하며 데미안과 프란시스를 번갈아 바라봤다.

"꽃이 피고 지는 것을 알아채는 건 언뜻 쉬운 일 같지만 결코 쉽지 않은 일이죠. 눈치채지 못하는 사이에 개화와 쇠락을 번갈아 하니까요. 우연히 마주친 꽃의 개화를 보고 감동을 느끼는 것도 그 때문이 아닐까요?"

데미안이 붙임성 있는 태도로 프란시스에게 말했다. 그제야 프란시스가 눈을 들어 그를 봤다. 카키색이 감도는 갈색 머리칼의 남자가 자신을 보며 미소 짓고 있었다. 짙은 갈색 눈이 햇빛에 물들어 더욱 순해 보였으나 프란시스는 그와의 친분을 조금도 쌓을 생각이 없다는 듯 곧 시선을 돌렸다.

"물론 애정과 관심을 갖고 꽃을 바라보고 있었다면…… 더 큰 감동을 느끼겠지만요."

그가 말을 덧붙였다.

"……애정을 갖고 꽃을 보신 일이 있으신가요?"

프란시스가 무릎 위의 냅킨을 손에 들며 말했다. 흥미 없는 대화를 이어 나가듯 음색은 단조로웠으나 오늘의 만남에서 그녀가 건넨 첫 질문이었기에 데미안은 그 말을 반기듯 대답했다.

"아카데미 안에는 여기 저기 아름다운 정원이 많답니다. 꼭 정원을 찾지 않아도 길가에 피어 있는 이름 모를 꽃들이 허다하죠. 오가는 길에 본 꽃나무에 무심코 던진 시선이 애정이 되는 경험 정도야 누구나 할 법하죠."

냅킨에 손을 닦아 내던 프란시스가 순간 모든 행동을 멈췄다. 누구나 할 법한 그런 경험을…… 나는 한 적이 있던가? 마음속에 물음표가 그려졌다.

기억을 더듬어 봐도 작은 꽃을 보고 '아름답다' 애정을 가졌던 적이 없다.

그런 소소한 기쁨도 하나 느끼지 못했던 자신의 지난날에 그녀는 더욱 쓸쓸해졌다. 작은 애정조차 갖지 못했던 상실의 기억은 그 자체로 또 다른 상실감을 불러일으켰다.

유일한 애정의 대상이었던 딜런 레녹스를 잃은 지금, 자신에게 남은 것은 무엇인가. 빛나던 모든 것은 오래전 사라졌다. 애초에 빛조차 없었던 듯 어둠에 물든 텅 빈 마음만이 그녀에게 남아 있었다.

"무심코 던진 시선이 애정이 되는 경험을…… 저는 한 적이 없군요. 꽃은 그저 꽃일 뿐. 정원을 아름답게 만들기 위해 쓰여진 대상에 어떤 애정을 가져야 하죠?"

오만한 투로 뱉은 프란시스의 말에 백작 부인의 얼굴이 더욱 당혹스럽게 찡그려졌다.

"프란시……!"

"식사 후, 제게 이곳 정원을 보여 주시지 않겠어요? 함께 산책을 하고 싶군요. 달리아 꽃이 피었는지 저와 함께 확인해 보도록 해요.”

딸아이를 나무라려는 백작 부인의 말을 막으며 데미안이 말했다.

“혹시라도…… 당신이 던진 우연한 시선에 애정이 피어날 수 있다면, 그 산책길에 제가 함께 있었다는 게 아주 기쁜 일이 될 것 같군요.”

자신의 무례한 언사에 웃으며 응대하는 데미안 세토랑의 태도에 프란시스는 설핏 얼굴을 굳혔다. 문득 한없이 자신에게 친절했던 딜런 레녹스와의 과거 만남이 떠올랐다. 그녀의 허락을 구하듯 눈을 맞추는 데미안을 보며 프란시스는 아무런 말을 하지 못했다.

“비켜라!”

“이, 이러지 마십시오!”

바로 그때였다. 그들이 식사를 즐기고 있는 테라스 안쪽에서 소란스러운 소리가 들려왔다. 철컹거리는 쇠붙이 울리는 소리와 함께 여럿의 사람들이 그들 쪽으로 다가오는 기척이 났다. 테라스와 건물을 잇는 부근에 길게 쳐진 하얀 커튼 사이로 곧 소란의 주인공들이 나타났다. 황실 기사단이었다.

“이게 무슨 일이오!”

하즐렛 백작 부인이 격노한 음성으로 그들의 무례를 탓했다. 그런 그녀의 동요를 아무렇지 않게 보아 넘기며 그들 중 한 명의 기사가 가까이 다가와 말했다.

“황실 제1기사단의 부단장, 장 자크 시뮤안이라 합니다. 프란시스 하즐렛 영애를 당장 압송하라는 명이 있으니 따라 주시기 바랍니다.”

“누, 누가 그런 명을 내렸단 말인가! 이곳이 어디인 줄 알고 이런 무례를!"

백작 부인이 재차 그들에게 성을 내며 불끈 자리에서 일어섰다.

"제국의 공작 각하이시자 제1기사단의 단장이신 라드 슈로더 경의 명입니다. 프란시스 하즐렛 영애를 압송할 타당한 증좌 또한 있으니 순순히 따라 주시지요. 죄에 따라 적법한 절차를 밟으려는 것뿐입니다."

장 자크 시뮤안이 무덤덤하게 외쳐 말했다. 그러나 그 외침의 무게는 무겁고도 무거웠다. 프란시스 하즐렛이 허옇게 변한 얼굴빛으로 자리에서 벌떡 일어났다. 그녀의 움직임에 식탁보가 당겨져 식기 여럿이 바닥에 굴러 떨어졌다. 와장창 깨어지는 소리가 난잡하게 났다.

"증좌라니, 대체 무슨……! 우리 가문을 이리 모독하다니, 그 죄가 얼마나 클지 아시오!"

핏기가 번진 흰자위에 충격을 얹은 하즐렛 부인이 소리쳤다. 놀란 티가 완연하여 아무 말 없이 서 있던 데미안 세토랑이 뒤늦게 기사들의 접근을 막으며 간신히 말했다.

"무슨 일인지는 모르나, 여인을 어찌 함부로 끌어간단 말입니까? 오해가 있다면 풀어야 하겠으나, 합당한 절차에 따라 시간을 정하고……!"

"더 이상의 방해는 용납하지 않겠습니다. 낭비할 시간이 없습니다. 무력을 쓰고 싶지 않으니 물러서십시오."

장 자크가 뒤쪽에 서 있던 기사들을 보며 눈짓을 하자 기사 둘이 프란시스에게 다가와 그녀의 팔을 붙들었다. 백작 부인이 부르르 몸을 떨며 그들의 움직임을 막으려 했지만 또 다른 기사들이 그녀 앞을 막아섰다.

"이…… 무슨……."

멍하니 그 모습을 지켜보던 데미안 세토랑이 탄식과 같은 말을
내뱉었다. 기사들에게 이끌려 테라스를 빠져나가던 프란시스의 겁
에 질린 눈동자가 무심코 그를 향했다. 정원을 산책하며 함께 달리
아 꽃을 보자 했던 그의 청은 들어 줄 수 없을 것이었다. 그녀가 그
것을 원한대도 그러했다.

무심코 던진 시선이 애정이 되는 기회는 형체 없이 스러졌다. 그
것이 어떤 종류의 애정이라 할지라도.

⁂

아무도 드나들지 않는 밀폐된 공간 안에 홀로 있는 건 공포스러
운 일이다. 자신의 운명이 어찌될지 모르는 상황에서라면야 더욱
그렇다.

프란시스는 연신 손끝을 주무르며 긴장으로 곱은 손에 억지로 온
기를 불어넣었다. 자신을 끌어온 황실 기사들은 벌써 수 시간째 모
습을 드러내지 않고 있었다. 아니, 그보다 더 오랜 시간이 흘렀을
지도 모른다. 어쩌면 체감하기보다 훨씬 짧은 시간이었을 수도 있
으나 그녀에겐 길고도 더딘 시간이었다.

끼익-.

한참 후에야 방 안에 내려앉은 침묵을 깨고, 굳게 닫혀 있던 문

이 열렸다. 프란시스는 앉은 자리에서 벌떡 일어나 방 안으로 들어오는 남자를 바라봤다.

"자리에 앉으시오, 하즐렛 영애."

검은 머리에 키가 훤칠하게 큰 젊은 남자였다. 남자가 입고 있는 황실 기사단복의 황금색 견장 위로 그녀의 시선이 꽂혔다. 기사단장에게만 허락되는 색깔이었다.

"혐의를 부인하였다 들었소."

잠시간 잠잠하던 남자의 단단한 턱 선이 움직여 그녀의 처지를 일깨웠다. 프란시스가 떨리는 음색으로 즉각 반응했다.

"혐의라니! 제게 무슨 죄가 있다 이리 겁박을 하신단 말입니까! 황실 기사의 권위를 내세워 이처럼 함부로 하실 수는 없는 일입니다!"

그녀가 노여움을 그대로 드러내며 외쳤다.

그녀의 항의에도 남자는 아무런 표정 변화 없이 말끔한 얼굴로 빤히 프란시스를 바라봤다. 식어 버린 불길처럼 싸늘한 잿빛 눈동자가 그녀의 몸을 흠칫 떨리게 만들었다. 화를 내 보았자 남자에게서 아무런 동요를 이끌어 낼 수 없음을 깨달은 프란시스가 이내 한풀 꺾인 음성으로 더듬거렸다.

"제, 제게…… 이러지 마세요. 무슨 오해가 있는 모양인데…… 전 제가 이곳에 있는 이유도 알지 못해요. 제발…… 절 보내 주세요."

연약한 소녀의 얼굴로 그녀가 젊은 기사를 봤다. 그렁그렁 괴인 물기에 연해 보이는 붉은 눈동자가 흔들렸다.

"……이걸 먼저 보고 이야기를 나누는 편이 빠르겠군."

남자가 탁자 위에 지저분해 보이는 종이 한 장을 올려놓았다. 그녀가 보기 편하게 가까이 밀어 주는 친절을 베푼 그가 어서 읽어 보라는 듯 고개를 까닥였다.

"이건······."

물기와 핏자국 따위로 쭈글쭈글해진 종이 위에는 조악한 글씨가 늘어서 있었다.

"보다시피, 조 피셔는 자신의 범죄 일체를 인정하였소. 아, 영애가 제슈타에서 의뢰한 일을 실행에 옮긴 자 말이오. 문서 아래쪽에 영애에게 이 일을 의뢰받았다는 내용이 진술되어 있으니 꼼꼼히 읽어 보시오."

청천벽력 같은 남자의 말에 프란시스가 몸을 반쯤 일으켰다.

"저는······! 저는 그런 자를 알지 못합니다! 이건······ 모함이에요!"

"그자와 대면할 기회 또한 줄 터이니 너무 흥분하지 마시오."

"제발······ 제 말을 믿어 주세요!"

"그대 가문의 기사인 토마 더글라스 경 또한 진술을 모두 마쳤다오. 더글라스 경이 그대를 제슈타로 안내했다지? 몹쓸 자요. 그런 뒷골목 범죄 소굴로 귀족 아가씨를 안내하다니. 어찌 됐든······ 그대가 지난 밤 일어난 사건을 사주했다는 증거는 충분하다 못해 넘칠 지경이 되었다오."

"제가······ 그런 게 아니에요! 전 그저······!"

"웬디 왈츠, 그녀를 죽이라 명한 게 맞소?"

"주, 죽이라 명하다니! 아니에요! 그런 끔찍한 일을······! 전······ 아니에요!"

"그대가 무어라 사주를 하였든, 간밤에 조 피셔는 그녀를 죽이려 하였소. 그자는 그 모든 일을 명한 게 그대라 말하더군."

남자의 말에 프란시스가 겁에 질린 얼굴로 연신 고개를 내저었다. 핏기 하나 없는 새하얀 얼굴이 순식간에 거무튀튀해졌다가 다시 하얗게 변하길 반복했다.

"……전 아니에요! ……전 그저 겁을 주라 일렀을 뿐이에요! 정말이에요! 그냥 겁을 줘서…… 제도를 떠나게 만들려고 했던 것뿐이라고요!"

프란시스의 시인에 남자의 표정이 순간 흐트러졌다. 그의 관자놀이에 핏줄이 불뚝 섰다. 사나운 기색이 맴도는 눈빛에 프란시스가 어물어물 몸을 뒤로 물렸다.

"글쎄, 그 말을 믿어 줄 사람이 몇이나 될지 모르겠군. 프란시스 하즐렛, 그대로 인해 죄 없는 여인이 죽을 위기에 처했었고, 큰 부상을 당했소. 그대가 무어라 해명하든 이미 벌어진 일을 되돌릴 순 없지."

그가 처음의 흔들림 없는 표정으로 돌아와 말했다. 그의 말에 그녀가 구부정하게 어깨를 웅크렸다. 얼굴에 절망적인 기운이 맴돌았다.

"……그러려던 게 아니었어요. 죽이려는 생각 같은 건…… 없었어요."

"적법한 절차에 따라 재판을 받게 될 것이오. 아마도…… 공개 재판이 될 가능성이 크오."

"공개…… 재판이요……?"

프란시스가 허리를 펴며 떨리는 음성으로 물었다. 사람들 앞에서 자신의 죄가 까발려질 것을 생각하니 오한이 일었다. 재판 결과가 어찌 되든 가문의 수치임이 명백했다. 게다가 이 일을 딜런 레녹스가 알게 된다면! 증오와 경멸을 넘어 그녀에게 살의를 품게 될지 모를 그 얼굴이 두려웠다. 그것은 공포였다. 그는 믿지 않을 것이다. 자신은 단지 올리비아를 제도에서 쫓아내려 했던 것뿐이라고 아무리 주장해 보아도 그는 믿지 않을 것이다. 아니, 올리비아를 쫓아내려 했다는 것만으로도 그는 자신을 사무치게 미워할 것이었다. 더는 미워할 수 없을 만큼 자신을 미워하겠지.

"그러나…… 난 이 사건이 그렇게 공개적으로 흘러가는 것을 원치 않소. 그건, 그대도 마찬가지겠지?"

그의 말에 프란시스가 두 눈을 와짝 뜨며 침을 꿀떡 삼켰다. 남자의 입에서 활로를 찾듯 그녀의 시선이 바짝 그의 입매에 가 붙었다.

"제안을 하겠소. 공개 재판을 피하게 해 주리다. 그러나 그대의 죗값을 피하긴 어려울 것이오. 살인을 교사했으니…… 최대 십오 년을 제끌린에서 보낼 수 있겠지."

"살인이라뇨! 전……!"

"그러나 그 또한 피하게 해 주리다. 형량을 낮춰 주겠다 이 말이오."

벼랑 끝에서 한 가닥 구명줄을 손에 쥔 것처럼 그녀가 간절한 표정을 했다. 그러나 이내 형량을 낮춰 주겠다는 말 속에 내포된 의미를 깨닫고 얼굴을 일그러뜨렸다.

"제가 형을…… 살아야 한다는 이야기세요? 제끌린에…… 감금되어……?"

"아니, 제끌린에 있을 필요는 없소."

"네……?"

남자가 품에서 종이 하나를 꺼내 그녀에게 내밀었다.

"제도를 떠나시오. 그리고 다시는 돌아오지 마시오. 제도에 발을 들였다가는 그대로 제끌린에 감금되는 수모를 겪을 것이오. 그때는 살인 교사의 최대 형량을 조금의 모자람도 없이 지게 될 테니, 그런 각오가 없는 이상은 절대 이곳으로 돌아오려는 시도를 하지 마시오."

"제도에서…… 추방당한다는 말인가요?"

"그렇소, 정확하게는 그대에게 피해를 입은 여인인 웬디 왈츠가 있는 곳으로부터 떠나 있어야 한다는 뜻이지. 문서에 쓰인 조항을 읽어 보시오."

남자의 말에 따라 프란시스가 부들거리는 손으로 문서를 손에 들었다. 두껍고 매끄러운 고급지에는 짤막한 조항들이 수두룩하게 쓰여 있었고 가장 아래에는 감색 잉크로 기사단의 인장이 찍혀 있었다.

"……태형…… 열 대에 처한다…… 이, 이건 뭔가요?"

그녀가 종이에 쓰인 조항 하나를 짚으며 경악한 표정으로 물었다.

"엘던 정보소의 제필린 셰이라스에게도 웬디 왈츠로 추정되는 여인을 찾아 달라 했다지? 그대의 행적들을 보니…… 지난밤의 범죄가 매우 계획적이었음을 알겠더군. 계획적인 살인 범죄의 경우 태형이 가중되어 처벌되지."

"……."

"마지막 조항을 특히 염두하여 보는 게 좋을 거라오."

"……웬디 왈츠의 과거와 관련된 모든 일을 함구한…… 다."

"그렇소, 그대와 그대의 가문을 위해서도 꼭 필요한 일이지."

남자의 말에 프란시스가 번쩍 고개를 들었다. 그녀의 눈꺼풀이 파르르 경련하며 떨렸다.

"웬디 왈츠……. 그녀가 누구인지…… 알고 계시는 건가요?"

금기를 끄집어내듯 그녀가 조심스럽게 주변을 살피며 띄엄띄엄 말했다.

"그렇소."

"그런데 왜 이런 일을……!"

자신에게 이해할 수 없는 제안을 하는 황실 기사의 얼굴을 뚫어져라 바라보며 프란시스가 손에 쥔 문서를 무심결에 힘줘 잡았다. 그녀의 손 안에서 살짝 구겨진 문서를 빼앗듯 회수한 남자가 다시 탁자 위에 그것을 반듯하게 펴 내려놓았다.

"서명하시오. 그대가 조금이라도 현명한 여인이라면 이 기회를 놓치지 않을 것이라 믿소."

남자가 뭉툭한 펜촉이 달린 깃펜을 그녀에게 건네줬다. 그는 이어 작은 휴대용 잉크병 뚜껑을 열어 탁자 위에 놓으며 어서 서명하라 재촉했다.

"생각할 시간을…… 시간을 주세요."

하지만 프란시스는 망설이며 그에게서 받은 깃펜을 탁자 위에 내려놨다.

눈앞의 남자가 무슨 의도로 자신에게 이런 분에 넘치도록 과분한 제안을 하는지 알 수가 없었다. 올리비아의 정체를 알고 있다는 사실도 경악스러웠지만 그 사실을 묻어 두고 가려는 것 또한 이해할 수 없었다. 무슨 꿍꿍이인지, 어떤 함정이 숨어 있는 건지 도무지 짐작이 가지 않았다. 이자는 대체 누구이기에 이런 일을 아무렇지 않게 벌이는가.

프란시스의 혼탁한 눈길이 그의 어깨 위 견장으로 향했다.

황금색 견장을 찬 젊은 기사……. 제국에 존재하는 젊은 기사단장은 오직 한 명뿐이었으나, 자신이 짐작하는 바가 맞는지는 확신할 수 없었다. 게다가 그자와 자신의 가문, 그리고 올리비아와의 접점은 전혀 없었다. 긴장과 두려움 앞에 머릿속이 온통 흐릿했다.

"그건 어렵겠소. 서명하고 싶지 않다면 그리하시오. 기회는 한 번으로 족하오."

남자는 참을성이 없는 사람이었다. 그는 잠시도 기다리지 않고 그녀 앞에 놓인 종이를 회수하려 손을 뻗었다. 프란시스는 다급하게 그의 손길을 막을 수밖에 없었다. 그녀는 불안한 눈빛으로 남자와 종이를 번갈아 가며 보다가 마지못해 깃펜을 들었다. 어떤 함정이 기다리고 있더라도 결국 선택지는 하나였다. 색색 긴장된 숨을 가쁘게 몰아쉬며 그녀가 종이에 서명을 했다.

이어 남자는 같은 글이 쓰인 종이를 하나 더 내밀고선 똑같이 서명하라 말했다. 프란시스가 그 위에도 서명을 마치자 남자가 그중 하나를 그녀에게 줬다.

"품에 간직하고, 그 조항을 늘 마음에 새기도록 하시오. 절대로 잊지 않도록. 평생 그리하시오."

"……왜, 왜 제게…… 이런 제안을 하신 거죠? 웬디 왈츠, 그녀의 정체를 숨겨 주려는 이유가…… 뭔가요?"

"나도 영애에게 묻고 싶은 게 있소."

남자는 그녀의 물음에 대답하지 않고 도리어 질문을 해 왔다. 프란시스는 그 점을 차마 지적하지 못하고 잔뜩 겁먹은 눈빛으로 그를 바라봤다.

"웬디 왈츠, 그녀가 큰 부상을 당했다고 그대에게 전하였는데도 얼마나 다쳤는지, 상처가 중하지는 않은지 한 번을 묻지 않더군.

어떻게 그럴 수 있는 거지? ……그녀가 죽기를 바란 게 아니란 말이 정말 진심이었던가?"

그 질문에 프란시스의 행동이 멎었다. 이리저리 흔들리던 눈동자도, 가쁘게 오르내리던 가슴도 숨이 멎은 듯 미동이 없었다. 남자가 그런 그녀를 잠시간 차갑게 바라봤다.

"대답하지 않아도 좋소."

그가 알 만하다는 것처럼 말하며 그녀의 서명이 기록된 종이를 품 안에 갈무리했다.

"내 한 가지 그대에게 장담하지. 영애가 그 문서에 쓰인 조항을 어긴다면…… 웬디 왈츠, 그녀 앞에 모습을 드러낸다면…… 애초 그대가 받아야 할 최고형의 죗값을 내 반드시 받게 할 것이오. 아니, 그대의 형을 모두 마치기도 전에 제끌린에서 생을 다하게 만들겠소. 이건 단순한 경고가 아니라 실현 가능한 미래라는 걸 명심하시오."

남자가 무미건조한 목소리로 아무렇지 않게 말했다.

"영애에게 건네는 모든 말들이 내겐 아량이었음을 알길 바라오. 난 지금 그대 앞에 앉아서 그 얼굴을 보는 것만으로도 역겨워 구역질이 날 지경이니까. 살심을 억누르는 게 이토록 어려운 일인지 오늘에서야 깨닫게 되는군."

무표정한 얼굴로 내뱉는 말이었지만 증오가 알알이 박혀 있었다. 프란시스는 두려움에 휩싸여 몸에 바짝 힘을 주고 그에게서 멀어지려는 듯 상체를 뒤로 젖혔다. 당장이라도 그가 자신을 죽일 수 있을 거라는 두려운 생각이 들었다.

"당신은…… 대체 누구죠?"

그녀는 성대를 죄는 듯한 음성으로 간신히 물었다. 남자가 그제야 얼굴에 작은 미소를 띠며 대답했다.

"라드 슈로더. 황실 제1기사단의 단장이오. 기억해 두는 게 좋을 것이오. 그대의 목숨을 쥐고 있는 사람의 이름 정도는."

그는 미련 없이 자리에서 일어났다. 의자가 바닥에 끌리는 작은 소리에도 프란시스는 나약하게 어깨를 떨었다. 두려움에 모골이 송연했지만 그녀는 남자에게 꼭 들어야 할 것이 있었다. 그가 방을 빠져나가기 전 프란시스는 간신히 입을 열었다. 쥐어 짜 낸 용기였다.

"어째서…… 이 일에 이토록 신경을 쓰는 거죠? 내게 이러는…… 이유가 뭐예요?"

대답 없이 방을 나설 것처럼 몇 발자국 더 걸음을 옮기던 그가 문 앞에서 돌연 멈춰 섰다. 뒤돌아 그녀를 바라보는 그의 잿빛 눈동자에 지금껏 보지 못한 감정이 어려 있었다.

"……웬디 왈츠, 그녀의 고통이 날 괴롭게 만들기 때문이오."

조용조용한 음성으로 그가 말했다. 프란시스가 완연히 놀란 기색으로 그를 봤다. 원기 없는 그녀의 허연 얼굴에 복잡 미묘한 감정이 뒤엉켜 소용돌이 쳤다.

"……그러니 명심하시오. 그녀를 고통스럽게 만드는 일은, 날 향해 싸움을 걸어오는 것과 다를 바 없다는 것을. 난 그 싸움에서 이길 자신이 있고, 싸움을 건 상대를 곱게 제압할 생각 따위는 없소. 두 번의 자비는 없을 것이오. 죽기를 각오하지 않은 이상 그대든, 그대의 가문이든, 나를 향해 발톱을 세우지 않는 게 좋을 것이오."

고저 없는 그의 음성은 어떤 노성보다도 강력하게 그녀에게 경각심을 안겼다. 숨죽인 채 자리에 앉아 있는 프란시스에게 마지막 시선을 던진 그는 다시 뒤돌아 방 밖으로 나갔다.

방문이 닫히는 소리가 들리고 그와 동시에 프란시스의 고개가 떨구어졌다. 오래지 않아 그녀의 어깨가 들썩이기 시작했다. 비참한 현재의 처지가 그녀의 마음을 지옥으로 만들었다. 자신이 겪어야 할 처벌과 앞날에 대한 두려움 역시 그녀의 마음을 괴롭혔다. 그러나 꼭 그 때문만은 아니었다. 그녀의 볼을 타고 떨구어져 내리는 눈물방울의 근원은 두려움을 앞선 슬픔이었다.

자신은 알지 못했던 타인의 애정과 올곧은 지지가 그녀를 슬프게 만들었다. 남자가 그녀를 향해 던진 어느 두려운 말들보다 그가 내보인, 올리비아 하즐렛에 대한 애정이 그녀를 저항할 수 없는 슬픔 속으로 몰아넣었다. 자신의 무지를 자각하는 일은 그 어떤 일보다 슬픈 일이었다.

저런 애정을 나는…… 받아 본 일이 있었던가?

죽을 만큼 애정을 갈구했던 상대인 딜런 레녹스에 한 톨의 애정조차 받지 못했던 프란시스에게 남자의 한마디 한마디는 잔인한 비수가 되었다.

남자는, 저 남자는…… 올리비아를 사랑하고 있다. 어쩌면 올리비아 역시 그럴 것이다. 그녀의 삶은 과거를 벗어나 이미 자신이 알지 못하는 삶의 궤도를 타고 있는지도 모른다. 웬디 왈츠라는 이름의 평민 여인은…… 자신이 알던 올리비아 하즐렛이 아닐지도 모른다. 그러한 가정이 숨이 막혔다.

혼란스러웠다. 딜런과 올리비아의 관계의 방향이 자신의 상상과는 전혀 다르게 흘러가고 있던 건 아닐지. 지금껏 자신이 겪은 격노가 그저 의미 없는 발버둥에 지나지 않을 수도 있다는 생각이 퍼뜩 들었다. 할 수만 있다면 이런 생각 따위 모두 지워 버리고 싶은

데, 자꾸 그런 생각이 들었다.

과거에 머물러 있는 것은 오직 자신뿐일지도 모른다는 사실이 그녀를 두렵게 만들었다.

마음껏 증오하고 미워할 수 있는 대상을 잃고 만다면…… 그땐 어떻게 해야 할까?

"우윽…… 흑…….."

프란시스는 그렇게 홀로 남은 방 안에서 한동안 과거의 일을 반추하며 슬픔과 두려움 속을 헤매었다. 그녀를 달래 줄 사람은 이 순간, 아무도 없었다.

그날 저녁.

황실 제1기사단은 환영받지 못한 불청객으로 인해 소란을 겪었다. 기사단 건물 안을 채우고도 남을 악다구니가 얼마간 이어지고, 잠시 뒤 라드 슈로더의 집무실로 기사 하나가 들어왔다. 그가 지친 낯으로 말했다.

"단장님, 말씀하신 분이 찾아왔습니다. 단장님을 만나 뵙고 싶다 하시는 걸 거듭 거절해 놓았으나……."

"소란은 충분히 들었네. 그 정도 화를 돋웠으면 충분하니…… 이만 들여보내게."

라드 슈로더가 말했다. 그의 눈매에 경멸하는 기색이 확연히 돌았다. 기사가 방 밖으로 나가자 그는 내내 들여다보고 있던 책장을 다시 넘겼다. 두껍고 크기가 상당한 그 책에는 베냐한 제국의 법규가 빼곡히 기록되어 있었다. 법전의 페이지는 여러 번 손길이 닿은 듯 닳고 변색되어 있었다.

잠시 후 노크 소리가 들리고 그의 허락이 떨어지자 좀 전에 나간 기사와 함께 하즐렛 백작 부인이 그의 집무실 안으로 들어왔다. 부인의 얼굴은 시뻘겋게 달아올라 있었다. 단단히 마음을 먹은 듯 눈빛에 독한 기운이 맴돌았다. 기사가 라드 슈로더에게 꾸벅 인사를 하고 되돌아 나가자 백작 부인이 입을 열었다.

"하즐렛가의 아니스 하즐렛이라 합니다. 슈로더 공작 전하께 무례를 무릅쓰고 이리 인사 올립니다."

백작 부인이 얼굴을 가다듬으며 그에게 무릎을 굽혔다. 그녀의 숨결에 온종일 겪은 고단함이 묻어났다.

"그래, 무례인 줄 알면서 나를 찾은 까닭이 무엇이지?"

그가 책상 앞에 앉은 자세 그대로 그녀에게 말했다. 예의상으로라도 자신에게 자리를 권할 것이라 예상했던 백작 부인은 뜻밖의 푸대접에 표정이 사나워졌다.

"공작 전하의 공무가 바쁘신 줄 물론 알고 있습니다. 그러나 제 딸아이의 일이 위급한지라 애달픈 어미의 심정으로 이렇게 찾아뵙게 되었습니다."

부인이 다시 한 번 얼굴 표정을 가다듬으며 그에게 말했다. 말하는 중간중간 애처로운 목소리의 떨림이 있었다. 딸아이의 구명을 위해서 공작의 심기를 거슬러선 안 된다는 것을 알고 무던 애를 쓰는 중이었다.

"부인께서 생각보다 인내심이 있다는 것을 알았으니…… 이만 본 얼굴을 보여 주시겠소? 이런 지리멸렬한 신경전을 피하고 싶어 앞서 만남의 청을 거절했던 것인데…… 이렇게 날 힘 빠지게 하지 마시오."

라드 슈로더가 법전의 얇은 종잇장을 한 장 넘기며 말했다. 그의 말에 백작 부인의 콧잔등이 바르르 경련했다. 모욕적인 기분에 휩싸인 그녀가 확연히 달라진 말투로 이야기했다. 바짝 날이 선 음성이었다.

"그렇게 솔직한 것을 좋아하시는 분이시니, 어디 한 번 말해 보시지요. 제 딸이, 프란시스가! 대체 무슨 죄가 있다 하여 그리 험한 꼴로 잡아들였단 말입니까!"

"내일 오전 재판이 있을 예정이오. 비공개 재판이라 그대는 참관할 수 없겠으나 재판 결과가 나오면 잘 알게 되겠지. 그대의 딸이 무슨 죄를 지었고 죄에 비해 얼마나 관대한 처벌을 받게 될런지."

"지금 뒷골목 부랑자의 말도 안 되는 증언 하나를 보고 이리 사람을 잡아 가두신 겁니까! 대체 이게 어느 나라 법도이기에!"

"어디 그자의 증언뿐이겠소. 그대의 딸이 정보소 이곳저곳을 다니며 이 일을 도모한 정황이 뚜렷하여 증거라면 얼마든지 제시할 수 있다오."

"부상을 입었다는 여인이 대체 누굽니까? 제가 만나 보도록 하겠습니다! 만나서 충분한 보상을 하도록 할 테니 만남을 주선해 주시죠. 평생 엄두도 못 낼 만큼의 돈이라도 얼마든지 줄 용의가 있습니다. 제 딸아이가 그 일에 관여되었다는 건 인정할 수 없으나! 피해를 입었다는 여인이 그 일을 오히려 행운으로 여길 만큼 충분히 보상을 하겠다 이 말입니다!"

하즐렛 백작 부인이 비루먹은 자신의 밑바닥을 드러내며 외쳤다. 쇳소리처럼 쟁쟁 울리는 그녀의 목소리가 거슬리는 듯 슈로더가 눈매를 살짝 찌푸리며 백작 부인을 쳐다봤다.

"천박하기 이를 데 없군. 체면도 아랑곳하지 않고 돈으로 사람을 회유하려 들다니."

"뭐…… 뭐라고 하셨……!"

"올리비아 하즐렛. 그대에게도 익숙한 이름이지?"

라드 슈로더의 말에 돌연 백작 부인의 행동이 뚝 멈췄다. 씩씩대던 두 어깨가 굳은 채 내려올 줄 몰랐다. 당황이 가득한 얼굴을 애써 가다듬으며 그녀가 마른침을 삼켰다.

"가문에서…… 파문당한…… 아이입니다. 집안의 수치를 억지로 꺼내 보이고 싶지 않습니다. ……그 아이의 이름은 갑자기 왜 거론하시는 겁니까?"

"프란시스 하즐렛이 사람을 시켜 죽이라 한 이가 바로 그녀이기 때문이오."

생각지도 못한 발언에 하즐렛 백작 부인의 얼굴이 단숨에 창백하게 질렸다. 말문이 순간 턱 막혔다.

"……그, 그럴 리가! 그럴 리가 없습니다. 프란시스가 어찌하여 그 아이를! ……올리비아는 이미 수년 전에 혼인 서약을 깨고 스스로 달아난 아입니다! 그 애가, 그 애가 지금 이곳에 있다는 말입니까?"

"혼인 서약이라 하면…… 뒤올드랑 백작과의 일 말이오? 어린 영애를 아내 잃은 늙은 남자에게 팔아치우려 했던 그 일을 말함인가? 뒤올드랑 백작의 폭력성에 대해 한동안 사나운 소문이 돌았는데 그댄 그것을 듣지 못한 모양이지?"

라드 슈로더가 비릿한 미소를 지었다. 끌어올려진 입꼬리가 섬뜩할 정도로 날카로웠다.

"그, 그건……!"

그가 하즐렛가의 사정을 이토록 세세하게 알고 있을 것이라 예상하지 못했던 백작 부인은 당혹스러운 얼굴이 되어 말을 더듬었다. 자신의 치부를 들킨 양 입안이 바짝 말랐다. 이자는 어찌하여 이 모든 일들을 속속들이 알고 있단 말인가!

"만남을 주선해 달라니…… 우습군. 노파심에 말하는데, 올리비아 하즐렛, 그녀를 만날 생각 따위는 하지 않는 게 좋을 거요."

"공작 전하께서…… 지금 무슨 말씀을 하시는지 도무지 알 수가 없군요. 피해를 입었다는 여인은 평민의 신분이라 들었습니다. 별안간 올리비아라니! 대체 말이 되는 이야길 하십시오!"

두 손은 가지런히 모으고 있는 상태였지만 금방이라도 삿대질을 할 것처럼 흥분된 얼굴로 백작 부인이 소리쳤다. 그런 그녀의 모습을 무감한 눈빛으로 바라보던 라드 슈로더가 내내 읽고 있던 법전을 한 번 내려다보고선 곧 자리에서 일어섰다.

"그녀가 바로 올리비아 하즐렛이라오. 이젠 다른 이름으로 살고 있지만."

"……?"

백작 부인이 이해할 수 없다는 듯이 그를 바라봤다. 그러나 라드 슈로더는 친절하게 하나하나를 설명해 줄 생각이 없었다. 그는 자신이 해야 할 경고를 거듭해 말했다.

"다시 한 번 말하지만 그녀를 만날 생각 따위는 하지 않는 게 좋을 거요. 그랬다간 부인 역시 프란시스 하즐렛의 전철을 밟게 될 테니."

"올리비아…… 라니! 대체 무슨 말씀이십니까!"

그녀가 본인의 성질을 그대로 드러내며 기가 막히다는 듯이 소리쳤다.

"한 가지 충고를 더 해 주도록 하지. 침묵의 귀중함을 마음 깊이 새기도록 하시오. 올리비아가 누구인지 알려고 하지도 말고, 그녀에 대해 거론하지도 마시오. 만약 그녀의 신분이 바뀌었다는 것을 떠벌리고 다녔다가는 하즐렛가 역시 무사하지 못할 테니. ……그녀에게 죄를 묻는다면 그대 가문 역시 연대적으로 그 죄의 값을 치러야 할 테니 말이오. 가문의 명예에 있어서나, 국법의 지엄함에 있어서나."

"무…… 무슨!"

라드 슈로더가 백작 부인 곁으로 걸어왔다. 그와의 거리가 가까워 올수록 백작 부인은 묘한 압박감을 느꼈다. 마음에 가득한 화기에도 불구하고 흠칫흠칫 피부에 소름이 돋았다.

"신분을 사고판 자를 제국에서 엄중하게 처벌하고 있다는 걸 알고 있을 것이오. ……그런데 이 법 조항이 황실 반역법에 속해 있단 걸 아시오?"

백작 부인의 앞에 선 라드가 그녀의 가르마를 내려다보며 말했다. 빛바랜 붉은 머리 사이로 하얗게 센 흰머리가 보였다. 그 뻣뻣한 흰머리와 같은 강퍅함으로 부인이 고개를 쳐들었으나 차마 라드 슈로더를 똑바로 바라보지는 못했다.

"황실의 존엄성을 해치거나 반역을 도모한 자들에게 적용되는 법 조항이지. 반역법을 어겼다는 것은…… 그 죄를 연좌하여 처벌할 수 있다는 의미라오. 형량이 가중됨은 말하지 않아도 알겠지."

백작 부인의 메마른 뺨이 실룩거렸다. 라드 슈로더는 먹이를 모는 맹수처럼 그런 그녀를 빤히 바라봤다. 공포스러운 시선이었다.

"꼭 그 때문이 아니라도……."

그가 말을 길게 늘이며 한 걸음 뒤로 물러섰다. 그의 움직임에 백작 부인의 경계 어린 시선이 매달려 움직였다.

"프란시스 하즐렛이 배다른 자매를 시기하여 살인청부를 했다는 소문이 사교계에 퍼진다면…… 어떤 일이 벌어질지 상상해 보시오. 가문의 수치가 아니겠소. 이 일을 감당할 자신이 있소?"

"……."

"몸서리치며 두려워하는 게 좋을 것이오. 그래야 부인의 딸이 서명한 형량 협상 문서의 내용을 보고 안도가 배가될 테니."

라드 슈로더의 가시 박힌 소리에 백작 부인은 한동안 입을 떼지 못했다. 잠시 뒤, 그녀가 애써 태연한 척 어색한 몸짓으로 몇 마디 항의를 더 했으나 황실의 기사단장은 몸서리 쳐질 만큼 무표정한 얼굴로 그녀에게 이만 되돌아갈 것을 명했다. 하즐렛 백작 부인은 더는 호기를 부리지 못하고 내쫓기듯 기사단 건물을 나와야 했다.

그녀가 떠나간 후 묵묵히 생각에 잠겨 있던 라드 슈로더에게 황제의 늦은 부름이 있었다. 그는 곧장 킹즈브레이 궁으로 향했다.

알현실이 아닌 황제의 서재에서 배알이 이루어졌다. 황제의 개인적 공간인 그곳에는 침중함이 감돌고 있었다. 황제는 웃으며 라드 슈로더를 반겼지만 그의 얼굴에 드리운 심려를 슈로더는 쉽게 읽을 수 있었다.

"이틀이 남았군."

황제가 말했다. 황태자의 법안 공표의 남은 일수를 이르는 것이었다.

"앵그르 공이 이대로 단념할 거라 생각하나?"

"내일 있을 정무회의를 대비해야 합니다. 중립을 고수했던 베르샤 후작이 우리 쪽으로 돌아섰으니 그들을 견제하는 데 힘이 실릴 것입니다. 앵그르 공작이 지금껏 전면에 나서 반대 입장을 피력하고 있진 않으나 내일이 마지막 기회가 될 것이니 그의 반응이 이전과 같을 거라 여겨선 안 될 것입니다. 그들의 언사에 폐하께서 흔들리시지 않는 것이 무엇보다도 중요합니다."

"그래, 여기까지 와 모든 걸 뒤집을 수는 없지."

황제가 버릇처럼 자신의 턱을 쓸며 말했다.

칼로엔과의 전쟁에서 제국을 지켜 냈던 황제는 늙어 맞이한 오늘날의 위태로움에 회한을 느꼈다. 황태자궁의 폭발과 암살 미수 사건에 그는 분노하였으며, 또 한없이 제국의 미래를 걱정하였다. 이제와 후회가 남는 것은 자신의 젊은 날에 이 법안을 통과시키지 못했다는 것뿐이었다. 관료들의 부패가 극에 달해 그의 백성들을 수탈하는 작태를 보아 오며 황제는 오랜 시간 그들의 힘을 약화시킬 수 있는 방법을 강구해 왔다. 그러나 귀족들로부터 권력을 되가져오는 것은 칼로엔과의 전쟁에서 승리하는 것보다 더욱 어려운 일이었다. 몰락한 황제파를 다시 일으켜 세우는 데만도 재위 기간의 거의 대부분을 소비하였다. 양위 전 황태자의 뒤를 받쳐 이능과 설치에 대한 법안을 마련하는 것이 그의 남은 원이었으나, 그 길은 험난하였다. 섬뜩하게 밀려드는 불안은 황제로 하여금 제국의 젊은 공작을 불러들이게 하였다. 강고한 그의 모습을 보니 마음이 조금 가라앉는 것도 같았다.

"호이킨 기사단장에게 황궁 경계와 보안에 관한 보고를 받았네. 짐과 황태자의 호위를 세 배로 늘린다고?"

"그렇습니다. 극단적 행동을 서슴지 않은 자들이니 당분간 더욱 경계해야 합니다. 불편하시겠지만 일이 마무리될 때까지 견뎌 주십시오."

"그러겠네. 아이작의 안전을…… 더욱 신경 써 주길 바라네."

황제의 당부에 슈로더가 고개를 끄덕였다. 궁의 폭발 사건 이후 이미 호위의 재배치와 가중이 있었지만 기사단 회의의 결과로 호위 인원을 더욱 늘리기로 하였다. 또 다른 공격이 없을 거라 장담할 수 없었다.

"……아이작이 그대에게 큰 실수를 했다지? 내 뒤늦게 메리언 공주에게 그 이야길 들었네. 핏줄의 안위를 위해 신하에게 등을 돌리다니, 내 그 아이를 잘못 가르쳤다 여겼어."

지난 전야제 파티에서 황태자가 웬디를 멋대로 데리고 온 일을 이야기함이다. 수심 깊은 황제의 얼굴에 라드 슈로더가 고개를 숙이며 대답했다.

"그 일에 대해선 황태자 전하와 충분히 이야기를 나누었으니 심려를 거두십시오."

"아직 많이 부족한 아일세. 자네가 황태자에게 힘이 되어 준다면 내 마음이 놓일 것이네."

"그리하겠습니다."

"……마음에 둔 여인이 있다지? 내 대강의 이야길 들었네. 자네 마음을 빼앗은 그 여인을 언젠가 한번 만나 보고 싶더군. ……지켜 내게. 다신 오지 않을 사람일 테니. 뒤늦게 후회를 하는 일이 없도록 말이야."

황제가 주름진 자신의 손등을 쓸며 말했다.

"자넬 보니, 그럴 일은 없겠단 생각이 들긴 하는군. 후회할 사람이 아니지 않나."

허허롭게 웃으며 말하는 황제의 이야기에 슈로더는 깊이 수긍하기로 하였다. 결코 후회하지 않으리라는 다짐이 들었다. 지켜 내리라. 어떤 상황 속에서도 그녀를 지켜 내리라. 굳은 다짐을 한 그의 잿빛 눈동자가 더욱 밀도 있게 짙어졌다.

* * *

"태형을 선고받았…… 다고요?"

"그렇습니다. 곧 형이 집행될 테지요. 몸을 추스르고 나면 열흘 후 수도를 영영 떠나게 될 겁니다."

프란시스 하즐렛의 비공개 재판이 열렸다는 소식을 전해 온 장자크 시뮤안 경이 급격히 나빠진 웬디의 안색에 조금 당황한 빛을 보였다. 그녀가 이 낭보에 기운차게 후련해하거나 적어도 조금쯤은 안도할 것이라 여겼던 까닭이다.

"수도에서의 추방이라니…… 흔한 일은 아니군요."

"흔한 일은 아니지만 아예 전례가 없었던 일도 아니죠. 보통 바지읍이나 제끌린 같은 곳에 수감되곤 하지만……. 귀족의 명예를 현저히 훼손했을 경우나 피해자와의 분리가 특별히 요구되는 경우에는 추방 명령이 내려지기도 한답니다. 밴튜 가문의 제시 밴튜나 도리어스 가문의 제임스 도리어스가 그런 경우라 할 수 있습니다."

장 자크가 낯선 인물들의 처벌 내용을 읊었다. 그들이 처벌을 받게 된 이유를 장황하게 설명했지만 웬디는 그의 말을 제대로 듣는 것 같아 보이지 않았다. 그녀의 얼굴이 여전히 어두웠다.

"……조 피셔는 바지움에 수감되었습니다. 아마 쇠약한 노인이 되어서야 그곳을 나올 수 있을 겁니다."

"그렇군요."

잠시 무언갈 생각하는 듯하던 그녀가 몇 번을 망설이다가 그의 이름을 조심스럽게 불렀다. 평소 같지 않은 그녀의 부름에 장이 앉은 자리를 고쳐 앉았다.

"……프란시스가 죄를 쉽게 인정하던가요? 일이 너무 쉽게…… 풀려 버린 것 같군요."

그녀가 어색하게 프란시스의 이름을 입에 올렸다. 프란시스의 일을 조사하며 장 자크가 자신과 그녀의 관계를 알게 되었음을 라드에게 전해 들었지만 타인 앞에서 자신의 과거와 관련된 이름을 입에 담는 것은 여전히 꺼려졌다.

"단장님께서 애를 많이 쓰셨습니다. 일단 증거가 있으니…… 하즐렛 영애도 마냥 부인을 할 순 없었겠죠."

조금 주저하던 장이 프란시스 하즐렛과 라드 슈로더 사이에 오고 간 형량 협상 문서에 관한 이야기를 대강 들려주었다. 웬디가 그의 말을 들으며 기계적으로 몇 번 고개를 끄덕였다.

"웬디 양, 너무 걱정하지 마십시오. 아마 더 이상 이 일로 골치를 썩을 일은 없을 겁니다. 간밤에 하즐렛 백작 부인께서 단장님을 만나 뵙고 가셨습니다. 그분과의 만남 역시 미리 계획하고 있으셨던 듯하니…… 이제 이 일은 단장님께 맡겨 두시고 마음을 편히 가지시는 게 좋을 것 같습니다."

"하즐렛 부인이…… 슈로더 경을 만났다고요?"

웬디가 놀란 얼굴로 장을 바라봤다. 그녀를 안심시키고자 한 말이었지만 도리어 웬디에게 근심을 안겨 준 꼴이 되자 장이 서둘러 변명하듯 말했다.

"그렇게 놀라실 것 없습니다. 프란시스 영애가 그리 끌려갔는데 하즐렛 부인도 당연히 무슨 수를 쓰려 했겠지요. 부인과의 만남을 미리 작정하고 계셨던 듯하니 그 점은 걱정하지 마십시오. 그토록 위세 등등하던 하즐렛 부인이 되돌아갈 때는 꺼멓게 죽은 얼굴이었으니까요."

그의 설명에도 웬디는 여전히 편치 않은 표정이었다. 이제는 입까지 꾹 다물어 버리고 아무런 말이 없었다.

"제가…… 괜한 말을 했나 봅니다. 모든 일이 잘 해결됐으니, 마음을 편히 가지시라 드린 말씀이었는데요."

"아니, 아니에요. 말해 줘서…… 고마워요."

웬디가 고개를 내저으며 쓰게 웃었다. 그의 말처럼…… 편한 마음으로 현실을 수긍한다면 좋았겠지만 가슴에 납덩이가 내려앉은 것처럼 답답했다.

라드 슈로더는 그녀가 아무리 발버둥을 친다 한들 해내지 못할 일을 가장 최적의 방법을 통해 이루어 냈다. 웬디가 해를 입지 않는 선에서 프란시스 하즐렛을 응징할 수 있는 가장 좋은 해답을 라드 슈로더는 제시해 주었다. 아니, 제시해 준 것뿐만 아니라 그는 스스로 그 난제를 풀어내기까지 했다. 상식적으로 생각해도 이것은 그녀에게 다행스러운 일이었다.

"웬디 양, 저어……."

그때, 그녀의 눈치를 살피던 장이 고개를 갸웃거리며 입을 열었다. 그의 시선이 자꾸 부엌 쪽을 향했다. 턱을 조금 높이 들고 코를 킁킁대며 냄새를 맡는 그의 표정이 영 이상했다.

"웬디 양, 아무래도 뭔가가 타는 것 같은데요."

"네?"

그의 말에 웬디가 화들짝 놀라 장 자크의 시선을 따라 부엌 쪽을 쳐다봤다. 곧 부리나케 자리에서 일어난 그녀가 부엌으로 들어갔다.

"이런!"

웬디가 탄식을 흘리며 불에 그을려진 냄비 위로 손을 뻗었다. 뚜껑을 열자 까만 연기가 한꺼번에 쏟아져 나왔다. 안에 있던 치킨스튜는 이미 새카만 형체로만 남아 본래의 흔적을 찾을 수가 없었다. 웬디가 연신 콜록거리며 다급하게 창문을 열어젖혔다.

"괜찮으십니까?"

장 자크가 손으로 뿌연 연기를 휘저으며 그녀에게 다가왔다.

"네, 냄비를 올려 둔 걸 깜박했지 뭐예요."

그녀가 멋쩍어하며 다 타 버린 냄비를 수습하기 시작했다. 냄비 안에 물을 반쯤 부었을 때, 현관문이 거칠게 열리는 소리가 났다.

"웬디!"

라드 슈로더의 목소리였다. 그녀의 이름을 외치며 뛰어 들어온 그가 곧 부엌 안으로 모습을 드러냈다.

"무슨 일이오?"

집 안에서 뿜어져 나오는 연기를 보고 놀라 뛰어온 그는 그녀의 안전을 먼저 확인했다. 그와 함께 온 마르틴 비숍이 해쓱한 얼굴로 부엌 여기저기를 살폈다.

"냄비를 조금…… 태웠어요."

웬디가 민망한 듯 해명했다.

그런 그녀의 해명에도 두 남자의 표정은 나아질 줄을 몰랐다. 오직 장 자크만이 어깨를 으쓱하며 어색하게 웃음을 지을 뿐이었다. 웬디의 안전을 지키지 못했던 트라우마라도 있는 듯 마르틴 비숍이 웬디를 냄비가 놓인 자리에서 멀찍이 밀어 냈다. 웬디는 떠밀리듯 부엌을 나와 라드와 함께 위층으로 올라갔다.

"민폐를 끼치고 말았네요."

그녀가 위층 복도에 두 발을 디디자마자 그를 향해 사과의 말을 건넸다.

"……민폐라 여기지 않소. 냄비 따위야 아무래도 좋다오. 다만, 난 그대에게 또다시 무슨 일이 생긴 게 아닐까 불안했던 것뿐이오."

라드 슈로터가 그녀에게 가까이 다가와 말했다. 그런 그를 잠시 먹먹한 얼굴로 올려다본 웬디가 다시금 걸음을 옮겨 복도 끝에 있는 창가 앞에 섰다. 창문을 반쯤 연 그녀가 가라앉은 목소리로 말했다.

"시뮤안 경께…… 재판 이야길 들었어요."

웬디의 말에 라드가 아무 말 없이 그녀를 응시했다. 풀빛 눈동자에 깊은 근심이 뿌연 밤안개처럼 서려 있었다.

"고맙다는 말을 하는 게 맞다는 걸 알지만…… 그럴 수가 없어요."

웬디가 시선을 창밖에 두며 말했다. 바깥 공기 사이로 아래층에서 올라온 탄내가 섞여 나는 것 같았지만 창문을 도로 닫고 싶은 마음은 없었다.

"그대가 이 일을 반기지 않을 거라 생각은 하였소. 그러나 내가 한 일을 되돌리고 싶은 생각은 없소이다. 다시 처음으로 돌아간다 해도 난 그리할 테니."

그는 한 치의 서운한 기색도 없이 담담히 말했다. 몇 발자국 앞서 그녀의 마음을 헤아리는 그의 눈빛이 묵직하게 웬디의 옆얼굴에 닿았다.

"당신이…… 신념을 잃게 될까 봐 두려워요."

큰비가 내리기 전 하늘처럼 잔뜩 어두워진 낯으로 그녀가 고개를 내저었다. 그녀의 표정과는 다르게 바깥 날씨는 맑고 청명해 눈부신 햇살이 복도를 가득 메우고 있었다. 그 괴리가 더욱 마음을 처연하게 했다.

"나로 인해 당신이 본래의 모습을 잃게 될까 봐…… 그게 두려워요."

그는 법도와 원칙을 우선시하던 기사단장이었다. 웬디는 그가 자신으로 인하여 스스로의 원칙을 허물게 될까 봐 그것이 두려웠다. 그런 자기 파괴적인 일을 자신으로 인해 겪게 하고 싶지 않았다.

"……난 신념을 잃은 게 아니라오."

그가 조금 전의 담담함은 전혀 찾아볼 수 없는 목소리로 말했다.

"나는 법도에 얽매여 정작 중요한 것을 지키지 못하는 그런 그릇된 신념을 지니고 있지 않다오. 내 신념은 그런 것을 허락하지 않아."

창밖에서 불어온 바람에 웬디의 잔머리가 두 뺨 위를 스쳤다. 햇살에 유독 그 부분이 반짝였다. 라드가 그 반짝임을 보며 말을 이었다.

"나는 기사라오. 지켜야 할 것을 생을 다하여 지키고 마는. …… 나는 신념이 이끄는 대로 행했을 뿐이오. 나의 신념을 잃지 않기 위해 그리한 것이오."

그가 그녀의 뺨 위를 간질이는 잔머리를 쓸어 넘겼다. 연약한 생명을 어루만지는 듯한 손길이었다. 선선한 바람이 그의 손마디에 얽힌 머리칼 사이를 스쳐 지나갔다.

"두려워하지 마시오. 그대의 두려움에 대해 나는 사과할 수 없으니."

웬디가 그의 손에 고개를 기울이며 손바닥의 따뜻한 온기를 느꼈다. 아무런 말도 할 수가 없었다. 그런 그녀를 지그시 바라보던 라드가 깊은 한숨을 내쉬며 느리게 말했다.

"다만 하즐렛가 모녀에게 보인 나의 고압적인 태도와 방법들에 대해선 그대에게 사과하겠소."

"어째서 그걸…… 제게 사과하시나요?"

"그들이 그대에게 보였던 태도가 그러했을 테니까. ……내 행동이 그대의 상처를 다시 덧나게 한 게 아닐지 염려하였소."

그녀가 아랫입술을 지그시 물었다. 남자의 마음이 보였다.

"전……."

"그럼에도 그렇게 할 수밖에 없었던 날 이해해 줬으면 하고 바랐다오. 그대가 날 보고…… 씁쓸하게라도 한 번 웃어 줬으면, 하고."

웬디는 그의 바람대로 씁쓸한 웃음을 지어 보이지 못했다. 대신 그녀는 아무런 말도 아니하고 그의 가슴에 이마를 기댔다. 그래야 자신의 슬픈 표정을 들키지 않을 수 있을 테니까.

고맙고 미안한 마음 중에 미안한 마음이 더 컸다. 그중 태반은 그를 망치고 있는 게 아닌가 하는 죄책감이었다.

다음 날. 살얼음판 같은 긴장이 맴돌던 하즐렛가에 소란이 일었다. 가문의 하인 모두가 하얗게 질려 백작 부인의 호령에 따라 이리저리 바쁘게 움직였다. 작은 실수에도 목이 달아날지 몰랐다.

"조심히, 조심히 옮기거라!"

백작 부인이 종종걸음으로 복도를 걸으며 명했다. 프란시스가 누워 있는 들것을 옮기던 하인들이 고개를 조아리며 더욱 조심스럽게 걸음을 내디뎠다. 들것에 기진맥진한 채 축 늘어져 있는 프란시스는 쉴 새 없이 끙끙대는 신음을 내뱉고 있었다.

"여기, 이쪽으로!"

백작 부인이 가리키는 침대 위로 프란시스를 엎드려 눕히자, 시녀들이 달라붙어 그녀의 땀을 닦아 냈다. 작은 스침에도 그녀의 신음 소리가 커졌다.

"의원은?"

"오는 중입니다."

백작 부인은 프란시스의 엉덩이 부근 옷감 위로 비친 붉은 핏자국에 이를 악물었다.

태형이라니, 태형이라니! 어찌 이리 잔인할 수가!

참을 수 없는 모멸감에 온몸이 부르르 떨리고 사지가 잘려 나가는 것 같은 통증이 일었다. 프란시스가 끌려간 이후로 끔찍하지 않은 적은 단 한 순간도 없었다.

"맥스에게 아직 소식은 없느냐?"

하즐렛 영지로 백작을 모시러 간 하인 맥스의 소식을 물으며 백작 부인이 하녀장에게 눈을 부라렸다. 하녀장이 움찔 몸을 떨며 아직 소식이 없다 아뢰었다.

"아버…… 지께…… 벌써 연통을 넣으신…… 건가요?"

끊어질 것처럼 가는 목소리로 프란시스가 말했다. 딸아이를 다시 만나고 듣는 첫 음성인지라 백작 부인이 감격한 얼굴로 그녀 곁에 무릎을 꿇었다.

"얘야! 몸은 좀 어떻니? 조금만 참거라! 곧 의원이 올 테니."

"아버지께 무슨 이야길…… 드렸나요? 제발…… 아무런 일도…… 벌이지 마세요."

"이 어미가 다 알아서 할 테니 넌 몸을 회복할 일만 생각하거라. 이 어미가 널 이리 만든 이들을 용서하지 않을 것이다!"

백작 부인의 단호한 말에 프란시스가 힘겹게 고개를 돌려 그녀를 바라봤다. 붉은 눈동자 안에 슬픔과 후회가 가득 차 있었으나, 부인은 그것을 고통의 흔적으로만 읽고 식은땀 맺힌 프란시스의 이마를 안쓰럽게 닦아 주었다.

"올리비아 그년이 그 기사단장을 어떻게 꾀어냈는지는 모르지만 이대로 당해 줄 생각 같은 건 없다. 이 어미가 반드시 널 이렇게 만든 죄를 물을 터이니 염려 말거라. 네 앞에 그년을 끌고 와 반드시 무릎 꿇리마!"

"……기사단장을 만나셨어요?"

"그래, 눈 하나 깜박 않고 내게 협박을 하더구나."

"협박이 아니에요. ……그 사람은 진심이에요. 그러니까…… 제발 아무런 일도…… 하지 마세요."

프란시스가 애원하듯 끓어오르는 목소리로 말했다. 그녀의 말을 가만히 들은 백작 부인이 방 안에 있던 아랫사람들을 모두 내보냈다. 문이 닫히자 부인이 소리를 낮춰 딸아이에게 이야기했다.

"올리비아 그 애의 신분을 들먹이지 않더라도 복수할 수 있는 길은 얼마든지 있단다. 그 전에, 너의 명예를 다시 되찾는 게 중요하겠지. 수도에 반드시 돌아올 수 있게 해 주마! 오, 내 아가! 이게 결코 끝이 아니란다!"

프란시스의 한쪽 손을 부여잡은 백작 부인이 흥분에 잠겨 말할 때마다 잡은 손을 움켜쥐었다. 프란시스가 그런 자신의 어미를 보며 지친 표정으로 신음을 흘렸다.

"……추워요. 창문을…… 좀 닫아 주세요."

그녀가 잡힌 손을 떨쳐 내며 오슬오슬 몸을 떨었다.

한숨을 내쉰 부인이 이불을 더욱 위쪽으로 끌어 덮어 준 후, 벌떡 일어나 창가로 걸어갔다.

창밖에선 오후를 알리는 종소리가 들려오고 있었다.

댕, 댕, 댕, 댕…….

어지러운 종성이 방 안까지 침범해 맴돌았다.

"종지기가 정신이라도 나갔나, 대체 종을 몇 번이나 쳐 대는 건지!"

정오를 한참 지난 시간. 멈춰야 할 종소리는 멈출 줄 모르고 계속 이어졌다. 시간관념을 상실한 종지기를 꾸짖듯 백작 부인이 여러 번 혀를 찼다. 그녀가 막 한쪽 창문을 닫았을 때에서야 소리는 잠잠해졌다.

"가만……!"

그 순간, 백작 부인이 벼락이라도 맞은 듯 화들짝 어깨를 떨며 고개를 쳐들었다. 그녀의 동공이 커다랗게 변했다.

"프란시스! ……얘야! 종소리가, 종소리가 몇 번이나 울렸는지 세어 보았느냐?"

그녀의 외침에도 프란시스에게서 대답이 없자 백작 부인이 다급

하게 하녀장을 불러들였다. 좀 전에 밖으로 나갔던 하녀장이 방 안
으로 들어오자마자 그녀가 화급하게 물었다.

"방금 종소리가, 몇 번 울렸는지 아느냐?"

"그것이…… 소인도 정신이 없어, 들은 것이 맞는지 확신할 수가……."

"어서 대답하지 못하겠느냐!"

"열, 열세 번이었사옵니다."

하녀장이 까맣게 이두워진 낯으로 대답했다.

"열세 번, 열세 번이라면……!"

백작 부인이 차마 말을 맺지 못하고 창밖의 먼 곳을 응시했다.
높은 나무 뒤로 뾰족한 황실의 종탑이 멀리 보였다.

"……황제 폐하께…… 변고가 생겼다는 의미가…… 맞느냐?"

"……그런 줄…… 압니다."

열세 시는 베냐한 제국에 존재하지 않는 시간이었다. 존재하지
않는 시간 속에 머무는 죽음. 결코 받아들일 수 없는 슬픔의 시간.
종이 열세 번 울리는 것은 황제의 죽음을 뜻하였다.

베냐한 제국 곳곳에 검은 깃발이 올랐다. 황제의 죽음을 알리는
깃발이었다.

갑작스러운 황제의 죽음은 온 제국민들을 슬픔에 빠뜨렸다. 열여
덟에 황위에 올라 41년간 베냐한 제국을 다스린 바티스트 폰 베냐

한은 두 번의 크고 작은 전쟁 속에서도 베냐한 제국을 지켜 냈으며, 옛 영토였던 발타자르를 수복하여 베냐한 초대의 영광을 회복하였다. 그가 이룬 칼로엔과의 평화 협정은 전쟁의 공포에 젖어 있던 제국에 평화를 가져왔다. 그는 제국민들에게 존경받는 황제였다.

건강상에 큰 문제가 없었던 그의 갑작스런 죽음은 많은 의문을 자아냈다. 그러나 국상은 예정대로 치러졌고, 제국민들은 모두 상복을 입었다. 슬픔의 시간들이 지나갔다.

"법안 공표를 하루 앞두고 승하하셨습니다! 그렇게 굳세시던 분께서……! 어찌 아무런 의심을 하지 않을 수 있단 말입니까!"

딜런 레녹스가 평소 같지 않은 고조된 음성으로 그의 선배 기사에게 말했다. 근무지로 향하기 전, 자신의 무기를 점검하던 뱃지 에노스가 그런 후배 기사를 바라보며 안타까운 한숨을 내쉬었다.

"……의심을 하지 않기는. 사방으로 조사를 하여도 증거가 없으니 별수가 없는 게 아니겠나."

"그날 오귀스트 앵그르 공작과의 독대가 있었던 것만으로 증거는 충분하지 않습니까!"

"쉿! 목소리를 낮추게. 곳곳에 듣는 귀가 많네!"

딜런의 섣부른 말에 뱃지가 기겁을 하며 주위를 둘러봤다.

"……황태자 전하께서도 앵그르 공을 가장 먼저 의심하셨겠지. 제1기사단이 앵그르 공을 심문할 수 있었던 것도 다 전하의 윤허가 있었기에 가능한 일이 아닌가? 그러나 없는 증거를 만들어 낼 수도 없는 일이고. 중요한 건 증거이니 말이네. 어찌하겠는가? 나 또한 순간순간 화가 치솟고 심장이 떨리네. 그러나 어설프게 덤비었다가는 공작에게 빌미를 제공할 뿐, 어떤 소득도 얻을 수 없는 일이 되니 다들 자중하고 있는 게 아니겠나."

분위기가 무겁게 가라앉았다. 황제의 죽음을 누구도 납득하지 못
했다. 황궁의 기사들에게 있어 황제의 죽음은 가장 비극적이고 불
명예스러운 일이었다.

"가세나. 황태자 전하의 대관식에 만전을 기하는 게 당장 우리가
해야 할 일이네."

가라앉은 분위기를 깨며 뱃지가 말했다.

다음날 있을 황태자의 대관식을 위해 제2기사단에서는 온 전력
을 기울여 식 전반의 안전을 점검하고 있었다.

선배 기사가 먼저 길을 나서자 딜런 레녹스 역시 자신의 검을 들
고 그를 뒤따랐다. 저 멀리, 검은색 깃발이 보였다. 날카로운 바람
에 나부끼는 깃발의 움직임이 애를 쓰지 않아도 몹시 스산해 보였
다. 딜런의 얼굴에 침중한 빛이 가득 맴돌았다.

15화
정오의 대관식에 오지 마세요

"전하께서…… 제가 오길 바라신다고요?"

웬디가 탁자 위에 놓인 금박의 화려한 종이를 보며 물었다. 종이를 봉한 밀랍에는 황실의 인장이 새겨져 있었다.

"……거절할 수가 없었소. 전하께서 많이 괴로워하셔서 원하시는 대로 해 드리고 싶었다오."

깍지 낀 두 손 위에 턱을 괴고 있던 라드 슈로더가 두 손을 풀며 말했다. 웬디의 곤란함을 그 역시 충분히 알고 있는지라 황태자의 명을 무조건 따르라 말할 수 없었다. 그러나 그는 황태자에게 단호한 거절 또한 하지 못했다.

어딘가 늘 붕 떠 있고 또 조금 괴상하던 황태자의 평소 모습과 달리, 요 며칠의 황태자는 전혀 다른 사람처럼 보였다. 그 모든 게 황제의 죽음 때문이었다. 너무도 인간적으로 황제의 죽음을 슬퍼하는 황태자의 모습에 신료들이 오히려 당황했을 정도였다. 기행을 일삼던 그라면 조금 다르게 황제의 죽음을 받아들일 것이라고 무의식중에 저마다 생각하고 있었던 것처럼 말이다. 라드 슈로더 역시 황제의 타살 정황을 조사해 나가며 황태자에게 진척 상황을 보고할 때마다 슬픔에 침잠한 그의 모습에 말을 이어 나가지 못했던 게 여러 번이었다.

"……그래, 힘들지 않으실 리 없지."

그가 혼잣말처럼 말했다. 꼭 그 말이 그 자신을 이르는 말인 것처럼도 들렸다. 황태자뿐만 아니라, 라드 슈로더 또한 황제의 죽음으로 크나큰 상실감을 겪고 있는 것 같았다. 아닌 듯했지만 그의 고통스러운 마음이 웬디에게는 빤히 보였다. 그래서 그 역시 황태자의 청을 거절하지 못했으리라.

"그대에게 마음을 많이 허락하신 모양이오. 그대와 이야기를 나누고 싶어 하시더군. ……하즐렛 백작 부인과의 만남을 염려하는 것이라면 너무 마음 쓰지 마시오. 그녀 역시 사람들의 이목을 생각한다면 섣부른 행동을 하진 못할 거라오. 본보기를 보였으니, 나의 경고 또한 잊지 않았을 테지. 그러니 나를 믿고, 대관식에 함께 가지 않겠소?"

라드의 말에 웬디가 고개를 보일 듯 말 듯 끄덕였다. 내키지 않은 자리였지만 이번에도 자리를 피하긴 어려울 것 같았다. 고집을 부려 가지 않는다 해도 마음이 무거울 게 뻔했으니까. 어머니의 죽음을 자신 또한 겪어 보았기에…… 사랑하는 이를 잃은 황태자의 심정이 어떠할지 잘 알았다. 그의 초대를 거절하긴 어려웠다.

"고맙소."

라드 슈로더가 탁자 위의 물병을 집어 잔에 물을 따랐다. 갈증이 난 사람처럼 그는 물 한 컵을 모두 마셨다.

"승하하시기 전날, 폐하를 알현하였소. 피로해 보이시긴 하였으나 어떠한 죽음의 증후도 알아챌 수 없었다오."

"경의 탓이 아니니 자책하지 말아요. ……앵그르 공작의 혐의는 여전히 찾지 못한 건가요?"

"……그렇소. 황제 폐하와의 독대에서 무슨 이야기가 오고 갔는지만 안다 해도 단서가 될 텐데. 폐하의 시종이 증언하길, 그의 방문 이후 폐하의 심기가 몹시 편치 않으셨다더군."

"황태자 전하의 법안과 관련된 이야기를 나누신 게…… 아닐까요? 법안 공표를 하루 앞둔 시점이었으니 그들도 궁지에 몰린 심정이었겠죠."

"앵그르 공은 그저 일상적인 대화를 나눈 것뿐이라 진술하였소. 누군들 그 말을 믿을 수 있겠소? 동기는 충분하나…… 확실한 증거가 없소. 어의의 소견으로는 심장의 울혈이 문제가 되어 폐하께서 승하하신 것이라 하는데, 이를 그와 연관시킬 아무런 증거가 없다오. 앵그르 공이 되돌아가고도 여럿의 신하들이 황제 폐하를 알현하고 갔으니……. 공작이 폐하의 죽음과 관련되어 있다, 무조건 단정하고 밀어붙일 수는 없는 노릇이라오."

그가 지친 듯 관자놀이를 꾹 누르며 말했다. 움푹 들어간 눈이 며칠 사이의 괴로움을 짐작하게 했다.

그녀는 그가 쉴 수 있도록 먼저 자리에서 일어섰다. 내일 있을 즉위식을 위해 자신도 마음의 준비를 할 시간이 필요했다. 하즐렛 백작 부인과의 만남을 각오해야 했다. 어쩌면 하즐렛 백작 역시 그 자리에 모습을 드러낼 것이다. 아니, 분명히 그럴 터였다. 그는 하즐렛가의 가주가 아닌가! 제국의 새로운 황제가 등극하는 대관식에는 변방의 이름 없는 가문의 가주라 할지라도 참석하는 것이 도리이자, 법도였기 때문이다.

멈춰 있던 과거의 시간이 숨 가쁘게 움직이고 있는 듯한 느낌이었다. 웬디는 탁자 위에 놓인 황태자의 초대장을 손에 들고 꾹 움켜쥐었다.

언젠가 맞닥뜨려야 할 일이라면…… 오히려 이 편이 잘된 일일지도 모른다. 막연한 두려움은 시간이 지날수록 더욱 공포스럽게 변화하기 마련이다. 늘어나는 건, 초조함뿐이다. 연속된 그들과의 만남이 그 두려움을 주저앉히길, 그녀는 바랐다.

다음 날.

웬디는 머리를 길게 땋아 한쪽으로 늘어뜨리고 고상한 회백색의 드레스를 입었다. 적당히 목덜미가 드러난 드레스는 그녀를 청초한 숙녀처럼 보이게 했다. 모든 준비를 마친 그녀는 결연한 얼굴로 라드의 손을 잡았다.

집을 나서기 전, 사람들의 이목을 의식한 웬디는 드레스 위에 기다란 망토를 걸쳐 그 차림을 숨기는 것을 잊지 않았다. 라드 역시 정복 재킷을 벗어 든 채로 집을 나섰다.

거리에 가득하던 검은 상복을 입은 사람들의 모습은 더 이상 찾아볼 수 없었다. 새로운 황제를 맞는 대관식 때문인지 사람들 사이에서는 절제된 가운데 들뜬 분위기가 느껴졌다. 새 황제의 즉위는 경사스러운 일이었으니, 축제 분위기 속에서 이루어지는 게 당연했지만 국상이 끝나자마자 거행되는 대관식이었기에 백성들 모두가 마음껏 기뻐할 수 없었다.

골목 밖, 멀찍한 곳에 대기하고 있던 마차를 타고 두 사람은 황궁을 향했다. 마차에 타자마자 슈로더는 재킷을 입고 단추를 하나하나 채워 나갔다. 웬디도 몸에 걸친 망토를 벗어 놓고 옷매무새를 다시 점검했다.

가는 도중, 라드 슈로더는 목 끝까지 채운 옷깃이 답답한지 자꾸 여름 정복의 안쪽 옷깃을 매만졌다. 웬디가 그런 그의 모습을 보며 조금 웃었다.

"그대와 함께 있다 보니, 나도 편안한 차림이 익숙해져 버린 모양이오. 오랜만에 입는 정복이라 그런지 불편하군."

활동성을 고려한 기사단복과 달리 정복은 의례를 고려한 장식이 많았다. 그가 작게 한숨을 내쉬었다.

"앵그르 공작이 혹 그대에게 접근하거든 가능한 대화를 피하도록 하시오. 그가 그대의 신분을 알고 있을지도 모른다는 가정을 하는 게 좋을 것이오. 나와 기사들이 수도 없이 이 동네를 드나들었으니…… 아무리 조심한다 한들 한계가 있겠지."

웬디의 집에 침입자가 든 이후, 그녀를 지키기 위해 번갈아 가며 라드 슈로더의 집을 오갔던 기사들로 인해 발각의 위험은 더욱 높아졌다. 그들의 실력을 믿지 못하는 건 아니지만 위험에 미리 대비하는 건 그녀를 위해서도 반드시 필요한 일이었다.

한참 후, 마차의 속도가 느려지더니 이내 말발굽 소리가 멈췄다. 곧 마부가 그들에게 황궁에 도착했음을 알렸다. 라드는 웬디의 손을 잡고 그녀를 에스코트하여 황태자가 머물고 있는 체더 궁으로 향했다.

"오, 웬디!"

체더 궁의 제일 안쪽, 황태자의 거처에 들어서자 익숙한 목소리가 먼저 들려왔다. 웬디는 그에게 무릎을 굽혀 정식으로 인사를 올렸다.

"오랜만에 보는군."

밝은 인사와 달리 황태자는 무척 수척해 보였다. 양 볼은 생기를 잃었고, 해사하게 빛나던 이마는 습관적으로 지어진 인상에 그녀가 바라보고 있는 지금 이 순간도 찌푸려진 채로 주름이 잡혀 있었다. 눈웃음을 치던 총기 있던 눈매도 음울해 보이기만 했다.

황태자에게 호의를 가지고 있진 않았지만 그녀는 그 모습에 퍽 가슴이 아팠다. 그에게선 깊은 슬픔의 향이 느껴졌다. 웬디에겐 익숙한 향이었다.

"저는 잠시 셰르 궁으로 가, 대관식장을 점검하고 오겠습니다. 이야기를 나누고 계시죠."

라드가 두 사람을 보며 말했다. 웬디가 고개를 끄덕이자 그가 황태자에게 인사하고서 방 밖으로 나갔다.

"슈로더 경에게 그대를 잠시 만나고 싶다 청을 했어. 일단 자리에 앉게나."

황태자가 그녀에게 자리를 권했다. 웬디가 드레스 자락을 조심스럽게 쥐고 그의 건너편 소파에 앉았다.

"……혹시 이게 뭔지 알겠나?"

그녀가 자리에 앉자마자 황태자가 사각의 넓적한 상자를 꺼내 보였다. 겉에 화려한 상아 장식이 된 고풍스러운 모양의 상자였다. 그가 상자의 뚜껑을 열자 안에는 쿼런이 반쯤 채워져 있었다.

"이건⋯⋯."

"엽궐련이네. 폐하께서 피우시던 거지. 이 담뱃잎에 이상한 점이 없는지 한번 살펴봐 주겠는가? ⋯⋯제다 아카데미의 교수들에게 자문을 구할까 고민했으나 그만두었네. 비밀리에 이 일을 알아보고 싶었어. 누가 적인지 알 수가 없으니 말이야."

황태자는 황제가 피우던 담뱃잎에 황제의 죽음의 원인이 있을지도 모른다고 의심하고 있는 듯했다. 웬디가 그런 그의 얼굴을 시름 섞인 눈빛으로 바라봤다.

황태자는 어느 때보다 절박해 보였지만 자신이 그에게 어떤 도움을 줄 수 있을지 알 수가 없었다. 이미 숙성이 된 담뱃잎에서 무엇을 발견해 낼 수 있을까? 잠시간 망설이던 그녀는 그의 애타는 시선에 못 이겨 궐련 하나를 들었다. 그녀의 손길에 따라 돌돌 말린 두루마리 잎이 펴졌다.

"⋯⋯어떤가?"

"글쎄요. 그저 상급의 담뱃잎이라는 것밖에는⋯⋯."

그녀가 자신 없는 투로 이야기했다. 황태자가 조금 실망한 듯 고개를 숙였다. 웬디는 불편한 마음으로 다른 궐련을 들어 그것을 조심스럽게 펴 봤다. 그 순간, 그녀의 미간이 좁혀졌다.

그녀는 서둘러 다른 엽궐련을 펴 보기 시작했다. 그리고 그중 일부를 분리해 냈다.

"⋯⋯왜 그러나?"

그녀의 행동에 황태자가 조급한 얼굴로 답을 구했다. 웬디가 그런 그를 힐끗 바라 본 후, 양손에 든 잎을 서로 비교해 보이며 말했다.

"아무래도⋯⋯ 다른 종류의 잎이 섞여 있는 것 같습니다. 여기,

자세히 보시면 잎맥의 모양이 다른 걸 알 수 있습니다. 잎맥의 각도와 자잘하게 퍼진 모양이 차이가 나지요? 이런 잎이 두루마리 잎 사이에 조금씩 덧대어져 있군요."

"이게, 이 잎이! 뭔지 알겠나?"

황태자가 그녀 쪽으로 상체를 당기며 물었다. 웬디가 송구한 표정으로 고개를 가로저었다.

"이 잎 보양만 봐서는…… 이미 숙성이 끝난 데다가, 조금씩 잘려 있어서…… 제다 아카데미의 교수라 해도 쉽게 알 수 없을 것 같습니다."

그녀의 답에 황태자가 안타까운 듯 입을 다물었다.

"하지만 식물을…… 자라게 할 수는 있습니다. 이파리밖에 보지 못했으니 불완전한 형태의 식물이 자라나겠지만요."

그녀의 말을 들은 아이작 황태자가 바짝 윗몸을 곧추세웠다. 그가 심각한 낯빛으로 고개를 끄덕였다.

"아무 곳에나 식물을 자라게 할 수도 있지만, 가능하다면 흙 위에 자라게 하는 것이 좋습니다. ……뒤처리까지 함께할 수 있는 곳이 있을까요? 식물을 그대로 놔두었다가 불필요한 의심을 살 필요는 없으니까요."

"벽난로에 태워 내면 되겠는가?"

"네."

"그럼 악기실로 가세나. 습도 조절을 위해 여름에도 가끔 벽난로를 떼니 별문제가 없을 거야."

황태자가 먼저 앞장서서 웬디를 안내했다. 악기실은 그가 머무는 거처에서 꽤 떨어진 별관에 따로 마련되어 있었다. 악기실이라는 이름이 무색하게도 방 안에는 바이올린 몇 개밖에 남아 있지 않았다. 황태자가 그간 모아 왔던 바이올린 컬렉션을 생각한다면 정말 적은 수였다.

"궁이 폭발로 무너졌을 때 그나마 이 녀석들이 해를 입지 않은 건 천만다행한 일이었지. 내 거처에 놓아 뒀던 것들은 전부 형체 없이 사라져 버렸지만."

웬디가 바이올린 하나에 시선을 두자 그가 씁쓸하게 말했다.

잠시 뒤, 황태자가 미리 일러둔 대로 하인 하나가 자그마한 화분 두 개를 들고 왔다. 촉촉한 흙이 채워진 화분이었다. 하인은 벽난로에 불을 피우고선 곧 물러갔다.

"너무 기대하진 마십시오. 원하시는 결과가 나오지 않을 수도 있습니다."

웬디가 노파심에 말했다. 황태자가 긴장된 낯으로 고개를 끄덕였다. 얕은 한숨을 한 번 내쉰 그녀가 챙겨 온 담배 상자를 열어 담뱃잎의 모양을 눈에 새기듯 들여다보았다. 그러고선 하나의 화분 위로 검지를 가져다 댔다. 젖은 흙의 감촉이 느껴졌다.

곧 손가락을 떼어 낸 그녀는 담뱃잎 사이에 덧대어져 있던 또 다른 잎을 펼쳐 그 모양을 찬찬히 살폈다. 그 짧은 사이에 앞서 손을 댔던 화분 위에선 작은 싹이 피어오르기 시작했다.

황태자가 작게 탄성을 내질렀다.

"다시 보아도 믿어지지 않는 광경이로군."

웬디가 나머지 화분 위에 검지를 대는 모습을 보며 그가 감탄했다.

그녀가 손을 떼어 내자 젖은 흙부스러기가 떨어져 내렸다. 두 번째 화분 역시 반응은 곧장 나타났다. 톡톡 흙을 밀어내며, 쏙 삐어져 나온 새싹이 투드득투드득 소리를 내며 줄기를 뻗기 시작했다.

두 개의 화분에서 부지런하게 키를 키운 식물은 거의 엇비슷한 크기에서 성장을 멈췄다. 잎이 휑한 줄기가 있는가 하면 누렇게 떠 버린 잎도 군데군데 붙어 있었다. 힘없이 바짝 말라 축 늘어진 줄기도 보였다. 온전한 식물의 모습을 보고 키운 게 아니었기에 열매를 맺거나 자생할 능력이 없는 녀석들이었다.

"이건 담배나무가 맞는군요."

웬디가 타원형으로 생긴 큰 이파리를 손으로 매만지며 말했다. 가지에 어긋나 있는 이파리의 모양은 분명 담뱃잎이었다.

"그리고 이건……."

그녀가 다른 나무 하나를 한참 들여다보며 말을 맺지 못했다.

언뜻 담배나무와 비슷하게 생긴 듯했지만 끝이 뾰족한 담뱃잎과 달리 끝 쪽이 조금 동그란 형태를 띠고 있었다. 잎맥의 모양을 살피니 확실히 다른 점이 보였다.

의문의 식물 앞에서 골똘히 무언가를 생각하며 잎을 앞뒤로 살피던 웬디가 갑자기 이파리 여러 장을 한꺼번에 잔뜩 뜯어냈다. 그러고선 곧바로 그것을 불이 활활 타오르고 있는 벽난로에 던져 넣었다.

"뭐하는 건가?"

웬디는 대답 없이 잎이 타오르며 내는 연기를 손으로 휘저어 조금 들이마셨다.

"전하께서도 연기를 조금 마셔 보시겠어요? 살짝만 들이마셔 보세요."

의미를 알 수 없는 그녀의 행동에 눈매를 좁히던 아이작 황태자가 마지못해 그 행동을 따라했다.

"이렇게, 저처럼 손을 올려 보세요."

웬디가 자신의 왼쪽 가슴 위에 손바닥을 올려놓은 채 찬찬히 숨을 들이마시며 이야기했다. 의문에 찬 눈빛을 한 황태자는 이번에도 마지못해 그녀의 행동을 따라했다. 손바닥 아래로 심장의 울림이 느껴졌다. 웬디가 불현듯 탄식을 내뱉었다.

"역시 이건…… 벤톡시크로군요."

그녀가 심호흡을 하듯 숨을 크게 뱉어 내며 말했다. 그녀의 음성이 신호가 된 것처럼 황태자가 그의 가슴 위 셔츠를 구기며 주먹을 꽉 쥐었다. 얼굴이 상기된 채였다.

"심장 박동이…… 굉장히 빨라졌네."

오케스트라 공연이 클라이맥스에 올랐을 때나 느껴지던 고조된 심장 박동이 단 몇 초만에 손끝에 전해졌다.

"벤톡시크 잎에는 신경을 흥분시키는 물질이 들어있죠. 잎을 말려 불을 붙였을 때 나는 연기는 머릿속을 맑게 해 줄 뿐 아니라 적당한 흥분을 유도해 낸답니다. 이 때문에 제이클 지방의 원주민들이 사냥 전 행하는 의식에 벤톡시크 연기를 이용하기도 했어요. 물론 극소량의 잎만을 이용했죠. 잘못 사용했을 때는 호흡 곤란이나 심장마비를 일으킬 수도 있거든요."

웬디가 테이블 위에 놓인 물주전자를 손에 들며 말했다. 금박의 테두리가 화려한 우윳빛 컵에 물을 따라 낸 그녀가 그것을 몇 모금 마셨다.

"책을 다시 찾아 확인해 봐야겠지만 벤톡시크가 거의 확실하다고 봐요."

"폐하께선 공무를 보시다 갑자기 쓰러지셨네. 황실 의사가 도착하기도 전에, 손 쓸 시간도 없이 승하하셨지. 의사는 폐하의 심장에 문제가 생겼다 했어. ……그게, 그 궐련과 관계가 있다고 보나?"

"폐하께서 벤톡시크의 잎이 소량 쓰인 궐련을 꾸준히 태우셨다면…… 피우신 직후에는 머릿속이 개운하게 맑아지는 느낌이셨겠지만……. 계속된 흡연에 심장에 무리가 가지 않았다고 장담할 순 없을 것 같군요. 이 부분에 대해서는 좀 더 명확히 알아보시는 편이 좋으실 것 같아요. 제가 확답을 드릴 수 있는 사안이 아니에요."

상당히 오랜 시간 동안 황태자는 벽난로 안에서 타오르는 불꽃의 움직임을 말없이 바라봤다. 침착하게 가라앉은 그의 눈동자 안에는 형체를 가늠할 수 없는 분노가 숨겨져 있었다.

황태자는 분노를 드러내는 대신 머릿속에 가득한 생각을 정리했다.

그의 아버지가 수십 년간 피워 온 궐련이었다. 벤톡시크 잎이 궐련 안에 섞인 것이 언제부터인지 그로서는 짐작조차 가지 않았다. 궐련을 진상하던 상단과 그 배후를 캔다면 이 일을 벌인 인물을 찾아낼 수 있을까.

"괜찮으시다면, 이것들을 이만 태워 버릴까 하는데요."

그의 곁으로 다가온 웬디가 바닥에 놓인 화분을 가리키며 말했다. 황태자가 음울한 얼굴로 고개를 끄덕였다. 웬디는 잎이 몇 장 남아 있지 않은 벤톡시크 줄기를 화분에서 뽑아 망설임 없이 벽난로 안에 던져 넣었다. 활활 타오르는 불꽃에 삼켜진 벤톡시크는 허무하게 금세 사라져 버렸다.

황제의 죽음을 야기했을지도 모를 희미한 연기가 벽난로 굴뚝 위로 자취를 감추는 모습을 바라보는 황태자의 얼굴 위로 짙은 그림자가 졌다.

웬디와 함께 대관식장으로 가는 내내 라드 슈로더의 얼굴은 잔뜩 가라앉아 있었다. 퀼련에 관한 이야기를 전해 들은 이후부터였다. 삿된 의도가 명백했다. 퀼련에 그런 독초를 섞어 놓은 것은.

오귀스트 앵그르 공작의 알현과 법안 공표를 하루 앞둔 시점에서의 변고. 그 모든 것들이 얽히고설켜 있다. 폐하께서 벤톡시크에 중독되어 심장이 약해지셨다 해도, 승하하신 날이 하필 그 시점이라는 건 다른 무언가가 영향을 미쳤다는 이야기다. 라드 슈로더는 그 도화선이 오귀스트라 여겼다. 그가 황제 폐하께 분명 흉악하고 간교한 짓을 벌였으리라.

"슈로더 경, 표정을 조금 달리하시는 게 좋을 것 같아요. 사람들이 전부 경의 얼굴만 쳐다보는걸요."

웬디가 소근대듯 말했다. 그제야 라드 슈로더는 굳은 인상을 폈다.

"음, 꼭 경의 표정 때문만은 아닐 수도 있겠는데요."

그가 인상을 편 이후로도 사람들의 시선이 따라 붙자, 그녀가 멋쩍게 이야기했다. 두 사람이 함께 있는 모습은 여전히 사교계에서 화젯거리가 되는 모양인지 대관식이 거행되는 셰르 궁에 도착하기까지 만나는 사람들마다 두 사람에게 시선을 보냈다.

"단장님!"

대관식장에 들어서자 제일 먼저 장 자크 시뮤안이 그들 곁에 다가왔다. 그의 뒤에는 웬디와 함께 꽃집에서 동고동락하는 파스칼

도웨인이 있었다. 늘 평복 차림만을 보아 오다가 기사단의 정복을 차려 입은 모습을 보니 오히려 어색해 보였다.

"이곳에서 뵈니 이상하군요. 이렇게 아름다운 웬디 양의 모습을 보게 된 건 물론 기쁘지만요."

파스칼이 웬디의 드레스 자태를 보며 웃었다. 그런 그를 조금 삐딱하게 쳐다보며 라드 슈로더가 물었다.

"도웨인 경, 호이킨 단장님은 어디 계시니? 궁의 서쪽 측문의 경계가 부족해 보이더군."

"덴버 홀에 계시는 걸 보았습니다. 안 그래도 호이킨 단장님께서 단장님을 찾으셨습니다. 셰르 궁 밖의 경계 문제로 상의하실 게 있다 하셨습니다."

파스칼의 말에 라드 슈로더가 멈칫거리며 품 안의 회중시계를 꺼내 봤다. 식이 가까워 오고 있었다. 그가 허락을 구하는 것처럼 웬디의 얼굴을 바라보자 그녀가 작게 미소 지으며 고개를 끄덕였다.

"알겠네, 함께 가지. 자네가 앞장서게."

라드는 장 자크 시뮤안에게 웬디를 부탁하고서 파스칼과 함께 자리를 비켰다. 그가 자신의 옆자리를 비우는 것이 못내 불안했지만 웬디는 아닌 척 장 자크의 안내를 받아 걸음을 옮겼다.

대관식이 거행될 계단 위 단상에서 멀찍이 떨어진 뒤쪽에 자리를 잡은 장은 그녀를 위해 샴페인 한 잔을 가져다 줬다. 웬디는 퐁퐁 탄산이 터져 올라오는 샴페인잔을 오른손에 들고 조금씩 홀짝였다. 샴페인의 시원한 탄산이 입천장에 닿으니 긴장된 마음이 어느 정도 가라앉는 것 같았다.

"오! 시뮤안 경!"

"오랜만이군요, 시뮤안 경."

장 자크 시뮤안은 부단장이라는 직위 탓인지 평소의 좋은 평판 탓인지 몰라도 시간이 흐를수록 더욱 많은 사람들에게 둘러싸였다. 웬디는 그런 그에게서 조금 거리를 벌리고서 사람들의 이목을 피했다.

부드러운 현악 협주 소리와 사람들 간의 웅성거림이 뒤섞여 홀 전체를 가득 채우고 있었다. 웬디는 화려한 듯 정갈하게 꾸며진 대관식장 내부를 둘러보며 혹시 하즐렛 백작 내외의 모습이 보이지 않을까 살피기를 늦추지 않았다. 앞쪽에 위치한 거대한 원형 기둥 덕에 모습을 적당히 감출 수 있었기에 조금 마음이 놓였다.

"……그러게 말이에요. 이렇게 장성하셔서 대관식을 치르시다니! 정말 감격스럽지 뭐예요."

"그렇지, 쉽게 오르신 황위가 아니니까. 전하께서도 우여곡절이 많으셨지. 왜, 황태자로 책봉되시기 전에 한참 소문이 돌았었지 않나."

"루잔느 황후 마마의 소생이 아니라는 소문 말이죠?"

"말도 안 되는 낭설이었지. 루잔느 황후 마마께서 격노하시던 모습이 아직도 생생하네. 황태자 전하도 가여우신 분일세. 그분을 그토록 귀애하시던 황후 마마께서도 일찍 곁을 떠나셨는데 황제 폐하마저 이리 가시다니."

나이가 지긋한 귀부인과 그보다 조금 젊은 귀부인이 웬디가 서 있는 기둥 반대편에서 부채를 팔랑이며 서로 이야기를 나누고 있었다. 웬디는 무심결에 들은 두 사람의 대화에 귀를 기울였다. 그들은 소곤거리기를 멈추지 않았다.

"듣자 하니 대관식이 끝나자마자 바로 황후 간택이 있을 거라 하더군. 비숍가도 기대를 걸어 볼 수 있지 않겠나?"

"무슨 말씀이세요! 저희는 감히 기대조차 하지 않는 답니다. 제일린이 숄터스가의 영애와 구설수에 오른 건 누구나 다 아는 사실인 걸요. 그런 일이 있었는데 황후 간택이라뇨."

"어린 영애들끼리 시비가 붙는 거야 흔한 일이지. 그게 무에 대수라고 그리 부끄러워하나."

노부인이 끝에 가서 '호호' 웃으며 위로의 말을 했다.

두 사람의 대화를 의도치 않게 듣고 만 웬디는 황후 간택이라는 의외의 소식에 놀라며 샴페인 잔을 기울였다. 그 황태자가 혼인을 한다니, 뭔가 굉장히 어울리지 않는 일이라는 생각이 들었지만 아버지를 잃은 빈자리를 채울 수 있는 계기가 될 수 있겠다는 생각 또한 들었다. 황태자에게는 확실히 위로가 필요했다.

잠시 뒤, 연주가 순간 멈추더니 곧 무게감 있는 선율이 흘러나오기 시작했다. 웅성이며 서로 간의 대화에 열중해 있던 사람들이 모두 대화를 멈추고 앞쪽에 위치한 육중한 아치형의 문을 바라보았다.

"웬디."

사람들의 시선을 따라 앞쪽 문을 주시하고 있던 웬디는 자신의 이름을 부르는 익숙한 이의 음성에 옆쪽을 향하여 고개를 돌렸다. 라드 슈로더가 그녀의 곁에 다가와 서서 눈을 맞췄다. 잠시의 부재가 야기한 그녀의 불안을 짐작한 그가 안심하라는 듯 웬디의 손을 살며시 쥐었다. 단단한 손가락이 감기는 느낌에 그의 의도대로 적이 안심이 되었다.

"용무는 모두 마치셨나요?"

"호이킨 경은 만나 뵙지 못하였소. 궁 외곽의 경계 문제로 자리를 비우셨더군. 부족하다 여긴 지역의 병력 보강을 제2기사단의 부단장에게 지시하고 오는 길이라오."

제2기사단의 단장인 호이킨 경은 황궁의 경계를 책임지고 있었다. 제1기사단이 황태자궁의 폭발 사건과 선황제의 승하에 관한 조사에 전력을 쏟고 있었기에 그의 책임은 더욱 늘어났다. 황궁의 경계 임무는 양 기사단 간의 공조로 이루어졌지만 최근에는 제1기사단이 제2기사단을 뒷받침하는 형태로 경계가 이루어졌다.

라드는 장 자크 시뮤안으로부터 제1기사단의 주요 병력들의 배치 현황을 다시 확인하듯 보고받으며 변화된 경계 인원의 증강을 간단히 전달했다.

"아이작 폰 베냐한 황태자 전하 드십니다!"

현악 협주가 웅장한 오케스트라의 선율로 바뀐 지 수 분이 지나고서야 육중한 아치형의 대형 문이 서서히 열렸다. 곧 모습을 드러낸 황태자는 황금색과 검은색, 그리고 진홍색이 섞인 의례복을 입고 있었다. 그의 등 뒤의 망토는 바닥 위로 길게 늘어져 그가 엄숙한 태도로 걸음을 내딛을 때마다 소리 없이 따라 움직였다.

질 좋은 담비 가죽으로 안을 덧댄 실크 망토는 그 크기만큼 무게가 상당해 보였다. 굵은 금사가 교착되어 길게 앞쪽을 장식하고 있는 재킷은 화려한 금단추와 붉은 루비로 눈부심을 더했다. 그는 단상 중앙 가장 높은 곳에 놓인 왕관을 향해 나아갔다. 황금을 비롯한 세상의 온갖 진귀한 보석들로 세공된 왕관은 한눈에 보아도 예사 무게가 아닐 듯했다. 기골이 연약한 이가 저 왕관을 머리에 썼다가는 목이 금방이라도 부러져 버릴 것이라 여겨질 만큼 압도적인 위용이었다. 마치 황제로서 짊어져야 할 책임의 무게를 미리 경험해 보라고 만들어 놓은 것처럼 차기 황제의 의례복과 머리에 써야 할 관의 무게는 가혹했다.

대관식 의례를 주관하는 대법관의 긴 인사말이 끝나자 아이작 황태자가 베냐한 제국 초대 황제 때부터 이어져 내려오는 황제의 서약을 장엄한 분위기 속에서 읊었다. 시동들이 들고 있는 두루마리 양피지에 순간순간 시선을 보내며 거의 외듯이 서약을 말하는 황태자의 위엄 있는 목소리가 장내를 가득 울렸다.

웬디는 시동 둘의 손에 들린 두루마리의 크기가 제법 묵직한 걸 보고서 서약의 의례가 쉽게 끝나지 않을 거라 예상했다.

그녀는 무심중에 고개를 돌려 홀 내부를 둘러보았다. 높은 굽의 구두를 신고 가만히 서 있으려니 발끝에 무게가 쏠려 불편했다. 한쪽 발을 바닥에서 살짝 떼어 내며 시선을 조금 옆쪽으로 옮겼을 때, 눈에 익은 얼굴이 보였다.

이미 한참 그녀를 바라보고 있었던 듯 시선이 마주쳤음에도 상대의 눈빛에 흔들림은 없었다. 하즐렛 백작 부인이었다.

쏘아보는 그녀의 눈동자에 순간 숨이 막히며 등골이 오싹해졌다. 웬디는 마주친 시선을 돌리지도 못하고 어떤 표정을 지어야 할지 알지도 못한 채 그녀를 바라봤다.

"웬디."

라드가 그녀의 이름을 부르며 잡은 손에 힘을 주었을 때에서야 웬디는 고개를 돌렸다. 그가 웬디가 바라보던 방향을 향해 날카로운 시선을 던졌다. 그제야 백작 부인은 아닌 척 고개를 돌려 단상 위의 황태자를 바라봤다.

"괘념치 마시오."

그가 한 발자국 앞으로 몸을 틀어 웬디의 시야에서 백작 부인의 모습을 지웠다. 웬디는 그녀와의 마주침을 각오하고 왔음에도 불구하고 뛰는 심장을 진정시키기가 어려웠다. 형용할 수 없는 감정이었다. 자신을 핍박하던 백작 부인의 목소리가 과거의 잔상이 되어 귓가를 스쳤다. 프란시스 하즐렛이 그 지경이 되었으니 자신에게 더욱 이를 갈고 있을 것이 분명했다. 수 년 만에 보게 된 얼굴이었으나 못마땅하게 여기어 독살스럽게 자신을 바라보던 그 눈빛은 하나 변한 데가 없는 것 같았다.

하즐렛 백작은, 그녀와 함께 이곳에 왔을까?

난데없이 백작의 거취에 대한 궁금증이 일었다. 살붙이를 향한 애틋한 정 따위에서 기인한 궁금증은 아니었다. 그런 게 있을 리가 없었다. 자신을 겁박할 잠재적 인물에 대한 경계일 뿐, 그 이상도 이하도 아니었다.

웬디는 그녀 옆에 단단히 버티고 선 라드 슈로더의 어깨 너머로 떨리는 눈을 들어 백작 부인이 있던 자리를 살폈다.

부인 근처에서 얼마간 부유하던 그녀의 시선이 부인과 조금 떨어진 자리에 서 있는 희끗희끗한 머리의 노신사에게 가 박혔다.

마르고 홀쭉한 체구에 깐깐해 보이는 눈매를 지닌 하즐렛 백작이 황태자의 서약을 경청하며 멀리 단상을 바라보고 있었다. 그녀가 마지막으로 보았던 모습보다 조금 더 늙고 마른 모습이었다. 일견 완고해 보이는 인상과 달리 그는 무른 구석이 있는 사람이었다. 백작 부인의 불같은 성미를 당해 내지 못하는 것도 그의 심약한 천성 탓이었다. 하즐렛가에서 살았던 지난 세월 동안 그는 단 한 번도 웬디를 지켜 주지 못했다.

웬디는 그에게서 쓰라린 시선을 거두며 서약을 마무리하는 황태자의 뒷모습을 멀거니 바라봤다. 그들에 대한 원망과 미움이 슬그머니 고개를 들어 그녀의 가슴을 아프게 쥐어짰다. 신분을 바꾼 자신의 선택에 대한 그들의 반발과 폭로에 대한 두려움, 프란시스의 처벌에 대한 보복의 염려가 그 다음으로 밀려와 웬디의 심경을 복잡하게 했다.

며칠 전 라드로부터 들었던 연좌제에 대한 설명조차 이 복잡한 심경에 위로가 되지 못했다. 자신의 죄목이 연좌되어 처벌된다는 게 백작 부인의 행동을 제약하는 수단이 될 수 있을까. 웬디가 자신의 손을 쥔 라드의 존재감을 애써 느끼려는 것처럼 손끝에 힘을 주었다. 불안했다.

애초 신분 매매가 반역죄에 포함되었던 것은 신분 제도의 근간을 흔들고 귀족의 권위에 도전하는 자들을 엄중하게 처벌하려는 의도 때문이었다. 법을 제정한 위정자들은 귀족의 신분을 사고파는 행위로 그들의 기득권을 침범하는 자들을 용납하지 못했다. 초대 황제인 니콜라스 베냐한 시절 귀족의 신분을 조작하여 사고판 일이 처음으로 적발되었고, 황제는 더욱 무거운 형벌로 본을 삼기 위해 죄인들에게 연좌제를 적용하였다. 남녀노소를 불문하여 일가 모두에 대해 가해진 심판은 충분한 공포를 심어 주었다.

동시에 나라에서는 귀족 명부를 만들어 귀족 신분의 매매를 사전에 차단하기 시작했다. 나라에서 철저히 관리하는 명부에 손을 대기란 거의 불가능하였고, 자신의 기득권을 포기하며 신분을 팔려하는 귀족 또한 찾기 어려웠다.

그 후 실지로 이루어지는 신분의 거래는 평민들 간의 일로 한정되어 있었다. 죄를 진 도망자나 기구한 사연이 있는 사람들이 그 주된 대상이었다. 그들에 대한 처벌은 엄중하게 이루어졌지만 친족이 연좌되는 일은 점차 사라져 갔다. 연좌의 가혹함과 부당함을 모두가 공감하고 있었던 터였다.

신분 매매에 대한 연좌제 처벌은 법전에 명시된 성문법은 아니나, 니콜라스 황제의 선고로 인해 관습법처럼 굳어져 오랜 시간 적용되어 왔던 것도 사실이었다. 이러한 사실은 제국의 역사와 법령을 오래 공부한 이들이나 관련 분야에서 녹을 먹는 이들만이 세세히 알고 있을 뿐이었다. 이 때문에 웬디 또한 신분을 속인 자신의 죄가 연좌될 여지가 있다는 것을 알지 못했다.

신분 매매에 대한 연좌제 적용은 이처럼 모호한 부분이 많았다. 게다가 웬디는 일반적인 경우와 달리 귀족의 신분을 버리고 평민의 신분을 사들인 경우이므로 더욱 그 적용이 모호했다. 법 해석에 따라 달리 볼 여지가 분명히 있었던 것이다.

그러나 라드 슈로더라면.

그라면 그런 모호성과 관련 없이 연좌의 논리를 펼칠 수 있으리라. 그의 지위에서 기인한 힘이라면 그 모든 게 가능했다. 하나 그가 그런 최악의 상황을 만들 리 없었다. 그것은 어디까지나 웬디를 지키기 위한 수단에 불과했으니까.

그럼에도 웬디가 마음을 놓지 못했던 것은 이를 하즐렛가에서 역이용할 가능성이 얼마든지 있었기 때문이다. 게다가 그들이 프란시스와의 형량 협상을 꼬투리 잡아 도리어 라드 슈로더를 협박한다면! 그 아찔한 상황을 상상하자 웬디는 온몸의 피가 바짝바짝 마르는 느낌이 들었다. 자신이 지은 죄에 연좌되는 게 외려 라드 슈로더, 그가 되는 게 아닌지 몹시도 불안했다.

"……나, 아이작 폰 베냐한은 니콜라스 베냐한의 뜻을 따라 내

이름에 새겨진 베냐한을 받들고 헌신하겠노라. 내가 곧 베냐한이
며 베냐한이 곧 내가 되리라."

황태자의 고아한 음성이 끝에 가서 힘 있게 변했다. 그가 마지막
서약을 읊자 시동들이 먼저 양피지를 갈무리하고 그에게 무릎을
꿇었다. 그것을 시작으로 홀에 가득한 귀족들 모두가 단상을 향해
무릎을 꿇는 진풍경이 연출되었다.

곧이어 대법관이 왕관을 삼연한 손길로 들어 황태자 앞에 있다.
황태자가 그 앞에 고개를 숙였다. 휘황한 관이 그의 머리에 오름과
동시에 관현악단이 일제히 위엄찬 연주를 시작했다.

황제, 아이작 폰 베냐한이 탄생되는 역사적 순간이었다. 홀 안에
벅찬 감동이 가득 찼다.

"모두 일어나시게."

좌중을 둘러본 아이작 황제가 귀족들 모두에게 일어날 것을 허했
다. 여기저기서 경하 드린다는 고조된 음성이 터져 나왔다.

"고맙네."

짧은 인사말이었지만 벅찬 그의 심정이 느껴졌다. 단상 가까이의
높은 자리에 있던 메리언 공주가 손수건으로 눈물을 훔치는 모습이
보였다. 몇몇 부인들 역시 감격에 겨워 훌쩍이고 있었다. 웬디는 그
들의 감상에 동화되지 못한 채 물끄러미 그 순간들을 지켜봤다.

"단장님!"

그때 분위기와 어울리지 않는 날 선 음성이 그녀의 귓가에 들려
왔다. 라드 슈로더 옆으로 급박하게 다가온 기사는 상급자를 향한
경례도 잊은 채 심상치 않은 얼굴로 그에게 귀엣말을 했다. 기사의
보고를 들은 슈로더의 얼굴이 순식간에 굳었다.

불안한 기운을 감지한 웬디가 그들의 모습을 주시했다. 주위를 둘러보니 홀 여기저기에 다급하게 움직이는 기사들의 모습이 눈에 띄었다. 새로운 황제를 호위하던 근위기사들 역시 파란색 견장을 찬 제2기사단의 기사로부터 무언가 보고를 받고 있는 모습이 보였다.

"시뮤안 경, 그대는 황제 폐하를 호위하게."

장 자크 시뮤안과 낮은 목소리로 몇 마디 이야기를 주고받은 라드 슈로더가 그에게 지시를 내렸다.

"웬디, 그대도 시뮤안 경을 따라가도록 하시오."

그는 아무런 설명 없이 웬디의 손목을 이끌어 장 자크의 옆에 세웠다. 다급히 떠나려는 그의 손을 웬디가 놀란 마음에 부여잡았다. 그가 멈칫 그녀를 돌아봤다.

두려움에 찬 그녀의 눈빛을 읽은 슈로더가 잡은 손을 들어 웬디의 손등 위에 입을 맞췄다. 내리누른 그의 숨결이 닿았다 떨어질 때 웬디는 가슴 한쪽의 저릿한 감각을 느꼈다. 이루 말할 수 없이 불안한 마음이 들었다.

라드가 웬디의 손을 놓으며 그녀 뒤에 서 있던 장 자크 시뮤안에게 눈짓을 했다. 시뮤안이 웬디의 팔을 잡아 이끎과 동시에 그가 뒤돌아 홀을 떠났다.

황궁 남동쪽의 경계를 맡은 딜런 레녹스는 제2기사단의 롯테어인 뱃지 에노스와 함께 체더 궁의 긴 회랑을 걷고 있었다. 주위는 시끌벅적했다. 다수의 시종과 시녀들이 짐을 꾸리고 있었던 까닭이다. 황태자의 임시 거처였던 체더 궁에서 황제의 거처인 킹즈브레이 궁으로의 대규모 이동이었다.

황제의 관을 쓰기 전까지 차기 황제의 짐은 킹즈브레이 궁에 들수 없었다. 황제로서 그 위명이 선포된 후에서야 킹즈브레이로의 이동이 허락되는 섯. 이것은 황궁의 오랜 예법이었다.

"황태자 전하께서 이렇게 빨리 대관식을 치르게 될 줄 몰랐네. 빠르게는 5년, 길면 10년이라 생각했지. 폐하께서 관을 물려주신다 해도 오랜 시간 지켜보실 거라 믿어 의심치 않았는데……."

"누구든 그랬겠지요."

뱃지 에노스의 말에 딜런이 씁쓸하게 동조했다.

아이작 폰 베냐한의 등극을 바랐으나 이런 식은 아니었다. 황태자의 대관식에 기쁨과 슬픔이 교차하는 이유였다.

여기저기 나부끼던 검은 깃발은 이미 거두어지고 없었다. 새로운 황제의 탄생을 기뻐하는 베냐한의 국기가 이제 그 자리를 대신하고 있었다. 딜런은 멀리서 펄럭이는 붉은색의 깃발을 허무감이 깃든 눈빛으로 바라보았다. 그에게도 저 국기를 벅찬 설렘을 안고 바라보던 때가 있었다. 사방에 배치된 네 마리의 일각수가 제각기 앞발을 쳐들고 한가운데 자리한 왕관을 지키는 모습. 깃발에 수놓아진 그 문양이 눈에 선했다. 네 마리의 말은 각기 기사와 신료와 귀족, 그리고 백성을 뜻하였다. 그러나 불행히도 이들 중 어느 누구도 그들이 지켜야 할 왕관을 지켜 내지 못하였다.

황실 기사가 된 지 오래되지 않은 어린 기사는 선황제의 죽음에 깊은 무력감을 느꼈다. 뭐든 이룰 수 있으리라 여겼던, 반드시 지키리라 여겼던 어린 기사의 포부는 허무한 포말이 되어 부서져 내렸다. 돌이켜보니 자신에게 남은 것은 아무것도 없다는 생각이 들었다. 사랑을 잃은 마음은 깊은 상실감과 절망으로 이미 너덜거리건만, 이제는 손 쓸 수 없는 무력감마저 그의 폐부를 깊게 적셨다. 그는 지칠 대로 지쳤다.

"……에노스 경, 지난번에 말씀하셨던 휴가 말입니다. 계절이 바뀌기 전에 허락을 받을 수 있겠습니까?"

황제의 죽음에 대해 토해 냈던 전날의 분노가 무색할 만큼 공허한 음성을 하고서 그가 말했다. 그런 그를 잠시 바라본 뱃지가 고개를 끄덕였다. 후배 기사의 지친 심신을 그 역시 모를 리 없었다. 급박한 정세 속에서도 여러 번 권유하였던 휴가였다.

"그래, 대관식이 끝난 후 내 단장님께 말씀을 올리겠네. 지난번 폭발 사건 이후에도 휴가를 거절했으니 별 어려움 없이 허함을 받을 수 있을 거야."

딜런은 황태자궁의 폭발 사건에서 살아남은 몇 안 되는 기사였다. 그에게는 동료의 죽음으로 인한 충격과 고통을 치유할 시간이 필요했다. 기사로서 몇 번이고 겪어야 할 일이었지만 극복해 내는 게 말처럼 쉬운 일은 아니었다. 그가 자신의 심적 고통을 마음껏 토로하는 성정이 아니었기에 주변의 우려는 더 컸다. 뱃지에게 있어서도 딜런 레녹스는 여러모로 신경 쓰이는 후배 기사였다.

"이번 기회에 푹 쉬고 마음을 새롭게 하게나. 마음을 다스리는 것만큼 중요한 수련도 없으니."

"그리하겠습니다."

두 사람은 그 후로 한참 동안 말없이 주변을 경계하며 걸었다. 주변의 소란함과 유리된 듯 그들은 말이 없었다.

"저자들은……."

일관된 침묵이 깨어진 것은 회랑의 모퉁이에 다다랐을 즈음이었다. 멀찍이 위치한 건너편 회랑을 바라보는 뱃지 에노스의 고개가 갸웃했다. 선배 기사의 의아한 목소리에 딜런 역시 그를 따라 시선을 옮겼다.

합이 여섯이었다. 시종의 복장을 하고 있었으나 그 움직임이 여러모로 수상쩍었다. 작은 동작 하나도 예사롭지 않았다. 무인의 눈으로 봤을 때 그러했다. 딜런은 그들의 인상착의를 머릿속에 새기며 행동 하나하나를 눈여겨봤다.

인적 없는 그늘진 지붕 아래 빠르게 모여 무언가 이야기를 주고받은 이들이 금세 흩어졌다. 딜런과 뱃지 역시 서로 눈짓을 주고받고 건너편 회랑으로 눈에 띄지 않게 다가갔다. 그들은 흩어진 무리들 중 같은 방향으로 향하던 세 명의 시종을 먼저 불러 세웠다.

"이보게! 그래, 자네들 말이야."

뱃지의 부름에 그들이 눈에 띄게 움찔하는 기색을 보였다. 잠시 서로 간에 눈치를 보던 시종들이 고개를 조아리며 황실 기사 앞으로 나아왔다.

"체더 궁의 패를 보여 주겠나?"

체더 궁에 종사하는 시종과 시녀들에게 내려진 패를 요구하자 그들 중 하나가 고개를 더욱 깊숙이 조아리며 말했다.

"송구합니다. 소인들은 베르망 궁 소속으로 체더 궁의 요청으로 일손을 돕기 위해 왔사옵니다."

그가 품에서 베르망 궁의 직인이 찍힌 패를 꺼내 보였다.

"그런 일은 보고받은 바가 없는데?"

뱃지가 눈매를 찌푸리며 어깨를 으쓱했다. 어수룩한 듯 행동하고 있었지만 그들의 동정에 주의를 곤두세우고 있었다.

"거기, 바지춤에 감춘 건 뭐지?"

가만히 뱃지의 옆에 서 있던 딜런이 시종 하나를 가리키며 물었다. 자세히 보니 옆구리에 불뚝 튀어나온 게 보였다. 그의 물음에 지목된 시종이 고개를 번쩍 들었다.

"감추다니요, 결단코 그런 일은 없습니다."

"⋯⋯."

딜런은 더 이상의 추궁을 이어 나가지 않고 시종에게 성큼 다가갔다. 급작스러운 그의 행동에 뒷걸음질 친 시종이 나머지 두 명의 시종과 조급한 눈짓을 주고받았다.

챙캉!

공격은 순식간에 일어났다. 딜런을 향해 던져진 표창을 뱃지가 앞서 쳐 냈다. 뱃지의 신형이 표창을 내던진 시종을 향해 쇄도했다. 날카롭게 벼린 검날이 시종의 목을 단번에 스치고 지나갔다. '컥' 소리 한 번 없이 쓰러진 시종의 목에 실금처럼 가는 핏물이 번졌다. 으레 터져 나와야 할 폭포수 같은 핏줄기 하나 없이 깔끔하게 목이 베어진 그는 그대로 절명했다.

딜런 역시 나머지 두 명의 시종을 상대하는 중이었다. 어디서 숨겨 왔는지 모를 단검과 표창으로 그들은 연신 딜런을 공격했다.

연속하여 날아온 표창 세 개를 모두 장검으로 쳐 낸 딜런이 연이어 단검을 찔러 오는 시종의 복부를 길게 베어 냈다. 남자가 울컥

토혈을 하며 바닥에 엎어졌다.

남은 한 명의 시종은 뱃지 에노스의 합세로 더욱 빠르게 제압할 수 있었다. 둘은 일부러 남자의 숨을 붙여 놓았다. 체더 궁에 숨어든 목적을 알아내야 했다.

"누가 보냈는지 말하라. 이 궁에 온 이유가 뭐지?"

뱃지의 물음에 남자가 무언가 말을 하려는 듯 입술을 달싹였다. 허튼짓을 할 수 없도록 그의 입아귀를 붙잡고 있던 딜런이 힘을 풀었다.

"……우윽!"

딜런의 손아귀에서 자유로워진 시종이 입매를 한 번 우물거리더니 곧 게거품을 물고 쓰러졌다. 뒤늦게 그의 입을 벌렸지만 이미 손 쓸 도리가 없었다.

"독이군. 입안에 독주머니를 감춰 뒀을 정도라면…… 예사로운 자들이 아냐."

뱃지가 남자의 품 안을 뒤지며 말했다. 불안에 사로잡힌 딜런 역시 남은 이들의 바지춤을 뒤졌다. 곧 그들의 손에 길쭉한 병 여러 개가 딸려 나왔다. 거의 동시에 마개를 열어 그 안에 든 액체의 향을 맡은 두 사람의 얼굴이 딱딱하게 굳었다. 휘발된 기름 냄새가 그들의 코끝에 확 끼쳐 왔다.

"무슨 일입니까?"

그때 소란을 들은 병사들이 그들의 안전을 확인하며 멀찍이서 소리쳤다. 뱃지가 그들의 모습을 힐끗 보며 딜런에게 지시를 내렸다.

"자네는 먼저 병사들에게 이 사실을 알리게! 나머지 자들을 찾아야 해!"

뱃지 에노스는 더 이상의 지체 없이 나머지 시종들 중 한 명이 사라졌던 방향으로 달려 나갔다.

"경! 괜찮으십니까?"

빠르게 몰려온 병사들에게 딜런은 상황을 알렸다. 남은 시종들은 모두 셋이었다. 에노스 경이 한 명의 시종을 잡아낸다 해도 다른 둘이 그 시간 동안 일을 벌일지 몰랐다. 기사들의 지원을 요청한 그는 선배 기사가 가지 않은 나머지 방향으로 사라진 시종을 찾아 달음박질쳤다.

딜런은 빠르게 주변을 살피며 사라졌던 시종을 찾기 위해 애썼다. 여기저기 같은 복장을 한 시종들의 모습이 눈에 들어왔지만 그가 찾는 인물은 아니었다. 시간이 흐를수록 점점 초조해졌다.

그가 막 체더 궁의 중앙 건물로 들어섰을 때였다. 접빈실로 통하는 복도에 주변을 경계하며 서성이는 이가 눈에 들어왔다. 흔한 갈색 머리의 시종이었지만 딜런 레녹스는 그가 좀 전에 보았던 무리 중 하나였음을 직감했다.

딜런이 단걸음에 그에게 접근하여 거리를 좁혔다. 기사의 등장을 알아챈 시종이 화들짝 놀라며 그를 돌아봤다. 딜런 레녹스는 검을 빼는 것을 주저하지 않았다. 그 모습을 본 시종의 표정이 달라졌다. 무구한 이였다면 살려 달라 무릎을 꿇거나 공격의 이유를 물었겠지만 그는 어떤 변명도 없이 품 안의 무기를 드러냈다. 곧 이어 쇠꼬챙이처럼 생긴 표창 여러 개가 '쇄엑' 바람 가르는 소리를 내며 딜런을 향해 날아왔다. 딜런은 빠르게 검을 옮겨 두어 개를 쳐 내고 나머지는 몸을 굴려 피했다.

그사이, 남자는 딜런에게서 거리를 벌렸다. 그가 비장한 표정을 짓더니 손에 쥐고 있던 병을 바닥에 내던져 깨뜨렸다. 그 안에 든 액체가 바닥을 적셨다. 딜런이 몸을 일으켜 그를 향해 돌진할 때 남자가 한발 빠르게 부시를 쳤다. 불똥이 튀며 그 사이에 있던 부싯깃에 불이 옮겨 붙었다. 순식간에 바닥으로 떨어져 내린 불꽃이 화르르륵 커다란 화염이 되어 사방으로 뻗었다.

🎗️🌸🎗️

"다시 한 번 말하지. 나는 자리를 피할 생각이 없네."

체더 궁에서의 사건을 보고하며 몸을 피해야 한다 아뢰는 기사들에게 황제는 단호한 태도로 일관했다. 신하들을 홀 안에 내버려 두고 홀로 몸을 피하는 비겁한 황제가 되고 싶지 않았던 것이다. 황제로 즉위하자마자 가장 먼저 한 게 도망치는 일이라면 어찌 고개를 들고 살 수 있을까.

"더 이상 소란을 일으키지 말게. 이곳에 모인 이들이 동요하지 않도록 그대들의 할 일을 하게나."

아이작 폰 베냐한 황제가 기사들을 향해 엄중히 경고했다. 시뮤안 경을 따라 그들 근처에 선 웬디는 아이작의 눈빛이 한 남자를 쏘아보고 있음을 알아챘다. 단상 앞에 서 있던 오귀스트 앵그르 공작이었다.

"상황을 보고하게. 피해가 어느 정돈가?"

아이작이 기사 하나를 지목하여 말했다.

"시중인들은 대부분 대피했으나 불길은 아직 잡지 못했습니다."

송구한 표정을 한 기사의 보고에 황제는 잠시 쉼을 두고 대답했다.

"……인명 피해를 줄이는 데 역점을 두게나. 이미 황태자궁이 무너지던 광경을 목도한 몸이네. 내 궁이 불타는 것보다 내 사람들이 다치는 게 날 더 노엽게 한다는 걸 명심해야 할 거야."

낮게 깔린 음산한 목소리였다. 그것이 마치 앵그르 공작에게 하는 말처럼 들리기도 해 웬디는 새 황제와 공작의 얼굴을 느리게 번갈아 바라봤다.

대관식장을 떠나지 않는 황제의 고집에 기사들은 황제의 안전을 염려했지만, 웬디는 그들의 염려가 헛되다 여겼다. 공작이 대관식장을 떠나지 않고 저리 무심히 있는 까닭은 이곳의 안전이 담보되어 있기 때문이 아닌가. 물론 그것은 황가를 겨냥해 벌어졌던 모든 불미스러운 일들의 주모자가 앵그르일 경우에 한했다.

앵그르 옆에 서 있는 그의 부인과 어린 자녀들의 모습만 봐도 그러했다. 설마 가족이 다 보는 앞에서 험한 짓을 벌일까. 가족들과 자신의 안전까지 경시하며 위험한 일을 벌일 만큼 앵그르는 우둔한 자가 아니었다.

진심인 듯 아닌 듯 심난한 얼굴을 한 앵그르 공작이 그 옆에서 불안해하는 어린 딸의 어깨를 달래듯 감싸는 모습을 보며 웬디는 그의 속내가 무엇일지에 대해 생각했다. 대관식을 막을 생각이었다면 이곳에 불을 질렀겠지, 애꿎은 체더 궁에 불을 지르진 않았을 터였다.

"앵그르 공."

"숄터스 백작."

"원, 이게 무슨 일인지! 불이 났다 하던데, 심각한 겁니까?"

웬디는 앵그르 근처로 다가와 말을 거는 한 중년 남성을 보고 고개를 갸웃했다. 그의 음성이 유난히 익숙했던 까닭이다.

숄터스 백작이라 하였나?

웬디와 악연이 있는 알타린 숄터스와 묘하게 닮은 구석은 있었지만 분명 처음 보는 남자였다. 그의 목소리가 익숙할 이유가 없었다.

"글쎄, 심각한 일이 아니길 빌어야지."

"대관식 날 불이라니, 상서롭지 못한 일은 아닐지……."

백작이 말끝을 흐렸으나 주변에 있던 다른 귀족들이 그 이야길 듣고 웅성거리기 시작했다. 기사들에게 계속된 보고를 받고 있던 황제는 다행스럽게도 백작의 무엄한 말을 듣지 못한 듯했다.

그런 황제의 모습을 바라보고 있던 그녀의 얼굴이 그 순간 딱딱하게 굳었다. 숄터스 백작의 목소리가 익숙한 이유를 깨달았기 때문이었다.

황태자궁이 무너지기 전 들었던 수상했던 대화.

앵그르 공의 호위기사와 대화를 나누던 의문의 남자!

분명 그였다.

웬디는 그의 얼굴을 조심스럽게 훔쳐보며 당황을 드러내지 않기 위해 노력했다. 상서롭지 못한 일이라는 말을 흘려 주변 귀족들을 동요시키는 그의 의도가 빤히 보였다.

"……!"

번뜩 든 생각에 테라스와 이어진 유리문을 바라본 웬디는 유리 너머로 보이는 바깥 풍경에 눈을 크게 떴다. 그녀가 이끌리듯 테라스를 향해 나아갔다.

달칵.

문을 열고 바깥으로 나오니 성곽과 그 너머의 풍경이 선연히 보였다. 먼저 황궁의 종탑 옆에 자리한 봉화가 활활 타오르는 모습이 보였다. 거기서 뻗어 올라간 하얀 연기가 파란 하늘 위로 끊임없이 이어지고 있었다. 황궁의 첫 봉화를 시작으로 연달아 타오른 봉화들은 성곽 밖을 따라 띄엄띄엄 끊어지지 않고 계속되었다.

새로운 황제의 등극을 알리는 성스러운 봉화였다.

악한 기운을 사르고 새 시대의 개막을 알리기 위한 불길.

봉화는 황궁에서부터 시작해 온 제국으로 이어질 터였다.

아랫입술을 꾹 깨문 그녀가 이윽고 황궁의 남동쪽을 바라봤다. 웬디의 눈동자 위로 거대한 연기의 형체가 비쳤다. 황궁의 첫 봉화보다 더욱 큰 불길이 그 근방에서 솟구치고 있었다.

하늘 위로 끊임없이 치솟아 오르는 매캐한 검은 연기. 봉화의 하얀 연기와 극명히 대비되는 그 색깔!

웬디는 그제야 체더 궁에 일어난 불길의 이유를 온전히 이해했다.

새로운 황제의 등극을 부정하는 불길.

아이작 폰 베냐한 황제를 인정하지 않겠다는 뜻을 수도의 모든 백성들이 볼 수 있도록 드러내 놓은 또 다른 봉화였다.

"아……."

그녀의 얇은 입술을 비집고 그 순간 낮은 신음이 흘러나왔다. 험난한 정세의 흐름에 아연함을 느껴서가 아니었다. 예상을 웃도는 거센 불길에 끝 모를 불안감을 느꼈던 까닭이었다.

슈로더, 슈로더 경.

웬디가 작게 읊조렸다.

그곳에, 라드 슈로더가 있었다.

그의 안전을 믿고 싶었지만 이대로 그의 무사 귀환을 바라고 있기엔 심장의 울림이 자못 사나웠다. 세차게 솟는 검은 연기와 너울거리는 불길은 누구라 해도 당해 낼 재간이 없어 보였다. 그 역시 다르지 않을 거라는 망령된 생각들이 스멀스멀 기어 나왔다.

웬디는 결심한 듯 발걸음을 떼어 냈다. 자신이 그곳에 간다 한들 무슨 내단한 수가 있는 건 아니었지만 무어라도, 무어라도 해야겠다고 생각했다. 그렇게 그녀가 막 몸을 돌리는 순간이었다.

"악!"

웬디는 자신의 손목에 전해진 거친 악력에 짧은 비명을 내지르며 휘청거렸다. 누군가 험하게 그녀의 손목을 잡아챘다.

"아픔이 느껴지긴 하느냐?"

웬디에게 바짝 얼굴을 들이댄 하즐렛 백작 부인이 악스러운 표정으로 이기죽거렸다.

"……이것, 놓으십시오!"

"고작 이 정도의 고통에도 넌 눈살을 찌푸리는데! 프란시스는, 그 아이는 산송장이 될 만큼 매질을 당했어! 네년, 네년 때문에!"

부인이 웬디를 거의 잡아먹을 듯이 으르렁거렸다. 발코니 밖 떡갈나무에서 지저귀던 새들이 푸드덕 소리를 내며 날아갔다.

"……지금, 고통이라 하셨습니까?"

웬디가 하즐렛 백작 부인의 원망 가득한 눈초리를 보며 부르르 몸을 떨었다. 막상 눈앞에서 이런 말을 들으니 처음의 염려와 두려움은 온데간데없이 사라졌다. 감당이 되지 않는 적의와 분노가 본디 그 자리에 있었던 것처럼 웬디의 머릿속을 지배했다.

"네, 부인 말씀이 백 번 옳습니다. 고통이란 건, 프란시스만이 느끼는 차별된 감정 같은 게 아니니까요. 저 또한 프란시스로 인해 여러 번…… 여러 번, 고통을 겪었는걸요! 아시지 않습니까, 프란시스가 스스로 저지른 죄악으로 인해 그 죗값을 받고 있단 것을. 당신의 딸이 내게 가한 고통은 하찮고, 그 아이가 당한 고통은 대단한 것처럼 그리 생각지 마세요."

"이년이 그래도 잘했다고!"

"목소리를 낮추게!"

불현듯 들려온 음성에 웬디는 인기척이 나는 발코니 문가를 향해 시선을 옮겼다. 그런 그녀의 입가에서 비웃듯 바람 빠지는 소리가 새어 나왔다. 이게 지금 무슨 꼴인가. 우습고도 우스워 눈물이 다 날 지경이구나.

"수년 만에 뵌 백작 각하의 모습이 이럴 거라곤 상상치 못했습니다. 문 앞에 서 망을 보는 꼴이라니, 과히 보기 좋은 모습이 아니군요."

웬디의 비아냥거림에 하즐렛 백작의 얼굴색이 벌게졌다. 그가 한껏 못마땅한 눈빛으로 웬디를 바라보더니 대관식장 내부로 소리가 새어 나갈 것을 염려한 듯 목소리를 낮춰 말했다.

"……올리비아, 너야말로 이게 뭐 하는 짓이냐. 허락 없이 집을 떠난 것도 모자라 신분 위조에 네 동생을 고발하기까지 하다니! 어찌 이런 상스러운 짓을 벌일 수 있단 말이냐!"

피차 애틋한 정 하나 없는 사이였다. 그 점을 너무도 잘 알고 있었다. 그럼에도 웬디는 하즐렛 백작으로부터 들은 괴란한 말에 잠시 말문이 막혔다. 떨리는 눈동자를 바로잡고 무심한 듯 목소리를 내는 건 아주 조금, 어려운 일이었다.

"……정말 몰라서 그러시는 건가요? 제게만 귀를 막고 눈을 닫으셨나요?"

그녀가 백작의 눈을 보며 말했다. 죄책감 없는 그 눈빛에 시린 냉기로 가슴이 뒤덮이는 기분이 들었다.

"……그랬겠죠. 그랬으니 저 몰래 혼인 증서를 만들어 노새 새끼를 팔듯 팔아넘기려 한 거겠죠."

"팔아넘기다니, 이 무슨 돼먹지 못한……!"

"제가 가장 화나는 게 뭔지 아세요? 당신이 날 그 비루먹은 백작에게 팔려고 한 것보다, 내 친어머니가 죽음 앞에서 날 만나게 해 달라 애원했던 걸 모른 체했던 것보다……! 내 고통을 전혀 보아 주지 않는, 날 마치 감정도 없는 목각 인형처럼 취급하는 그 태도가 더 날 화나게 해요. 당신이 느끼는 고통을 나도 느껴요. 그 간단한 사실을 어떻게 평생, 평생 모를 수가 있는 거죠?"

"오, 올리비아! 가여운 것. 넌 아직도 네가 사생아란 사실을 인정하지 못한 모양이구나. 어찌 천한 사생아의 감정을 알아 달라 청하느냐!"

불현듯 백작 부인이 두 사람의 언쟁에 끼어들며 조롱의 말을 내뱉었다.

결국 그들의 논리는 늘 그렇듯 천한 핏줄 이야기로 마무리를 짓는다. 그 어떤 참된 명제로도 이길 수 없는 무적의 논리였다.

"상종 못할 종자들이란 걸…… 잠시 잊고 있었나 봅니다. 그런 더러운 생각들을 가능케 하는 그 귀한 핏줄을 반쪽만 물려받은 사실에 외려 감사해야 했는데!"

웬디가 백작 내외를 번갈아 보며 소리쳤다. '쯧쯧' 혀를 차며 고개를 돌려 버리는 백작과 달리 백작 부인은 더욱 사납게 웬디의 손목을 끌어당겼다.

"……프란시스의 무고함을 밝히거라. 프란시스에게 내린 심판이 거두어진다면 나 또한 더 이상 널 상종하지 않을 것이다. 네가 그토록 원하는 자유를 줄 테니 당장, 프란시스의 무고함을 밝혀!"

백작 부인이 순 명령조로 말했다. 웬디가 피식 비웃음을 머금었다.

"그 아이가 스스로를 무고하다 하던가요? 사람을 시켜 내게 그런 짓거릴 하고도? 부인께선 프란시스와 함께 영지로 되돌아가 무고하다는 말의 뜻을 다시 배우셔야겠어요. 부디 이번엔 훌륭한 제국어 선생을 두시길 바라야겠군요. 아, 자유를 준다는 문장의 의미도 이 기회에 함께 깨우치시길 바랄게요. 원, 이리도 무지해서야!"

"네가 뚫린 입이라고 잘도 지껄이는구나!"

작정한 듯 빈정대는 웬디의 태도에 백작 부인의 콧등이 연신 씰룩였다. 마음에서 촉발된 분노가 그녀의 안면 근육을 멋대로 만지작거렸다.

"더 이상의 소모적인 언쟁은 사양하고 싶으니, 이만 제 손을 놓아주시겠어요?"

웬디가 백작 부인에게 붙잡힌 손을 잡아 빼려고 애쓰며 말했다. 악에 받친 하즐렛 부인이 온 힘을 다해 그녀의 손목을 움켜쥐었다. 부인의 관자놀이에 새파란 핏줄이 솟았다. 웬디는 오래전 익혔던 호신술을 그녀에게 선보여야 할지 잠시 갈등했다.

"그만하게. 살살 달래 돌아가재두. 언제까지 입씨름을 할 생각인가?"

둘의 실랑이를 보고 백작이 답답하다는 듯 부인에게 말했다.

"올리비아, 네가 정말 끝을 보려고 하느냐? 네 뒤를 봐준 그 공작이 꽤나 믿음직스러웠던 모양이구나. 그러나 언제까지 그가 널 위해 나설 거라 믿는 거지? 공작이 프란시스를 협박해 나라의 국법을 쥐락펴락한 일이나, 너의 죄를 빌미로 우리 가문을 옭아매려 한 것들을! 내가 폐하께 상소한다면 그 또한 무사할 거라 여기느냐? 네가 이리 나를 몰아붙인다면 나 역시 그를 물어뜯고 목을 죌 것이야! 그것이 정녕 하즐렛가만의 몰락이라 여기느냐?"

백작 부인의 응어리 가득한 언사에 웬디가 입을 다물었다. 담담히 부인의 눈빛을 되받아치는 것 같았으나 풀빛 눈동자가 미약하게 흔들렸다. 그 떨림을 눈치챈 부인이 속으로 쾌재의 미소를 띠우고 있을 때였다.

"그래, 정녕 그대들만의 몰락이 되게 내가 그리 만들 것이네."

발코니 안에 한기 어린 음성이 뻗쳐 왔다.

웬디가 반사적으로 소리의 방향을 향해 고개를 돌렸다.

백작이 버티고 있던 발코니 문을 열고 들어온 라드 슈로더가, 그보다 머리 하나는 작은 백작 뒤에 꼿꼿이 서 있는 모습이 보였다. 그가 문을 여는 바람에 몸이 밀린 듯 삐뚤어진 자세를 한 백작이 고개를 쳐들고 등 뒤에 나타난 기사를 경계했다. 바짝 옹송그린 양 어깨와 차마 돌아보지도 못하고 위로 추켜올려진 두 눈동자가 희극배우의 그것처럼 우스꽝스럽고 괴상했다.

"누구든 그녀와 나의 뒤꿈치 하나라도 상하게 한다면, 난 그자의 눈알을 뽑고 혀와 귀를 잘라 들개들이 나다니는 길가에 흩뿌려 놓을 것이오. 지난번 그대와의 만남에서 순화된 언동을 보였던 게 불찰이었던 모양이야. 내가 얼마만큼의 각오를 지니고 있는지, 얼마만큼 잔인해질 수 있는지 그대에게 보이지 않은 게 후회되는군."

그가 백작 부인과 웬디 곁으로 다가와 웬디의 손목을 그러쥔 부인의 손을 떨쳐 놓았다. 황망한 얼굴을 한 그녀의 손길이 너무도 쉽게 떨어져 나갔다.

"다신, 이런 짓을 하지 마시오. 그녀에게 두 번 다시 손을 대지 마."

그가 냉엄한 태도로 말했다. 궁지에 몰린 백작 부인이 도움을 구하듯 백작의 얼굴을 연신 바라봤다. 여전히 삐뚤어진 자세로 선 백작이 두 눈을 끔벅이며 눈치를 살폈다.

"내 노여움을 재촉하는 어떤 행동도 하지 않는 게 이로울 것이오. 가능하다면 숨 쉬는 방향조차 그녀를 향하지 않는 게 좋겠지."

"어, 어미가 자식을 만나는 건 천륜이거늘! 어찌 그것을 끊어 놓으려 하십니까?"

"그 천륜을 끊어 놓은 건 그대가 아닌가? 그녀를 친모와 만나지 못하게 한 게 누군지 잊었는가?"

라드가 이해할 수 없다는 듯 되물었다. 장 자크에게 올리비아 하즐렛 영애에 대한 조사를 맡긴 후 그녀가 하즐렛가에서 어떤 수난을 당했는지 대강의 이야기를 보고받은 그였다. 그런 라드의 물음에 그가 말한 천륜이 웬디와 그녀의 친어머니를 이르는 것임을 안 백작 부인은 아무런 대답을 못하고 입을 벙긋거리다 헛숨을 내쉬었다.

"공작 각하, 송구합니다. ……격해진 감정에 흘린 실언이니 부디 노여움을 푸십시오."

보다 못한 하즐렛 백작이 조심스럽게 그들 곁으로 와 말했다. 라드 슈로더가 눈을 가늘게 뜨고 그를 봤다.

"집안을 제대로 다스리지 못한 저의 부덕함입니다. 아비로서 딸아이들의 마음을 헤아리지 못한 것도 모두 저의 부덕이겠지요. ……공께서 올리비아를 귀애하신다 들었습니다. 프란시스는 올리비아의 하나밖에 없는 자매임을 잘 아실 테지요. 저 아이를 보아서라도 프란시스에게 내려진 가혹한 형벌을 거두어 주실 수 없겠습니까?"

그가 라드 슈로더의 표정을 살피며 공손히 이야기했다. 돌변한 그의 태도에 웬디가 어두운 얼굴로 눈길을 돌렸다.

"하즐렛 백, 그대는 아직도 앞뒤 분간을 못하는군. 프란시스 하즐렛 영애가 왜 그러한 죗값을 치르게 됐는지 모르시오? 어찌 그런 허황한 말로 스스로의 눈을 가리고 사건의 본질마저 어지럽히려 드는가!"

더 이상 보아 주지 못하겠다는 것처럼 라드 슈로더가 백작에게 일갈했다. 슈로더의 눈동자에서 불똥이 튀는 것 같았다. 예상하지 못한 그의 크나큰 분노에 움찔한 백작이 얼른 말을 바꿨다.

"아닙니다, 아닙니다. 제가 괜히 공의 심기를 불편케 했나 봅니다. 그럼요, 맞습니다. 공작 각하의 말씀이 모두 옳습니다. 이제부터 저희 집안의 일은 제가 단속할 터이니, 그만 심려를 거두십시오. 오늘 들으신 모든 이야긴 마음에 두지 않으시는 게 좋겠습니다."

하즐렛 백작이 더 이상 배짱을 부릴 엄두를 내지 못하고 허둥지둥거렸다. 그가 하즐렛 백작 부인의 팔을 잡으며 발코니 문가를 향해 눈짓을 했다. 백작 부인의 표정이 괴상하게 일그러져 있었다.

"이만 가세나. 거, 참. 가자니까."

잠시 버티고 서 있던 그녀가 백작의 성화에 못 이겨 결국 발코니를 떠났다. 경황이 없는 와중에도 마지막까지 웬디를 향해 사나운 시선을 보내는 것을 잊지 않은 그녀의 뚝심은 높이 살 만했다.

웬디는 그런 그녀의 시선을 잠시 견디다가 그들이 발코니 문을 닫고 사라지자 곧바로 두 눈을 꾹 감았다. 오랫동안 잠을 이루지 못한 것처럼 눈이 찌르르 하게 아팠다.

"웬디."

그녀를 부르는 라드의 음성에 가만히 눈을 뜬 그녀가 그를 올려다봤다. 그의 뒤로 펼쳐진 성곽 너머의 풍경에선 봉화의 연기가 여전히 줄지어 하늘을 가르고 있었다. 먹먹한 마음에 잠시 숨을 삼킨 그녀가 시선을 돌려 불타오르는 체더 궁의 모습을 봤다.

"아직 불길이 거센데…… 어떻게 다시 이곳을 찾으신 건가요?"

"체더 궁 밖까지 불이 번지지 않도록 조치를 해 두었소. 체더 궁의 불길을 잡기엔 이미 너무 늦어 진화를 시키기 위한 위험을 감당하는 것보다는 궁을 전소시키는 쪽을 택하였다오."

그의 말대로 체더 궁의 화기는 그 주변으로 번져 나가지 않고 있었다. 궁을 감싼 불길이 좀 전보다 조금 사그라든 것도 같았으나 검은 연기는 여전히 힘을 다해 솟구쳐 오르고 있었다.

"……그대에게 도움을 청하러 왔소."

"제…… 도움을요?"

그녀가 의아한 낯으로 라드를 봤다. 그가 잠시 주저했다.

"딜런 레녹스 경이 부상을 당했소. 그대가…… 그를 만나 보는 것이 좋을 것 같소."

라드의 말을 듣고 그를 따라 황실 의료원이 위치한 메리히 궁으로 가는 동안 웬디는 내내 멍하니 생기 없는 눈만 껌뻑였다. 자신

을 딜런 레녹스에게로 인도해 가는 까닭을 쉽사리 예단하고 싶지
않았다.

얼마나 다쳤기에, 상태가 어떠하기에.

라드 슈로더는 더 이상의 설명 없이 꾹 입을 다물고 있었다. 웬
디 역시 그에게 묻기를 주저하였다. 머릿속이 그저 멍했다.

체더 궁에 인접한 메리히 궁은 곳곳이 어수선한 분위기로 들썩이
고 있었다. 연신 부상자를 실어 나르는 사람들과 도움을 요청하는
외침들, 가쁘게 뛰는 의원들의 모습이 어울릴 수 없는 그림처럼 어
우러져 있었다. 몹시 끔찍하고 가혹한 풍경이었다.

"이곳이오."

라드가 긴 복도 위 어느 문 앞에서 멈춰 섰다. 웬디는 문을 열고
안으로 들어가는 라드 슈로더의 뒤를 기계적인 움직임으로 뒤쫓았
다. 그가 들어서자 안쪽에서 분주하게 움직이고 있던 의원 둘이 꾸
벅 인사를 해 왔다. 그들의 손에 붉고 누렇게 물든 거즈가 잔뜩 들
려 있었다.

"그대들은 이만 나가 봐도 좋네."

"네? 하오나……!"

"나가 보도록 하게."

난데없는 축객령에 의원들이 몇 번 망설이며 자기들끼리 눈짓을
주고받았다. 둘 중 조금 더 나이 들어 보이는 의원이 하는 수 없다
는 듯이 고개를 끄덕인 후 걸음을 옮기자 나머지 한 사람 역시 마
지못해 나갔다.

라드 슈로더는 더 이상의 관여 없이 그 자리에 붙박인 듯 서 있었
다. 웬디는 그를 힐끔 쳐다본 후 치료실 가운데 위치한 침대를 향

해 나아갔다. 가까이 걸음을 옮길수록 손끝이 조금씩 떨려 왔다.

"딜런……."

침상에 누워 있는 딜런의 모습을 눈으로 확인한 웬디가 그의 이름을 소리 내어 불렀다. 침음인지 신음인지 알 수 없는 소리가 연달아 그녀의 입에서 터져 나왔다.

"어떻게…… 이런……."

그의 양손 전체로 퍼져 있는 끔찍한 화상 자국을 보며 웬디가 말을 맺지 못했다. 시뻘겋게 벗겨진 살가죽 사이로 핏물과 진물이 비어져 나오고 있었다. 강한 열에 녹아 서로 붙어 버린 손가락 두어 개도 눈에 보였다. 이루 말할 수 없는 화상의 고통 속에서 그는 정신을 잃은 채 간신히 숨만 달싹이고 있었다.

백지장 같은 얼굴 군데군데 묻어 있는 그을음 자국을 향해 웬디는 덜덜 떨리는 손을 뻗었다. 기사로서의 삶에 종말을 고하는 상처와도 같았다. 치료하여 상처가 아문다 해도 다시는 검을 잡을 수 없으리라. 웬디는 차마 그의 얼굴에 손을 대지 못하고 떨리는 손을 꽉 쥐어 가슴께로 끌어모았다.

"으……."

그가 미약한 신음을 흘렸다. 그 소리가 천둥보다 크게 그녀의 귓가를 울렸다. 온몸이 찌르르 울리는 기분이었다.

웬디는 정신 나간 사람처럼 주위를 두리번거리기 시작했다. 그녀의 시선은 창가에 다다랐을 때에서야 제자리를 찾은 것처럼 뚝 멎었다. 창문을 벌컥 열어젖힌 그녀가 바깥 창틀에 얹어진 기다란 화분 위로 손을 뻗었다. 그 위에 소담스럽게 피어 있던 팬지꽃이 그녀의 우악스런 손길에 마구잡이로 뽑혀 나가기 시작했다. 이윽고 번번한 흙을 드러낸 화분을 들어 고정된 창틀에서 빼 내려는 듯 그녀가 몇 번 힘을 주었다. 그러나 단단히 고정된 화분은 짜증을 돋우려는 것처럼 꿈쩍을 안 했다.

"내가 하리다."

어느새 그녀 곁에 다가온 라드 슈로더가 그녀를 대신하여 화분을 빼 냈다. 웬디는 대답 없이 옆쪽 창가로 달려가 똑같은 행동을 거듭했다.

치료실에 주욱 화분을 벌여 놓자, 그녀는 냉큼 흙 위로 검지를 내리 눌렀다. 연달아, 반복하여, 계속 같은 행동을 했다.

그녀는 거침이 없었다. 화분 앞에 꿇어앉았던 무릎을 펴기가 무섭게 웬디는 의원들이 사용하는 대야에 물을 쏟아붓고 더러워진 손을 닦아 냈다. 그러고서는 벽에 붙어 있는 유리 선반장을 마구잡이로 뒤져 사기로 된 약사발을 찾아냈다.

투두두두둑-.

그사이 화분 위에서 싹을 틔우고 줄기를 뻗은 식물들은 언제나와 같이 웬디의 바람대로 부지런히 성장했다. 곧 그들 앞에 붉은 열매가 모습을 드러냈다. 두 사람 모두 익히 알고 있는 열매였다. 철퇴처럼 오돌토돌한 표면을 가진 열매는 그 작은 과육 안에 발간 생명력을 끝도 없이 품고 있었다.

천상의 열매라 불리는 바하즈만이었다.

웬디는 수두룩하게 매달린 열매를 찰나의 머뭇거림도 없이 거두어 들였다. 신속히 열매를 약사발 안에 넣고서 막대로 짓이긴 그녀가 그것을 딜런의 환부 위에 붙였다. 즙이 침대 시트에 흘러내려 일부 스몄지만 개의치 않고 그 위에 짓이긴 열매를 덧붙였다.

곧 딜런의 양팔 위에 빠짐없이 붕대가 감겼다. 모든 처치를 끝내고 나니 그녀의 온몸이 땀으로 흠뻑 젖었다. 딜런의 숨결이 조금 편안해져 있었다.

그녀 곁으로 다가온 라드가 말없이 그녀에게 마실 물이 든 컵을 내밀었다. 물을 받아 몇 모금 마신 웬디가 그에게 말했다.

"레녹스 경의 상체를…… 조금 일으켜 주시겠어요?"

그가 고개를 끄덕이고 딜런 레녹스의 윗몸을 조심스럽게 일으켜 세웠다. 그러자 웬디가 따로 남겨 둔 바하즈만의 즙을 딜런의 입가에 흘려보냈다. 몇 번의 시도 끝에 딜런이 꿀꺽 그 즙을 삼켰다.

효과는 즉시 나타났다. 쿨럭 얕게 기침을 한 그의 눈꺼풀이 잠자리 날개처럼 파르르 떨리더니 곧 그가 눈을 떴다. 딜런의 파란 눈동자가 초점 없이 잠시 배회했다.

"……올리…… 비아?"

그가 웬디를 알아봤다. 가문 들녘처럼 쩍쩍 갈라진 목소리였다. 그러나 미처 그녀가 대답을 하기도 전에 그가 고통스럽게 얼굴을 일그러뜨리며 신음을 내뱉기 시작했다. 의식이 돌아오면서 살갗에 파고든 화기의 고통이 밀려든 것이었다.

당황한 웬디가 바하즈만 열매를 조금 더 가져오려 몸을 일으키려 했다. 그때 그가 다시금 '올리비아'라고 힘없이 무너지듯 그녀의 이름을 불렀다.

"……가지 마……."

꺼져 가는 음성이었다. 애처로운 그 말에 웬디가 자리를 떠나지 못하고 침상 옆 의자에 주저앉았다. 곁에 서 있던 라드가 그런 그녀를 보다 의미를 알 수 없는 얼굴로 고개를 돌렸다. 한동안 물끄

러미 창밖을 바라보던 그가 딜런이 다시금 잠이 들었을 즈음 입을
열었다.

"불을 끄려 애쓰다 손이 저리된 모양이오. 그의 조치 덕에 조금
이나마 시간을 벌 수 있었다더군. 궁 여기저기서 산개하여 타오른
불길이라 모두 막기엔 역부족이었으나…….."

"……."

"……그의 곁을 지키겠소?"

라드가 물었다. 속내를 알 수 없는 질문이었으나 그가 어떤 의도
에서 한 질문이건 웬디의 대답은 정해져 있었다.

"여러 번 거즈를 갈아 주어야 할 것 같습니다. 또 바하즈만을 여
러 그루 키워 내야 할 것 같고요."

"……저 나무들의 처리가 필요하겠군."

라드가 열매를 모두 따 낸 바하즈만을 보며 말했다.

"도웨인 경을 보내겠소. 그가 그대를 충분히 도울 수 있을 거요."

화재 현장으로 다시 가 보려는 듯 그가 걸음을 옮겼다. 그런 그
를 웬디가 불러 세웠다.

"슈로더 경."

그녀의 부름에 그가 가만 그녀의 얼굴을 봤다. 그러나 막상 그의
얼굴을 마주 본 웬디는 할 말을 찾지 못했다. 애써 몇 번 입술을 달
싹이던 그녀가 어떠한 말도 못하고 고개를 숙였다.

"일이 끝나는 대로 다시 오겠소. ……아무런 염려 마시오. 사람
의 생과 사보다 중요한 게 무엇이 있겠소."

황궁에서 바하즈만을 키워 낸 일을 두고 하는 말이었는지, 옛 사
랑의 곁을 지키는 연인에 대한 안타까움을 이르는 말이었는지 알

수 없었지만 그게 무엇이었든 눈앞의 여인이 어떠한 염려도 하지 않길 그가 원하고 있다는 건 분명하였다.

그렇게 그는 다시 뒤돌아 치료실을 떠났다.

한밤이 되어서야 딜런 레녹스는 다시 정신을 차렸다.

그의 팔을 감싼 거즈를 세 차례 갈아냈을 때였다. 웬디는 그의 입술에 바하즈만을 짓이긴 즙을 기울였다. 딜런은 힘겹게 액체를 목구멍 너머로 넘겼다.

"정신이 들어……?"

"……계속…… 옆에 있었던 거야?"

그가 느리게 눈을 깜박이며 웬디를 봤다. 웬디는 작게 고개를 끄덕이고 그에게 다시금 바하즈만 즙을 먹었다. 하루 사이에 몹시도 핼쑥해진 얼굴이었지만 조금씩 핏기가 돌기 시작했다.

"이건…….."

"바하즈만이야."

웬디의 말에 그의 시선이 치료실 한쪽에 늘어서 있는 화분을 향했다. 소문으로만 익히 들었던 나무가 고고한 빛을 발하며 그곳에 여럿 있었다. 나무에서 열매를 따 내던 도웨인 경이 그에게 눈인사를 했다.

"팔은…… 많이 좋아졌어."

그에게 팔의 상태를 확인시키려는 것처럼 웬디가 조심스럽게 붕대를 풀기 시작했다. 분주하게 움직인 도웨인 경이 그녀 근처로 다가와 그 작업을 도왔다.

붕대를 모두 풀고 팔에 덮인 짓찧은 바하즈만 열매를 걷어내니 몰라보게 좋아진 피부가 드러났다. 군데군데 아직 화상의 흔적이 남아 있었지만 처음의 위태롭던 상태에 비할 바가 되지 않았다.

바하즈만. 죽어 가는 사람을 살리고 죽은 살을 새로 돋게 한다는 생명의 열매였지만 이만큼 위중한 상처를 치료했던 사례도, 또 이만큼 많은 양의 바하즈만을 사용했다는 기록도 없었기에 웬디 역시 치료 효과가 얼마나 나타날지 확신하지 못했다.

그러나 처음 처치했던 붕대를 풀어냈을 때 그 염려가 순전히 기우였음이 드러났다. 그의 짓무르고 상한 피부 위로 새살이 살뜰히 돋아나고, 붙어 버렸던 손가락 사이가, 허물어져 녹은 살이 재건된 믿지 못할 일이 일어난 것이다. 그가 다시 검을 쓸 수 있을지 여부를 알 수는 없었으나 적어도 일상생활을 하는 데 어려움은 없을 터였다.

"한 번 더 붕대를 감을 생각이야. 마실 약을 만들어 놓을 테니까 내일까지 충분히 복용하도록 해."

예전처럼 검을 잡을 수 있을 거야. ……꼭 그리될 거야.

그녀는 하고 싶은 말을 모두 하지 않은 채 쓴웃음으로 대신 그 자리를 채웠다.

그로부터 몇 시각이 지난 후, 라드 슈로더가 다시 치료실로 돌아왔다. 그의 곁에는 황태자궁의 폭발 사건 당시 웬디의 능력을 함께 목격했던 제2기사단의 기사가 있었다.

낯익은 그 얼굴을 보고 웬디가 꾸벅 인사를 했다.

"웬디 양, 제가 레녹스 경을 돌볼 터이니 이만 돌아가시지요. 많이 피로해 보이십니다."

그의 제안에 웬디가 선뜻 응하지 못하고 침상에 누운 딜런을 바라봤다. 그는 다시 깊은 잠에 빠져 있었다. 이어 문가에 서 있던 라드 슈로더의 모습을 힐끗 바라본 그녀가 기사에게 말했다.

"……그럼 부탁을 드리겠습니다."

그녀가 그에게 미리 마련해 두었던 약병을 건네며 처치 방법을 일렀다. 도웨인 경에게 남은 바하즈만 나무에 대한 뒤처리를 부탁한 이후에야 두 사람은 치료실을 나섰다.

떠나기 전, 웬디가 다시금 딜런 레녹스를 돌아보았다.

떨어지지 않는 눈길을 거두며 그녀가 문을 닫고 사라지자 남은 기사들이 바하즈만 나무 앞에서 두런두런 이야기를 나눴다. 전소된 체더 궁에 관한 이야기와 부상자의 숫자, 바하즈만의 경이로운 힘에 대한 말들이었다.

"……."

그 순간, 굳게 감겨 있던 딜런 레녹스의 눈꺼풀이 들렸다. 애초부터 잠에 들지 않았던 듯 그 눈동자에서 잠기운의 자취를 찾을 수는 없었다. 그가 고개를 돌려 웬디가 앉아 있던 자리를 바라봤다. 눈빛에 쓸쓸한 기운이 감돌았다. 일말의 온기도 남지 않고 비어 있는 그 자리를, 그 후로도 그는 한참을 바라보았다.

한편, 라드 슈로더와 함께 메리히 궁을 나선 웬디는 소중히 손에 쥐고 있던 무명 주머니 하나를 그에게 건넸다. 낮의 소란이 믿어지지 않을 만큼, 주위는 고요했다.

"바하즈만입니다. 폐하께 드리세요. 어떤 위험이 닥칠지 모르니…… 미리부터 조금씩 복용해 두시는 게 좋을 겁니다."

궐련에 섞인 벤톡시크 독이 선황제의 죽음에 관련이 있다고 의심하고 있었던 그녀가 황제를 위한 바하즈만을 미리 안배하였던 것이다.

"만약…… 선황제 폐하께서 독에 중독되셨다면, 그것은 지난 봄 이후부터일 거라 생각됩니다. 훨씬 이전에 중독되셨다 해도 봄을 기점으로 독이 해독되었을 테지요."

"어찌 그렇소?"

"오늘 바하즈만을 키워 내며 든 생각입니다. ……경께서도 기억하시지요? 지난 봄, 라자뷰데 박물관에서 바하즈만을 전시했었던 것을요."

"기억한다오."

"그때 보았던 바하즈만 나무에선 이미 발간 열매가 여러 개 맺혀 있는 상태였지요. 아마 얼마 지나지 않아 그 열매를 거두어 들였을 겁니다. 그리고 황가의 일원들에게 그 열매가 나누어졌을 테죠."

황궁의 재산인 바하즈만 나무에서 수확한 열매는 거두어진 즉시, 황제와 그 가족들에게 돌아간다. 오래되면 약효가 현저히 떨어지고 보관이 어려운 바하즈만의 특성 탓에 복용 역시 즉시 이루어졌을 것이다. 황제가 그때 바하즈만을 복용했다면 그 이전에 독에 중독되었다 해도 해독되었을 게 분명했다.

웬디가 한 말의 의미를 이해한 라드 슈로더가 고개를 끄덕였다.

"한 가지 더, 말씀 드릴 게 있습니다."

"말해 보시오."

"지난번, 황태자궁이 무너지기 전 수상한 대화를 들었다 했었죠? 앵그르 공의 기사와 누군가의 대화를요."

웬디는 라드에게 셰르 궁에서 본 숄터스 백작에 대해 말했다. 그의 목소리가 지난번 들었던 그 의문의 남자의 목소리와 같았다는 것을.

"목소리를 다시 듣는다 한들 알아챌 수 있을까 의구심을 가졌지만 듣는 순간 알 수 있었습니다. 분명 그자였어요."

라드는 이번에도 묵묵히 고개를 끄덕이며 웬디에게 그 일은 자신이 처리할 테니 더는 신경 쓰지 말아 달라 청했다.

"퇴궁하기 전, 황제 폐하를 만나 뵙고 가는 편이 좋겠군. 바하즈만을 전해 드리고 갑시다."

그의 제안에 웬디가 동의했다. 두 사람은 일부러인지 아닌지 딜런 레녹스에 관한 이야기를 꺼내지 않은 채 킹즈브레이 궁으로 향했다.

16화
제국의 제도에 오지 마세요

"그래, 무슨 일인가? 내 금일 공무가 다망하여 공에게 많은 시간을 할애할 수가 없네."

바티스트 폰 베냐한 황제가 자리에 앉으며 말했다.

그가 손짓을 하자 대기하고 있던 시종이 티크목으로 만들어진 테이블 위로 준비된 차를 내 왔다. 테이블 사방 귀퉁이와 중앙에는 각각 앞발을 치켜든 일각수와 왕관이 음각되어 있었다.

"앉게."

"감사합니다."

황제의 허락을 기다리던 앵그르 공작이 고개를 숙여 감사를 표한 후 황제의 맞은편 자리에 앉았다. 그런 그에게 황제의 마뜩찮은 눈빛이 향했다. 가라앉은 시선 언저리에 경계가 비쳤다.

"차향이 좋습니다."

공이 찻잔을 들어 그 향을 한 번 음미하였다. 달고 쌉쓰름한 홍차 향이 만족스럽게 코끝을 맴돌아 방 안에 가득하던 궐련 향을 지웠다.

"짐과 차를 마시자고 이곳을 찾은 건 아닐 테고. 무슨 일인지 말해 보게."

정치적 화술을 모두 배제해 둔 말이었다. 황제의 이러한 단도직입적 언사가 오귀스트 앵그르와의 관계 악화에 따른 것인지, 그들 두 사람의 오랜 대화법인지는 알 수 없었다. 다만, 그 말을 들은 오귀스트의 얼굴에서 당황의 빛을 찾긴 어려웠다.

"폐하께 청이 있습니다. ……잠시 주위를 물려 주시겠습니까?"

오히려 그는 얼굴에 웃음마저 머금은 채 말했다. 황제가 그의 입가에 떠오른 미소를 보며 문가에 선 시종과 기사들에게 명했다.

"모두 나가고, 명이 있을 때까지 아무도 들이지 말거라."

황제의 명에 시종들은 고개를 조아렸지만 기사들은 쉽게 자리를 비키지 못했다. 모두가 오귀스트를 경계하였다.

황제가 그런 그들에게 괜찮다 고개를 끄덕이자 기사들이 마지못해 알현실 밖으로 나갔다. 기사들의 기척이 사라지자 황제가 그늘이 짙은 눈매로 공작을 봤다. 여장을 푼 여행자처럼 짙은 피로가 그의 얼굴을 스쳤다.

"황태자의 법안 이야기인가?"

법안 공표를 하루 앞두고 알현을 청한 오귀스트의 속내를 황제 역시 짐작하였다.

그간 정무회의에서의 귀족들의 반발과 줄기차게 올라온 온갖 상소들이 모두 그에게서 비롯된 일임을 모를 리가 있겠는가. 앞장서 법안을 반대하진 않았으나, 그보다 더욱 치밀하고 교묘한 방법으로 귀족들을 뒤에서 조정한 이가 바로 그였다. 오전에 있었던 정무회의에서는 번잡한 정치에 관여하기 싫다는 듯 난전이 벌어지는 회의장의 모습을 바라보고만 있었지만 그게 그의 진심이라 여기는 이는 아무도 없을 것이었다.

"황태자 전하의 실정을 이대로 두고 보는 것은 신하된 도리가 아니라 여겨 삼가 아룁니다."

그가 황제 앞에서 속내를 드러냈다.

"실정이라……. 그리 평하는가?"

황제가 불편한 심기를 드러내며 말했다. 모진 풍파를 견딘 고목처럼 깊게 패인 그의 주름이 강마르게 꿈틀했다. 방자한 꼴을 두고 보아 왔으나 이대로는 더 봐줄 수가 없음이었다.

"법안을 공표하실 생각이십니까? ……나라의 근간이 무너지는 일입니다. 신분제를 지탱하는 힘을 잃을 것이 자명하지 않습니까? 종내 황실마저 그 위엄을 잃고 말 것입니다."

"공이 황실의 존립을 우려하는가?"

지엄한 분노에 공이 고개를 숙였다. 그러나 그것은 순응이라기보다 가장이라고 보는 것이 옳았다. 침착하게 가라앉은 눈빛이 도리어 태연하게 보이기까지 하였다.

"어찌 하나만 알고 둘을 몰라? 민심이 들끓고 있네. 그대들의 밥그릇 싸움만 하고 있을 상황이 아니란 말이네. 정무회의에서 수도 없이 한 이야기가 아닌가? 발언 한 번 제대로 하지 않던 이가 이제와 이러는 이유는 무언지 알 수가 없군. 이만 일어나게!"

"폐하."

다시 고개를 든 앵그르 공이 나직한 음성으로 말했다. 상황에 어울리지 않는 그의 예사로운 말투가 오히려 황제의 분노를 부채질했다.

"지금껏 발언을 하지 않은 이유를 하문하셨으니 답을 올리겠습니다. 아이작 전하께서 내리신 우매한 결정을 폐하께서는 결코 허하지 않으실 거라는 믿음이 있었기에 지금껏 침묵을 지켜 왔사옵니다. 한데…… 제 믿음을 끝내 등지시니 신, 이대로 침묵을 지키고 있을 수는 없었습니다."

"공이, 날 능멸하는가?"

충언을 가장한 능멸에 황제가 진노하였다. 번지르르한 말이었으나 충성된 마음에서 나온 말이 아님을 모를 리 없었다.

그러나 황제는 더 노여움을 드러내길 주저하였다.

하루 뒤면, 법안이 공표된다. 그와 척을 져 좋을 것이 없었다. 황제는 모든 인내심을 그러모았다. 호령하여 그를 내치고 싶은 마음을 가까스로 참아 낸 그가 한결 가라앉은 음성으로 말했다.

"연일 벌어지는 민란의 이유를 모르는가? 그저 몬트라피의 병충해로 인한 것이라 속 편히 생각하는 겐가? 유명무실한 제솔린 제도가 외려 그들의 좌절감만 키우고 있단 걸 몰라?"

"……폐하, 신은 폐하와 제도의 정비를 논하고 싶은 생각이 없습니다. 좁혀질 수 없는 평행선이 이어질 것임을 신 또한 잘 알고 있습니다."

"그렇다면 썩 물러가게. 지금 대체 무얼 하잔 건가!"

"……해서 그 평행선을 조금 좁힐 수 있는 방법을 전하께 아뢸까합니다. 아, 조금 많이 좁힐 수도 있겠군요."

황제가 꿍꿍이속을 알아내려는 듯이 공작을 쏘아봤다. 그런 황제의 눈빛을 여유롭게 받아 내던 공작이 씨익 웃으며 입을 열었다.

"지난밤, 문득 승하하신 황후 마마의 시녀였던 벨 로마르 양이 기억나더군요. 묘한 기품이 있는 여인이었죠. 귀족 여인이 아니었음에도."

"……!"

"정말 우연히, 든 생각입니다. 심란한 마음에 이런 저런 생각을 하는데 로마르 양의 얼굴이 찰나적으로 떠올랐습니다. 아! 신이 그분을 이리 하대하듯 칭해선 안 될 테지요. 공주 전하와 황태자 전하의 모친이신데."

"지, 지금 무어라 하였나!"

황제가 벌떡 자리에서 일어섰다.

"폐하, 목소리를 낮추시지요. 밖에서 소란을 들어 좋을 것이 없습니다."

"이, 건방진……!"

"소문이라 치부하실 생각은 마십시오. 황후 마마께오서 황태자비 시절 겪으신 사산으로 잉태하실 수 없는 몸이 된 것을 잘 알고 있습니다. 그 당시 황실 의원들의 증언을 여럿 확보해 두었습니다. 아, 물론 로마르 양의 출산을 도운 이들의 증언 역시 말이죠. …… 폐하께서 아량이 넘치시는 분이심을 잘 알고 있었사오나, 그들을 살려 두신 건 크나큰 실수이셨습니다."

"공이 정녕 죽길 바라는가? 어찌 그런 거짓을 말하여 나와 황실을 능멸하려 들어!"

"베슈먼트, 줄라인, 세비스, 뮤리엘……. 증인들의 이름이라면 얼마든지 댈 수 있습니다. 그 당시의 의원과 시녀들이죠. 벨 로마르 양이 황태자 전하를 잉태하였을 적 머물던 저택이 샤르팡티에 여름궁이었다고 그들 중 하나가 이야기해 주더군요. 황후마마께서 그 기간 동안 거짓으로 배를 부풀리고 있었던 것과 황궁으로 가는 도중 조피에른에서 황태자 전하가 탄생하셨다는 것까지…… 빠짐 없이 들었습니다. 샤르팡티에 근방에 벨 로마르 양의 무덤이 있다 는 것 또한."

"그만! 그만!"

황제가 그를 잡아 죽일 듯이 노려봤다. 공작에 대한 살의가 빠듯 하게 차올랐지만 당장 실행에 옮길 수 없는 현실이 통탄스러웠다. 그는 귀족파의 숨은 실세였다. 오귀스트를 제거하는 일은 나라의 내란을 각오한 후에야 가능했다.

앵그르 공이 태연자약한 모습으로 찻물을 한 모금 마셨다.

"공주 전하와 황태자 전하께서 여름궁에 매년 빠지지 않고 가 시는 이유를 그제야 이해했지 뭡니까. 마음들이 그리도 무르셔서 야. 태생의 연유로 평민들의 생활에 지금껏 관심을 기울이신 것인 지……. 그런 것을 생각하니 저 또한 애잔하긴 하였습니다. 하나 아무리 태생적 한계가 있다 한들 현재의 위치를 망각하셔서야 되 겠습니까."

태연자약한 앵그르 공의 말을 들은 황제가 휘청이는 걸음으로 집 무를 보는 책상 앞으로 걸어갔다. 책상 한쪽에 있던 나무상자를 열 어 그 안에 든 궐련을 꺼낸 그가 촛대 위로 그것을 기울였다. 질 좋 은 궐련은 매캐한 연기 없이 발간 불이 옮겨 붙었다. 궐련을 입에 대고 힘껏 빨아들이는 그 몸짓이 황제의 흉흉한 마음을 대변하듯 몹시 조급하고 거칠었다.

그의 하는 양을 바라보던 오귀스트 앵그르의 입매가 곡선을 그렸다.

"폐하, 신은 법안 공표를 막기 위해 이 사실들을 모두 드러낼 각오가 되어 있습니다. 이것이 신의 충정임을 부디 알아주십시오."

뿌연 연기를 뱉어 내던 황제의 얼굴이 형편없이 일그러졌다. 그가 가슴을 움켜쥐며 노기를 터뜨렸다.

"네놈이! 네놈이! 이러고도 무사할 줄 아느냐? ……내, 네놈의 그 얄팍한 얼굴을 만천하에 드러내고 종국에는 발기발기 찢어 놓을 것이다. 네 놈은 죽음이 두렵지도 않느냐?"

"……모든 것을 폐하의 뜻대로 하시옵소서. 다만, 폐하께서 잃으실 것들 역시 미리 셈해 보셔야 후회가 없으실 테지요."

"네, 이놈……! 오냐, 내 숨이 다하는 날까지 반드시 그리할 것이다. 같잖은 협박으로 황실을 능멸한 네놈의 죄를 내 남은 평생 치죄할 것이야. ……네가 귀족들을 선동하고 뒤에서 그들의 머리 노릇을 하고 있다는 것을 모를 줄 아느냐? 오귀스트, 네놈이 황태자의 앞길을 막는다면 내 맹세컨대 네놈은 물론 네놈의 자식들까지 똑같은 고통을 겪게 할 테다. 내 죽어서도 반드시 그리할 것이야!"

✦❧✦

"헉!"

땀에 흠뻑 젖은 앵그르 공작이 짧은 신음성과 함께 잠에서 깼다. 그가 식은땀으로 흥건한 이마를 훔쳤다. 황제의 노성이 잠이 깬 지금도 생생하게 귓가에 울렸다. 며칠째 반복된 꿈이었다.

죽어서도 고통을 주겠다 했나. 마치 자신의 죽음을 예견이라도 한 듯이.

"공, 괜찮으십니까?"

가운을 걸치고 응접실로 나오자 그의 호위 기사인 버레이 경이 안색을 살피며 물었다. 잠결에 내지른 소리를 들은 듯했다. 오귀스트는 대답 대신 자신의 용무를 말했다.

"존 피아프는 아직 별관에 있나?"

"네, 아직 그곳에 머물고 있습니다."

"지금 바로 들라 하게."

"그리하겠습니다."

새벽녘의 부름이었다. 창가에 비친 푸르스름한 기운을 흘깃 바라본 버레이 경이 곧 응접실을 떠났다. 그가 사라지자 홀로 남은 공작이 응접실 한쪽에 세워져 있는 진열장에서 포도주 한 병을 꺼내들었다. 독한 위스키 병으로 먼저 손이 갔지만 정신을 흐리게 할 수는 없었기에 미련을 버렸다. 포도주 한 모금을 입에 머금었다 목구멍 뒤로 넘기니 찌르르 더운 기운이 번졌다. 흉흉했던 꿈자리가 조금쯤 잊히는 것 같았다.

문득 웃음이 나왔다. 무에 가책을 느껴 이런 꿈을 연일 꾸는가. 자신이 이리 섬세한 사람이었던가. 이 길을 지금껏 어떻게 걸어왔는지 그는 다시금 상기했다. 얼마 남지 않은 위업을 위해 이런 달콤한 감상 같은 건 모두 지워 버려야 했다. 달고 떫은 이 포도주처럼, 한 순간의 감상일 뿐이다. 깨면 모두 잊히고 말.

쨍그랑!

그가 머릿속을 떠도는 부산한 감정들을 쫓으려는 것처럼 손에 든 포도주잔을 집어 던졌다. 화려한 마름모꼴 문양의 베이지색 벽지가 붉은색으로 물들었다. 번져 가는 그 붉은 빛깔을 보며 오귀스트가 만족한 듯 미소 지었다.

"각하!"

소란을 듣고 온 버레이 경이 벌컥 문을 열어젖히며 안으로 뛰어들어왔다. 유리가 깨어지는 소리에 공작의 신변에 위협을 예상한 듯 손에 이미 발검한 검이 들려 있었다.

"소란 떨 것 없네. 그저 유리잔이 깨진 것뿐이니. ……존, 자네는 여기 앉고 버레이 경은 이만 나가 보게."

버레이를 뒤따라 응접실 안으로 들어온 존이 상황 파악을 하듯 포도주로 얼룩진 벽면을 바라봤다. 공작의 명에 버레이가 꾸벅 인사를 하고 밖으로 나가자 존 역시 공작이 가리킨 자리에 가 앉았다.

"……일을 조금 앞당겨야겠네. 더 이상 시간을 끄는 건 무의미해. 당장 조피에른으로 가게."

"말씀을 받들겠습니다."

존 피아프가 답했다. 쌍꺼풀 없는 날렵한 눈매에 얼굴이 까무잡잡한 청년이었다. 회색 상의에 갈색 바지 차림이 장소에 맞지 않게 남루했다.

"이쪽 일은 염려하지 말게. 시기에 맞춰 그대들에게 동조할 무리들이 자연 만들어질 터이니."

"공작 각하께서 하시는 일에 감히 무슨 염려를 하겠습니까."

"아침에 여장을 꾸려 떠날 적 약속한 금액의 절반을 주겠네. 몰수된 전답을 찾기에 넉넉한 돈이지. 자네 동생 일 역시 걱정 말고. 재능 있는 젊은이니, 반드시 우리 가문의 훌륭한 기사가 될 거라 믿네."

"감사합니다. 은혜에 반드시 보답하겠습니다."

❧❧❧

대관식 다음 날부터 기괴한 소문이 나돌기 시작했다. 사람들이 모인 곳이라면 누구나 그 이야기를 해 댔다. 대관식 날 불탄 체더궁의 검은 연기를 상서롭지 못한 징조라 떠드는 이야기였다. 그 소문이 너무도 빠르게 확산되어 마치 누군가 일부러 퍼뜨리는 게 아닌가 의심이 갈 정도였다. 이 소문은 점차 커져 그날 보인 검은 연기가 하늘이 내린 불길한 징조였다는 게 마치 기정사실인 것처럼 퍼져 나갔다.

도웨인 경과 함께 장터를 찾은 웬디는 시끌벅적한 가운데서도 여기 저기 떠드는 사람들의 이야기를 쉽게 들을 수 있었다. 무뎌진 전정가위를 여럿 들고 칼갈이 노인이 날을 세우는 것을 지켜보던 도웨인 경 역시 그녀 옆에 서서 사람들이 떠드는 말들을 주워들었다.

"흉조라니까, 글쎄! 황태자궁이 무너진 지 얼마나 됐다고 또 이런 일이 생겨!"

"그렇지. 지금까지 원, 이런 일이 있었나. 내 듣기엔 아무런 이유도 없이 궁에 불이 붙어 용솟음치듯 타올랐다던데."

"에이, 그럴 리가 있나!"

"이 사람아, 사실이래도!"

"뭐, 무엇이 됐든 좋은 징조는 아니긴 하네만. 원, 신성한 봉화 옆에 검은 연기라니! 소름이 다 끼치지 뭔가. 누가 불을 질렀건, 사고였건 간에 불길하긴 매한가지지."

취기 가득한 목소리의 사내들이었다. 그들은 노상의 술집에서 작은 테이블을 사이에 두고 둘러앉아 한창 떠들어 대는 중이었다.

"아이작 황제 폐하의 등극을 원치 않는 누군가가 저지른 짓이 아니겠나?"

"누가 저지른 짓이건 무슨 상관인가. 새 황제를 올리려는 이들 짓이건 황제가 되고 싶은 당사자 짓이건, 이런 상황에서야 누가 황제가 되든 무슨 차이가 있다고!"

수염을 지저분하게 기른 남자가 버럭 소리를 치며 손에 든 술을 입에 털어 넣었다.

"오늘 몬트라피 값을 보지 않았나! 새로운 황제가 나오자마자 이리 살기가 어려워져서야! 이놈의 빵 조각 하나가 금값이네, 금값! 하늘이 허락지 아니한 황제가 등극한 탓이란 이야기가 괜히 나오겠나?"

술에 잔뜩 취한 듯 벌건 코를 하고서 남자가 근거 없는 호통을 쳤다. 걸걸하니 정제되지 않은 남자의 말에 결국 파스칼이 참지 못하고 그들 앞으로 걸어갔다.

"이보시오! 말들을 가려 하시오. 황제 폐하께 이 무슨 무례요!"

전정가위를 양손에 들고 언성을 높이는 건장한 사내의 모습에 그들은 순간 하던 말을 멈췄다. 지나던 사람들의 시선이 몰리자 웬디가 파스칼의 팔을 잡아당겼다.

"……아니, 뭐. 소문이 그렇다는 거요, 소문이."

파스칼의 기세에 남자들 중 하나가 변명하듯 말했다.

"이놈들아! 쓸데없는 소문 따위 지껄이지 말고 가서 일들이나 해! 원, 대낮부터!"

가만히 가위를 갈던 칼갈이 노인이 덩달아 뒤에서 버럭 소리를 질렀다. 그의 서슬에 남자들이 술잔을 내려놓고 자리를 파했다. 비틀거리는 걸음으로 술집을 떠나는 그들의 뒷모습을 바라보며 웬디는 비정상적으로 빠른 소문의 확산이 누군가의 여론 조작 결과가 아닐까 생각했다. 그리고 그 누군가로 가장 의심되는 사람은 바로 오귀스트 앵그르 공작이었다.

"쯧쯧, 젊은 것들이 소문 옮기기에만 바빠서는."

노인이 숫돌 위에 쓱싹쓱싹 가위를 갈며 혀를 찼다. 그가 앞뒤로 왕복하여 가위를 문지를 때마다 뿌연 물이 날 위를 적셨다. 그 혼탁한 물이 묻은 가위 날은 군데군데 뿌옇게 얼룩져 보였다. 어수선한 작금의 상황처럼.

"대관식 날의 일을 두고 많이들 불안해하는 모양이군요."

웬디의 나직한 말에 노인이 갈던 손을 멈추고 고개를 들었다.

"어디, 불안해하는 것뿐인가. 오늘 몬트라피 값이 지난번 파동 때와는 비교도 안 되게 올랐어. 황태자 전하께서 새로이 보위에 오르셨으니…… 뭔가 달라지지 않을까 했는데 나아지기는커녕 살기만 더 어려워지니 원망이 들 법도 하지."

노인의 시름 깊은 말을 들은 웬디와 파스칼은 약속이나 한 듯이 입을 다물고 더는 아무 말도 하지 않았다.

"다 됐네."

한참 만에 노인의 작업이 마무리되었다. 날카롭게 벼려진 가위의 날이 좀 전과는 비교할 수 없을 정도로 반짝였다. 표면에 묻어 있던 뿌연 물을 모두 닦아 낸 까닭이리라.

웬디는 노인에게 삯을 치르고 뒤돌아서며 어찌해야 베냐한 제국에 불어닥친 모든 혼란들을 이처럼 말끔히 닦아 낼 수 있을지 생각하였다. 무뎌진 날을 갈 듯 살을 깎는 희생을 치른 이후에야 가능하리란 생각이 들었다.

시장을 빠져나와 그 앞 대로에 들어섰을 때까지 그녀는 한창 상념에 빠져 있었다. 선황제의 궐련부터 체더 궁의 화재 사건, 그리고 딜런의 화상까지. 모든 일들이 그녀의 마음을 산란하게 만들었다. 한숨을 삼킨 그녀가 먼발치에서 뛰노는 아이들의 무리를 무심히 바라봤다.

"저 아이는……!"

순간 웬디의 눈이 놀라움으로 크게 뜨였다.

소피, 소피 데리안.

짧지 않은 시간 동안 잊히지 않았던 이름이 그녀의 입술 끝에서 되뇌어졌다.

라자뷔데 박물관에서 바하즈만을 탈취하려 했던 사내의 딸아이. 바로 그 아이였다.

비쩍 말라 생기 없던 양 뺨이, 동그랗게 부풀어 올라 연신 함박웃음을 짓고 있었다. '까르르' 터지는 소녀의 웃음소리를 들으며 웬디는 자신도 모르게 작게 미소가 지어지는 것을 느꼈다.

건강해졌구나.

요정이 건네 준 힘이 만들어 낸 마법이었다. 그녀는 걸음을 멈추고 소녀의 기운 찬 모습을 잠시 지켜봤다.

"웬디 양, 아는 아이입니까?"

"아, 아닙니다."

옆에 선 도웨인 경이 의아해하는 눈치로 묻자 웬디가 서둘러 다시 걸음을 옮겼다. 좀 전보다 조금쯤은 걸음이 가벼워져 있었다.

"소피, 소피! 내 얘기 늘었어?"

"어……?"

"소피! 어딜 그렇게 보는 거야?"

한참을 웃어젖히던 소녀의 시선이 불현듯 멀어지는 두 남녀의 뒷모습에 박혀 떨어질 줄 모르자, 함께 놀던 사내아이 하나가 이상하다는 듯 물었다.

"아니, 누굴 좀 본 거 같아서."

"누구?"

"……까만 음식 준 언니."

"까만 음식이 뭐야? 탄 거?"

"…….."

"너한테 탄 걸 줬어? 그런 거 몸에 안 좋은데?"

"아니, 그냥 색이 까만 음식."

"그런 게 있어?"

"응, 몸에 엄청 좋은 거였어. 엄청 좋아서 기운이 번쩍 났으니까."

이젠 멀어져 거의 보이지 않는 여인의 뒷모습을 보며 소녀가 중얼거렸다. 이윽고, 멍하던 얼굴에 해사한 웃음이 번졌다. 다시 친구들과 어울려 까르르 웃는 소녀의 모습에서 시든 풀잎 같은 과거의 병색을 찾긴 어려웠다.

그날 오후, 해가 기울 무렵이었다.

파스칼과 함께 꽃집을 정리한 웬디는 그녀를 집까지 에스코트하기 위해 온 마르틴 비숍과 귀갓길에 올랐다.

집과 꽃집을 오가는 짧은 거리까지 황실 기사들이 철통같이 그녀를 경호하고 있었다. 그들과의 동행이 썩 달가운 것은 아니었지만 스스로가 처한 상황을 누구보다 잘 이해하고 있던 그녀는 자신의 자유 없음에 불만을 표하지 않았다. 하즐렛가에서 귀족 영애로 지낼 때도 받아 보지 못한 호위를 지금에 와 받는 것이 영 어색했지만 말이다.

말없이 그녀 곁에 서서 걸음을 옮기는 건장한 황실 기사의 얼굴을 슬쩍 바라본 그녀는 얼른 어색한 시선을 돌렸다. 여러 기사들 중에서도 마르틴 비숍과의 동행에서 그녀는 더욱 이런 어색한 심경을 느꼈다. 그것은 그가 유난히도 웬디를 대하기 어려워했던 까닭이었다. 그녀를 비밀 경호하던 당시 웬디의 집 안에 침입했던 괴한에게 그녀가 공격을 당한 사건이 아직 그의 마음에 남은 모양이었다.

"웬디 양께 고맙다는 말을 하고 싶었습니다."

먼저 말을 거는 법이 없던 비숍이 웬일로 먼저 입을 열었다. 침묵에 익숙해져 있던 웬디가 움찔 놀라 무슨 뜻이냐는 것처럼 그를 봤다.

"맹세의 밤, 그 일 말입니다."

황태자궁이 무너지던 그날의 사건을 이르는 것이었다. 웬디의 바람대로 저마다 침묵을 지키기로 맹세했던 그날의 일을 떠올리는지 그의 얼굴 표정이 비장했다.

"맹세의 밤이라니, 낯간지러운 표현이군요."

웬디의 말에 그가 돌연 얼굴을 붉혔다. 그날 목도한 그 위대한 일에 어울리는 미사여구를 동원한다는 게 너무 혼자 감정 몰입을 한 꼴이 된 것 같았다.

"아……. 딜런 레녹스 경을 만난 일로 제가 너무 흥분을 했나 봅니다."

뜻밖에도 비숍이 딜런에 대한 화제를 꺼냈다. 기대치 않았던 말이었다.

"……그를 만나다니요?"

"웬디 양을 모시러 오기 전, 단장님의 명에 따라 딜런 레녹스 경의 상태를 먼저 확인하고 왔습니다. 거동할 수 있을 만큼 상태가 나아졌더군요. 당분간 요양이 필요하겠지만 회복에는 무리가 없을 것 같습니다."

딜런의 부상과 회복에 얽힌 모든 이야기를 알고 있는 듯, 웬디를 바라보는 비숍의 눈빛에 경외가 어려 있었다.

웬디는 그 부담스러운 눈길을 피하며 고개를 끄덕였다. 딜런의 빠른 회복 소식에 가슴에 싸한 안도감이 밀려왔다. 벌써 거동이 가능하다니, 자신이 예상했던 것보다 더욱 빠른 회복이었다. 이대로라면 검을 다시 잡는 일을 더욱 희망적으로 생각할 수 있었다.

"레녹스 경의 위중했던 부상을 본 의원들이 있기에…… 얼마간 눈을 피해 그의 저택에서 요양을 할 요량인 것 같더군요. 한동안은 모든 문안 요청을 물릴 겁니다. 그 역시도 맹세의…… 밤을 잊지 않았을 테니까요."

그가 '맹세의 밤'이란 말을 머뭇거리며 꺼냈다. 이번엔 그의 말에 별다른 토를 달지 않은 웬디가 다행이라 짧게 대답했다. 마르틴 비숍이 그녀의 말에 동조하며 고개를 끄덕였다.

"그렇죠, 정말 다행한 일입니다."

그의 말을 따라 다행이라는 말이 거듭되어 입언저리에 맴돌았다. 몇 번이고 다행이라 중얼거리고 싶은 심정이었다. 그러나 웬디는 그 모든 말들을 거듭하는 대신 멀리 오렌지색 하늘을 보며 숨을 크게 들이마셨다. 벅찬 마음을 감추듯 그렇게 여러 번 삼킨 들숨이 온 마음을 따뜻한 오렌지 빛으로 물들였다.

마르틴 비숍의 경호를 받아 라드 슈로더의 집으로 돌아온 웬디는 그와 함께 늦은 저녁을 준비하여 먹었다. 어색함을 떨친 듯 그가 웬디에게 여러 번 말을 건 덕분에 그전처럼 불편한 시간이 되진 않았다. 마르틴을 1층에 남겨 두고 위층으로 올라온 그녀는 홀로 남은 저녁 시간을 보냈다.

그녀의 집에서 소지품을 여럿 챙겨 오긴 했지만, 아무래도 이곳에서는 그녀가 할 수 있는 여가 활동이 많지 않았다. 웬디는 라드의 방 창가에 기대 앉아 식물도감을 들춰 보기 시작했다. 그러던 그녀가 한참 만에 책장을 덮고 '후' 하는 한숨을 내쉬었다. 눈으로는 식물들의 생육 정보를 읽고 있었지만 머릿속은 다른 생각들로 가득 차 있었다. 낮에 본 소녀의 모습과 딜런 레녹스에 관한 여러 생각들이었다. 날실과 씨실처럼 교차된 그들에 대한 생각이 어쩐 일인지 커다란 피륙을 짜 놓을 만큼 계속 이어졌다. 자신의 검지가 지닌 힘을 새삼 다시 생각하게 되었다.

　이윽고 생각을 떨치려는 것처럼 고개를 흔든 웬디가 무릎 위에 올려 두었던 두꺼운 도감을 기대앉은 창가 옆쪽으로 내려놓았다. 그러다 문득 창가 위에 놓여 있는 작은 화분이 눈에 들어왔다. 오밀조밀하게 줄기를 뻗은 낯익은 나무를 본 그녀의 입가가 풀렸다.

　작은 화분을 들어 올려 보니 뿌리를 잘 내린 듯 요동이 없었다. 키 작은 불푸레나무는 어느덧 자라 제법 나무다운 형상을 갖춰 가고 있었다. 고작 그녀의 손 한 뼘만 한 크기였지만.

　그와 입을 맞췄던 그날의 기억이 자연스레 떠올랐다.

　왜 하필 이 나무를 그의 옷 위에 키워 낸 것일까?

　웬디는 멀리 골목 끝에 서 있을 어린 물푸레나무의 자취를 더듬는 것처럼 창문 너머를 바라봤다. 빗속에서 보았던 꿈만 같던 환영들이 아스라이 기억 속을 스쳤다. 죽어 가던 나무에 통통히 물이 올라 팡팡 꽃잎을 터뜨리던 그 환영이.

　그 나무처럼 자신도, 그처럼 꽃을 피워 내고 싶었던가. 죽은 마음에 다시 생기를 불어넣고 싶었던가.

　달그락.

　웬디가 품에 안은 작은 화분을 제자리에 내려놓으며 무릎을 감쌌다. 자신이 가진 검지의 힘으로 식물을 키워 낼 수는 있었지만 죽은 나무를 되살려 놓을 순 없다. 자신이 키워 낸 바하즈만 역시 치유의 힘을 가지고는 있었지만 죽은 자를 다시 소생시킬 수는 없다. 자신의 마음 역시 그러했다. 아무리 바하즈만 열매를 우물거려도 죽어 버린 마음이 다시 살아 숨 쉴 리 없었다.

　그런데 그 마음이 언제부턴가 숨을 쉬고 있다. 놀라운 기적이다.

이 기적을 이룬 건 자신이 아니었다. 검지가 지닌 힘을 새삼 생각한 것에 더해 그녀는 자신의 마음을 바꾸어 놓은 힘에 대해 새삼 생각하였다.

"......!"

창문 너머 어둠 속을 부유하던 웬디의 시선이 한순간 한 지점을 향해 멈췄다. 라드 슈로더가 골목을 걷는 모습이 시야에 들어왔던 까닭이다. 늦은 귀가였다.

아래층에서 문이 열고 닫히는 기척이 났다. 연이어 계단을 오르는 울림에 귀를 기울이던 그녀가 똑똑, 하고 방문을 두드리는 소리에 창틀 아래로 내려서 매무새를 정돈했다.

"들어오세요."

달칵, 문이 열리며 라드 슈로더가 방 안으로 들어섰다. 그가 그녀의 얼굴을 보자 미미하게 웃었다. 마음을 되살린 미소였다.

"좋은 일이 있으셨나요?"

"헬렌야스 상회의 주인인 조셉야스의 자백을 받아 냈다오. 화약을 제조한 배후를 알아냈소."

그가 단숨에 그녀 곁까지 걸어와 말했다. 뜻밖의 희소식이었다. 웬디가 그의 다음 말을 기다리며 침을 꿀꺽 삼켰다.

"숄터스가라오."

역시나, 그 배후에는 숄터스가가 있었다. 황태자궁이 무너지던 날 들었던 그 수상한 대화는 단순한 의심이 아니었던 것이다.

"그래, 그대가 말했던 그 숄터스 백작 말이오."

라드가 그런 그녀의 마음을 읽은 것처럼 옅은 미소를 보이며 말했다.

"숄터스는 앵그르 공작의 죄를 밝힐 첫걸음이 될 것이오. 그들의 죄가 드러난 이상 앵그르 역시 무사할 순 없을 테니."

"……숄터스가에 피바람이 불겠군요."

"이미 가주와 그 후계자를 잡아들였소. 관련자들 또한 속속 압송하는 중이라오."

웬디는 숄터스가의 알타린 영애를 떠올렸다. 그녀의 패악에 악감정을 품고 있긴 했으나 어린 영애가 감당하기에 벅찬 고난을 겪게 될 것을 생각하니 문득 가여운 마음이 들었다. 부모의 죄로 인한 고난이었다.

"어서 모든 일이 해결되면 좋겠군요. ……폐하께선 좀 어떠신가요?"

"여전히…… 많이 노여워하고 계시오. 오늘 폐하께서 제다 아카데미의 식물학 교수를 부르셨다오. 의학에도 상당한 지식이 있는 자지."

라드가 두꺼운 코안경을 낀 제다 아카데미 교수를 떠올리며 말했다. 이번 일에 대한 협조로 한동안 황궁에 발이 묶이게 된 남자였다. 퀄련에 손을 댄 배후를 잡아들이기 전까지 그의 행동은 자유롭지 못하리라.

"그의 말에 따르면 선황 폐하께서 그 퀄련을 계속 피워 벤톡시크에 중독되었다 해도 그 죽음의 시기를 정확히 조절하는 건 불가능하다 하오. 다만……."

그가 생각에 잠긴 얼굴로 잠시 말을 멈췄다. 웬디는 조급해하지 않고 그의 다음 말을 기다렸다.

"무언가 다른 자극으로 인해 폐하께오서 크게 충격을 받으셨다면…… 그 시기를 끌어당길 수는 있다 하였소. 난 그게 오귀스트의 알현과 관계가 있다고 보오. 해서, 그가 알현 당시 문 밖을 지켰던 시종을 다시 심문하는 중이라오."

"진실을 말하게 하는 약이라도 제조해야겠군요. 구들풀과 필그먼트를 적당히 섞는다면……."

"진실을 말하는 약이라니, 그런 게 있소?"

웬디가 농담처럼 한 이야기에 라드가 크게 반응하며 그녀의 말 중간에 물음을 던졌다. 이에 얼른 그녀가 손사래를 쳤다.

"농담이에요, 농담. 비술이라 하여 과거 떠돌던 이야기가 있었는데, 그저 장난에 불과한 제조법이었죠."

웬디의 말을 들은 라드 슈로더가 실망한 사람처럼 침음을 삼켰다. 웬디가 갸우뚱 고개를 기울이며 그를 올려봤다.

"그 약을 쓰고 싶을 만큼 절박하신가요?"

"그렇소. ……그 약이 실제 있기만 하다면 내 반드시 쓰고 싶은 사람이 있다오."

눈을 말똥말똥 뜨고 자신을 올려다보는 웬디를 보며 그가 심란한 듯 눈매를 찌푸렸다.

"……바로 그대요."

"시종이 아니라, 제게요?"

웬디가 뜬금없다는 것처럼 자신을 손가락으로 가리키며 말했다.

"그대가…… 내게 마음을 모두 보이지 않으니."

자신의 죽은 마음을 되살린 이가 또다시 자신의 마음을 모른다 말한다. 웬디는 이 앞뒤 모르는 황실 기사를 한심하다는 것처럼 흘겨볼 준비가 되어 있었다. 이 남자가, 어찌 이렇게 사리에 어두운 말을 하는가.

"하즐렛 백작 내외를 만난 일을······ 아무리 무덤덤하게 넘긴다 한들 마음이 편할 리 없을 터인데. 그댄 내게 아프다 말 한마디 하지 않는군. 여러 번 애원해도 그댄 내게 아픈 모습을 보이려 하지 않아."

라드가 이어 한 말에 웬디는 처음 생각처럼 그를 흘겨볼 수 없었다. 계속 그들과의 만남에 마음을 쓰고 있었던가. 메마른 가지에 물이 올라 새눈이 피는 그런 봄날 같은 훈풍이었나. 그는 늘 그녀의 마음에 훈풍이 되었다.

"하지만 정말 아프지 않은 걸요. ······그들에게 들은 날카로운 말들을 당신이 모두 무딘 낱자들로 만들어 줬는데, 마음 아플 리가 없잖아요. 경은 정말 아무 것도 모르시는군요."

웬디가 그에게서 시선을 비끼며 말했다. 일부러 더 심드렁한 체 말하는 그녀의 말투에 무표정하던 슈로더의 얼굴이 무언가 깨달음을 얻은 것처럼 변했다. 끝에 가서 순하게 풀린 그의 잿빛 눈동자에 작은 미소가 담겼다.

"밤이 늦었군. 쉬시오. 나는 옷가지를 조금 챙겨 가야겠소."

"······다시 입궁하셔야 하나요?"

웬디의 물음에 그가 고개를 끄덕였다. 그녀의 얼굴이 단숨에 시무룩해졌다. 만나자마자 이별이라니, 문득 허전해졌다.

"연일 고생이시네요."

그녀가 그에게서 뒤돌아 창밖을 보는 척 딴청을 부리며 말하자 라드 슈로더가 그녀 가까이 다시금 다가와 섰다.

"추가 근무 수당은 제대로 챙겨 받고 계시는······!"

황실의 임금 지급에 대해 조금쯤 투덜대듯 말하던 그녀의 목소리가 갑자기 멎었다. 그가 아무 말도 없이 그녀의 작은 어깨를 감싸 안았기 때문이었다. 웬디가 놀라 뒤돌려 하자 그가 그런 그녀를 더욱 꼭 품에 안았다.

"그대의 마음을 모두 알지 않아도 좋소. ……다만 내게 이처럼 등을 보이진 마시오. 내 다신 불평하지 않으리다."

그의 음성에 웬디의 얼굴이 더욱 쌜쭉해졌다. 돌이키기엔 너무 늦었음이다. 웬디는 대답 없이 '흠흠' 헛기침을 하며 가끔 그에게 이렇게 토라진 티를 내리라 다짐했다.

❧❦❧

"평소 공의 높은 덕망을 흠모해 왔습니다."

"하하하, 덕망이라니, 내겐 과분한 표현이오."

"원, 이리도 겸손하셔서야! 과분하다니요, 앵그르 공의 높으신 명망을 베냐한 제국에서 모르는 이가 있단 말입니까? 호호호호!"

응접실이 떠나갈 듯한 웃음소리가 연달아 터져 나왔다. 생글생글 웃음 짓던 하즐렛 백작 부인이 넋 놓고 웃기 바쁜 백작의 옆구리를 슬쩍 찌르자, 그가 흠흠 헛기침을 했다.

"앵그르 공! 프란시스의 일은 그럼……."

"아, 근심이 깊으신 마음을 이해하오. 우리의 위업이 달성된다면 하즐렛가의 억울함 또한 자연히 풀릴 일 아니겠소? 너무 염려 마시오. 제도로 되돌아온 프란시스 영애의 모습을 곧 보게 되실 테니."

공작이 빙그레 웃음을 지으며 말했다. 그에게는 무언가 사람을 끌어당기는 힘 같은 것이 있었다. 부드러운 듯 막힘없는 화술은 넓은 인망을 이루는 바탕이 되었고, 편안하고도 강인한 인상은 신뢰감을 주는 원천이 되었다.

하즐렛 백작은 절로 믿음이 가는 그의 진중한 눈빛을 보며 흡족하게 고개를 끄덕였다.

"사병은 때에 맞춰 불러올리겠습니다."

"결단에 감사를 표하오. 우리에게 큰 힘이 될 것이라오."

"모든 가문이 앞다퉈 참여하는 거사에 하즐렛가만 빠질 수는 없는 일이죠. 공을 믿습니다."

하즐렛 백작 부인의 성화에 오랜 시간 갈팡질팡하였다고는 믿기지 않을 만큼 결단력 있는 목소리였다. 백작은 자신의 옳은 선택에 만족해하며 마지막 남은 불안감을 지웠다.

딸아이 앞에 언도된 무수한 죄의 대가로 원하는 가문과의 혼인은커녕 자칫 승계권까지 잃게 생긴 상황 앞에서 백작은 두려워했다. 올리비아 하즐렛, 그의 성을 물려받은 또 다른 딸아이가 제국의 권력자인 라드 슈로더 공 옆에 서 있는 모습을 봤을 때는 그야말로 가슴이 철렁했다. 상황을 잘만 이용하면 위기를 기회로 바꿀 수도 있겠다 스스로를 위로했지만, 웬 것을! 슈로더 공은 피 한 방울 날 거 같지 않은 독종 중의 독종이었다. 그 싸늘하고 매서운 말투라니! 이대로라면 프란시스는 물론 가문의 앞날마저 보장할 수 없겠다는 생각이 들었다. 그 와중에 만난 오귀스트 앵그르 공작은 그들 가문의 은인이 되었다.

"난 이만 일어서겠소. 기회가 된다면 하즐렛 백작과 술잔을 한번 기울이고 싶군. 그럼, 거사 날 봅시다."

앵그르 공이 자리에서 일어나며 말했다. 백작이 깊게 고개를 숙여 인사했다.

어둠을 틈 타 은밀히 백작저를 나온 앵그르 공이 마차에 올랐다. 그의 수족인 뷰얼 자작이 그를 기다리고 섰다 함께 마차를 탔다.

"상황이 재미있게 됐군."

"이야기는 잘 마무리하셨습니까?"

"그래. ……자네가 알아봐야 할 일이 있네. 프란시스 하즐렛 영애가 평민 여인을 하나 겁박한 죄로 수도 추방령을 받았다 하네. 그 일을 한번 알아봐 주게. 하즐렛가를 완벽히 신뢰할 수 없으니, 좋은 패가 될 수도 있을 거야."

"네, 그리하겠습니다."

그들이 탄 값싼 이두 마차는 작은 돌부리에도 쉽게 흔들거렸다. 그 진동이 마치 편안한 요람이라도 되는 것처럼 오귀스트 앵그르 공작은 딱딱한 의자에 몸을 기대며 미소를 지었다.

숄터스 백작의 구금으로 줄어든 병사의 수는 하즐렛 백작가의 합류로 대부분 채워질 터였다.

"숄터스 백은 어찌 되었나?"

"여전히 모르는 일이라는 일관된 답변만 하고 있다 합니다."

"그래, 그럼 되었네."

오귀스트가 두 눈을 감으며 대답했다.

숄터스 백작을 심문하여 자신을 잡아낼 수 있을 거라 기대에 부푼 그들에게 실망감을 안기게 된 것이 몹시 애석했다. 숄터스 백작가의 명운이 경각에 달려 있는 지금, 숄터스는 살기 위해서라도 오귀스트 앵그르 공작이 일으킬 거사가 성공하길 바라고 바랄 터였다. 마지막 거사에 대한 정보 또한 이런 일들을 대비하여 일절 공유하지 않았으니 무엇을 염려하겠는가.

숄터스 백작이 압박에 시달려 오귀스트의 관련 사실을 인정한다 해도 이미 거사는 끝난 뒤가 될 것이었다.

잠을 이루지 못해 피로하던 머릿속이 맑게 개는 느낌이었다. 모처럼 기분 좋은 밤이었다.

며칠이 지났다.

입궁한 라드는 킹즈브레이 궁에서 황제를 배알하였다. 몬트라피 값의 터무니없는 가격 상승으로 낮 시간 내내 골머리를 앓았던 황제는 표정이 썩 좋지 못했다. 몬트라피 값을 안정시키기 위해 제국 전역에 풀었던 몬트라피 비축 물량도 이젠 거의 바닥난 상태였다. 몬트라피를 매석한 상회 여러 곳을 적발해 제재를 가했지만 주인을 잡아들이고 법에 정해진 벌금을 부과해 보았자 소용이 없었다. 상회의 숨은 주인은 따로 있었고, 잡아들인 이들은 그저 체스 말에 불과했다. 납부한 벌금보다 매석으로 벌어들이는 금액이 더 크니 벌금을 두려워할 리도 없었다. 관련법을 바꾸려 들면 귀족들 모두가 합심하여 벌떼처럼 일어나니 악순환만 계속되었다. 제도 내에 퍼진 황제에 대한 불온한 소문 역시 모르지 않기에 아이작은 더욱 심사가 편치 않았다.

"숄터스가의 재산을 몰수하고 작위를 박탈하게. 끝끝내 뒷배를 밝히지 않겠다면 하는 수 없지. 오늘 저녁, 데이릭 숄터스를 처형해

효시하도록 하게나. 그 목이 썩어 형체 없이 사라질 때까지 시신에 손을 대는 자가 있다면 그 또한 같은 벌을 받을 것이야. 자식의 죽음 앞에서도 오귀스트를 지켜 낼 수 있을지 한번 두고 보자고."

황제 아이작이 그 앞에 진상된 바이올린을 살펴보며 말했다. 테이블 위에 늘어놓은 바이올린 모두가 마음에 들지 않는지 내려놓는 손길이 짜증스러웠다.

"솔터스 부인과 알타린 영애는…… 연좌할 생각이십니까?"

라드 슈로더의 물음에 황제가 멈칫하며 낮은 한숨을 내쉬었다. 그로서도 죄 없는 여인들에게 죄를 묻는 것이 마음에 걸리는 모양이었다.

"황태자궁을 무너뜨려 짐을 죽이려 들었으니 그리하는 게 마땅하겠지."

그가 라드 슈로더의 잿빛 눈동자를 가볍게 건너보며 말했다. 다시 손에 든 바이올린을 하나하나 뜯어보기 위해 고개를 기울인 황제에게 라드가 묵묵한 음성으로 이야기했다.

"그의 서간에서 세토랑가와의 접점을 찾아냈습니다. 아직 증거로 내밀기에는 부족한 감이 있으나 소환하기에는 무리가 없습니다. 오귀스트의 손과 발을 조금씩 잘라 내는 것이 그를 제약할 가장 효과적인 방법이 아닐까 합니다."

"그래, 망설일 것 없네. 이 일엔 어떤 아량도 보일 필요 없으니, 오귀스트의 손과 발을 조금 잔인하게 쳐 내는 것도 나쁘지 않겠지."

황제가 뜸 들이지 않고 자신의 의중을 말했다.

"세토랑가의 가담 정도를 밝혀야 하겠으나, 세토랑가를 어느 정도 구제해 주는 것도 방법이 될 것입니다. 그들 사이에 분열을 조장하는 게 공작을 무너뜨리는 길이 될 수 있습니다."

그들 무리를 찢어 나눌 방법을 뚜렷한 계산 아래 말하며 라드가 지금까지 밝혀진 증거 목록을 내밀었다. 황제가 막 그 목록을 건네받았을 때 문 밖에서 시종의 음성이 들려왔다.

"폐하, 장 자크 시뮤안 경이 뵙기를 청하옵니다."

"그래, 들라 해."

황제의 허락이 떨어지자마자 벌컥 열린 문 사이로 장 자크 시뮤안이 뛰어 들어왔다. 형편없이 일그러진 얼굴 표정을 한 그가 가까스로 냉정을 차리며 황제에게 아뢰었다. 그의 보고는 모두를 충격으로 몰아넣기 충분한 것이었다.

"조피에른이 무너졌습니다. 농민 수천이 봉기하여 수도를 향하고 있다 합니다."

❧❧❧

온실 안쪽에서 꽃을 거두어들이고 있던 웬디와 파스칼은 갑작스럽게 크게 들려온 쾅쾅거리는 소리에 놀라 벌떡 몸을 일으켰다. 가게에서 들려오는 소리였다. 온실을 나와 가게로 가 보니 문에 달아 놓은 종이 잇따라 요란하게 흔들릴 만큼 누군가 거세게 문을 두드리고 있었다.

웬디를 뒤로 멀찍이 물린 파스칼이 품 안의 무기를 점검한 후 조심스럽게 잠긴 문을 열었다. 긴장한 채 열린 문 사이를 바라보던 웬디는 햇빛을 등지고 서 있던 문 밖의 인물을 보고 '후' 하는 한숨을 내쉬었다. 단숨에 긴장이 풀려 버렸다.

"웬디!"

"……멜리사, 이게 무슨 일입니까?"

후작가의 영애, 멜리사 로우니였다. 호위 기사 셋과 시녀 둘을 대동한 채 그녀가 웬디의 꽃집 앞에 서 있었다.

"일단, 잠깐 안으로 들어가요!"

불안한 듯 주변을 두리번거리며 꽃집 안으로 들어온 멜리사가 불현듯 웬디의 손을 덥석 잡았다. 당황한 웬디가 멜리사의 손을 뿌리치려 했지만 바르르 떨리는 그 손길에 차마 그러지 못했다.

"웨, 웬디……!"

"무슨 일이 있습니까?"

"아버님께서, 급하게 사람을 보내오셨어요. 할머님의 부름으로 제피샤 지방에 가 계셨거든요."

"……."

"조, 조피에른 지방에서 난리가 났대요. 그곳 사람들은 물론이고 아랫지방 사람들까지 폭도가 되어 제도로 몰려들고 있다 해요. 다들 소규모로 이동하다가 조피에른에 와서 한꺼번에 집결하는 바람에 그동안 그 움직임을 몰랐다더군요. 시간이 없어요! 조피에른이면 바로 코앞인데!"

제피샤는 조피에른 바로 옆쪽에 붙어 있는 도시였다. 옆 도시에서 일어난 소요에 그녀의 아버지는 다급히 가족들에게 사람을 보냈다. 그리고 멜리사는 그 소식을 듣자마자 웬디의 안전을 걱정하였다.

"함께 저택으로 가요. 이곳 치안이 제대로 지켜질 리 없으니까."

멜리사가 그녀의 손을 끌어당기며 간곡히 말했다. 잠시 버티고 서서 무언가를 생각하던 웬디가 멜리사의 손을 두 손으로 감싸며 달래듯이 이야기했다.

"영애의 마음은 고맙지만 저는 갈 수 없습니다. 기다려야 할 사람이 있어요. 제 걱정은 마시고 영애께선 당분간 외출을 삼가도록 하세요."

웬디의 성격을 비교적 잘 알고 있던 멜리사 영애는 아무리 떼를 써 보아도 그녀가 자신을 따를 리 없다는 것을 금세 깨달았다. 멜리사가 힘없이 잡은 손을 놓으며 말했다.

"그럼, 언제든 좋으니…… 마음이 바뀌면 로우니 저택으로 와 주겠어요? 문지기에게 말을 해 놓을 테니까요. 웬디의 이름만 그저 말한다면 어느 때고 문은 열릴 거예요."

어린 눈을 빛내며 그녀가 당부했다. 돌아서는 발걸음이 못내 걱정스러운 듯 그녀가 연신 뒤를 돌아보았으나 웬디는 의연한 모습으로 멜리사를 되돌려 보냈다.

"일이 벌어진 모양이군요."

"몬트라피 때문이겠죠. 병충해가 벌써 조피에른 지방까지 휩쓸었다 하니."

낟알이 맺히기 전, 몬트라피 꽃에서 시작된 병충해는 여린 줄기를 모조리 말려 죽이는 피해를 일으켰다.

손쓸 수 없이 말라 죽는 몬트라피로 인해 농민들은 동요하였다. 헤노비 지역의 소요 사태가 그 첫 번째 징후였다. 대책 없는 재난 앞에서 그들은 무기력했고, 그들의 손을 이미 오래전 떠났던 작년의 소출은 귀족들이 운영하는 상회에서 천정부지의 값으로 팔려 나갔다.

영주와 결탁한 이들 상회에서는 영지 내의 몬트라피 농지에서 나는 작물 모두를 이른 봄 농사가 시작되기 전, 선수금을 주고 사들였다. 이로 인해 농민들은 싼값에 팔았던 몬트라피를 다음 해, 몇 배의 금액에 다시 사들이는 비참한 상황에 처하게 된 것이다. 농사를 지을수록 빚만 늘어가는 악순환을 익히 경험해 온 그들의 무기력함을 더욱 부채질하는 일이었다.

조금 뒤, 그녀의 꽃집으로 마르틴 비숍 경이 찾아왔다. 그의 어두운 표정으로 보아 그 역시 이미 제도를 향해 무섭게 치닫고 있는 움직임을 알고 있는 듯했다.

"황궁으로 드시라는 전갈입니다."

웬디는 대답 없이 일어나 채비를 서둘렀다. 꽃집의 문을 단단히 걸어 잠가야 할 것 같았다.

밖으로 나와 꽃집 앞 골목을 빙 돌아 나가니, 커다란 사두마차가 그들을 기다리고 있는 모습이 보였다. 웬디가 도웨인 경과 함께 마차에 타자, 비숍 경이 문을 닫아 주었다. 마부 옆에 올라탄 비숍 경이 앞쪽 창에 대고 조금 빨리 달리겠다 양해를 구해 왔다. 곧 다그닥거리는 말발굽 소리가 귓가에 담겼다.

웬디는 빠르게 스쳐 지나가는 바깥 풍경을 보며 제도 사람들의 안전에 대해 생각했다. 더불어 제도를 향해 오는 농민들의 안전에 대해서도 생각하였다.

그들 중 어느 누구에게 죄가 있다 말할 수 있을까. 그 어떤 정의

로운 재판관이 온다 해도 명백히 판단하여 말할 수 없는 일이었다. 다만, 분명한 사실은 이와 같은 상황에서 가장 최악을 경험하게 되는 건 그들 중에서도 가장 약자의 몫이라는 것이었다.

히이이이잉!

그때였다. 말들이 날카롭게 우는 소리와 함께 빠르게 내달리던 마차가 급하게 멈춰 섰다. 거칠게 마차가 흔들렸고 웬디는 몸의 중심을 잡지 못했다. 앉은 자리에서 튕겨진 몸이 마차 벽에 내리꽂힐 때, 도웨인 경이 그녀를 가까스로 붙잡았다.

쿵!

"……괜찮으십니까?"

등을 심하게 부딪친 도웨인 경이 한쪽 눈을 찡그리며 그녀의 무사 여부를 물었다. 웬디는 빠르게 고개를 끄덕이며 그의 몸을 부축해 일으켰다. 두 사람이 몸을 추스르는 사이, 바깥의 소란스러움은 더해져 갔다. 바짝 날이 선 비숍 경의 목소리가 들려왔다.

"이게, 무슨 짓입니까!"

"안에 계신 분은 무사하신가?"

"비키십시오!"

"아니, 난 안에 계신 분의 안전을 확인해야겠네. 그래야 내 마음이 편하겠어."

비숍 경의 음성이 심상치 않았다. 바깥의 동태에 신경을 집중하고 있던 도웨인 경이 꽃집을 떠나기 전 챙긴 그의 검으로 손을 가져가려 할 때였다.

스르릉.

바깥에서 들린 음산한 검날 울림에 웬디는 숨을 죽였다. 여럿이 검을 빼든 듯, 소란스럽던 소음은 모조리 지워지고 숨 막히는 정적이 흘렀다. 잠시 후, 긴장 속에서 마차 문이 달칵 하고 열렸다.

"오, 무사하시군. 다행이오, 다행이야."

문을 연 남자가 옆으로 비켜서자, 그 뒤에 서 있던 남자가 탄식하듯 연달아 말했다.

"그런데 이쪽에 계신 아가씨는 내 낯이 익군그래. 우리 분명 만난 적이 있지 않소?"

남자가 웬디를 보며 기억을 곱씹듯 자신의 턱을 쓸었다. 모든 게 한 톨의 거짓도 없는 진실인 것처럼, 그가 웬디를 봤다. 그런 그의 선해 보이는 눈매를 마주하며 웬디는 입에 쓴웃음을 물었다. 이 만남이 결코 우연일 리 없었다.

"앵그르 공, 기억하고 있습니다. 지난 번 황궁에서 뵈었던 일을."

가볍게 무릎을 굽히며 그녀가 그에게 말했다.

"오, 그렇군! 슈로더 공의 곁에 계시던 레이디! 내 이제 생각이 나는군."

웬디는 자신을 보고 반가운 체하는 그의 모습에 심사가 꿈틀거렸지만 아닌 척 웃으며 마차 아래로 내려섰다. 앞에 서 있던 도웨인 경이 그녀를 막아섰으나, 웬디는 고개를 가로저으며 그에게 경고의 메시지를 보냈다.

"공작님을 이런 대로 한복판에서 뵙게 될 줄 생각지 못했습니다."

공작의 수하들이 든 검에 양쪽에서 목이 겨누어진 마르틴 비숍 경의 모습이 보였다. 웬디는 그 모습을 짐짓 아무렇지 않은 듯 바라보며 말을 이었다.

"저희 마차를 세우신 까닭을 여쭈어도 되겠습니까?"

"……아름다운 레이디께 차라도 한잔 대접하고 싶어지는군. 잠시 시간을 내주겠소?"

부드러운 미소로 웃고 있는 얼굴이었지만 거절은 용납하지 않겠다는 무언의 압박이 있었다. 웬디는 선택의 여지없이 그 길로 공작의 뒤를 따라 마차에 올라야 했다.

그와 함께 마차를 타고 이동하는 와중에 공작은 쓸데없는 이야기들을 여럿 늘어놓았다. 부쩍 너워진 날씨라든가 제도의 유명한 송아지 요리라든가 하는 것들 말이다. 마치 오랜 벗을 만난 것처럼 그렇게 허물없이 그는 이런 저런 얘기를 했다. 문제가 있었다면 두 사람이 서로를 오랜 벗이라 칭할 여지가 전혀 없다는 것이었다.

창문이 모두 닫힌 마차 안에 있었던지라 웬디는 자신이 어디로 끌려가고 있는지 알지 못했다. 함께 있던 기사들과는 일찍이 격리된 채였다.

한참 만에 도착한 곳은 한눈에 건물 전체가 다 들어오지 않을 만큼 거대한 저택이었다. 그는 온화한 몸짓으로 그녀를 안내했다.

작은 응접실에 도착해 그와 마주보고 앉게 되자 본격적인 긴장감이 밀려오기 시작했다. 응접실을 둘러싼 사방의 벽에는 터무니없는 숫자의 박제가 걸려 있었다. 마구잡이로 잡아들인 것처럼 기준 없이 빼곡하게 들어차 있는 박제의 모습이 괴상하면서도 천박해 보였다. 어쩐지 미미한 알코올 냄새와 짐승의 썩은 내가 뒤섞여 나는 것 같았다. 앵그르 공작에게 병적으로 박제를 모으는 취미가 없다면 그녀에게 겁을 주려는 의도가 분명했다.

"멋진 취미를 가지셨군요."

"그렇소? 나의 아버님이 가지셨던 취미지. 베냐한 황실의 피를 지녔으되 결코 베냐한 황실의 일원이 될 수 없는 결핍을 안고 살아가셨던 분이시지. 그 때문인지 간혹 미친 것처럼 보일 만큼 사냥에만 매진하셨다네."

'후후' 하고 웃는 그의 웃음이 음산했다. 웬디는 께끄름한 마음을 떨치며 그와 마주 웃었다. 남자가 이토록 자신의 속내를 내보이는 것은 그녀에게 결코 좋은 일이 아니었다.

"무언가에 열중하는 것만큼 아름다운 건 없죠. 여자들이 반하는 남자들의 모습도 대부분 그렇게 무엇인가에 열중하고 있는 모습들이랍니다."

웬디는 그 앞에서 백치미를 선보이기로 작정하였다. 말이 통하지 않는 멍청한 여자라는 확신을 주리라. 과연, 그녀의 말에 공작의 표정이 조금 묘해졌다.

"……슈로더 공의 연인이 평민 여인일 거라고는 생각지도 못했소. 두 사람 역시 사랑에 열중하여 그런 제약쯤은 장애가 되지 않는 거겠지. 아가씨의 말대로 무언가에 열중한다는 건 아름다운 일이 맞는 것 같소."

"정말 그리 보이나요? 남들의 눈에도 슈로더 경께서…… 제게 그런 마음을 품고 있는 것처럼 보인단 말입니까?"

그녀가 감격한 것처럼 말했다. 손뼉을 한 번 짝 치며 수줍게 웃음을 흘리는 것까진 쉽지 않았지만 그 뒤론 물 흐르듯 흘러갔다. 저절로 몸이 배배 꼬이며 어깨가 위아래로 왔다 갔다 했다. 수줍은 소녀로 변이하는 건 생각보다 그리 어려운 일이 아니었다.

"프란시스 하즐렛 영애와는 어찌 척을 지게 되었소? 슈로더 경께서 무리하여 하즐렛 영애를 벌주었다던데……."

그에게서 들을 것이라 예상하지 못했던 인물의 이름이 나오자 웬디는 조금 당황하였다. 그러나 그녀는 이내 익숙하게 당황을 숨길 수 있었다.

"……알 게 뭐랍니까! 슈로더 경께 몰래 연심을 품었든지 그분 곁에 있는 제 모습에 시샘을 느꼈든지 했겠지요. 한데, 공께서는 어떻게 그 일들을 알고 계십니까?"

웬디가 돌변한 태도로 팽 코웃음을 치며 말했다.

"듣고 싶지 않아도 들려오는 말들이 있지. 슈로더 공과 그대의 만남이 워낙 사교계에서 화제가 되다 보니 일어난 일 아니겠소."

"그러게나 말입니다. 화젯거리가 된다는 건, 무척 피곤한 일이더군요."

웬디가 거드름을 피우며 사르르 한숨을 내쉬었다. 공작이 껄껄 웃자 그녀는 그 웃음이 칭찬이라도 되는 것처럼 뿌듯한 얼굴로 호호 따라 웃었다.

그 후로도 공작은 세 사람의 관계와 그들을 둘러싼 사건에 대해 몇 가지를 더 물었지만 영양가가 있는 답변을 들을 수는 없었다. 짐작컨대 그는 웬디와 프란시스의 관계에 대해서까지는 알지 못하는 것 같았다. 웬디가 평민이라는 사실과 프란시스의 처벌에 라드가 관여했다는 것에 그는 집중하고 있었다.

웬디는 그의 질문이 지루하다는 것처럼 늘어진 하품을 한 번 해 줌으로써 모든 대화를 종결할 수 있었다. 예의도 모르는 평민 계집의 모습에 내내 신사적인 태도를 유지하던 그 대단하다는 남자도 조금 진저리가 난 표정을 지었다.

"피곤한 모양인데 이만 쉬시오. ……데비!"

그가 문가를 보며 사람을 부르자 억실억실한 생김새의 남자 하나가 안으로 들어왔다.

"이분을 준비된 장소로 모시거라."

명을 내린 공작이 환한 미소로 웬디에게 작별 인사를 했다.

"즐거운 대화였습니다."

치마를 탁탁 털어 내며 발딱 일어난 웬디가 촐랑거리는 걸음으로 데비라는 남자를 따라 나섰다. 그녀가 떠나간 응접실에 혼자 남은 공작이 잠시 후 입을 열었다. 마치 허공에 대고 말하는 모양새였다.

"어떻게 보았는가? 자네의 생각이 궁금하군."

묵묵한 정적 속에서 얼마쯤 시간이 흐르자, 붉은 곰이 박제된 유리관 뒤에서 한 남자가 모습을 드러냈다. 공작의 수족이자 그 대신 온갖 더러운 일을 도맡아 처리하는 뷰얼 자작이었다.

"……슈로더 공이 프란시스 영애의 사건에 편법을 쓴 것을 이용할 수 있을 것 같습니다. 저 여인의 신분을 들어 그를 압박할 수도 있겠죠."

"아니, 지금에 와 그런 것들이 무슨 소용이 있겠는가. 거사가 성공한다면 슈로더 또한 목숨을 부지할 수 없을 텐데."

"그렇다면……."

"자네가 보기에 저 여인은 어떠해 보이던가?"

"그저 철모르는 계집애처럼 보였습니다. 슈로더 공이 이런 취향일 줄은……. 어찌 되었든 두 사람의 사랑이 꽤나 깊은 듯하니 그녀를 유용한 수단으로 써 먹을 수 있겠죠. 하늘 역시 우릴 돕고 있는 모양입니다."

하즐렛가의 약점을 잡기 위한 조사에서 슈로더 공의 연인을 찾아낸 뜻밖의 수확에 뷰얼 자작은 고무되어 있었다. 모든 일이 아무런 장애도 없이 척척 맞아 떨어져 가니 이보다 더 좋을 수는 없었다.

"그리 보이던가? 지나칠 정도로 이 상황을 담담히 받아들이는 태도가 오히려 의문스럽단 생각은 해 보지 못했나? 자신을 호위하던 기사에게 검을 들이댄 모습을 눈으로 직접 봤음에도 동요가 없더군. 나와 이토록이나 자연스럽게 대화할 수 있을 거라 상상치도 못했네. 영 개운치가 않아."

"사리 분간을 못하는 멍청한 계집이라 그런 게 아니겠습니까."

"두려움을 못 느낄 정도로 무지하거나, 내 눈을 속이려 들 만큼 강단이 있는 거겠지."

자작의 말에 쉬이 동감하지 못한 오귀스트가 말했다. 무언가 자신이 간과하고 있는 것이 있는 것만 같았다. 그녀가 그저 덜떨어진 계집이 아니라면, 위협적인 상황 앞에서도 저토록 당당할 수 있는 이유는 무엇일까. 슈로더의 뒷배를 믿는 오만방자함이라고 보기엔 그 느낌이 남달랐다.

그렇게 한동안 그는 생각에 잠겨 있었다. 그러나 끝내 해답을 찾아내진 못하였다. 곧 자리를 털고 일어선 그가 방을 떠나기 전 마지막으로 뷰얼 자작에게 당부를 남겼다.

"여인을 잘 감시하게. 슈로더의 목숨과 바꿀 중요한 인질이 될 테니."

"언제까지 걸어가야 합니까?"

웬디가 카랑카랑한 목소리로 남자에게 물었지만 데비라 불린 사내는 대답이 없었다. 아무리 소리를 고래고래 질러 봐도 요지부동이었다. 남자는 어둡고 축축한 지하 복도에 다다라서야 입을 열었다.

"들어가시오."

그가 복도를 막고 있는 쇠창살 문을 열며 웬디에게 말했다.

"저더러 지금 이 안으로 들어가란 말입니까?"

남자는 대답 대신 문을 조금 더 활짝 열었다. 웬디는 뿌득 이를 사리물며 그를 노려봤다. 안쪽에는 복도를 기준으로 양옆에 빼곡한 쇠창살이 늘어서 있었다. 지하 감옥이었다.

신사적인 척 온갖 가식을 다 떨더니 결국 이따위 곳에 자신을 처넣으려는 심보였던가! 빌어먹을!

그녀는 슬금슬금 뒷걸음질을 치며 단숨에 줄행랑을 놓을 준비를 했다. 그런 그녀를 보며 남자는 피곤하다는 듯이 단 두어 걸음으로 쉽게 퇴로를 막았다.

"이거 놓으시오!"

달아나려는 그녀를 별 어려움 없이 붙잡은 그는 벗어나기 위해 발버둥치는 웬디의 목덜미를 떡하니 잡아챘다. 모욕감에 휩싸인 웬디가 머리를 사방으로 흔들어 대자, 순간 그의 움직임이 멎었다.

"으윽! 이거 놓으란 말이다!"

그녀의 발악 때문이었을까. 웬디의 목덜미를 잡아챈 남자의 손이 풀어지는가 싶더니 그의 손길이 이어 그녀의 뒷목을 스쳤다. 와르르 소름이 끼쳐 와 절로 욕이 나왔다. 남자는 웬디의 욕지거리를 무시한 채 땀에 절어 목에 감긴 그녀의 샛노란 머리칼을 툭툭 건드렸다.

"목걸이가…… 아니군."

손이 스치자 스륵 풀러 내려가는 머리칼에 그가 실망하며 말했다. 남자가 음흉한 음심을 품은 줄 알고 기겁해 이를 악문 웬디는 그가 자신의 샛노란 머리칼을 금붙이로 착각했음을 깨달았다. 남자는 이후 그녀를 짐짝처럼 들고 안으로 들어가 감옥 문 하나를 열어젖혔다. 그러고는 그녀의 자존심을 조금도 고려하지 않은 채 감옥 안으로 웬디를 쑤셔 넣었다.

끼이이익, 쾅!

조금의 자비도 없이 닫힌 감옥 문을 붙들고 웬디는 몇 번 그에게 구명을 바라는 말들을 내질렀다. 그러나 그는 매몰차게도 단 한마디 대답 없이 이내 모습을 감췄다. 다시 한 번 쓸데없이 그를 소리 내 불러 본 웬디는 자신이 앵그르 공작과의 대화에서 선보였던 백치미를 아직까지 달고 있다는 것에 분노했다. 그를 목 놓아 부른다고 퍽이나 돌아오겠구나!

"웬디 양!"

신경질적으로 쇠창살을 두드린 그녀가 자신의 이름을 부르는 음성에 고개를 돌렸다.

"도웨인 경! ……비숍 경!"

맞은편에 위치한 감옥에 각각 분리되어 감금된 두 사람의 모습이 보였다. 웬디는 그들의 무사한 모습에 가슴을 쓸어내리며 쇠창살에 더욱 바짝 붙어 섰다.

"무탈한 모습을 보게 되어 참으로 다행입니다."

도웨인 경이 목청을 돋워 말했다. 그의 목소리가 감옥 안을 왕왕 울렸다. 무수한 걱정을 하였던 듯 고조된 그의 감정이 그대로 드러났다. 그녀의 꽃집에서 일하며 짧은 시간 정이 많이 들었던지 위기 후의 재회는 무척 감격스러웠다. 웬디 역시 그들과의 재회가 감격스러웠지만 우선 살아 나갈 궁리를 하는 게 필요했다.

"이곳을 빠져나갈 방법이 없겠습니까?"

웬디의 물음에 마르틴이 목소리를 낮춰 이야기했다.

"방금 나간 저 덩치 큰 남자를 포함한 세 명의 남자가 번갈아 가며 이곳을 드나들고 있습니다. 그들 중 하나를 제압하여 열쇠를 빼앗는 게 가장 현실적인 길입니다."

"제가 기절한 척 연기를 할 테니, 비숍 경이 그들을 불러 주십시오. 그들 스스로 감옥 문을 열도록 하는 게 좋을 겁니다."

파스칼이 적극적으로 나서 말했다. 잠시 무엇인가를 생각하던 비숍 경이 그의 제안에 자신의 의견을 더했다.

"아니, 그보다는 경련을 일으키는 것처럼 보이게 하는 편이 나을 것 같습니다. 더욱 위급해 보이도록 말입니다."

두 사람의 연합 작전은 바로 실행되었다. 파스칼이 바닥에 쓰러진 채 바르르 손발을 떨며 경련을 일으킨 환자 연기를 시작했다. 그에 맞춰 마르틴 비숍이 다급하게 도와 달라 한참을 소리치자, 웬디를 데리고 왔던 데비라는 남자가 꾸물대는 걸음으로 그들 앞에 걸어왔다.

"도와주시오!"

남자는 심드렁한 얼굴로 바닥에 쓰러진 파스칼의 모습을 보더니 자신의 더벅머리를 벅벅 긁었다.

"제발, 도와주시오! 이대로 놔두면 위험할지도 모르오!"

비숍 경이 남자에게 호소하였다. 그러나 그는 강 건너 불구경하듯이 비숍 경이 얼굴을 빤히 보다가 이내 흥미가 없다는 것처럼 뒤돌아섰다.

"야, 이놈아! 넌 인정도 없더냐!"

비숍이 욕설을 몇몇 섞어 가며 그를 자극해 보았으나, 남자를 붙잡기엔 역부족이었다. 그 뒤로도 한참 동안 비숍이 악을 쓰며 소란을 피웠지만 그는 다시 되돌아오지 않았다.

"아니, 저놈은 사람도 아니랍니까! 쓰러진 사람을 보고도 어찌 저리 태연하단 말입니까!"

웬디는 비숍의 의심을 못 들은 체하며 감옥 내부를 찬찬히 둘러보았다. 불퉁한 표정으로 몸을 일으킨 파스칼이 몸에 묻은 흙먼지를 툭툭 털어 냈다. 체면을 잊고 펼친 연기가 무위로 돌아가자 화가 치밀었다.

"아무래도 다른 방법을 써야겠습니다. ……시도해 볼 만한 게 하나 있습니다."

웬디가 어둑어둑한 감옥 내벽을 쓸며 말했다.

웬디는 그녀가 갇힌 감옥 내부에 희끄무레하게 비치는 빛의 각도를 확인하고 한쪽 벽에 가 붙어 섰다. 그녀가 축축한 돌벽 위를 꾹꾹 검지로 누르기 시작하자 파스칼이 조바심이 난 음성으로 말했다.

"웬디 양, 손가락을 쓰시는 건 별로 좋은 생각이 아닌 것 같습니다."

"……걱정 마세요. 이것 말고는 다른 방법도 없는 걸요."

"뭘 하시려는 건진 몰라도…… 웬디 양 혼자 저 남자를 제압할 순 없는 일 아닙니까."

행여 목소리가 밖으로 새어 나갈까 그가 잔뜩 목소리를 낮춰 웬디를 만류했다. 그런 그의 말을 못들은 체하며 그녀는 하던 일을 계속했다. 한참 벽에 가 붙어 있던 웬디는 곧 자신의 치맛자락 일부를 북 찢더니 그 위에 또다시 검지를 댔다. 맞은편 철장에 갇혀 있던 두 기사는 이러지도 저러지도 못하고 발만 동동 굴렀다.

잠시 뒤, 그녀의 검지가 닿았던 곳들에서 제각각 자신의 순번을 맞추듯 천천히 변화가 일어나기 시작했다. 희붐한 빛이었다. 벽 위에 총총히 돋아난 그 빛은 희고 노란 기운을 뿜어내며 요요한 분위기를 자아냈다.

"……저건…… 대체……!"

마르틴 비숍이 입을 다물지 못하고 멍하니 그 장면을 바라봤다.

고요한 정적이 흐르는 감옥 안에 그의 숨소리가 유독 크게 울렸다. 맹세의 밤, 그날의 기억이 다시금 가슴속을 가득 채우고 정수리를 찡하게 울렸다.

마르틴은 간신히 정신을 추스르며 옆 철장에 있는 그의 동료 기사를 바라봤다. 파스칼 역시 그와 다르지 않은 반응으로 눈 한 번 제대로 깜박이지 못하고 건너편 감옥에 시선을 고정한 모습이 보였다.

"이 정도라면……."

웬디는 외부의 반응들에 으쓱해하거나 주저하는 법 없이 찢어 낸 치맛자락을 골똘히 바라봤다.

그녀의 치맛자락에서는 작은 나무 하나가 자라나 있었다. 나무라 이르기에 애매한 모양을 한 그것은 치마 위에 위태롭게 뿌리를 박고 그 위로 가는 나무기둥 하나만을 삐죽 올려놓은 채였다. 검회색의 수피를 가진 나무는 작고 괴상한 모양을 하고 있었지만 나무질이 단단하기로 이름난 박달나무가 분명했다.

웬디가 그 나무기둥을 손바닥에 말아 쥐었다. 그녀의 손에 딱 맞게 들어오는 크기였다. 그녀는 그것을 그대로 자신의 치마 주름 사이에 감췄다.

"이보세요! ……데비!"

웬디가 복도 저편을 향해 외쳤다. 예고 없는 그녀의 외침에 두 명의 기사는 아찔하게 놀라 바깥 기척을 살폈다. 웬디가 애타는 목소리로 남자의 이름을 부르길 여러 번. 마침내 저편, 복도를 막고 있는 철창이 열리고 남자가 다시 모습을 나타냈다.

"여기, 여기를 봐 주세요."

웬디가 겁에 질린 것처럼 감옥 끝에 붙어 서서 말했다. 남자는 이번에도 역시 심드렁한 얼굴로 그녀에게 다가왔다. 그런 그의 시선이 웬디가 갇혀 있던 감옥 내부를 향한 순간, 남자의 무료한 얼굴 표정이 단숨에 변했다.

"황…… 금……?"

어두컴컴한 돌벽을 수놓은 노란 빛에 그의 눈이 휘둥그레졌다. 신비로운 빛을 밝히고 있는 노란 황금 조각들이 벽 위에 다닥다닥 붙어 있는 모습이 보였다. 감옥에 갇힌 여자는 그것이 무슨 두려운 것이라도 되는 양 바들바들 떨며 가녀린 두 어깨를 있는 대로 웅크리고 있었다.

"갑자기 이게…… 벽 위에서……! 이게, 대체 무슨 일이죠?"

웬디가 그의 시야를 가리며 말했다. 남자는 웬디의 말이 들리지 않는 것처럼 가려진 노란 빛을 다시 보기 위해 고개를 길게 빼 들었다. 그의 눈동자 위로 탐욕이 번들거렸다.

철컹!

남자는 급히 묵직한 열쇠를 꺼내어 그녀가 갇힌 감옥 문을 열었다. 혹여 누군가가 그가 발견한 보물을 가로챌까 싶었던지 복도 너머의 인기척을 살피는 나름의 철저함을 보이기도 했다.

그런 그의 모습을 보며 웬디는 남몰래 웃음을 삼켰다. 과연 짐작한 대로였다. 자신의 머리칼을 금목걸이로 착각했던 남자의 행동에 그녀는 이러한 도박을 벌였다. 그 어떤 호소에도 무감각했던 남자가 유일하게 관심을 보인 게 금붙이였으니. 자신의 도박이 부디 성공하길 염원한 그녀는 손에 쥐고 있던 박달나무를 더욱 힘주어 잡았다.

그런 그녀의 꿍꿍이를 까맣게 모른 남자는 감옥 안으로 성큼 들어왔다. 웬디를 경계 대상으로 생각지도 않는지, 그녀를 단 한 번 힐끔 바라본 그가 황금이 가득한 벽 쪽으로 홀린 듯 걸어갔다.

뻐걱!

그 순간이었다. 환희에 휩싸여 걸음을 떼어 놓던 그의 무릎이 휘청 흔들렸다. 바가지 깨지는 둔탁한 소음이 감옥 안에 울린 직후였다. 남자의 신영은 그대로 무너져 내렸다. 육중한 몸뚱이가 '쿵' 하는 소리를 내고 감옥 바닥에 쓰러졌다.

웬디는 남자의 몸을 발끝으로 툭툭 건드려 본 후, 그가 정신을 잃었음이 확실해진 후에야 박달나무 기둥을 든 손에 힘을 풀었다.

자신의 집에 침입했던 괴한에게 몽둥이를 휘둘렀던 경험이 그를 제압하는 데 제법 도움이 되었다. 얼른 그에게서 열쇠 꾸러미를 회수한 후 그의 바지춤에 매달린 검집에서 검을 빼들었다.

짧은 시간 동안 일련의 행동들을 해낸 그녀가 곧 감옥 밖으로 나왔다. 남자를 감옥 안에 가둬 두려는 심산인지 그대로 문을 닫아 걸은 웬디는 두 명의 기사가 갇혀 있는 철창 앞으로 걸어왔다.

웬디는 먼저 도웨인 경이 갇혀 있던 감옥 문을 열어 그를 풀어 주었다. 밖으로 나온 도웨인 경이 그녀의 손에 들린 열쇠와 무기들을 받아 들며 웬디의 손을 한 번 꾹 잡았다.

"손을 떨고 계십니다."

웬디는 무감각하게 자신의 두 손을 내려다보았다. 과연 그의 말대로 바들바들 손끝이 떨려 오고 있었다. 뻣뻣하게 긴장된 어깨가 뒤늦게 통증을 호소했다. 그러나 놀란 마음을 위로하고 있을 시간이 없었다.

"입구에 사람이 있는지 확인하고 오겠습니다."

빠르게 비숍을 풀어 준 파스칼이 바깥의 동태를 살피러 갔다. 그가 자리를 비운 사이 비숍이 바깥쪽을 경계하며 그녀 곁에 다가왔다. 그의 손에는 웬디의 박달나무가 들려 있었다. 검을 쓰는 기사에게 어울리지 않는 무기였지만 선택의 여지가 없었다.

"괜찮으십니까?"

웬디가 묵묵히 고개를 끄덕였다. 비숍은 그녀가 만들어 놓은 감옥 안쪽의 광경을 다시 한 번 홀린 듯이 바라보았다.

"저게 뭔지…… 물어도 되겠습니까?"

"호박달버섯이에요. 어둠 속에서 빛을 뿜는 발광버섯이죠."

호박처럼 짙은 노란색을 띤 버섯은 갓에서 황금빛을 내는 희귀종이었다. 북동부 봄살카 숲의 서늘한 기후에서 자생하는 이 버섯은 죽은 나무 그루터기에서 드문드문 번식을 하여 숲을 지나는 사람들을 유혹한다. 어두운 곳에서 발하는 그 노란빛이 마치 황금처럼 빛나는 탓에 사람들은 쉽사리 그 유혹에 걸려들었다.

숲을 밝히는 지상의 달빛이라 하여 이름 가운데 '달'이 붙은 제법 낭만적인 이름의 유래까지 지녔지만 그 빛에 홀려 손으로 만졌다가는 피부 발진으로 오랜 시간 고생을 해야 한다. 이 버섯이 발광하는 이유는 사람이 아닌 곤충을 빛으로 유혹해 포자를 멀리 날리기 위함이었다.

"정말…… 황금처럼 빛나는군요."

비숍이 감탄을 하는 사이 상황을 살피러 간 파스칼이 저만치서 손짓을 했다. 발소리를 죽인 세 사람은 복도 끝에 있는 계단을 통해 위쪽으로 올라갔다. 쾌쾌한 지하의 공기가 걷히고 지상의 빛이 보일 즈음 그들은 복도를 지키고 있던 기사들과 필연적으로 마주칠 수밖에 없었다. 협소한 공간 탓에 몸을 숨기고 기습을 할 틈도 없었다.

"누구냐!"

파스칼과 비숍은 웬디를 뒤로 멀찍이 물리고 두려움 없이 그들을 향해 쇄도해 갔다. 검을 든 파스칼은 단숨에 우위를 점해 상대 기사를 쓰러뜨렸지만 박달나무 기둥을 들고 있는 비숍은 조금 고전하였다. 그가 박달나무를 휘두를 때마다 기둥뿌리에 걸쳐진 웬디의 연녹색 치맛자락이 펄럭였다. 그 모습이 바라보던 웬디는 괜한 민망함에 자신의 치맛자락을 꾹 잡아당겼다.

수적으로 불리한 싸움이었지만 그들 두 사람 모두 제국의 제일가는 기사단에 소속되어 있는 것이 거짓이 아님을 증명하듯 순식간에 상대 기사들 네 명을 제압하였다.

"저쪽으로!"

비숍이 쓰러진 기사 한 명의 검을 챙겨 들며 입구를 가리켰다. 웬디는 그가 내려놓은 박달나무를 혹시나 하는 심정으로 대신 챙겼다.

"저기 있다!"

그들이 건물 바깥으로 나오기가 무섭게 소란을 듣고 달려온 병사들의 모습이 보였다. 세 사람은 병사들을 피해 반대편으로 재빠르게 내달렸다. 건물을 빙 돌아 외진 길에 들어섰을 땐 숨이 턱까지 차올랐지만 웬디는 버거운 숨을 몰아쉬며 억지로 발을 움직였다.

헉헉대는 숨결 사이로 그 순간, 익숙한 냄새가 풍겨 왔다. 구리구리한 똥 냄새와 바짝 마른 풀 냄새였다. 웬디는 얼마 더 가지 않아 그 냄새의 진원지를 발견할 수 있었다. 마구간이었다.

세 사람은 일제히 약속이나 한 것처럼 마구간을 향해 질주했다. 그들이 끌려왔던 건물의 규모와 비례하듯 마구간의 규모 역시 대단하였는데 다행스럽게도 근처에는 안장을 점검하고 있던 일꾼 하나 외에는 그들을 방해할 사람이 없었다.

"뭐, 뭡니까!"

그들이 거칠게 숨을 내쉬며 마구간 안으로 들어서자 젊은 일꾼이 당황하여 주춤주춤 뒷걸음질 쳤다. 의도한 것은 아니었으나 파스칼과 비숍의 손에 들린 번뜩이는 검날이 그를 겁먹게 한 모양이었다. 더 망설일 것도 없이 세 사람은 제각기 말 위에 올라탔다. 벌써 마구간 입구에 병사들이 뛰어 들어오는 모습이 보였다. 일행은 반대편 입구를 향해 말을 몰아갔다.

"웬디 양! 어서요!"

촌음을 다투는 와중에도 웬디는 박달나무 기둥을 뻗어 말 우리의 닫힌 빗장을 여러 군데 올려 열었다. 시간적 여유가 있었다면 우리 안에 있던 말들의 엉덩이라도 찰싹 때려 줬겠지만 그러지 못해 아쉬웠다. 그런 그녀의 행동에 앞서 간 기사들이 기겁을 하여 어서 오라 소리쳤지만, 놀랄 만한 승마 솜씨로 그녀는 금세 그 둘을 따라잡았다.

한참 내달리며 저만치 뒤를 돌아보니 우리에 갇혀 있던 말 여러 마리가 바깥으로 뛰어나와 있었다. 병사들이 그 말들 사이에서 우왕좌왕하는 모습을 보며 웬디는 한숨을 돌렸다.

"저 숲까지 전속력으로 달리겠습니다!"

비숍이 거뭇거뭇한 가문비나무가 즐비한 숲 저편을 가리켰다. 베냐한 제국의 제도에서 가문비나무가 군락을 이룬 곳은 레이니 숲의 남쪽 방향밖에 없었다. 웬디는 발뒤꿈치로 자신이 탄 갈색 점박이 말의 배를 차 속도에 박차를 가했다.

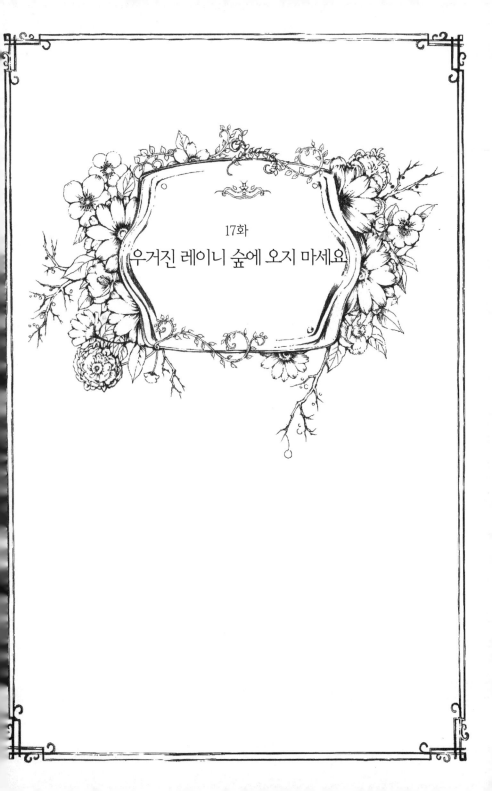

17화
우거진 레이니 숲에 오지 마세요

"행인들이 묘사한 인상착의에 따르면 앵그르 공작과 그 수하들의 소행인 듯합니다."

"……향한 곳은 알아냈는가?"

"앵그르 공작가의 사냥터가 있는 레이니 숲의 별장으로 추측하고 있습니다. 상황을 살피기 위해 제니스 경과 그 휘하 기사들을 보내 놓았습니다."

"툴린에게서는 소식이 없는가?"

라드 슈로더가 깍지 낀 손을 풀며 물었다. 꽉 쥐어 하얀 손자국이 난 상관의 손등을 보며 장 자크 시뮤안이 고개를 저었다. 언제나와 같이 표정 없는 얼굴이었지만 억눌린 그의 불안과 분노를 모르지 않았다. 밤하늘처럼 고요한 그의 잿빛 눈동자에 순간순간 벼락과 같은 격정이 치밀어 오르는 것이 느껴졌기에 보고를 올리는 장 자크의 목소리는 더욱 가라앉았다.

"중요 정보로부터 배제된 것 같습니다. 오귀스트 앵그르 공작이 그 측근들에게조차 주의를 기울이고 있는 모양입니다."

오귀스트의 주변에 심어 둔 인물 중 최근 가장 공작의 신뢰를 샀던 툴린에게서조차 아무런 정보를 얻을 수 없었다. 딱히 그가 의심을 산 것은 아니었다. 오귀스트가 얼마나 철두철미하게 주변을 단속하고 있는지 적이든 아군이든 예외가 없는 상황이었다.

"툴린에게 기별이 오면 바로 보고하고, 당장 차출할 수 있는 기사와 병사의 수를 알아보게. ……아니, 나의 가문의 기사단을 투입하는 편이 낫겠군. 도베르 경에게 정예를 추려 놓으라 인편을 보내야겠네. 자네는 은밀하게 일을 행하되, 세 사람이 그곳에 있다는 것이 확실시 되면 바로 지원을 보내 구출할 수 있도록 해 주게. 그들 셋의 안전이 무엇보다 최우선이 되어야 하네."

제도로 북진하고 있는 봉기한 농민들로 인하여 기사들과 병사들은 예외 없이 황궁과 제도의 방비에 투입되었다. 그들 중 웬디 일행을 구해 내기 위한 인원을 얼마나 차출할 수 있을지는 미지수였다. 귀족들의 사병들 역시 일부만이 저택에 남아 그 가문을 지키고 나머지는 제도를 방어하는 데 차출되었지만, 정규병보다는 유용하는 것이 쉬웠다.

"바로 상황을 보고 드리겠습니다."

"그래."

장 자크 시뮤안이 명을 받아 단장실 밖으로 나가자 라드가 중앙 테이블에 펼쳐진 제도의 지도를 바라보고 섰다. 봉기 농민들의 예측 유입 경로와 병사들의 대열이 빈틈없이 표시되어 있었지만 그의 눈길은 검푸른 종이 위 레이니 숲이라 쓰여 있는 글자 위에 머물렀다.

"웬디……."

내뱉는 말이 쓰라려 그는 더 그녀의 이름을 부를 수가 없었다. 슈로더가 애꿎은 지도 귀퉁이를 구기며 이를 악물었다.

오귀스트의 수를 미리 읽지 못한 자신의 불찰이었다. 그가 이토록 위험하기 짝이 없는 일을 벌일 것이라 예측하지 못했던 것은 순전히 자신이 안일했던 까닭이다. 라드 슈로더는 스스로에게 든 경멸감에 윤기 없는 얼굴을 구겼다. 그녀가 적의 손에 떨어져 있는 지금 무슨 변명이 필요할까.

그러나 지금은 스스로를 경멸하고 있을 때가 아니었다. 그는 끝없는 자괴감에 제동을 걸며 사건에 대해 생각하기 위해 노력했다. 오귀스트가 보인 대담함에는 필연적인 의문이 따라붙었다.

"대로에서의…… 납치라."

이제껏 오귀스트가 벌여 왔던 일들과는 판이하게 다른 한 수였다. 매사를 조심 또 조심하며 결코 전면에 나서지 않던 그의 행동에 변화가 생겼다. 터무니없을 정도로 위험한 도박이 아닌가. 마치 뒷일을 생각지 않는 듯한, 그런.

끝을 보겠다는 심산인가. 선황제의 승하와 농민 봉기, 그리고 웬디를 납치한 일까지. 모든 것이 한데 맞물려 있다. 진화하는 범죄처럼 그는 점차 대담해지고 있었다.

그렇다면 무엇이 그를 이처럼 대담하게 만들었을까.

오귀스트는 사리에 밝은 자였다. 농민들의 봉기가 제도에 혼란을 가져오긴 했으나 황실의 안위를 위협할 수준으로 보기는 어렵다. 이것을 불씨 삼아 제국 전체에 혼란을 초래하려는 의도라고 보기에도 시기상 무리가 있었다. 아무리 최악을 가정한다 해도 당장 제국 전체에 번질 혼란이 아니었다.

그런데 그는 마치 전면전을 선포하듯 웬디를 납치하였다. 그렇다면…… 분명 다른 무언가가 있다.

슈로더가 지도 구석구석을 매섭게 들여다보며 혹여 자신이 무언가를 놓치고 있지 않은지 살폈다.

오귀스트의 노림수를 알 수 있다면, 그럴 수만 있다면!

그와의 전면전을 피할 생각 따위는 없다. 그러나 그 가운데 웬디, 그녀가 휩쓸리는 것은 그에게 가장 큰 재앙이었다. 오귀스트와의 싸움에 끝이 다가오는 것은 자신 역시 바라던 일이나, 그가 웬디에게 무슨 짓을 저지를지 모른다는 가정을 하는 것은 견딜 수 없는 일이었다. 그는 황위를 위해 어떤 희생이라도 불사하려 할 것이다.

쾅!

슈로더가 분에 못 이겨 테이블을 크게 내리쳤다. 단장의 집무실에서 단 한 번도 들려온 적 없는 낯선 소음에 바깥에 대기하고 있던 기사가 급하게 문을 열어젖히고 그의 안전을 확인했다. 서늘하게 내려앉은 슈로더의 눈동자가 기사에게 닿자 그가 화들짝 놀라 말했다.

"괜찮으십니까?"

슈로더는 뻘쭘하니 굳은 기사의 얼굴을 한참 보다가 다시 지도 위로 시선을 옮겼다. 그의 손이 지도 위에 표시된 병력의 수를 하나하나 짚었다. 그러던 어느 순간, 지도 위 한 지점에서 그 움직임이 뚝 멈췄다.

그는 곧 서류 더미 사이에서 종이뭉치 하나를 찾아내더니 빠르게 페이지를 넘겨보았다. 잠시 그 페이지를 들여다보는가 싶던 슈로더가 이내 지도 위로 시선을 옮겼다. 눈알을 되록되록 굴리며 계속 그 자리에 서 있어야 할지 밖으로 나가야 할지 고민하던 기사는 단장의 분주함에 슬그머니 몸을 돌렸다.

"지금, 황제 폐하를 뵈어야겠네."

라드 슈로더가 칼 같은 목소리로 말했다. 또다시 화들짝 놀라 엉겹결에 말을 더듬은 기사가 단장의 얼굴을 보며 마른침을 꿀꺽 삼켰다. 상관의 눈빛이 예리한 검처럼 예기를 뿜으며 지도를 응시하고 있었기 때문이다. 그것이 마치 공격해야 할 표적이라도 되는 것처럼 그 눈빛이 날카로워 기사는 의아한 듯 지도를 곁눈질했다.

"경은 여기, 이 서류를 들게."

라드 슈로더가 테이블 한편에 쌓여 있던 서류더미와 자신이 보던 서류를 기사에게 넘기며 말했다. 그는 이어 펼쳐져 있던 지도를 둥글게 말아 들고 바로 집무실을 떠났다.

킹즈브레이 궁의 알현실에서 라드는 황제를 바로 만날 수 있었다. 황제는 그가 황태자 시절 제안했던 법안의 처리 상황을 점검하며 시름에 젖어 있었다. 선황제가 공표하지 못한 그 법안은 아이작 황제에게 그대로 넘겨져 또다시 법안의 승인과 공표만을 남겨 두고 있는 상황이었다. 마음 같아서야 당장이라도 법안을 승인하고 싶었으나 그에게도 법안 공표에 걸리는 보름이라는 시간이 예외 없이 적용되었다.

"잘 왔네. 안 그래도 자네에게 법안 공표의 유예에 대해 정무회의에 다시 회부해 보면 어떨까 상의를 하고 싶었는데. 보름이라는 시간은 너무 길어. 법안 처리에 신중성을 기하기 위한 최소한의 안전장치라기엔 지나치게 긴 시간이 아닌가."

"……보고 드릴 일이 있습니다."

울상을 지으며 소맷부리의 커프스를 만지작거리던 황제가 라드 슈로더의 심상치 않은 표정을 보고 가벼운 한숨을 내쉬었다.

"무슨 일인가? ……어느 누가 새로 역모를 꾀하였다 해도 놀라지 않을 사신이 있으니 뭐든 주저 말고 말해 보게."

냉소적인 그의 태도에도 슈로더는 개의치 않고 가져온 지도를 펼쳤다. 뒤따라온 기사가 그 옆에 서류를 놓고 밖으로 나가자 그가 지도의 한 부분을 가리켰다.

"여길 보십시오."

"……세토랑 백작가의 사병 수가 아닌가?"

"그렇습니다. 그리고 이건, 볼테인 조사 기간에 보고된 세토랑 영지에 있는 사병들의 수입니다."

그가 가져온 서류의 페이지를 넘겨 그것을 황제에게 내밀었다.

"이건……."

"현재 각 가문에 있는 기사들과 사병들이 황실 기사단의 파견 기사들 아래서 관리되고 있다는 것을 아실 겁니다."

혹시 모를 난을 대비하여 각 가문의 기사단과 사병들에 대한 관리는 황실 기사단에 의해 매우 엄격하게 이루어지고 있었다. 이것은 황태자궁의 폭발 사건 이후 더욱 철저해지고 빈틈없이 행해졌다.

"제도 방위에 차출된 사병의 수와 제도의 저택을 지키는 사병의 수. 이들에 대한 통제는 완벽하게 이루어졌으나, 한 가지 간과하고 있는 것이 있었습니다."

"……영지에 있는 사병 말인가?"

"그렇습니다."

"그러나 영지에 있는 사병을 영지 밖으로 움직이기 위해서는 주변 영주들의 허가가 선행되어야 하지 않나. 오귀스트 편에 선 귀족들이라 할지라도 그 주변 영주들 모두가 오귀스트의 사람은 아닐진대."

황제가 침음을 흘리며 말했다.

확실히 영지에 있는 사병들을 움직이기 위해서는 주변 영주들의 허가가 있어야 했다. 지방 사병 조직은 귀족 서로 간의 견제 속에서 이루어졌기에 그 유지가 가능했다. 마주한 영지의 사병 조직 확대나 이동은 영주들에게 위협이 되었기 때문이다. 그밖에도 지방 사병에 대해서는 한 해에 네 번, 황실 기사와 관료를 보내 그 편제를 감독하는 볼테인 제도를 운영하고 있었다. 또 사병의 이동과 기사단의 증설이 있을 경우에는 황실에 즉각적으로 보고하게 되어 있으나 이것들만으로 완벽한 통제를 바라기엔 무리가 있었다.

"맞습니다. 하지만 사병이 아닌 일반 영지민이 영지 밖으로 움직인다면 누구도 제약하지 않을 테지요."

"……오귀스트가 지방 사병을 움직였을 거라 여기는 건가?"

"배제할 순 없습니다."

라드 슈로더의 말에 황제가 손에 든 서류를 몇 장 더 넘겨보며 생각에 잠겼다. 무심한 듯한 눈길이었지만 그 머릿속에서는 누구보다 치열하게 이 일에 대해 고민을 거듭하고 있었다.

"경이 하고자 하는 바를 말해 보게."

"오귀스트의 영향력이 미치는 영지의 주변 영주들에게 파발을 보내 그에 대한 견제를 요청해야 합니다. 만약…… 이미 일이 벌어졌다면 그들의 사병 또한 출병을 하라 명을 내려야 할 것입니다."

"그들 또한 오귀스트의 사람이 아니라는 보장이 있는가?"

"……충심을 잃지 않은 폐하의 신하가 이 제국에는 아직 많이 있습니다. 믿음을 잃지 마십시오."

아이작 황제가 라드 슈로더의 얼굴을 뚫어져라 바라보며 닫은 두 입술을 꾹 눌렀다 뗐다. 근심을 덜어 내려는 것처럼 그가 색소 옅은 자신의 초콜릿색 머리칼을 쓸어내렸다.

곳곳에 역심이 들끓는 가운데 신하에 대한 믿음을 잃지 않는 것은 그로서도 쉽지 않은 일이었다. 그러나 어떤 상황에서도 믿음을 견제하고 또 견지하는 것, 그것이 황제의 덕목이었다. 무엇보다 그는 눈앞의 기사를 신뢰하였다.

"경의 뜻대로 일을 진행하게."

"모든 것이…… 폐하의 뜻대로 될 것입니다."

라드가 황제에게 고개를 숙이고 자리에서 일어났다. 그가 막 몸을 돌리려고 할 때 황제가 문득 생각이 난 것처럼 말했다.

"웬디 양은 입궁하였는가? 왔다면 내 그녀를 한번 만나 보고 싶은데."

라드 슈로더가 대답 없이 그늘 진 얼굴로 황제를 응시했다. 그녀의 이름이 거론되자 또다시 가슴이 꽉 막힌 듯 답답하여 견디기 어려웠다. 덤덤하게 그녀의 일을 전할 자신이 없어 그는 답지 않게 입술을 달싹였다. 유난히 입안이 까슬거렸다.

한편, 그 시각.

웬디와 그 일행은 레이니 숲의 우거진 가문비나무 사이를 질주하고 있었다. 삐죽삐죽하게 튀어나온 나뭇가지 틈바구니에서 빠르게 질주하는 건 거의 자살 행위나 다름없었지만 시시각각 조여 오는 적들의 추적에 속도를 늦추기 어려웠다. 그러다 결국 사달이 났다.

히이이이잉!

파스칼이 타고 있던 말이 크게 투레질을 하며 바닥에 엎어졌다. 파스칼 역시 그대로 낙마하여 거칠게 바닥을 구르고 말았다. 급하게 말을 끌어 탄 탓에 그의 말에 안장이 제대로 끼워지지 않은 까닭이었다.

"경!"

웬디가 다급히 고삐를 잡아당겨 말을 세우고 말에서 내려 그를 향해 뛰어갔다.

"괜찮으세요?"

"윽…… 괜찮습니다."

한쪽 팔이 부러진 듯 그가 인상을 쓰며 몸을 웅크렸다. 가까이 다가온 비숍이 잠시 그의 상처를 살피더니 억지로 그를 일으켜 세웠다. 다그닥거리는 말발굽 소리가 점차 가까워 오고 있었다.

"지체할 시간이 없습니다."

엎어진 말은 고통스러운 콧바람을 내뿜으며 다시 일어서지 못했다. 나무에 크게 찢긴 듯 말의 허벅지에서는 계속 피가 새어 나오고 있었다. 비숍이 파스칼을 부축하여 그를 웬디의 말에 태웠다. 속도를 내기 위해서는 조금이라도 가벼운 웬디와 함께 타야 했다.

"이랴!"

다시금 숲의 질주가 시작되었다. 웬디는 한쪽 팔로 간신히 그녀의 허리를 붙잡고 있는 파스칼의 상태를 살피며 가문비나무 사이를 위험천만하게 내달렸다. 손가락의 힘을 시험하기 위한 모의실험을 오랜 시간 레이니 숲에서 시행해 왔기에 웬디에게 이곳 숲 속 길이 익숙하다는 게 그나마 다행한 일이었다. 그러나 그 질주는 오래가지 못했다.

"비숍 경!"

웬디가 말의 속도를 줄이며 비숍의 이름을 불렀다. 파스칼의 상체가 힘없이 흔들리고 있었던 까닭이다. 이대로 계속 달렸다가는 금방이라도 바닥에 그가 처박히고 말 것 같았다.

"말을 바꿔 타야겠습니다!"

웬디 홀로 그의 무게를 감당할 수 없음을 안 비숍이 그를 지지하고 가려는 듯 웬디에게 말했다. 선택의 여지가 없었기에 둘은 급하게 말을 바꿔 탔다. 그러나 두 명의 장정을 태우게 된 말은 이전과 같은 속도를 내지 못했다.

이대로라면 곧 그들을 쫓는 추격자들에게 붙들리고 말 것이라는 예감이 들었다. 멀리서 컹컹 개 짖는 소리가 들려왔다. 사냥개였다. 추격자들이 그들의 체취를 쫓고 있었다.

웬디는 몇 번이나 주저하며 조금씩 뒤쳐지고 있는 두 기사의 위태로운 모습을 곁눈질했다. 어떤 수단이든 강구해 내야 했다.

손가락의 힘을 쓸까?

가장 먼저 든 생각이었지만 힘을 쓸 시간적 여유가 있기나 할지 확신할 수 없었다. 손가락의 힘을 쓴들 어떤 식물을 키워 내 이 위기에서 벗어날지 그 또한 알 수 없었다.

"워워!"

그 순간, 마르틴 비숍이 다급하게 말을 세웠다. 그의 돌발적인 행동에 앞서 달리던 그녀 역시 급히 말고삐를 당겼다.

"경! 무슨 일이에요?"

"……숲을 빠져나가십시오! 뒤는 제가 맡겠습니다."

비숍이 결연하게 말하며 허리에 맸던 검을 빼 들었다. 비숍 앞쪽에 타고 있던 파스칼은 이미 정신을 잃은 듯 말갈기 쪽으로 거의 엎드려 있었다.

"대체 무슨 소릴 하는 거예요!"

웬디가 발칵 성을 내며 말머리를 돌려 그들 곁에 다가왔다.

"경들이 가지 않겠다면, 저 또한 가지 않겠어요!

그녀가 안장의 수통꽂이에 꽂아 두었던 박달나무 몽둥이를 뽑아 들었다. 이런 허접한 몽둥이가 이 순간 도움이 될 리 없겠지만, 그녀는 몽둥이를 들고서라도 함께 싸우겠다는 의지를 드러냈다. 최악의 경우 추격자들 앞에서 자신의 능력을 드러낸다 해도 홀로 달아날 수는 없었다.

"실랑이할 시간이 없습니다!"

비숍이 뒤쪽을 불안하게 힐끔거리며 말했다. 웬디를 숲에서 내보내고 조금이라도 살 가능성을 열어 주는 것이 지금 이 순간, 그가 유일하게 할 수 있는 일이었다. 동료 기사를 버리고 가는 비겁한 짓을 할 수 없는 이상, 선택의 여지는 없었다.

"……아뇨! 경이 날 설득하는 것보다, 내 말대로 날 따라 주는 게 더욱 시간을 절약하는 일이 될 거예요! 남쪽으로 조금만 가면 긴 도랑이 나와요. 일단 그곳까지 가도록 해요. 나에게 생각이 있으니 한 번만 날…… 믿어 봐요!"

완고하게 소리치던 그녀가 마지막에 가서는 거의 읍소하듯 이야기했다. 그의 말대로 실랑이를 하고 있기에는 시간이 턱없이 부족했다.

"어서요!"

다시 말머리를 돌린 웬디가 그에게 재촉했다. 갈등하던 그가 이를 악물고선 검을 다시 허리에 맸다. 그는 곧 정신을 잃은 파스칼의 허리를 한쪽 팔로 붙든 채 말을 출발시켰다. 아무리 기마에 능숙한 이라 하더라도 이 상태로 말을 달리는 건 쉽지 않은 일이었지만, 황실 기사단의 위명에 걸맞게 그는 부상자를 데리고서도 제법 잘 버텨 주었다.

"……."

남쪽을 향해 내달리며 웬디는 빠르게 머리를 굴렸다. 비숍 경에게 도랑을 찾아가자 말하긴 했으나, 그녀에게 어마어마한 계획이 있었던 것은 아니었다. 일단 흐르는 물이 있는 곳으로 가 체취를 조금이라도 지우는 게 사냥개들의 추적으로부터 안전해지는 길이란 생각이 들었던 것이다.

웬디는 수많은 식물 목록들을 머릿속에 떠올리는 한편 레이니 숲에서 해 왔던 모의실험들을 상기해 냈다. 무엇이든 해야만 했다. 저 둘을 숲에 버려둔 채 홀로 달아날 순 없는 일이었으니까.

잠시 뒤, 그들은 도랑에 다다랐다.

첨벙, 첨벙.

말발굽에 물결이 차이는 소리가 들렸다. 얕은 물줄기를 빠르게 거슬러 올라가며 웬디는 그들의 체취가 충분히 지워지길 바랐다. 비숍 경의 불안한 시선이 그녀의 뒤통수에 끊임없이 달라붙는 게 느껴졌다. 그녀는 머릿속에 떠오르는 유일한 방책을 비숍에게 말했다.

"여기서 조금만 올라가면 작은 동굴이 하나 있어요. 그 근처에서 말을 버리고 몸을 숨기는 게 지금 할 수 있는 최선이에요."

"금방 발각되고 말 겁니다."

"발각되지 않도록 손가락의 힘을 쓸 생각이에요."

비숍이 흔들리는 눈빛으로 그녀를 바라봤다.

말을 버리고 몸을 숨기자는 그녀의 제안을 현명한 전략이라고 평할 수는 없었다. 적들에게 발각되는 즉시, 그녀의 안전은 보장할 수 없게 된다. 그녀의 말에 따라 요행히 추적을 피한다 해도, 말 없이 숲을 빠져나가는 것은 쉽지 않은 일이었다. 도웨인 경의 상태를 생각했을 때, 더욱 그러했다. 그에게는 웬디 왈츠를 지켜야 하는 사명이 있었다.

"안내해 주십시오."

그러나 비숍은 그녀를 믿기로 하였다. 황태자궁이 무너지던 그날, 그리고 조금 전 감옥을 빠져나올 때 목도하였던 웬디의 그 능력 때문만은 아니었다. 간절히 자신을 바라보는 그녀의 풀빛 눈동자를 보며 그는 그녀의 고집을 결코 꺾을 수 없으리라는 것을 알았다. 연약한 여인의 눈빛에서 강인한 기사들의 눈빛보다 더한 고집을 읽었다. 무슨 일이든 굳세게 버티어 낼 수 있을 것만 같은 그런 뚝심 말이다.

그들은 물가를 떠나 계속 달렸다. 숲길이 더욱 험해졌을 즈음, 웬디가 마침내 말을 멈춰 세웠다.

"저곳 바위 틈새예요."

그녀가 가문비나무 뒤로 크고 작은 바위들이 이어진 언덕을 가리켰다. 비숍은 순순히 말에서 내린 후, 옷자락 일부를 찢어 말의 등자에 묶어 두었다. 체취를 남겨 사냥개들을 교란시키려는 의도였다. 그 뒤, 그는 파스칼을 조심스럽게 어깨에 메고서 말의 엉덩이를 세차게 때려 녀석을 멀리 쫓았다. 웬디 역시 그를 따라 했다, 비숍이 먼저 앞장서서 걸었다.

"걸을 때 흔적을 남기지 않도록 조심하십시오."

웬디는 그의 말대로 발걸음에 신경을 쓰며 걷는 한편, 가는 길 중간중간 흙바닥에 섬지를 내리 찍었다. 그녀의 손짓에 따라 향이 진한 허브가 땅 위로 솟아났다. 식물은 그들의 체취와 흔적을 지워 주었다. 주변에 엉겅퀴와 고사리, 싱아 같은 식물들이 한 아름씩 자라고 있었기에 특별히 그녀가 키워 낸 허브가 눈에 띄지는 않았다.

"여기예요."

동굴은 길고 좁았다. 안쪽 깊은 곳은 특히나 몸을 편히 움직일 수 없을 만큼 공간이 협소했다. 웬디는 동굴 입구과 그 언저리 바닥에 검지를 연달아 대며 방귀버섯과 가시풀의 모습을 떠올렸다. 그녀가 떠올린 대로 땅은 배반 않고 식물들을 싹 틔웠다. 순식간에 동굴 입구를 빼곡히 가릴 만큼의 식물들이 자라났다.

"쉿!"

파스칼을 동굴 바닥에 뉘어 놓자마자 비숍이 숨을 죽여 바깥의 동태를 살폈다. 컹컹대는 개 소리와 말발굽 소리가 점점 크게 들려왔다. 동굴의 비좁은 틈에서 그들은 모두 꼼짝할 수 없는 긴장에 휩싸였다.

컹컹컹!

멀지 않은 곳이었다. 여러 마리의 개떼들이 연신 쿵쿵대며 그들의 냄새를 찾고 있었다.

"필롬! 이놈들이 왜 이러는 건가?"

"흔적이 끊긴 것 같습니다."

추격자들의 대화 소리가 뚜렷하게 들려왔다. 방향을 찾지 못하고 이리저리 헤매는 개들의 움직임에 그들의 대장 격인 듯한 남자가 바짝 약이 오른 목소리로 필롬이란 남자를 닦달하였다.

웬디는 마치 초식 동물처럼 귀를 쫑긋 세우고 동굴 밖의 움직임에 집중했다. 사냥개들이 혼란에 빠진 것은 다행스런 일이었지만 마음을 놓을 수는 없었다. 개들의 쿵쿵대는 소리와 말들의 거친 숨소리, 풀 사이를 스쳐 지나가는 병사들의 발소리가 지척이었다.

컹컹!

"흔적을 찾은 모양입니다!"

"뒤쫓게!"

다그닥! 다그닥!

흔적을 찾았다는 남자의 말에 동굴 속 일행이 긴장한 것도 잠시, 말발굽 소리가 지축을 울리며 점차 멀어지기 시작했다. 사냥개들이 짖는 소리도 함께 멀어졌다. 웬디와 비숍이 쫓아 보낸 말들의 꽁무니를 쫓아 간 것이 분명하였다. 어두운 동굴 안에서 어깨를 웅크리고 있던 웬디는 안도의 한숨을 내쉬며 바짝 굳은 등 근육을 폈다.

쿵쿵쿵쿵!

"……!"

바로, 그때였다. 남김없이 떠난 줄 알았던 사냥개의 쿵쿵거리는 숨소리가 동굴 입구 쪽에서 들려왔다. 콧구멍으로 세찬 숨을 내쉬는 녀석의 기척이 공포스럽게 다가왔다.

크르르르릉!

안쪽에 있는 웬디 일행의 냄새를 감지라도 한 것인지 사냥개가 이를 드러내고 사납게 그르렁거리기 시작했다. 급기야 녀석이 동굴 입구를 앞발로 헤치기 시작했다. 세찬 앞발질에 앞쪽에 늘어서 있던 방귀버섯이 엉망으로 뭉개어졌다.

"바리온!"

녀석을 부르는 듯한 누군가의 음성이 들려왔다. 그 음성에도 녀석은 요지부동으로 땅을 파헤치기 바빴다. 입구에 빼곡히 늘어선 가시풀이 그나마 사냥개의 동굴 진입을 막아 주고 있었다. 따가운 가시로 인해 녀석도 앞쪽까지 바짝 다가오진 못하고 있었다. 이상한 낌새를 느꼈는지 음성의 주인이 동굴 쪽으로 걸어왔다.

"으으윽! 이게 무슨 냄새야? ……바리온! 이 장난꾸러기 녀석! 농땡이 피울 생각 말고 빨리 따라와, 이 녀석아!"

가까이 다가온 남자가 코를 움켜쥐며 소리쳤다. 개가 뭉개어 놓은 방귀버섯에서 정상적으로 숨을 쉬기 어려울 만큼의 지독한 악취가 진동하고 있었다. 남자는 견딜 수 없다는 것처럼 후다닥 그곳을 벗어났다.

"바리온! 어서 오지 못하겠냐! 계속 고집 부렸다간 저녁밥은 없을 줄 알아라!"

남자의 으름장을 알아들었는지, 사납게 동굴 안쪽을 향해 몇 번 짖어대던 사냥개가 갈팡질팡하다 끝내 몸을 돌렸다.

"……."

동굴 밖의 기척이 다 사라진 이후로도 웬디와 비숍은 말없이 숨을 죽이고 있었다. 추격자들이 언제 다시 돌아올지 모른다는 불안감이 그들을 지배하고 있었다. 그렇게 한참이 지나 파스칼이 콜록 얕은 기침을 하며 깨어났을 때에서야 그들은 숨죽인 긴장을 풀었다.

"……여기가…… 어딥니까?"

"아직 레이니 숲이에요. 잠시 몸을 피했으니, 안심해요. ……팔은 좀 어때요?"

파스칼이 신음을 삼키며 일어나 앉았다. 부러진 한쪽 팔 외에도 여기저기 생채기가 많았다.

"괜찮습니다."

그의 상태를 살핀 비숍이 동굴 한쪽에 널려 있던 제법 쓸 만한 나뭇가지 하나를 가져왔다. 그는 그것을 부목 삼아 파스칼의 팔을 고정시켜 주었다.

"불을 뗀 흔적이 있군요."

비숍이 동굴 바닥을 보며 말했다. 부목으로 이용한 나뭇가지 역시 땔감으로 누군가 사용하려던 것으로 보였다.

"웬디 양이 머물렀던 자리입니까?"

"맞아요. 이곳 숲에서 식물 표본을 수집하러 다닌 일이 많았거든요. 여긴…… 잠시 비를 피하거나 휴식이 필요할 때 찾던 곳이죠."

웬디가 수긍하며 자신의 검지를 동굴 바닥에 댔다. 잠시 후, 아주 작은 크기의 바하즈만이 땅에서 돋아나기 시작했다. 다 자란 크긴지 의아할 만큼 자그마한 바하즈만의 가지에서 그보다 더욱 작은 열매가 맺혔다. 웬디는 그것들을 모조리 따서 파스칼의 손바닥 위에 좌르르 쏟았다. 깨알만 한 알갱이 열댓 개가 쏟아져 내렸다.

"함부로 키워 내선 안 되는 나무지만…… 지금은 예외로 치도록 하죠. 드세요. 당장 효과가 나진 않더라도 아픈 자리가 많이 좋아질 거예요."

웬디의 말에 파스칼이 열매를 입안에 털어 넣었다. 웬디는 바닥에 뿌리박은 바하즈만을 뽑아 그 가지를 뚝뚝 분지른 후 뿌리를 짓이겨 밟았다. 그러고서 그것을 땅에 파묻었다. 볼품없이 작았던 바하즈만은 다시는 뿌리를 내릴 수 없는 운명이 되었으나 그와 함께 악용될 여지 역시 사라졌다.

"이곳에 계속 몸을 숨기고 있는 게 옳은 일일까요? 그들이 사냥개의 이상 행동을 뒤늦게 의심하신 않을지 염려하지 않을 수 없군요."

그녀가 하는 양을 지켜보고 있던 비숍이 속에 묻어두었던 말을 했다.

"경께서는 어찌 생각하시나요?"

웬디가 비숍에게 되물었다. 그가 잠시 동굴 밖에 시선을 두더니 말을 이었다.

"지금 동굴 밖을 나간다 해도…… 사냥개들을 따돌리긴 어려울 겁니다. 다들 우리를 찾으려 혈안이 되어 있는 상황이니까요. 아직 도웨인 경이 회복되지 않았으니 이곳에서 좀 더 기다리며 상황을 보는 게 낫지 않을까 합니다. 밖을 나가든 계속 머무르든 모든 게 모험이라면요."

이곳에 계속 머물러도 될지 그가 먼저 의문을 던졌지만, 비숍 경은 애초부터 동굴을 떠날 생각을 하고 있지 않았던 듯했다. 그의 말은 마치 웬디에게 동의를 구하는 듯했다.

"제 생각 역시 그래요. 조금 더 이곳에 머무르도록 하죠."

"……제가 폐를 끼친 모양이군요."

잠잠히 동굴 벽에 등을 기대고 있던 파스칼이 둘의 대화를 듣고 입을 열었다. 동굴 안쪽은 빛이 들지 않아 그의 표정을 살피기 어려웠지만 들려온 목소리가 그답지 않게 몹시 가라앉아 있었다. 웬디는 고개를 가로저었다.

"그렇지 않아요. 그대로 말을 달렸다 해도 숲을 빠져나가기 어려웠을 거예요."

"도웨인 경께서 이제 조금 기운을 차렸나 봅니다. 그런 말을 할 여유가 생긴 걸 보면요. 다행입니다."

비숍이 농담처럼 그에게 말했다. 파스칼이 쿵 소리를 내며 벽에 기댄 등을 떼고 자세를 바꿨다.

"두 분께 진 빚은 두고두고 갚겠습니다."

"각오하셔야 할 거예요. 꽃집에 밀린 일이 많으니까."

웬디가 능청스럽게 말했다. "얼마든지요."라고 답한 파스칼이 조금 웃었다.

"그런데 말입니다. 좀 전부터 계속 묻고 싶던 게 있었는데……."

파스칼이 말을 맺지 못하고 우물쭈물 뜸을 들였다. 동굴 입구 쪽에 바짝 붙어 바깥의 동향을 살피던 웬디가 의아한 듯 그를 향해 고개를 돌렸다.

"……이 냄새가 대체 무슨 냄샙니까? 설마 저에게만 나는 냄새는 아니겠죠?"

파스칼이 버겁게 호흡하는 사람처럼 '후' 하고 숨을 내뱉었다. 웬디는 가시풀 사이로 보이는 뭉개진 방귀버섯의 자취를 눈으로 훑으며 피식 웃음 지었다.

"우리 세 사람을 위기에서 구해 준 냄새죠."

파스칼의 말대로 방귀버섯의 악취는 견디기 힘든 것이었으나 그 덕에 그들 셋은 추적에서 잠시 동안 안전할 수 있었다.

긴장 때문인지 시간이 빠르게 흘러갔다. 숲의 해는 금방 졌다. 일행들은 날이 밝는 대로 새벽 일찍 길을 나서기로 결정했다. 파스칼의 몸 상태 역시 점점 좋아지는 기미가 보였기에 앞일에 대한 희망이 보였다. 웬디는 두 기사를 위하여 손가락의 힘을 다시 한 번 썼다. 동굴 안에 작은 방울토마토 열매가 알알이 맺혔다. 허기가 조금 채워지자 동굴 안에서의 시간을 견디기도 수월해졌다.

그러나 세 사람 모두 잠을 이루지는 못하였다. 낮의 열기가 모조리 식어 버린 숲의 밤은 불 없이 추위를 이길 방법이 없었다. 웬디는 동굴 바닥의 냉기에 시린 체온을 느끼며 고단한 다리를 더 바짝 웅크렸다. 동굴 입구 가시풀 사이로 한밤의 별빛이 쏟아져 들어왔다. 그 먹먹한 새파란 빛을 보며 그녀는 한 사람을 떠올렸다.

걱정하고 있겠지. 그래, 그럴 것이다.

그의 고요한 잿빛 눈동자가 아스라이 창백한 기억 속에 떠올랐다 사라지길 반복했다. 그 역시 이 먹먹한 별빛에 쉽게 잠을 이루지 못하리라. 그러나 부디 이 예기치 않은 고난이 그로 인한 것이란 죄책감을 느끼지 않기를, 그녀는 기도했다.

불현듯 그가 몹시 그리웠다. 그에게 기대고 싶다는, 그런 생각이 들었다. 하루를 어찌 버텼는지 알 수가 없었다. 강인한 듯 보였던 둑에 속수무책으로 파스스 균열이 일 듯 그녀의 마음에도 쉽게 균열이 생겼다. 웬디는 약해진 마음을 다잡기 위하여 라드 슈로더를 향한 그리움을 떨쳐 내려 노력했다.

"먼동이 트려나 봅니다."

새벽 미명을 바라보고 있던 비숍이 말했다. 웬디는 부스럭거리며 자리를 털고 일어날 준비를 했다. 차갑고 딱딱한 바닥에 오랜 시간

앉아 있었던 터라 온몸이 뻐근하고 욱신거렸다. 동굴 한쪽에서 몸을 일으키던 파스칼이 낮은 신음을 내뱉는 소리가 들렸다.

"가만히, 잠시 계십시오."

그 순간, 비숍이 돌연 정색을 하며 입구 쪽으로 다가섰다. 동굴 밖을 주시해 보던 그가 몸을 움찔하며 뒷걸음질 쳤다. 곧 여러 마리의 말발굽 소리가 숲을 감싸 돌고, 한 무리의 사람들이 동굴 근처 숲에 나타났다.

푸르르르-.

말이 투레질하는 소리가 들렸다. 그들 중 일부가 말에서 내려 주변을 수색하기 시작했다. 갑작스럽게 닥친 위기에 웬디는 콧등에 있는 대로 주름을 잡고 사납게 눈을 떴다.

추격자들이 다시 되돌아왔단 말인가? 자신들의 위치를 눈치채고?

그때였다. 비숍이 동굴 입구를 막은 가시풀을 두터운 군화로 짓밟으며 밖으로 상체를 내밀었다. 돌발적인 그의 행동에 화들짝 놀란 웬디가 비숍의 어깨를 잡으려 손을 뻗었을 때는, 이미 바깥에 있던 사람들 모두가 동굴 쪽에서 난 기척을 알아챈 뒤였다.

창검을 찬 기사들이었다. 웬디는 성큼 동굴 밖으로 걸음을 옮기는 비숍의 뒷모습 너머로 그들의 모습을 보았다. 그리고 그들 사이에서 그립던 얼굴을 발견했다.

"……슈로더 경……."

웬디의 자그마한 목소리를 그 먼 거리에서도 선명히 들은 듯 그가 빠르게 말을 몰아왔다. 비숍이 기사들을 향해 무어라 외치는 음성이 들렸으나 그것들 모두를 제대로 알아들을 수 없었다. 웬디는 그저 희미한 새벽빛 사이로 보이는 아스라한 그 얼굴을 놓치지 않기 위해 그에게 시선을 두는 것만도 벅찼다.

"웬디!"

언덕배기 앞에 다다라 훌쩍 말에서 뛰어내린 그가 단숨에 동굴 앞까지 뛰어왔다. 정말, 단숨에 그가 그녀 앞에 다다랐다.

"조심하세요! 가시가!"

가시풀 사이를 헤치고 동굴 입구를 연 그가 그녀 앞에 섰다. 음 영신 남자의 얼굴이 말할 수 없이 핼쑥하였다. 웬디의 무사한 모습을 눈으로 확인한 그가 동굴 안쪽에 선 파스칼을 보고선 다시금 웬디를 바라봤다.

"손이……."

그가 여전히 억센 가시풀 줄기를 잡은 채로 서 있는 모습을 본 웬디가 놀라 말했다.

가시가 스친 그의 손등에 가늘게 붉은 상처가 나고 핏물이 맺혔지만 그는 아랑곳하지 않았다. 남자는 미동 없이 가만히 서서 그녀를 바라보고만 있었다. 더 이상 한 발자국도 움직이지 않은 채.

"……원하건대 부디 나를 치죄하여 주시오."

라드 슈로더가 말했다. 칠흑 같은 목소리였다. 죄인처럼 그가 고개를 떨궜다. 희끄무레 밝아 오는 먼동이 그의 뺨에 얼룩덜룩한 빛의 궤적을 새겼다. 그것이 꼭 울음처럼 보였다.

"경…… 어찌 이러세요."

다가오지 않는 그를 대신하여 그녀가 걸음을 옮겼다. 울컥하고 가슴속에서 뜨거운 것이 치밀어 올랐으나 웬디는 꾹 참아냈다. 그녀는 가시풀을 쥔 남자의 손을 조심스럽게 그것에서 떨어뜨리고 동굴 안쪽으로 그를 끌어당겼다. 그가 순순히 따랐다.

가까이에서 본 남자의 눈 밑이 퀭하니 들어가 있었다. 그의 마음 고생을 짐작케 했다. 웬디는 그의 양 뺨에 두 손을 올려 얼굴을 감싸고 자신의 작은 온기를 나누어 줬다. 새벽이슬을 맞은 남자의 양 뺨은 그녀의 손보다 찼다.

"……."

몇 마디 말로는 설명할 수 없는 그 마음을 대신하여 웬디는 그를 힘없이 안았다. 슈로더가 억눌린 감정을 터뜨리듯 그녀를 마주 안았다. 그녀보다 훨씬 강한 힘이었다. 그의 기사단복 재킷에 수놓아진 무늬에 얼굴이 배겼지만 웬디는 투정 없이 그의 품을 느꼈다.

"큼큼."

재회의 감격을 나눈 두 사람이 잠시 후 안은 팔을 풀자, 뒤쪽에 뻘쭘하게 서 있던 파스칼이 뒤늦은 기척을 냈다.

그를 까맣게 잊고 있던 웬디가 깜짝 놀라 라드에게서 어색하게 거리를 벌렸다. 반면 라드는 부끄러움을 모르는 사람처럼 파스칼을 의식하지 않은 채 검을 빼 들어 입구의 가시풀을 베어 내는 데 집중하였다. 정중한 손길로 웬디의 손을 잡은 그가 바닥에 남은 가시풀의 밑동을 지그시 밟아 그녀가 그의 걸음걸이를 따라 편히 걸을 수 있게 했다.

밖으로 나온 라드가 불쾌한 냄새를 풍기고 있는 방귀버섯의 잔해를 흘깃 보았다. 웬디는 피식 웃음을 삼키며 그와 함께 동굴을 떠났다.

두 사람은 함께 말에 올랐다. 발로스였다. 녀석의 갈기를 한 번 쓸어 준 웬디가 주변을 슥 둘러봤다. 무장한 기사들의 갑옷 위에 슈로더가의 문장이 새겨져 있었다. 그들이 비숍과 파스칼에게 말과 수통을 내줬다. 파스칼은 여전히 거동이 편치 않아 보였지만 홀로 말 위에 앉을 정도로 회복되어 있었다.

"밤새 숲을 수색하신 건가요?"

말들의 발굽에 진흙이 잔뜩 붙어 있는 것을 본 웬디가 물었다

"그렇소."

웬디 일행을 구출하라는 명을 받은 슈로더가의 기사들은 앵그르 공작 별장 주변에서 매복하며 동태를 살폈으나 그때는 이미 웬디 일행이 그곳을 탈출한 이후였다. 소란스럽게 사냥개를 풀어 숲을 뒤지는 병사들의 모습을 발견한 기사들은 웬디 일행이 앵그르의 손아귀로부터 달아났음을 확신하였다. 그러나 불행히도 그들 역시 쉽사리 웬디 일행을 찾아내지 못했다. 웬디의 실종으로 마음이 달아 있던 슈로더는 가문의 기사들로부터 성과가 없다는 보고를 받은 직후 수색에 합류했다. 새벽별이 떠올랐을 즈음이었다. 황제는 그에게 날이 밝을 때까지 시간을 내주었다.

"그대들의 흔적을 찾아 숲을…… 이 잡듯 뒤졌다오. 이리 꽁꽁 숨어 있으니 쉽게 찾을 턱이 있겠소."

그가 동굴 입구 쪽을 슬쩍 올려다보며 말했다.

"칭찬이시죠? ……그래도 결국 찾아내셨네요."

"……다시는 그대를 손에서 놓지 않을 것이오. 빼앗기지도, 잃어버리지도 않을 것이오."

"음, 제가 작정하고 숨어 버린대도 찾아낼 자신이 있으신가요? 오늘 제 실력을 보셨잖아요."

진지한 다짐을 이어 나가는 기사에게 웬디가 장난스러운 투로 응수했다. 라드 슈로더가 말을 출발시키며 그 앞에 앉은 웬디를 그의 두 팔 사이로 꽉 끌어안았다. 결코 놓치지 않겠다는 듯이. 뒤따르

던 슈로더가의 기사들이 모두 힐끔힐끔 그들이 섬기는 가문의 주인을 어안이 벙벙한 얼굴로 바라봤다.

"가시풀에 온몸이 할퀴어지고…… 홀씨 하나에 의지해 벼랑 끝에서 뛰어내려야 한대도, 반드시 그대를 찾아내겠소."

그의 대답에 웬디가 멋쩍은 웃음을 지었다. 옛 기억이 솟아오르는 태양빛처럼 그녀를 감쌌다.

"그냥 홀씨가 아니라 민들레 홀씨예요. 웨스라야 지방에서만 나는. ……경께서 원하신다면 한 번 더 민들레 홀씨를 타고 공중을 날 수 있는 기회를 드리죠."

그녀가 계속 장난스러운 투로 말하며 그의 기분을 풀기 위해 노력했다. 그제야 라드 슈로더의 굳은 얼굴에 한 점 미소가 걸렸다. 웬디 왈츠, 그녀가 원한다면 얼마든지 민들레 홀씨에 몸을 내맡기겠노라고 그는 생각하였다.

그들은 빠르게 달려 숲을 빠져나왔다. 오귀스트의 병사들을 도중에 마주치지 않은 것은 다행한 일이었지만, 마주쳤다 해도 그들과의 싸움에서 잃을 것은 없었다. 다만, 숲 속에서 밤을 보낸 웬디와 두 명의 기사들을 위해 불필요한 시간 낭비를 하지 않게 된 것이 잘된 일이었다.

뜨거운 욕조에 발을 담그니 찌르르 피가 도는 느낌이 들었다. 웬디는 얼얼한 발끝을 꼼지락거리며 물속으로 푹 몸을 담갔다. 더운 기운이 온몸을 따뜻하게 감싸 금세 노곤함이 밀려왔다.

똑똑.

나른함에 빠져 있던 그녀는 너른 욕실 안에 울리는 노크 소리에 깜짝 놀라 조금 더 깊숙이 욕조 속으로 몸을 숨겼다. 찰랑이는 물이 그녀의 턱 끝까지 닿았다.

"잠시 들어가겠습니다."

나긋한 음성으로 허락을 구한 황실의 시녀가 욕실 안으로 들어왔다. 그녀는 아마사로 짠 편해 보이는 잠옷을 대리석 탁자 위에 정성스런 손짓으로 올려 두었다.

"미흡한 것이 있으면 말씀해 주십시오. 대기하고 있겠습니다."

시녀가 물러가며 말했다. 앞서, 시녀들의 시중을 모두 물렸던 웬디는 문이 닫히고 나서야 물속에서 상체를 조금 일으켰다.

하즐렛가에서 허울뿐인 백작 영애로 살았던 당시에도 시녀들에게 목욕 시중을 받아본 적이 없었기에 이런 상황이 더욱 낯설고 어색했다. 하물며 자신은 지금 평민이었다. 평민 여인이 황실의 시녀에게 목욕 시중을 받다니, 얼마나 우스꽝스러운 일인가.

물이 식어 갈 즈음에서야 욕조에서 나온 웬디는 시녀가 두고 나갔던 잠옷을 입고 욕실 밖으로 나갔다. 목욕물에 섞여 있던 장미향유 덕인지 물기를 모두 닦아 낸 후에도 몸에서 폴폴 좋은 향이 났다.

해가 쨍쨍한 대낮이었지만 그녀가 머물게 된 황실의 방은 적당히 어두컴컴했다. 밤을 샌 웬디를 위해 편히 잠이 들 수 있는 환경을 만들어 준 것이었다. 웬디는 널찍한 침대 위에 올라가 고단한 몸을 뉘었다. 자신의 방 침대와는 비교도 되지 않을 만큼 포근한 침구였다. 경계심 많은 그녀가 집 밖에서 잠을 청하기란 쉬운 일이 아니었지만 라드 슈로더가 이곳 황궁 어딘가에 함께 있다는 생각 때문인지 마음이 괴이할 만큼 편안했다. 무엇보다 전신을 짓누르는 피로를 참기 어려웠다.

끔뻑끔뻑, 세심하게 조각된 천장의 무늬를 바라보던 그녀의 눈꺼풀이 금세 닫혔다. 암전된 시야 속에서 웬디는 깊고 깊은 잠에 들었다.

스르륵.

얼마만큼의 시간이 지났을까. 잠결에 무언가 따뜻한 감촉이 이마께를 스쳐 지나가는 게 느껴졌다. 떠지지 않는 눈을 억지로 떠 보려 잠시 노력하던 웬디는 파르르 속눈썹의 잔떨림만을 만들어 내고 다시 깊은 잠에 빠져 들었다. 다정하고 다정한 손길이 그녀의 가지런한 눈썹을 지나쳐 아쉽게 사라졌다.

그 후 웬디는 꿈을 꾸었다. 두 손을 뻗어 안아도 닿지 않을 만큼 커다란 은백양나무의 밑동에서 하염없이 시간을 보내는 꿈이었다. 웬디는 나뭇결을 더듬어 만지며 그 위에 볼도 대고 이마도 대 보았다. 딱딱한 껍데기가 거칠게 살갗에 닿아야 했지만 무슨 일인지 부드럽고 따뜻하였다. 나무에도 온기가 있다니!

웬디는 지금껏 자신이 알고 있던 상식을 깨는 그 온도에 놀라움을 느끼며 나무를 매만졌다. 바람에 풀잎이 이리저리 흔들리고 구름은 속절없이 흘러갔지만 웬디는 조금도 외롭지 않았다. 홀로 나무 아래 덩그러니 앉아 있어도 그랬다. 가슴을 늘 스산하게 했던 이유 모를 고독 같은 것은 어디에도 없었다. 고독으로 비로소 온전해질 수 있었던 그녀는 고독을 모르는 저의 어색한 감정을 경험해야 했다. 고독이 있던 자리에는 봄과 같이 망울진 심상이 가득 차 몹시도 그녀를 넉넉하게 했다.

멀리 노을이 지고 있었다. 적막한 낙조는 부스러기 같은 빛만을 웬디의 이마 위에 남기고 금세 소멸하였다. 깜깜한 밤이 찾아왔지만 그녀는 여전히 외롭지도 두렵지도 않았다. 사그라는 빛이 어디에 있는지, 또 언제 다시 떠오를지 분명히 알고 있었기에. 결코 밤이 계속되지 않을 거란 걸, 그녀는 잘 알고 있었다.

웬디는 나무의 껍데기를 다시 더듬으며 평온한 마음에 안심을 더했다.

껌벅껌벅, 느리게 잠깐 감겼다 뜨인 웬디의 풀빛 눈동자가 빛을 찾아 움직였다. 커튼 사이로 희미하게 보이는 새하얀 빛을 보며 그녀가 몸을 일으켰다.

얼마나 잠들어 있었던 걸까. 바짝 마른 목이 칼칼하여 그녀는 머리맡에 있는 컵에 조급히 물을 따라 마셨다.

이불 속에서 빠져 나와 침대 아래로 내려서니 하루 사이 마른 것 같은 그녀의 가는 종아리가 드러났다. 웬디는 푹신한 실내용 슬리퍼를 꿰어 신고, 조금 비틀거리는 걸음으로 창가에 다가섰다.

촤르르륵!

커튼을 걷자 눈부신 빛이 실내로 쏟아져 들어왔다. 웬디는 부신 눈을 감으며 빛을 피해 고개를 모로 돌렸다. 그녀가 깨어난 기척을 알아챘는지 잠시 뒤, 예의 그 시녀가 들어와 웬디에게 식사를 곧 올리겠다 말했다.

"제가 얼마나 잔 거죠?"

"하루를 꼬박 주무셨습니다."

몇 시간 정도 지났겠거니, 하고 물었던 웬디는 예상 밖의 대답에 놀란 눈을 했다. 하루 동안 잠을 잤단 얘기를 듣고 난 뒤라서 그런지, 갑자기 견딜 수 없는 허기가 밀려왔다.

허겁지겁 식사를 마친 그녀가 준비된 드레스를 입고 인간다운 몰골로 단장을 했을 때 기다렸다는 듯이 도웨인 경이 그녀의 방을 찾았다.

"웬디 양."

바하즈만 덕택인지 그는 부러진 팔을 붕대로만 가볍게 고정하고 있었다. 두 사람은 서로의 안부를 묻고 멋쩍게 웃었다. 레이니 숲에서의 긴박했던 시간들이 한나절 꿈처럼 느껴졌다.

"……슈로더 경께선 집무를 보고 계신가요?"

웬디가 연거푸 물을 들이키며 물었다. 하루 동안 잠이 들어 있었던 탓인지 계속 갈증이 났다.

"단장님께서는 동탑 알루소에 계십니다."

제도로 드는 관문 중 하나인 알루소 문을 이르는 것이었다. 파스칼의 말에 웬디가 반쯤 마신 컵을 내려놓으며 흐린 얼굴을 했다.

"……그들이 제도에 당도했나 보군요."

봉기한 농민들은 이미 제도 밖에 진을 치고 있었다. 제도에 드는 관문을 모두 막아 그들의 접근을 허용하지 않았지만 그것은 미봉책에 불과했다. 어떠한 회유와 협박도 농민들의 흥분을 가라앉힐 수 없었다. 굳게 닫힌 채 출입을 허용하지 않는 문은 외려 그들의 분노를 부채질했고, 금방이라도 무력시위를 해 올 듯이 들끓어 오르게 만들었다.

"상황이 생각보다 심각합니다. 제도 안의 평민들두 함께 동요하고 있습니다."

"곪고 곪은 불만이 터진 거겠죠. ……하지만 그 시점이 비할 데 없이 묘하군요. 오귀스트 앵그르 공작이 이 일과 무관하다고 보는 건 너무 순진한 생각이겠죠?"

"그들의 공작이 있었을 거란 예상은 하고 있었습니다. 그럼에도 속수무책일 수밖에 없는 건 이 일의 시발점이 된 게 몬트라피이기 때문입니다."

몬트라피의 병충해는 그 어떤 사건보다 큰 파장을 일으켰다. 몬트라피는 베냐한 제국의 주식이 되는 식물이었고, 그 작물을 재배하는 농민들 또한 전체 농민의 6할이 넘었기 때문이다. 피해를 입은 농민들을 위한 보상이나 세금 감면 같은 것들이 논의되고 있었으나 나라에서는 실질적인 대안을 그들에게 제시하지 못하고 있는 실정이었다. 이 모든 것들은 오귀스트 쪽 귀족들의 반대가 극심했던 까닭이었다. 그들은 피해를 입은 농민들에게 직접적으로 도움이 되지 않는 두루뭉술한 대책을 제시하며 모든 일들을 지지부진하게 만들었다.

두 사람이 심각하게 이야기를 주고받고 있을 때 낯선 얼굴의 시종이 웬디를 찾아왔다. 그가 황제의 부름을 전했다.

"가 보셔야겠군요. 킹즈브레이 궁까지 제가 에스코트하겠습니다. 단장님께서 곁을 지키라 명하셨습니다."

파스칼이 의미심장한 미소를 지으며 말했다. 그런 그의 얼굴을 못 본 척한 그녀가 내민 그의 손 위에 가볍게 손을 얹었다.

황제는 언제나와 같이 다소 과장된 언행으로 웬디를 맞이했다. 그런 그의 모습에서 웬디는 지난날 보지 못했던 낯선 것을 발견하였다. 고뇌와 괴로움의 흔적이었다. 소년처럼 맑던 황제의 얼굴에 설명할 수 없는 고통의 자국이 남아 있었다.

"고난을 겪었다지."

아이작이 혀를 끌끌 차며 말했다. 웬디는 가벼운 투로 '걱정하실 만한 일이 아니었다.' 답하였다.

"내 그대에게 묻고 싶은 것이 있어."

"말씀하시지요."

"……몬트라피를 자라게 할 수 있겠는가?"

황제의 말에 웬디가 빤히 그의 얼굴을 들여다봤다. 그녀의 그런 망령된 행동에도 황제는 깊은 한숨만을 한 번 내쉴 뿐 별다른 지적을 하지 않았다.

"몬트라피의 병충해가 몬트라피 꽃이 핀 후 생겨난다 들었네. 남쪽 끝에서부터 조피에른에 이르기까지 모두 한결 같았다지. 학자들은 몬트라피의 꽃에서 그 원인을 찾더군. 꽃이 내는 진액을 해충이 모조리 빨아먹어 속절없이 꽃이 마르고 낟알 또한 맺히지 못한다고 말이야. ……그러니 꽃이 진 후라면 이 문제를 해결할 수 있지 않겠나?"

"……폐하께서 하고자 하시는 말씀이 무엇인지 잘 모르겠습니다."

"낟알이 맺힌 몬트라피를…… 자라게 해 줄 수 없느냐는 말일세."

"물론 자라게 할 수 있습니다. 하지만 그게 무슨 소용이 있을지 알 수가 없어 드리는 말씀입니다."

"아니, 짐이 말하는 건 제도를 에워싼 저 농민들을 달랠 수 있을 만큼의 몬트라피일세."

"……."

웬디는 굳이 황당함을 숨기지 않았다. 그녀의 좁아진 미간에 함의된 뜻을 알면서도 황제는 다시 한 번 그녀를 설득했다.

"할 수 있는 데까지라도 도움을 줄 수 없겠나? 내 이 일에 대한 그대의 공로를 결코 가벼이 넘기지 않을 거야."

"저는…… 그 방법을 알지 못합니다. 농민들을 달랠 수 있을 만큼의 몬트라피를 자라게 하는 것은 제 능력을 넘어선 일입니다. 백날을 꼬박 손가락의 힘을 쓴다 할지라도 다 채우지 못할 양입니다. 손가락이 무르고 터지도록 흙바닥에 손을 댄다 해도 폐하께서 말씀하신 만큼의 몬트라피는 결코 키워 낼 수 없을 겁니다."

웬디는 단호하게 자신의 입장을 전했다. 어르고 협박을 한대도 결코 해낼 수 없는 일이었다. 황제의 갈색 눈동자에 떠올랐던 희망의 빛이 어른어른 대다 금세 져 버렸다. 그가 피로한 듯 이마를 짚었다. 그의 그런 모습을 조용히 지켜보던 웬디가 나직한 한숨과 함께 입을 열었다.

"연주는…… 하고 계시나요?"

갑작스럽고 엉뚱한 웬디의 질문에 황제가 무슨 말이냐는 듯 그녀에게 시선을 건넸다.

"바이올린 말이에요."

"……화마에 삼켜진 녀석들을 무슨 수로 다시 켜겠나."

지난번 체더 궁의 화재는 몇 남지 않은 아이작의 바이올린마저 모두 삼켜 버렸다. 궁의 전소로 아이작은 원하든 원하지 않든 바이올린을 손에서 완전히 놓게 되었다.

"원하신다면 얼마든지 훌륭한 악기를 다시 구하실 수 있잖아요."

"그렇지 않아. 훌륭한 바이올린 장인과 훌륭한 악기 재료, 이 조건은 쉽게 충족되는 게 아니라네."

그가 앉은 자리에서 일어나며 말했다. 바이올린에 대한 이야기를 나누는 게 불편한 기색이었다. 웬디는 아이작의 황태자 시절, 제루스 홀에서 보았던 그의 생기 넘치던 모습을 기억해 냈다. 지금의 무력하고 침잠한 모습과 확연히 달랐던. 아이작에게 황위 외에 포기할 수 없는 무언가가 있다면 그것은 바이올린, 그 작은 악기일 것이다.

"연주를 다시 해 보도록 하세요."

그것이 안타까워 웬디는 답지 않은 충고를 건넸다. 그를 따라 자리에서 일어난 그녀가 깊은 허탈에 빠진 황제에게 다가갔다. 그는 그녀의 충고를 같잖게 보거나 노여워하는 기색을 보이지 않은 채, 가까이 다가온 풀빛 눈동자를 잠시 건너다보았다.

"잘된 일이지. 선황께서도 좋아하시지 않았던 일이니. 황제로서의 위엄을 지켜야 하지 않겠나."

그가 버릇처럼 빙글빙글 웃으며 말했다.

웬디는 그의 능숙한 가면 쓰기를 보며 황제가 가엾단 생각을 했다. 황태자 시절 그가 보였던 괴상한 행동들, 그 이면에 숨겨져 있던 젊은 위정자의 꿈과 열망이 모두 사그라든 것 같았기 때문이다. 불경한 생각이었지만 그랬다. 그러나 그녀는 말주변이 좋은 편도 타인의 마음을 잘 헤아리는 재주가 있는 것도 아니었다. 섣부른 위로는 하지 않음만 못했다. 웬디는 더 이상 주제넘은 말을 하지 않고 침묵을 지켰다.

"오늘…… 괜한 이야기를 꺼내 그대를 심난하게 했다면 내 유감일세. 황태자궁이 무너지던 날의 맹세를 잊은 것은 아니야. 심려치 말게."

"도움을 드리지 못하여 송구합니다."

의례적인 말이 오가고 자리가 파해지려는 찰나였다. 알현실 문 밖에서 급히 아뢸 말씀이 있다는 근위기사의 음성이 들려왔다. 아이작의 허락이 있자 근위기사 한 명이 힐레벌떡 인으로 들어왔다.

"무슨 일인가?"

"폐, 폐하! 보뢰암스 서문이 폭도들에게 장악되었다 합니다!"

폭도. 제도로 집결한 농민들을 이르는 말이었다. 선량했던 농민들은 어느덧 죄를 덧씌운 폭도란 이름으로 이곳에서 불리었다. 웬디는 그 어휘가 주는 섬뜩한 느낌에 드레스 자락을 구기듯 움키었다.

"……사상자는?"

"기사들의 부상은 아직 보고되지 않았습니다."

근위기사의 말에 황제가 와락 얼굴을 구겼다.

"아니, 그들만을 물은 게 아니네. 농민들 중 부상당한 자가 있다면 함께 보고를 해야지 않겠나!"

"노, 농민들 중에서는 다수의 부상자가 발생했다 합니다. 하나 아직까지 사망자가 보고된 바는 없습니다."

"……슈로터 경은 아직 알루소 동탑에 있나?"

"일이 터지자마자 보뢰암스로 가셨다는 전갈을 받았습니다."

"……그에게 전하게. 농민들과의 무력 충돌을 삼가고 그들의 안전을 위해 먼저 애쓰라 말이네. 부상자들을 위해 의원을 보낼 테니 그들이 치료를 받을 수 있도록 하게나."

근위기사가 절도 있게 인사를 올리고 밖으로 나가자 황제가 시종장을 불러들여 황실 의원들 중 일부를 보뤼암스로 보내라 명했다.

"……무력 진압을 한다면 일이 훨씬 쉬울 텐데요. 어찌하여 그런 명을 내리셨나요?"

피로한 듯 까칠한 턱을 쓸어내리던 황제가 웬디의 물음에 동작을 멈추고 그녀를 빤히 바라보았다. 그의 얼굴에 실망의 빛이 스쳤다.

"진정 그리하길 원해 묻는 건 아닐 테지? ……내게는 모두 똑같은 백성이야. 비록 그들이 죄를 저질렀다 할지라도."

"……그러다 기사들 중에 부상자가 나올지도 몰라요."

"기사들이 부상을 당할 만큼의 충돌이라면 농민들 중에선 사망자가 나올 테지. 내 기사들은 뛰어난 자들이네. 오랜 시간, 이러한 상황에서의 대처에 대해 훈련을 받았어. 스스로를 지켜 내며 내 명을 잘 수행할 거라 믿네."

한없이 나약한 것 같다가도 돌연 강인한 면모를 보이는 황제의 얼굴을 웬디는 묵묵히 응시하였다. 잠시 옷깃을 매만지던 그가 다시 입을 열었다.

"과거 그대를 방패막이로 내세운 전력이 있는 내가 이런 말을 하는 게 우습지? 그 당시 이미 생명을 저울질한 전력이 있는 내가 말이야. 하나 어쩌겠는가? 내가 이리 모순적인 사람인 것을. 내 백성들을…… 잃을 수는 없어."

아이작이 씁쓸한 눈빛으로 웬디를 바라보았다.

과거의 일에 대한 악감정을 모두 떨치지 못한 이상, 그의 죄책감을 자극하고자 그 어떤 제스처를 취할 수 있었겠지만 이번만큼은 웬디도 아무런 말을 하지 못했다. 상대가 꺼드럭거리며 위세를 떤다면야 그녀 또한 그에 대응을 하겠지만, 스스로의 모순을 고백하는 그 앞에서 홀로 투지를 불태울 마음이 들지 않았다.

"평민들의 피폐한 삶을 바꾸겠다 말한 황제가 살기 힘들다 거리로 나선 이들의 목숨을 취한다니. 그리된다면 짐 또한 나아갈 길을 모두 잃고 말 거야."

황제가 벽 한쪽에 걸려 있는 역대 황제의 초상들을 음울한 눈빛으로 바라보며 말했다. 말없이 서 있는 여인의 태도가 오히려 그의 마음을 편안하게 했는지 그는 계속 이야길 이어 나갔다. 지금 이순간 그에게 필요한 것은 위로도 비난도 아니었던 모양이었다.

"……내가 제안한 그 법안 말이네. 왜 그리도 내가 그것에 매달렸는지 아는가? 왜 그리 오랜 시간 그 일에 집착했는지 말이야."

그가 물음을 던졌지만 웬디는 그것이 진정 대답을 바라고 한 말이 아니란 것을 알았다. 그녀는 그저 황제의 말을 귀 기울였다.

"평민들, 그 무구한 자들을 역대 어느 황제보다 내 아끼고 사랑했던 까닭이라 말하진 않겠어. 그런 소릴 해 보았자 모두 비웃지 않겠나? 다만…… 난 그저 필연적으로 그들을 사랑할 수밖에 없었다네. ……내가 그들이었고 그들이 나였으니까. 그들은 내 어미였고, 또 누이였으니까."

～ ❦ ～

팽팽하게 긴장된 대기 속에서 잘 닦인 도로를 박차는 말발굽 소리가 울렸다. 소리를 따라 말머리를 돌린 슈로더는 곧 황실에서 온 전령을 맞이하였다. 그가 슈로더에게 황제의 명을 전했다.

"……알겠네. 그대는 되돌아가 폐하를 보좌하게."

고저 없는 그의 음성에 전령은 곧 왔던 길을 되돌아갔다. 멀어지는 전령의 모습을 보는 그의 얼굴이 어쩐 일인지 홀가분해 보였다. 황제의 결단에 마음을 묵직하게 죄던 무언가가 편안해졌던 까닭이다.

"단장님?"

곁을 지키던 장 자크 시무안이 그런 그의 표정을 보며 의아한 듯 말했다. 전령이 전한 소식을 그 역시 궁금해하는 눈치였다.

"기사들과 병사들에게 지금부터 무력 사용을 자제하라 명하게. 저들은 이제부터 적이 아니네."

"네? 하지만……!"

"저기, 턱수염이 난 우람한 사내가 우두머리라 하였지?"

슈로더가 보뤼암스 안에서 그들과 대치하고 있던 무리들 중 한 명을 턱짓하였다. 장이 그러하다 긍정했다.

"자네는 이곳 성문의 도르래를 책임졌던 기사를 조사하게. 그의 출신과 관계된 가문들을 빠짐없이!"

말을 남긴 라드가 발로스를 몰아 대치하던 공간 한가운데로 달려나갔다. 그의 갑작스러운 움직임에 농민들이 움찔 놀라 경계하며 무기를 공중으로 쳐들었다.

"워워!"

턱수염이 짙은 남자가 정면으로 바라다보이는 곳에 그가 말을 멈춰 세웠다. 남자는 숱 많은 갈색 턱수염이 얼굴의 반쯤을 덮고 있어 그 표정을 살피기 어려운 이였다. 남자 역시 손에 들고 있던 곡

괭이를 슈로더를 향해 겨눈 채 그를 경계하였다.

"나는 황실 제1기사단의 단장 라드 슈로더다. 폐하께서 부상자들을 위해 의원들을 이곳으로 보내셨다. 그들이 부상당한 이들을 치료할 것이니, 치료를 받으라. ……내 명예를 걸고, 그 시간 동안 어떠한 속박도 없으리라 맹세하지."

남자는 슈로더의 말에도 미동 없이 상황을 가늠하는 것처럼 서 있었다. 라드 슈로더의 말을 들은 농민 무리들 가운데서 웅성웅성하는 소리가 점점 커져 갔다. 스스로의 부상과 동료의 부상을 돌볼 기회 앞에 적대하던 황실 기사가 내민 제안을 쉽게 무시하기 어려웠을 터였다.

"저 말을 믿으십니까? 알량한 사탕발림에 넘어가지 마시지오! 저 자 또한 귀족입니다! 무슨 꿍꿍이가 있는지 모른단 말입니다!"

젊은 청년의 외침이었다. 턱수염이 난 남자 옆에 붙어 서 있던 그는 쌍꺼풀이 없는 날렵한 눈매에 태양에 그을린 까만 피부를 가진 혈기 있어 보이는 젊은이였다. 그의 말에 농민들 사이에 또 다른 웅성거림이 퍼져 나가기 시작했다.

"……그만!"

그 순간, 예의 그 턱수염 난 남자가 큰소리를 내며 주변을 순식간에 조용히 시켰다.

"피아프의 말 또한 일리가 있소. ……그러나 부상당한 동료들을 외면할 수는 없소! 우리가 이곳에 온 이유를 모두 상기해 보시오!"

남자가 외쳤다. 모두가 그의 말에 귀를 기울이고 있었다.

"착취당하던 삶에서 벗어나기 위해, 사람답게 살기 위해서가 아니오? 동료의 상처를 보시오. 신음하는 동료의 모습이 우리가 원한 사람다운 것인지. 그들이 치료받을 수 있는 기회를 우리가 과연 빼앗을 수 있는지 말이오!"

분위기가 삽시간에 숙연하게 변했다. 큰소리로 그 말에 호응하는 사람은 없었지만 대부분 그 남자의 말을 납득했다는 것이 느껴졌다. 남자 옆에 서 있던 그 청년이 유독 분한 기색을 내비쳤지만 말이다. 때마침 황실에서 보낸 의원들이 그곳에 도착했다. 마차에서 내리는 의원들의 모습을 흘깃 돌아본 슈로더가 남자에게 말했다.

"의원들이 이곳에 있는 이상, 무기를 서로에게 겨누지 않을 것을 약조하겠는가?"

남자가 고개를 끄덕였다. 슈로더의 신호에 따라 뒤쪽에 대기하고 있던 의원들이 일사불란하게 농민들이 모여 있는 방향을 향해 나아갔다. 치료가 시작되었다.

다수의 의원들이 농민들 사이에 섞여 있는 모습을 보던 슈로더는 말에서 내려 그의 검을 말 짐에 묶어 두었다. 비무장 상태의 그가 정면에 서 있던 턱수염 난 남자를 응시하더니 곧 그를 향해 걸어갔다. 다가오는 그의 모습에 또 한 번 위협을 느낀 농민들이 크게 동요하는 모습을 보였지만, 턱수염의 남자는 그들에게 무기를 내리라 말하며 농민들을 진정시켰다.

"그대들이 원하는 바를 말해 보라. 위험을 무릅쓰고 이곳까지 왔을 때는 그럴 만한 이유가 있을 터."

슈로더가 그들 몇 보 앞에 멈춰 말했다. 그들의 접근을 막았던 병사들이나 기사들 중 누구도 농민들에게 이러한 질문을 한 적이 없었으므로 남자는 묘한 긴장과 안도를 함께 느꼈다.

농민들은 지금껏 대책을 세워 달라거나 사람답게 살게 해 달라는 구호를 중구난방 식으로 외쳤지만 제도를 지키는 이들 중 누구도 그 말을 귀담아 듣지 않았다. 그들 모두 농민들의 접근을 막는 데만 급급했을 뿐이었다.

"……우린 대책을 원합니다. 여기 있는 농민들 대부분이 파산을 목전에 둔 이들입니다. 아무리 땅을 파 보았자 무엇합니까? 남는 거라곤 겨우 끼니를 이을 정도의 곡식뿐인데. 작년의 소출 대부분이 남는 것 하나 없이 귀족 나리들의 손에 들어갔는데도, 올해 또다시 몬트라피 농사를 지은 이유를 아십니까? 우리들이 농사짓는 땅에서 몬트라피 외의 다른 작물을 재배했다가는 한 해 농사가 모두 공이 될 만큼의 세금이 매겨지기 때문입니다. 농사를 지을수록 우릴 가난하게 만드는 이런 악법을 폐지해 주십시오! 당장 살 수 있는 대책을 마련해 주셔야 우리도 숨을 쉬지 않겠습니까?"

몬트라피의 소출을 일정량 유지하기 위해 제국에서는 농경지의 일부에 대해 몬트라피를 의무적으로 재배하도록 하였다. 제국 내 영지의 농민들이 재배한 몬트라피를 황실과 영주들이 수매하여 몬트라피의 안정적 공급을 유도하고, 농민들에게는 이를 통해 안정적 수입원을 확보하게 한 것이다.

그러나 이 과정에서 여러 가지 폐단이 생긴 것 또한 사실이었다. 많은 영주들이 수매가를 터무니없이 조정하여 사사로운 이익을 챙기거나 농민들에게 돌아가야 하는 세금 감면과 황실의 지원을 대신 착복하는 일이 흔했다. 이 상황에서 올해 발생한 몬트라피의 병충해는 농민들을 더욱 절망에 빠지게 하였다.

"이번 병충해에 대한 실질적인 구휼책을 내놓아 주십시오. 남쪽 지방은 이미 늦가을에 접어들었습니다. 이대로라면 겨울 동안 굶 주리는 이들이 허다할 것입니다."

"이 자리에서 당장 법의 폐지를 논할 수는 없네. 폐하께서는 그대들을 구제할 방법을 우선적으로 강구하라 명하셨다네. 몬트라피 병충해에 대한 보상이 조만간 이뤄질 테니 각자의 고향으로 되돌아가시게. 그대들이 제도에 와 벌인 소란에 대한 어떠한 책임도 묻지 않을 것이니. 내 이름을 걸고 약조하지."

"누굴 바보로 알고! 적당히 무마하려는 심산입니다! 우릴 우습게 본 거란 말입니다!"

슈로더의 설득에 남자 옆에 서 있던 그 까무잡잡한 피부의 청년이 또다시 반기를 들었다.

"……적당히 무마하려 했다면 애당초 그대들과 대화 자체를 시도하지 않았을 거야. 난 황실 기사단장이지, 시정잡배가 아니네."

슈로더가 청년에게 싸늘한 눈길을 보내며 잘라 말했다. 그는 애써 자극적인 말을 피했다.

"폐하께서는 진심으로 그대들을 걱정하고 계시네. 황실 의원들을 내주신 것 또한 모두 그런 이유에서야. 많은 신하들의 견제에도 평민들이 관직에 나갈 수 있는 법안을 마련해 내신 분이시라네. 그 일로 어려움을 겪으시고도 결코 뜻을 굽히지 않으셨어. 그분을 믿어 보게나."

"……라드 슈로더 경이라 하셨습니까?"

턱수염 난 남자가 한참 숙고하다 입을 열었다.

"그래."

"경의 가문에 대한 이야기를 몇 번 들은 일이 있습니다. 경의 부친께서 발타자르 수복 전투를 이끄셨다죠. 공명정대한 분이셨다

들었습니다. 경 또한…… 부친과 같은 분이시길 바랍니다."

땅을 일구는 농군답지 않은, 외려 전장의 기사와 같은 기백을 보이며 그가 말했다. 라드 슈로더의 눈빛을 감내하면서도 그는 전혀 흔들림이 없었다.

"동료들과 대화를 나눠 보겠습니다. 그러나 약조해 주신 모든 일에 대해 문서로……!"

"이깟 입발림에 넘어가 변절자가 되겠다는 겁니까?"

그 옆의 청년이 남자의 말을 중간에 가로채며 분통을 터뜨렸다. 청년의 말에 남자의 얼굴이 찌푸려졌다.

"존 피아프! 말을 가려 하거라!"

"이렇게 나약한 분이셨다니! 에듀발, 당신은 더 이상 우리를 이끌 자격이 없습니다!"

둘의 대립에 그들을 둘러싸고 있던 농민들이 서로 눈짓을 주고받으며 불안한 낯을 했다. 수도에 오기까지 단 한 번의 분열도 없이 단합하였던 그들 사이에 처음으로 금이 간 것이다. 라드 슈로더가 존 피아프라 불린 청년의 붉으락푸르락한 얼굴을 가늘게 뜬 눈으로 지켜보았다. 그 눈에 의심의 빛이 서렸다.

"저희끼리 이야기를 나누어야겠으니 경께서는 이만 돌아가 주십시오."

에듀발이 슈로더에게 말했다. 목소리에 묵직한 노여움이 끼어 있었다. 이에 슈로더는 대답 없이 뒤돌아왔다.

"벡투엘 경."

발로스를 끌어와 기사들이 도열해 있는 장소 앞으로 걸어간 슈로더가 기사 하나를 불러들여 은밀하게 명했다.

"자넨 지금부터 저자를 주시해 보고, 그와 친분이 있어 보이는 부상자를 물색하도록 하게."

슈로더가 여전히 열띠게 불만을 표하고 있는 존 피아프를 턱짓하며 말했다.

"그리고 그 부상자를 돌볼 의원 하나를 눈에 띄지 않게 불러내어, 그자더러 그 환자를 치료할 때 질문 몇 가지를 던지라 명하게. 저기, 저 청년의 출신지가 어딘지, 특이점은 없는지 말이네."

슈로더의 명에 기사가 무겁게 고개를 끄덕였다.

웬디는 처음, 황제가 한 말에 큰 의미를 두지 않았다. 제국의 절대 다수를 차지하는 계층인 평민. 그들에 대해 황제로서 얼마든지 애민심을 갖고 할 수 있는 말이었다.

"내가 그들이었고 그들이 나였으니까. 그들은 내 어미였고, 또 누이였으니까."

특별할 것이 없는 은유였다. 그러나 황제의 이어진 말은 그런 그녀의 생각을 뒤엎었다.

"소문을 들은 적이 있는가? 내가 황후마마의 소생이 아니란 소문 말이네. 그 일로 마음고생을 좀 했지. 그게 단순한 헛소문이었다면 마음고생 따위 하지 않았을 거야. 문제는 그게…… 사실이었단 거지."

"……!"

"내 친모는 로카시즈 밑에서 도제 교육을 받던 직공이었어. 아, 로카시즈는 유명한 바이올린 명인이라네."

황제가 설명을 덧붙이며 싱긋 웃었다. 웬디는 그가 자신에게 그저 농담을 건네고 있는 건지, 진실을 말하고 있는 것인지 확신할 수가 없었다. 그만큼 아이작 황제의 이야기는 웃어넘길 수도 예사로이 받아들일 수도 없는 것이었다.

"선황께서 황태자 시절……. 샤르팡티의 여름궁에 갔다 우연한 기회에 그분을 만나셨다더군. 무엇에 그리 끌렸던 건지, 난 아직 그 마음을 이해할 수 없지만 신분 같은 건 별문제가 되지 않았었나 보더군. 자네와 슈로더 경처럼 말일세. ……그러나 시절은 한순간이었지. 결국 선황은 제도로 돌아와 귀족의 여식과 혼인해야 하는 운명이었으니까. 아주 뻔한 스토리지 않나? 이런 스토리는 어느 형편없는 연극 무대에서도 상연되기 어려울 거야."

"폐하……."

"그 뒷이야긴 쉽게 상상할 수 있지 않겠나? 제도에 돌아가 열병을 앓던 황태자가 사랑을 잊지 못해 다시 그녀 찾고, 결국 잉태돼선 안 될 생명이 잉태된다, 하는. 정말 큰일이 벌어진 거야. 황태자의 첫 아이가 사생아라니, 그것도 평민의 소생. 결코 용납될 수 없는 일 아니겠나? 그러나…… 황후 마마의 성은으로 내 생모는 마마의 시녀가 되어 그분 아래 보호받을 수 있었다네. 내 누이와 나 역시 마마께 거두어져 그분의 소생으로 아무런 박해 없이 살아갈 수 있었고 말이야. 기적이자 불행이었지. 황후 마마께서 유산으로 잉

태할 수 없는 몸이 되었기에 그런 일이 가능했으니까. 그분도 가여
우신 분이야. 난 여섯이 될 때까지 그분이 내 생모인 줄로 알았다
네. 날 붙들고 자주 우시더군. 그땐 이유를 몰랐지만 지금은 조금
그 마음을 알 것도 같아."

"……."

"이게 내 이야기의 전부라네. 내 근원에 관한 이야기지."

그가 선황의 초상 앞에 서서 이야기를 멈췄다. 그 이야기를 모두
들은 웬디는 자신도 모르게 눈썹을 찌푸리며 불규칙한 숨을 골라
야 했다.

황제가 사생아라, 이 말인가? 나와 같은…… 사생아?

"해서 난 그들을, 이 제국의 뿌리 된 자들을 그냥 외면하고 살 수
가 없어. 그들이 내 어미고, 내 누이며, 또 내 자신이니까."

"……제게 이런 이야길…… 하시는 연유가 무엇입니까?"

그녀가 떨어지지 않는 입술을 겨우 움직여 말했다.

"그대에게 내 이런 말을 하는 건……. 글쎄, 나도 잘 모르겠군.
나의 치부와 같은 이야기를 주절대는 이런 어리석은 짓을 왜 하는
건지 말이야."

그가 스스로도 기가 막힌다는 듯 껄껄 웃었다.

"웬디, 그대의 중대한 비밀 하나를 내가 알고 있으니, 그대에게
도 나의 비밀 하나쯤 보이는 것도 나쁘진 않겠지. 다신 그대의 힘
을 탐하지 못하도록 이 일을 무기로 삼아도 좋아. 그래야 좀 공평
하지 않겠나."

그가 허허로운 말투로 이야기했다. 감당하기 어려운 사실을 자신
에게 들려준 황제의 의도를 알기 위해 웬디는 복잡하게 머리를 굴

렸다. 출생에 얽힌 비밀을 들려준 일로 자신의 마음을 얻고 이로써 검지의 힘까지 이용하려는 생각은 아닐까? 혹은 비밀을 공유한 대가로 평생 그의 곁에 자신을 묶어 두려는 의도는 아닐지.

이처럼 여러 계산적인 가정들이 머릿속에 떠올랐지만 그중 어느 것도 타당하게 여겨지진 않았다.

그러나 머릿속을 떠도는 계산적인 생각들을 지워 내자 한 가지 가정이 밀도 있게 차올랐다. 어쩌면 그는 처음의 의지를 잃지 않기 위해 자신의 출생을 이야기했을지도 모른다. 평민들의 목숨을 구하겠다는, 그들을 지켜 내겠다는 그 의지를.

"한 명 정도는 이 모순적인 황제를 이해해 주었으면 하는 그런 욕심도 있고 말일세."

아이작 황제가 그의 앞머리를 서툴게 매만지며 말했다. 매만질수록 머리는 더 엉망이 되었다. 그는 선황의 초상 앞에 고개를 숙였다.

실제로 그의 얼굴에는 물기 한 점 없었지만 웬디는 그가 눈물을 흘리고 있다 생각되었다. 세상에서 가장 건조한 마른 눈물 말이다. 그에겐, 눈물조차 모순이었다. 웬디 왈츠, 그녀의 지난 생처럼.

18화

여름의 버투왓 강에 오지 마세요

"그만 물러가게. 좀 더 쉬도록 해."

황제가 말했다. 웬디는 이대로 그를 놔두고 돌아가도 될지 확신이 서지 않았다. 이런 이야기를 듣고서 쉽게 발걸음이 떨어질 리 없지 않은가. 차라리 듣지 않았으면 좋을 뻔했다는 생각이 들었다.

"……오후에 바지윰 죄인들의 특별 사면이 있네. 내 그 명단을 다시 한 번 확인해 봐야 해."

새 황제의 등극을 기념한 사면을 이르는 것이었다. 죄인들 중 생계형 범죄를 저지른 자들을 선별하여 그들에 대한 구제가 이루어지곤 하였는데 나라가 어수선한 탓에 이것 역시 미뤄졌었다. 황제는 그녀에게서 등을 돌리고 알현실 한쪽에 있는 줄을 잡아당겨 시종 하나를 불러들였다.

"베하스에게 사면 명단을 가져오라 이르게."

그의 명에 시종이 곧 밖으로 나갔다. 멍하니 서 있던 웬디는 자신이 이곳에서 더 이상 할 일이 없다는 것을 깨달았다. 들은 이야기를 못 들은 것으로 해 달라고 졸라 댈 수도, 나도 당신과 같은 사생아이니 동병상련으로 여기고 힘을 내라는 따위의 우스운 이야기들을 지껄일 수도 없는 일이었다.

"그럼 물러가겠습니다."

황제에게 예를 올린 그녀가 먹먹한 발걸음을 돌렸다. 알현실 밖에선 노웨인 경이 그녀를 기다리고 있었다. 그와 함께 킹즈브레이 궁을 나와 조금 걸으니 궁에 딸려 있는 정원이 보였다. 황제의 정원이라 이르기 무색할 만큼 정원의 규모는 그리 크지 않았다. 주변의 경계를 위해 킹즈브레이 궁의 사방은 탁 트여 있었다. 커다란 정원은 황제의 안전에 무용하였다.

"잠시, 이곳을 걸어도 되겠어요?"

"얼마든지요."

두 사람이 정원 안쪽으로 들어섰다. 작은 정원이라 하더라도 아름답지 않았던 건 아니다. 정원사의 손길이 곳곳에 닿아 있다는 것을 느낄 수 있었다. 웬디는 흐드러지게 핀 꽃 더미들을 지나 세모꼴로 반듯하게 토피아리된 회양목 앞에 섰다. 멀쩡한 생가지를 잘라 내고 재단된 모습으로 서 있는 그 나무를 보니 어쩐 일인지 마음이 더욱 쓰라렸다.

바이올린을…… 손에서 놓았다 하였나. 황제 또한 이 나무처럼 황제로서의 삶을 재단하기 위해 자신의 생살 일부를 잘라 낸 것일 터였다. 그의 생모가 바이올린 제작을 위해 도제 교육을 받았던 것과 그가 바이올린 연주자로서 탁월한 재능을 보였던 것이 완전히 무관하지는 않을 것이다.

그런 아이작의 모습을 보며 선황은 또 얼마나 복잡한 생각들을 했을까? 아련하고 두려운 감정을 동시에 느끼지 않았을까? 그 우려가 아이작의 손에서 바이올린을 놓게 하는 데 결정적 역할을 하였겠지만, 정말 그게 최선이었을까?

사생아. 그 이름이 드리운 어두컴컴한 음지에서 벗어나기 위해서 아이작은 많은 노력을 하였을 테지만, 또 동시에 자신의 일부였던 숨겨진 과거에 애정을 갖고 있었다. 평민들의 생활 안정을 꾀했던 그간의 행보는 그의 그런 마음에서 비롯된 것이었다. 젊은 혈기로 가진 같잖은 공명심이나 제왕 교육을 통해 학습된 결과 따위가 아니었다.

그의 숨겨진 과거와 그것에서 비롯된 애정은 비단 정치적인 일에만 국한된 게 아니었을 것이다.

웬디는 그와 있었던 과거의 일들을 떠올렸다.

제루스 홀에서 웬디, 그녀를 처음 만났을 때 그가 납득할 수 없을 만큼의 관심을 표했던 것도 다 그런 이유 때문이었을까? 선황과 그의 생모가 끝내 이루지 못한 연을 대신 이뤄 주길 바라는 심정으로 그녀와 라드 슈로더를 바라보았던 것일까? 사냥 대회에 작위를 내걸었던 것도 모두 그런 이유였나.

그녀만의 추측일 뿐이었지만 웬디는 자신을 도리어 괴롭게 했던 그의 그런 행동들을 되짚으며 또 한 번 가슴의 쓰라림을 느꼈다. 동정이라기보다는 안타까움이었다.

"도웨인 경, 부탁이 있어요."

그래서 이런 말을 꺼냈는지 모른다. 웬디는 파스칼에게 도움을 청했다. 그녀의 말을 모두 들은 파스칼은 처음 의아한 표정을 지었지만 곧 염려 말라 말하며 웬디를 그녀의 거처에 데려다 주었다.

"차라도 한잔하며 기다리고 계십시오. 얼굴이 조금 창백합니다."

웬디는 그의 말대로 했다. 그를 기다리는 시간 동안 서너 잔의 차를 마시고 멀거니 창 너머를 바라보며 휴식을 취했다. 지루한 시간이 흘러 식은 찻잔을 빙글빙글 돌리는 의미 없는 행동을 거듭할 즈음, 그가 다시 돌아왔다.

"여기 있습니다. 찾는 네 애를 좀 먹었습니다. 정말…… 깊숙이도 박아 두셨더군요."

그가 투정처럼 말했다. 웬디는 그에게 깊은 고마움을 전하며 자리에서 일어났다.

그 즉시 그녀는 불타 버린 체더 궁으로 향했다.

킹즈브레이 궁에서와 같은 삼엄한 경비는 없었다. 궁이 있던 자리는 황폐했다. 새까맣게 전소된 건물은 흔적만이 남아 있었고, 여기저기에 희고 검은 자국이 가득해 당시의 참상이 그대로 전해졌다. 이곳의 화마에 화상을 입었던 사람들이 메리히 궁으로 실려 오던 가혹했던 풍경이 머릿속에 그려졌다.

자연, 딜런 레녹스가 떠올랐다. 이곳에서 끔찍한 부상을 당했던 그였다.

요 며칠 그를 까맣게 잊고 있었다. 위협적인 일을 여럿 겪었다곤 하나, 온 마음을 다해 그를 치료했던 것을 생각하면 이상하리만치 그를 잊고 있었던 듯했다. 묘한 기분이었다. 그를 잊고 있었다는 데에 죄책감이 드는 한편 다행스러운 기분 또한 들었다. 정말 그를 잊고 있었다. 잊은 것이다, 그를.

바닥에 쭈그려 앉은 그녀가 검게 변한 흙을 손끝으로 매만졌다. 흩트리는 대로 옆으로 밀려난 흙 아래 갈색의 건강한 흙이 보였다. 그러나 굳이 갈색의 흙이 아니어도 좋을 것이다. 검게 변한 재는 좋은 거름이 되어 줄 터였다. 언젠간 저 갈색 흙에 섞여 들어가 그 재가 궁을 태워 버렸던 흔적이란 것마저도 잊힐 것이다.

"이것 보게나!"

혼자만의 감상에 빠져 있던 그녀가 자신을 부르는 음성에 고개를 들었다. 저만치에 황제의 모습이 보였다. 그녀는 곧 몸을 털며 자리에서 일어섰다.

"내 한가한 사람이 아니야. 그대에게 내 비밀을 말한 게 후회되는군. 이리 날 휘두르다니!"

황제가 장난스러운 투로 툴툴대며 그녀에게 다가왔다. 그의 뒤를 따르던 근위기사들 사이에 도웨인 경이 보였다. 웬디는 황제를 이곳까지 이끌어 준 도웨인 경에게 고마움을 담아 눈인사를 했다. 황제가 곧 그들에게 고개를 돌려 무어라 말하자 그들 모두 뒤돌아 웬디의 시야에서 멀리 물러났다. 이윽고 웬디와 아이작, 그들 두 사람만이 황량한 대지 위에 서게 되었다.

"은밀히 전할 게 있다던데, 무엇인가?"

웬디는 대답 없이 그에게 손에 들고 있던 것을 내밀었다. 황제가 동그래진 눈으로 그것을 봤다.

"바이올린…… 활대가 아닌가?"

"폐하께서 부르고뉴 사냥 대회 때 제게 주셨던 겁니다. 궁술 시합의 우승 상품이었죠."

"……그래, 내 기억하고 있지. 한데 이건 왜?"

"바이올린이 모두 불탔다 하셨지요? 시합의 우승 상품으로 하사하신 것이니 이것 역시 장인이 만든 훌륭한 활일 테지요."

"그건 그렇지만, 갑자기 이걸······."

이번에도 그녀는 대답 대신 서 있던 자리에서 무릎을 굽혀 땅 위에 검지를 댔다. 그녀의 손길을 따라 곧바로 작은 싹이 났다. 검은 재투성이 틈에서 그 색깔과 모양이 도드라진 그것은 이내 쑥쑥 자라 더욱 존재감을 키웠다. 아이작이 놀란 얼굴로 그 모습을 지켜보았다. 가늘던 가지가 짧은 사이 두툼하게 변모하여 아름 가까이 되는 둥치를 드러내었다.

"이 나무는······."

그는 연둣빛에서 초록빛으로, 또 붉은빛으로 변한 손바닥 모양의 이파리를 보며 말을 잇지 못했다. 커다란 단풍나무였다.

"나무의 밀도가 낮고 탄성은 높아야 한다죠. 그래야 좋은 소리를 낸다는 이야길 글에서 본 일이 있습니다. 식물학 교수의 연구 논문이었는지 학술지에서였는지 출처는 분명치 않군요. 어찌 됐든, 그와 같은 성질을 띠도록 자라게 한 녀석이니 폐하께 도움이 될 수 있을 겁니다."

아이작 황제가 얼떨떨한 얼굴로 그녀를 바라봤다. 웬디는 언뜻 무심한 것처럼 표정 하나 바꾸지 않은 채로 계속 말을 이었다.

"훌륭한 악기 재료가 되어 줄 거예요. 이제 훌륭한 바이올린 장인만을 찾으면 되겠군요. ······로카시즈라는 분을 찾는 것도 방법이 되겠죠."

"그분은 이미 돌아가셨네."

"유감이군요. ······하지만 그분의 후계자든 또 다른 바이올린 장인이든 제국 어딘가에 있지 않겠어요?"

그녀가 어깨를 으쓱했다.

"웬디, 이건…….."

"하고 싶은 걸 계속하세요. 황제 폐하는 바이올린을 연주해선 안된다는 법령이 제국에 있나요? 전 들어보지 못했군요. 있다면 이 기회에 뜯어 고치는 것도 좋겠죠. 무소불위의 권력을 한 번쯤은 휘둘러 봐도 되지 않겠습니까?"

그녀가 우스갯소리처럼 말했다. 쓴웃음을 지은 황제가 물끄러미 단풍나무를 올려다봤다.

"폐하껜 그런 진지한 얼굴이 어울리지 않습니다. 기분에 따라 즉석 연주를 하시던 예전의 모습이 훨씬 더 잘 어울리죠. ……바이올린을 포기하지 마세요. 전하의 근원을, 뿌리를 잊지 않으시려 하시면서 왜 그런 어리석은 일을 하시나요?"

이번엔 아이작 황제 쪽에서 말이 없었다. 웬디는 그것에 개의치 않은 채 하려는 이야길 마저 했다.

"이 나무에겐 전하의 바이올린 컬렉션이 귀한 양분이 되었을 겁니다. 사람도…… 나무와 크게 다르지 않죠."

당신에게도 그런 날이 올 거라고, 웬디는 말하고 싶었다. 불타 버린 숲에 나무가 다시 자라듯 당신 역시 그러할 거라고.

"제 비밀이 드러나지 않도록 이 단풍나무를 잘 처리해 주시길 바랄게요. 폐하의 능력이라면 어려울 것도 없겠죠. 서로 비밀을 공유한 사이니, 이 정도의 청탁은 들어주시겠죠?"

웬디의 말에 피식 웃음을 지은 아이작이 이내 그녀에게로 고개를 돌렸다. 헛웃음으로 시작된 미소가 곧 진해졌다. 그것은 진심이었다. 웬디는 그의 그런 얼굴을 못 본 척하며 끝까지 무심하게 굴려 했지만, 자신도 모르게 입꼬리가 올라가는 것을 막을 수가 없었다.

하루가 지났다. 제도의 서문, 보뤼암스에서는 여전한 대치가 계속되고 있었다. 부상자들의 치료로 인해 잠시 소강상태에 이르긴 했으나 언제 분위기가 극변할지 몰랐다.

"대대로 조피에른에서 몬트라피 농사를 지어 오던 자라고 합니다. 선대에 땅을 제법 사 들였으나 최근 몇 년간 빚이 늘어 전답을 영주에게 몰수당했다 들었습니다. 그런데 근래 그 땅을 되찾았다는 소문이 돌았답니다. 사실인지는 알 수 없다 하더군요. 가족으로는 남동생이 하나 있는데 유력 가문의 견습 기사로 들어갔다고 존 피아프 본인이 여러 번 자랑했답니다."

벡투엘 경으로부터 존 피아프에 대한 보고를 받으며 라드는 추측 가능한 모든 상황을 가정했다. 그러나 그중에서도 앵그르 공작과의 관련성을 강하게 의심하지 않을 수 없었다.

"툴린에게 기별을 넣어 앵그르 가문에 새로 들어온 견습 기사 중 피아프란 성을 가진 이가 있는지 알아보라 하게. 그들 간에 거래가 있었다면 증거가 남아 있을 터. 조피에른에도 사람을 보내 존 피아프가 몰수됐던 전답을 되찾았는지, 되찾았다면 그 돈의 출처가 어디인지 함께 알아보게나."

벡투엘 경이 고개를 끄덕이고 곧 물러갔다. 보고는 속속 이루어졌다. 성문의 도르래가 망가지던 당시 책임을 맡았던 기사에 대한 조사 결과를 장 자크 시뮤안 경이 들고 왔다. 그의 표정이 입을 열기 전부터 유난히 꺼림칙하였다.

"알아보았는가?"

"……제이콥 쉘터라는 기사였습니다. 지방 소귀족으로 현재는 료나단 자작가를 섬기고 있다 합니다. 한데……."

"말해 보게."

머뭇대는 장 자크에게 슈로더가 말했다. 그가 고개를 한 번 끄덕이더니 말을 이었다.

"하즐렛 백작가와 연이 있습니다. 백작가에서 기사 서임을 받았다 하더군요. 하즐렛가가 이 일에 관계가 있는지 추가적인 조사가 필요합니다."

장 자크의 말을 들은 라드 슈로더가 잠시 생각에 잠겼다. 하즐렛가라니, 전혀 뜻밖이었다. 그들과 오귀스트의 관련성을 의심하는 것은 라드에게 마음 불편한 일일 수밖에 없었다. 프란시스 하즐렛에게 언도된 판결을 생각한다면 그들이 고민하였을 선택지들을 추측하는 것이 아주 어려운 것은 아니었지만, 웬디와 관련된 그 가문이 부디 그러한 극단적 선택을 하지 않았기를 그는 바랐다.

"……고의성은 확인되었는가?"

"잠금쇠를 건든 인위적 흔적을 발견했습니다. 순번을 정해 수시 점검을 해 왔으나 지금과 같이 도르래 바퀴의 잠금쇠가 빠질 이유가 없었다 합니다."

"알겠네. 그자를 잘 감시하고 이 일과 하즐렛가의 관련성을 알아

보도록 하게. 지난번 하즐렛 백작 부인에게 붙였던 사람을 다시 그들 내외에게 붙이도록 하게."

장 자크 시무안 역시 물러가고 난 후 라드 슈로더는 임시 막사의 입구를 걷어 밖으로 나갔다. 건너편에서 에듀발과 그의 동료들이 분주히 대화를 나누고 있었다.

한참 대화를 나누던 그들 틈에서 존 피아프, 그 청년이 격분하여 자리에서 일어나는 게 보였다. 그가 그들을 향해 고함을 치더니 뒤돌아 자리를 떠나갔다. 청년의 뜻대로 일이 이루어지지 않은 모양이었다.

잠시 뒤, 에듀발이 공식적으로 만남을 청해 왔다.

라드 슈로더는 그들을 향해 나아갔다.

"의견 합치를 보았는가?"

"저희는 경의 제안을 받아들이기로 했습니다. 단, 약조해 주신 것들을 문서로 남기길 원합니다."

"알겠네."

라드 슈로더가 눈짓을 하자 뒤에 있던 기사가 미리 작성해 둔 문서를 가져왔다. 그가 그것을 에듀발에게 건넸다.

"내용에 부족함이 없는지 검토하게나."

에듀발과 그의 동료들은 문서를 서로 간에 넘겨보며 그들끼리 대화를 나누었다. 그러길 한참, 에듀발이 고개를 끄덕이며 다시 슈로더 앞에 섰다. 문서를 손에 든 그가 막 입을 열려던 찰나였다.

"단장님!"

다급히 뛰어온 기사 하나가 라드 슈로더에게 다가와 은밀히 말을 전했다. 기사의 말을 들은 슈로더의 무표정한 얼굴이 굳어 갈 즈음, 자리를 떠났던 존 피아프가 사람들 사이를 헤치고 나타나 빠르

게 그들 곁으로 다가왔다. 표정에 숨길 수 없는 안도와 기쁨이 드
러나 있었다.

"제도 내에 난리가 났다 해요! 제도의 평민들이 들고 일어났다고
요! 그들 역시 우리 편이랍니다!"

상황은 돌변했다. 협상은 결렬되었다. 제도 내부의 혼란은 또 다
른 변수가 되었다. 다수의 농민들이 보상에 대한 확실성 없는 약속
보다는 당장의 실질적이고 만족스러운 대책을 원하기 시작했다.

"저것 보십시오! 처음부터 우리에게 보상 따위 해 줄 생각이 없
었던 겁니다! 뭐하고 있습니까? 이대로 등신들처럼 당하고만 있을
작정이에요?"

존 피아프가 사람들을 충동질했다. 줏대 없는 사람 몇을 이미 구
슬려 놓은 듯 여럿이 그에게 동조하였다. 그들이 내뱉는 격한 표현
들로 분위기는 과열되어 갔고 상황은 점차 걷잡을 수 없이 흘렀다.
에듀발이 그들에게 이성적인 판단을 요구했지만 다수 앞에 무력한
외침일 뿐이었다.

슈로더는 자리를 파하고 다시 자신의 막사로 되돌아와 제도 내
부의 혼란에 대해 자세한 보고를 들었다. 몬트라피 값의 상승이 가
장 큰 발단이었지만 황제 대관식 날 보였던 검은 연기가 평민들 사
이에서 몹시 불길한 징조로 받아들여지면서 아이작 황제의 등극을

상서롭지 못한 일로 여기는 분위기가 팽배했다 하였다.

봉기한 농민들이 제도에 도달하여 기사단과 대치하고 있단 소식이 평민들 사이에 불을 지핀 가운데 사건이 터졌다.

시장의 몬트라피 거래가 중단된 것이다.

"급히 황실 창고를 열었으나 상황이 나아지지 않았습니다. 이미 황실의 몬트라피를 지속적으로 시장에 공급하고 있었던 탓에 보유량이 부족했던 데다가 유통이 원활하지 않아……."

"시장 상인들이 오귀스트 측과 결탁하였나?"

"유력 집단을 중심으로 한 의심스러운 움직임이 있었습니다. 그들이 주축이 된 것 같습니다."

몬트라피 값의 폭등에 더한 시장의 거래 중단은 평민들의 분노를 부채질했다. 그들 사이에서 봉기한 농민들에게 동조해야 한다는 다분히 수상쩍은 여론이 퍼졌고 이는 곧 현실이 됐다.

슈로더는 곧 병력을 나눠 제도 내 소란이 벌어진 주요 장소로 그들을 파견하였다. 상황이 좋지 않았다. 병력이 표시된 지도를 내려다보던 슈로더의 눈빛이 침잠했다.

같은 시간.

제도 한쪽에서는 보뤼암스와 전혀 다른 분위기 속에서 껄껄대는 사람들의 웃음소리가 터져 나오고 있었다. 방 안에 모인 사람들 간에는 화기애애한 분위기가 감돌았다. 다만 그들 바깥으로 빼곡하게 주변을 경계하고 있는 사병들 사이에서는 그와 유리된 긴장감이 감돌고 있었지만 그들의 긴장감이 방 안의 사람들 사이에 퍼진 만족감을 해치진 못했다.

"모든 게 각하의 뜻대로 흘러가고 있습니다. 괴테스만 상인회가 시기적절하게 우리 쪽으로 협력해 주었습니다. 황궁에서도 더는 손쓸 방법이 없을 겁니다."

뷰얼 자작이 웃음기가 걷히지 않은 음성으로 앵그르 공에게 말했다.

"그대의 공이 크네. 남은 일 역시 애써 주길 바라겠네."

"여부가 있겠습니까."

자작의 말에 흡족하게 고개를 끄덕인 오귀스트가 그의 기사에게 시선을 돌렸다.

"버레이 경, 그 버섯에 대해선 알아보았는가?"

"어렵게 알아냈습니다. 저명한 학자 몇을 찾아간 후에야 버섯의 이름을 들을 수 있었습니다. 호박달버섯이란 이름의 희귀종이라고 하더군요. 대륙 북동부 지역에서만 자생하는 버섯인데 이곳에서 발견되었다는 것에 놀라는 눈치였습니다."

기사가 품에서 손수건에 고이 싸인 버섯을 꺼내 놓았다. 감싸인 손수건을 걷는 버레이 경의 손이 우둘투둘한 붉은 반점으로 가득했다. 버섯을 만진 피부가 발진을 일으킨 것이다.

"다시 봐도 신기하군요."

여전히 광채를 잃지 않은 버섯은 희미하게 황금빛을 내뿜고 있었다. 그 빛을 본 뷰얼 자작이 감탄하였다.

"북동부의 버섯이 갑작스럽게 감옥 안에 생겨났다……."

오귀스트가 혼잣말처럼 읊조렸다.

"분명 이전에는 없었던 게 확실한가?"

"감옥을 지키던 자들 여럿에게 확인한 사실입니다. 이만큼 눈에 띄게 발광하는 버섯을 못 알아챌 리 없었을 겁니다."

"웬디 왈츠라 하였지? 그곳에 감금됐던 게."

"네."

"……지난번 그 여인에 대해 내게 올렸던 서류를 다시 가져와 보겠나?"

골똘히 무언가를 생각하던 오귀스트가 버레이 경에게 명했다.

잠시 후, 버레이 경이 얇은 서류 하나를 가지고 나타났다. 그것을 받아 든 앵그르 공작은 서류를 세세히 읽고 또 읽었다. 분량이 얼마 되지 않아 읽는 데는 오랜 시간이 걸리지 않았다.

"황태자궁이 무너지던 당시에도 황태자 무리와 함께 있었다고?"

"맞습니다. 무너진 이후 지원군이 몰려갔을 때 그 여인을 보았다는 제보가 있었습니다."

"슈로더 경이 그곳까지 그 여인을 끌고 갔단 소린가? 대체 무엇하러……?"

오귀스트가 이해할 수 없다는 것처럼 미간을 좁혔다. 서류의 내용을 다시 보니 미심쩍은 부분이 여럿 있었다. 부르고뉴 사냥 대회에서 우승한 장 자크 시뮤안이 웬디 왈츠로부터 받았던 독화살을 이용해 곰을 쓰러뜨렸다고 증언했다는 기록 역시 그랬다. 다수의 귀족들이 있던 자리에서 황태자의 하문에 따라 장 자크 시뮤안 본인이 답한 내용이라고 하니 그 기록 자체는 믿을 만했다. 그러나 곰을 한 번에 쓰러뜨릴 정도의 독화살을 여인이 가지고 있었다는 것은 어느 누가 보아도 괴이한 일이었다.

"정보가 너무 한정적이군. 더 자세한 자료는 없는가?"

"송구합니다. 슈로더 경이 여인과 관련된 정보를 차단하여 알아내는 것이 요원했습니다. 여인에 대한 소문은 무성하나 그 역시 슈로더 경 쪽에서 일부러 뿌린 거짓 정보인 게 태반이었습니다."

"그 둘이 라자뷔데 박물관의 바하즈만 탈취 소동 때 처음 만남을 가진 건 사실인가?"

"그 정보는 사실로 확인됐습니다."

버레이 경의 대답에 오귀스트가 침음을 삼켰다.

"라자뷔데 사건부터 부르고뉴의 실종 사건, 또 황태자궁의 폭발 사건 까지……. 보통의 평민 여인이 겪었다고 보기엔 과한 일들 투성이군."

오귀스트가 탁자 위에 놓인 포도주잔을 둥글게 흔들어 코끝에 댔다. 생각에 잠긴 것처럼 그의 눈매가 깊고 고요했다.

"황태자궁의 폭발 사건에서 마지막까지 살아남았던 기사 하나를 포섭하게. 어떤 수단을 쓰든 그자를 내게 데려와. 내 꼭 묻고 싶은 것이 있으니."

공작이 버레이 경과 뷰얼 자작에게 말했다. 이에 뷰얼 자작이 의아한 것처럼 물었다.

"그 여인에게 관심을 두시는 연유를 여쭈어도 되겠습니까?"

"의문을 남긴 채 거사를 벌일 순 없네. 그 의문이 위협이 될지 알 수 없는 법. 거사 전 그 어떤 위협 요소도 남겨 둬선 안 될 것이야."

그의 음성이 낮고 은밀했다.

※※※

"지루하십니까?"

황궁 내 배치된 처소에 내내 틀어박혀 있던 웬디가 멍하니 하품을 한 번 하자 파스칼이 조금 웃으며 물었다. 웬디는 머쓱하니 고개를 저었다.

"산책이라도 하시겠습니까? 황궁에는 웬디 양께서 아직 걸음하지 않으신 아름다운 정원이 많습니다."

파스칼의 제안에 웬디가 반색을 하며 벌떡 일어났다.

"시녀에게 카플린을 가져오라 명하겠습니다. 햇살이 따갑습니다."

"아, 아니에요. ……그러실 것 없어요."

당장이라도 방을 나설 것처럼 굴던 그녀가 어느 순간 시무룩해진 얼굴로 다시 제자리에 가 앉았다. 그녀의 얼굴에는 웃음이 걷혀 있었다.

"……무슨 문제가 있습니까?"

파스칼이 짙은 눈썹을 추켜올리며 물었다.

"……황궁 밖 여기저기가 요란한데 저 혼자 한가로이 정원 산책을 하려니 마음이 무겁군요."

웬디가 드레스 소매를 괜히 잡아당기며 말했다. 위험 한가운데 있는 라드 슈로더를 떠올린 것이었다. 그제야 파스칼이 부상당했던 자신의 팔로 뒷머리를 긁적이며 다른 제안을 했다. 팔은 여전히 붕대에 감겨 있었지만 운신하는 데 어려움은 없어 보였다.

"그럼 책이라도 좀 읽으시겠습니까? 제가 황궁 도서관에서 책을 몇 권 빌려다 드리겠습니다. 기다리십시오, 책 읽는 것에까지 죄책감을 느끼실 필요는 없을 테니까요."

정원 산책 역시도 죄책감을 느낄 필요가 없었지만 그는 굳이 그런 이야길 꺼내지 않은 채 한 번 미소를 보이고 방을 나섰다. 웬디는 깊은 한숨을 내쉬고는 테이블 위에 턱을 괴었다. 전날 제도 내 평민들이 일으킨 소란에 대해 전해들은 그녀는 라드가 겪고 있을 곤란과 어려움을 헤아리지 않을 수 없었다. 그의 안위가 무엇보다 우선이었지만, 이 일로 얼마나 많은 사람들이 다치고 또 목숨을 잃게 될지 그 또한 몹시 걱정스러웠다.

탁.

문이 열리는 소리에 웬디가 고개를 돌렸다. 낯익은 시녀 하나가 차를 내오고 있었다. 그녀의 등장에 방 안 가득 향긋한 홍차향이 퍼졌다. 턱을 괴고 있던 손을 내리고 반듯하게 자세를 고쳐 앉은 웬디 앞으로 시녀가 찻잔을 내려놓았다. 고맙다는 짧은 인사를 건네고 웬디가 찻잔을 막 들어 올렸을 때였다.

찻잔 받침 위에 곱게 접힌 하얀 종이가 눈에 띄었다. 시녀를 바라보았으나 그녀는 테이블 한쪽에 놓인 물병을 가는 데 주의를 기울이고 있을 뿐, 웬디에게 시선을 두고 있지 않았다. 고개를 갸웃한 웬디가 그 종이를 들어 펴 보았다.

고작 짧은 문장 몇 줄이 쓰여 있었지만 그 문장이 만들어 낸 충격적인 의미에 웬디의 손이 바르르 떨렸다. 종이를 꼬깃하게 구긴 웬디가 시녀를 향해 다시 시선을 돌렸을 때는 그녀 역시 웬디를 바라보고 있었다.

"누가 보낸…… 거죠?"

"말씀드릴 수 없습니다."

시녀는 작은 떨림도 없이 무덤덤한 낯을 했다. 웬디가 조심스럽게 자리에서 일어났다.

"······날더러 무얼 어떻게 하란 건가요?"

"제가 안내하는 대로 따라오십시오."

시녀의 얼굴 위로 웬디의 날카로운 시선이 꽂혔다. 잠시 침묵이 흘렀다. 웬디는 시녀를 제압하여 그녀를 협박해 볼까 하는 갈등에 빠졌다. 자신이 배운 호신술이라면 저 여인의 가느다란 팔다리를 쉽게 제압할 수 있을 것 같았다. 그러나 웬디는 차마 함부로 움직이지 못하였다. 까딕하여 일이 잘못된다면 그 피장이 어떻게 번질지 상상하고 싶지 않았다.

"내가 가지 않겠다고 한다면?"

"그 편지의 주인은 목숨을 부지하지 못할 겁니다. 아가씨께서 제 시간에 나타나지 않아도 마찬가지 결과가 나타나겠죠."

시녀가 미래를 예견하는 것처럼 말하며 품에 있던 손수건을 웬디에게 내밀었다. 웬디가 경계하며 그것을 받지 않자 시녀는 스스로 웬디 앞에 손수건을 펴 보였다. 가느다란 연갈색 머리칼이 그 안에 있었다. 웬디는 그것을 보자마자 뒷목에 소름이 와싹 끼쳐 오는 걸 느꼈다.

"아가씨의 선택에 따라 다음번에 잘려 나가는 건 이 머리칼이 아닌 다른 게 될 수도 있겠죠."

웬디의 시선이 문 쪽을 향했다. 도웨인 경은 되돌아올 기미를 보이지 않았다. 그가 올 때까지 시간을 끌어 볼까 하는 생각이 스쳤다.

"지금 당장 절 따라 나서지 않으신다면 밖에서 기다리고 있던 저희 쪽 사람들은 아마 일이 틀어졌다고 생각할 겁니다. 그럼 바로 연락이 닿겠죠. ······허튼 생각은 하지 않는 게 좋아요. 징검다리처럼 사람들이 가는 길 중간중간 대기하고 있으니 한두 명을 붙잡는

다고 해도 문제가 해결되진 않을 거예요. 일이 잘못되었을 경우를 우리 역시 대비하지 않을 수 없으니 말이에요."

시녀가 말했다. 웬디는 자신도 모르게 이를 사리물며 손에 쥔 종이를 더욱 꽉 구겼다. 선택의 여지가 없었다.

"좋아요. 앞장서세요."

웬디의 말에 시녀가 몸을 돌렸다. 시녀는 앞장서 걸으면서도 웬디가 혹여 다른 사람들에게 증거를 남기거나 허튼짓을 하지 않는지 주의를 기울였다. 그녀는 웬디를 일꾼들이 드나드는 전용 복도로 이끌었다.

밖으로 나가니 작은 짐마차 한 대가 미리 준비되어 있었다. 웬디는 시녀의 턱짓에 따라 짐마차 안에 탔다. 웬디가 마차에 오르자마자 문이 탁 하고 닫히며 그 안이 단숨에 어두워졌다. 시녀는 마차에 함께 타지 않고 그대로 남았다.

둥근 오크통 옆에 쭈그려 앉은 웬디는 마차의 나무판자 사이로 새어 들어오는 희미한 빛에 의지하여 손에 쥐고 있던 종이를 다시 펴 보았다. 삐뚤빼뚤 조악한 글씨가 눈에 들어왔다. 알아보기 힘든 그 글씨를 용케도 한 자 한 자 읽어 내려가던 그녀가 곧 헛웃음을 머금었다.

누나 미안. 누나한테 편지를 쓰지 아느면 날 가만두지 않겠대. 험상구즌 아저씨가 내게 검을 겨뤘어. 분위기가 아주 나빠. 누나, 파란 수국은 이제 사러 가지 말고 몸조심해.

벤포크.

"맞춤법 교육을 다시 받아야겠구나."

그녀가 씁쓰레한 음성으로 말했다. 어리숙한 소년의 얼굴이 머릿속에 스쳐 마음을 불안케 했다. 마차가 움직이기 시작했지만 웬디의 눈길은 여전히 종이 위에 머물러 있었다. 유난히 눈에 띄는 문장 하나가 그녀의 시선을 붙박인 듯 만들었다.

"파란 수국을 사러 가지 말라니……."

이진 날, 라드 슈로더가 두 사람 앞에서 해 주었던 이야기가 필연적으로 떠올랐다.

초대 황제인 니콜라스의 하늘색 갑옷과 블루 행커치프 협정에 관한 이야기. 하늘색이 불길하다던 기사의 말에 소년이 격하게 긍정하며 제가 지닌 모든 하늘색 물건을 내버릴 것처럼 굴었던 것들 말이다.

소년은 웬디에게 위험을 경고하고 있었다. 불길한 일을 당할 게 분명한 그곳에 그녀가 오지 않길 바라고 있었다. 웬디 역시도 지금의 선택이 얼마나 위험한 일인지 잘 알고 있었다. 애초에 시녀를 따라 나서지도, 이 마차에 타지도 말았어야 했다. 그러나 어린 소년의 위험 앞에서 그녀는 자신만의 안위를 걱정하고 있을 수 없었다.

웬디는 손에 든 종이를 다시 갈무리하며 어떻게 하면 벤포크를 구해 내고 자신 또한 무사할 수 있을지 고민했다. 냉정해져야 했지만 마음속에선 불안과 함께 분노가 일었다. 이런 짓을 저지를 인물은 뻔했다. 오귀스트 앵그르 공작! 자신의 손아귀에서 달아났던 사냥감을 다시 잡기 위해 그는 어린 소년을 납치하는 비열한 수도 마다하지 않고 있었다. 이 모든 게 라드 슈로더를 협박하기 위한 수단인 걸까. 자신을 이용해 그의 손과 발을 묶으려는?

그렇다면 결코 그의 뜻대로 해 줄 수 없었다. 라드에게 짐이 되진 않을 거라고 웬디는 굳게 다짐했다.

웬디는 일단 무기를 하나 만들기로 하였다. 어떤 일이 벌어질지 모르는 불확실한 상황 속에서 상대에게 대항할 무기를 손에 쥐고 있는 것은 작지 않은 위안이 될 것이었다. 누군가에게 구명을 바라거나 운이 따르기만을 빌고 있을 수만은 없었다.

그녀는 속치마를 조금 찢어 그 위에 검지를 댔다. 그러자 잠시후, 속치마 위에 작은 싹이 트기 시작했다. 크기를 키운 그 식물은 곧 단면이 놀랍도록 날카로운 잎을 드러냈다. 웬디는 조심스럽게 그 잎을 떼어 냈다. 억새잎이었다. 탄력 있게 뻣뻣한 잎은 일반적인 억새에서 볼 수 없는 벼린 듯한 날카로움을 지니고 있었다. 치명적인 상처를 입힐 수는 없지만 상대를 충분히 놀래 줄 수는 있었다. 드레스 주름에 적당히 감출 정도의 길이에 아랫부분은 단면이 무뎌 손에 쥐기에도 어렵지 않았다.

"통과!"

황궁의 성문 앞에 잠시 멈췄던 마차가 다시 움직이기 시작했다. 병사들은 마차 안을 열어보는 수고를 무릅쓰지 않았다. 황궁 어디까지 오귀스트의 손이 닿아 있는 건지 기가 막힐 지경이었다.

성문을 나선 지금, 웬디는 이쯤에서 흔적을 남겨야겠다는 생각을 하였다. 그녀는 벤포크의 편지를 아주 조금씩 찢었다. 그리고 그 위에 검지를 꾹 눌렀다. 판자 사이 벌어진 틈 밖으로 그 종이를 밀어내자 짐마차 바깥으로 저항 없이 팔랑팔랑 떨어져 내렸다. 종이가 바닥에 닿음과 동시에 오돌토돌한 무언가가 그 위에 피어났다. 붉은 이끼였다. 그것은 소량이었지만 종이를 뚫고 바닥까지 뿌리를 내려 주변으로 퍼졌다. 주의를 기울이고 본다면 충분히 발견할 수 있을 만한 흔적이었다.

짐마차는 한참 동안을 달렸다. 덜컹거리는 마차 안에서 웬디는 오크통에 여러 번 어깨와 머리를 찧었지만 종이를 잘게 찢어 바깥으로 밀어내는 행동을 멈추지 않았다. 일정 거리마다 그것은 반복적으로 행해졌다. 오크통 안에 밴 럼주 향 때문에 속이 울렁거렸다. 웬디는 겨우겨우 신음을 삼켰다. 그 와중에도 그녀는 상황을 타개할 수 있는 방법을 생각했다. 여차하면 자신의 힘을 드러내서라도 벤포크를 구출해 달아나야겠다는 결심을 하였다. 머릿속에 수많은 식물 목록이 스쳐 지나갔다.

"워워!"

그때, 마차가 멈춰 섰다. 웬디는 재빠르게 간수하고 있던 억새잎을 힘주어 잡았다. 곧 문이 열리고 눈부신 빛이 쏟아져 들어왔다. 그녀가 부신 눈을 피해 고개를 돌렸다.

"윽!"

모든 일은 순식간에 일어났다. 병사들이 거칠게 그녀의 손을 잡아 비틀었다. 그들은 빛에 적응할 사이도 없이 그녀를 잡아끌었다. 그들의 강한 악력에 웬디는 손에 쥐고 있던 억새잎을 허무하게 놓쳤다. 마차 밖으로 끌려 나간 그녀는 곧 모질게 내팽개쳐졌다. 병사들은 쓰러져 있는 그녀의 손을 뒤로 젖혀 밧줄로 꽁꽁 묶었다. 두 손을 움직일 수 없었다.

"이게 대체! 웃!"

거친 손길에 의해 그녀는 다시 일으켜 세워졌다. 부신 눈을 가늘게 뜨며 고개를 드니 눈앞에 단정한 중년 남자가 보였다.

"다시 보는군. 이토록 반가울 줄 몰랐소."

오귀스트가 그린 듯한 미소로 그녀에게 인사를 건넸다. 그의 손에는 웬디가 떨군 억새잎이 들려 있었다. 그가 재미있다는 듯 그 잎을 들여다봤다.

웬디는 다급히 주위를 둘러봤다. 저 멀리 레이니 숲이 보였고 그녀 옆으로 버투왓 강이 흐르고 있었다. 낯선 장소에서 그를 마주친 것보다 그녀를 더욱 충격으로 내몬 것은 오귀스트 뒤에 도열해 있는 갑옷 차림의 귀족들과 수많은 기사들, 그리고 병사들의 모습이었다. 흡사 전쟁에 출정을 나가듯 그들은 완전 무장을 한 채 결연한 기세를 풍기고 있었다.

"벤포크는 어디 있나요?"

웬디가 마음을 다스리며 말했다. 그녀의 물음에 오귀스트가 뒤를 슬쩍 바라봤다. 곧 병사들이 소년을 이끌어 왔다. 소년의 얼굴이 멍투성이였다. 울음을 흘린 듯 눈이 시뻘겠다.

"누나! 내 편지 제대로 읽은 거 맞아? 경고했잖아! 여길 왜 와!"

울상을 한 소년이 그녈 향해 소리쳤다.

"암호 해독 못한 거야? 파란 수국 사러 가지 말랬잖아, 불길하니까 오지 말란 소린데! 으아, 환장하겠네!"

소년은 평소처럼 호기롭게 이야기하려고 했지만 목소리가 겁에 질려 떨리는 것을 감추진 못했다.

"벤포크, 조용히 입 다물고 있어라."

그녀가 싸늘하게 일갈하자 녀석이 울음을 참으며 입을 꾹 다물었다.

"제가 왔으니, 아이를 이만 풀어 주십시오."

웬디의 말에 오귀스트가 고개를 끄덕였다.

"그래, 나 역시 어린 소년의 목숨을 거두고 싶은 생각은 없소."

공작이 소년을 붙들고 있는 병사들을 보며 고개를 끄덕였다. 그러자 그들 중 하나가 벤포크의 뒷목을 사정없이 내리쳤다. 곧 아이의 몸이 축 늘어졌다. 풀밭에 쓰러진 벤포크를 병사들은 그대로 놓아두었다.

"무슨 짓이에요!"

웬디가 소리쳤다.

"놀라지 마시오. 잠시 잠을 재운 것뿐이니까. 아이가 바로 달아나 우리들의 만남을 알린다면 곤란하지 않겠소."

웬디가 그를 노려봤다. 분이 치밀어 올랐다. 어떻게 이 위기를 벗어나야 할지 막막했다. 묶인 두 손에 남모르게 힘을 줘 봤지만 아무리 힘을 줘 보아도 꼼짝을 할 수 없었다. 지금까지 맞닥뜨렸던 수많은 위기를 이 검지의 힘으로 벗어났다. 그러나 이번은 좀 달랐다. 최악의 상황, 이들 앞에서 검지의 힘을 써야 한대도 그게 쉬울 것 같지 않았다. 오른손의 검지에 닿는 것이라곤 함께 묶인 그녀의 왼손뿐이었다. 아연했다.

"하마터면…… 그대의 진면목을 못 알아볼 뻔했지 뭐요."

오귀스트가 태연하게 말했다. 웬디가 무슨 뜻이냐는 것처럼 그를 쏘아보자 그가 고개를 내저으며 말을 이었다.

"호박달버섯이라던가? 웬디, 당신이 감옥 벽에 키워 낸 그 버섯 말이오."

예상치 못한 그의 말에 웬디는 숨을 삼켰다. 당황의 빛을 드러내선 안 됐지만 호흡이 가다듬어지지 않았다. 저자가, 저자가 어찌 그 사실을 알고 있단 말인가! 그녀가 눈을 부릅떴다.

"황태자궁이 무너지던 날……."

그가 끝말을 길게 늘렸다. 강에서 불어온 바람이 그들 머리 위를 훑고 지나갔다. 웬디의 머리칼이 세차게 흩날렸다.

"그날의 일을 이미 모두 들었소. 아이언우드라, 기막힌 발상이오."

"대체 무슨-!"

"그대에게 구명을 입은 기사들. 그들의 입을 모두 막을 수 있으리라 여겼소? ……인간이란 존재는 어찌 이리 어리석은지, 모두가 똑같은 실수를 반복하는군. 순진하기 그지없어."

오귀스트가 측은하다는 듯 이야기했다. 웬디는 심장이 덜컹 내려앉는 걸 느꼈다. 그날, 자신에게 침묵을 맹세한 기사들 중 누군가가 오귀스트에게 모든 사실을 털어놓은 게 틀림없었다. 기사에 대한 원망이 먼저 들었지만 벤포크를 납치해 온 것처럼, 기사에게 이자들이 어떤 비열한 짓을 했을지 모른다는 생각 또한 들었다.

"그리 노여워하지 마시오. 그자는 이미 배신의 대가를 치렀으니."

"무슨 ……뜻이에요? 그에게…… 무슨 짓을 한 거예요?"

웬디가 놀라 물었다. 오귀스트가 우습다는 것처럼 그녀에게 답했다.

"지금 이 상황에 남을 걱정할 여유가 있단 말이오? ……그잔 다신 되돌아올 수 없는 강을 건넜소. 기사로서 그리 명예로운 죽음은 아니었지."

웬디가 어깨를 떨었다. 죽음을 이토록 쉽게 말하는 눈앞의 남자에게 두려움이 일었다. 오귀스트가 말한 그 기사는 웬디의 비밀을 공유한 죄로 죽음을 맞이했다. 대가를 받고 그녀의 비밀을 폭로하였든 협박에 못 이겨 말하였든 그건 더 이상 중요한 게 아니었다. 이미 그는 죽은 것이다.

"어떻게……."

웬디가 멍하니 중얼거렸다. 그녀는 자신이 무얼 어떻게 해야 하는지 알 수 없었다. 어떻게 사람의 목숨을 그리 쉽게 끊어놓을 수 있냐고 비난을 퍼부어야 할지, 죽은 기사가 한 말이 무엇이든 그건 사실이 아니라고 부인을 해야 할지 판단을 내릴 수 없었다. 내뱉는 숨은 더욱 거칠어졌다.

지금껏 무수한 일들을 겪었지만 누군가 자신으로 인해 죽음을 맞이한 것은 처음 있는 일이었다. 그녀는 자신의 가슴을 짓누르는 충격에서 쉽게 벗어날 수 없었다. 아니, 여러 번 그런 일을 겪었다 하더라도 웬디는 늘 충격에 빠졌을 것이고 괴로워했을 것이다.

그녀는 두려움을 느꼈다. 남들에게 없는 신비로운 힘을 지니고 있긴 했지만 그런 힘이 있다 하여 모든 일에 무덤덤해지는 능력까지 함께 겸비한 것은 아니었다.

"저런, 충격을 받은 모양이군. 쯧쯧, 너무 그자를 동정하지 마시오. 그대 역시 그를 따라 곧 그 강을 건너게 될 테니까."

오귀스트의 말에 웬디가 고개를 바짝 들었다. 떨리는 눈으로 남자를 바라보았으나 결코 허언이 아니란 것을 알 수 있었다. 이자는, 자신을 죽이려 한다.

"내게 이러는…… 이유가 뭐예요?"

"위험을 안고 가기엔 내 앞에 놓인 일들이 너무 중대하군."

오귀스트 앵그르 공작이 그녀 곁에 가까이 다가와서는 목소리를 낮춰 말했다.

"그댄, 내게 위협이 돼. 그대의 힘을 나의 사람들이 알아 좋을 것이 없겠지. 어떤 돌발 상황도 난 허용하고 싶은 생각이 없다오. 그

힘의 기원이 무엇인지 무척 궁금하긴 하네만."

"……."

"그대가 처음부터 내 사람이었다면 좋았겠으나, 이미 되돌릴 수 없는 일. 아쉽지만 하는 수 없지."

예의 바른 몸짓으로 웬디에게 까닥 고개를 기울여 보인 남자가 곧 그녀에게서 뒤돌았다. 이를 신호로 검을 든 기사 한 명이 그녀를 향해 걸음을 옮겨왔다. 오귀스트의 호위 기사인 버레이 경이었다. 웬디의 풀빛 눈동자가 공포에 젖었다.

웬디는 본능처럼 버투왓 강을 향해 뒷걸음질 쳤다. 그러나 기사의 접근을 막을 수 있는 길은 없어 보였다. 버레이 경이 검을 빼들었다.

스릉-.

머리털이 바짝 섰다. 소름끼치는 그 소리가 생의 마지막이 되게 할 수는 없었다. 무릎이 바들바들 떨리는 걸 겨우 다잡은 웬디가 자신의 팔목을 죄고 있는 밧줄을 풀기 위해 있는 힘껏 애를 썼다.

"잠시, 잠시 기다리십시오!"

바로 그때였다. 앵그르 공작 뒤로 서 있던 사람들 중에서 익숙한 음성이 들려왔다. 그들 틈에서 한 남자가 곧 앞으로 나섰다.

얇은 은빛 갑옷을 걸치고 있는 남자의 얼굴을 확인한 웬디의 표정이 믿을 수 없다는 듯 하얗게 질렸다.

"……하즐렛 백작, 무슨 일인가?"

앵그르 공작이 하즐렛 백작에게 떨떠름한 얼굴로 물었다.

백작이 땀이 흥건한 이마를 쓸며 웬디가 서 있는 쪽을 흘깃 보았다. 석상처럼 굳어 있는 웬디의 모습이 그의 눈 위에 비쳤다.

"고, 공작 각하, 저 여인이 무슨 죄를 지었는지 모르나…… 처분을 잠시 미루시는 게 어떻습니까?"

그가 어색하게 웃으며 오귀스트의 눈치를 살폈다.

웬디는 이를 악물었다. 하즐렛 백작이 이곳에 있다는 것도 예상치 못했던 일이었지만 그가 자신을 위해 한순간이라도 나섰다는 것 또한 전혀 예상하지 못했던 일이었다. 상상할 수조차 없는 일이 아닌가. 그가 자신을 위해 무언가를 한다는 것은. 두려움에 발작적으로 뛰던 심장이 이제는 혼란에 바짝 절여져 아플 만큼 쿵쿵 울렸다.

"지체할 수 없는 일이오. 백작께선 물러나 계시길 바라겠소."

오귀스트가 온화한 태도로 고개를 살짝 기울이며 말했다. 그러나 그의 눈길 역시 진정 온화했던 것은 아니었다. 자신을 방해한 백작을 굽어보는 그 눈길에는 차가운 가시가 있었다. 백작 역시 그것을 모를 리 없었다. 그는 입이 마르는지 손등으로 입가를 훔치며 더듬거렸다.

"저 여인과 개인적으로 해결할 일이 있습니다. 자, 자비를 베풀어 주실 수 없겠습니까?"

"프란시스 영애의 일 때문이오? 그 일은 내 약조하지 않았소. 염려하지 마시오. 더 이상의 개입은 불가하니, 물러나 계시오."

공이 백작에게서 고개를 돌렸다. 웃고 있던 그 입매가 고개를 돌림과 동시에 싸늘하게 식는 광경을 웬디는 똑똑히 목도하였다.

백작은 더 이상 말을 걸지도 쉽게 뒤로 물러서지도 못하며 어찌할 바를 몰라 했다. 기사들 몇몇이 백작에게 다가와 물러나라 손짓을 하였다. 밀리 웬디의 얼굴을 한 번 본 그가 안절부절못하며 뒷걸음으로 피했다.

웬디는 억지로 그에게서 시선을 떼어 냈다. 더는 백작에게 기대할 수 없다는 것을 알았다. 그런 그녀에게 가벼운 시선을 던진 오귀스트가 귀족들을 돌아보며 큰 소리로 말했다.

"이 여인이 누구인지 모두 궁금하실 줄 아오."

그가 침묵하고 있는 좌중을 휘둘러본 후 다시 입을 열었다. 입가에 미소가 맺혀 있었다.

"웬디 왈츠, 라드 슈로더의 연인이라오."

그의 말에 귀족들의 시선이 한꺼번에 웬디를 향했다. 그녀를 뜯어보는 시선이 노골적이었다.

"한동안 사교계에 유명세를 떨쳤으나 누구도 이 여인이 어느 가문의 사람인지 알지 못한다 들었소. 이 중, 이 여인의 신분을 아는 분이 계시오?"

그가 잠시 사이를 두고 이야기했다. 하즐렛 백작이 불안한 듯 두 눈을 연신 깜박였다.

"……평민. 평민이라오. 슈로더 경이 아이작 황제의 편에 서서 황제의 법안을 지지한 이유를 이제 아시겠소?"

오귀스트의 말에 귀족들이 웅성거리기 시작했다. 그들 모두 그릇된 귀족 의식에 젖어 있는 자들이었다.

"농민들이 제도에 발을 들여 감히 그들의 목소리를 높이는 이때, 황제는 무얼 하고 있소? 수세기를 이어 온 문벌을 무시하고 앞으로 제국의 근간을 흔들게 될 그의 정책을 법제화하는 데 혈안이 되어 있을 뿐이오! 이 여인은 황제의 정책의 상징이 될 것이오. 이 여인에 대한 처단은 우리의 위대한 발걸음을 위한 시작일 뿐이오. 이어질 싸움을 모두 상기하시오!"

공작의 말은 그곳에 선 사람들에게 깊은 감화를 준 것 같았다. 웬디의 눈에는 적어도 그렇게 보였다. 이를 악문 그녀가 오귀스트를 죽일 듯 쏘아보았다. 두려움에 앞서 남자의 비열함에 증오가 일었다. 그녀를 저들 앞에서 처형함으로써 그는 자신들의 행위의 정당성을 다시 한 번 공고히 하려 하고 있었다. 거사에 앞선 이벤트로 웬디는 그에게 훌륭한 도구였다.

공작이 버레이 경을 보고 한 손을 들어 신호를 보내자, 그가 웬디를 향해 눈길을 돌렸다. 버레이 경과 눈이 마주치기 무섭게 웬디는 빠르게 달음박질치기 시작했다. 저들이 원하는 자신의 종말을 실현시켜 주고 싶은 생각은 전혀 없었다. 강물이 지척이었다.

버레이 경은 마치 토끼를 쫓는 맹수처럼 그녀에게 관대함을 보였다. 같잖다는 듯 웬디의 달음박질을 지켜보던 그가 슬슬 속도를 내 그녀를 쫓았다. 그는 단숨에 그녀를 따라잡았다. 검을 그저 휘두르기만 한다면 웬디의 숨을 끊을 수 있을 것 같았다. 그리고 그는 그렇게 했다.

촤아아아악-!

"아악!"

웬디에게서 단말마와 같은 비명이 터져 나왔다. 그의 검이 그녀의 등을 길게 그어 내렸다. 마지막, 손을 묶은 밧줄이 칼끝에 걸려 투둑 소리를 내며 끊겼다. 핏물이 산개했다. 드레스가 붉게 물듦과 동시에 그녀의 몸이 강물로 처박혔다.

풍덩!

강물에 붉은 핏물이 가득 번졌다. 뿌연 물 아래로 가라앉았던 그녀의 몸이 곧 떠올라 길게 상처 난 등을 위로 드러낸 채 천천히 물에 떠내려갔다. 그녀가 떠내려가는 대로 붉은 핏물이 주변을 감쌌다. 죽음 외에 다른 길은 없었다.

그 모습을 잠시 지켜보던 버레이 경이 곧 뒤돌아 걸음을 옮겼다. 그가 자신의 검에 묻은 붉은 핏물을 예사롭게 털어냈다. 검을 터는 그 동작에 핏물이 방울로 변해 흩뿌려졌다. 버투왓 강의 푸른 강변이 점점이 붉게 물들었다.

"처리했는가?"

"네."

공작에게 고개를 조아리며 버레이 경이 답했다. 곧 도열한 병사들에게 출발 신호가 내려졌다. 말 위에 올라탄 앵그르 공작이 말을 출발시키며 자신의 뒤를 따르는 하즐렛 백작을 건너다보았다. 그의 볼이 유난히 해쓱했다. 핏기 없는 얼굴 위로 공작의 의심스러운 시선이 꽂혔다.

소란했던 강변은 곧 잠잠히 고요에 휩싸였다. 병사들이 떠나간 자리에는 먼지만이 남았다. 흐르는 강물, 그 위에 번진 핏자국 또한 금세 지워졌다. 강물에 찬찬히 떠내려가는 웬디의 모습만이 좀 전의 잔인했던 살상을 증명하고 있었다. 깊은 허무를 자아내는 풍경이었다.

바로 그때.

강물에 변화가 일어나기 시작했다. 동시다발적으로 짙은 초록빛의 덩어리가 물 위에 떠오르기 시작했다. 마치 공기방울이 강물의 표면에서 터져 나가듯 초록빛 덩어리 옆으로 잎이 펑펑 터져 나왔다. 그것은 대번에 커다랗게 자라났다. 공 모양으로 부풀어 있는 초록빛 덩어리와 그 잎은 너비가 족히 수 미터는 됐다. 그런 둥근 덩어리들이 강을 건너지를 만큼 빼곡하게 물 위에 떠 있었다. 그리고 그것들 중 하나 위에 웬디의 몸이 늘어져 있었다.

"콜록콜록!"

힘없이 처져 있던 그녀의 어깨가 흔들렸다. 공 모양의 잎자루에 걸려 있던 팔이 꿈틀 움직였다. 바들바들 떨리던 웬디의 오른손은 가까스로 잎 위에 안착했다. 검지가 닿은 것이다. 그것은 생의 의지였다.

투두두두둑ㅡ.

작은 진동을 조짐으로 하여 생명이 탄생하였다. 웬디가 몸을 의지하고 있던 잎 위에 새로운 식물이 자라나기 시작한 것이었다. 굳건히 뿌리를 내리고 가지와 잎을 키워 낸 식물은 얼마 안 있어 발간 열매를 맺었다. 바하즈만이었다. 식물은 마치 웬디를 향해 자신의 열매를 내밀듯이 그녀의 손 근처로 가지를 기울이고 있었다. 웬디는 가까스로 손을 뻗어 그 열매를 따 냈다. 고개를 든 그녀의 얼굴이 더할 나위 없이 창백했다.

"으으……."

바하즈만 열매를 입안에 힘겹게 넣은 그녀가 신음을 삼켰다. 정신이 조금 돌아오자 등 뒤에 길게 그어진 상처가 불에 대인 듯 그녀를 고통스럽게 만들었다. 이루 말할 수 없는 고통에 삼켜진 웬디의 육신이 다시금 잘게 떨렸다. 그러길 잠시, 곧 그 또한 잠잠해졌다.

웬디는 숨을 고르며 바하즈만 열매를 몇 개 더 입안에 넣었다. 아픔이 가라앉는 게 느껴졌다. 양 볼에 붉은 기가 미약하게나마 돌아왔다. 겨우 기운을 차린 그녀가 고개를 들어 주변을 돌아보았을 때는 초록 덩어리가 좀 전보다 더욱 빼곡하게 강물 위를 덮고 있었다. 어마어마한 양이었다. 어느덧 그 사이사이 꽃까지 피어 연보랏빛 꽃잎이 물 위에 너울대는 모습이 보였다.

부레처럼 물에 뜨는 잎자루와 반들반들한 잎, 그리고 연보라색 꽃까지. 초록색 식물은 분명히 물 위에서 흔히 볼 수 있는 부레옥잠이었다. 웬디의 무게를 감당할 수 있을 만큼 커진 둥근 공기주머니와 잎이 기이해 보이긴 했지만 말이다.

검상을 입고 물에 빠져 떠내려가던 그녀는 생의 갈림길에서 자신을 구원할 식물을 떠올렸다. 막힌 숨을 트여 줄 그런 식물을 말이다. 자신을 물 위로 밀어 올려 줄 식물의 모양이 머릿속 가득 떠올랐다. 둥근 공기주머니가 건장한 성인 남성보다 크고 강건한 부레옥잠의 모습이었다. 무언가를 잡아 검지를 대고 있을 여력 따위는 없었다. 강물이 끝도 없이 그녀의 검지를 스쳐 지나가는 게 느껴졌다. 그동안 내내 그녀는 부레옥잠을 머릿속에 떠올렸다.

제발, 자라나 줘. 제발, 날 물 밖으로 밀어 올려 줘!

웬디는 비명처럼 소원했다.

그녀의 검지 아래 탄생한 그 식물은 웬디의 바람대로 강물에 떠내려가던 그녀를 물 위로 밀어 올렸다. 다만, 검지를 스쳤던 물줄기의 면적만큼, 또 그녀의 염원만큼 많은 수의 식물이 강물 위에 탄생한 것은 그녀도 예상치 못했던 일이었다.

웬디는 강물을 가득 덮은 부레옥잠의 모습을 놀란 얼굴로 바라보았다. 검지를 스친 그 물줄기들이 모두 비옥한 밭이 되어 그녀의 검지가 바란 대로 식물을 키워 냈다. 그녀는 그저 가만히 있었고 흐르는 강물이 검지를 지나쳐 갔을 뿐이었다. 그녀가 한 것이라곤 염원한 것뿐이었다.

웬디는 과거 부르고뉴 숲에서 라드 슈로더와 벼랑 아래로 떨어져 내렸던 일을 상기했다. 살기 위해 그녀는 끊임없이 벼랑 끝에 손가락을 댔고, 그것이 스친 가파른 낭떠러지 위에 등나무가 여럿 자라났던 것을 말이다. 마치 그녀가 떨어져 내린 궤적을 증명하는 것처럼 손이 닿았던 자리엔 어김없이 등나무가 자라나 있었다. 그녀는 떨어져 내리던 순간, 자신을 구명해 줄 등나무의 모습을 머릿속에 떠올리며 깊게 염원하였던 것뿐이었다.

그러나 그때는 이처럼 많은 양의 식물을 자라게 하지 못했다. 살고자 하는 의지가 덜했던 것은 아니었다. 머릿속에 똑같이 연속된 식물의 이미지를 떠올렸었다. 다만, 다른 점이라면 손가락을 스친 대상뿐이었다.

물과 흙.

"……."

웬디는 물이 그녀의 검지를 스치면 그 유속에 따라 감히 생각할 수 없는 많은 양의 식물을 자라게 할 수 있다는 것을 깨달았다. 지금껏 알지 못했던 사실이었다.

"콜록콜록! ……으윽."

그녀가 깊은 기침과 함께 고통스러운 신음을 내뱉었다. 죽을 것 같이 아팠지만 죽지 않으리라는 것을 알고 있었다. 그 고통은 곧 오귀스트 앵그르 공작에 대한 증오로 환원되었다.

"오귀스트…… 이 빌어먹을 놈! 네놈을 내…… 가만두나 보아라."

부레옥잠 위에 누운 웬디가 눈을 흡뜨며 음산하며 중얼거렸다.

둥둥둥-.

댕댕댕댕댕댕-.

종소리와 북소리가 도처에 울렸다. 오귀스트 앵그르 공작이 병사들을 규합하여 황궁을 공격했다는 소식이 전해졌다.

"4개 조의 병력만 남는다. 나머지 기사단 전부 황궁으로 되돌아간다."

라드 슈로더가 서릿발 같은 목소리로 명했다. 봉기한 농민들을 막기엔 턱없는 숫자였지만 그는 최소한의 병력만을 보뤼암스에 남겨 두었다. 황실에 반기를 든 가문에서 착출되었던 기사들은 이미 무장해제당해 가두어진 뒤였다. 가벼운 전투가 벌어졌지만 오래전부터 황실 기사들에게 주시의 대상이 된 그들이었기에 피해 없이 제압할 수 있었다.

황실 기사들이 이끄는 병력의 대규모 환군에 농민들은 오히려 얼떨떨한 기색을 내비쳤다. 사태가 어떻게 돌아가고 있는지 그들은 아직 알지 못했다.

이동은 빠르게 이루어졌다. 직전 선황의 죽음을 경험하였던 황실 기사들은 아이작 황제의 죽음을 감히 상상할 수 없었다. 황궁에 남은 병력이 잘 싸워 줄 것을 믿었지만 앵그르 공작이 규합한 가문의 병력이 예상을 웃돌았다. 그들의 빠른 지원만이 반란군과의 승패를 결정지을 것이다.

황실 기사단이 황궁에 도착하였을 때는 이미 성문 일부가 무너진 상황이었다. 오귀스트의 병사들이 황궁 곳곳에 침투하여 피 말리는 혈투가 벌어지고 있었다. 황궁 밖에 남아 있던 반란군에 대한 섬멸이 먼저 이루어졌다.

"이곳은 자네에게 맡기겠네!"

"걱정 마십시오!"

슈로더의 말에 장 자크가 호기롭게 외치며 검을 빼들었다.

장 자크 시뮤안에게 성문 바깥 전투의 지휘를 맡긴 슈로더는 기사단을 이끌어 재빠르게 궁 안으로 진입했다. 곳곳에서 난전이 벌어지고 있었다. 앞을 막는 반란군 무리를 하나씩 제거하며 그는 급히 킹즈브레이 궁으로 향했다. 그들을 막는 반란군의 기세가 상당했으나 황실 기사단의 검에 의해 하나둘 스러졌다.

슈로더는 나머지 기사들에게 반란군 소탕을 맡기고 정예를 이끌어 속력에 박차를 가했다. 가는 길마다 황궁을 지키던 황실 기사들과 반란군의 전투 흔적이 고스란히 남아 있었다. 죽은 동료의 모습을 발견하는 것은 고통스러운 일이었지만 그들은 속도를 늦출 수 없었다.

히이이이이잉!

킹즈브레이 궁 앞에 도달한 기사단은 일제히 말에서 뛰어내려 계단을 올랐다. 궁의 하얀 대리석 위에 붉은 핏자국이 난자하게 이어진 것이 보였다. 병장기들이 날카롭게 부딪치는 소리가 안쪽에서 들려오고 있었다. 기사단은 망설임 없이 그곳을 향해 질주했다.

황실 기사단과 반란군의 싸움이 어느 곳보다 치열하게 벌어지고 있는 현장의 모습이 보였다. 이미 많은 황제의 기사들이 죽음을 맞이하였다. 바닥에 쓰러진 시신이 즐비했다.

"폐하!"

기사단의 호위 속에서 검을 든 황제의 모습을 발견한 슈로더가 급히 그를 외쳐 부르자, 황제가 기사단장을 보고 안도의 숨을 뱉었다. 모든 기사가 목숨을 다해 황제를 지켜 낸 듯 그는 무사해 보였다.

"슈로더 단장님!"

제2기사단의 롯테어인 뱃지 에노스 경이 누구보다 반갑게 슈로더를 맞았다. 딱딱했던 그의 얼굴이 비로소 풀렸다. 지원군의 도착에 분위기가 반전되기 시작했다.

잠시 멈추었던 싸움이 재개되었다. 적을 베어 넘긴 슈로더가 멀리 검을 쓰는 뱃지의 모습을 건너보았다. 제2기사단의 롯테어인 그의 검은 날카롭고 흠잡을 데가 없었다. 그런 그가 이토록 고전하여 많은 동료를 잃었다. 그것은 반란군이 수적 우위를 점한 것도 있었으나 상대의 무위가 그만큼 출중한 탓일 것이다.

챙!

슈로더가 돌진해 오는 적의 검을 쳐 냈다. 압도적인 힘에 휘청몸을 가누지 못한 그를 슈로더가 단숨에 찔러 쓰러뜨렸다. 이 정도의 무위에 황실 기사단이 고전했을 리가 없다.

곧 슈로더의 눈길이 로비 중앙에서 현란하게 검을 쓰는 무리들에게로 꽂혔다. 앵그르 가문의 기사들이었다.

그중 유난히 낯익은 자가 슈로더의 시선을 붙잡았다.

늘 오귀스트 곁에 붙어 그를 호위하던 기사, 버레이 경이었다. 그는 황태자궁이 무너지던 날, 웬디가 들었던 수상한 대화의 주인공이기도 했다.

슈로더는 그의 검이 흐르는 궤적을 눈여겨보며 중앙을 향해 접근해 갔다.

버레이 경의 검이 황실 기사의 어깨를 찌르러 히는 순간, 슈로너가 그의 검을 쳐 냈다. 슈로더의 등장에 버레이는 당황하지 않고 마치 각오했던 일이라는 것처럼 재빠르게 공격의 방향을 바꿨다. 그의 날카로운 눈매에 진득한 살기가 흘렀다.

쉬이이익!

버레이의 검이 슈로더의 귓바퀴를 아슬아슬하게 스치며 검은 머리칼 몇 올을 바닥에 떨구었다. 검이 일으킨 바람 소리가 천둥처럼 슈로더의 귓가에 울렸다. 바람에 섞인 살의가 신경을 곤두서게 했다. 슈로더에게서 표정 변화를 이끌어 낼 정도로 그의 무위는 뛰어났다.

라드 슈로더는 버레이와 잠시 거리를 벌리고 빈틈을 찾았다.

이 정도의 실력자가 그간 아무런 명성 없이 오귀스트의 곁에 붙어 있었다는 것이 놀라운 한편, 무인으로서의 그의 재능이 안타까웠다. 반역자의 이름 아래 그 재능 또한 스러지리라. 그러나 그가 스스로 만들어 낸 굴레에 동정심을 품을 필요는 없었다. 슈로더가 기습적으로 검을 그어 내렸다.

둘의 검이 계속적으로 맞붙었다. 날카로운 쇠붙이 소리가 주변을 모두 침식시킬 것처럼 무섭게 울려 댔다. 그와 여러 합 검을 주고받으며 슈로더는 버레이의 나쁜 버릇을 알아챘다. 상대의 기세가 느슨해지는 것에 따라 그 자신도 느슨해지는 버릇으로, 뛰어난 자들이 간혹 보이는 만용이었다. 그러나 슈로더는 버레이가 방심할 만큼의 애송이가 아니었다. 큰 일격 없이 마주치던 검에 변화가 생긴 것은 바로 그때였다.

유려하게 흐른 슈로더의 검이 곧바로 꺾여 상승했다. 버레이가 다급히 막았지만 힘에 밀렸다. 곧 슈로더의 검날이 그의 턱을 스쳐 지나갔다. 붉은 핏방울이 후드득 버레이의 가슴을 적셨다. 라드 슈로더는 여세를 몰아 그를 쉴 새 없이 공격했다. 마침내 슈로더의 은빛 검날이 버레이의 옆구리를 베었다. 그의 가죽 갑옷을 찢고 들어간 검날이 기어코 피를 냈다. 깊은 상처였다.

"으으윽!"

버레이가 뒷걸음질 치며 슈로더에게서 물러섰다. 상대를 찢어 죽일 것 같이 독살스러운 눈으로 슈로더를 노려본 그가 분기 띤 목소리로 뇌까렸다.

"이 상처는 내 경의 개인적 복수라 여기고 달게 받겠소. 마음을 짓누르는 죄책감을 여기서 이만 떨쳐 내도 되겠군."

"……무슨 뜻이지?"

버레이가 지껄이는 소리가 자신의 동요를 끌어내려는 것이란 걸 알았지만 슈로더는 무시하고 그냥 지나칠 수가 없었다. 어떤 불길한 예감이 그의 뒷목을 스쳐 지나갔다. 귓바퀴를 스치던 그 바람 소리보다 더욱 신경을 곤두서게 만드는 예감이었다.

"아직 소식을 듣지 못했소?"

버레이가 눈살을 찌푸렸다. 황실 기사단의 정보력을 헐뜯는 말을 남자가 혼잣말처럼 중얼거렸다. 그런 소리를 들어주고 있을 필요는 없었다. 슈로더는 곧장 그를 향해 검을 찔러 넣었다. 버레이가 화급히 검을 들어 공격을 막았다. 서로의 검날을 밀어내며 두 사람이 가까이 맞붙었다.

"……여인의 목숨을 거두는 건 나도 그리 달가운 일이 아니라서. 영 마음이 찝찝했는…… 데!"

그가 힘껏 슈로더의 검을 밀며 말했다.

"……무슨 뜻이냐 물었다."

뒤로 물러난 슈로더가 굳은 얼굴로 물었다. 버레이가 빙글거리는 웃음을 지으며 기꺼이 답해 주었다.

"웬디 왈츠. 경의 여인이라 하던데."

챙!

슈로더의 검이 다시 그의 복부를 노리고 날카롭게 찔러 들어갔다. 가까스로 검을 쳐 낸 버레이가 황급히 뒤로 주춤 한 보 물러섰다. 황실 기사의 잿빛 눈동자가 하얗게 얼어붙어 있는 것을 그는 놓치지 않았다. 슈로더의 동요를 이끌어 낸 버레이가 단숨에 접근하여 검을 휘둘렀다. 그러나 슈로더는 가볍게 그의 검을 흘려보냈다. 라드 슈로더의 기운이 좀 전과 비교할 수 없을 만큼 뻗쳐 있다는 것을 버레이는 뒤늦게야 알아챘다. 송곳으로 온몸을 찌르는 듯한 시린 기운이었다. 그것이 그의 가장 큰 패인이었다.

"무슨 뜻이냐 물었다."

챙!

"온당한."

챙!

"답을."

챙!

"하라."

푹, 하는 소리와 함께 슈로더의 검이 그의 옆구리를 찔렀다. 조금 전 상처를 입었던 곳이었다. 버레이의 입가로 붉은 선혈이 흘렀다.

"케, 켁……! 여인의 시체를 찾고 싶다면 버투왓 강으로 가 보시오. ……운이 좋다면 아직 바다까지 흘러가지 않았겠지."

푸욱!

슈로더가 더욱 깊게 검을 찔러 넣자 남자가 비명을 질렀다.

"으으윽……! 시체가 온전하길 기대하진 마시오. 등 뒤로 흉측한 검상이…… 나 있을 테니까."

남자는 일부러 슈로더를 도발하였다. 슈로더의 눈동자가 흔들렸다. 그 틈을 타 품에서 단검을 꺼내든 버레이가 황실 기사의 손목을 향해 그것을 찔러 넣었다. 손을 비틀어 남자의 공격을 피했지만 단검은 슈로더의 팔뚝을 길게 베었다. 그러나 슈로더는 이에 아랑곳없이 거친 동작으로 남자의 옆구리에 박혀 있던 자신의 검을 빼냈다. 피가 쏟아져 나옴과 동시에 남자가 고통스럽게 상체를 기울였다.

퍽!

슈로더가 그의 무릎을 차 중심을 흐트러뜨렸다. 남자의 한쪽 무릎이 바닥에 닿기가 무섭게 슈로더의 검이 그의 어깨 위로 찔러 들어갔다. 슈로더는 남자의 비명을 무시한 채 찔러 넣은 그대로 힘을 주었다. 그러자 남자의 신형이 자연 바닥에 엎어졌다.

촤아아아악!

순식간에 어깨에서 검을 뽑아낸 그가 버레이의 등을 길게 그어 내렸다. 인정사정없는 손길이었다. 남자의 등을 감싸고 있던 가죽 갑옷은 검이 지나간 궤적을 따라 반으로 쪼개졌다. 그 안의 걸쳐 입은 남자의 베이지색 셔츠가 단숨에 검붉게 물들었다.

버레이가 쿨럭쿨럭 기침을 내뱉었다. 일격으로 숨을 끊어 놓지 않더라도 시간이 지나면 죽음을 맞이하게 될 것이다. 천천히 고통 속에서 죽어 가리라.

전투는 일부 소강상태를 맞았다. 슈로더는 검을 거두고 황제 앞에 섰다. 황제를 바라보는 그의 눈이 심연에 빠진 것처럼 깊게 가라앉아 있었다.

"웬디, 그녀는 어디 있습니까?"

그가 물었다. 황제는 선뜻 대답을 하지 못했다. 그런 그의 태도가 슈로더의 화를 부추겼다.

"어디 있습니까?"

되묻는 목소리가 고통에 차 있었다. 아이작 황제가 시름 젖은 얼굴로 그를 봤다.

"……실종되었네. 도웨인 경이 기사들을 이끌고 찾아 나섰으니 곧 소식이─!"

"그만. 더는 말씀하지 마십시오."

그가 꾹 내리누른 음성으로 말했다. 웬디의 거취를 모르는 황제에게 괴이할 만큼 분노가 치밀어 올랐다. 아니, 황제를 향한 분노가 아니었다. 눈앞의 모든 존재에 대한 분노였다. 그는 참자고 마음을 가라앉혔지만 뜻대로 되지 않았다.

버레이의 말이 그의 멱살을 틀어쥔 것처럼 숨이 막혔다. 사실일 리 없다. 그럴 리 없다. 웬디, 그녀가 잘못되었을 리 없다.

라드 슈로더는 그 말을 속으로 되뇌었다. 그러지 않고서는 견딜 수 없었던 까닭이다. 속에서 불이 일었다가 싸늘하게 가라앉았다가 또 쥐어짜듯 고통스럽길 반복했다. 지난 세월, 감정에 지독히 메말라 있었던 것에 대한 죗값을 받는 것처럼 수많은 감정이 오고 갔다. 겪지 않을 수 있다면 겪고 싶지 않은 괴로움이었다.

투다다다닥.

그때 로비를 향하는 다수의 빠른 발걸음 소리가 들렸다. 잠시 검을 늘어뜨렸던 모든 이들이 다시금 검을 높이 들었다. 곧 발소리의 주인들이 모습을 드러냈다.

"황제 폐하."

오귀스트 앵그르 공작이었다. 그 뒤로 수많은 기사들과 병사들이 로비 안에 들이닥쳤다. 남아 있던 황실 기사들의 수에 비해 압도적인 숫자였다. 그가 이 자리에 사활을 걸었음을 알 수 있었다.

"공작, 내 그대의 알현을 허락한 적이 없는데, 무엄한 짓을 왜 이리 쉽게 하나."

황제가 눈썹을 찌푸리며 말했다. 그의 말에 공작이 점잖게 웃었다.

"전하, 소인의 무례를 용서하십시오. 한데 어찌합니까? ……오늘 전하께 더욱 무례한 일을 행할 것 같은 아주 불길한 예감이 드는데 말입니다."

오귀스트가 황제 곁에 서 있는 라드 슈로더를 슬쩍 바라본 후 말했다. 그의 말에 황제가 어릿광대의 곡예를 본 것처럼 껄껄 웃어 젖혔다. 그리고 순식간에 그 웃음기가 사라졌다.

"선황 폐하의 궐련에 벤톡시크 잎을 넣은 것도 그러한 무례의 하나였나? 응?"

"……벌써 거기까지 알아내셨다니 박수를 쳐 드려야겠군요. 폐하를 제가 너무 얕잡아 봤나 봅니다."

오귀스트가 용서를 구하듯 고개를 숙여 보였다. 그의 조롱에 황제의 얼굴이 싸늘하게 굳었다.

"그대 입으로 선황 폐하의 시해를 자백하였다. 황태자궁의 폭발과 체더 궁의 화재 역시 굳이 말하지 않아도 그대의 간악한 술수였음을 이 자리 누구나 알고 있을 터. 하나하나의 죄가 중하니 오늘의 반란이 아니라 하여도 그대는 목숨을 부지하기 어려울 거야."

"폐하, 반란이라니요. 어찌 그리 소견 좁은 말씀을 하십니까?"

"……"

"혁명입니다. 왕조가 바뀔, 혁명입니다."

오귀스트의 말에 황제의 기사들이 날선 기세를 보였다. 겨눈 검이 매서웠다.

"혁명이 아니다. 오늘은 제국의 역사에 앵그르 가문이 지워지는 그야말로 보잘것없는 날로 기록될 테니까."

"오, 그리 생각하십니까……?"

로비 바닥에 쓰러져 있는 버레이 경의 모습을 발견한 듯 공작이 미미하게 눈썹을 찌푸리며 말했다. 큰 전력 손실이었다.

"앵그르 공."

그때 잠잠히 있던 라드 슈로더가 한 발자국 앞으로 걸음을 옮기며 입을 열었다. 모두의 시선이 그를 향했다.

"말장난을 하자고 이곳에 온 것은 아닐 터. 이만 공의 목을 거두어도 되겠습니까?"

말을 마친 슈로더가 검을 힘주어 잡았다. 그의 잿빛 눈동자 위로 분노에 침전된 빛이 역연하게 드러났다.

다시 전투가 시작되었다.

살과 뼈를 찌르고 가르는 잔인한 시간이 이어지고 그 가운데 양쪽 모두 사망자와 부상자가 속출했다.

라드 슈로더는 검을 겨누기 위해 태어난 사람처럼 오직 적을 베는 데만 몰두하였다. 아군마저 기가 질릴 만큼 그의 검은 멈출 줄을 몰랐다. 그 어떤 외부의 자극도 그를 멈추게 하지 못했다. 그리고 마침내 그는 앵그르 공작 지척에 설 수 있었다. 그곳까지 거리를 좁히기 위해 그 역시 크고 작은 상처를 입는 대가를 치러야 했다. 흘러내린 핏물로 검 손잡이를 잡은 손이 조금 미끄러웠다는 것만 제외한다면 슈로더는 검을 쓰는 데 불편을 느끼지 않았다. 몸의 상처는 지금 이 순간 그에게 어떤 제약도 되지 못했다. 마음의 고통에 비하면 몸의 고통은 하찮은 것이었다.

"화가 난 것처럼 보이는군요."

그런 그를 향해 오귀스트가 말했다. 기사들에게 둘러싸여 살육의 현장을 관전하던 오귀스트는 지루한 시간을 보내기 위한 여흥처럼 슈로더의 얼굴을 살폈다.

"웬디 양 때문인가요?"

그의 더러운 입술 사이로 흘러나온 그 이름에 슈로더의 검이 사나워졌다. 그와 같은 자에게 함부로 불릴 이름이 아니었다.

챙!

반란 기사들의 검을 받아 내며 슈로더는 오귀스트의 목이 떨어지기 전 그를 단죄할 또 다른 방법에 대해 생각했다. 오늘 이후 오귀스트의 목은 잘려 효시되겠으나 그것만으로 그의 죄가 사해지지는 않을 것이었다. 웬디가 잘못되었다는 그 말을 믿지 않는다. 그러나 오귀스트는 웬디를 이용하여 슈로더의 마음을 어지럽힌 대가를 치러야 했다. 웬디의 이름을 그 더러운 입에 올리고 입술로나마 그녀를 죽음으로 몬 대가를 말이다.

"위험스러울 만치 신비로운 힘을 지닌 여인이더군요. 그런 위험을 가만두고 볼 수는 없는 일 아닙니까?"

오귀스트가 유감이라는 것처럼 말했다. 슈로더는 그의 말에 귀를 닫았다. 오직 검을 쓰는 것에만 정신을 집중했다. 그와의 거리가 조금 더 좁혀졌다. 라드 슈로더의 검이 기습적으로 내뻗어졌을 때 공작 역시 위기를 느끼지 않을 수 없었던지 뒤로 주춤 물러나며 헛바람 빠지는 소리를 냈다. 이를 신호로 하여 다른 이들과의 싸움에 열중하던 그의 수하 여럿이 차례차례 슈로더와의 싸움에 합류하였다. 다수의 검이 한꺼번에 슈로더를 노리고 찔러 들어왔다.

"단장님!"

슈로더의 위험을 직감한 뱃지가 그를 구하기 위해 난전 안으로 뛰어들었다. 둘의 협공으로 당장의 공격을 막았으나 적들의 기세가 요란했다. 수적으로 불리한 싸움이었다. 그러나 적들 또한 제국의 롯테어 둘을 한꺼번에 상대하기엔 무리가 따랐다.

잠시 서로를 노려보는 대치가 이어졌다. 오귀스트는 조금도 흐트러짐 없는 얼굴로 태연자약하게 슈로더를 바라봤다. 온 내장이 뒤틀리는 시선이었다.

그때 그의 수하 하나가 오귀스트 가까이 다가와 귀엣말을 했다. 이에 공작의 입꼬리가 만족스럽게 올라갔다. 그가 작게 탄성을 내질렀다.

"오, 이를 어찌합니까? 앵그르 가문이 역사에서 지워질 일을 결코 없을 것 같은데 말입니다."

연단에 올라 축사를 하는 것처럼 그가 기쁘게 말했다.

"나를 따르는 군대가 제도의 성문 앞에 도열해 있다 합니다."

오귀스트가 황제와 기사들의 반응을 살피는 것처럼 잠시 쉼을 두고 이야기했다.

"그 수가…… 이만입니다. 폐하를 따르는 제도 내 병력을 모두 합쳐도 겨우 대항이 가능할까 싶은 수이지요. 그러나 제도의 병력은 모두 이곳과 보뤼암스에 묶여 있으니 대항을 하려야 할 수가 없겠군요. 나의 군대가 곧 이곳 황궁까지 도달할 것입니다. 그때까지 최선을 다해 보시겠습니까?"

지방의 병력 이동 우려가 현실이 되어 나타났다. 오귀스트 휘하 가문의 가주들은 자신들의 지방 병력을 위장시켜 소리 소문 없이 제도로 이동시켰다. 가문의 기사들과 일반 병사들의 수까지 모두 합해 이만이나 되는 병력이었다. 나라 간의 전쟁으로는 적은 병력이었지만 제도의 군사를 제압하기엔 충분한 수였다.

침묵이 이어졌다. 오귀스트의 말을 있는 그대로 믿을 수는 없었지만 사실이라면 매우 절망적인 상황이었다. 감추려 했지만 표정을 숨기기가 어려웠다. 걷잡을 수 없이 피어나는 불안이 기사들의 얼굴 위로 나타났다.

그리고 그때, 황실 기사 하나가 그들이 대치하고 있는 로비 안으로 급히 뛰어 들어왔다. 그가 급보를 전해 왔다. 황제에게도 제도 밖의 군대 집결이 보고된 것이다. 다만, 그것은 오귀스트가 알고 있는 사실과 조금 달랐다.

"유감이라곤 하지 않겠네. 그대의 노력이 모두 무위가 된 것에 대해 내가 그런 안타까움을 비칠 필요는 없겠지."

황제가 빙그레 웃으며 말했다. 그가 미더운 눈으로 라드 슈로더를 바라보았다. 신하의 충언을 따른 오늘의 결과에 몹시도 기꺼워하면서.

제도 밖.

성을 둘러싸고 도열해 있던 2만의 병력이 독수리가 수놓아진 깃발을 치켜들었다. 오귀스트 앵그르 공작 가문의 기였다. 그들은 오귀스트의 이름 아래 충성을 맹세하고 모인 가문의 기사와 병사들이었다.

성 위에서 그들의 집결을 바라보고 있던 황실 기사들의 눈동자에 불안이 엄습했다. 자신들이 감당할 수 있는 병력이 아니었다. 그들에게 성문을 내주게 될지 모른다는 사실이 황실 기사들을 끝도 없는 불안으로 내몰았다.

깃발 아래 모인 병력은 신호를 기다렸다. 곧 공격이 이루어지려는 듯 그들 모두가 일제히 예리한 검과 창을 들었다. 성 위에 선 황실 기사와 그들 휘하 병사들의 얼굴 위로 죽음의 그림자가 비쳤다.

바로 그때였다.

멀리 지평선 가득 긴 띠를 이루고 먼지바람이 일었다. 처음에는 그저 모래 폭풍이나 아지랑이쯤으로 치부하였으나 그것은 점차 뚜렷하게 그 윤곽을 드러냈다. 성 위에 선 기사들 모두 하나같이 눈을 가늘게 뜨고 그 먼지바람을 바라보았다. 바람이 조금씩 가까워져 왔다.

"저, 저건……!"

누군가 말했다.

"지, 지원군이다!"

탄성과 같은 말이 여기저기서 튀어나왔다.

끝도 없는 군대의 행렬이었다. 앞줄에 선 기수들의 손에는 황가의 문양이 수놓아진 깃발이 들려 있었다.

사방에 배치된 네 마리의 일각수가 제각기 앞발을 쳐들고 한가운데 자리한 왕관을 지키는 모습이었다. 이번에야말로, 그들은 자신들이 지켜야 할 왕관을 지키리라 결단한 것처럼 다가오는 기세가 매서웠다. 입고 있는 갑옷과 그 위에 새겨진 가문의 문양은 부대마다 달랐으나 그들이 섬기는 황제는 단 한 명이었다. 제도를 반란군의 손에서 지켜 내겠다 결의한 그 신념만은 하나였다.

황실에 충성한 가문의 지방 사병 조직들은 라드 슈로더의 안배에 따라 시기적절하게 제도에 도착하였다. 곧 거대한 군대의 행렬이 앵그르의 기를 든 병력을 뒤에서 포위하듯 감쌌다. 상황은 반전되었다. 압도적인 수적 우세였다.

파스칼 도웨인이 웬디의 실종 사실을 안 것은 그가 막 책을 빌려 그녀의 거처로 되돌아온 직후였다. 그녀의 방 안에는 옅은 홍차 향만이 감돌고 있을 뿐, 웬디의 작은 자취 하나도 찾기가 어려웠다. 가벼운 산책조차 죄책감을 느껴 하던 그녀가 파스칼에게 아무런 언질도 없이 사라져 버릴 리가 없었다.

홍차를 내온 시녀를 찾아 그녀의 행방을 물었으나 아는 바가 없었다. 궁 내 어디에도 그녀의 흔적은 남아 있지 않았다.

시간이 조금 더 흘렀을 때, 파스칼은 결국 그녀가 외부로 납치당했을 가능성에 대해 생각해야 했다. 이미 한 번 같은 일을 겪었던 그녀였지 않은가? 그는 곧 이 사태를 황제에게 알렸다.

웬디를 거의 마지막으로 목격했을 것으로 짐작되는 홍차 담당 시녀에 대한 취조가 시작되었으나, 당장 그녀에게서 웬디의 행방에 대해 들을 수는 없었다. 의심이 가는 바가 많았으나 답을 듣기엔 시간이 부족했다.

파스칼은 웬디가 외부에 납치되었다고 가정하고 그녀의 행방을 찾기 시작했다. 성문을 지키는 병사들 중 누구도 웬디의 얼굴을 본 이는 없었다. 파스칼은 그녀가 강제로 결박되거나 정신을 잃은 채 궁 밖으로 이동됐다고 생각했다.

그녀의 납치가 예상되는 짧은 시간 동안 황궁을 들고 난 마차 명단에 대한 조사가 시작되었다. 혼란스러운 제도의 상황을 의식한 귀족들은 저택에서 몸을 사린 채 외부 출입을 자제하였기에 정문을 통과한 마차는 전무했다. 다만 사용인들이 드나드는 짐마차 전용 입구에는 두 대의 마차가 오고 간 기록이 발견되었다. 모두 황실에 식자재를 공급하는 마차들로 그것들은 각각 두 곳의 농장을 목적지로 하고 있었다.

두 농장 모두 제도 남쪽에 위치해 있었기에 파스칼은 수색에 특화된 제1기사단 기사들을 지원받아 그 마차들을 쫓았다. 그리고 그들은 오래지 않아 괴상한 흔적을 발견할 수 있었다.

뮈엘 경이 모호한 표정으로 도웨인 경을 바라봤다. 그는 황태자궁 폭발 사건의 생존자였다.

"경도…… 같은 생각을 하셨습니까?"

그들은 동시에 말을 멈춰 세웠다. 말에서 내린 파스칼이 흙바닥에 있는 붉은 흔적을 손으로 매만졌다. 이끼였다.

"벌써…… 몇 번째 같은 걸 보았습니다."

수분 없는 흙 위에 생생하게 자라 있는 이끼는 그 존재 자체가 기이하였다. 생존할 수 없는 환경에서 이처럼 활력 있게 생존해 있는 것이 가장 그러했다. 끝 부분이 조금 마르긴 했으나 그것들은 분명 살아 있었다. 파스칼은 그 생명에게서 어떤 인위성을 느꼈다. 소복한 자태로 피어 있었지만 넓게 군락을 이루지 않고 띄엄띄엄 멀찍이 떨어져 있는 모습이 의아했다. 점점이 붉은 표시를 한 것처럼 그 흔적은 계속 이어졌다. 그래, 누군가 표시를 해 놓은 것처럼 말이다.

"그녀로군요."

뮈엘 경이 말했다. 파스칼은 이끼가 뿌리를 내린 중간에 하얗게 보이는 조각을 발견해 냈다. 그것을 끄집어내자 이끼 뿌리 일부가 뜯겨 나왔다. 손톱보다 작은 크기였지만 분명 종잇조각이었다. 붉은 이끼는 그 조각을 뚫고 뿌리를 내렸다.

그들은 빠르게 말을 달리기 시작했다. 한참을 달리자 갈림길이 나왔다. 두 명의 기사는 머뭇거리지 않고 오른쪽 길을 택했다. 따라오던 기사들이 뒤에서 그들을 불러 세우는 소리가 들렸다.

"도웨인 경! 뮈엘 경!"

"농장으로 가려면 이쪽 길을 택해야 합니다!"

기사들이 왼쪽 길을 가리키며 말했다. 급히 말을 멈춰 세운 파스칼이 반쯤 뒤돌아 그들에게 외쳤다.

"농장으로 가지 않습니다. 저희를 따라 오십시오!"

파스칼이 다시 말을 달렸다. 그의 시선이 흙 위의 붉은 흔적을 좇았다.

한편, 버투왓 강을 떠다니는 푸른 잎사귀 위에 몸을 의탁한 웬디는 좀처럼 일어서지 못하고 있었다.

그녀는 이를 으드득으드득 갈며 부지런히 바하즈만 열매를 따 먹었다. 따가운 햇살이 그녀의 머리칼을 반쯤 말렸을 때에서야 웬디는 겨우 윗몸을 일으켰다. 그 움직임에 그녀를 태운 부레옥잠이 출렁이며 얕게 가라앉았다 떠올랐다.

고통이 가셨으나 뻐근함은 여전했다. 무엇보다 풍성한 드레스 자락에 여전히 물이 배어 있어 몹시 무거웠다. 웬디는 귀찮음을 무릅쓰고 드레스 자락을 조금씩 쥐어 짜내기 시작했다.

꾹꾹, 쪼르륵.

부레옥잠 잎 위로 흐른 물은 매끄러운 잎 사이로 또르르 흘러내려 강물에 합류했다. 잎 끝에 앉아 있던 잠자리 한 마리가 물방울 행렬에 놀라 파르르 날아올랐다.

"……."

웬디는 손에 쥐고 있던 드레스 자락을 놓고 잠시 멀거니 주변 풍광을 바라봤다. 멀리 레이니 숲의 암녹색 나무들과 파란 하늘, 그리고 푸른 강, 그 위에 떠 있는 부레옥잠의 넓은 잎사귀까지. 모두가 아름답고 고요했다. 현실이 아주 멀고 아득하게 느껴질 만큼.

"후우……."

웬디가 깊은 한숨을 내쉬었다. 맞이한 현실이 믿기지 않았다. 세상에나, 그녀는 조금 전 죽음의 문턱을 넘을 뻔했다. 그 고통을 다시 떠올리니 몸서리가 쳐졌다. 팔다리가 축축 늘어지는 게 등에 생긴 상처 때문인지 젖은 드레스 때문인지 알 수 없었지만 그녀는 확실히 지금 지쳐 있었다.

"망할 놈들!"

웬디는 나약해져 가는 정신을 바로 잡고자 오귀스트 무리들에 대한 원한을 곱씹기 시작했다. 그 시도는 확실히 효과가 있어 팔다리에 바짝 힘이 돌아오게 했다. 증오심은 나약한 정신을 일깨우는 특효약이었다.

잠시 뒤, 그녀가 드디어 조심스럽게 몸을 일으켰다. 무게가 한곳에 몰리니 부레옥잠이 물속으로 쑥 가라앉았다. 웬디는 둥근 잎자루에 몸을 기대며 자신이 나아갈 방향을 미리 계산했다. 곧 물 위의 질주가 시작되었다.

첨벙! 첨벙! 첨벙!

첨벙! 첨벙! 첨벙! 첨벙! 첨벙!

잎을 밟을 때마다 부레옥잠이 물에 잠기는 소리가 났다. 웬디는 빠르게 잎 위를 디디며 강을 건넜다. 쉽지 않은 일이었지만 그녀는 마침내 해냈다. 평균을 웃도는 그녀의 운동 신경이 많은 도움이 되었다. 육지 위에 발을 디디자마자 웬디는 무릎을 꿇고 엎어졌다. 숨소리가 거칠었다. 등에 난 상처가 쿡쿡 쑤셨다. 상처를 확인하고 싶었지만 그러지 못하는 게 못내 걱정스러웠다.

웬디는 다시 기운을 차리고 걷기 시작했다. 물에 빠졌을 때 신고 있던 구두 모두를 잃었기 때문에 그녀는 맨발로 걸음을 옮겨야 했다. 강변의 모래톱이 부드러웠기에 큰 문제는 없었다. 그녀는 일단 가까운 민가를 찾았다.

한참을 걸은 끝에 웬디는 옹기종기 모여 있는 집 여러 채를 발견할 수 있었다. 강에서 물고기를 잡아 생활하는 사람들이 모여 사는 곳이었다. 낮은 담장 안에는 그물을 손질하고 있는 남자 둘이 있었다.

"실례하겠습니다."

조심스러운 그녀의 인사에 남자들이 하던 일을 멈추고 고개를 들었다. 머리가 희게 샌 늙은 남자와 중년의 남자였다. 그들의 얼굴을 본 웬디가 멈칫 물러섰다. 중년 남자의 얼굴이 몹시 낯익었던 까닭이다.

"누구신지……?"

늙은 남자가 놀란 음성으로 말했다. 남자들은 추레한 웬디의 몰골에 우선 놀랐고, 자신들을 보고 겁을 내는 그녀의 반응에 다시 놀랐다. 의아한 듯 눈매를 좁히고 웬디의 모습을 살피던 중년 남자의 눈이 크게 떠진 것은 그로부터 얼마 지나지 않은 시점이었다. 뒤늦게 그가 웬디를 알아보았다.

"당신은……!"

남자의 말을 못 들은 체하며 그녀가 얼른 뒤돌아 나왔다. 웬디의 다급한 몸짓 탓에 담벼락에 세워져 있던 낚싯대 여러 개가 연달아 넘어갔다. 요란한 소리가 났지만 걸음을 멈출 수는 없었다.

그를 이곳에서 보게 될 거라고는 상상도 하지 못했다.

라자뷰데 박물관에서 바하즈만을 탈취하려 했던 그 남자! 바로 그 범인이었다!

그가 멜리사 로우니 영애를 겁박하던 모습이 선명하게 기억에 떠올랐다.

분명 바지윰에 수감되었다 들었는데, 어떻게 저자가 이곳에 있는지 알 수가 없었다. 자신의 얼굴을 그 또한 기억하고 있는 듯하니 더욱 큰일이 아닌가! 혹 바지윰에 수감된 일로 자신에게 응어리를 품고 있다면 그와의 만남이 또 다른 위기가 될 게 뻔했다. 운이 없어도 어찌 이리 없을 수가!

웬디가 자신의 운을 탓하며 도망치기 위해 바지런히 걸음을 떼어낼 때 남자가 급하게 그녀를 불렀다. 목소리에 간절함이 어려 있었다.

"잠시, 잠시만요! 해하려는 게 아닙니다!"

웬디가 자신을 겁내고 있단 사실을 알고 있던 남자가 급히 해명했다. 그때 집 안쪽에서 기척이 나며 문이 열렸다. 바깥의 소란에 그 집의 안주인이 무슨 일인가 밖을 내다본 것이다. 그녀 곁에는 작은 꼬마 여자아이가 빼꼼 고개를 내밀고 있었다. 웬디의 얼굴을 본 아이가 놀란 낯을 하더니 손가락을 가리키며 외쳤다.

"언니다! 까만 음식 준 언니!"

남자의 딸인 소피였다. 아이가 쪼르르 달려 나와 그녀에게 다가왔다. 웬디는 더는 달아나지 못하고 꼼짝없이 아이에게 이끌려 가야 했다. 남자에 대한 경계심을 푼 것은 아니었지만 아이 앞에서 그 또한 해코지를 하진 못하리라는 믿음이 있었다.

소피의 소개에 아이의 어미는 반가운 낯을 하며 그녀를 집 안으로 들였다. 머리칼 아래로 상처 난 등이 감춰져 있었기에 그들은 그저 웬디가 강물에 빠져 곤란을 겪었다고 여겼다. 아이의 어미가 그녀에게 자신의 옷과 신발을 내줬다. 꼭 맞진 않았지만 당장 입고 신기에 무리는 없었다.

"옷은 빨아 말려 드리겠습니다. 많이도 젖었군요."

"아니, 아닙니다!"

웬디가 벗어 놓은 드레스를 집어 든 아이의 어미는 뒤늦게 옷에 난 붉은 핏자국을 발견하였다. 길게 찢어진 흔적과 상당한 양의 핏자국이었다. 그녀가 화들짝 놀라 웬디의 상태를 살폈다.

"상처를 좀 봐요. 리누스 의료원에서 가져온 약이 있으니 급한 대로 그거라도!"

웬디는 거부했지만 여자는 쉽게 물러서지 않을 기색이었다.

"작은 상처입니다. 피가 물에 번진 탓에 그리 보이는 것뿐이지 조금 긁힌 정도예요."

"……작은 상처라도 치료를 해야지 않겠어요? 아가씨가 우리 소피에게 온정을 베풀었다 들었어요. 상처를 이대로 모른 척할 수는 없어요."

여자가 고개를 저으며 말했다. 웬디는 하는 수 없이 그녀에게 등을 보여야 했다. 다급하게 약을 꺼내 온 여자가 그녀의 등을 조심스럽게 살폈다.

"……다행이군요. 붉은 자국이 조금 나 있지만 금방 아물 것 같아요."

그녀는 웬디의 등 위에 약을 발라 주며 안도했다. 바하즈만의 약효가 이미 등의 상처에 충분히 가 닿은 것이었다. 웬디 역시 그 말에 안도하였다.

여자는 웬디의 상처에 대해 자세한 내막을 묻지 않았다. 치료가 끝나자 그녀는 웬디에게 옷을 추스르라 이르고 밖으로 나갔다. 잠시 뒤 다시 되돌아온 여자가 웬디를 식당으로 이끌었다. 그곳엔 그들 가족 모두가 모여 있었다.

"몸이 따뜻해질 거예요."

여자가 웬디 앞에 따뜻한 스프를 내려놓았다. 감자가 가득 들어간 스프였다. 음식을 보자 허기가 밀려왔다.

"편히 드시오. 물에 빠졌다 나왔으니 기력이 다했을 터인데."

늙은 남자가 안타까이 말하며 그녀 앞에 소금이 든 병을 밀어 놔주었다.

"언니, 이게 그 까만 음식보다 맛있을걸?"

소피가 웬디에게 비밀 이야길 하듯이 소곤댔다. 자신도 모르게 피식 웃음을 지은 웬디가 스푼을 들었다.

스프를 한 입 떠먹은 그녀가 무심코 고개를 들었을 때 맞은편에 앉은 중년 남자와 눈이 마주쳤다. 그가 잠시 멈칫하다 입을 열었다.

"……이번 사면 때 바지윰에서 풀려났습니다."

황제의 대관을 기념한 사면 명단에 그가 포함되었던 모양이었다. 생계형 범죄자들 중 그 대상이 가려진다 했으니 납득 못할 일은 아니었다.

"지금은 가족 모두가 아버님 댁에 신세를 지고 있습니다. 이곳에서 고기를 잡아 장에 내다 파는 일을 할까 합니다."

남자가 자신에게 왜 이런 이야기를 하는지 몰랐지만 웬디는 굳이 묻지 않고 묵묵히 스프를 떠 넘겼다. 한 그릇을 모두 비워 낸 후 그녀는 급히 자리에서 일어났다.

"도움을 주셔서 감사합니다. 급한 일이 있어 저는 이만 돌아가 보겠습니다. 옷과 신발은 수일 내에 돌려 드리도록 하겠습니다."

꾸벅 인사를 하고 떠나는 웬디를 남자가 다급히 따라 나섰다. 웬디가 집 밖으로 나오자 그가 그녀를 불러 말했다.

"무슨 일을 겪으신 건지 모르나, 도움을 드리고 싶습니다."

웬디의 걸음이 우뚝 멈췄다.

"……왜죠? 제게 도움을 주실 이유가 없을 텐데요."

"……소피에게 이야길 들었습니다. 인상착의를 듣고 당신이 아닐까 했습니다. 샛노란 금발 머리의 언니라고 하더군요. 오늘 아이의 반응을 보고 역시 당신이었구나 싶었습니다."

"그저…… 식사 한 끼를 챙겨 준 것뿐이에요."

웬디가 그에게서 고개를 돌리고 다시 갈 채비를 했다.

"그 식사 한 끼가 소피를 완전히 바꿔 놓았습니다. 그날 이후 기적처럼 아이가 회복되었죠. 당신이 준 까만 음식에 대해 여러 번 말하더군요. ……작고 빨간 열매에 대해서도 함께 말입니다."

남자의 말이 다시 한 번 그녀의 발걸음을 잡았다. 웬디가 경계어린 얼굴로 남자를 바라봤다.

"소피는 여러 해 앓았습니다. 의원들도 제 딸의 병을 완전히 고치기 어렵다 했죠. 그저 덜 아프게 하는 것이 최선이었습니다. 바하즈만을 훔치려 했던 것은 단순히 치료비를 목적으로 한 것만이 아니었습니다. 그 열매가 아이를 고쳐 줄 거라고 믿었기 때문이죠."

남자가 '후' 하고 깊은 한숨을 내쉬었다.

"저는 딸아이가 말한 작고 빨간 열매가 무엇인지 모릅니다. 혼자 이런 저런 상상을 해 본 건 사실이지만 어디까지나 상상일 뿐일 테죠. ……전 아가씨에게 그 어떤 것도 물을 생각이 없습니다."

"……."

"아가씨는 그저 소피의 한 끼 식사를 챙겼을 뿐이니까요."

"······."

"아내에게 등의 상처에 대한 이야길 들었습니다. 무언가 곤란한 일에 처하신 거라면 어떤 식으로든 도움을 드리고 싶습니다. 몸을 피할 곳이 필요하다면 머물 곳을 마련해 드리겠습니다."

남자가 말했다. 죄책감에 이끌려 우연히 베풀었던 친절이었다. 아이의 회복을 본 것만으로도 그녀는 만족했다. 그러나 자신에게 지금 이 순간 도움이 필요한 것은 사실이었다. 잠시 생각에 잠겼던 웬디가 그와 그의 집 안뜰을 번갈아 보고선 입을 열었다.

"도와주실 일이 한 가지 있습니다."

검지가 만들어 낸 안배에 그녀는 기꺼이 따르기로 마음을 굳혔다.

웬디는 우선 오귀스트에 대한 직접적인 증오심을 잠시 접어 두어야 했다. 그 증오심을 따르자면 당장 오귀스트를 따라가 손가락을 내리눌러 그에게 고통을 안겨 주어야 했지만 그것은 현실적으로 어려운 일이었다. 대신 그녀는 오귀스트의 계획 중 하나를 무너뜨리는 쪽으로 마음을 굳혔다. 그 또한 충분한 복수가 되리라.

웬디는 남자와 함께 다시 집 안으로 들어가 잠시간 이야기를 나누었다. 그녀의 설명을 여러 번 되물으며 의아해하던 남자는 똑같은 말을 거듭하며 단호히 말하는 그녀의 태도에 마지못해 수긍했다.

"최대한 주변에 도움을 요청해 보겠습니다. 아버님께서 부탁하신다면 나서 주실 분들이 많을 겁니다."

남자의 말에 웬디가 고개를 끄덕였다.

"이곳에서 황궁으로 가는 것과 보뤼암스로 가는 것 중 어떤 게 가장 빠를까요?"

웬디는 일단 자신의 생존을 알리고, 기사들에게 도움을 청하려

했다. 그녀가 생각한 일을 성공적으로 실행에 옮기려면 그들의 도움이 절실했다.

"······두 곳 모두 상당한 거리입니다. 말이나 마차 없이 움직이기엔 어려울 텐데요."

남자가 두툼한 그의 턱 선을 매만지며 말했다.

"말을 빌릴 곳이 있을까요?"

"벨보 장터까지 가시면 근처에 마방이 몇 군데 있습니다. 그곳에서 간혹 말을 빌려 주기도 하는데 요즘에는 어떠할지 모르겠네요. 벨보까지도 거리가 꽤 되는지라 아가씨 혼자 보내기엔 마음이 놓이지 않는군요."

"······."

"오히려 뒤페른으로 가는 게 더 빠를 겁니다. 혹시 그곳에 아는 가문이 있진 않으십니까?"

남자가 귀족들의 저택이 모여 있는 시가지 중 한 곳을 말했다. 웬디의 귀가 번쩍 뜨였다. 황궁이나 보뤼암스로 가는 것보다 그것이 더욱 나은 선택지라는 생각이 들었다.

오귀스트가 이끌고 떠난 군대가 황궁에 들이닥쳤다면 보뤼암스에 있던 슈로더 경 역시 응당 황궁으로 향했을 것이었다. 그녀가 그곳으로 가 그들 간에 벌어지는 전쟁에 뒤섞이는 것은 그리 현명한 행동이 아니었다. 그것은 죽음에 뛰어드는 것과 진배없었다. 그 살벌한 전투 속에서는 자신의 몸 하나를 지키는 것도 어려울 것이었다. 손가락을 바닥에 찍어 누르기도 전에 목이 떨어지리라.

웬디는 과거 황태자궁이 무너지기 전, 침입자들과 황실 기사들 간 벌어졌던 전투를 생생히 기억하고 있었다. 한창 전투가 벌어지던 당시, 당장 그녀가 할 수 있는 일은 없었다.

손가락의 힘을 썼던 것은 폭발이 일어나던 순간, 모두가 무력하던 상황에서였다. 그러나 오귀스트가 그 많은 군대를 이끌고 직접 황궁을 향했다면 이번에는 그때와 같은 폭발이나 화재가 일어나지는 않을 것이란 짐작을 하였다.

무엇보다, 웬디는 라드 슈로더를 믿었다. 그러면 그들을 막을 수 있을 것이다. 그녀는 그를 믿어야 했다. 그를 믿고 당장 이곳에서 자신이 할 수 있는 일을 하는 것이 더욱 현명한 일일 것이었다. 웬디는 결심을 굳혔다.

"뒤페른이라면……."

웬디는 도움을 청할 만한 귀족을 떠올렸다. 제일 먼저 멜리사 로우니 영애가 생각났다. 농민의 봉기 소식을 듣고 웬디에게 자신의 저택으로 함께 가길 청했던 그녀였다.

"로우니 가문이 근처에 있나요?"

"아니요, 로우니가는 할몬에 있는 것으로 압니다."

실망스러운 말이었다. 웬디가 도움을 요청할 수 있는 귀족 가문은 그리 많지 않았다. 친분이 있는 귀족들 역시 라드와 멜리사, 장자크, 그 외 그녀를 호위했던 기사 몇뿐이었다.

"……그곳에 어느 가문이 있죠?"

"갤뤼암가, 세토랑가……. 음, 또 하즐렛가와 구엘가……. 그리고……."

남자가 이마를 긁적이면서 기억을 되짚었다. 하즐렛가라는 소리를 들었을 때 웬디는 멈칫 몸을 굳히며 괜히 앉은 자세를 고쳐 앉았다. 자신의 처벌을 미뤄 달라 청하던 하즐렛 백작, 그가 목에 걸린 생선 가시처럼 불편하게 떠올랐다.

왜.

이 말이 머릿속에 채워졌다.

왜, 왜…….

백작의 입술 밖으로 새어 나온 그 말에 대해 끊임없이 머릿속에서는 물음표를 그렸다.

어떤 꿍꿍이를 감추고 있는 걸까, ……아니면 하찮은 부정이라도 남아 있었던 걸까?

하즐렛 백작은 오귀스트의 편에 섰다. 백작과 그녀의 연은 이미 오래전 끊어졌지만, 이젠 그에 더해 베냐한의 땅에서 서로 간 결코 공존할 수 없는 적이 되었다. 오귀스트의 편에 선 하즐렛가의 운명을 염려하는 것은 결단코 아니었지만 웬디는 유난히 마음이 쓰라렸다. 이유를 설명할 수 없었으나 그랬다. 거스를 수 없는 마음의 반응이었다.

"에, 하이젤가와 레녹스가…… 또 스코닝가가 있을까요? 더 많은 가문이 있겠지만 제가 아는 건 이 정도입니다."

"레녹스…… 레녹스가라고 하셨나요?"

남자의 말에 웬디가 다시 마음을 추스르며 되물었다. 그녀의 눈이 여린 나뭇잎처럼 바르르 떨렸다.

잠시 입을 다물고 있던 그녀는 남자에게 레녹스가의 위치를 자세히 물었다. 남자는 누런 종이를 한 장 가져와 그 위에 조악한 약도를 그려 주었다. 그가 일러 준 대로 웬디는 그 저택을 찾아갔다. 부상으로 인하여 딜런 레녹스는 아직 요양 중일 것이므로 그가 저택에 있을 것이라 짐작하였다.

한참 동안 걸은 끝에 그녀는 레녹스가의 거대한 철문 앞에 설 수 있었다. 안쪽에 서 있던 가문의 문지기가 그녀를 경계하며 바라보는 눈빛이 느껴졌다.

"무슨 일로 오셨소?"

문지기가 말했다. 가문 앞에서 서성대는 여인의 모습이 영 마땅치 않은 기색이었다.

"……딜런 레녹스 경을 만나 뵙고 싶습니다."

웬디의 말에 남자가 인상을 찌푸렸다.

"이보시오, 당신이 만나 뵙고 싶다 하여 만날 수 있는 분이 아니오! 썩 돌아가시오!"

문지기가 웬디의 차림을 위아래로 훑어보며 씨근덕거렸다. 보초 생활 수년 동안 이런 경우는 처음이라며 그가 고개를 흔들었다. 소피의 어머니에게 빌려 입은 옷차림이 결코 훌륭하다고 볼 수 없었기에 더욱 얕잡아 보인 모양이다. 난데없이 나타난 후줄근한 평민 여인이 후작가의 영식을 만나게 해 달라 한다면 누구든 코웃음을 칠 것이었다. 그러나 웬디는 여기서 물러날 수 없었다.

"옷차림이 이러하다 하여 쉽게 보아 넘기지 마십시오. 내 제도의 혼란 중에 고생스러운 일을 겪어 비록 지금 차림은 이러하나, 당신의 주인 된 분이 뮐러든에 있을 때부터 가까이 알던 사입니다."

웬디의 입에서 레녹스가의 영지 이름이 나오자 그가 멈칫하며 다시금 찬찬히 웬디를 뜯어보았다.

"……웬디 왈츠가 만나길 원한다고 말씀을 올려 주십시오. 시급한 일입니다."

문지기가 고민스러운 낯을 했다. 그냥 무시해 버리기에는 여인이 지나치게 당당한 게 마음에 걸렸다. 그러나 괜히 말을 올렸다가 날 벼락을 맞게 될까 두려웠다.

"무슨 일인가?"

그때 그의 상급자가 근처로 다가왔다. 놀란 문지기가 재빨리 변명을 했다.

"아닙니다. 저 여인이 주변을 서성이기에 경고를 해 주던 참입니다."

문지기의 말에 웬디의 미간이 와싹 구겨졌다.

"레녹스 경께 제 이름을 말씀해 주신다면—!"

"아, 글쎄! 조용히 하래도!"

문지기가 상관의 눈치를 보며 소리쳤다. 웬디는 그와 이야기하는 것을 포기하고 남자의 상급자에게 다시 설명을 하려 했다. 그러나 그 남자 역시 그녀를 조금 이상한 여인 정도로 취급하며 문지기에게 눈짓을 했다.

"곧 문이 열릴 것이네. 저 여인을 어서 보내게."

그 말을 들은 문지기가 작은 쪽문을 통해 밖으로 나와 웬디의 팔을 잡아끌었다. 둘의 실랑이가 잠시간 이어졌다.

"이거, 놓으십시오!"

웬디가 그에게 잡힌 팔을 비틀었다. 생각보다 그의 악력이 셌다. 이에 그녀가 집힌 손을 빼내고 남자의 팔목을 꺾는 호신술 동작을 막 취하려 하였을 때였다.

기이이이익—.

묵직한 소음과 함께 거대한 철문이 열렸다. 이어 말발굽 소리와 일제히 걷는 군화 소리가 났다. 철문을 통해 다수의 기사들과 병사들이 후작가 밖으로 모습을 드러냈다. 그들은 필연적으로 철문 근처에서 벌어진 실랑이를 목격했다. 행렬이 멈췄다. 그리고 그들 중 선두에 있던 남자 하나가 말머리를 급히 돌려 그들 곁으로 다가왔다. 그가 단숨에 말에서 뛰어 내렸다. 딜런 레녹스였다.

"손을 놓게."

딜런이 문지기의 팔을 잡아 그녀에게서 떨어뜨렸다. 문지기가 기겁하여 뒤로 물러나다 엉덩방아를 찧었다. 딜런이 웬디의 얼굴을 한 번 살피고 그녀 주변을 다시 한 번 확인하더니 놀란 듯 조금 높아진 목소리로 말했다.

"황궁에 있다고 들었는데, 무슨 일이야? 혼자 온 거야? 제도의 상황이 나쁘다는 거 알잖아. 이렇게 혼자 돌아다니면……!"

"딜런."

웬디가 말을 막으며 그의 이름을 불렀다. 기사단복을 입은 그는 그 위에 가벼운 견갑을 차고 무장을 한 채였다. 그를 따르던 이들 모두 마찬가지였다. 딜런의 허리에 매인 검을 흘깃 바라본 웬디가 말을 이었다.

"도움을 청하려고 왔어. ……궁으로 가던 길이었어?"

그가 고개를 끄덕였다.

"앵그르 공이 반란을 일으켰어."

그 묵직한 말에 웬디가 잠시 시선을 늘어뜨렸다.

"검은…… 잡을 수 있는 거야?"

"덕분에, 충분히."

딜런 레녹스가 씁쓰레하게 말했다. 워낙 부상이 컸던 탓에 아직 검을 잡기에 무리가 따랐지만, 그는 오귀스트가 일으킨 반란 소식을 그냥 넘길 수 없었다. 황실 기사로서의 소임을 다해야 했다. 비록 검을 쓰다 죽음을 맞는다 해도 후회는 없어야 했다. 해서 그는 자발적으로 저택 내 남은 기사와 병사들을 이끌고 황궁으로 떠나려 하였다.

"슈로더 경의 소식을…… 혹시 알고 있니?"

"황궁에 계시다 들었어."

웬디가 자신의 두 손을 꼭 쥐었다. 오귀스트와 힘겨운 전투를 벌이고 있을 그의 안전을 걱정하지 않을 수 없었다. 그것은 그에 대한 믿음과는 별개였다. 오귀스트 뒤를 따르던 수많은 군사들의 모습을 직접 보았기에 그 걱정은 더욱 컸다. 그러나 웬디는 이내 그 생각을 떨치며 당장 자신이 할 수 있는 일에 대해 생각했다.

"네가 지금 황궁에 가는 것과 비례할 만큼, 무척 중요한 일이 있어. ……날 좀 도와 줘. 폐하께서도 분명 그걸 바라실 거야."

킹즈브레이 궁에서의 전투는 계속 이어졌다. 라드 슈로더와 뱃지 에노스는 오귀스트를 호위하는 기사들 수십을 베어 넘겼다. 그들의 피가 흩뿌려진 만큼 슈로더 또한 붉게 젖어 들었다.

오귀스트 앵그르 공작의 표정에서는 이미 오래전부터 여유가 사라져 있었다. 제도 밖 군대들의 대치 상태가 시작된 순간부터 그의 계획은 틀어졌다. 그 소식이 전해지자 부하들의 사기가 눈에 띄게 떨어졌다. 그로 인해 킹즈브레이 궁에서의 전투에 너무 오랜 시간을 할애하고 말았다. 계획대로라면 제도 밖 그의 군대가 진즉 들이 닥쳐 황실 기사단을 제압하고 황궁을 장악했어야 했다. 황제의 목은 이미 바닥에 나뒹굴고 있어야 했다.

"우윽!"

그의 앞을 지키던 기사들이 연달아 쓰러지자 앵그르 공은 다급하게 사방에 남아 있는 부하들의 수를 확인했다. 그러나 그사이에도 슈로더의 검은 멈추지 않았다. 그의 검에 남은 자들이 속절없이 바닥 위로 나뒹굴었다.

사기가 땅에 떨어진 반란군들은 급속히 지쳐 갔고, 곧 자신들의 혁명이 성공하지 못할 것을 예감하였다.

"이곳은 제게 맡기십시오!"

뱃지가 남은 반란군의 처리를 자청하였다. 슈로더는 미세하게 고개를 끄덕이고 빠르게 오귀스트를 향해 검을 찔러 넣었다. 오귀스트 뒤에서 튀어나온 호위 기사가 마지막 발악처럼 슈로더의 검을 막았지만 역부족이었다. 슈로더의 검이 그의 가슴을 깊게 그어 올렸다. 곁에 서 있던 오귀스트의 얼굴에 붉은 핏방울이 가득 튀었다.

"때가 되었군요."

슈로더가 오귀스트의 목덜미를 향해 검을 뻗쳤다. 공작이 내내 장식처럼 손에 들고 있던 검을 처음으로 써서 공격을 막았지만 오래가지 않았다. 곧 슈로더의 유려한 검날이 공작의 목을 단숨에 베어 버릴 것처럼 움직였다. 오귀스트가 눈을 질끈 감았다.

"으윽!"

따끔한 고통에 그가 신음을 흘렸다. 슈로더의 검이 공작의 목에 바짝 붙어 피부에 얕은 상처를 내고 있었다.

"눈을 뜨시지요. 공의 마지막을 두 눈으로 똑똑히 보셔야 하지 않겠습니까. ……사내답게 고통을 마주하시란 말입니다!"

슈로더의 검이 더욱 깊게 피부를 찔렀다. 뜨끈한 핏물이 그의 목덜미 아래로 흘러내려 갑옷 위에 음각되어 있는 가문의 문양을 적셨다. 점도 높은 핏물이 그 안에 고여 피의 문양을 만들어 냈다. 오귀스트의 말로였다.

"……슈로더 공, 그대가 충성하는 이 제국이 언제까지 건재할 거라 생각하십니까? 베냐한은 얼마 못 가 무너지고 말 겁니다."

오귀스트가 죽음을 앞둔 예언자처럼 비장하게 말했다. 그러나 그의 말은 슈로더의 비웃음을 샀다.

"공이 베냐한에 존재하는 한 그 몰락은 현실이 될 것입니다. 그러나 오늘 이후로 더는 그것을 심려하지 않아도 될 듯하군요. 나의 검 아래 베냐한의 원흉이 사라질 테니."

"그대의 선택을 후세의 모두가 손가락질할 날이 오겠지요. 혁명을 막아 세우고 시대의 흐름을 거역한 죄를 그대 역시 달게 받아야 할 겁니다."

"죽기 전 사설이 길군요."

"……죽음 따위 두렵지 않습니다. 이미 각오했던 일."

오귀스트가 덤덤히 말하며 슈로더에게 싸늘한 웃음을 흘렸다. 슈로더를 보는 그의 눈에 경멸이 어려 있었다.

"물론 모두가 죽음을 두려워하지 않는 건 아닐 테지요. ……그대의 여인은 몹시 두려워하더이다. 겁에 질려 달아나는 모습이란, 나 또한 동정심이 들지 않을 수…… 으윽!"

오귀스트가 지껄이는 소리를 더는 들어 주지 못하고 슈로더가 검을 더욱 깊게 내리 눌렀다. 좀 전과 비교할 수 없을 만큼 핏물이 가득 흘러내렸다.

"슈로더 경! 아직 아니네! 그는 모두가 보는 앞에서 처형당해야 해. 킹즈브레이 궁이 그의 무덤이 되게 할 수는 없네!"

다가온 아이작 황제가 슈로더를 만류했다. 어느덧 주변의 모든 싸움이 끝나 있었다. 피에 젖은 황실 기사들이 슈로더와 오귀스트의 대화를 굳은 얼굴로 지켜보았다.

"경……!"

황제가 재차 그에게 사정했다. 마음의 고통에 제압당한 그의 가라앉은 눈동자가 황제의 얼굴 위로 잠시 미끄러졌다. 곧 슈로더의 검이 천천히 공작의 목에서 떨어졌다. 이에 황제가 안도의 한숨을 내쉬었다.

쉬이이익-.

그 찰나, 떨어졌던 그의 검이 빠르게 오귀스트의 어깨로 궤적을 바꿔 찔러 들어갔다. 아무런 저항 없이 박힌 검이 남자의 살과 뼈를 찢고 부수었다. 끝까지 귀족적인 품격을 잃지 않던 오귀스트의 얼굴이 고통스럽게 일그러졌다. 그가 괴로운 비명을 질렀다. 슈로더의 검은 이에 만족하지 않았다. 뽑혀 나온 검이 공중으로 높이 솟았다가 즉시 하강했다. 그의 검이 오귀스트의 팔목 하나를 노렸다.

"아아아악!"

뎅강 잘려 나간 오귀스트의 팔목이 로비 바닥 위로 떨어졌다. 고통에 취한 공작이 잘린 부위를 붙들고 비명을 내질렀다. 깔끔하게 잘린 단면 위로는 한동안 핏물조차 솟지 않았으나, 그렇다 하여 그가 느낄 고통이 반감되는 것은 아니었다.

"……겁에 질린 것처럼 보이는군요. 죽음이 이젠 좀 두려워졌습니까?"

라드 슈로더가 고통에 신음하는 오귀스트를 향해 말했다.

🌿❦🌿

"더 이상 막는 건 역부족입니다."

보뤼암스에 남은 기사들은 농민들과의 대치에서 최선을 다했으나 한계에 부딪쳤다. 물리적 충돌을 피하려던 처음의 시도도 무위로 돌아가고 양쪽에 몇 번의 부딪침이 있었다. 그럼에도 큰 부상자가 나지 않았던 것은 기사들이 살생을 위한 검을 쓰지 않고 오로지 방어 위주로 일관하였기 때문이었다. 그러나 그 또한 한계가 있었다.

결국 기사들은 농민들을 막지 못했다. 농민들의 숫자에 비해 터무니없이 적은 인원으로 이만큼 그들을 붙들어 놓았던 것이 오히려 기적이라면 기적이었다. 기사들의 제지를 벗어난 농민들은 보뤼암스를 나와 제도 내로 입성하였다.

그들은 본래 계획대로 황궁 앞까지 나아가 황제와의 만남을 청하려 하였다. 실제 황제를 만날 것을 그들 자신도 확신하진 못했지만 황궁 앞에서 자신들의 목소리를 내고 황제를 알현하려 했다는 것은 농민들에게 있어 몹시 상징적인 일이었다. 이러한 시도는 농민들의 피폐한 현실 인식과 처우 개선에 대한 분수령이 될 것이다. 온 제국민들에게 그들의 이러한 시도를 알릴 수 있을 것이다. 그러나 무엇보다 그들은 황제 가까이에서 진정으로 그들이 원하는 바를 직접 목소리 내겠다는 원초적인 생각을 우선하여, 이를 통해 당장의 개선이 이뤄지길 간절히 바랐다.

그들 무리가 제도 내에 입성하자 다수의 평민들이 그들과 합류하였다. 황궁을 향해 나아가는 행렬은 더욱 대규모가 되었다. 그들은 대로를 통해 이동했다. 부상자가 함께 있었기에 이동 속도는 더뎠다.

드륵— 탁!

급하게 닫히는 창문을 힐끗 본 에듀발이 다시 정면으로 고개를 돌렸다. 그들의 행렬이 이동할 때마다 겁을 먹은 사람들이 꽁꽁 문을 걸어 잠그고 다급히 모습을 감추는 것을 벌써 수도 없이 보았다. 혹 해를 당하지 않을까 겁을 내는 것이리라. 농민들 역시 선량한 제국민들이었지만 혹시 모를 불미스러운 일을 미연에 방지하기 위해 에듀발 역시 그들을 바짝 통솔하고 있었다. 이미 몇몇의 치기 어린 젊은이들이 제도 내 입성을 기뻐하며 거리의 집기 일부를 부숴 그에게 호된 경고를 받은 바 있었다. 농민들은 폭동을 일으키기 위해 제도를 온 것이 아니었다.

따그닥, 따그닥, 따그닥, 따그닥!

그때 대로 저편에서 말을 탄 기사들이 그들을 향해 질주해 오는 모습이 보였다. 대략 백여 명이 넘는 수였다. 한꺼번에 들리는 말발굽 소리는 매우 위협적인 것이어서 농민들을 긴장하게 만들었다. 그들이 서 있던 대로는 양옆에 건물들이 즐비한 크고 너른 길이어서 발굽 소리를 증폭되게 하는 소리의 통로 역할을 했다. 농민들은 그 압도적인 소리에 걸음을 멈추고 기사들을 경계했다.

"워워!"

그들 앞에서 말을 멈춰 세운 기사들 중 한 명이 앞으로 나와 입을 열었다. 기사는 온 얼굴을 가린 투구를 쓰고 두꺼운 갑옷을 완비하고 있어 그들과의 전투를 예비하고 온 것처럼 보였다. 다른 기사들 역시 마찬가지여서 마치 전쟁을 나가는 장수들 같았다. 보뤼암스의 기사들과는 전혀 다른 차림이었다. 그들의 차림에 농민들은 불안감을 느꼈다.

"나는 황실 기사단의 딜런 레녹스다."

기사가 말했다. 예상 밖의 젊은 목소리였으나 그 하는 양은 몹시도 위압적이었다. 기사가 선두에 서 있는 농민들의 얼굴을 찬찬히 훑어봤다.

"……황실을 향해 가는 게 맞나?"

그의 물음에 한동안 정적이 흘렀다. 자신들을 막아 서기 위해 왔는가. 기세를 보아 하니 쉽게 그들을 보내 주진 않을 것 같았다. 정적 속에 침을 꼴깍이는 소리가 여기저기 났다. 잠시 뒤, 에듀발이 목소리를 가다듬고 물음에 답했다.

"그렇습니다! 우리는 우리의 생각을 폐하께 직접 전……!"

"그대들의 목적지로 향하는 것을 막지 않겠다."

에듀발의 말을 끊고 울려 퍼진 기사의 음성에 모두가 놀라며 잠시 침묵했다. 믿을 수 없는 말이었다. 모두의 의심스러운 시선이 꽂힐 때 기사가 이어 말했다.

"다만, 이 길을 통해 가는 것은 더 이상 허락하지 않는다. 제도 내 어떤 민가 근처로도 통과하는 것을 불허한다!"

"그게 대체 무슨 말입니까?"

에듀발이 물었다.

"그대들이 조성한 불안이 제도 내 퍼지는 것을 두고 볼 수 없다. 그대들이 일으킬지 모를 소란에 대하여 우리는 위험을 감수하지 않기로 하였다. 황궁을 향해 가고 싶다면 민가가 없는 버투왓 강 옆길을 이용하라. 그곳을 통한다면 더 이상 누구도 그대들의 길을 막지 않을 것이다."

딜런 레녹스의 말을 들은 농민들이 제각각 웅성거렸다.

"함정입니다! 그곳에 우리를 몰아넣고 한꺼번에 공격을 하려는 심산입니다!"

그때 한 청년이 우악스럽게 딜런 레녹스를 노려보며 외쳐 말했다. 존 피아프였다. 지금껏 황실 기사들의 제안에 가장 크게 반발하며 급진적인 성향을 보여 온 청년이었으나, 그의 말이 틀린 것은 아니었다. 에듀발이 흥분해 소리치고 있는 존을 진정시킨 후 황실 기사에게 말했다.

"함정이 아니란 것을 어찌 믿습니까?"

"정 믿지 못하겠다면, 내가 직접 비무장 상태로 그대들과 함께 동행하겠다. 나는 레녹스 후작가의 딜런 레녹스다. 나의 목숨은 결코 가볍지 않으니, 그대들에게 나의 목숨을 맡기겠다."

딜런 레녹스가 두려움 없이 말했다. 말 위에 올라 두꺼운 갑옷을 입고 있는 그였으나 조금의 흔들림도 없이 굳건했다.

"그럼에도 나의 제안을 수용할 수 없다면 우린 죽길 각오하고 그대들의 접근을 막을 것이다. ……어찌하겠나?"

갈등에 휩싸인 에듀발의 표정이 한참만에야 조금 펴졌다. 그는 기사의 제안을 수용하기로 하였다. 더는 쓸데없는 유혈 사태가 일어나는 것을 원치 않았다. 만약 기사의 제안이 함정이라 한데도,

제도의 평민들이 그들 무리에 합류한 이상 마구잡이로 농민들을 제압하진 않을 것이었다. 지금껏 농민들에게 검 끝을 겨누길 주저하던 기사들의 일관된 태도만 보아도 큰 위험은 없을 것이란 생각이 들었다. 무엇보다 기사들에게 그들을 제압할 수 있는 무력과 인원이 남아 있다면 어느 길을 통해 가든 농민들이 맞이하게 될 상황은 같을 것이었다. 민가가 있는 곳을 통해 가기를 고집하다가 기사들과 충돌이 일어 죄 없는 부녀자나 아이들까지 휘말리게 할 필요는 없었다.

에듀발은 자신의 의견을 그들 동료들에게 전했다. 몇몇의 반발이 있었으나 다수의 동의를 얻을 수 있었다.

"좋습니다."

에듀발이 수락하자 기사는 즉시 차고 있던 검을 검집째로 옆에 있던 다른 기사에게 건넸다. 그는 곧장 말에서 내려 갑옷을 벗어 말 위에 올린 후, 에듀발에게 다가왔다.

"몸수색을 하시오."

기사가 머리에 쓴 투구를 벗으며 말했다. 드러난 얼굴이 생각보다 더욱 어렸으나 마주한 눈빛이 진중했다. 에듀발은 그의 황실 기사 복장과 다부진 어깨 위의 견장을 곁눈질하며 고개를 끄덕였다. 옆에 있던 사람 하나가 나서 그의 몸수색을 했으나 깨끗했다.

"길을 안내하겠소."

기사가 말했다. 그들 행렬의 이동이 다시 시작되었다.

버투왓 강의 모래톱 위에 선 웬디는 강물을 굽어보며 유속과 지형을 살폈다. 소피 아버지의 도움을 받아 그녀는 가장 유속이 느린 곳을 택했다. 적당한 장소를 물색했으니 이제 이곳에서 그녀의 계획대로 준비를 해야 했다.

"되돌아가죠. 모여 계신 분들께 이곳으로 와 달라 부탁하면 되겠어요. 문제없겠죠?"

웬디의 물음에 남자가 걱정 말라 말하며 먼저 앞장섰다. 그를 따라 걸음을 뗀 그녀가 모래톱 위에 발자국을 몇 개 남겼을 때 뜻밖의 목소리가 들려왔다.

"……웬디 양! 웬디 양!"

강 건너편에서 그녀를 부르는 음성이었다. 몹시 애타고 또 기쁨에 찬 감정이 정제되지 않은 채로 가득 느껴졌다.

"……도웨인 경!"

기사들의 모습을 발견한 웬디가 그 즉시 물가로 달려갔다. 강물이 발을 적셨으나 개의치 않았다. 웬디의 얼굴에 가슴 벅찬 미소가 번졌다. 그를 이곳에서 만나게 될 줄이야!

"경!"

떨림이 담긴 웬디의 음색에 화답하듯 도웨인 경이 몇 번 더 웬디의 이름을 불렀다.

"살아 계실 거라 생각했습니다!"

파스칼이 땀범벅이 된 얼굴 위로 눈물 비슷한 것을 흘리며 외쳤다. 웬디가 멀리 있어 그 물기를 들키지 않은 것은 기사의 체면상 다행스러운 일이었다.

잠시 뒤, 기사들이 강을 건너왔다. 말과 함께 이동해 와야 했기 때문에 강을 건너는 데는 큰 배가 필요했다. 웬디를 돕기 위해 나와 있던 어부들의 배 중 가장 큰 배가 그들을 태워 날랐다.

웬디는 파스칼과의 상봉을 무척 기뻐했지만 무엇보다 그의 말 위에 엎어져 세상모르고 자고 있는 소년의 모습을 보고 더욱 기뻐하였다. 벤포크였다.

"강변에 쓰러져 있는 것을 발견했습니다. 아이의 모습을 보고 웬디 양의 실종과 관련 있을 거라 여겼습니다. 맞습니까?"

파스칼의 물음에 웬디가 긍정하며 고개를 끄덕였다. 그녀는 잠이 든 소년의 이마를 조심스럽게 쓸었다. 따뜻한 온기가 아이의 무사를 증명하고 있었다.

"그리고 이것도……."

파스칼이 말 위에 묶인 무언가를 가리키며 말했다. 아무렇게나 접힌 채 밧줄로 묶여 있었지만 쉬이 그 정체를 알 수 있었다. 웬디가 강 위에 키워 냈던 부레옥잠이었다.

"뭍에 밀려와 있는 것을 발견했습니다. 그 기이한 크기에 웬디 양을 떠올릴 수밖에 없었죠. 대체 무슨 일이 있으셨던 겁니까?"

파스칼의 물음에 웬디는 바로 답하지 않고 나중에 기회를 봐 이야기해 주겠다 담담히 말했다. 파스칼이 우려 섞인 눈으로 그녀를 바라보았다.

"경께서도 절 도와주셔야겠어요. 다른 기사분들 모두요."

웬디는 부러 더 밝은 목소리로 그에게 말했다. 할 일이 아주 많았다.

곧 그녀의 요청에 따라 배를 띄운 어민들이 그물을 내렸다. 생각보다 더욱 많은 사람들이 나섰다. 모래톱 위에 선 웬디는 그들의 위치를 각각 지정해 주며 여기저기를 뛰어다니느라 바빴다.

"좋아요! 네, 그쯤이요!"

"아가씨, 여기서 백날 그물을 내려 봐야 소용없대도! 여긴 물고기 잡히는 자리가 아니라니까, 원!"

수염이 길게 난 늙은 어부가 그녀에게 볼멘소리를 했다. 그의 목청이 어찌나 좋은지 소리가 왕왕 울렸다.

"물고기를 잡으려는 게 아니에요! 신호를 드리면 그물을 올려 주세요! 그물에 가두어진 건 뭍으로 올려 주시면 돼요!"

웬디가 입가에 두 손을 둥글게 모아 올리고 크게 소리쳤다. 말을 마친 그녀는 곧 상류를 향해 뛰어갔다. 파스칼이 그녀와 함께 동행했다.

한참을 거슬러 올라간 그녀는 바위가 강으로 이어져 강폭이 좁아진 곳에서 멈췄다. 바위 위를 총총히 걸어 그 끝까지 간 그녀가 주변에 파스칼 외 아무도 없는 것을 확인하고 신호를 기다렸다. 얼마의 시간이 흘렀을까, 밀리시 긴 휘파람 소리가 들려왔다. 신호였다.

웬디는 그 즉시 바위 끝에 쪼그려 앉아 검지를 물에 담갔다. 폭이 좁은 상류는 어부들이 모여 있는 하류에 비하여 물살이 빨랐다. 웬디에게는 아주 좋은 조건이었다.

"너무 가까이 다가가지 마십시오!"

웬디가 행여 물에 빠질까 파스칼이 뒤에 서서 노심초사하는 소리가 들렸다. 그녀는 괜찮다 말하며 정신을 집중했다. 손가락 위를 스쳐 지나가는 세찬 물결이 느껴졌다. 웬디의 머릿속에 몬트라피의 모습이 가득 떠올랐다. 꽃이 지고 막 낟알이 맺혀 여무는 몬트라피의 모습이었다.

변화는 웬디의 손가락 근처가 아닌 저 아래쪽에서 먼저 일어났다. 그녀의 검지를 스쳐 지나간 강물에서 일어난 변화였다. 몬트라피였다. 그건 분명 몬트라피였다! 몽글몽글하게 강물 위를 떠가던 초록색 빛깔이 점차 커졌다. 그 빛 사이에 하얀 몬트라피 꽃이 여기 저기 폈다가 금세 쇠락하였다.

"……웬디 양, 제가 보고 있는 게 대체 무엇입니까? 저건…… 대체……."

경악이 뒤섞인 도웨인 경의 목소리가 들렸지만 웬디는 더 이상 그에게 대답을 해 주지 못했다. 손가락에 정신을 집중하는 것만도 그녀는 가빴다. 물결은 거침없었고 또 계속 흘렀다. 웬디의 손을 스친 물결은 끊임없이 연두색 몬트라피 싹을 토해 냈고 그것들은 반짝이는 강물 위에서 저들의 할 일을 다했다. 연두가 초록이 되고 또 꽃이 피었다 지고 하는 시간들이 강물의 뒤척임에 집약되어 한순간에 나타났다.

황궁에 남은 반란군 잔당이 정리되자마자 라드 슈로더를 위시한 기사단원들은 다시 말에 올랐다. 보뤼암스를 떠난 농민들의 행렬에 대한 소식을 전해 들었던 까닭이다.

그들은 급히 궁을 나왔다. 행렬을 향해 가던 도중 슈로더는 시가지를 통과하던 행렬의 이동이 외곽으로 빠졌다는 보고를 들었다. 기사단은 그 즉시 말 머리를 돌렸다.

슈로더의 곁에 바짝 붙어 말을 몰던 장 자크 시뮤안은 단장의 눈치를 살피며 타 들어가는 심정을 숨겼다. 그에게도 웬디의 실종 소식이 전해졌다. 버레이 경이 그녀에 대해 지껄인 소리 역시도 현장에 함께 있었던 기사의 입을 통해 조심스럽게 전해졌다.

불안한 표정을 한 장 자크가 슈로더의 얼굴을 다시 살폈다.

그의 상관은 그저 의무적으로 움직이고 있었다. 굳게 다물린 입술 위에는 깊은 환멸이 자리했고 잿빛 눈동자에는 건들 수 없는 분기와 고통이 머물렀다. 결코 내쫓을 수도 벗어날 수도 없는 감정으로 보였다.

장은 그래서 웬디의 시신을 수습해야 하지 않겠냐는 말을 감히 꺼낼 수가 없었다. 강을 따라 멀리 흘러가기 전에 찾아야 하지 않겠냐는 말을 감히 할 수가 없었다. 장은 자신이 없었다. 막상 그녀의 시신을 찾는다 해도 그 시신을 라드 슈로더에게 과연 보일 수나 있을까. 입도 벙긋할 수 없는 불안이 밀려왔다.

그의 상관이 지니고 있던 고질적인 냉담함이 더욱 깊어질까, 혹은 사라질까 그는 그것이 두려웠다. 슈로더가 겪어야 할 상실은 그 자신을 완전히 바꾸어 놓는다 해도 결코 모자라지 않을 깊은 병과 같았다. 그의 상관은 그 병에서 회복되려는 노력을 하지 않을 것이다. 웬디 왈츠라는 여인이 남기고 간 병이기 때문이었다. 그는 기꺼이 그 병을 앓으리라.

히이이잉.

멀리 버투왓 강이 보였다. 그리고 그 강을 따라 이동하는 농민들의 행렬이 그들의 눈에 들어왔다. 기사단은 잠시 말을 멈추고 행렬의 수를 헤아렸다. 행렬은 한눈에 다 들어오지 않을 만큼 끝없이 이어지고 있었다.

"시뮤안 경."

그때 슈로더가 장 자크를 불렀다.

"웬디, 그녀의 눈동자 색이……."

매듭이 지어지지 않는 음성으로 그가 말했다. 장이 한참을 기다렸으나 슈로더에게서 더는 이어진 말을 들을 수 없었다. 다만 그의 시선이 도도히 흐르는 초록빛 강물에 향해 있었기에 장은 그가 그 강물 빛을 보고 그녀의 눈동자 색을 떠올렸을 거라 짐작하였다.

그들은 다시 말을 움직였다. 농민들의 행렬을 막아 세우기 위해, 그리고 황제가 명한 그들에 대한 우선적인 지원에 대해 전하기 위해, 그렇게 말을 달렸다.

저 많은 행렬이 황궁 앞에 다다라 저마다의 목소리를 높인다면, 이는 아이작 황제에게 있어 그 무엇보다 모욕적인 일이 될 것이었다. 황정 아래 있는 어느 땅 위에서도, 또 그들의 역사 어느 한순간에도 그러한 일은 없었다. 이는 아이작 황제 치리에 있어 영원히 남을 치욕적 사건으로 기록될 것이다. 황실 기사단에게는 그것을 막을 의무가 있었다.

기사단은 빠르게 말을 달려 농민들의 행렬 앞을 가로막았다. 무리들이 일제히 동요하며 그들이 가진 무기를 들어올렸다. 슈로더는 그들 중 낯익은 얼굴 하나를 찾았다. 농민들을 실질적으로 이끄는 우두머리인 에듀발이었다. 선두에 선 에듀발의 모습을 발견한 슈로더가 그 순간 눈매를 가늘게 떴다. 그의 눈길이 에듀발 옆에 있는 남자에게로 가 의아하게 머물렀다.

"딜런 레녹스, 경이 왜 그들과 함께 있는가?"

슈로더의 물음에 딜런이 당황의 빛을 보이며 말했다.

"제가 보낸 기사를 만나지 못하셨습니까?"

딜런은 웬디의 부탁을 받고 그녀의 생존과 또 계획에 대해 전하기 위해 황궁으로 사람을 보냈다. 기사는 딜런이 농민들과 성공적으로 합류하였을 때 그 소식을 듣고 떠났다. 그러나 기사는 슈로더가 궁을 떠나기 전에 미처 그곳에 도달하지 못한 모양이었다.

"상황을 설명하기 위해 기사를……."

"더러운 새끼들! 황실의 기사라는 작자들이 이런 함정을 파?"

그 순간, 딜런의 말을 끊으며 존 피아프가 왈칵 성을 냈다. 목청을 돋운 그가 황실 기사단을 보며 욕설을 내뱉었다. 그 음성을 시작으로 동요는 순식간에 퍼졌다. 농민들은 들고 있던 무기를 앞으로 밀며 기사들을 경계했다. 딜런의 곁에 서 있던 농민 여럿이 그에게도 낫과 곡괭이를 겨눴다.

그때 슈로더의 뒤쪽에 있던 기사 하나가 슈로더에게 다가와 은밀히 귀엣말을 했다. 앵그르 가문에 들어가 공작의 심복으로 행세하며 남 몰래 슈로더에게 정보를 전했던 툴린이었다. 귀엣말을 들은 슈로더의 표정 위에 싸늘한 비소가 떠올랐다.

슈로더의 명에 의해 존 피아프와 오귀스트의 연결점을 찾던 툴린은 그간 자신이 조사한 것들을 짧게 보고했다. 그는 존 피아프의 동생이 앵그르 가문의 견습 기사가 되었다는 사실을 확인해 주는 한편, 존이 오귀스트를 여러 번 만났던 것과 그들 간에 돈이 오간 정황을 포착하였다는 말을 덧붙였다.

"오귀스트의 개가 이곳에도 있었군. 네 주인은 곧 목이 잘릴 텐데 개의 짖는 소리는 아직 우렁차구나."

"무, 무슨⋯⋯!"

슈로더가 존 피아프를 보며 하는 말에 에듀발과 그들의 동료가 의아하게 존을 바라봤다.

"에듀발, 그대는 저자의 동생이 앵그르 가문의 견습 기사가 된 것을 아는가? 앵그르 가문이 일으킨 반란에 그대들을 이용하기 위해 저자가 끊임없이 속살거린 사실을 아는가 말이네!"

그가 에듀발에게 위엄차게 소리쳤다.

"반란은 모두 제압되었다. 존 피아프, 네 계획은 이미 틀어졌어. 네 주인인 반란군의 수장은 목이 잘려 곧 효시될 것이다. 네놈의 목 역시 그 옆에 걸린다면 그 또한 보기 좋은 광경이 되겠지."

슈로더는 거기서 멈추지 않고 검을 빼들었다. 이에 농민들이 주춤 뒤로 물러나며 슈로더를 향해 공격할 준비를 했다. 반란군에 대해 아는 바가 없던 그들은 라드 슈로더가 하는 말을 쉽게 이해하지 못하였다. 에듀발의 의심스러운 시선이 존 피아프를 향했지만 그 또한 당장 슈로더의 검 아래 존을 내줄 수는 없었다.

그들의 대치가 또 다시 시작되었다. 딜런 레녹스에게는 여전히 쇠붙이가 들이밀어져 있었다.

상황이 나빴지만 슈로더는 검을 거두지 않았다. 그는 오귀스트의 앞잡이 노릇을 한 존 피아프에 대한 살의를 감출 수가 없었다. 오귀스트와 관련된 모든 것을 파괴하고 싶은 욕구가 그를 지배했다. 존 피아프를 감싸는 농민들 역시, 그런 그의 야수성을 건드리는 대상들이었다.

웬디.

웬디 왈츠.

그녀의 눈동자가 레이니 숲의 그림자를 품은 저 강의 수면처럼 짙은 초록색이었던 사실을 저들은 모를 것이다. 그녀의 머리칼이 찬란한 햇살 아래 향기를 풍기는 프리지어처럼 샛노랗다는 것을 저들은 모를 것이다. 그녀의 미소가 구름 사이로 솟은 별처럼 은은히 아름답단 사실을 결코 모를 것이다. 그들은 영영, 영영 모를 것이다.

그것은 그에게 있어 고통스러운 일이었다. 노여워해야만 하는 일이었다. 그래서 그는 검을 거둘 수 없었다.

"저기, 저길 보시오!"

바로 그때였다.

누군가 버투왓 강을 가리키며 소리쳤다. 침묵 가운데 그 음성은 도드라졌고, 모두의 시선은 강을 향했다. 그 순간, 약속이나 한 것처럼 모두가 입을 다물지 못하고 멍하니 버투왓 강의 풍경을 바라보았다.

연한 갈색 빛의, 막 가을의 기운을 품은 그 무언가가 수없이 강물의 수면 위로 둥둥 떠내려 오고 있었다. 그 행렬은 농민들이 이룬 행렬보다 더욱 많았고 끝이 없었다.

언뜻 강 위에 떠 있는 수초처럼 보였지만 결코 그것이 아니란 것을 농민들은 바로 알 수 있었다. 그들이 수년, 혹은 수십 년간 매일

같이 손으로 만지고 키워 온 그것을 어찌 몰라 볼 수 있겠는가.

끝없는 갈색 빛의 행렬은 중간중간 강 위에 떠 있던 배에서 내린 그물에 걸려 조금씩 걷어 올려졌다. 저 멀리 아래까지 그물을 내린 배가 여럿이었다. 그 갈색 빛의 행렬이 그들 근처 강가로 왔을 때, 또 일부가 물결에 떠밀려 뭍에 다다랐을 때 누군가 외쳤다.

"모, 몬트라피! 몬트라피요!"

그 음성을 신호로 하여 농민의 행렬이 허물어졌다. 그들은 너 나할 것 없이 손에 쥐고 있던 쇠붙이를 땅에 떨어뜨리고 허겁지겁 정신없이 강가를 향해 뛰었다. 어떤 이는 물에 뛰어들어 떠내려가는 몬트라피 더미를 잡아 올렸고, 어떤 이는 뭍에 닿은 몬트라피를 하나하나 주워 모았다. 그들은 마치 물에 빠진 자신의 자식을 구해 내듯 물에서 건진 몬트라피를 애타게 품에 안았다. 더부룩한 열매를 안은 이삭들이었다.

히이이이잉!

검을 거둔 채 떨리는 눈으로 그 풍경을 보던 슈로더가 그 순간, 발로스의 배를 크게 차며 급히 달려 나갔다. 말 머리는 몬트라피가 떠내려 오는 상류를 향해 있었다. 강을 거슬러 올라가는 그 짧은 시간 동안 그는 빌고 또 빌었다.

원컨대, 부디 그녀가.

부디,

살아 있기를.

라드 슈로더가 강 위쪽에 다다랐을 때, 그의 눈동자는 바위에 부딪쳐 튀어 오르는 물결보다 더욱 크게 흔들렸다. 눈동자 위로 저만치 강물에 손을 담그고 있는 여인의 모습이 떠올랐다. 그녀였다.

슈로더는 숨이 꽉 막히는 것을 겨우 견디며 호흡을 위해 노력해야 했다. 왈칵 끼쳐 온 뜨거운 무언가가 그의 가슴을 온통 적셨다. 자취 없이 시들어 버렸던 꽃이 그 안에서 다시 고개를 드는 게 느껴졌다. 슈로더는 그 꽃잎을 손에서 놓치지 않기 위해 달렸다. 놓칠까 봐 겁이 나 생을 다하여 달렸다.

히이이이잉!

발로스 위에서 뛰어내린 그가 바위 위를 달려 그녀 뒤에 섰다. 놀란 얼굴의 파스칼이 슈로더를 바라보았지만 그의 눈엔 들어오지 않았다.

그는 겨우겨우 숨을 내쉬며 웬디의 가는 어깨를 응시하였다. 차마 손을 댈 수도 없는 두려움이 그를 감쌌다. 꽃잎의 속성은 쉽게 바람에 날려 사라지는 것이었다. 그녀 역시 그럴 것 같아 기사는 겁이 났다.

그때 그녀가 물에서 손을 빼냈다. 가쁜 숨을 한 번 내쉰 그녀가 몸을 일으켰다. 그 순간, 날카로운 현기증이 그녀를 덮쳤다. 무리하게 정신을 한데 기울여 힘을 쓴 탓이었다. 웬디의 몸이 휘청 휘었다.

"웃!"

쓰러진 꽃 더미를 일으켜 세우듯 그가 웬디의 어깨를 뒤에서 안았다. 놀란 그녀가 고개를 모로 돌렸다.

"……슈로더 경?"

그는 답하지 못했다. 가까스로 입을 열었으나 음성이 만들어지지 않았다. 웬디가 그를 보기 위해 뒤돌려 했지만 그가 놔주지 않았다.

"경……?"

"……나는."

그가 잠긴 소리로 말했다. 그 음성에 웬디가 놀라 다시 한 번 그를 불렀다.

"……두렵소."

"……."

"그대를 생각하면…… 두려워 견딜 수가 없어."

울고 싶게 만드는 목소리였다. 웬디는 그의 손 위에 자신의 손을 포개 올렸다.

"이 온도를 다신 느끼지 못할 거라 생각하였소. ……그댄 내게 잔인한 일을 했어."

그 어떤 말보다, 그 어떤 향기보다 더 강렬하게 그의 뇌리를 파고든 온도. 눈을 가려도 알 수 있을 것 같은 손길이 그의 손 위에 닿아 있었다.

웬디는 조심스럽게 그의 손을 쥐었다. 그리고 그를 향해 뒤돌았다. 기사는 더 이상 그녀가 뒤도는 것을 막지 않았다. 웬디는 안타까운 마음을 숨기지 않은 채 그를 올려다봤다. 검은 밤의 소금밭처럼 서늘한 향을 풍기던 남자의 잿빛 눈동자가 이 순간 몹시 따뜻하게 느껴졌다. 그 안에 깃든 아픔이 그녀의 마음을 똑같이 아프게 했지만 회복될 수 없는 아픔이 아니라는 것이 그들을 위로했다. 웬디가 그를 보며 흐리게 웃었다.

"미안해요. ……다신 당신을 두렵게 하지 않겠어요. 잔인하게…… 군 걸 용서해요."

그녀는 정직한 목소리로 그에게 용서를 구했다. 믿을 수 없게도, 그는 금방이라도 눈물을 쏟을 것 같은 얼굴을 하고 있었다. 누가 먼저랄 것 없이 둘은 서로를 안았다.

버투왓 강의 물결은 작은 괴팍함도 없이 잔잔히 흘러갔다. 레이니 숲은 여전히 암녹색으로 반짝였고, 바람은 맥박처럼 그들 사이를 떨며 휘돌아 불었다. 하늘에는 곱게 쌓여 있는 하얀 모래를 빗자루로 쓸어 낸 것처럼 길게 늘어져 있는 구름이 여기 저기 뒤덮여 있었다.

그리고 그 아래 두 사람이 있었다.

진정 평화로운 풍경이었다.

🙶❀🙷

제도에 소문이 돌았다. 반란군이 황궁을 습격하였으나 모두 제압되어 곧 처형이 이어질 것이란 소문이었다. 그러나 그보다 더욱 사람들의 관심을 끈 소문이 있었으니, 그것은 바로 버투왓 강을 따라 흘러내려온 몬트라피에 관한 것이었다. 봉기한 농민들이 모두 그 몬트라피를 몇 수레씩 담아 자신들의 고향으로 되돌아갔다 했다. 어떤 이는 믿을 수 없다 고개를 내젓고 어떤 이는 놀라 입을 벌렸다. 그 수레를 빌려 주었다거나 직접 보았다는 사람들이 속속 나타나는 것으로 보아 완전히 허튼소리는 아니었지만 쉽게 믿을 수 없는 일이었다.

하나 사람들은 곧 모든 소문을 납득하였다. 그 몬트라피를 황제가 미리 예비해 놓은 것이란 소문이 다시 제도 전체를 휩쓸었기 때문이다. 어떤 이는 이웃의 스페르만 공국에서 들여온 몬트라피라 하였고, 어떤 이는 황궁에서 남몰래 제다 아카데미 교수들의 도움

아래 재배하고 있던 몬트라피라 하였다. 봉기한 농민들의 행렬을 막기 위해 황제가 그것을 극적으로 강물에 뿌렸다 했으니, 모두들 혀를 내두르며 아이작 황제의 기지에 감탄했다.

몬트라피의 꽃을 노린 해충에 모두가 피해를 보았으나, 이번에 뿌려진 몬트라피는 꽃이 지고 낟알이 가득 맺힌 것이라 했다. 사람들은 올해 소출이 풍성할 것이란 기대를 하였고 이러한 시장의 심리에 따라 몬트라피의 값은 안정되어 갔다. 귀족들이 불법적으로 점유하였던 몬트라피를 압수한 황실에서 이를 풀어 값을 안정시킨 이유 또한 있었다.

"여기 있네. 국새가 분명히 찍혀 있으니 잘 확인해 보게."

아이작 황제가 웬디에게 고급스러운 양피지를 내밀며 말했다. 웬디가 그것을 펴 보고는 만족스럽게 고개를 끄덕였다.

"확실하군요. 이걸로 폐하와 저의 거래는 모두 성립되었습니다."

"그래, 그대와 나 모두에게 만족스러운 거래였네."

황제가 능글맞은 웃음을 지으며 그녀가 들고 있는 양피지를 건너 보았다.

"기념하여 저녁에 축배를 드는 게 어떻겠나? 내 훌륭한 만찬을 준비하도록 하지."

"축배는…… 폐하와 들 게 아니라 슈로더 경과 드는 게 맞는 것 같군요."

웬디가 피식 웃으며 양피지를 갈무리했다. 황제가 뭐라 더 말하려 했지만 그녀는 틈을 주지 않고 인사를 올렸다.

"잠시 후, 재판에서 뵙겠습니다."

웬디는 미련 없이 일어서 킹즈브레이 궁의 알현실을 빠져 나왔다.

"이야기는 잘 마쳤소?"

알현실 밖에서 기다리고 있던 슈로더가 그녀에게 다가오며 말했다. 웬디는 홀로 황제를 독대하였다. 둘 사이에 오간 비밀스러운 거래 때문이었다.

"폐하께서 모든 것을 수용해 주셨습니다."

그녀가 후련한 웃음을 보였다.

"재판이 시작되었다 하오. 함께 갑시다."

그가 웬디에게 손을 내밀었다. 망설임 없이 그 위에 손을 올린 웬디는 그와 함께 재판장을 향했다.

재판은 비공개 재판으로 진행되고 있었다. 법관이 막 하즐렛 백작의 죄를 읊고 있었고 백작 내외는 하얗게 질린 얼굴로 죄의 낱낱을 들었다. 법관의 말이 모두 끝나고 백작은 옹색한 변명을 잠시 하였으나, 곧 모든 죄를 인정했다. 그러나 그의 곁에 선 하즐렛 백작 부인은 가문의 몰락을 그대로 지켜볼 수 없었던지 끝까지 악을 쓰며 자신들의 억울함을 주장하였다. 그러나 받아들여질 리 없는 헛된 주장이었다.

그때 하즐렛 백작 부인이 그런 그들을 멀거니 지켜보고 있던 웬디의 모습을 발견했다. 이지러진 달처럼 몰락을 앞둔 백작 부인은 더 이상 두려울 것이 없었다. 연좌니 뭐니, 죄가 더해진다 해 보았자 지금과 달라질 것은 없었다.

"저 아이! 저 아이의 죄를 고발합니다!"

부인이 웬디를 가리키며 표독스럽게 말했다. 법관의 시선이 그녀가 가리키는 대로 웬디를 향했다.

"저 아이는 하즐렛가의 장녀 올리비아 하즐렛입니다! 몇 해 전, 집을 나간 저 아이는 귀족의 신분을 버리고 평민의 신분을 사들였습니다! 제국의 법이 공평하다면 저 아이 또한! 합당한 벌을 받아야 하지 않겠습니까!"

부인의 말에 하즐렛 백작이 그녀를 붙들며 조용히 하라 작게 말했지만 부인이 들을 리 없었다. 법관의 시선이 곧 웬디를 향했다.

"하즐렛 부인의 말이 사실이오? 사실이라면 그대 역시 중형을 면치 못할 것이오."

그가 지엄한 목소리로 물었다. 웬디는 당황의 빛을 조금도 보이지 않고 하즐렛 백작 부인을 똑바로 바라보며 입을 열었다.

"사실입니다."

그녀가 순순히 죄를 시인하자 백작 부인이 입꼬리를 말아 올렸다.

"죄를 받아야 한다면 달게 받겠습니다."

웬디의 말이 끝나자마자 닫혀 있던 재판장 문이 열리고 황제가 등장했다. 그의 등장에 안에 있던 몇 안 되는 인원 모두가 일제히 일어나 예를 올렸다. 아이작이 웃으며 그런 그들을 만류하였다.

"되었으니, 재판을 속개하게. 이 재판은 하즐렛 백작 내외에 대한 재판이지 저 여인에 대한 재판은 아니지 않나. 그건 나중으로 미루지."

안에서의 대화를 모두 들은 것처럼 그가 말했다. 황제의 말에 법관이 그리하겠다 대답하였다.

백작 부인은 자신이 보는 앞에서 웬디가 질질 끌려 나가지 않는 것이 억울한 것처럼 연신 씩씩댔다. 그러나 그런 부인의 아쉬움을 달래 줄 사람은 이곳 어디에도 없었다. 곧 하즐렛 가문의 죄에 대한 대가가 언도되었다. 그들은 모든 재산을 몰수당하고 귀족 명부에 그 이름이 지워지는 처벌과 하즐렛 영지 귀퉁이에서 평생 떠나지 못하고 머물러야 하는 처벌을 받게 되었다. 하즐렛 가문의 이름은 영원히 베냐한 제국에서 사라지게 되었으나, 이번 반역에 가담한 다른 이들과 달리 하즐렛 내외는 목숨을 부지할 수 있었다. 그것 역시 황제와 웬디가 거래한 조건 중 하나였다.

재판이 끝나고 백작 내외는 홍줄에 묶여 끌려 나갔다. 백작 부인은 끝까지 웬디를 노려보는 것을 멈추지 않았다. 자신들의 처지에 대한 원망을 모두 그녀에게 돌리는 듯했다. 이에 반해 백작은 웬디의 시선을 피하며 고개를 숙였다. 웬디는 그의 초라한 뒷모습을 보며 자신도 모르게 한숨을 내쉬었다.

그때 슈로더가 그녀의 손을 꼭 잡아 왔다. 아늑한 손길에 마음이 조금 풀렸다.

"웬디, 양피지를 법관에게 주게."

황제가 빨리 모든 것을 해결하고 싶다는 것처럼 서두르며 말했다. 그 말에 따라 그녀가 품에서 황제에게 받은 양피지를 꺼내었다.

"이건……."

양피지를 받아 그 내용을 본 법관이 웬디의 얼굴을 다시 한 번 바라보며 놀란 낯을 했다.

"그 양피지가 짐이 내린 것이 맞다는 것을 증명하겠네."

이미 국새가 찍혀 있는 교서였음에도 황제는 다시 한 번 법관에게 사실을 증명하였다. 법관이 묵묵히 고개를 끄덕이더니 웬디에게 물었다.

"면죄권을 이 일에 쓰겠소?"

"그리하겠습니다."

"그럼, 그대들은 이만 나가 보도록 해."

황제가 웬디와 슈로더에게 손짓을 하며 이야기했다. 법관과 긴 이야기를 나눠야 할 때였다.

재판장을 나온 두 사람은 한결 여유로워진 마음으로 걸음을 옮겼다. 웬디는 버투왓 강의 몬트라피를 황제의 공으로 모두 돌리는 대신 면죄권을 얻었다. 이는 그와 웬디만의 비밀스러운 거래였다.

"후회하지 않겠소? 하즐렛가의 승계권을 받을 수 있는 기회였는데 말이오."

슈로더의 말에 웬디가 고개를 가로저었다. 웬디의 신분에 얽힌 이야기를 모두 들은 황제는 웬디에게 하즐렛 가문의 승계권을 원한다면 주겠다는 아량을 보였다. 모든 위기를 넘긴 황제는 웬디에게 한없이 관대했다. 웬디의 능력에 대해 미련을 버리지 못한 것이 아닌가 의심이 들 만큼 말이다. 그러나 웬디는 황제가 베푼 아량이 달갑지 않았다. 하즐렛 가문의 승계권이라니, 결코 원하는 바가 아니었다.

"아시잖아요, 제 마음을."

그 말에 슈로더가 공감의 빛을 띠며 이야기했다.

"그대가 웬디 왈츠라는 이름을 버렸다면 서운할 뻔하였소."

"어찌 그 이름을 버릴 수 있겠어요."

그때 저만치에 하즐렛 백작 내외의 모습이 보였다. 궁 밖으로 끌려 나가기 전, 잠시 대기하고 선 그들 곁에서 기사들 간의 인계가 이뤄지고 있었다. 그 모습을 지켜보던 웬디가 무언가를 결심한 것처럼 하즐렛 백작 내외에게 다가갔다. 처음 슈로더는 그녀를 만류했지만 웬디는 괜찮다는 것처럼 장난스러운 미소를 보였다.

"부인."

다가온 웬디를 보고 백작 부인은 반사적으로 얼굴을 찡그렸다.

"두 분께 드릴 말씀이 있어 왔어요. 앞으로 평생 볼 일이 없을 테니 이 말은 꼭 해 둬야 할 것 같아서요."

"네가 감히 무슨 낯짝으로 그리 당당히 내 앞에서 고개를 드느냐!"

부인이 성을 냈으나 웬디는 무시한 채 계속 말을 이었다.

"이제 더 이상 두 분은 제게 아무런 영향을 끼칠 수 없어요. 그렇게 화를 내서 보았자 저는 아무런 마음의 동요도 얻지 않는답니다. 하즐렛의 이름을 버렸듯이 두 분 역시 제 마음에 더 이상 존재하지 않아요."

"그래, 오냐! 말 잘했구나. 하즐렛의 이름을 버린 그 죄를 네년 역시 이 기회에 달게 받을 테니! 내 그 꼴을 못 보고 가는 게 참으로 안타깝구나!"

"어쩌죠? 계속 제도에 계신다 해도 그 모습을 보긴 어려울 것 같은데."

씨익 웃음을 흘린 그녀가 백작 부인에게 가까이 다가가 은밀한 투로 소근댔다.

"면죄권이란 걸 받았기든요. 부인께서 떠들어 대 보았자 아무도 믿을 사람이 없겠지만요."

백작 부인이 무슨 소리냐는 것처럼 눈을 부라렸지만 웬디는 그녀를 무시했다.

"건강하세요."

그녀가 마지막으로 백작에게 말했다. 아니, 하즐렛의 성을 가졌던 남자에게 말했다. 이는 그녀가 건넨 마지막 인사였다.

웬디는 그대로 그들에게서 뒤돌아 라드 슈로더가 서 있는 쪽을 향해 걸었다. 그가 그녀에게 다시 손을 내밀었다. 자연스러운 몸짓으로 그녀가 그 손을 잡았다.

"오늘 저녁 그대의 꽃집에 들러도 되겠소? 오랜만에 그곳에서 차를 한 잔 마시고 싶군."

슈로더가 그녀의 손을 꼭 쥐고 마치 손장난을 하듯이 만지작거리며 말했다. 그런 그를 삐뚜름하게 한 번 흘긴 그녀가 애정 어린 목소리로 답했다.

"제 답은 이미 아시잖아요."

그가 소나기처럼 시원스런 웃음을 보였다. 그녀의 답은 앞으로 영원히 한결같을 것이었다. 이 황실 기사에게는 늘 그럴 것이었다.

"글쎄, 팻말이라도 하나 만들어 꽃집 문 앞에 걸어 주면 좋겠군. 내 앞에서 그런 말을 쉽게 하는 걸 본 적이 없으니 말이오. 문 앞에서 망설인 게 몇 번이나 되었는지 모르오."

"정말 망설이긴 하셨어요?"

"물론이오."

남자를 불신 어린 시선으로 올려다본 웬디는 그의 제안을 진지하게 생각해 보기로 하였다. 언젠가 그녀의 꽃집 앞에 그러한 팻말이 하나 붙어 있을 날이 실제로 올지도 몰랐다.

'웬디의 꽃집에 언제든 오세요.'라는 팻말 말이다.

외전

당신의 순간은 선물인가요

당신의 순간은 선물인가요

물으로 불어오는 바람이 살갑게 웬디의 얼굴을 매만지며 지나갔다. 머리칼이 이리저리 흐트러졌지만 웬디는 매만질 생각을 않고 한동안 버투왓 강에 잇닿은 진초록 언덕을 바라보았다. 이곳에서 벌어졌던 소란스러운 일들은 어느덧 기억 속으로 멀어졌고, 버투왓 강의 언덕은 초록색 옷을 벌써 세 번 갈아입었다. 웬디는 멀거니 그 먼 곳에 시선을 두고 있다가 한참 뒤 쌀쌀한 태도로 고개를 돌렸다.

"니스나."

근처에서 풀을 뜯던 검은 준마가 웬디의 부름에 활기 있는 걸음으로 가까이 왔다. 이윽고 말 위에 오른 그녀가 말을 몰아 레이니 숲 경계를 향해 나아갔다.

"워워!"

숲의 초입, 니스나를 멈춰 세운 웬디가 다시 한 번 저 멀리 강변

을 건너다보았다. 여름빛이 가득한 아름다운 풍경이었지만 그녀는
별 감화를 받지 못한 듯 바라보는 눈빛에 따스한 기운이 없었다.

말에서 내린 웬디는 말고삐를 쥐고 천천히 숲의 경계를 따라 걸
었다. 말 등에는 식물 채집을 위한 도구들이 메여 있었다. 채집을
위해서는 숲 안쪽으로 들어가야 했지만 그녀의 걸음은 어쩐 일인
지 계속 숲의 경계를 따라 맴돌았다. 조금 걷자 연노랑 열매가 가
지마다 열린 살구나무 한 그루가 보였다. 웬디는 그 아래 멈추어
서서 작은 살구알 하나를 따 입에 넣었다.

"퉤!"

떫기만 한 그 맛에 그녀가 얼른 과육을 뱉어 냈다. 떫은 살구 맛이
꼭 지금의 기분만 같아 더욱 심사가 뒤틀렸다. 인상을 찌푸리며 살
구나무를 올려다보던 그때, 니스나가 까만 귀를 쫑긋하게 세우고 푸
르릉거렸다. 웬디의 시선이 자동적으로 멀리 강변을 향하였다.

"……!"

눈매를 좁히며 바라보길 한참, 저 멀리 작은 점처럼 보이던 무언
가가 점점 커져 형체를 드러냈다. 곧 달음박질하는 말발굽 소리가
들려왔다.

히이이이잉!

"웬디!"

발로스의 등에서 훌쩍 뛰어내린 라드가 빠른 걸음으로 웬디를 향
해 왔다. 그의 얼굴에 오랜만의 만남으로 인한 반가움이 가득 드러
나 있었다.

"……이곳은 어찌 찾으셨나요?"

그러나 웬디는 짐짓 쌀쌀한 기색으로 그를 대했다. 그녀의 어조

가 삐딱했다. 라드의 얼굴에 난감함이 스쳤다.

"새라가 이곳을 일러 주었소."

벤포크의 여자친구인 새라는 라드와도 친분이 있는 소녀였다. 오늘 꽃집을 봐주기로 한 그녀가 라드에게 웬디의 행선지를 말해 준 모양이었다. 웬디는 자신의 행선지를 마음대로 그에게 전한 새라가 못마땅한 것처럼 눈매를 좁혔다. 물론 꽃집을 떠나올 때, 일부러 레이니 숲에 갈 것이다 여러 번 밝혀 뒀던 일은 이 순간 아닌 척 덮어 두었다.

"레이니 숲 어디에 있을 줄 알고 이리 무작정 찾아오셨냐는 말이에요."

"무슨 일이 있어도 그대를 찾아내겠다, 이 숲에서 약속하지 않았소? 어디에 있든지 간에 말이오."

그가 과거 이 숲에서 있었던 일을 상기하며 말했다. 추격자들을 피해 동굴에 몸을 숨겼던 그녀를 찾아낸 그날, 라드가 웬디 앞에서 했던 다짐이었다.

"약속을 그렇게 잘 지키시는 분이 오늘은……!"

그의 말에 발칵 성을 낸 웬디가 숨을 꾹 누르며 하려던 말을 멈췄다. 오전 내내 그를 기다리며 오랜만의 만남을 기대했던 스스로가 우습게 느껴졌던 까닭이다. 근래 들어 몹시 바빠진 그로 인해 둘은 얼굴 보는 일조차 쉽지 않았다. 며칠 전부터는 그녀와의 만남을 약속해 놓고서 차일피일 미루기까지 한 그였다.

"미안하오. 시뉴엘의 이능과 시험이 생각지 않게 길어지는 바람에 시간을 맞추지 못했소."

3년 전, 새롭게 설치된 이능과로 인해 평민들 역시 시뉴엘에 응시하여 황실 기사가 될 수 있는 길이 열렸다. 환영할 일이었지만 이 때문에 시뉴엘의 감독관인 라드 슈로더의 업무가 늘어난 것은 웬디에게 기쁜 일이 되진 못했다.

"……늦었지만 지금이라도 나와 함께 가 주지 않겠소?"

양손으로 그녀의 손을 감싸 자신의 입술 앞에 댄 라드가 죄를 고백하는 신자처럼 말했다. 그런 그를 흘겨본 웬디가 토라진 마음을 조금 누그러뜨렸다.

"어디를 가시려는 거기에 그러세요?"

웬디의 물음에 라드는 미미하게 웃으며 그녀가 니스나에 오르는 것을 도왔다. 오랜만에 만난 저의 새끼 곁을 떠나지 않던 발로스가 그 옆에 와 붙어 섰다. 스노위코와의 사이에서 얻은 새끼를 녀석은 끔찍이도 아꼈다.

"가 보면 알 것이오."

라드가 의미를 알 수 없는 얼굴을 한 채 발로스의 고삐를 쥐었다.

말을 달린 두 사람은 오래지 않아 목적지에 당도할 수 있었다. 솔레앙가에 있는 거대한 저택이었다. 육중한 철문이 주인을 반기며 열리자 웬디는 어색하게 라드를 응시했다. 라드는 아무런 설명 없이 하인에게 말고삐를 넘기고 머뭇거리며 서 있는 웬디의 손을 잡았다.

"슈로더 공작가의 집사, 벨하르 도데입니다. 귀한 분을 모시게 되어 영광입니다."

흰머리를 가지런히 넘긴 중후한 인상의 집사가 웬디를 향해 정중히 허리를 굽혔다. 그가 미소 지으며 그녀를 잠시간 바라보았다.

라드가 헛기침을 하자 표정을 갈무리한 집사가 이내 한 손을 복도 쪽으로 내밀며 말했다.

"안내해 드리겠습니다."

집사의 말에 라드 슈로더가 고개를 끄덕였다. 웬디는 갑작스럽게 방문한 공작가의 낯선 복도를 더욱 얼떨떨한 표정으로 걸었다.

집사가 걸음을 멈춘 곳은 기하학적 무늬가 화려하게 음각되어 있는 아치형 문 앞이었다. 문을 연 그가 곧 인사를 하고 사라졌다.

안에는 널찍한 응접실이 있었다. 장인의 손길 아래 태어난 섬세한 세라믹 장식들이 아름답게 벽을 수놓은 곳이었다. 베이지색으로 온통 환한 벽면은 화이트 티크목으로 된 가구들과 잘 어우러져 편안한 분위기를 자아냈다. 라드는 웬디의 손을 이끌어 응접실을 가로질러 갔다. 소파로 그녀를 안내하나 했더니 아니었다.

"저어, 경. 무슨 일이신지……."

그가 발코니로 이어진 유리문 앞에 섰다. 유리를 통해 고스란히 들어온 햇살이 단정한 그의 얼굴에도 닿았다. 하얗게 빛나는 옆얼굴과 음영진 반대편 뺨에 시선을 빼앗겨 몰랐으나, 라드의 표정은 긴장으로 매우 경직되어 있었다. 그가 웬디의 두 손을 잡아 마주서며 말했다.

"그대에게 보어 줄 게 있소. 오랜 시간 기다려 왔던 일이라오."

말끝에 묻어난 미세한 떨림에 웬디가 의아하게 그를 봤다. 그런 그녀의 시선을 견디지 못하고 라드가 발코니 문을 열었다. 밖으로 나오자 발코니와 연결된 푸른 정원이 보였다. 건물이 둥글게 사방을 감싸고 있는 모양의 정원이었다.

마치, 웬디의 집 중앙에 있는 그 정원과 같은.

"여긴······."

찬란한 빛이 떨어져 내리는 아름다운 정원의 모습을 멍하니 바라보며 웬디가 말을 맺지 못했다. 라드가 그녀를 정원 중앙으로 데려갔다.

"이 나무를 알아보겠소?"

그가 가리킨 나무를 보며 웬디는 급격히 심장 박동이 빨라지는 것을 느꼈다. 어찌 이 나무를 알아보지 못할 수 있을까. 그와의 입맞춤 와중 그의 옷자락에 피어나게 했던 그 작은 생명을.

소담했던 물푸레나무는 몰라보게 자라 웬디의 가슴 높이까지 키가 커 있었다. 놀랄 만한 성장이었다. 그러나 그보다 더욱 놀라운 것은 가지가지마다 활짝 핀 하얀 꽃송이었다. 수북하게 뭉쳐 핀 잔꽃들이 솜털처럼 보드라운 자태로 햇가지에 매달려 있었다. 그 따스한 빛이 예뻐 웬디는 한참 그 꽃을 들여다봤다.

"이날을 얼마나 마음 졸이며 기다려 왔는지 안다면, 그댄 웃고 말겠지."

라드가 말했다. 웬디의 시선이 그를 향했다.

"늦봄 무렵부터 꽃망울이 보이기 시작했소. 꽃이 피면 그대에게 말하리라 결단하였는데, 필 듯 아니 필 듯 내 마음을 초조하게 만들더군. 며칠 전부터는 정녕 필 기미를 보이기에 그대와의 만남을 기대하였으나······ 여전히 피지 않았소. 그러던 게, 어제부터 꽃망울을 터뜨리기 시작했다오."

웬디와의 만남을 차일피일 미룬 이유가 이 나무 때문이었는가 보다. 웬디는 자신과의 약속을 지키지 않는다 하여 이 황실 기사를 원망한 일을 조금 후회하였다.

"오늘 시뉴엘에서 대련을 펼친 예비 기사들이 어찌나 못마땅했는 줄 아시오? 시간을 지체하는 이들에게 많은 감점을 주었소. 어서 그대를 만나 이 나무를 보여 주어야 하는데 말이오."

그가 답지 않게 우스갯소리를 했다. 아니, 웬디는 농담이라 여겼지만 진실일지 모를 일이었다.

"이 나무에도 꽃이 피었소. ……그대와 내게도 이와 같은 꽃이 피었으면 하고 바란다오. 그대의 집 중앙에 있는 노부부의 나무처럼 우리 또한 이 나무를 오래도록 바라보았으면 하오."

바람이 불어와 물푸레나무 가지를 흔들어 놓았다. 가지가 한들거릴 때마다 싸라기눈 같은 꽃잎이 떨어져 내렸다. 라드가 웬디의 한쪽 볼을 감쌌다. 그의 숨결이 부풀어 오른 봄의 초원처럼 벅찼다.

"……나와 결혼해 주겠소?"

준비 없이 들은 말은 조금도 무장하고 있지 못했던 그녀의 마음을 단숨에 점령하였다. 웬디는 한없이 떨리는 가슴을 어쩌지 못하고 눈만 껌벅였다. 라드가 희멀끔한 웬디의 고운 얼굴을 엄지로 매만지며 그녀의 답을 기다렸다. 아닌 척했지만 얼굴에 초조한 빛이 가득했다.

"웬디 슈로더라는 이름이…… 어울릴까요?"

그녀가 싱기된 음성으로 물었다. 라드는 그만 웃음을 흘렸다. 웬디가 그의 품에 얼굴을 묻었다. 이름이야 무어라 불리든 무슨 상관이 있을까.

서로에게 몸을 기댄 그들 주변으로 푸르스름한 바람이 불어왔다. 바람에 푸르게 물든 물푸레나무 가지가 또다시 몸을 흔들며 하얀 잔꽃을 떨구었다. 새하얀 신부의 아름다움을 미리 축하하는 것 같은 꽃잎이었다.

결혼식은 소박하게 치러졌다. 슈로더 공작가의 위명에 걸맞지
는 않았지만 두 사람 다 그걸 원했다. 둘의 결혼 소식을 들은 아이
작 황제가 성대한 결혼식을 치러 주마 말했지만 웬디는 단칼에 이
를 거절했다. 폐하께서 제 결혼식을 치러 주실 이유가 무엇이냐 묻
는 웬디에게 아이작은 눈매를 좁히며 서운해했다. 과거 자신의 누
이를 시집보내던 당시의 서운함이 또다시 밀려오는 기분이었다.

"정말 아름다워요!"

멜리사가 손수건으로 눈가를 콕콕 찍으며 말했다. 찡한 감동에
자꾸 눈물이 나왔다.

"주책이게 자꾸 눈물이 나네요. 아기를 갖고부터 이렇게 감정 조
절이 잘 되지 않아요."

그녀가 둥글게 부푼 배를 만지며 훌쩍였다. 웬디는 멜리사가 과
거부터 감정 조절에 그다지 뛰어난 인물은 아니었다 생각했지만
굳이 말을 꺼내진 않았다. 대신 멜리사의 손을 꼭 잡아 주며 그 눈
물을 달랬다.

"멜리사!"

멜리사의 우는 모습을 보고 장 자크 시뮤안이 저만치서 그들 곁
으로 빠르게 왔다. 그가 안절부절못하며 멜리사의 등을 쓸었다. 웬
디는 과거 자신의 꽃집에서 연애의 기미를 보이던 그들의 모습을
떠올렸다. 멜리사의 콧등에 묻은 꽃가루를 닦아 주며 볼을 붉히던
징 자크와 덩달아 수줍어하던 멜리사의 모습을 말이다. 그 순진한
커플이 자신보다 먼저 결혼을 해 일가를 이루게 될 줄 당시에는 몰

랐다. 뭐, 그 부분에 승부욕을 느낀 건 아니었다.

"오, 웬디! 아니, 이젠 슈로더 부인이라 불러야 하는가?"

황제가 한쪽 눈썹을 장난스럽게 추켜올리며 웬디를 향해 다가왔다. 일어나 황제에게 예를 취하려는 그녀를 그가 만류하며 말했다.

"이런 작은 정원에서의 결혼식이라니. 아직도 마음이 쓰려. 내 황궁이라도 얼마든지 빌려 줄 용의가 있었는데 말이야."

그가 발코니 너머로 보이는 정원을 힐끗거리며 말했다.

"마음만 감사히 받겠습니다."

"아쉽지만 하는 수 없지. ……오, 시간이 다 된 모양이군. 난 이만 연주를 하러 가 봐야겠어. 떨지 말고 입장하도록 해. 내 연주를 배경으로 입장하는 신부는 제국에 그대밖에 없을 테니까."

그가 응접실 안으로 걸어 들어오는 라드의 모습을 보며 말했다. 황제는 곧 자신의 뒤에 대기하고 있던 시종에게서 바이올린을 받아들고 얼른 걸음을 옮겼다. 응접실을 나서기 전 그가 바이올린 활대를 돌리며 웬디를 향해 씨익 웃음을 지어 보였다.

"준비되었소?"

라드가 그녀에게 손을 내밀며 물었다. 가볍게 고개를 끄덕인 웬디가 그의 손을 잡고 자리에서 일어났다. 하늘거리는 순백의 드레스 자락이 햇살에 눈부시게 빛났다.

라드는 잠시 그녀가 머리 위에 쓴 연보랏빛 화관을 응시하였다. 등나무꽃을 엮어 만든 화관이었다. 두 사람의 추억이 서린 꽃은 어떤 화려한 티아라보다 더 아름답게 그녀의 머리를 장식했다.

이윽고 황제의 바이올린 선율이 들려오기 시작했다. 손을 맞잡은 두 사람이 정원에 발을 디디자 모두가 일어나 축하의 박수를 보냈다. 낯익은 얼굴의 기사들과 공주 내외가 보였다. 그리고 벤포크와 그의 친구들의 모습이 눈에 띄었다. 황실 기사가 되겠다며 제솔린 시험을 준비 중인 벤포크의 얼굴은 조금 안되어 보였다.

"어, 어?"

그 순간이었다. 그들의 결혼을 축하하러 모인 모두가 의아한 얼굴로 하늘을 올려다봤다. 도웨인 경이 그의 손바닥을 하늘을 향하게 펴 들자, 떨어져 내리던 꽃잎이 그 위에 여럿 내려앉았다. 정원 한가득 하얀 꽃잎이 떨어져 내리고 있었다. 그 꽃잎이 어디서부터 연유했는가 싶어 모두가 주변을 둘러보았지만 꽃잎을 흩뿌리는 시동이나, 바람결에 꽃을 떨구는 나무를 찾을 수는 없었다. 웬디는 무의식중으로 정원 가운데 물푸레나무를 바라보았지만 그 역시 잠잠하기만 했다. 웬디의 검지를 흘깃 본 라드가 그녀에게 꽃잎의 발원을 묻듯 시선을 건넸으나 웬디는 어깨를 가볍게 으쓱일 수밖에 없었다.

두 사람이 가는 걸음마다 하얀색의 꽃잎들이 살랑살랑 나부작한 몸을 흔들며 수북이 떨어져 내렸다. 그 아름다운 꽃잎 위를 걸으며 웬디는 그들 두 사람을 축하하는 사람들의 얼굴을 찬찬히 바라보았다. 마음에 찌르르한 울림이 찾아왔다. 곧 그녀가 자신의 옆에 선 황실 기사를 향해 조심스럽게 고개를 돌렸다. 그의 잿빛 눈동자가 그녀를 보며 따뜻하게 휘어졌다. 따라 웃는 것밖에 도리 없는 웃음이었다.

향기로운 내음을 퍼뜨리며 떨어져 내리는 꽃잎은 장관을 이루었고 그들의 결혼식은 동화 속 한 장면처럼 아름답게 치러졌다. 그날 뿌려진 꽃잎의 근원을 웬디는 그 뒤로도 영원히 알지 못했지만, 어쩌면 자신이 오래전 만났던 요정의 선물일지도 모른다고 홀로 짐작하였다. 언젠가 그 요정을 다시 만난다면 꼭 고맙다는 말을 건네리라고 그녀는 늘 생각하였다. 쥬아소네프, 네가 선물한 검지의 힘이 나의 삶을 바꾸어 놓았노라고.

그러나 요정이 준 진정한 선물은 검지의 힘이 아닐지도 몰랐다.

웬디가 그녀의 손가락에 반지를 끼우는 황실 기사를 보며 미소 지었다. 곧 둘의 입맞춤이 이어졌다. 모든 순간이 그녀에겐 그저 선물이었다.

-fin.-

BLACK LABEL CLUB 015

웬디의 꽃집에 오지 마세요 2

1판 1쇄 발행 2015년 4월 17일
1판 4쇄 발행 2017년 4월 10일

지은이 김지서
펴낸이 신현호
편집부장 김은주
편집 박상희
편집디자인 한방울
영업·관리 김민원 이주형 조인희
물류 이순우 최준혁 김명일

펴낸곳 ㈜디앤씨미디어
출판등록 2002년 5월 1일 제117-90-51792호
주소 서울시 구로구 디지털로 26길 111 JnK디지털타워 503호
대표전화 (02)333-2513 팩스 (02)333-2514
전자우편 dncbooks@naver.com
디앤씨북스 블로그 http://blog.naver.com/dncbooks
디앤씨북스 로맨스 카페 http://cafe.naver.com/dnc2007
블랙 라벨 클럽 트위터 @blacklabel_c

ISBN 978-89-267-6533-3 (04810)
ISBN 978-89-267-6531-9 (SET)